问鼎记

2 谋略至上

何常在 著

四川文艺出版社

图书在版编目（CIP）数据

问鼎记 . 2 / 何常在著 . — 成都：四川文艺出版社，
2018.4
ISBN 978-7-5411-4974-0

Ⅰ . ①问… Ⅱ . ①何… Ⅲ . ①长篇小说—中国—当代
Ⅳ . ① I247.5

中国版本图书馆 CIP 数据核字（2018）第 070443 号

WEN DING JI 2

问鼎记Ⅱ

何常在　著

策划出品　磨铁图书
责任编辑　彭　炜　苟婉莹
责任校对　汪　平
特约监制　王传先
产品经理　陈　也
特约编辑　李　彤
装帧设计　VIOLET

出版发行　四川文艺出版社（成都市槐树街 2 号）
网　　址　www.scwys.com
电　　话　028-86259287（发行部）　028-86259303（编辑部）
传　　真　028-86259306

邮购地址　成都市槐树街 2 号四川文艺出版社邮购部　610031
印　　刷　北京嘉业印刷厂
成品尺寸　166mm × 235mm　1/16
印　　张　22　　　字　　数　390 千
版　　次　2018 年 5 月第一版　　印　　次　2018 年 5 月第一次印刷
书　　号　ISBN 978-7-5411-4974-0
定　　价　45.00 元

—— 目录 —— CONTENTS

/ 第一章 /

不忘初心，方得始终

秋高气爽，是上京城最好的季节。天气清爽，虽微凉，却沁人心脾。巍峨的皇宫，在一碧如洗的明净天空下，格外庄严肃穆，犹如染上了一层金黄的色彩。

上京城北面西面皆有山，北面为燕山，西面为太行山。西山属于太行山的支阜，因太行山自西山而起，故西山被称为“太行山之首”。

此时西山的红叶漫山遍野，从空中俯瞰，姹紫嫣红，如同哪位国手尽情挥毫泼墨画下的一幅锦绣河山图。沿西山向西向南，红叶渐少，山石增多。虽然还是太行山脉，却多了苍劲雄壮之意，犹如一条遗留人间的巨龙。若说西山之处是龙头，八百里太行山便是龙身，龙身绵延八百里，到了灵寿县境内，陡然一收，山峰又妩媚多姿起来，就如散开的龙尾。

龙尾散开犹如扇子，扇子中间，有一条蜿蜒的小河穿过，小河就如龙尾之上的鳞片，环抱着一处安静祥和的村庄，正是中山村。

河名滹沱河。

滹沱河自西向东，贯穿灵寿全境，到真定县境内，长约六十里，从真定城的南面绕了一个弯，又曲折向东而去。滹沱河将真定城一分为二，分为城南和城北。有一座拱桥跨越其上，桥建于大唐年间，虽年久失修，却依然坚固。桥名子龙大桥，正是取自三国名将赵云赵子龙之名。

此时的上京城南五里亭，夏祥依依不舍地向众人告别，即将离京到真定县上任。

出上京城南五里，有一处天然土丘，有好事者在丘上建造了一处木亭，名曰五里亭。木亭虽简陋，几根木柱上却题满了离别诗。

此时亭中有一人，盘膝而坐，披头散发，腿上横放一张古琴，他左侧有一个古朴典雅的香炉，香炉中香烟袅袅，右侧则是一个名贵的白瓷花瓶，花瓶中插了数根柳枝。

他身着博带宽袍，脚穿木屐，正如痴如醉地抚琴吟唱。琴曲是《阳关曲》，吟唱的正是王维的《渭城曲》：“渭城朝雨浥轻尘，客舍青青柳色新。劝君更尽一杯酒，西出阳关无故人。”

土丘下方，有两辆马车和十数人围在一起，在为数人送行。人群之中，是一个白面书生，他年方弱冠，一袭轻薄长衫，身无长物，淡然而立。

此人正是夏祥。

夏祥身后一男一女。男子长身而立，一脸憨厚笑容。女子抱剑而立，淡漠如霜，面冷如冰。二人正是萧五和幔陀。

夏祥要去真定上任，萧五自然要一路追随，幔陀也要不离左右，夏祥当然举双手欢迎。也是巧了，连若涵也要前去真定办事，便和夏祥同行。

吏部任命下来之后，夏祥又在京中停留数日，将遗留问题一一处置妥当，方启程赴任。观心阁未住几天，就又还给了连若涵，倒是让他心安不少。不过连若涵却说，观心阁以后会是夏祥在上京的府邸。

庆王和见王并未对他的任命再多说什么，不过明显可以看出见王一脸不满之色，庆王却是淡然自若，仿佛夏祥不管是去鸿胪寺、下县，还是真定，都并无不同。除了说一句真定县是龙潭虎穴之外，庆王再无多说一句话，直到告辞而去。

真定怎么就是龙潭虎穴了？真定离上京不远，又在中原富庶之地，人口众多，是仅次于赤、畿的大县，再者又地处腹地，既无山匪流民之患，又无边城敌国来袭之忧，着实是一个好去处，哪里不好了？

夏祥不得其解，又无人可以为他解答，只好闷在心里。

不过夏祥也清楚，掌管吏部的三王爷断然不会大发善心为他安排一处可以轻松拿到好评政绩的去处，庆王既然说是龙潭虎穴，那么真定必然大有蹊跷。难道是真定县和真定府同在真定城内之故？

大夏建制，共一都四京二十二路二十府，一都自然是上京，上京位于四京之上，故名上京；因又是京城，又名京都。并不是每个路都有府，只有重要的路才有府的建制。有的路会有两到三府，有的路没有府，只有州。

州下设县，县分大小县。真定府是河北西路的首府所在，真定府作为二十府之一的府，也是国之重地。

官场有言：“三生不幸，知县附郭；恶贯满盈，附郭京城。”

所谓“知县附郭”，是说知县和知府同在一处，真定县和真定府就是如此。真定县在城南，真定府在城北，县、府隔河而望。因县、府一处，管辖范围重叠，县衙所做决定，有可能被府衙否决。若是遇到处处刁难的知府，身为知县会处处受到牵制，哪里还有父母官的威风？

所谓“附郭京城”，自然是指县城和京城同在一处，如上京县，除了受上京府的管辖之外，还要被京城各大王爷、宰相、六部以及三品以上大员节制，一举一动都在皇上的眼皮底下，有功未必赏，有过必定罚。

夏祥虽生在灵寿，距真定不过数十里之遥，对真定之事还真是不太了解。

夏祥赴任，前来送行者除了曹用果、曹姝璃和曹殊隽之外，还有张厚、时儿、沈包、滕正元、吴永旺和郑好等人。郑好是滕正元新结交的士子，也是今年大比第二甲第三名的进士。他来自西京河南府，长得浓眉大眼，个子中等，不胖不瘦，典型的国字脸，二十一二岁的年纪，神情气度自含从容气魄。

吴永旺也新结交了一名同年进士，名叫李子文，名列第三甲第八名。本来李子文说好也来为夏祥送行，却临时有事耽误了，托吴永旺转达歉意并祝夏祥一帆风顺。

夏祥与郑好、李子文并不熟识，是以李子文不来相送，他也并未多想。郑好盛情送行，他感念在心。

“多谢郑兄相送之谊。”夏祥和郑好相对叉手施礼，“不知郑兄为何不和我等一起前往真定？”

郑好本是探花，通常会和状元、榜眼一起任职翰林院，不知何故意外被任命为真定府通判，正好和夏祥同地为官，可以同行。

通判为知府副职，不过和从五品的真定知府崔象相比，郑好从七品的品秩就相差了太多，还不如夏祥这个正七品的知县品秩高。不过通判虽品秩不高，职权却是相当之大。

作为副职，通判辅佐知州或知府处理政事，其职责为：“凡兵民、钱谷、户口、赋役、狱讼听断之事，可否裁决，与守臣通签书施行。”通判还有一个职责：“所部官有善否及职事修废，得刺举以闻。”是说知府知州所下命令，必须由通判签署才可放行并且生效，否则知府知州有令难行。同时，通判还可以直接上达天听，向皇上奏报州郡内的包括州郡官、县官在内的一切官员的情况，兼有监察官性质。

通判品秩既不如知府，又小过知县，相差悬殊，正是亦为大小相制之意。郑好年纪虽轻，却已担任了通判之职，也是了得。

通判通常为皇上信任之人，作为皇权在地方上的直接体现，通判一职，监察并且制衡知府知县，犹如皇上臂膀。

“夏兄有所不知，在下还有一些杂事需要处理妥当，才可赴任，夏兄且先行一步，为兄一到真定，必定登门拜访。”郑好微微一笑，态度淡然而微有敷衍之意。

"如此也好，在下就在真定恭候郑兄大驾了。"夏祥侧身朝张厚叉手一礼，"在上京之时，承蒙张兄照顾，夏某谢过。来日山高水长，期待和张兄携手共进，报效朝廷。"

张厚进士名次不高，本来就有几分闷闷不乐，吏部任命一下，更是大为不快——他被委派到热河担任知县。

上京向北，不出百十里，便是草原。此时的草原，草枯叶黄，已是深秋气象。再向北三百余里，是热河州。州内有河，蒙语称之为"哈伦告卢"，因河的上中游有温泉注入其中，所以冬季一般情况下不会封冻。每当冬日清晨，水汽遇寒冷空气而凝结成雾，远望如热气升腾，故称热河。"哈伦告卢"即热的河流之意。

大夏在热河设州，划归京畿路节制。热河是为京畿路最北端之州，热河以北，便属蒙古路管辖范围，也是大夏的边地了。热河非但是苦寒之地，距边境也不过是两百里之遥，大夏虽承平多年，并无战事，但被大夏驱逐到了极北之地的金国，贼心不死，不知何时会起兵犯境。

在热河县任知县，非但和热河州同处一地，有知县附郭之忧，又因是边城，还有守卫边境以防敌国来犯之患。如此内忧外患之地，比起真定县可谓一天一地。

张厚原本踌躇满志，今年大比想要状元高中。不料状元被沈包抢走，二甲名次还远不如夏祥不说，又被委派到苦寒的边城上任，热河县又是三千户的紧县，和真定县相比不可同日而语，且他只有正八品品秩。如此落差，着实让他难以接受。

张厚敷衍地叉手还了一礼，勉强一笑："夏兄鹏程万里，我现在和你无法相比了。"

"张兄说的哪里话，进士不过是一个出身，知县一任也只是开始，报效朝廷，为民请命，来日方长，何必计较一时短长？"夏祥既是劝慰张厚，也是为自己壮行，"张兄他日必定大放光彩，成为国之栋梁。"

"夏兄，一路珍重。"沈包肃然正容，"知县实户口、征赋税、均差役、修水利、劝农桑、领兵政、除盗贼、办学校、德化民、安流亡、赈贫民、决狱讼等，集军政、行政、民政、司法、财政于一身，位卑责重，事关重大，此去真定，相信夏兄上不负皇恩，下不负黎民，为官一任，造福一方。"

"谨记沈兄教诲。"夏祥还了一礼。

沈包状元高中，和榜眼吴永旺同时入职翰林院任七品编修，虽无实权，却无比清贵，时常伴随皇上左右。

吴永旺也来送行，他只是朝夏祥施了一礼，并未说话，眼神坚定，神情坚毅，郑重地点了点头。

“夏兄此去真定，当一心为国为民，切勿徇私舞弊、作奸犯科、祸国殃民，若有丝毫枉法之事，我必上书皇上，弹劾你一个渎职之罪。”滕正元神情肃然，一脸殷殷期待。他负手而立，仰望五里亭，仿佛众人都不入他眼一般。

滕正元二甲进士，本来也是外放出去，担任一地知县，吏部选派之时，正好御史台御史空缺，他就被任命为御史，一时引起朝野轰动。

唐代张谓有《送韦侍御赴上都》一诗：“天朝辟书下，风宪取才难。更谒麒麟殿，重簪獬豸冠。月明湘水夜，霜重桂林寒。别后头堪白，时时镜里看。”风宪之官即御史，可见御史人才难选，古已有之。

大夏明令规定，以荫补入仕者不能担任御史，只能是进士高中才可。大夏沿承前朝定制，官员分为“治事之官”与“治官之官”。治事之官即治理一方政事，是地方的州县知事。治官之官是不直接治理政事而管理官员之官，知府、知州以及宣抚使等便是。

古往今来，皇权向来有“明主治吏不治民”的吏治传统，治官之官历来为君主所倚重，而治官之官之最则非御史莫属。

御史专司监察之职，肩负纠察百官的重任，位卑却权重，非但要有才学，还要正直刚毅。大夏惯例，御史必须有出任知州、通判的经历，否则不得选用。是以滕正元以进士之身便出任御史，朝野上下议论纷纷。

夏祥淡然一笑，毫不为意，曹姝璃从滕正元身后闪出，嫣然一笑，盈盈一礼：“此去真定，虽不过六百余里，却一路多坎坷，愿郎君心志意坚，不忘初心，方得始终。”

“什么初心？”曹殊隽此时弹完一曲，从五里亭中下来，依然宽衣束带，披头散发，仿佛魏晋狂士，他自土丘之上狂奔到夏祥面前，“夏郎君此去真定，自然不会忘记为国为民的原本之心。”

“‘不忘初心，方得始终’是从《华严经》中概括而来。夏郎君的初心，不只是为国为民的原本之心，还有初来上京时的赤子之心。初心者，原本之心、赤子之心……”曹姝璃悄然看了夏祥身后不远处的连若涵一眼，心中泛起一丝苦涩，身为女子，想要自由之身，谈何容易，反倒是经商的连若涵和游侠幔陀随意自在，可以常伴夏祥左右，她却只能留在上京，守望八百里长路。

“小女子有一香囊相赠，还望夏郎君不要嫌弃手工粗劣。”曹姝璃素手一伸，手中多了一个五色丝线编织而成的香囊。香囊大小如手掌，精美无比，上面绣有一名女子站立船头，落款三个小字——“越人歌”。

夏祥接过香囊，赞不绝口：“鬓动悬蝉翼，钗垂小凤行。拂胸轻粉絮，暖手小香囊……多谢曹小娘子赠香囊之谊。”

香囊背后，有诗一首：“青丝缨络结齐眉，可可年华十五时。窥面已知奴未嫁，鬓边犹见发双垂。”女子未嫁，青丝垂在两颊，出嫁之后，才会挽起头发。

夏祥心中一动，心知曹姝璃情意，当下将香囊佩戴在了右侧腰间，左佩刀右佩香囊，他呵呵一笑：“我行色匆忙，身无长物，待到真定安定之后，再回赠曹小娘子。”

/ 第二章 /

走马上任

“姐姐不必如此，真定不过六百余里，十余天的路程而已。夏郎君最多半年便会回京一次，到时你便可以和他相见了。”曹殊隽不想曹姝璃和夏祥的告别打断他刻意营造的送别意境，他方才狂歌一曲，自我感觉良好。“夏郎君、张兄、滕兄、郑兄、沈兄，对了，还有吴……兄，刚刚在下的一曲《阳关三叠》可有出神入化之感？”

曹殊隽见吴永旺一脸沧桑，和爹爹年龄相仿，称呼他为吴兄有失体统，想了一想，又觉得称呼吴公过于疏远，只好还是叫了吴兄。

吴永旺却不以为意，点头一笑：“叫我吴兄就好，同年进士，不以年龄比大小，但凭学问论同窗。”

张厚哼了一声，扭过脸去，不理曹殊隽。滕正元一本正经地说道：“狂放有余，内敛不足。少了几分一唱三叹的悲壮，多了些许故弄玄虚的滑稽……”

夏祥、沈包和郑好只是笑笑，并不回应。

曹用果无奈地摇了摇头，对曹殊隽他已经懒得再管教太多，让他随性而为也好，好在现今曹殊隽和好景常在结盟，成了好景常在座上宾，日后有望成为好景常在专用制器大师，他也就坦然了许多。只要曹殊隽有正事可做，不再总是想着离家出走寻仙问道，他也不再逼他应试。

曹用果淡然说道：“天色不早了，夏郎君早些启程才好，莫要耽误了行程。”

“是，多谢曹公相送。”夏祥想起初来上京便和曹用果相识，如今曹用果病情全好，气色不错，他也心中大慰，“想必曹公好事将近，也要升迁了。”

曹用果一愣，心想夏祥到底年轻，怎会想到他升迁有望？他闲置多年，非但皇上早已记不起他的姓名，怕是连吏部选派官员时，也无人想到他的存在。若是李鼎善还在朝堂之上，若是宋超度还是吏部侍郎，他高升一步也并非没有可能，只是现今……朝堂之上无人为他说话，他如何再入皇上之耳？

曹用果摇了摇头，黯然一笑：“老夫一心报效朝廷，奈何如今权臣当道，皇上又龙体欠安，无心朝政，即使升迁又有何用？不过还是要依附权臣为乱臣贼子所用。”

“话虽如此，总不能一味退让。候相公的新法，不得民心，有识之士无不反对。虽有无数大臣或被黜落或被贬谪，若是朝野上下，全是一片奉承新法之声，圣上听不到民间疾苦，无人再为百姓主持公道，大夏朝纲不振，天下难免大乱。”夏祥殷切相劝，“曹公当为圣上分忧为百姓请命，退后忍让只会让权臣、奸臣、乱臣气焰更加嚣张。乌云当空，更需狂风大作，才可拨云见日，才能吹尽狂沙始到金。”

曹用果神情凛然一顿，心中蓦然升腾起万丈豪情，想他一生为官，半世官场沉浮，虽不恃强凌弱，却也未曾和权臣斗争到底，遇事能和则和，能让则让，若事不关己，即便于情不合，于法不通，也是视而不见，置之不理，少了兼济天下之胸，缺了为民请命之心。

“夏郎君所言极是，老夫受教了。”曹用果朝夏祥深施一礼，想夏祥以一介白衣之身，敢将身为礼部尚书的文昌举拉下马，不是有勇无谋的鲁莽，而是运筹帷幄的敢作敢为。

曹用果也不等夏祥回礼，哈哈一笑，转身扬长而去：“老夫自今日起，报君黄金台上意，提携玉龙为君死……”

曹用果一走，曹姝璃和曹殊隽也相继离去。和曹姝璃的不舍之意相比，曹殊隽的不舍就多了一些意味不清的复杂情绪，他看了站在不远处树荫之下的连若涵一眼，想说什么又咽了回去，朝夏祥潦草一礼：“夏郎君，我在观心阁等你回京。”

“一身报国有万死，双鬓向人无再青！”滕正元抱拳一礼，也告辞而去。

随后吴永旺、郑好也转身离去。

沈包神情凝重，似有千言万语，最终只化成了两个字：“保重。”

张厚只是拱了拱手，连话也没再多说一句，和沈包一起走了。

“夏郎君，该启程了。”

见人都走光了，夏祥还呆立原地不动，连若涵开口提醒夏祥：“再晚的话，天黑之前赶不到涿州了。”

“再稍候片刻，还有一人未到。”夏祥手搭凉棚，遥望来路，来路之上车水马龙，摩肩接踵，即使有人前来送行，也分辨不清他是否在人群之中。

“还有谁会前来？”连若涵轻移莲步来到夏祥身侧，方才众人为夏祥送行，她站立一旁，并未近前，“若是有心送行，早该到了。此时未到，便是无心。”

“非也，非也。”夏祥摇头晃脑地神秘一笑，“连小娘子有所不知，这位友人有心前来送行，却不会在人多时现身，必然会等人少时才敢出现。”

“为何人多时不敢现身？”连若涵悄然一笑，有意大声问道，“是他长得太丑还是说话结巴，没脸见人？”

“咳咳……连小娘子，背后说人坏话，非正人君子所为。”

连若涵话音刚落，从土丘后面就传来一个苍老的声音，一人绕过土丘现身在几人面前。一缕长须，一袭长衫，正是金甲。

金甲左顾右盼几眼，见确实除了夏祥、连若涵、幔陀、萧五之外，再无外人，才长舒一口气，叹道：“文人就是啰唆，话多礼多事情多，送行就送行，还要说一番豪言壮语，再焚香弹琴，折柳相送，先人板板，脑壳都疼，真是一群瓜娃子……”

连若涵讶然而惊：“先生刚才所说之话，是哪里的方言？”

“应是蜀地方言。”夏祥笑道：“金甲先生既然早就到了，何必躲在土丘后面不肯现身？是怕见到曹三郎还是张厚张郎君？”

“都不是，老夫是懒得和他们说话罢了。”金甲眼睛转了几转，左手夏祥右手连若涵，将二人拉到远离了幔陀和萧五数丈之远，才小声说道，“文昌举被罢官一事，三王爷十分恼火，你此去真定，千万要小心行事，不要着了三王爷的道。”

夏祥深知三王爷不会善罢甘休，点头说道：“谨记先生教诲。”

“谨记老夫教诲又有何用？老夫并非官场中人，朝堂上的门道，老夫又不懂。不过在老夫看来，三王爷虽权势滔天，但想要把你玩弄于股掌之间，也没那么容易，你也不是好相与的角色，嘿嘿。”金甲嘿嘿笑了起来，自信满满，“三王爷最近苦恼得很，怕是一时半会儿也顾不上你。”

“三王爷有何苦恼？”连若涵和金甲相识，清楚金甲的为人，是以在金甲面前并无拘束，“先生不要卖关子，快快说来。”

夏祥微微一笑：“三王爷的苦恼是皇上病情见轻，立储之事暂缓所致。”

金甲一拍身边的大树，咧嘴一笑：“果然不出老夫所料，老夫就知道你能猜到原因所在，不负老夫对你一番谆谆教诲。多亏了你的药床药椅，皇上病情大为好转，是以皇上才亲自主持了殿试。原本是定下由三王爷代为主持殿试，此事让三王爷大为恼火。三王爷还以为是老夫妙手回春治好了皇上之病，后来千方百计打探一番，终于得知了药床药椅是你的奇思妙想。夏郎君，三王爷现在对你可是稀罕得很。三王爷好不容易掌控了礼部，让文昌举依附到他的门下，你却扳倒了文昌举。皇上病重，三王爷自以为继位有望，又是你的出现让皇上转危为安，三王爷的继位大梦落空……”

夏祥很无辜地两手一摊：“关我何事？扳倒文昌举，只是为天下考子讨还公道。制作药床药椅，不过是为了治病救人。两件事情，并无哪一件是为了针对三王爷，三王爷非要算到我的身上，我也只能无可奈何了。”

被权势滔天的三王爷视为眼中钉肉中刺，夏祥还能如此轻松面对，也算是难得了。夏祥如此浩荡如风、宽阔如海的性子，不愁大事不成，连若涵不由得暗暗赞叹。

“先不管三王爷了，三王爷对你再是不满，也总得你有把柄落到他的手中才成，若你为官，恪守战战兢兢、如临深渊、如履薄冰的君子之道，且一日三省其身，三王爷也奈何不了你。”金甲看似对夏祥的处境浑不在意，却再三告诫他要小心行事，关切之意隐含其中，他轻轻一抚夏祥的肩膀，“可惜了，你未能如老夫所愿拜老夫为师，不过老夫一身绝学不能因此失传，特赠书与你，记得时常翻看，回京之后，老夫可要考你。若考不过关，还会罚你。”

金甲取出一本医书交与夏祥，夏祥接书在手，看到书上三个大字“金甲传”，不由得哑然失笑：“先生之书是医书还是个人传记？”

“少废话，你只管看了就行。”金甲老脸微微一红，将夏祥拉到一边，用低低的声音说道，“夏郎君，药床药椅若能大量生产出来，必能拯救万民于病痛之中，你闲暇之时，记得再将药床药椅改进一番，要点有两处：一是怎样使用木炭而不是木柴来加热艾绒，如此可以避免烟火熏人；二是药床药椅要方便搬动……以上两点，切记切记。”

夏祥也早有将药床药椅推广天下之心，这等有利于百姓之事，既可兼济天下，又可壮大实力，一举两得，何乐而不为？当即答应下来。

车辚辚，马萧萧，行人弓箭各在腰……夏祥和连若涵同乘一车，一路南下，直奔真定而去。朝阳初升，金光万道，又天高风清，沿途正是秋收秋种的农忙季节，放眼望去，农人在田间劳作，间有歌声传来，令人浑然忘忧。

“漠漠余香着草花，森森柔绿长桑麻。池塘水满蛙成市，门巷春深燕作家。”歌声轻柔悠扬，飘荡在田间。

夏祥翻看了几眼金甲所赠之书，书中虽有金甲的自传，但大多文字却是金甲一生行医的经验所得，详尽而条目清楚，堪称金甲人生全书。他心中感动并且欣然，金甲先生一心要收他为徒，他并未答应。但先生却将一生所学以赠书之举倾囊相授，虽无师徒之名，却已然有了师徒之实。

夏祥合上书，抬眼看向了倚窗而望的连若涵：“连小娘子，多谢你让我和你同乘一车……”

“车内又无外人，何必如此客气反倒疏远了你我？”连若涵神情颇有几分慵懒，她眉毛微微一动，漫不经心地看了夏祥一眼，“方才叫你和我同乘一车，你还颇有几分不情愿，莫非我是老虎不成？”

夏祥笑道：“岂敢，岂敢，是在下怕惹人闲话，辱没了连小娘子的名声。”

连若涵嗔怪说道：“你这人……之前非要认下我和你的婚约，还一再捉弄我，现在却好，又怕辱没了我的名声，你到底是荒唐还是正派？”

夏祥确实内心深处是担心和连若涵同乘一车，传了出去，对她声名有损。他想骑马而行，和萧五、幔陀说说话，看看沿途风光，也是赏心悦目之事。不过他也知道，连若涵并不避嫌，非要邀他同乘一车，必是有话要说。

以夏祥的品级和薪俸，他此去真定走马上任，要么步行，要么有一辆驴车就不错了，此时却是一辆香车、数匹高头大马，都是连若涵之助，并非他的财力。

幔陀和萧五骑马跟在后面，一左一右，萧五佩刀，幔陀抱剑，犹如两大护法。二人后面，还有一辆马车，车内是连若涵的丫鬟令儿。车后面，是一些细软和换洗衣服，并无太多行李。连若涵在真定有宅子和产业。

通常人家的丫鬟都是跟随在娘子车后步行的，只有连若涵的丫鬟可以独乘一车，既是连若涵体恤下人，也是她实力的体现。

连若涵并非江湖儿女，也恪守女德，让夏祥和她同乘一车，也确实是有要事要和夏祥说说。

夏祥坐在连若涵对面，离连若涵不过三尺之遥，车子晃动，微风徐动，暗香袭来，让他难免心猿意马。阳光穿过车窗，落在连若涵的脖颈之上，皮肤吹弹可破，粉嫩胜雪，又温润如玉，又是孤男寡女同处一室，怎不让人意乱情迷？

夏祥并非圣人，况且连若涵又是人间绝色，他唯恐自己在连小娘子面前失态，就有失体统了，忙屏息凝神，心中默念：“人间私语，天闻若雷。暗室亏心，神目如电……”

“你倒是说话呀，你是荒唐还是正派？”连若涵见夏祥一副拘谨模样，手脚都无处可放，眼观鼻鼻观心，嘴里还念念有词，不由得笑了，“夏郎君，你是在背书还是在念经？”

夏祥心中的意动平息了几分，不敢再看连若涵如花的笑容，问道：“连小娘子有何吩咐，在下洗耳恭听。”

“回县尊，小女子不敢。”连若涵粲然一笑，“夏县尊已有官身，应该称‘本官’了。”

夏祥板起脸，伸手一抚还没有长出的胡须，咳嗽一声：“连小娘子，有何事要本官效劳？”

连若涵“扑哧”一笑，随即也板起脸说：“县尊请了，小女子有一事相求，还望县尊为民做主。”

“讲。”夏祥一脸威严，虽是刻意为之，却还真有几分官威。

“是。”连若涵低眉顺眼，一副小意温存的样子，倒还真像一个渴求青天大老爷为她申冤的弱女子，“县尊此去真定，人生地不熟，小女子对真定还算熟悉，愿为县尊引路，愿为县尊介绍乡绅认识。”

就这些？夏祥不信连若涵非但主动提出和他一路同行前去真定，还和他同乘一车，只为了如此小事，他咳嗽一声：“多谢连小娘子好意，本官就承受了。”

连若涵轻轻一拢额头秀发：“如此小事，本不该当面说出，不过小事却是大事的源头……想必县尊听说过真定是龙潭虎穴的说法？”

夏祥点头：“上次听庆王殿下有此一说。”

“不知县尊可知真定为何被称为龙潭虎穴？”

夏祥摇头：“真定本是龙兴之地，现今国泰民安，民风淳朴，百姓安居乐业，何来龙潭虎穴一说？”

太祖本是起兵于河南府，一生未越黄河。到太宗朝时，太宗御驾亲征金国，北渡黄河，一路挺进到了真定。太宗所率大军在真定滹沱河边，与金国大军相持数月，不分胜负。

时先锋大将曹文向太宗献计，可以掘滹沱河堤水淹金军。正是寒冬腊月，一旦决口，淹死冻死者必定不计其数。太宗本来决心已下，到大佛寺和住持善见大师谈话时，善见大师听说了水淹金军的计划，沉吟片刻，说了一番话，让太宗立时改变了主意。

“自古以来，帝王仁则天下仁，帝王义则天下义。汉起于草莽，高祖斩蟒蛇兴汉室，却中断于王莽，最终灭于草莽。是以帝王之心，一念仁慈则天下太平，一念杀戮则生灵涂炭。”

太宗收回成命，重新布兵列阵，要与金军正面交锋。金军强行渡河，大军行至河中，河水突然暴涨，金军淹死无数，顿时溃败。夏军趁机追杀，金军大败，滹沱河水涨三尺，三尺皆是血水。

此战，金军元气大伤，精锐皆失。

太宗从此奉大佛寺为皇寺，先后来真定数十次之多，曾多次有意定都真定，且不止一次对人说过：“太祖起兵于河南府，朕龙兴于真定府。”

真定由此被称为“龙兴之地”。

“滹沱河未发水时，风平浪静，养万民于两岸。”连若涵端身正形，认真地说道，“虎穴藏于深山老林之中，是否有老虎出没，并无人得知。”

夏祥明白了连若涵的言外之意，真定表面上民风淳朴，百姓安居乐业，实则平静之下隐藏了暗流。

/ 第三章 /

吃瓜百姓

直到夏祥和连若涵的马车消失在官道的尽头，再也看不见之后，肖葭才依依不舍地收回目光，回身说道："先生，为何不见夏祥一面？经文昌举一事，三王爷也收敛了几分，不再一心和夏祥过不去。"

肖葭的身后，站着李鼎善。李鼎善负手而立，远望夏祥消失的官道，微有惆怅之意。

"葭儿，官场之事，你还是思虑得太不周全了。"李鼎善微微摇头，安步当车，转身就走，"三王爷虽然折损了一个文昌举，但根基没有丝毫动摇，况且夏祥到真定上任，也是三王爷插手的结果。夏祥挡了三王爷的路，三王爷会放过他？嘿嘿，三王爷从来都不是会认输的性格。"

"夏祥怎么会挡了三王爷的路？他不过是一个七品知县。"肖葭亦步亦趋地跟在李鼎善身后，不时回头张望几眼，远山近水，天高地阔，夏祥早已走远。

"先不说夏祥用计扳倒了文昌举，在三王爷眼里，文昌举虽有大用，却并非大才。只说夏祥借文昌举科场舞弊案让庆王、见王顺势而为，联手站在了三王爷的对立面，只此一事，就让三王爷大为不满并且不会容下夏祥。"李鼎善不知是该庆幸夏祥过人的智慧还是该无奈他一出手就搅动了四方风云，他微微摇头，无奈一笑，"以前三王爷权倾朝野，景王、庆王和云王虽有不满，却并无动作，并非不想，只是并无合适机会。科场舞弊案，事关重大，又可赢得士子之心，是以景王才让见王出面，庆王也一改以前的不问世事，悍然出手。"

肖葭微微点头，默然心惊。她自认在经商之上头脑灵活而机智多变，高人一等，不想夏祥在官场之上举重若轻的手腕比她更胜一筹，她除了惊叹之外，更多的还是羡慕。若她也是男子该有多好，可读书以考取功名，步入官场，也可以助夏祥一臂之力。

"夏祥如此善于审时度势，若他留在京城，万一和庆王、见王交好，再被景王器重，三王爷的大事就要平添更多变数了。"李鼎善很是清楚，此次科举，夏祥最终大获全胜，固然有他和宋超度在背后推动的结果，更多的是夏祥自己运筹帷幄之功，若无夏祥之计，事不可成，他能看得清楚，三王爷更能想得明白，“更何况得了夏祥之助，金甲先生用药床药椅医好了皇上之病，皇上康复，三王爷继承皇位之事便遥遥无期了，他不恨死夏祥才怪。”

“皇上病好了？”肖葭为之一喜，“皇上春秋正盛，或许再生下龙子也未可知，到时不只三王爷，所有王爷继位的想法都要落空了，岂不是都要怪罪夏祥？”

“皇上之病并未全好，不过也好转了许多。”李鼎善站住身形，手搭凉棚朝远处观望，远处层峦叠嶂，近处树林郁郁葱葱，远山和近林之间，红尘滚滚之处，就是上京，“倒也未必。景王殿下继承皇位无望，见王更是希望渺茫，庆王和云王才是三王爷的劲敌。不过二人也没有把握赢得了三王爷，是以皇上若能生下龙子，皇位后继有人，总是好过三王爷继位。”

“是了，是了。”肖葭连连点头，想明白了其中的环节，“皇上有了太子，太子继位，几位王爷还可以安然高坐王爷之位。若是三王爷继位，几位王爷怕是难逃劫难……不过先生，我又不明白了，皇上既然病情大好，为何还不收权，还任由三王爷和候平磐把持朝政？”

“这也是我的不解之处。圣心难测，天威无常。”李鼎善微微皱眉，思忖片刻，“候平磐的新法深得皇上之心，三王爷治理朝政之策，也深受皇上赞许。二人联手把持朝政，也是皇上默许造成的局面。若说皇上生病之前，被二人蒙蔽还情有可原。经此一病，应该能看出二人的狼子野心才对，为何还不见皇上有所动作？”

一匹快马飞奔而至，正是谢间化。

谢间化来到李鼎善面前，翻身下马，拱手施礼：“先生，王爷请你速归。”

“有事？”李鼎善从谢间化的神色中发现了异常。

“听说是吏部任命曹用果为礼部侍郎。”谢间化并不清楚到底发生了何事，只是隐约听到景王和见王谈论此事。

“曹用果？”李鼎善微一思忖，明白了几分，“是何人提议？”

“听说是礼部高尚书。”谢间化答道，“说是高尚书本来推荐曹用果担任吏部侍郎，吏部也批了，呈报上去之后，皇上改任了礼部侍郎。”

转眼间车行数日，已经离京数百里远，夏祥此时在车中昏昏欲睡，连若涵看他打盹的样子不觉好笑，本想用一根羽毛去弄他的鼻子，又觉得不妥，却又按捺不住好奇和好玩，几次试探，最后一次下定了决心想要下手之时，忽然车外传来一声马匹的嘶鸣，车辆停下了。

夏祥顿时惊醒，掀开车帘：“出了什么事情？”

连若涵险些惊出一身冷汗，悄悄拍了拍胸口，还好没被夏祥发现，她偷偷藏起了羽毛，也探头朝外张望：“怎么了？”

夏祥眼中闪过一丝不易察觉的笑意，假装没看到连若涵收起羽毛的动作，目光落在外面，忽然愣住了——外面的街道之中，跪了一地的百姓。

夏祥急忙下车，脚刚落在青砖地面之上，萧五上前小声说道：“先生，到市乐了。”

市乐距上京五百余里，过了市乐南下几十里就是真定了。市乐知县裴硕章文章颇有文采，只可惜官声一般。

百姓跪拜的不是夏祥的马车——夏祥的马车虽然华贵，却明显不是官车——百姓跪拜的是一座蓝色的官轿。

“裴县尊，要为小民做主啊。”

“县尊，小民冤枉呀。”

“县尊明鉴，小民并无杀人，是董断诬陷小民。”

“县尊，严孙血口喷人，我董断行为端正纯良，受的是圣贤教诲，读的是孔孟之书，怎会做出诬陷他人之事？明明是严孙和家嫂早有私情，不想被家兄和小民撞见。为了防止事情败露，为堵众人之口，二人合谋杀害了家兄和马小三夫妇。还望县尊为家兄主持公道，为小民申冤！”

马小三？夏祥心中一惊，这名字怎么似乎在哪里听过？他分开人群，走近一看，人群之中，地上躺着两具尸体，一男一女，都是五旬上下。二人身上并无明显伤痕，身上衣服沾满泥巴。

夏祥是邻县真定知县，市乐县境内案件，他并无过问之责，也无插手权力，为避免被弹劾越界之嫌、僭越之过，最好的做法是转身走人，问也不要多问一句。他一眼就看了出来，官轿虽未打开帘子，但不用想也可以猜到，官轿之中所坐之人，正是市乐知县裴硕章。

只不过夏祥只看了地上所躺二人一眼，就顿时惊呆——二人不是别人，正是他在曹府门口结识的馄饨摊夫妇！

马小三对他有送信之谊，夏祥对马小三夫妇心存感激，在他初到京城举目无亲之时，马小三夫妇给了他亲人般的关爱，他对夫妇二人到底去了哪里一直念念不忘，不想再见到二人，竟然成了两具尸体。

夏祥心中震惊之余，又不免有几分惋惜和痛心。

地上所跪一共三人，两男一女。左首之人，面目清秀，二十出头，一身衣衫洗得浆白，却干净整齐，跪在地上，也是挺直了腰板，态度不卑不亢。

中间一名女子，容貌秀丽，颇有几分姿色，不过下巴过尖，娇艳过多而端庄不足。一身粉衣，虽价值不菲，穿在她的身上却显得既廉价又俗艳。虽诚惶诚恐地低头，眼睛却转来转去，暗中打量众人。

女子右首是一名年约三旬的男子，相貌堂堂，浓眉大眼，脸庞方正犹如刀削一般，三分英俊七分威武，颇有慷慨悲歌之气。

大夏律法虽严，官员对百姓却是十分体恤，通常审案时也不必下跪。如今几人跪拜街头，又抬出尸体，显然是要拦路喊冤，自认有天大冤情。

围观的百姓中，有一人正在吃瓜，边吃边说："唔，跪了半天了，也不见县尊下轿，裴县尊想必是不想理会了。"

"吃你的瓜就是了，要你多嘴？"旁边一名女子拧了吃瓜之人一下，"裴县尊是青天大老爷，他不下轿自有他不下轿的道理，你一个只配吃西瓜的平头百姓，哪里知道县尊的高明？"

"娘子你有所不知……"吃瓜之人一脸讪笑，一抹嘴巴，"裴县尊担任市乐县令已有三年，今年正值吏部考核之年，突然出了人命案子，万一处理不慎累了官声，想升一步怕是难了。"

"官人，你说董李氏和严孙到底有没有私情？"女子也拿起一块西瓜，边吃边说，眼睛斜了跪在董断和严孙中间的董李氏一眼，"董李氏长得也算端庄，怎么就是水性杨花的性子？知人知面不知心。董现也是，家财万贯却早早死了，真没享福的命。"

吃瓜男子嘿嘿一笑，一脸不屑："狗男女有没有私情还用说？呸，一对吃里爬外的东西，害死了董现还不算，还害死了马小三、牛二娘，千刀万剐也不为过！"

"董李氏怎么就害死董现了？是董现自己跳河自尽好不好？官人，你这话说得亏心不？"吃瓜女子伸手想要拧吃瓜男子的耳朵，"大夏律法规定，女子若是嫌弃丈夫，可以和离。董李氏对董现不满，难不成死也要死在董家？"

吃瓜男子一闪就躲过了吃瓜女子的"鹰爪功"，轻蔑地笑道："谁不让她和离了？如此水性杨花、朝三暮四的女子，留着也是丢人现眼，换了我，早就写休书了。董现心肠太软，也是太喜欢董李氏，不舍得休了她。心太软就是落一个被人害死的下场，不应该，真不应该呀。董李氏和严孙串通一气，吃董现的用董现的，最后还害死了他，不杀了这对狗男女，天理不容。"

夏祥听得一头雾水，地上死去的明明是马小三和牛二娘夫妇，怎么吃瓜男子和吃瓜女子说的却是董现，莫非还有案中案？他按捺不住心中疑虑，朝吃瓜男子叉手一礼："这位兄台可是认识董现和董断兄弟二人？地上所躺之人，应该不是董现本人……这到底是怎么一回事儿？”

吃瓜男子上下打量夏祥一眼，见夏祥身着布衣，不免就有了几分轻视，咧嘴一笑：“听你的口音是外乡人了？你有所不知，这董现是市乐城中一名富商，家财万贯，良田千顷，只不过没有读过什么书，是个土财主。后来娶了大家闺秀董李氏为妻。董李氏不但识字，琴棋书画样样精通，都说董现修了八辈子福气才娶了一个好娘子。”

吃瓜男子说得兴起，又拿起一块西瓜，一口咬下，汁液四溅，溅在了夏祥身上。萧五看得清楚，上前一步，就要推开吃瓜男子。

夏祥摇头一笑，制止了萧五。回身一看，连若涵也来到近前，站在他的身后，淡然而立，对眼前的一切漠然视之。幔陀骑在马上，并未下马，远远看了几眼，就不再近前一步，也对此事全无兴趣。

也许是她们见惯了不平之事，夏祥心中微微一动，幔陀生性淡然，江湖儿女，想必也是对世间生死司空见惯，是以不过于心。连若涵生于大富大贵之家，从未受过欺压凌辱和不公对待，对百姓的疾苦并无感同身受，因此上次吕东栋投河之事，她异乎寻常的冷静处理，也是坚毅性格的直接表现。

吃瓜男子斜着眼睛不满地瞪了萧五一眼，才继续说道：“董现是商人，商人重利轻别离，经常出外经营，要么南下泉州采购，要么北上漠北卖货，一年到头有七个月不在家。原本董李氏还算守妇道，在家中安分守己，后来经董李氏引荐，董现重用了董李氏青梅竹马的同乡严孙为账房先生，这就出了大问题了……”

也别说，吃瓜男子颇有说书先生的潜质，不但滔滔不绝说个不停，还抑扬顿挫，很懂得收放之道，吃瓜女子亦喜亦嗔地白了他一眼：“死鬼，又要你的嘴皮子了。当年你上我家提亲，这张嘴一张开就没停下来，一家人都被你说得大眼瞪小眼，我爹当时就相中你了，非要我嫁你不可……”

吃瓜男子还了吃瓜女子一个柔情蜜意的眼神：“娘子，我王先可是何许人也？绝非池中物，一遇风云就化龙，只不过现在时机未到而已。”

夏祥呵呵一笑：“王兄，出了什么大问题了？”

王先可也意识到跑题了，嘿嘿一笑：“说是大问题，其实也是小问题，无非男男女女的私情，蝇营狗苟的苟且……话说董李氏和严孙本是同乡，都是市乐人，二人青梅竹马、两小无猜，本是外人眼里天造地设的一双，不想后来造化弄人，严孙进京赶考，名落孙山，无颜再见江东父老，就在保州落地生根，娶了当地乡绅女儿为妻。时间一长，他不免想家，就带着妻女回家探亲，就和董李氏重逢了。不过董李氏也嫁了董现为妻，二人都感慨命运无常，有缘无分。”

夏祥点头说道：“既然有缘无分，就该各自安命，恪守本分，不该有非分之想。”

“是呀，谁说不是呢？”王先可深刻地摇了摇头，“按说吧，严孙有负于董李氏，不过话又说回来，严孙并没有对董李氏始乱终弃，二人也没有什么可以遗憾之事，只是董现太轻信董李氏之言，引狼入室，让严孙当上了账房先生。董现常年在外奔波经营，董李氏在家里守不住妇道，就和严孙有了私情。当然了，当事双方谁也不会承认此事，董断却有所察觉，也是苦于没有证据。董断向董现说了此事，董现却是不信。这不，前段时间董现从泉州回来不久，还收留了一对夫妇，嗯，也是一对可怜人，去泉州寻找失散的儿子，结果还是没有下落，流离失所无处可去，董现是好人，就带回二人要为他们颐养天年……”

王先可说着说着，眼圈忽然红了：“天可怜见，挨千刀的严孙，害了董现也就算了，却连一对老人也不放过，罪大恶极，罪大恶极！”

/ 第四章 /

不可等闲视之

“严孙是不是凶手还不一定，官人你不要太激动了。”吃瓜女子拉了拉王先可的衣袖，顺手在王先可身上擦了擦手，“我倒觉得，未必董断就不是凶手。董断和董李氏朝夕相处，见色起意，难免做出冒犯之事。董李氏难挨寂寞，和董断苟合也在情理之中。事发之后，董断栽赃到严孙头上，又害死了马小三夫妇……也说得过去。”

“你知道什么？不知道就不要乱说！”王先可极度不满地瞪了吃瓜女子一眼，“娘子，不是为夫说你，董断为人端正，怎会和自家嫂子有染？即便不顾人伦，和自家嫂子有了奸情，也断断不会害死自己兄长。董现和董断二人，从小父母不在，相依为命，手足情深，一奶同胞怎会互相加害？”

夏祥默然不语，心中已有了几分计较，对于此事大概清楚了几分。

吃瓜女子还想再辩驳几句，冷不防连若涵插了一句：“董现的死因是什么？马小三夫妇二人又是因何而死？”

连若涵本来对此事漠不关心，她也确实从小养尊处优，从未品尝过世间艰辛，不知升斗小民生存的不易，倒不是她对死者全无怜悯之心，而是在她看来不管天大的冤情，总有拨云见日的一天。不想听了王先可的一番话后，她才意识到了案情的复杂。更让她不解的是，明明裴硕章就在轿中，半天过去了，却不下轿，实在有失父母官风范。

吃瓜女子抬眼扫了连若涵一下，本来歪斜的身子瞬间站直，双眼发直，目光惊奇，结结巴巴地说道：“哟、哟、哟，我王孙氏长这么大还是头一次见到这么标致的小娘子。这位郎君，你几辈子修来的福气，竟娶了这样娇美如花的娘子……”

夏祥哂然一笑，正要顺势自夸几句，也好彰显自己是才貌俱佳的郎君，不料王孙氏又说了一句话，险些没有呛着他。

“你瞧瞧你一身的穷酸样，长得还算有模有样，可是也太穷了，一身衣服不值几文也就算了，还拿着一把黑乎乎的扇子，算下来你全身上下的东西加起来也不如小娘子的一个簪子值钱，你娶了她，也不知道从哪里烧的高香。”

夏祥一口气憋在嘴里，脸都涨红了，想告诉王孙氏他手上黑乎乎的扇子是曹殊隽所赠，价值数十两银子不止，却又觉得和她争论有失身份，他虽还是少年心性，刚刚弱冠，却已经是县尊之身，一言一行都要遵循章法。

连若涵掩嘴而笑，夏祥被一个市井妇人说得哑口无言，不知为何，她心中不免一阵欣喜。倒不是说她喜欢看到夏祥窘迫无奈的样子，而是夏祥身为堂堂的知县之尊，不能和百姓一般见识，尤其是王孙氏说夏祥娶了她是夏祥的福气，让她无比受用。

又一想，不对，连若涵脸上微微发烫，为何听到自己是夏祥的娘子会很开心？莫非她真的喜欢上了夏祥？怎么会？夏祥虽是进士出身，又是知县，但和她的家族相比，依然不过是一粒微尘。放眼整个大夏，有多少弱冠之年高中进士之后，或入职翰林，或外放知县，看似前程似锦，最终在朝堂之争和官场沉浮中消失得无影无踪者，比比皆是。

夏祥虽初入朝堂就搅动了四方风云，被三王爷视为眼中钉，被庆王、见王作为棋子，但谁又敢判定此去真定上任，他不会深陷龙潭虎穴，被三王爷的地方势力碾压并且撕裂？

如此一想，连若涵心思迅速冷却，淡淡地看了夏祥一眼，心中坚定了想法，若是夏祥有冲天之力，她愿意助他一臂之力，若是夏祥无力对抗三王爷的碾压，她也会如之前舍弃文昌举一般，毫不犹豫地放弃。

她虽然在婚姻大事上可以自己做主，但在家族利益面前不会任性，更不会拿家族利益当赌注。

“郎君并非我的官人。”连若涵神情淡漠之间，又有几分不喜，“王孙氏，我方才问你的话，快快答来。”

王孙氏被连若涵的气势一逼，莫名怯了几分，往常的泼辣不敢施展，忙不迭说道：“小娘子莫要着急，听我慢慢道来。董现和马小三夫妇，都是投河而死。”

“投河？”夏祥从小生长在中山村，对灵寿、真定和市乐几地的地理环境也算熟悉，除了滹沱河横穿灵寿和真定之外，并无江河流经市乐境内，“不曾听说市乐有江河。”

“你算是说对了，他们投的是真定的滹沱河。”王孙氏一拍大腿，眼中燃起了熊熊的“八卦”之火，“滹沱河离市乐还有五六十里，你说董现和马小三夫妇就算是死，也犯不着跑到五六十里外的滹沱河投河自尽。董断也是倔强，非要拉回马小三夫妇二人的尸首，可怜的董现，投河之后连尸首都没有找到，不知被河水冲到了哪里。”

原来二人是死在真定境内，夏祥恍然大悟，怪不得裴硕章不肯下轿，死者董现虽是市乐人氏，却死在真定，由真定县审理此案也是应当。裴硕章是想推诿责任，不想揽事上身。

一想也是，裴硕章今年是考核之年，此案看似简单，却是三条人命，也算是大案了。马小三夫妇并非市乐人氏，也没有死在市乐，他不接案，倒也合情合理。恐怕他此时还会怪罪董断多事，为何非要大费周章地将马小三夫妇运回市乐，在真定当地报官岂不更好？

“投河自尽？”夏祥越听越不明白，“既是自尽，就并非谋杀了，为何董断又要拦路喊冤？”

“怎么可能是自尽？董现家财万贯，又有娇妻，正值壮年，怎会想不开？退一万步讲，董现就算不想活了，跳井、上吊、抹脖子，有的是法子，非要跑到几十里外的滹沱河投河自尽，这不是向死里折腾吗？真想死的人，怎么死得快就怎么去死，谁也不会跑那么远去跳河，是不是这个理儿，娘子？”王先可嘻嘻一笑，一脸讨好的笑容。

王孙氏往王先可脑门上一指：“就你聪明？裴县尊为什么非说是自尽？”

夏祥心中更加明白了几分，说道：“县尊是否先以几人是投河自尽不予受理，董断不服，继续告状，县尊又以死者死在真定县内为由，应由真定县管辖再次拒绝接案，董断才拦路喊冤？”

王先可瞪大了眼睛：“你说得全对……你是猜到的还是听到的？”

夏祥心中微叹一声，脸色却一如既往地平静，朝王先可叉手一礼：“多谢。”随后他来到蓝轿之前，朗声说道，“裴兄，请下轿一见。”

一名衙役上前，恶狠狠地想要推开夏祥，萧五手腕一翻，一掌打在衙役的胳膊上，衙役后退几步，“扑通”一声坐在地上。

衙役大怒，招呼一声，数名衙役一哄而上，将萧五和夏祥团团围住。幔陀本来远远观望，见事情有变，当即纵身跳入场中，抱剑而立，对众衙役漠然视之。

轿中传来一声威严的咳嗽：“什么人在此喧哗？”

官威十足，声音漠然之中，又有几分高高在上的威势。

夏祥上前一步，众衙役分成两列一拥而上，想要拦下夏祥，夏祥轻笑一声：“裴兄，在下夏祥，前往真定，路经贵地，本不该叨扰……”

“夏祥？可是新任真定知县夏县尊？”轿中传来一声惊呼，帘子一闪，一人从轿中一步迈出，脚步飞快来到夏祥面前，叉手一礼，“夏县尊路经本县，未曾迎接，失礼，失礼！”

随后他又朝众衙役扫了一眼，冷喝一声：“不得无礼，还不退下！”

裴硕章年约三旬，面白无须，身着便装，并没有穿着官衣，长脸淡眉，嘴唇薄，眼白多，长得微有几分英武。

市乐只是一个望县，远不如次赤县真定。上任市乐知县是八品知县，裴硕章却是从六品，可见他大有来历。大夏知县品级从从八品到从六品都有，并非都是七品。

裴硕章不仅年长夏祥几岁，又比夏祥更有资历，且夏祥是路经市乐，按照常理，夏祥要么悄然路过，要么登门拜会，断没有裴硕章迎接他的道理。裴硕章却如此客气，夏祥心中明白，裴硕章是想顺水推舟，将棘手的董现、马小三夫妇案件推到他的身上。

什么？一身寒酸衣服的小郎君是真定知县？王先可不敢相信自己的耳朵，怎么可能，他也太其貌不扬了，好吧，夏祥确实长得还算不错，就是衣着太普通太一般了，最主要的是，也太年轻了。

想起刚才对夏祥的不恭，王先可忽然一阵后怕，双腿打战，双手放在王孙氏的肩膀上才没有瘫软在地上，他结结巴巴地说道：“娘、娘子，刚才的郎君是真定知县，真定可是大县，可是他也太年轻了，怕是刚刚弱冠……娘子，我方才对夏县尊似乎有些无礼，他会不会治我的罪？”

王孙氏虽然泼辣，却也没有如此近距离面对面和县尊说过话，也是吓得不轻：“我、我、我哪里知道县尊会不会治你的罪，谁让你不长眼睛，方才说话也不知道收敛几分。”

“你还怪我？是谁说县尊一身的穷酸样？”王先可急得想要跳脚，越想越是后怕，对平头百姓来说，县尊就是天，“破家县令，灭门刺史”，县尊一句话就可以让升斗小民家破人亡，他一头冷汗，“等下赶快向县尊赔罪，希望县尊大人有大量，不记小人过。”

连若涵被二人的样子逗笑了，说道：“你二人不必害怕，夏县尊是真定知县，并非市乐知县，管不到你们，也治不了你们的罪。”

夏祥也听到了王先可二人之话，默然一笑，对裴硕章回了一礼：“裴县尊，本官冒昧地问一句，董现、马小三夫妇命案，可是发生在真定县内？”

裴硕章数日前接到吏部考核公文，不日内，吏部考核官员将会前来市乐对他三年的市乐知县一任进行考核评定，是优良中差，事关他下一步的升迁，他虽有候平磐撑腰，却也要过了吏部例行程序的一关才行。

裴硕章正精心准备以迎接吏部考核官员，却突然出了董现、马小三夫妇命案，令他大为恼火的同时，又大为头疼。吏部再是想让他考核优等，也要大面上无事才行，三条人命的案件如果破不了，他连中等都评定不上，必定差等。

想他三年来安然度日，不想临走之时，却突起变故，怎不令人懊恼？更让他气愤的是，明明命案发生在真定，董断非要回市乐告状，任他派人如何说理外加威逼利诱都不为所动，真真是一个榆木脑袋，一个大大的刁民！

更让裴硕章怒不可遏的是，董断竟敢当街下跪喊冤，且还将马小三夫妇二人横尸街头，分明就是想逼他接下案子，是可忍，孰不可忍，他盛怒之下，在轿中对县尉樊力吩咐一番，想让樊力暗中知会付科等人纠集一群泼皮无赖将董断打上一通，好让他乘机脱身。

樊力领命而去，裴硕章就耐着性子躲在轿内，任凭董断在外面哭天喊地，任凭严孙和董李氏喊破嗓子，他依然“我自岿然不动”，还气定神闲地拿出扇子摇上几下，心中在想：地方官确实难当，还是京官轻松，没有如此之多的烦心事。刁民总是无端生事，不过是屁大的小事，也要当成天大的委屈，不就是董现和马小三夫妇投河自尽？人要死，天难留，又关他县尊何事？难不成谁家死了人都要怪他治理无方？笑话，天大的笑话！既是投河自尽，就自行安葬了事多好，哪里还需要他开堂审案？真真是泼妇刁民。

真定县也是，知县空悬了三月有余，怎么还不见新任知县上任？若是真定知县在任，发生在真定的命案，理应由真定审理才对。

前日收到京城来信，说是真定知县夏祥不日赴任，新晋进士外放第一任就担任真定知县，也算是委以重任了。不过……裴硕章再是清楚不过夏祥在京城的所作所为，夏祥一入京城就搅动四方风云，惹得三王爷勃然大怒的事迹，让他对夏祥之名如雷贯耳，却又嗤之以鼻。他佩服夏祥初生牛犊不怕虎的刚强，却又讥笑夏祥不知天高地厚的鲁莽。

不想今日意外在市乐和夏祥不期而遇，裴硕章惊讶之余，又喜上心头。夏祥来得可真是时候，现在他就可以顺理成章地将董现、马小三夫妇案件转交到夏祥手中，然后高枕无忧地迎接吏部考核。

如此一想，裴硕章忽然觉得夏祥还真是一个好人，如此棘手之事，竟然即将迎刃而解，他应该感谢夏祥才对。况且夏祥主动问到此案是否发生在真定境内，他更是喜出望外，忙向前一步，伸手一挽夏祥的胳膊：“夏兄，请借一步说话。”

夏祥一惊，他和裴硕章素昧平生，初次相见怎会如此热络？当下呵呵一笑，回头冲连若涵和萧五点了点头，随裴硕章进到了路边的茶馆之中。

茶馆不大，虽和上京奢华宽敞的茶馆不能相比，却也颇有特色和情调，只不过楼梯年久失修，上楼时，脚下咯吱作响，让人疑心一不小心就会一脚踩空摔到楼下。

到了二楼，进了一处僻静的房间，裴硕章让人上了茶，挥退手下，才又一脸和蔼笑意地对夏祥说道："夏兄当真是及时雨，来得太是时候了，发生在真定县内的命案，因百姓无知，运尸到市乐，拦街喊冤。方才你也看得清楚，本官不下轿，是不敢僭越。夏兄上任之初，就可着手审理一桩大的命案，是为圣上分忧，为百姓申冤，也是为官者之大幸。"

夏祥不动声色，慢条斯理地喝了一口茶，朝窗外望了一眼，窗外的街上，依然围观了无数百姓，都想看最后县尊如何审案，却不知道，他们望眼欲穿的县尊此时正在茶馆的楼上悠闲地喝茶，全然没有要审案的心思。

"话是如此，不过本官还有一事不明……"夏祥其实已经想要接手此案了，尽管他也知道，上任之初就遇到了一件如此棘手的大案，并非什么为官者之大幸，百姓的不幸怎会是为官者的大幸，他淡淡地看了裴硕章一眼，"裴县尊，百姓有冤，为官者当不辞辛劳为百姓排忧解难。董断本是市乐人氏，董现也是，且被告严孙和董李氏也是市乐人氏，董断运尸回市乐，是对裴县尊的爱戴和信任，裴县尊审理此案，既是为圣上分忧，又是为百姓申冤，何来僭越之说？"

裴硕章一口茶含在嘴里，想咽却咽不下去，着实噎得难受。他原以为夏祥会一口应下此事，以夏祥的年轻气盛，有人命官司，应该大有期待一展手段为民请命才对，不想夏祥竟有推托之意，他心思不由得为之浮沉不定。又听夏祥以官职相称，他心中微微一怔，知道夏祥是想和他公事公办，又一想，是了，能从容周旋于几位王爷之间的人物，虽年轻，虽初入官场，却也不可等闲视之。

/ 第五章 /

多管闲事

不过裴硕章还是自认夏祥再有城府，也不过是刚过弱冠的小儿，就抚须一笑：“夏县尊此言差矣，大夏律法有文，命案以发生地为审理之地，董现和马小三夫妇是在滹沱河投河自尽……”

“大夏律法也另有条文，若民所告之案不在发生之地，可以在户籍所在之地报官。”夏祥不慌不忙地回应裴硕章，“律法不外乎人情，若只以命案发生地为审理之地，会有多少恶人流窜外地杀人放火，然后逃之夭夭，让当地官府无从捉拿？”

裴硕章愣了片刻，才说：“夏县尊之意是，非要本官接下此案了？”

“并非本官非要裴县尊接下此案，是此案本是裴县尊的分内之事。”夏祥端起茶杯，又轻轻放下，“茶凉了，人走了，但茶香尚存，名声还在。”

裴硕章自然听出了夏祥的言外之意，是提醒他雁过留声人过留名，心中不快，将茶杯一放：“本官还有要事在身，恕不能奉陪，请！”

夏祥见裴硕章下了逐客令，却并不起身，反倒自顾自倒了一杯热茶：“裴县尊少安毋躁，本官的话还没有说完。”

裴硕章心中愈加气愤，若是夏祥不接手此案，此案就还是他的烫手山芋，他哪里还有工夫和夏祥闲聊，虽是邻县，却也是不相干之人，他不耐烦地说道：“夏县尊还有何指教？”

“本官本来想说此案若要真定县审理，也是可以，不过裴县尊既然有要事在身，就算了……”夏祥认真地笑了笑，“本官告辞。”

等夏祥的身影消失在楼梯之处，裴硕章还一脸茫然，不解夏祥前后矛盾之话到底是何用意，有何居心。

“县尊……”县尉樊力悄然现身在裴硕章身边，他低眉顺眼，弓着身子，恭敬又不失讨好之意，“付科他们到了，要不要现在动手？”

裴硕章朝窗外探头张望，夏祥几人已然走远，他的目光又落在了挺着身子跪在地上的董断脸上，眉头皱起，厌恶之色迅速在眼中弥漫，不耐烦地挥了挥手："不要出了人命就好。"

"是。"樊力小心地应了一声，眼中闪过一丝狠毒，迅速下楼，来到街上，目光扫了人群中一个干瘦精壮的汉子一眼，微一点头。

干瘦精壮汉子回应了樊力一个心领神会的眼神，他依次拍了拍身边三人的肩膀，随后一拳打在其中一人的胸口上。

干瘦精壮汉子正是市乐县城有名的泼皮无赖付科，他是远近闻名的市乐一霸，欺男霸女、横行乡里，几乎无恶不作，不知有多少人受过他的气，吃过他的亏，挨过他的拳头。

传闻城东开油坊的胡九二的娘子胡李氏被付科玷污了，胡九二报官之后，县尉樊力和捕头刘名带人查案，最后结案却是查无对证，事情也不了了之。

胡九二气不过，来到县衙击鼓鸣冤，却被乱棍打出。胡九二一病不起，胡李氏羞愧之下，自挂东南枝，上吊自尽了。

出了人命，都以为付科会被抓到大牢之中。也别说，付科还真被抓了进去，正当百姓高兴之时，才关了三天的付科又被放了出来。付科在市乐县城大摇大摆走了一圈之后，明目张胆地宣告，以后谁再胡乱告他，他就会让谁的下场和胡九二一样惨。

胡九二重病在身，又接连承受了娘子自尽、付科逍遥法外的打击，悲愤难忍，也一命呜呼了。胡九二之死，更加让付科恶名远扬，从此付科在市乐县再也无人敢惹，付科也因此得了一个外号——"镇市乐"。

付科和几人一动手，围观的群众就认出是"镇市乐"来了，当即一声惊呼之下，做鸟兽散，只留下跪在地上的董断、严孙和董李氏三人，以及躺在地上的马小三夫妇的尸体。

付科一拳挥出，打得对手——一个黑瘦的汉子摔倒在地，好巧不巧，正好砸在董断身上。董断惊呼一声，还没有来得及说话，黑瘦汉子跳了起来，一脚踢在他的脸上，顿时他的半边脸就肿了起来。

黑瘦汉子并不罢休，上去对董断拳打脚踢，破口大骂："要不是你挡了老子的路，老子也不会被打，你这厮实在该死！"

董断不是黑瘦汉子的对手，被打得满地打滚，围观的吃瓜百姓包括王先可和王孙氏吓得惊慌失措，哪里敢为董断出头，都四散而逃。

董断滚到了付科脚下，付科一脚踩在了董断的脸上，恶狠狠地说道："活得不耐烦了是吧？想试试付爷的手段？董断，你死了大哥就该好好安葬，让他入土为安，偏偏要来抬尸挡道，让全城的人都惹了晦气，你的心肠也忒坏了！"

说话间，一脚飞出，正中董断肚子。董断哀号一声，原地打了几个滚，滚到了马小三夫妇的尸体旁边，眼睛一翻就昏死过去。

昏迷不醒的董断和马小三夫妇的尸体并排躺在一起，若不仔细看，他也会被当成死人一个。

王先可见事情不妙，早就躲到一边，却并没有躲远，而是站在茶馆的门口观望。等他看到董断被付科打得昏迷不醒时，忍无可忍地跳了出来，一腔义愤化成了满腔怒火，远远指着付科大骂："付二狗，你丧尽天良，早晚会被天打雷劈，死无葬身之地！"

付科本想再去踢昏迷的董断几脚，被王先可一骂，当即嘿嘿一笑，转身朝王先可走来，他顺手从路边的摊位上抄起一根胳膊粗的擀面杖，气势汹汹地几步冲到王先可面前，朝王先可当头打去。

樊力和刘名远远站在人群之中，对眼前发生的一切视而不见，似乎他们压根儿不是县尉和捕头一般。

王先可骂的时候感觉气血上涌，恨不得痛打付科一顿，等见到付科穷凶极恶地拎着棍子朝他冲来之时，瞬间软了，竟连逃跑都忘了，吓得一屁股瘫坐在地上，双眼一闭，双手抱头。

王孙氏不能眼睁睁看着王先可被付科一棍打中脑袋，不死也得被打成傻子，她飞起一脚踢中了付科的屁股。付科没防备王孙氏从背后偷袭，被一脚踢中，身子一晃，力道一减，一棍就打在了王先可的肩膀上。

王先可痛呼一声，歪倒在地。王孙氏急了，上去一把揪住王先可的耳朵，用力一提："你个死鬼，长着两条腿不会跑呀，坐着等人打，你傻死笨死算了。"

王先可一激灵，仿佛灵魂回体，当即拉过王孙氏的手："娘子说得对，跑，赶紧跑！"

却为时已晚，付科的同伙从四面八方包围过来，一共四人，将王先可和王孙氏团团围住。付科扛着棍子，摇摇晃晃来到王先可面前，扬手打了王先可一个耳光，又上下打量王孙氏几眼，目露凶光，忽然伸手摸了一把王孙氏的屁股，淫荡地笑道："王先可，刚才王孙氏踢了我一脚，我大人不计小人过，就算了，只要她陪我一晚上就好。"

王先可再是窝囊，也忍受不了被人当面欺负自家娘子，低吼一声冲了过去，一头撞在了付科的怀中。

付科哈哈一笑，早有防备的他，顺势抓住王先可的衣领朝后一送，王先可就一头扑倒，结结实实栽倒在了地上。

付科向前一步踩在了王先可的脖子上，脚下用力："服不服？"

“不服！”王先可嘴上沾满了泥巴，用力挣扎，“付二狗，今天有你没我，我和你拼了。”他双手在地上乱抓，摸到了一块砖头，然后砸在了付科的脚踝之上。

付科吃疼，怒极，伸手拿出一把明晃晃的匕首，刺在了王先可的左肩之上。匕首没入王先可肩膀三寸之深，他转动匕首：“我再问你一句，你服不服？”

“我！不！服！”王先可痛不可言，却依然紧咬牙关，想起他和娘子以前的种种恩爱时光，只横了一条心，不管怎样，绝不能让娘子受到付二狗的污辱，哪怕他死了也不能，“付二狗，你有种杀了我，只要我还有一口气在，我就和你没完没了。”

“好。”付科也是被王先可彻底激怒了，他横行霸道多年，还从来没有人敢对他如此不恭，也不管是不是在大街之上众目睽睽之下了，拔出匕首，朝王先可的脖子上猛然扎去。

“不要！”王孙氏知道一刀扎下，王先可必死无疑，她想冲过来救下王先可，却被付科的手下拦住，她一介弱女子，也就是平常欺负欺负自家官人，何曾见过如此场面，只哭得泣不成声，“放过我家官人，我跟你走，付爷……”

付科狞笑一声：“弄死了王先可，你不一样还是要跟我走？王先可今天活不了了！”眼中凶光一闪，匕首停顿片刻，再次扎向了王先可的脖子。

“住手！”

眼见王先可就要命丧当场之时，伴随着一声沉闷的断喝，寒光一闪，付科只觉手臂一震手腕一松，手中的匕首飞出数丈之外，钉在了路边一棵高大的柳树之上。

“谁这么爱管闲事，是活够了还是不知道付爷我的威名？”付科放开王先可，回身一看，一个弱冠男子安然地来到他的面前，他二话不说冲了过去，朝对方当胸一拳，“狗东西，老子的事情也敢管，也不睁大眼睛瞧瞧老子是谁。”

幔陀和萧五站在夏祥身后一丈开外，幔陀手中紧扣一枚柳叶飞刀，萧五小声说道：“师娘，该我现眼，不，该我上场了，你且休息休息，看我怎么收拾这个败类。”

幔陀微一点头，并未在意萧五对她的“师娘”之称，目光紧盯付科的一举一动，若是他危及夏祥的安危，她手腕一扬，付科必会血溅当场。

夏祥本来也能躲开付科的一拳，却故意慢了半分，被付科打了左肩之上。付科一击得手，又飞起一脚直踢夏祥肚子，此时萧五已经赶到，一伸手就一个“海底捞月”抓住了付科的右腿，然后用力向上一抬，付科身子朝后一扬，摔了一个倒栽葱。

付科何曾吃过如此大亏，摔得眼冒金星不说，还正好摔在一堆马粪上，后脑和脖子之上，沾满了臭烘烘的马粪，他在地上打了一个滚，翻身起来，从旁边抽出一把腰刀，狂呼乱叫地冲萧五扑了过来。

“横扫千军！”

“长河落日！”

夏祥只说了两个招式，付科就被萧五打倒在地，再也无力反抗了。付科的爪牙见状，一哄而上，将萧五团团围住。正要动手时，夏祥向前一步，朝路边茶馆的二楼朗声说道：“裴县尊，当街行凶杀人，谋害朝廷命官，该当何罪？”

正躲在窗户后面偷看事态发展的裴硕章被夏祥识破，不由得脸上一烫，心中微怒，夏祥方才不是已经离开，为何又去而复返？夏祥既不想接下董断之案，为何又要多管闲事？市乐是他的管辖之地，夏祥莫非想要越俎代庖不成？

不过虽心中不悦，却也不能坐视不管，毕竟夏祥是朝廷命官，真要发生了新晋进士新任真定知县惨死市乐县城之事，他别说通过吏部考核了，必定会被御史参一个治安不力之罪，不是被罢官就是会被贬谪海南。

“论罪当斩！”

裴硕章推开窗户，冲夏祥点了点头，又冲樊力和刘名说道：“樊县尉、刘捕头，还不赶快拿下付科等人。”

樊力和刘名对视一眼，县尊有命不敢不从，当即一抖锁链，吆喝一声：“拿下！”

方才还不见一个人影的一众捕快此时却如同凭空出现一般，从四面八方涌了过来，将付科锁下。

付科不知所以，还以为裴硕章是拿他立威，抖了抖手中锁链，哈哈一笑，抬头说道：“裴县尊，是要小的跟眼前的人走一趟？好，没问题，我就试试他的斤两，回来再向裴县尊禀报。”

此言一出，裴硕章脸色顿时为之一沉，付科在市乐嚣张惯了，不知天高地厚，不知轻重，当众对他说如此有意亲近之话，当真是一个大大的笨蛋，更何况众人中除了百姓之外，还有一个夏祥在此。

夏祥可是堂堂的七品知县！

夏祥淡然一笑，抬头说道：“莫非此人和裴县尊有旧？真是如此的话，本官卖裴县尊一个人情，就不带他回真定了。”

裴硕章倒吸一口凉气，夏祥果然名不虚传，刚才的话，如诛心之箭，直中命门。他原以为夏祥只是想拿下付科，出一口恶气了事，不想夏祥竟想带付科回真定！

就他本意而言，自然是不想让夏祥带走付科，付科在樊力的指使之下，做了许多伤天害理之事，他一清二楚。只不过治理地方，需要软硬兼施的手段，付科是他用来镇压不安分百姓的一枚棋子。棋子可用时是棋子，不可用时是弃子。待他离开市乐之时，付科必然会被弃如敝屣。

但弃子也要他亲手遗弃才行，而不是要假借夏祥之手。更何况，他再是清楚不过，付科在市乐做过太多坏事，牵涉的官吏也过多，若是被夏祥查实，是否会参他一本姑且不说，只说他的把柄落在夏祥手中，也是为官大忌。

只是最可气的是，夏祥当众说出他和付科有旧的话，让他没有台阶可下，他堂堂一县之尊，怎会和一个泼皮无赖有旧？裴硕章又气又恼，却又偏偏发作不得，只好故作威严地咳嗽一声："夏县尊莫要乱说，本官和付科并不相识。付科当街谋害朝廷命官，并行凶杀人，虽是发生在市乐县内，却事关真定知县夏县尊。夏县尊，本官派人押送付科等人到真定县衙，你意下如何？"

夏祥要的就是裴硕章为了自保而双手奉上付科，当即叉手一礼："多谢裴县尊，如此就有劳各位了。"他又冲樊力、刘名等人微施一礼。

樊力和刘名不敢托大，毕竟眼前之人是七品知县，忙纷纷还礼。

夏祥去而复返是有意为之，他很清楚他在场之时，裴硕章不好施展各种手段，只是他没有想到的是，裴硕章为了一己之私，竟然任由付科胡作非为，甚至当街杀人也不出面制止。这让他不由得大失所望，又暗下决心，一定要替董断、马小三夫妇申冤，一定尽他所能还市乐百姓一片青天。

说来，他是真定知县，市乐之事和他全无关系，若是直接插手，还有僭越之嫌，是以只好采取迂回之策，假装离开，静等事态的进一步发展。好在事情的发展虽超出预料，却总算有惊无险。

付科眨眨眼睛，一脸满不在乎的神情，仿佛不管是在市乐还是去了真定，他都会大摇大摆安然无事地回来。夏祥的目光在付科脸上一扫而过，平静如水，不起半点波澜，随后他冲幔陀微一点头。

幔陀会意，向前一步冲樊力和刘名一抱拳："有劳二位了，请随我来。"

二人只觉一阵目眩，被幔陀的美貌惊艳，竟有片刻的失神，清醒之后，不由得一阵窃喜，本以为一路押送付科前往真定，会十分枯燥无味，不想却有如此貌美的小娘子同行，想必一路之上风光无限了。

"因王先可和王孙氏也是事主，裴县尊，本官希望带二人一同前往真定。"夏祥虽和裴硕章一个楼下一个楼上，仰望对话，态度却是不卑不亢，并不因为仰视裴硕章而不自在。

裴硕章找不到回绝夏祥的理由，只好点头说道："理应如此。"又一想，不对，付科还打了董断，他就顺势随口又说，“董断也应一并带回。”

“正是，正是。”夏祥顺势接下，“不过人多事杂，本官人手不够，还请裴县尊多派人手护送，以防万一。”

“樊县尉，你带十名捕快五名衙役随夏县尊前去真定，务必将一干人犯、人证平安送达。”裴硕章顺水推舟将董断这个天大的麻烦转交给了夏祥，正求之不得，当即下达了命令，“若有差池，拿你们是问。”

“是，县尊！”樊力等人齐声应诺。

/ 第六章 /

一河两岸

“夏祥到底是何用意？”

夏祥一行走后许久，裴硕章依然坐在茶馆二楼的包间之中，没有走出房间一步，苦思夏祥的所作所为究竟剑指何处。此时街上已然恢复了正常秩序，付科、董断、王先可、王孙氏等人被夏祥带走，留下的严孙、董李氏也趁机脱身，赶紧回家，不想再在众人面前丢人现眼。马小三夫妇的尸体被衙役存放在了衙门的停尸房中。

县丞田庆眯着眼睛，下巴的胡须枯萎如秋天的杂草，三分黄五分白，稀稀落落，很不茂密，只有三寸多长，他却抚个不停，仿佛自己是一尺长须的美髯公一般。

“县尊，夏祥应该是想接手董现、马小三夫妇一案，但却并不想直接接下，或者说，不想帮县尊解围，只是为了他的官声，是以以假道伐虢之计，拿下付科，带走董断，再由二人连带引出董现、马小三一案，便可顺理成章上报朝廷，他上任之初就破了一件大案，朝廷必定嘉奖。”

“夏祥何必如此大费周章，直接接下董现、马小三夫妇一案岂不更好？为何非要绕一个大弯？”裴硕章心中已然猜到夏祥用意，有此一问，只是想借田庆之口说出而已。

县丞仅次于知县，是知县之佐官，若知县有无法处理政事之时，县丞可以代为行使知县职权。今年五十岁的县丞田庆，在县丞职位上任职二十余年，始终未能如愿升任知县。田庆历任真定、灵寿和市乐县丞，三县相交，相距不过四五十里，皆归真定府管辖。

田庆也是进士出身，虽是同进士，却也是名正言顺的士子，并非吏。大夏官员，多提拔士子，极少提拔未经科举而靠荫庇、捐官之人，更不会提拔吏员。通常来说，一日为吏，终身为吏。如田庆一般同进士出身，外放多半会从县丞、主簿做起，田庆还算不错，直接就是县丞，都以为他从此可以由县丞到知县再到知州、知府，步步高升，不想二十年间却始终在县丞之位原地踏步，并未前进半分。

究竟是他为人不行还是无人赏识，就不得而知了。反正裴硕章心里很是清楚，他来市乐上任第一天起就对田庆大起提防之心，为官三年来，他和田庆公私分明，没有任何私交。因为他虽不知道田庆为何会二十年来只任县丞而无法前进一步，却也明白一事：田庆必定不被皇上所喜！

皇上未必会记住大夏治下上千知县之名，更不会知道上千县丞之名，但历任二十余年县丞还没有升迁之人，田庆是绝无仅有的唯一一人，皇上想不记住他的名字都难。皇上一向对臣下宽容，就连十五年考不中进士的士子也会破格录取，对于地方官员，更会优待。

田庆有如此际遇，和以前的刘七变被太祖划去功名有相同之处，应该是当今皇上不喜田庆之人，有意压制。

田庆双眼眯成一条缝，眼神跳跃不定，呵呵一笑："县尊有所不知，夏祥此人虽然年轻，却心深如海。他在和县尊会面之前，已然向王先可问了个清楚，对董现一案的来龙去脉，了然于胸。可见夏祥对此案大感兴趣……但夏祥毕竟年轻，上任之初，便接手一件三条人命的大案，万一出了差池，便是无可挽回的大错。但若是只审理一件谋害朝廷命官的小案，便可轻而易举结案了。若再从中牵出董现、马小三夫妇的大案，成了，是意外之喜；不成，也可及时收手，反正有付科谋害朝廷命官、行凶杀人的小案可以呈报。夏祥此举，是进可攻退可守的万全之策，此人……心思缜密，行事滴水不漏，是一个厉害角色。"

田庆之话，和裴硕章的想法不谋而合。平心而论，裴硕章很是赏识田庆之才，田庆此人，审时度势，颇有眼光和魄力，却总是犯官场中人的大忌——卖弄聪明，为上司进言，往往说得太透太多，似乎他比上司还要高明一般。

裴硕章微微点头："如此说来，夏祥十有八九会从付科身上打开缺口，然后顺藤摸瓜，查出董现、马小三夫妇投河自尽的真相？"

"必是如此。不过……"田庆自得地一笑，"董现、马小三夫妇确实是投河自尽，不会再有其他真相，夏祥夏县尊肯定会大失所望。"

裴硕章沉默片刻，将事情的前前后后又想了一遍，心中又笃定了几分，哈哈一笑："田县丞说得极是，本官再是爱民如子，也无法阻止想死之人的自尽，也不能让自尽之人死而复生。时候不早了，回县衙休息片刻，准备迎接吏部之人。"

"是。"田庆恭恭敬敬地叉手一礼，神色恭谨之中，又有一丝狡黠和得意一闪而过。

真定县衙位于滹沱河南岸，和真定府隔河相望，若是天气晴好之时，站在县衙的书楼上，可以清楚地看到真定府门后的登闻鼓。

驿站早就传来消息，说是近日新任知县夏祥即将走马上任。听闻有新任知县到位，着实让真定县一干人等既兴奋期待又失落无奈。兴奋期待的是县尉马展国、捕头丁可用，真定知县空缺三月有余，迟迟不见吏部派人上任，县里一应大小事务皆由县丞许和光代管，许和光和押司杨江把持大权，为所欲为，让马展国和丁可用大为不满，却又拿二人无法，二人不管是职务还是威望都远超他们。

失落的自是许和光和杨江了。许和光今年三十有余，在真定担任县丞五年，原以为会由他接任知县一职，再上升一步，不想却任命了一名新晋进士。新晋进士也就罢了，还刚刚弱冠。

若说以上都不是让许和光和杨江失落无奈并且闷闷不乐的主要原因，那么夏祥在上京应试之时揭发文昌举科举舞弊导致文昌举落马一事，才是让许和光和杨江最为不安的原因所在。夏祥得罪了三王爷，日后还会有大好前程？夏祥有没有大好前程，许和光和杨江自不关心，但若是为夏祥之故而连带影响了三王爷对真定所有官员的不满，便是真定县之大不幸了。

是以许和光和杨江对夏祥的上任，担心多过期待。

从上京到真定，路途遥远，少则六七日，多则十余日，县尊也不知是哪一日才到。按照常理，县尊一路南下，都要由驿站安排接送，真定县衙可以随时知道夏县尊何时路经何地。前日驿站传来驿报，夏县尊已经由市乐驿站经过，市乐距真定不过五六十里之遥，最慢今日也应该到了，是以一早马展国和丁可用就穿戴一新，等候在了县衙门口迎候县尊的到来。

不想日过正午，还不见县尊的身影，派去迎接县尊的捕快袁东登驱马四五十里，到了真定和市乐交界之处，也没有发现县尊一行。他策马返回真定县衙时，已是午后时分。

听了袁东登之话，马展国十分不解，真定到市乐只有一条官道，县尊一行乘坐马车前来，只有官道可行，走不了乡间道路，为何不见县尊行踪？且真定一带皆是平坦大道，并无山区，不可能遭遇山匪流寇，再者真定安定多年，数十年来没有匪患之忧。

那么县尊到底是去了哪里？

不只马展国百思不解，恭候夏祥多时的许和光和杨江也是十分纳罕，夏县尊莫非迷路了不成？不应该，夏县尊本是灵寿县人，对真定一带即使不是十分熟悉，也并不陌生，况且从京城到灵寿，只管沿着官道一路南下即可，不认路之人也能走到真定，夏县尊怎会走丢？

若是没有走丢，夏县尊又是去了哪里？真的出现堂堂的一县之主不见的怪事，可是大夏立朝以来史无前例的。

眼见天色渐晚，许和光有了几分焦急，招呼众人回到县衙的议事堂开会。

议事堂本是知县召集众人议事之处，如今知县尚未上任，身为县丞在此议事，也合规矩。不过许和光还是不敢坐在正位之上，而是让正位空悬，他坐在副座之上，环视众人一眼，说道："想必诸位已然知道县尊下落不明之事，此事事关重大，本县丞有一番忠告要告诫各位。第一，不得对外宣扬；第二，如若明日晚间夏县尊还是不知所终，即刻上报真定府知晓；第三，夏县尊虽是一县之尊，毕竟年纪轻轻，真定县内诸多乱七八糟的流言传闻，不必向夏县尊提及，若是让本县丞知道谁有意在夏县尊面前搬弄是非，嘿嘿，本县丞饶他不得。"

"谨遵许县丞之命。"杨江忙不迭地第一个跳出来附和，"真定县和真定府隔河而望，真定县但凡有丝毫风吹草动，都会让府尊得知。崔府尊向来不喜欢多事，谁若是无事生非，崔府尊定会不喜。崔府尊治下严厉，惩治下属从来不会心慈手软，各位不要忘了，冯押司是怎么被崔府尊治了一个不敬之罪，最后落了一个孤苦无依的下场……"

听杨江提到冯押司，马展国和丁可用对视一眼，二人都从对方眼中看出了不满和不屑。马展国更是嘴角扯动几下，心想杨江还有脸面提到冯押司，冯押司被崔府尊治罪，便是杨江诬告之故。

可怜冯押司，只不过在醉酒之后说到了清河崔家在大唐之时，是如何名扬天下，在大夏之朝，却默默无闻，若是崔家的列祖列宗泉下有知，不知对如今崔家不肖子孙的无能作何感想……此话只是酒后之言，也并无不妥，不知为何传到了杨江耳中，向来和冯押司不和的杨江就添油加醋一番转告了许和光，许和光二话不说就将此事告诉了崔象。

崔象身为真定知府，是五品大员，身为清河崔家后人，竟被一名小小的押司嘲讽，当即勃然大怒，勒令时任真定知县的郝海记将冯押司免职并且下狱。郝海记虽明知冯押司无罪，却迫于崔知府的淫威，只好捏造了一个罪名将冯押司下狱。

冯押司下狱之后，许和光千方百计想要折磨冯押司，好在马展国不忍冯押司遭受无妄之灾，和丁可用尽力维护冯押司，冯押司才免受了皮肉之苦。被放出后，丢掉了押司之职，从此失去生计，父母承受不住打击，接连去世，妻儿也离他而去，他一人流落街头，形同乞丐。

对冯押司的遭遇，马展国和丁可用虽无比同情，却无力施加援手，主要也是因为郝县尊为人懦弱，不敢拂崔知府之意不说，连崔知府的妻弟许和光也不敢稍加颜色。没有郝县尊出面，他二人无力抗衡许和光和杨江。

身为崔知府的妻弟，许和光虽只是真定县丞，却有真定“地下知县”之称，非但在真定县一手遮天，在真定府也是呼风唤雨。上任真定知县郝海记为官三年，处处被许和光牵制，大事小事都由许和光一言而定，他只管点头和签署，人称“联署知县”。冯押司被下狱之后，郝县尊为了彰显一县之尊的权威，提议郭明寒担任押司，却被许和光以郭明寒资历欠缺之由否决。许和光提议杨江担任押司，郝县尊明知若他任命了杨江接替冯押司，非但会让真定县官风不正，也会有损他个人官声和官威，却还是不敢违逆许和光之意，只好咬牙认了。

郝海记三年任满，调离真定县时，非但没有依依惜别之情，反倒如释重负一般，欢喜离去，据说许和光前去为郝海记送行，客气地说道，山高水长，日后相见。郝海记却连忙回应，从此“人生不相见，动如参与商”。可见郝海记对许和光是如何厌恶和反感，以至于愿今生不再相见。

许和光静候片刻，见马展国和丁可用都低头不语，不悦地说道：“怎么，马县尉和丁捕头对本县丞的话，可有指教？”

马展国和丁可用忙起身施礼：“不敢，谨遵县丞之言。”

“坐下说话，不必多礼。”许和光会心一笑，和颜悦色地说道，“马县尉、丁捕头，本县丞知道你二人对我多有不满，无妨，本县丞并不放在心上。你二人也是一心为公，本县丞体谅你二人为国为民之心。只是真定县和真定府同处一地，只隔河相望，县衙有风，片刻之间就到了府衙，不得不事事小心为上。”

微一停顿，许和光又说：“夏县尊年轻气盛，初中进士就担任真定知县，并无官场经验，也无朝堂胸襟，若是由着性子凭借书生意气主持一县政事，怕有负圣恩，愧对黎民百姓。我等虚长夏县尊几岁，又在真定多年，当恪守本分，尽力为夏县尊分忧，不可无端生事，以免夏县尊误判形势，做出不利于真定黎民百姓之事。分内之事，自当独自完成，不必事事烦劳县尊，更不可因诸多杂事而让县尊裁定，从而让县尊受困于鸡毛蒜皮的小事之中不能在考核之中名列优等，否则就是我等身为下属的失职！”

马展国微皱眉头，回身坐下，目光迅速从许和光、杨江脸上扫过，随后低头屏息，一脸恭敬之态，心中却想，许和光又想拿出当初对付郝海记的手段来对付夏县尊，欺负夏县尊少不更事，以明为县尊分忧，实则架空县尊的手法将夏祥生生困死在真定，让夏祥上被崔象所压，中被许和光所欺，下被杨江等典吏所骗，完全被许和光编织的权势人情网牢牢控制。

夏县尊刚刚弱冠，如何是老谋深算的许和光的对手？马展国心中隐隐担忧，之前听到夏县尊智斗文昌举的喜悦也消失殆尽，还没上任就在路途中迷路的夏县尊，在真定这个龙潭虎穴之地，怕是没有一线生机！

马展国暗暗叹气，在听说了新任知县是在科场舞弊案中扳倒了当朝二品大员文昌举的夏祥之时，他喜出望外，有如此厉害的人物担任真定知县，或许可以还真定青天白日。不料等了十数日，等来的竟是新任知县上任途中不知所终的消息，怎不令他大失所望？

“许县丞、马县尉，外面来人说是市乐县尉樊力和捕头刘名押送犯人前来交接，请县尉和捕头前去迎接。”

衙役罗才成进来禀报。

“什么？市乐县尉樊力押送犯人？”许和光一脸惊愕，站起身来，一拍桌子，“马县尉，丁捕头，快随本官前去迎接。”

马展国应声而起，和丁可用紧随许和光出了议事堂。他最佩服许和光的就是这一点，表面的官样文章十分到位，对方只是县尉和捕头前来，真定县县尉和捕头出面相迎正好对等，他以县丞之尊偏要亲自出面迎接，不熟悉他的人都会被他的礼贤下士所折服。

/ 第七章 /

新法之患

一行人来到县衙正门，抬头一看，不由得吃了一惊，门口浩浩荡荡站了一队人马，足有十数人之多，为首几人身着官衣，明显是官差，后面几人，锁链在身，显然是犯人。

许和光认识为首之人正是市乐县尉樊力，当即笑脸相迎："樊县尉前来真定，怎不提前知会一声，也好派人远道相迎。"

樊力心里清楚，许和光表面客气却并不施礼，是因许和光比他品秩高上一等，他后退一步，叉手一礼："下官樊力见过许县丞。"

"不必多礼。"许和光随意回了一礼，伸手一挽樊力胳膊，热络而不失亲切，"樊县尉，来，入内说话。"

樊力却并不领情，淡淡一笑："多谢许县丞，下官有命在身，交接犯人之后，即刻返回市乐，不能久留。"

许和光微一错愕，目光朝樊力身后之人扫了一眼，奇道："犯人？什么犯人？"

"带上来。"樊力回身喊了一声，刘名同几名捕快将付科及其同伙押送向前，付科一行人的身后，是鼻青脸肿的王先可、王孙氏以及董断。

"这……"许和光更是莫名其妙了，"这到底是怎么一回事儿？"

樊力和许和光有过数面之缘，对他的为人也心知肚明，真定县比起市乐县错综复杂许多，他身为局外之人，才不愿意介入其中，何况一路之上夏祥待他和一众捕快兄弟们不错，好吃好喝，又有赏钱，他就没必要多说什么，只管按规矩办事就好。

"回县丞，此人名叫付科，本是市乐县人氏，平常横行乡里，胡作非为。贵县夏县尊路经市乐，付科瞎了狗眼，冲撞了夏县尊不说，还险些伤了夏县尊。本县裴县尊下令拿了付科及其党羽，押送至贵县，交由夏县尊处置。"樊力回身一指王先可、董断几人，"王先可、王孙氏和董断，都是受害者，又是人证，一并送来。"

怎会如此？许和光大吃一惊，想要问个清楚时，樊力却叉手一礼：“人已送到，下官还要回去复命，不便久留，告辞！”

话一说完，樊力朝马展国几人各施一礼，转身便走。

“樊县尉请留步。”马展国上前一步，挡住樊力去路，问道，“夏县尊现在何处？”

樊力摇了摇头：“我等本与夏县尊一路同行，到了真定县城之后，夏县尊说另有要事，便与我等分开。他现在何处，本官不知。”

丁可用心中明白了几分，又想樊力办事进退有度，滴水不漏。比许和光品秩稍低，便自称下官；和马展国同为县尉，品秩相同，就自称本官。又一副公事公办的样子，态度不卑不亢，立场不偏不倚，倒还真是一个八面玲珑的角色。

许和光却不想放樊力走，非要留樊力用餐，樊力再三婉拒，最终还是未进县衙一步。且自始至终，未透露夏祥去向，也未就付科谋害朝廷命官一案的内情多说一句。

许和光虽心中不快，却也无奈，樊力是市乐县尉，并不归他管辖，且平常又无太多交情。待樊力走后，他又召集马展国、杨江和丁可用几人议事，先是确定了夏县尊此时已在真定县城之中，但人在何处，无人得知。既然夏县尊并未失踪，已经安全抵达真定城，就不必呈报真定府了。

出于安全考虑，许和光又让马展国和丁可用除了严加看管付科等人以及安置妥当董断、王先可、王孙氏之外，再多派人手加强真定县城治安，以防万一。随后他又和杨江私下商议一番，却猜测不出夏祥此举究竟是何用意。二人自认见多识广，却从未见过上任途中就开始着手审案的县尊，更未曾听闻到了任地并不来县衙走马上任的县尊。

夏祥夏县尊，果然与众不同，许和光虽然对夏祥多了几分好奇和警惕，却并未深想，只当夏祥是少年心性，一时好玩。见天色不早，就告别杨江，让杨江留在县衙随时等候夏县尊的到来，他安步当车，回家去了。

天渐渐黑了。

滹沱河两岸的灯笼依次亮起，河中各色船只，大船小船花船也点亮了灯光，映照得河水和两岸风光迷离而萧瑟。

毕竟是秋天了。北方的秋天，虽萧索却充满丰收气象，滹沱河河水丰沛而平静，两岸长满了芦苇，一眼望去，颇有“蒹葭苍苍，白露为霜。所谓伊人，在水一方”的意境。两岸的炊烟和船上的炊烟交融在一起，冉冉升空。落日余晖如金，洒落在河面之上，金光闪闪，交织成一幅静谧安宁的画面。

“天下太平，百姓安居乐业，才是为官者之幸。”夏祥手中折扇一指河中一艘高逾三丈的大船，嘴角微微上扬，眉毛轻轻一挑，“真定名不虚传，是真正的安定之地。连小娘子，如此祥和之县，为何非说是龙潭虎穴？”

夏祥的身后只有令儿一人，并不见萧五和幔陀，身侧一人，正是连若涵。

一身青衫的夏祥，比之前的白衫少了几分飘逸，却多了几分洒脱和淡然，头上方巾更增添了几分威严之意，毕竟是一县之尊了，言谈举止要注重规矩了。

连若涵嫣然一笑：“真定是不是龙潭虎穴，县尊自有判断，不劳小女子多说。县尊已到真定，不去县衙却先来游玩滹沱河，想必心中早有计较。”

“本官哪里有什么计较，只是想排遣一下心中的苦闷罢了。”夏祥双手背在身后，跳上了岸边停靠的一艘小船，对须发皆白的船家说道，“船家，带我们几人游览滹沱河，再加小吃、晚饭，一共要多少文？”

须发皆白的船家少说也有六十开外，脸上的皱纹如松树树皮一般满布沧桑，缺了几颗牙齿的笑容，朴素而憨厚：“十文就够了。不过客官，老汉可要事先声明，船上没什么美味的东西，只有咸鱼、咸菜、辣子和米粥、烙饼，只要不嫌弃粗茶淡饭少油少盐就行。”

“没问题。”夏祥回身冲连若涵一笑，“连小娘子可有问题？”

连若涵不用令儿搀扶，自己轻巧地跳上了小船：“锦衣玉食和粗茶淡饭，又有多少不同？夏县……夏郎君没有问题，我更是没问题。”

令儿掩嘴一笑，也上了船。

船家哈哈一笑，摇动小船驶离了岸边。晚风吹拂，遍体生凉，却凉而不冷。

船家自斟了一杯浊酒，和着晚风和桨声，用浑浊但沧桑的嗓音唱道：“月子弯弯照九州，几家欢乐几家愁。几家夫妇同罗帐，几家飘散在他州。”

桨声月影、歌声灯影，都在朦胧的月光下流光溢彩，犹如一首从古到今吟唱不断的诗篇，穿越了千年的时光，从《诗经》中走来，历经汉唐，依然饱含深情和诗情画意。

夏祥轻轻吟唱，连连点头，他站立船头，负手而立，远望两岸，两岸之上，高楼林立，繁华无比，然而船驶出县城之外，只见良田千顷，沃野千里，只是城门之外，多了不少衣衫褴褛的男女。

小船继续前行，不多时便来到城外。滹沱河穿城而过，出城之后，又向南转了一个弯，一部分注入了护城河，一部分继续向东南流淌，犹如弯月将真定城环抱其中。

船舱中有粥香飘来，不多时，一个满头白发的婆婆招呼几人说道：“几位客官，饭菜好了，可以吃饭了。”

夏祥收回心思，微微一笑：“娘子请了。”

婆婆慈祥一笑："真是一对玉人，郎才女貌，天作之合。小娘子，你家官人眉目俊朗，谈吐有清贵之气，以后必定大富大贵。你是有福的人。"

连若涵俏脸一红："老人家，他不是我家官人，只是友人。"

"友人？"婆婆上下打量夏祥几眼，又以一副过来人的口吻语重心长地说道，"我说小娘子，不是我多嘴，这么好的郎君，错过了就再也找不到了。我识人无数，长了一双火眼金睛，一眼就能看出这个小郎君非同寻常。"

"老人家，你从哪里看出他非同寻常了？"连若涵很是惊奇，一个普通的船家，怎会一眼看出夏祥并非常人？莫非她是隐藏在民间的高人？

夏祥见连若涵信以为真，不由得笑了："船家不过是见我面善，随口一说，你却信了，连小娘子，你也太过轻信于人了。"

婆婆却不满地说道："小郎君，你当我是信口开河不是？你却错了，我不是乱说话的人，也不会为了讨几文赏钱去夸客官。我说的是真心话，这位小郎君天庭饱满，双眼有神，浓眉大眼，耳轮圆润，一看就是富贵之相。而且小郎君举止谈吐，很有儒雅之气，又龙行虎步，是出将入相的大人物。"

"哈哈……"夏祥哈哈大笑，随手扔出一两银子，"多谢婆婆美言，日后我若是真富贵了，肯定不会忘记婆婆今日的赞美。"

说是不要赏钱，婆婆却身手敏捷地接过银子，喜笑颜开："看，我没说错吧？小郎君出手大方，为人豪爽，以后想不富贵都难。快，快吃饭了，要不饭菜就凉了。"

连若涵哑然失笑，原来婆婆还真是为了赏钱，她不由得摇了摇头，心想，夏祥从京城到县城，从高官到百姓，应付自如，倒还真是一个奇才。不过她还是忍不住暗中又打量夏祥几眼，心中奇怪，夏祥儒雅之气倒是有了，龙行虎步却没看出来，倒是走路确实四平八稳。

船家却是摇头叹息一声："娘子，我说过多少次了，我们只当船公也够吃穿了，虽然不种地没有了收成，也饿不死，不必再向客官讨要赏钱。"

婆婆唯恐夏祥收回赏钱，忙将银子收了起来："你一个老汉懂得什么？不当家不知柴米贵，就凭你摇船，一天赚不了几文，吃穿是刚刚够用，万一有个病有个灾的，可怎么办？这位客官是富贵之人，一两银子不过是皮毛，对我们来说却是省吃俭用半年的家用了。"

夏祥和连若涵坐下吃饭，令儿在一旁侍候。

烙饼虽不精致，却是传统手法烙制，油不多，却香味扑鼻，夏祥吃得不亦乐乎，又夹了几根咸菜，更是赞不绝口："不错，美味无比。"

连若涵小声笑道："别忘了你是堂堂的一县之尊，一张烙饼就如此满足？"

“乐民之乐者，民亦乐其乐；忧民之忧者，民亦忧其忧……”夏祥大口咬了一口饼，又喝了一口粥，放下筷子，问船家，“船家，为什么不种地了？”

此时天色已然完全黑了下来，远处黑黑的一片，看不分明，却依稀可见是树林、农田，再远处是高大的城门，城门之上，灯火通明。

船家开始掉头，说道：“客官，再往前就离县城越来越远了……本来我家里还有十几亩地，土地也非常肥沃，每年收成还不错。前年大旱，颗粒无收，还好大前年的收成足，多吃一年也不成问题。官府出面说，可以从官府借贷种粮或是青苗，待来年有了收成，再按收息二分结算……”

夏祥暗暗点头，此法名为新法，正是候平磐力推的改革措施之一，也是他之所以被皇上重用的倚仗。新法本意是百姓不用增加赋税而国库充足，在各地由官府出面修建粮仓储粮，可以在丰年时适当抬高价格籴米，防止谷贱伤农；在荒年适量降低价格粜米，平抑物价，拯济百姓，防止谷贵死农。

夏祥一路从京城南下，途经几个州县，见过大片荒芜的田地以及流离失所的农户，对候相公的新法在民间的推行有了更强烈而直观的认识。

平心而论，夏祥对新法的推行并不赞成，尤其是新法自推行以来，支持新法者被候相公视为同党，反对新法者被列入异类，同党升迁，异类贬谪，一时朝堂上下党同伐异，围绕新法分裂为支持者和反对者两大阵营。两大阵营互相攻击，各自为政，导致朝堂之上一片混乱，就连皇上也压制不住两派争吵不休的声音。

后来皇上病重，不理朝政之后，三王爷代持朝政，和候平磐联手，大刀阔斧地打击反对新法的官员。全盘反对者，直接罢官；部分反对者，贬官；中立者，降职。

此事从皇上生病时开始，到皇上病重，再到现在，愈演愈烈。如今朝堂上下，再无反对新法的官员在任，全是赞成新法者，或是附庸三王爷、候平磐之徒，或是阿谀奉承之辈。

“二分息也不算多，我估摸着连本带息不成问题，就借贷了官府一石种粮。”船家满布皱纹的脸上露出一丝无奈和苦笑，“谁也没有想到，来年确实是大丰收了，但官府明明说是二分息，却巧立名目，算来算去，最终变成了四分息。再外加各种繁多的不知名费用，折算下来，一石种粮连本带息变成了三石，借一还三，谁还得起？

“去年秋种时，我索性不向官府借贷了。不想官府找上门来，强行让我借贷，而且一借就是十石。嘿嘿，今年秋收时，一共收了二十多石粮食，按借一还三还，以为再向邻居借上十石就够还官府了，可不知官府怎么又多算了一些名目进去，要还四十石才够。卖了我小老儿也拿不出这么多粮食，最后只好将土地卖掉才还清了官府借贷。”船家悲凉地干笑几声，几滴浑浊的眼泪流了下来，“没想到小老儿老实巴交一辈子，省吃俭用，节俭持家，最后竟竹篮打水一场空，落了个无立锥之地的下场，要是没有借贷，我还有十几亩薄田，日出而作日落而息，安稳自在，哪里像现在一般住在船上，漂泊不定……”

“客官方才看到的城外百姓，都是因为还不起官府借贷而卖地卖房的百姓。”婆婆一边收拾碗筷一边说道，“上任知县郝海记是个好官，人太好了被人欺负，官太好了也被官欺负，听说他总是被县丞许和光压一头，什么事都听从许和光的摆布。县丞官儿比县尊小，为什么县尊要听县丞的话？”

夏祥心情有几分沉重。对农户来说，土地就是命根子，失去土地的农户就如漂泊不定的浮萍。孟子说，“民之为道也，有恒产者有恒心，无恒产者无恒心”。新法的初衷本是富国强民，结果却成了官吏鱼肉百姓的理由，候相公未必不知新法在推行之中的真相，却故意隐瞒皇上，声称新法在各地深受百姓爱戴和拥护，并且为朝廷增收了多少税收。多出的税收从何而来？就是眼前船家的血汗，就是城外流离失所的百姓一生的积蓄，就是无数官吏搜刮的民脂民膏！

船靠岸之后，连若涵拿出一张钱引递给船家。

等连若涵几人走后，船家才拿出钱引凑到灯光下看，顿时惊得一屁股坐在了船上。船家睁大一双惊恐的眼睛结结巴巴道：“娘……子，我没看错吧？是不是老眼昏花了？”

婆婆凑过来只看了一眼，也是惊呼一声：“天，一百两，一百两银子！一百两银子够我们吃一辈子了，老头子，我们发财了。”

船家愣了一会儿，“扑通”一声跪倒在船头，朝连若涵几人消失的方向望空而拜：“菩萨保佑大善人大富大贵，一生平安。”

/ 第八章 /

真定县衙

夏祥和连若涵穿过大街小巷，从子龙桥朝右一转，来到了乌有巷，巷子不大，只能并排过两辆马车，胜在安静而整洁。巷子两侧都是高门大户，家家紧闭朱门，门口都有石狮子把守，还有家丁护院看守，可见非高官权贵，即豪门乡绅。

在众多朱门大户之间，有一处不显山不露水的宅子。门不大，门口也没有家丁看护，只有一排拴马桩。若就气派而言，只是中等殷实人家。

门上有一牌匾，上书三个大字：得闲居。

推门进去，院子豁然开朗，足有十几亩大小。若是在京城有一处十几亩的宅子或许不算什么，但在真定，却是惊人的大院了。

“县尊还满意否？”

连若涵头前带路，引领夏祥步入院子之中，虽是夜间，院中灯笼高挂，四下通明，但见绿树、假山、池塘、厢房，应有尽有，真是一处桃源所在。

“满意，非常满意。”夏祥嘿嘿一笑，停下脚步，“无功不受禄，本官和连小娘子非亲非故，虽有生意往来，却也只是君子之交，连小娘子在京城就有赠宅之谊，此来真定，又有如此深宅大院相送，本官惶恐，何德何能得小娘子如此厚爱？”

连若涵一笑：“县尊此话何意？可是不想住在此处？”

夏祥对连若涵的盛情有十分清醒的认识，虽说大夏风气文人地位清高，大受高官权贵之女青睐，但他也清楚，以连若涵的出身和相貌，何等男子被她相中不会臣服在她的裙下？他自认虽是相貌英俊、文才出众的奇男子，却也不至于被连若涵爱慕到以如此千金相许的地步。

那么不用想，连若涵对他如此器重，既非爱慕，必有所求。

“县衙有官邸，本官平常还是住在官邸为好，此地当作一处别院，倒也不错。”夏祥手指掠过假山之上的碧萝，淡淡一笑，“否则若是常在此处居住，真定县并不大，怕是很快就有传闻，说是县尊在真定有了外室。”

连若涵心中愠怒一闪而过：好一个夏祥，当我什么人了，还外室？本娘子当你明媒正娶的妻子也配得上你。不过念头一起，她又蓦地脸红心跳。夏祥不过是戏谑之言，她为何动怒？莫非她真对夏祥动了相思意？不会，才不会！

连若涵平息了内心的起伏，浅浅一笑，轻移莲步来到假山后面的四方亭："县尊正值年少，风华正茂，又未婚配，先有外室再娶正妻，也合常理。即使传出县尊有外室的流言，也不过是文人风流的逸闻罢了。"

"好，住下了。"夏祥一脸开心笑意，向前一步，离连若涵近了几许，"能和连小娘子日夜相伴，也不失为人生一大乐事。"

连若涵却侧身一步，和夏祥保持了相当的距离："县尊如何在真定继续推行新法？新法事关县尊在任上的官声和政绩。新官上任三把火，要先烧哪一把？"

"官声和政绩，哪个重要？"夏祥也不再近身上前，反问连若涵，二人相距了数尺之远，步入了会客厅。

令儿边走边掩嘴而笑，她再是清楚不过，自家娘子从未在哪家郎君面前有过退让，甚至有过一言不合转身就走之举，对敢于调戏她的男子从来不假颜色，却独独对夏祥无可奈何。虽不喜夏祥时不时的戏谑，虽也生气，却能忍受，可见娘子对夏郎君迁就得很。

不过令儿也觉得夏祥配不上娘子，毕竟夏祥才是小小的七品芝麻官，心仪娘子的高官子弟、王孙贵族数不胜数，夏祥无论相貌还是身世，都相差甚远。再者，夏祥虽是少年才俊，却得罪了三王爷，日后是否大有前途还未可知，娘子万万不可将终身寄托在夏祥身上，万一误了终身，就是平生最大憾事了。

"官声是百姓心声，看不见摸不到；政绩是上司的欣赏，可以得到赏识和提拔。但官声和政绩往往并不能等同，为官者，很难从中抉择。"来到房中，夏祥当仁不让地坐在了上首，早有下人上了茶，他端起茶杯轻抿一口，"推行新法，可得政绩；纠正新法，可得官声。连小娘子，你说本官该怎么办才好？"

"我只是一介女子，为政大事，小女子不知。"连若涵避而不答，心中却是担忧，万一夏祥只要政绩不要官声，和同流合污的官员一般无二，她该如何面对？

夏祥却高高举起轻轻放下，转移了话题："也不知幔陀和萧五，安顿好了没有？"

"幔陀和萧五二人武功倒是高超，但明察暗访的事情，恐怕不是他们所长，你所托非人，应该上任之后，从县衙之中挑选心腹，再由他们去核实为好。万一幔陀和萧五被人发现，岂不打草惊蛇？"连若涵不是很理解夏祥的安排，既然到了真定县城，理应先上任为第一要事，上任之后，才可调动一县之力来完成大计，"县尊让樊力独自押送付科等人前去和许和光交接，就不怕许和光连夜提审付科，打乱了你的部署？须知夜长梦多。”

“幔陀和萧五若是查访到了什么而不被人察觉，是他们的本事。若是被人察觉，他们应当引以为戒，以免下次再犯同样错误。若能打草惊蛇，可以让对方主动出击，也算不虚此行。”夏祥倒是想得开，也是他心中已然有了主意，所以才如此笃定，“不管许和光是否提审付科，都无关紧要，付科只是投石问路的石子罢了。”

连若涵目不转睛地盯了夏祥片刻，笑道：“如若不是我和县尊认识已久，我还疑心县尊是为官十几载的官场老人。小女子倒想问问，县尊为何初入官场手法就如此老到？”

“哈哈，手法老到？连小娘子谬赞了。”夏祥心大，当连若涵的话是在夸他，“自三皇五帝以来，到大夏立国，数千年来，朝代更迭，世事变迁，还有什么事情不能从史书中学到？有一位高人说过，阳光下面哪里有什么新奇事情。不管遇到什么事情，几乎都可以从历史中找到对应的事件……”

“阳光下面哪里有什么新奇事情？什么意思？哪个高人所言？”连若涵仰起脸，俏皮而可爱，一脸懵懂和不解。

“就是说太阳底下没有新鲜事，不管多离奇的事情，以前都发生过。谁说的？自然是本官了。”夏祥哈哈一笑，起身便走，“天色不早了，早点安歇了吧，明天一早上任。”

夏祥的房间是正房，令儿头前带路，又有管家连城紧随左右。穿过一处走廊，绕过假山，就来到了夏祥的卧室。

令儿打开门窗，迟疑一下，笑问：“县尊，可否要令儿铺好被褥？”

夏祥见令儿俏笑之中有戏谑之意，就故意说道：“如此就有劳令儿了。”

令儿脸色微微一变，她是连若涵的贴身丫鬟，连若涵出嫁之时，她也会随嫁，若是娘子的官人喜欢，娘子也同意，她也会成为通房丫头。方才提出为夏祥铺好被褥，只是试探夏祥，不想夏祥真不当自己是外人，随口应下，真当她是他可以随意使唤的丫鬟？

令儿心中不悦，脸色却如常，冲门外喊道：“柳儿，从今往后，你专门照顾县尊的起居，不得有闪失。”

“是。”

随着一个怯生生水灵灵的声音响起，门帘一响，一个十四五岁的丫鬟走了进来，她粉嫩如玉，白皙胜雪，腰身婀娜，瓜子脸，细长眉，下巴虽尖却圆润，一双杏眼十分灵动，长得三分清丽、三分讨喜、四分机灵。

“柳儿见过县尊。”柳儿恭敬地向夏祥福了一礼，“县尊有什么事情尽管吩咐柳儿，柳儿哪里做得不好，县尊责骂就是，柳儿一定改过。”

“好，既然是连小娘子和令儿的一番好意，本官就收下柳儿了。”夏祥来者不拒，笑纳了，“柳儿，以后在本官面前不必拘谨，当本官是哥哥便可。”

“柳儿不敢。”柳儿悄然一笑，起身帮夏祥收拾被褥，她弯腰时腰身紧收，长腿紧绷而立，比起令儿含蓄不露的风情，妩媚并且动人多了。

令儿悄然打量夏祥的举动，让她失望的是，夏祥对柳儿的风情视若无睹，只顾拿起一本书自得其乐地读了起来。她皱了皱鼻子：哼，不信你能一直不对柳儿下手，天天对着一盘色香味俱佳的大餐，你会不下筷子？除非你是圣人！只要你对柳儿下了筷子，娘子必定对你不再抱有一丝期待。

令儿走后，夏祥让柳儿退下，柳儿应了一声，说道：“县尊，柳儿就在外间，有事随时吩咐。”

夏祥点头，关上了房门，又摇头一笑：“也不知是令儿的鬼主意，还是连小娘子有意为之，让柳儿天天守在我的身边，难道非要让我收了柳儿？可惜了她们的一片好心，我喜欢清丽雅致的女子，而不是艳丽妩媚的丫鬟。”

许和光这一夜睡得十分香甜，一夜无梦。

杨江劝他不妨连夜提审付科等人，或者会有意外收获。他却不肯，反倒觉得杨江小题大做。夏祥途中带回付科等人，不过是一时兴起，也是新官上任心高气傲，见不得被人冲撞，是以才会拿下付科，带回真定受审。

一个市乐的无赖泼皮，和真定毫无干系，县尊非要大张旗鼓让市乐县尉押送至真定，可见夏祥还是未脱书生意气，喜好表面文章，随他去好了。既然夏祥已然到了真定，并且平安无事，许和光就放下心来，急急回到了家中。

今日是娘子生辰，崔象崔府尊要亲自来府上做客，他想早一些见到崔象，好向崔象禀报夏祥的所作所为。

家宴举办得非常成功，许和光和崔象相谈甚欢。对夏祥的到任，崔象虽未明确表态，却也向许和光暗示了一点，三王爷要让真定一任成为夏祥的最后一任。

次日一早，许和光早早来到县衙，命人黄土铺道，清水洒地，马展国、丁可用、杨江，分列在县衙门口两侧，三班衙役也依次排开，穿戴整齐，迎接县尊的到来。

不多时，一辆马车缓缓而至。后面有两匹高头大马，马上二人，一男一女。男子少年英俊，女子高洁冷漠。

许和光微眯双眼，暗哼一声，好大的捧场，一个小小的知县，居然车马相随，上任知县郝海记上任时，只骑了一头瘦驴，带了一个老仆，不想夏祥竟然连男女随从都骑了良马，他更是坐了两匹良马所拉的马车，当真是非同一般地张扬。

如此张扬之人，会有什么城府和谋略？许和光暗暗从鼻孔中讥笑一声，从夏祥的做派就可以看出，夏县尊会是比郝海记更好架空、更易操控的一个知县。

想归想，许和光还是忙不迭上前一步，对着马车叉手一礼：“下官真定县丞许和光恭迎夏县尊。”

马展国、丁可用和杨江也一并施礼。

不料几人等了半天，不见车上有人下来，几人面面相觑，不知道夏县尊葫芦里卖的是什么药。马上二人，也是鼻孔朝天，既不下马也不说话，仿佛许和光几人不存在一般。

许和光心中来气，夏县尊也太拿大了，连马车都不下，到底是什么意思？难道还要他们几人三请四拜才肯下车？

“下官真定县丞许和光恭迎夏县尊！”许和光加重了语气，提高了音量。

“许县丞，本县在此。”

许和光正要第三次恭迎时，忽然身后传来一个轻快的声音，他回头一看，顿时惊呆了。

一人站在县衙仪门之前，双手背负身后，正在欣赏仪门两侧的对联。

许和光不敢相信自己的眼睛，眨了眨眼睛，又揉了几下，才确信仪门门前不知何时多了一人。仪门通常是关闭不开的，只有在知县上任、恭迎上宾或者有重大庆典活动时才可以打开，以示隆重。

仪门本是礼仪之门，是县衙的第二道门，位于正门之内，夏县尊是何时穿过正门到了仪门之前？明明他连车都没有下来。

夏祥站立在两层三级台阶之上，身前是青墙灰瓦，乌梁朱门，上有黄铜大钉，他在高大雄伟的仪门的衬托下，竟也不显得矮小。

“门外四时春和风甘雨，案内三尺法烈日严霜……”夏祥连连点头，“不错，好联，好联。若没有案内三尺法和烈日严霜，哪来百姓四时春与和风甘雨。”

回身一看，见许和光几人飞奔而至，夏祥微微一笑，迈步下了台阶。方才他让幔陀和萧五二人先行一步，他安步当车跟在马车之后。到了县衙，他从侧门进去，欣赏了一番县衙布局才现身在仪门之外。

仪门的内侧还有一副对联，上联：“百载烟云归咫尺”，下联：“一暑风雨话沧桑”。笔力沧桑之中透露出几分无奈和凄凉。夏祥微一摇头，说道：“这一副对联过于消沉了一些，不如换成——百载烟云起毫末，一暑风雨话官声……许县丞，你意下如何？”

许和光没料到夏祥初次露面，不寒暄不见礼，却对一副对联评头论足，倒让他为之一怔，只好答道：“县尊这一改，如神来之笔，让下官有豁然开朗之感。”

“说说看，如此一改，意境有何不同之处？”夏祥含蓄一笑，下了台阶，和许和光等人一一见过。

许和光顿时语塞，他只是随口一说，只为讨夏祥高兴，哪里深思有何意境不同，不由得支吾道：“县尊高才，下官不敢乱说。”

“担当任上事，何计身后名。”杨江向前一步，深施一礼，一脸谄媚笑容，“属下真定押司杨江，见过县尊。不知属下对县尊诗句的领悟，可否得县尊精髓一二？”

夏祥意味深长地看了杨江一眼，心中承认杨江之话甚合他意，此人倒是一个机智之人，他微微点头：“很好，很得其意。”

得了夏祥夸奖，杨江面露得意之色，眼睛一斜，却见许和光目光不善，他忙咳嗽一声，敛容正形，不敢再有半分显摆。

马展国和丁可用站立一旁，并不说话。

夏祥让萧五和幔陀也进了县衙，一行数人来到了大堂之上。

大堂坐北朝南，高耸威严，上书“亲民堂”三个大字。大堂为五楹厅堂，中间为三楹公堂。高出地面约一尺的地方称作“台”，台上四根柱子围成的空间称作“官阁”，是知县审案时所在的地方。

由于官阁四面通风，冬天断案时，通常在台上的案下放一火炉，以供知县取暖，所以官阁又称为“暖阁”。案上通常置文房四宝、令签筒、惊堂木等升堂用品。案的旁边有一木架，上置官印及委任状。官阁顶棚上绘有三十六仙鹤朝日图，象征皇权一统，四海归一。

大堂内的屏风上绘有广进朝阳图，山正、水清、日明，即“清正廉明”，与官阁上方所悬匾额“明镜高悬”相映成趣，意在宣告百姓本知县办案公正、廉明。

大堂内东西两侧分别是钱粮库和武备库。户房收集的田赋丁银除上交外，地方还要留存一部分，供地方日常开支及灾荒年间赈灾济荒，这些开支银两及账册均存放在钱粮库，由县丞负责。是以负责管理钱粮库的县丞许和光职权很大，在真定县内仅次于夏祥。

西侧的武备库，是存放升堂时所用的刑具和部分兵器以及县衙所有兵器刑具清单的地方，平常由县尉马展国和一些典吏负责管理。

真定县衙的布局和其他县衙并无不同，虽然真定县是大县，也顶多就是县衙所占地方稍大一些而已。

/ 第九章 /

欲擒故纵

夏祥先是出具了吏部的委任书，随后在大堂之上办理了官印交接仪式，就等于正式上任真定知县。

夏祥正式迈出了官场上的第一步。

“县尊可有家眷？”许和光一脸疑惑地回身望了一直跟随在夏祥身后的幔陀和萧五一眼，感觉二人既像随从，又像家人，是以他也弄不清楚状况，“如有家眷，可以先到内宅安歇。”

“不必，先去二堂看看。”夏祥头前带路，路过宅门时，看了几眼左右两侧的门子房，问道，“门子何在？”

“回县尊，之前的门子随郝知县到保州了。”马展国不等许和光回话，抢先一步说道，“郝知县到保州任知州，没带别人，就带了两个门子。”

许和光脸色平静如水，眼神却十分复杂地看向了马展国，心中冷哼一声。好一个马展国，倒会见风使舵，是想告诉夏县尊门子要用自己人不成？哼，夏县尊初入官场，哪里懂得门子的重要性？马展国，你的一番苦心怕是要白费了。

出京之前，夏祥确实不知门子的重要性。一路上有连若涵相伴，连若涵为他讲了许多官场上的门道，比如一县之中，县丞和县尉一文一武，若是二人联手，又有当地乡绅和士族撑腰的话，可以制衡知县，让知县束手束脚，政令难行。再比如除了县丞和县尉之外，还要特别留意主簿。主簿和押司一样，皆是负责文案的文职，所不同的是，主簿为官，一般是从八品，押司为吏。官吏二者之间有天壤之别，由吏到官，比登天还难。

连若涵还告诫夏祥，一县之中，知县最大，其次是县丞、主簿和县尉、押司和捕头，除此之外，还有一个角色一定要安插自己最信任的人，就是门子。

马展国的话，夏祥听得清楚，想得明白，是在提醒他上任知县升任知州却带着两个门子上任，可见门子一职非知县的亲信不可担任，他回身淡淡地看了马展国一眼，目光平静中，微露赞许之意。

马展国敏锐地捕捉到了夏祥眼中的认可，顿时心中狂喜。他还担心新任县尊过于年轻，不明白他话中所指，现在看来他是多虑了，夏县尊是聪明人，一点就透。

夏祥特意在门房前停留片刻，说道："门房如此破旧了，许县丞，要找人修缮一下。"

在连若涵提及让夏祥留意门子的安插之时，他只是想到了其一，并未想到其二，现在亲眼见到门房位置如此关键，才明白了门子为何如此重要。

二堂与大堂由一道院门隔开，此道院门称作"宅门"，是通入二堂和内宅的咽喉之地，门房是门子的住所。门子日夜轮流值班，闲人免进，替知县由外到内传达消息，并且保护二堂和内宅的安宁。不管何人，若想求见知县，必须由门子通禀。不管是大事小事急事，若是被门子挡下，知县坐在二堂之中，闭塞门户，就真正成了两耳不闻窗外事了。再若是门子被他人掌控，听命于他人，夏祥虽是一县之尊，也会对外面事情充耳不闻视而不见，只知道别人让他知道的一部分。

就如皇上，听信候平磐一面之词，认为新法可以惠及天下苍生，殊不知，新法正成为一些地方官吏搜刮民脂民膏的尚方宝剑！

"是，夏县尊。"许和光领命，却不知夏祥是否明白了马展国的言外之意，就试探一问，"属下已经为县尊选好两个门子，随时可以到位。"

夏祥淡淡地应了一声，似乎对门子人选一事丝毫没有放在心上。许和光一阵暗喜，马展国眼中闪现浓浓的失望之色。

夏祥继续前行穿过宅门，有一道屏门，由四扇转扇门组成，跟仪门一样，只有在重大庆典活动时才开，平时用于挡隔人们视线，屏门上原先绘有二门神像以镇宅避邪。穿过屏门，便是二堂了。

二堂外也悬挂了一副对联，上联："与百姓有缘才来到此"，下联："期寸心无愧不负斯民"。夏祥注意到了一个细节，下联的"愧"字少了一点而"民"字多了一点，言外之意是要对百姓少一点"愧"才是为官者本分。

夏祥当仁不让地坐在了二堂的正座之上，环视四周，面露踌躇满志之色。许和光暗暗冷笑，杨江也是悄然得意一笑，马展国和丁可用对视一眼，二人不约而同地心想，夏县尊到底年轻，一脸的书生意气，满腹的报国之志，却不知道，上报朝廷下抚黎民，并非只有一腔热血、满腹学问就行，还要有高明的为官之道。

夏祥目光迅速一扫，将几人神情尽收眼底，却只是不动声色地笑了笑，拿起了案上的黑色令签。

二堂是知县日常办公之所，也是审理民案之处，因是民案，所以只有黑签而没有判处死刑的红签。民案多半是因为财产和日常纠纷引起，知县通常是对原被告晓之以理动之以情，以三纲五常和孔孟之道教导双方，很少动用刑罚，除非当事人执迷不悟，顽固不化，单靠说教不能解决问题才会运用刑罚。

正中屏风上绘有松鹤延年图，与大堂的广进朝阳图相比，多了几分生活气息。屏风上方悬有匾额“思补堂”，原称“退思堂”，均为退思补过之意。夏祥坐在堂上，抬头便可见对面屏门之上所悬“天理、国法、人情”六个大字，他暗暗点头，知县虽小，却是一地的父母官，手掌生杀予夺大权，不得不谨慎从事。

夏祥稍坐片刻，便起身朝内宅走去。

从二堂的一个拱门穿过，就是他以后生活起居的地方——内宅，也叫后院。不出意外，此后三年，他大部分时间将会在此安居。内宅所悬匾额为“勤慎堂”，是说作为一个好知县的标准是勤快、谨慎，夏祥却心中暗想，除了勤快和谨慎之外，一个好官还要清正。

由于一些涉密的案件也在内宅审理，故内宅也被百姓称为“三堂”。

内宅也有一副楹联，上联：“治赋有常经勿施小恩忘大体”，下联：“驭官无制法但存公道去私情”。

内宅东西厢房为客房，有上级莅临或同窗同科谊友来访，可做留宿之所。

“县尊一路舟车劳顿，可先歇息一下，等午饭过后，再过升堂仪式。”许和光至此对夏祥有了初步了解，心中大定，比起郝海记的老奸巨猾，夏祥年轻气盛，少年得志，又有书生意气，反倒更好应付。

大夏制，知县新上任之日，要先过升堂仪式，见过所有官吏和三班衙役之后，才算走完过场。

夏祥似乎全无主见，点头称是：“还是许县丞考虑得周全，本官也确实有几分累了。好，午时三刻升堂。”

许和光险些没有失笑出声，午时三刻是开刀问斩的时刻，怎么能升堂？他当即笑道：“再晚些时候为好，不如定在未时？”

“好，未时就未时。”夏祥想也未想就点头应下，转身进了内宅，走了几步，又回身招呼萧五和幔陀：“萧五、幔陀，你二人住在东西厢房。”

随后夏祥大步流星地朝自己的房间走去，许和光、马展国几人目送夏祥离去，几人心思各异，有人欢喜有人忧。

眼见夏祥的背影消失在了拐角之处，几人长舒一口气，初次和夏县尊相见，算是皆大欢喜的局面，各人紧绷的心稍微舒缓下来。毕竟新官上任，谁都不知道会遇到一个什么样的县尊。若是遇到一个蛮横无理的上司，三年都要在他的压制之下，想想就让人觉得绝望。

只是夏祥的表现也太稀松平常了，不，应该说是太幼稚了，如同没有见过世面的乡间少年，突然平步青云，功成名就，有一种飘飘然不知所措之感，更有得意忘形之态。

许和光冲杨江微一点头，二人低语几句，转身就走。马展国和丁可用望着萧五和幔陀的背影，想说什么，张了张嘴巴，最终还是没有开口。

“诸位且留步，有件事情本官忘记了。”

许和光才迈开脚步，正要和杨江去商议门子人选时，忽然夏祥去而返回，他迈着方步，一步三晃手中折扇，得意而俏皮，出现在几人面前。

夏祥一脸春风笑容，微带三分歉意：“方才本官忽然想起，门子人选本官已经选定，就不劳许县丞了。好了，没事了，本官要去歇息一下。”说完，转身扬长而去。

许和光目瞪口呆，杨江瞠目结舌。二人不敢相信自己的耳朵，堂堂的县尊，怎会如此出尔反尔？倒是马展国和丁可用先是愣了一愣，随即相视一笑，蓦然有了一种拨云见日的感觉。

新来的县尊，原来是一个用计高手，好一手高明的欲擒故纵！

“夏县尊到底是故意为之，还是他真的忘了？”在县丞衙，许和光坐在上首，杨江坐在下首，杨江恭恭敬敬地为许和光倒水，一脸的不解和不安。

“不好说。”许和光脸上阴晴不定，他慢条斯理地喝了一口茶，目光落在茶筒之上，漆器茶筒精致无比，他拿过茶筒，对齐了茶盖和茶身，“好景常在”的标志便显现出来，他若有所思的目光闪了闪，又说，“夏县尊的所作所为，有时看似莫名其妙，有时又看似老谋深算，让人琢磨不透……”

“接下来该怎么办才好？”杨江无意识地拿起了好景常在的茶筒，转动几下，“好景常在”四个字便又错位了，“是静观其变，还是主动出击？”

许和光夺过茶筒，对齐了盖子，才又心满意足地放下，说道：“只要夏县尊不乱来，安分守己，不越雷池，好好在真定当三年的太平官，就相安无事。若是他非要胡乱插手不该插手之事，非要什么官声，就另当别论了。”

“是，是。”杨江连连点头，伸手又想去动好景常在茶筒，却被许和光挡下，他嘿嘿一笑，“一切但凭县丞安排。”

许和光拿起茶筒，转动几下，含蓄一笑：“好景常在也不知从哪里请来的高人，换了茶筒之后，更受欢迎了。以前在真定，好景常在的茶叶卖不过正元茶庄的茶，现在大有超越的势头，得想办法压一压好景常在的气势。”

“何止是茶叶，现在好景常在的客栈、茶楼、粮庄都开到真定了，也就是大半年的时间，就像雨后春笋一般，在真定多了十几家商行。也是怪了，好景常在到底是谁在背后撑腰，怎会如此厉害？”杨江眉头紧锁，眼神飘向了窗外，“最让人不安的是，好景常在正在一步步吞食广进商行的市场。”

许和光对夏祥的上任，虽有担心，却并没有放在首要位置。一是他觉得夏祥毕竟年轻，容易应付；二是他有更重要的事情要忙，正是广进商行一事。

广进商行是他的产业，大夏明文规定，官吏一律不得经商，是以大夏商业发达。官吏经商，会有利用手中职权搅乱市场的行为出现。不过，上有规定，下有方法，许和光躲在幕后，由他的小妾之弟白得水抛头露面，负责经营和打理一切事宜。

广进商行立足真定，花费了十余年之功，在真定打下了一片江山，经营范围涉及方方面面，是真定最大的商行，同时商行还在市乐、保州以及大名府、开封府也设立了分号。眼见前景一片大好，许和光雄心勃勃，想要百尺竿头再进一步时，却意外遭到了好景常在的包抄，怎不让他无比愤怒？

况且，说来广进商行表面上白得水是东家，背后由他操控，实际上，他也是代言人的角色，他的幕后还另有大人物坐镇，他也只不过是大人物的一枚棋子罢了。若是广进商行经营得当，在真定立足之后，还能在外地打开局面，他也就可以飞出真定，到外地高升一步了。

之所以一直在真定担任县丞，并未当上知县，并不是他不想，也不是他资历不够考核差，而是幕后大人物在广进商行还没有在真定真正站稳脚跟之前，不让他离开真定。是以广进商行的兴衰和他的官运息息相关。当然，背后大人物手眼通天，别说真定了，大夏的一都四京二十二路二十府，不管去哪里都可随意去得。只是不知为何，大人物非要留在真定经营广进商行，说是十年经营只等一朝之功，还告诫许和光，要耐心守候在真定，说不定哪一天出了了不起的大事，真定会再次成为龙兴之地，而许和光立下从龙之功，不愁不飞黄腾达。

虽说大人物说得有点吓人，也有点不着边际，但大人物来历非凡，许和光也就信了一半，剩下一半，他只当是大人物在为他画了一张大饼，好让他安心在真定为大人物经营广进商行和人脉。

“许县丞，要不要动一动好景常在的河岸居客栈，试试好景常在的深浅？”见许和光半天沉吟不语，杨江说出了自己的想法。

“动一动倒是可行，只是现在时机不对。”许和光揉了揉额头，轻描淡写地笑了，“先和夏县尊过过招再说，至少也要摸清了夏县尊的脾气，知道夏县尊想在真定怎么当这个知县，我们才好按部就班地做好我们的事情，是也不是？”

“许县丞英明。”杨江不着痕迹地拍了一记马屁，又说，“夏县尊要自己安排门子人选，此事……”

“随他去好了，堂堂县尊，连一个门子人选都不能决定，岂不是太有失颜面了？”许和光呵呵一笑，自信地说道，“再者夏县尊初来真定，人生地不熟，身边就跟了一男一女两个随从，二人从穿衣打扮来看，必然不是门子身份，不用说，夏县尊还要从县衙或是外面找人来当门子，只要是真定本地人，早晚会分清远近轻重，知道听谁的话才更有前途。”

杨江心领神会地笑了：“许县丞所言极是。”

夏祥在幔陀和萧五的陪同下，转完了内宅，回到房间之中，刚要休息一下，有衙役进来禀报，说是京城来信。

刚到真定京城就有消息传来？夏祥接信一看，信封之上龙飞凤舞的几个大字，赫然是曹殊隽的手笔。

才短短几日，曹殊隽就寄来书信，莫非出了什么事情不成？夏祥拆开信一看，第一句话就让他啼笑皆非：“夏兄，一日不见如隔三秋，你我二人分开已有数十载之久了……”

开篇不说正事，还有闲心调侃，可见应该并无大事，夏祥暗中舒了一口气。从出京城开始，一路上连若涵多次提到了真定龙潭虎穴之说，又和他商议药床药椅大规模生产一事，还和他说了不少官场逸闻以及应该注意的细节，再加上在市乐遇到了董现命案，他没有片刻歇息，身体上的疲惫倒没什么，毕竟年轻，但脑子中却是无数事情拥挤在一起，让他大感头疼。

不头疼不行，真定看似风平浪静，其实暗藏无数潜流。就如滹沱河一般，平静的水面下隐藏着诸多可以将人吸入其中的旋涡，一着不慎，就有可能尸骨无存。何况他来真定上任，是三王爷之意，三王爷会好心送他一顶平安无事且高枕无忧的官帽？

显然不会。

真定到底是怎样的龙潭虎穴，夏祥还不得而知，但在市乐遇到了董现命案之时，他忽然想到了一个绝妙的办法，可以借力打力，借董现命案来迅速打开真定局面。

但又不能过于明显，让人察觉他是想查明董现命案真相，是以他才以退为进，诱使付科等人对他出手，以谋害朝廷命官之由将付科带回真定。当然了，顺道带回董断，也在情理之中，相信不会有人太过诧异。

/ 第十章 /

微妙

方才与许和光、马展国、丁可用以及杨江等人初次相见，夏祥已然心中有数，四人之中，许和光与杨江一唱一和，马展国与丁可用性情相投。

许和光此人究竟有何背景，夏祥只知其一不知其二，只听连若涵说到许和光与崔象的裙带关系，也对上任知县郝海记被许和光肆意摆布却无可奈何之事心中有数。是以他初见曹殊隽来信，以为是京城有大事发生。此时若是京城再有变故，他可真的疲于应付了。

看完信，夏祥欣慰地笑了。曹殊隽在信中先是十分关切地问到了连若涵是否一切安好，还再三叮嘱夏祥，切莫打连若涵的主意，有曹姝璃足矣。

除此之外，曹殊隽还说到了两个好消息：一是曹用果升任了礼部侍郎；二是他成功地制出了好景常在的会徽，也和好景常在签署了协议，拿到了应得的股份，正式成了好景常在的股东。他还特意强调，他的股份中有一半是归夏祥所有。

两件大事之外，再无他事了，不过曹殊隽又絮絮叨叨说了许多无关紧要的琐碎小事，也真难得他有闲情，也不知哪里来的那么多话，竟能东扯西扯写满了一页纸，让夏祥颇感无奈和好笑。

放下信，夏祥起身推开窗户，窗外阳光正好，景色也不错。正对窗户之处是一株蜡梅，蜡梅之外，是一棵高大的白杨。秋深叶黄，风吹叶响，一片片黄叶飘落，已有萧索之意。

京城暂时无事，也不知皇上龙体是否好转？李鼎善和肖葭不知流落到了何处？夏祥心中微有几分惆怅，想起曹姝璃的温婉如玉，莫名有了一些淡淡的思念。

正想得入神时，门外传来了幔陀的声音。

“夏县尊，幔陀求见。”

“进来。”夏祥回身，见幔陀换了一身便装，款款来到近前，他点头一笑，“滹沱河畔，可有发现？”

幔陀摇了摇头，如花的容颜之上微有一丝不解：“我和萧五走访了十数名亲眼见到董现投河的百姓，异口同声指证董现是自己投河，投河地点是在清风楼之处的河岸。董现刚刚投河，马小三夫妇也随后跳下。然而后来有数十名船家下河打捞，只找到了马小三夫妇的尸体，董现的尸体却不翼而飞……我和萧五又沿河而下，走出了十里开外，也未听说谁家见过浮尸。”

夏祥点头，滹沱河河水并不湍急，董现的尸体若是被河水冲走，不出三日必定上浮被两岸百姓发现，为何在众目睽睽之下跳河自尽的董现活不见人死不见尸，难不成他还能上天入地？

“奇怪，董现的尸体到底去了哪里？”夏祥坐下，端起茶杯，才发现杯中无水，不由得想起得闲居的柳儿。柳儿年纪虽小，却极有眼色，端茶倒水、清洁房间、整理被褥，无不细致周到，且性子温柔，说话细声细气，身为江南女子的她，浑身弥漫着水乡的温情气息。

幔陀注意到了夏祥身为县尊却身边无人侍候的窘迫，愣了一愣，上前为夏祥倒了茶水，说道：“县尊身边还是有一个贴身丫鬟服侍才好，柳儿就不错……”想了一想，又说，“董现会不会没有死，潜在河底，游到了别处？”

“也有可能，如果董现是鱼而不是人的话。”夏祥慢条斯理地喝了一口茶，眯着眼睛看了幔陀一眼，忽然笑了，“幔陀娘子，依你之见，连小娘子让柳儿服侍我，伴我左右，是何用心？”

幔陀愣了一愣才跟上夏祥的思路，想了一想才说：“连小娘子对县尊一往情深，送一名丫鬟服侍县尊，自然是出于对县尊的敬仰和爱戴。”

夏祥点了点头，心中却想，幔陀看似心思简单，其实也是聪明人，有些事情她看得清楚，却不愿意去多想，因为事不关己。说到底，她其实还是一个目的单纯之人，跟在他身边，她所求的就是想助他一臂之力，好让他可以和三王爷周旋到底。

可是……夏祥暗中摇头，以他现在七品芝麻官的地位，想和身为王公贵族的三王爷较量，和投河自尽的董现并无区别。只是如今他身不由己，无路可退，知其不可为而为之，是为大丈夫所为也。

若是为了上报君恩下救民命，即便和三王爷拼了一个头破血流，也死不足惜。

“有两件事情有劳幔陀娘子……”夏祥微一沉吟，“一是帮我物色一个丫鬟和一个随从小厮，二是继续走访董现命案，查明董现到底是生是死，活要见人，死要见尸。”

“是。”幔陀领命，略一迟疑，问道，“是否还要我帮县尊物色门子人选？”

“不用了，门子人选，本官已经选定。”夏祥心满意得地笑了笑，“幔陀娘子可猜到是谁？”

“猜不到。”幔陀不假颜色，直接浇灭了夏祥想要逗她一逗的心思，“县尊请歇息，告辞。”

望着幔陀毅然决然离去的身影，夏祥摇头笑了，幔陀喜怒随心，不因他身份地位的转变而对他态度不同，是一个真性情的女子。

夏祥铺开信纸，给曹殊隽回信。只说了说沿途风光以及真定风情，并未多说其他，又叮嘱曹殊隽多读书，不要懈怠，男儿生在天地间，当建功立业，多做为国为民之事。行文到了最后，他迟疑片刻，还是让曹殊隽代问曹姝璃好。

夏祥也曾想过单独写一封信给曹姝璃，后来又觉得并不合适，他和曹小娘子虽有情意，却并未有过盟约，更未私订终身，若是去信，流于表面的泛泛之言并无意义，若是深谈，又交浅言深。况且现今他初来真定，正是全无头绪一团乱麻之时，并无儿女情长的心思。

写好给曹殊隽的书信，夏祥又提笔给金甲写了一封长信。

夏祥深知自己虽进士高中，外放到真定为官，却在朝中根基尚浅，不，应该说全无根基，朝中连一个为他说话之人都没有。俗话说朝中有人好做官，他和金甲虽是君子之交，却也算是性情相投，互为照应也理所当然。

金甲虽不是当朝大员，却是皇上身边近臣，有他为自己美言几句，至少在有小人在皇上面前谗言之时，皇上不会听信小人的一面之词而对他不满。

夏祥写给金甲的信很长，信中却只字未提让金甲在皇上面前为他美言之事，通篇在说他沿途的所见所闻以及他要为民请命、为董断申冤的决心，以及他有意让好景常在生产药床药椅以造福黎民百姓之举。文末，他附诗一首，是汉武帝的《秋风辞》：

秋风起兮白云飞，草木黄落兮雁南归。
兰有秀兮菊有芳，怀佳人兮不能忘。
泛楼船兮济汾河，横中流兮扬素波。
箫鼓鸣兮发棹歌，欢乐极兮哀情多。
少壮几时兮奈老何！

封好信，夏祥冲门外唤了一声：“萧五。”

“在。”

萧五应声来到夏祥面前，他脸上还挂着细细的汗珠，鼻子上有一块泥巴，头发上有一根杂草，仿佛刚从狗洞里钻出来。

夏祥哑然失笑：“怎么弄成这个样子？”

萧五嘿嘿一笑，挠了挠头：“方才在后院乱转，不小心摔到了一个洞里。洞也不深，一丈多，就是里面脏了一些。”

后院怎会有洞？应该是枯井才对，夏祥知道官不修衙，客不修店的传统，真定县衙年久失修，也是正常，就笑了：“记得让人填上枯井，省得有人掉下受伤……董断几人可是安置好了？”

萧五点头称是，又说：“付科等人被关在大牢之中，董断和王先可、王孙氏安置在了客栈。”

夏祥点了点头，将信交与萧五：“通过好景常在的商行车队送到京城，不要走官驿。”

夏祥身为朝廷命官，可以通过官府驿站传递书信，不过夏祥既然有连若涵这样一个富甲天下，拥有天下最大商行的友人，不通过好景常在的车队传递书信，岂不浪费？

萧五接信在手，转身出门，过了片刻又折身返回，拿起夏祥的毛巾胡乱擦了一把脸，腼腆地笑了笑：“这个样子没法去见令儿，先生，送信之事若是不急，萧五先换一身衣服再去得闲居，可好？”

萧五居然知道打扮了，夏祥开心地笑了，不过他却并不看好萧五和令儿，令儿太过聪明，萧五完全不是她的对手，被她卖了还会开心地帮她数钱。

“不急，不急，你且先去换一件衣服再来，我再写几封信，你一并带走。”夏祥回身坐下，分别给沈包、张厚以及滕正元各写一封信，三人之信，内容大同小异，皆是报了平安并且问候一二，除此之外，再无多余之话。

不多时萧五换了一身干净衣服回来，拿了书信去了得闲居交与连若涵，由连若涵安排好景常在商行的车队送到京城。

未时时分，夏祥在许和光几人的陪同下，进行了升堂仪式。在见过了许和光、马展国、丁可用和杨江之后，又在三班衙役的列队前，威风八面地走了一圈，夏祥算是正式上任真定知县。

“夏县尊，今日不妨就到此为止，明天再办理公务不迟。”仪式过后，许和光体贴地提醒夏祥，“真定民风淳朴，百姓安居乐业，夜不闭户，县尊且好好休息数日，游览一下滹沱河风光，体察一下真定民情，切身感受一下真定百姓的安逸……”

“主簿一职，空缺多久了？”夏祥打断了许和光的话，翻看了几下卷宗，突兀地问了一句，“为何主簿空缺不向吏部呈报？”

许和光镇定自若地说道：“回县尊，主簿空缺只有半年，上任知县郝县尊说是他已向吏部呈报，我等也不好过问。现今郝县尊离任，我等才知道郝县尊并未向吏部呈报，个中缘由，我等也不得而知。”

夏祥意味深长地“哦”了一声，目光从许和光恭谨的脸上一扫而过，落在了马展国脸上。马展国眼皮跳动几下，嘴巴张了张，想说什么，话到嘴边又咽了回去。

夏祥心中有数，主簿空缺一事的背后，必有蹊跷，当下也不点破，反正此事也不急在一时，就略过不提：“带董断等人到二堂。”

“夏县尊，审理董断一案，不必急在一时，县尊一路劳累，应当休息数日……”许和光一脸和善笑意，殷殷劝请，“不过是邻县的一件小案，何必劳烦县尊挂念在心。”

夏祥眉宇之间微露不耐之意，眉毛轻轻一挑：“许县丞再三阻挠本官审案，是何道理？莫非此案和许县丞还有什么瓜葛不成？”

马展国暗暗一笑，和丁可用对视一眼，二人心领神会地点了点头。二人心里再是清楚不过，许和光一再阻止夏祥审案，并非他和董断一案有什么瓜葛，他和董断、付科等人或许压根儿都不认识，他只是想在夏祥初任之时，先入为主，只要第一次成功阻挠夏祥审案，就会有第二次第三次，三番五次之后，夏祥就会不知不觉被他所左右。

许和光惯用的伎俩就是如此，马展国一清二楚，想当初郝海记就是一而再，再而三被许和光的阻挠左右了判断。倒不是说郝海记不够聪明，而是许和光太过精明，他处处打着为别人着想的名义，让人无意中就跳进了他的陷阱。

不想夏县尊年纪轻轻，竟是不上许和光的当，马展国心中暗喜。

许和光脸色一哂，讪笑说道：“不敢，不敢，下官哪里敢阻挠县尊审案。下官和此案并无瓜葛，也不认识他们……咳咳，丁捕头，还不快去提一干人犯。”

“是。”丁可用应了一声，朝夏祥叉手一礼，大步如飞走出了大堂。

夏祥一行来到了二堂，刚刚坐下，丁可用就将董断、王先可和王孙氏领了进来。

二堂的布局和大堂相似，只是地方稍小一些而已。董断几人上堂，朝居中的夏祥深施一礼：“小民董断见过县尊。”

许和光威严地咳嗽一声：“放肆，跪下说话！”

“免礼。”夏祥摆了摆手，微带不满地看了许和光一眼，“百姓本来已经有冤，本官为百姓申冤，是职责所在，是分内之事，为何要让百姓跪下说话？”

董断一身布衣，脸上的瘀青还在，却站得笔直，脸也洗得十分白净，鼻直口方的他，虽狼狈却不失气节，嘴唇紧抿，牙关紧咬，目露不平不服之色。

王先可和王孙氏低眉顺眼，不敢正眼去瞧夏祥，二人拉扯几下，王先可讪讪一笑：“夏县尊，小的有眼不识泰山，多有得罪，还望县尊大人有大量……”

夏祥摆了摆手，和颜悦色地说道：“王先可，本官问你，付科当众谋害本官一事，你可是亲眼所见？”

王先可连连点头：“亲眼所见，亲眼所见。付科穷凶极恶，意图当众谋害夏县尊，不但小的亲眼所见，在场的上百名百姓也都看得清清楚楚。”

“是，是，小女子也可以做证。”王孙氏也急忙附和。

“带付科。”夏祥大手一挥，又下了命令。

丁可用应声而去。

“董断，本官问你，付科当众谋害本官一事，你可曾亲眼所见？”夏祥看向了董断。

董断淡淡地说道：“小民亲眼所见。不过，官欲治民之罪，不过是一言而定之事，何必多此一举？付科当众谋害县尊是了不得的大事，小的兄长被害，马小三夫妇双双死于非命，就是不值一提的小事了。是以草民草民，草芥之民，命如草芥，果不其然。”

“放肆，在县尊面前如此出言不逊，董断，你不怕吃板子吗？”许和光声色俱厉，怒道，“夏县尊爱民如子，岂容你胡乱诋毁！”

“爱民如子？哈哈，好一个爱民如子！”董断哈哈大笑，笑容扭曲而变形，“夏县尊才是弱冠之年，尚未婚配，更无子女，怎会体会到为人父母的不易？夏县尊可以做到头上有青天心中有明镜就不错了。”

“来人，掌嘴！”许和光大怒，董断不过一介布衣，一个来自邻县的书生，敢对县尊如此不敬，就是对真定县的不敬、对他的不敬，不教训教训他，他就不知道天高地厚。

许和光一声令下，衙役中走出一人，手持木板，就要朝董断脸上打去。

“住手！”夏祥怒喝一声，冷眼看向许和光，“许县丞，是本官审案还是你审案？”

许和光顿时脸色大窘，后退一步，弯腰施礼：“夏县尊息怒，下官只是一心维护公堂，并无僭越之意。”

衙役手持木板愣在当场，不知该如何是好了，马展国冷哼一声：“江小七，你还不退下，难不成要夏县尊请你下去？”

江小七却不敢退下，下意识地看向了许和光，向许和光投去了征询的目光。许和光心中大气，江小七怎的如此呆笨，在县尊面前还要等他号令，置县尊权威于何地？又一想，也难怪江小七如此，上任知县郝海记在任之时，江小七就事事听他命令。

/ 第十一章 /

审案

夏祥假装没有看到眼前的一幕，直接忽略了江小七对他身为县尊的不恭，而是冲董断点头微笑："董断，本官确实没有切身体会过为人父母的不易，不过，本官却有一颗爱民如子的赤子之心。付科当众谋害本官一事，暂且不提。本官且问你，董现为何投河自尽？"

董断浑身一震，不相信地直视夏祥的双眼："县、县尊可是要审理兄长投河一案？"

夏祥淡然说道："本官只是在审理付科当众谋害本官一案的同时，连带了解一下董现投河一案的经过。你是付科当众谋害本官一案的人证，也是受害者，凡是与本案有关之事，都可以和本官说说。"

董断犹如拨云见日，哪里还站立得稳，当即"扑通"一声跪倒在地："夏县尊在上，请受小民一拜。"

夏祥却心潮涌动。身为百姓的父母官，为民做主本是本分，却因裴硕章之推托而成了为官者对百姓的恩赐，若是长久如此下去，官官相护，怎能不令百姓心寒？

"起来说话。"夏祥恩威并施，又朝许和光微一点头，"许县丞，今日并非正式审案，让董断、王先可、王孙氏坐下答话。"

许和光点头称是，心知夏祥是有意缓和刚才的一怒之威，忙诚惶诚恐地示意衙役搬来座椅。王先可和王孙氏歪了半个屁股，小心翼翼地坐在一边。

董断却并不坐下，站着说道："小民就不坐下了……夏县尊，家兄经商，每年都要南下泉州半年，商人重利轻别离也是无奈之事，董李氏却不守妇道，和严孙私通也就算了，还想谋财害命，要害死家兄，掠夺家兄辛辛苦苦积攒的万贯家财。家兄在市乐虽非名门望族，却也算是数一数二的大户……"

"可是市乐董现董员外？"许和光为之一惊。

"正是。"董断答道。

“原来是市乐董半城。”许和光早就听闻董现投河之事，只因近来诸事缠身，无暇多想，只当成一件常见之事，滹沱河河水充沛，淹死人之事时常发生，不足为奇，既是邻县之人，他也就没有放在心上。

得知夏祥即将上任，他一心用在如何应对夏祥上，也顾不上分心。此时听到前几日轰动一时的投河自尽案的死者竟是市乐巨富董现，他不由得心中一凛。怪不得夏县尊途经市乐，无意中撞见董断拦街喊冤，非要大费周章带董断一行前来真定，原来夏县尊是早有谋算。

高明，实在高明，没看出来夏县尊如此年轻，竟是如此工于心计的贪官，特意问及董现投河一案，显然是想从中捞些好处。董现号称“董半城”，是说董现的财富可以买下半个市乐城，可见董现财力之厚。夏县尊审理董现之案，必定油水充足。

想通此节，许和光心中暗暗讥笑夏祥太过迫切了，手也未免伸得过长，连邻县巨富的主意也打。裴硕章也是，虽事关离任考核大事，也不能放任不管，到手的肥肉不拿，也太小心谨慎了一些。换了是他，必然要接手此案，好好审理一番，反正可以找到替罪羊下狱，再狠狠敲上一笔，名利双收，然后高升而去，一举两得，多好。

可惜呀可惜，裴硕章太胆小怕事了，竟然怕惹事上身，生生将案子推掉了。许和光暗暗惋惜的同时，不由得对夏祥高看一眼，夏县尊竟是一个如此有眼光有魄力有贪心的知县，说不定以后跟了夏县尊，还大有好处可捞。和市乐相比，真定的巨商才是真正富可敌国。不说别家，只说城东徐望山、城南马清源，二人的生意不但北到漠北，南到泉州，还有商船远赴南洋。

除了徐望山和马清源之外，好景常在也是真定巨富之一，不，应该说好景常在才是真正的真定首富。相比之下，他的广进商行还差得不少。

董断继续说道：“小民早已察觉到了董李氏和严孙的私情，奈何家兄不信。小民无奈之下，只好出了一个下策，让家兄提前回家，撞见了董李氏和严孙的苟合。原本以为家兄会休了董李氏，驱逐严孙，不想家兄太过仁厚，居然相信了二人要痛改前非的假话……

“我劝家兄无论如何也要赶走严孙，家兄嘴上答应，却架不住董李氏的再三哭诉，宽限严孙一个月，限令严孙在一个月内厘清账目，收拾行李走人。不料突然家兄有生意要谈，急急南下泉州。在泉州，家兄结识了寻找儿子下落的马小三夫妇。二人年老无依，家兄心善，欲收养二人，为二人养老送终。不想带二人回到真定，却是让二人走上了不归路。家兄和马小三夫妇回来后，不出三日，不知为何，三人就连夜前往真定滹沱河，投河自尽了……”董断眼圈一红，眼泪夺眶而出，“我和家兄从小父母双亡，马小三夫妇勤恳善良，是多好的一双老人家，我当二老如亲生父母一般孝敬，谁能想到，董李氏和严孙蛇蝎心肠，连二老也不放过！”

夏祥轻轻咳嗽一声，打断了董断的叙述，问道：“董断，本官问你，你口口声声说是董李氏和严孙害死了董现和马小三夫妇，你可曾亲眼看见？”

“没有。”董断瞬间气势大减，片刻之后却又直着脖子说道，“虽然小民没有亲眼看见，可但凡是明白人都知道家兄和马小三夫妇必是被董李氏、严孙逼迫而死。”

“本官判案，审的是条理，看的是证据，不是只凭你一面之词和想当然的认定就判定董李氏和严孙有罪。”夏祥一拍惊堂木，一脸威严，“董断，若你拿不出可以让人信服的证据证明董李氏和严孙是害死董现、马小三夫妇的凶手，本官就判你一个诬告之罪，重打五十大板。”

威压恐吓之下，必有所求，许和光冷眼旁观，暗暗发笑，夏县尊是不是断案如神的青天大老爷姑且不论，至少在明敲暗打索要好处上面，无师自通，是一个天生高手。董断想要打赢官司，不拿出真金白银孝敬夏县尊，想都不要想。

董断脸色阴晴不定，变幻数下，冷笑出声：“果然是天下乌鸦一般黑，夏县尊，小民在市乐递不上状子，在真定打不赢官司，就进京告御状，一定要为家兄讨还公道。”

“公道？公道在哪里？”夏祥哈哈一笑，起身来到董断面前，“公道不是你一腔义愤，也不是你报仇心切，公道是在合情合理之下的推断，是人证物证俱全的铁案。董断，你一心认定是董李氏和严孙害死了董现和马小三夫妇，你有没有想过，董李氏和严孙是用何种法子逼迫董现和马小三夫妇从市乐跑到真定投河自尽？董现和马小三夫妇为何一不反抗二不报官，非要连夜去投河自尽？三人连夜前往真定之时，你在哪里，又在做什么？可有人证？董李氏和严孙在哪里，又在做什么？可有人证？”

“小民、小民……”董断被夏祥的一番话问得连连后退，“小民当时正在睡觉，并不知道家兄和二老连夜赶往真定，若是知道，必定阻拦他们。小民独居一处，并无人证。董李氏和严孙各自在房中睡觉，有丫鬟做证。”

不但许和光暗中一惊，佩服夏祥的心思缜密，就连马展国也是暗竖大拇指，为夏县尊一针见血的质问而叫好，同时也十分惊奇夏县尊刚中进士就上任了知县，并未有过审案经历，怎会如此清楚案件如何审理？怎会如此明白董断话中的漏洞？当真是奇才怪才。

“这就是了。”夏祥点了点头，若有所思地说道，“若是董李氏和严孙状告是你逼死了董现和马小三夫妇，你也百口莫辩。”

“小民冤枉，小民怎会谋害一母同胞的兄长？”董断连呼冤枉，急急辩白，“夏县尊，小民和兄长相依为命，手足情深，为何要加害于他？”

“谋财害命。”夏祥轻描淡写地吐出了几个字，仿佛一言定人生死的话可以随便说说一般，“董断，本官倒觉得，董现一死，董李氏和严孙入狱，董家的万贯家产全部落入你一人手中，你才是最想董现跳河自尽之人。”

“小民，小民……”董断情急之下，“扑通”一声跪倒在地，“夏县尊，小民不是杀人凶手，小民冤枉。小民绝无谋害兄长之心，就算小民想要谋财害命，小民也绝无本事让兄长跑到滹沱河投河自尽。”

许和光瞪大眼睛，想不明白夏祥葫芦里卖的是什么药，不过他却越来越坚定地认为夏祥就是一个彻头彻尾的贪官，不由得又暗暗替裴硕章惋惜。天大的好处到了嘴边，却被夏祥顺手牵羊拿走，可惜了，太可惜了。裴硕章也不想想，董现一死，万贯家财不是落在董李氏头上就是落到董断手中，不管最后判谁有罪，另一方都会对县尊感激涕零，难免要重金酬谢。

夏县尊真是聪明人，肯定早就打好了主意，恐吓董断，让董断知道利害关系，董断若是聪明的话，必定会乖乖地送上好处。否则夏县尊“官字两张口”，非说是董断谋害了董现和马小三夫妇，董断也是百口莫辩。再用重刑的话，董断一介书生，必定会让招什么就招什么。

高，实在是高。许和光眯起了眼睛，心中不无得意地想，夏县尊如此贪财倒是好事，真定县巨富为数不少，以后不愁没有官司可打。官司一打，银子哗哗来，他跟在夏县尊身后，多少也能占些便宜。好，就这么定了，以后要想办法多让夏县尊审案才是生财之道。

马展国却是心中犯起了嘀咕，刚刚他还觉得夏县尊有审案天赋，说不定又是一个和传说中的包青天一样断案如神的清官。现在他越来越不明白夏县尊为何要说董断是杀人凶手，莫非夏县尊是想威逼董断，好收取什么好处不成？

“起来说话。”夏祥轻松地双手背在身后，示意马展国扶起董断，“在本官面前，不必动不动就下跪。”

董断却不肯起来：“县尊，小民确实不是杀人凶手，还望县尊明鉴。”

董断前倨后恭，原来的傲气全然不见，此时接连喊冤，许和光不由得暗中鄙夷董断没有骨头，才几句话就被夏祥吓住，一点也不知道拿捏，接下来夏祥狮子大开口，还不得任由夏祥漫天要价？

马展国一用力，强行拉起了董断。董断还想再争辩几句，只听锁链声音一响，付科在丁可用的押解下，上堂了。

付科披头散发，横眉竖目，一副放荡不羁的游侠形象，上堂之后，昂首歪头，仰望屋顶而立，看也不看夏祥一眼。

“你可是付科？”夏祥神情不变，淡淡地问道。

“正是在下。”付科傲然地看了夏祥一眼，咧嘴一笑，“夏县尊初出朝堂，才到地方为官，地方上的许多规矩恐怕还不知道，也不清楚在下是什么来历。无妨，我不和夏县尊计较，只管放了我，之前的事情就一笔勾销，我不会记恨夏县尊。以后夏县尊在任上有什么为难之事，不管是真定还是市乐，哪怕是周围府县，都尽管吩咐，我一定尽力而为。”

许和光、马展国、丁可用和杨江都大眼瞪小眼，谁也没有想到付科会如此嚣张，公然在公堂之上向县尊叫板，几人不约而同地心想，也不知道夏县尊会怎么回应。

许和光更是不无恶意地想，夏县尊上任第一日就接手了如此棘手的案子，不怪别人，怪只怪他自己非要揽事上身。付科虽然只是市乐一带的泼皮无赖，却深得裴硕章器重，许多官府出面无法办到的事情，都交由付科处理。付科接手之后，从未失手，无不手到擒来。如此一个黑白通吃，在市乐纵横十余年而不倒的角色，会没有靠山和后台？夏县尊到底年轻，非要抓付科前来真定，请神容易送神难，说不定付科会让夏县尊栽一个大大的跟头。

付科到底是什么来历，有什么后台，许和光也并不十分清楚，但他在官场多年，心里明白，如若付科背后无人撑腰，早就下了大狱，怎么可能在市乐横行多年而安然无事？

夏祥默然一笑，付科口气之大，让他震惊的同时，更确定了自己的判断，付科此人，必定大有来历，绝非普通的泼皮无赖，他有意抓付科前来真定，虽是一步险棋，却有可能助他在真定迅速打开局面。

真定是大县，又是富县，更是府县一体的重地，既有知府崔象在上，官大一级压死人，又有诸多世家、巨商盘踞，关系交织，联姻、通家之好以及各种人情世故盘根错节，绝非他一个小小的知县可以撼动。当然，夏祥此来真定为官，并非想改变真定现状，只是想尽他所能，为皇上分忧，为百姓做主。

但在此之前，他要先看清真定的龙潭虎穴之中到底藏了几条龙、几只虎才行，不能鲁莽行事，以免被龙虎所伤。

“付科，你在市乐当街行凶杀人，当众谋害朝廷命官，你可承认？”夏祥脸色一沉。

“承认，是我干的，我当时是想杀了王先可。”付科转身瞪了王先可一眼，哈哈大笑，“可惜了，没杀成。王先可，要不是夏县尊救你一命，你现在已经入土为安了，你还真是命大，老子想杀的人，你是第一个没死的，你可以引以为傲了。不过我得声明一点，当时我并不知道你是堂堂的县尊，若是知道了，断断不敢谋害朝廷命官。”

“这么说，如若本官不是朝廷命官，是平民百姓，你杀便杀了？”夏祥怒极反笑，笑容意味深长。

“杀便杀了，还能怎样？平头百姓，命贱如纸，每日不知道死上多少，谁会在意？”付科放声大笑，带动身上锁链哗哗作响，“朝廷命官就不一样了，毕竟有功名在身，又是吏部任命，天子代天牧民，官员受天子之封，分牧天下，不是平头百姓所能相比的贵命……”

“好一个贱命贵命。”夏祥着实被付科的一番话气着了，付科不是朝廷命官，没有功名在身，按照他的说法，他也是平头百姓，贱命一条，自己轻贱自己，真是可笑可恨可气，“杀百姓不犯王法，杀朝廷命官就犯王法了？”

“犯不犯王法，还不是朝廷命官一句话的事情？”付科嘿嘿一笑，举起双手，晃动手上的锁链，“夏县尊一句话，我就得披枷戴锁。夏县尊再一句话，我就是清白之身了，哈哈。”

/ 第十二章 /

无事不登三宝殿

马展国气得紧锁刀柄，恨不得一刀斩下付科的狗头，他担任县尉多年，见多了鸡鸣狗盗之辈，却从未见过如付科一般的张狂者。若是平常，三十杀威棒打下，管叫付科老老实实，不敢再嚣张半分。

不料让所有人都目瞪口呆的是，夏祥脸色舒展开来，笑容可掬地说道："丁捕头，为付科去掉枷锁。"

"县、县尊？"丁可用以为听错了，愕然呆立当场，"付科可是要犯。"

"还不快快去掉枷锁！"夏祥脸色一沉，流露不耐之色，"怎么，本官的命令你们不听？"

"不敢，属下不敢。"丁可用不敢怠慢，忙拿下了付科的枷锁，却还是有几分不解，暗中和马展国交换了一下眼神。

马展国不动声色，脚步一错，站在了付科的上首，以防付科有所异动。丁可用见状，也上前一步，站在了付科的下首，和马展国呈前后夹击之势。

夏祥注意到了二人的默契，微微点头，艺高胆大再加心细，是一个捕快必备的素质。只此一个举动便可以断定，马展国和丁可用二人可堪大用。

"夏县尊真是俊杰，识时务者为俊杰。"付科开心地舒展几下手腕，回头看了一眼，一屁股坐到了马展国的座位上，大大咧咧地说道，"从市乐来到真定，连口茶都没有喝上，真定人难道不懂待客之道？"

"上茶。"夏祥有求必应，吩咐下去，"上好茶。"

王先可和王孙氏对视一眼，都吓傻了，怎么一转眼付科成了夏县尊的座上宾了？照这么下去，别说让付科下大牢了，说不定付科还可以大摇大摆地走出真定县衙，而他们一出县衙就会被付科当街杀死……

董断也不敢相信自己的眼睛，夏县尊为何对穷凶极恶的付科如此礼遇？难不成堂堂的县尊也惧怕一个泼皮无赖？

就连许和光也想不明白夏县尊到底有何用意，之前似乎是想敲诈董断一笔，现在却又对付科如此之好。他迷糊了。

夏祥不理会众人疑惑不解的目光，坐在了付科的上首，端起茶杯轻轻喝了一口茶：“付科，尝尝真定水可与市乐水有什么不同？”

付科端起茶杯一饮而尽，哪里会品味水和水的不同，他一抹嘴巴说道：“都是一样的水，能有什么不同？夏县尊，我是大老粗，不懂这些。现在茶也喝了，话也问了，是不是该放我回市乐了？市乐还有好多事情等我回去办理，耽误不得。”

“不急，不急。”夏祥轻轻放下茶杯，抬头看了付科一眼，“真定和市乐相邻，也都是平原地带，算起来是一方水土，不管是真定的河水还是市乐的井水，并无不同之处。本官就奇怪了，既然真定的河水不比市乐的水好喝，为什么董现和马小三夫妇要连夜长奔五六十里，非要来真定的滹沱河投河自尽？付科，你见多识广，依你之见，董现和马小三夫妇是不是得了失心疯？”

付科伸手拿起茶杯，又放了回去，虽然他掩饰得很巧妙，但夏祥还是注意到了他的眼神之中迅速闪过一丝慌乱。拿起茶杯又放下的动作，只是为了掩盖他的慌乱而已。

“回县尊，我和董现并不熟识，也不认识马小三夫妇，他们是不是有失心疯的病，我不得而知。”付科又拿起茶杯，冲衙役江小七喊道，“拜托都头再来一杯，渴死了。”

又一口喝干杯中茶，付科搓了搓手，岔开了话题说道：“夏县尊，什么时候放我回市乐？”

“等时机成熟时。”夏祥微微一笑，也不再追问董现一案，刚一起身，有衙役进来禀报。

“夏县尊，徐望山和马清源求见。”

衙役恭敬地递上了两份拜帖。

夏祥接过拜帖，愣住了，徐望山和马清源是真定最为有名的两大富商：城东徐望山，山山金相连，是说徐望山财富如山；城南马清源，一马平川，是说马清源家有良田千顷。二人不同于普通的商户，既是巨商，又是诗书传家，虽不是如四大世家一般的高门望族，但在真定一带，也算是世家。再有家中有人在朝中为官，既有权势又有财富，可谓富贵荣华，风光无比。

徐望山和马清源在他刚刚到任之时就登门拜见，也算是给足了面子，以二人的身份地位，应是他主动登门拜访才对。向来知县若想治理好一县之地，首先要和当地乡绅、世家和有名望之人交好才行。

毕竟知县初来乍到，不知深浅，而当地乡绅、世家和有名望人士，皆在当地经营多年，根深蒂固，且又有人情世故在内，故对知县来说，多有仰仗之处。

许和光也是一怔，上任知县郝海记到任月余，徐望山和马清源别说登门求见了，就连郝海记数次递上拜帖，徐望山和马清源都不见。直到郝海记上任半年之久，徐望山和马清源才邀请郝海记在林中茶楼见了一面。

在茶楼见面而不是在府中，可见徐望山和马清源并不认可郝海记此人。此后在郝海记的三年任期之中，徐望山和马清源始终和郝海记保持着不远不近的关系，虽然徐马二人承接了真定县的种粮和粮仓生意，负责具体实施新法的推广，但除此之外，在其他事情上既不助郝海记一臂之力，也不坏事，倒也相安无事。

夏祥才来一天，徐望山和马清源就同时登门拜访，还郑重其事地递上了拜帖，二人怎会如此看重夏祥？许和光心中的震惊无与伦比，莫非夏祥真有什么神秘的来历不成？不对，夏祥得罪三王爷之事，人人皆知，放眼大夏，还有谁会比三王爷更有权势？徐望山和马清源又不是傻子，敢冒着得罪三王爷的风险向夏祥靠近，二人必然有所依，仗有所想法。

许和光想不明白，夏祥也是一头雾水，不过上门就是客，他赶紧吩咐下去："许县丞，你替本官前去迎接徐望山、马清源。马县尉，将董断、王先可、王孙氏带回客栈。丁捕头，将付科押回牢房。"

"是。"三人依次领命。

付科不干了："夏县尊，不是说好放我回市乐，怎么又要关回去？不行，我要回家。"

夏祥冷冷一笑："上枷，关起来！"

在众人疑惑不解的目光中，丁可用卖力地将枷锁戴回付科头上，用力一拉，将付科拖走了。付科气急败坏，跳脚说道："夏县尊，你出尔反尔，说话不算话……"

夏祥才不理会付科，他又没有亲口答应付科放他回去，付科过于自以为是了。

夏祥来到二堂之外，刚下了几级台阶，就远远看见许和光领了二人进来。一人生得人高马大，年纪四旬上下，比许和光高了一头有余，身穿紫衫，手持折扇，头戴方巾，脚穿小皮靴，身宽体胖，快步如风。另一人生得瘦弱，也是年约四旬，身穿花衫，手中把玩一把如意，头戴浩然巾，个子不高不矮，皮肤微黑，瘦长脸，八字胡，双眼深陷，走路的时候左右摇晃，仿佛站立不稳一般。

夏祥紧走几步，来到宅门之前，呵呵一笑："徐员外和马员外大驾光临，未曾远迎，失礼，失礼。"

许和光目光跳动，夏祥降阶相迎，对二人礼遇有加，分明是想给二人留下好印象，不知何故，他心中蓦然闪过一丝慌乱，仿佛一切尽在掌控的局势忽然变得不可控制了。

微一愣神，许和光注意到了夏祥微带不满的眼神，知道夏县尊是责怪他不为引荐，忙回神说道："夏县尊，这位是徐望山徐员外，这位是马清源马员外。徐员外、马员外，这位就是真定新任知县夏县尊。"

徐望山叉手一礼："徐望山见过夏县尊。"

马清源却并不见礼，等徐望山礼毕，将手中的如意交到徐望山之手，腾出双手之后才叉手施礼："马清源见过夏县尊。"

夏祥还了一礼，呵呵一笑："本该本官前去拜访二位才对，怎敢劳烦二位亲自登门？"

徐望山打了个哈哈，眼睛有意无意瞄了许和光一眼，笑道："我和清源兄听说夏县尊到任了，哪里还按捺得住，忙放下手中事情过来拜会，是想亲眼见见在京城大闹科场拉下文昌举的夏县尊是不是长了三头六臂。哈哈，当真是好奇得紧。还有一点，我二人听说夏县尊是爱茶之人，所以才急急上门讨口好茶尝尝，不知夏县尊会不会嫌弃我二人唐突？"

"望山兄，怎的如此和县尊说话？失礼，太失礼了。"马清源接过话头，双眼眯成一条缝，笑得既谦恭又不显得过于热烈，分寸拿捏得恰到好处，"应该说是我二人带了茶叶，请夏县尊鉴赏才对，哈哈。"

说话间，马清源手腕一翻，手中多了一包茶叶。茶叶由白纸包裹，里三层外三层，显然十分珍贵，并且只有小小的一包。

"有好茶就有好水。"夏祥伸手一请，冲许和光微一点头，"就有劳许县丞准备好水了。"

许和光知道夏祥是有意支开他，只好笑了一笑："分内之事，马上就好。"

夏祥引领徐望山和马清源来到书房，书房中并无他人，徐望山见状哈哈一笑，拍了拍手掌说道："夏县尊身边没有服侍的丫鬟也就算了，怎么连一个趁手的下人都没有？如不嫌弃，回头我让府上送几个人过来供夏县尊使唤。"

"使不得，本官习惯清静了，多谢徐员外好意。"夏祥摆手拒绝，呵呵一笑，"主要是无功不受禄，也是你我初次相见，怎好收如此大礼？等以后熟悉了，再收不迟。"

听夏祥前面的话时，徐望山皱起了眉头，等后面夏祥话锋一转，他的眉头又舒展开来，喜笑颜开地说道："夏县尊高见，熟了再送不迟。"

马清源也是哈哈一笑："夏县尊妙人，我和望山兄此次前来拜访，算是来对了。"

“清源兄，我就说夏县尊能够做出在贡院贴黑榜之事，必非常人。我说要来登门拜访，你还想再观望观望，观望个屁。如夏县尊一般的人物，多少年才出一个，不赶紧结交，还要等别人捷足先登不成？”徐望山打开手中折扇，胡乱扇了几下，合上扇子又说，“真定县少说也有十几年没出过如此年轻有为的县尊了，夏县尊来真定上任，是真定之福，是百姓之福。”

“哪里哪里，徐员外过奖了。”夏祥谦虚地笑了笑，目光一斜，落在了马清源的身上，“马员外的好茶怎么又藏了起来，还不快快拿出来让本官品鉴一二？”

马清源正在暗中打量夏祥，先不说夏祥的年轻让他啧啧称奇，只说夏祥的非凡气度和从容不迫的做派，就让他对之前的判断产生了怀疑：夏祥真的是出身普通百姓之家，不是世家子弟？怎的他的言谈举止，颇有出身豪门望族的风范？或许是夏县尊家教传承很好，虽是平民出身，父母却是读书人。腹有诗书气自华，最是书香能致远。

马清源从衣袖中拿出包裹严实的茶叶，小心翼翼地打开六层纸后，才露出了一个铜钱大小的茶团。茶团虽不大，却十分精致，色泽雪白，表面上有模印的龙腾凤翔的花纹，阴阳交错，图文并茂，精美无比。

夏祥只看了一眼就为之一惊，惊呼出声：“龙团胜雪！”

“正是。”马清源喜不自禁，眉毛飞扬，“三年前，我在京城意外得了一饼茶，一直珍藏，从来没有示人。今日难得夏县尊上任，一时高兴，就当是献宝了。”

“哎呀，清源兄，你可真是厚此薄彼。我可是提了不下十次要尝尝你的龙团胜雪，你小气得紧，推三阻四，就是不肯。夏县尊一来，你就巴巴地拿了出来，气人，太气人了。”徐望山伸出大手要抓龙团胜雪，却被马清源躲开了，马清源忙不迭地将龙团胜雪藏在身后。

夏祥心中清楚，二人一唱一和，分明是说给他听，演的是一出好戏，他看破不点破，拱手笑道：“如此厚礼，本官可是受之有愧，惶恐，惶恐。”

“夏县尊这么说就是见外了。”马清源冲徐望山眨了眨眼睛，示意徐望山见好就收，不要演过了，夏县尊可是聪明人，“再好的龙团胜雪不过是一饼茶而已，茶再好，也要和知己共饮才得其味。”

“不知夏县尊可知龙团胜雪的来历？”徐望山是有意考一考夏祥，看看夏祥是否知道如此名贵之茶的价值。

“略有耳闻。”夏祥微微一笑，将龙团胜雪拿在手中，查看几下，“龙团胜雪是用银丝水芽制成，银丝水芽又叫银丝冰芽。茶叶分为紫芽、中芽、小芽三个等级。紫芽，即茶叶是紫色的，制作好茶时，紫芽一般是舍弃不用的。中芽，即一叶一芽，有诗赞曰：‘一枪已笑将成叶，百草皆羞未敢花。’小芽，是刚长出的茶芽，形状就像雀舌、像鹰爪。小芽中最精的状若针毫的才被称作水芽或冰芽。”

徐望山和马清源对视一眼，二人都从对方眼中看出了惊愕。倒不是说夏祥对茶道的了解出乎他二人的意料，而是夏祥对龙团胜雪的制作如此熟悉，令人怀疑夏祥的来历。龙团胜雪是御茶，非王孙贵族不能见到，即便是三品以上大员，也未必有一两龙团胜雪。

“从小芽中再拣熟芽再剔去，只取茶心中的一缕，用珍贵名器以清泉浸泡，光明莹洁，如若银线。取之泡茶，如有小龙蜿蜒其上，故名龙团胜雪。”夏祥暗叫一声侥幸，龙团胜雪他是只闻其名未见其形，更未品尝过一次，在来真定路上，和连若涵一路同车，也是听连若涵说起龙团胜雪的由来，才对龙团胜雪如此了解。不想现在就派上了用场，当真是现学现卖，他继续说道，“茶之妙，至胜雪极矣，每斤计工值四万，造价惊人，专供皇帝享用。”

夏祥自是明白，马清源以龙团胜雪为礼，一是示以隆重，表示对他的敬重，二是让他得知马清源在朝中有人，专供皇帝享用的龙团胜雪，怕是当朝的六部尚书都无福享用，远在真定的一个员外却有一饼，个中缘由，意味深长。

/ 第十三章 /

龙团胜雪

“水来了。”随着门外一声吆喝，许和光提了一个水壶进来，水壶之中热水翻腾，正是滚烫的开水。

“用开水冲泡最好。”马清源亲自上阵，将龙团胜雪掰下一半，放到了茶壶之中，又接过许和光的水壶，手脚麻利地将水注入茶壶。

开水入壶，茶香四溢，许和光顿时精神为之一振，顺手拿起剩下半饼的龙团胜雪，就要放进衣袖：“什么好茶如此清香？马员外，这半饼茶就归我了，可是舍得？”

“区区半饼龙团胜雪，许县丞拿走便是，不值一提。”马清源故作大方，摆了摆手，嘿嘿一笑，“估计夏县尊也不会和你计较。”

“什么？龙团胜雪？”许和光吓得险些没有跳将起来，感觉手中的龙团胜雪如一团炭火烧得手掌生疼，他忙不迭地将茶饼放回原处，咧嘴一笑，“若是双井茶、谢源茶、临江玉津还好，我收就收了，但是这龙团胜雪……还是算了，太贵重，太尊贵了。君子不夺人之美，再者也只有夏县尊才配品尝此茶。”

许和光心中的惊骇之意挥之不去，龙团胜雪的稀少和贵重他岂能不知？先不说马清源怎会有一饼龙团胜雪，只说马清源将如此贵重之茶拿来与夏县尊分享，由此可见他对夏县尊的推崇和器重，马清源在真定盘根错节数十年，不管哪任知县他都是要么敬而远之要么不远不近，主动登门拜访并且以龙团胜雪为礼，可是破天荒的第一次！

许和光完全摸不着头脑了，马清源到底看重了夏县尊的什么才对夏县尊如此示好？

别说许和光全无头绪，就连夏祥自己也是大感莫名其妙。徐望山和马清源不是一般人物，二人在真定也是颇有影响力的地方世家，以二人的势力和在真定的影响力，即便二人不把他放在眼里，他也拿二人没有办法。甚至可以说，若没有二人的配合，他想在真定做出一番事情也是相当困难。为何二人主动登门拜访，还以龙团胜雪为礼？背后必有蹊跷。

“好文共赏之，好茶共饮之，来，许县丞。”夏祥亲自递上一杯茶。

许和光恭恭敬敬地双手接下，激动得发抖：“能喝上一杯夏县尊亲手递上的龙团胜雪，实乃下官平生之幸。”

话一说完，一口饮下，陶醉其中，半晌才说：“好茶，果然好茶，清冽、纯正、满齿留香，果然上品。”

“不对，不对，夏县尊与我等都还没有喝茶，你却先喝上了，许县丞，你也太不当自己是外人了，哈哈。”徐望山不由分说拿过茶壶，先倒了一杯递与夏祥，又为自己倒了一杯，想了想，将自己的杯子递给马清源：“你大我一岁，敬你为兄，你先。”

马清源也不客气，接过之后，小抿一口，才又一口喝下，赞道：“妙，妙不可言。夏县尊，请。”

夏祥将茶在鼻下嗅了一嗅，然后才用嘴唇碰了碰茶水，闭目片刻，才将杯中茶一饮而尽，又沉默少许才感慨地说道：“难怪有人称龙团胜雪为茶中极品、顶峰之作，果不其然。先是大龙凤团被小龙凤团取代，后小龙凤团又被密云龙取代，密云龙又被瑞云翔龙取代，瑞云翔龙又被白茶取代，最后到了登峰造极的龙团胜雪。龙团胜雪一出，天下无茶！”

许和光见好就收，拱手告辞。夏祥也没挽留，知道徐望山和马清源此来必定有话要说。

果然，许和光一走，先前喝茶的浓烈气氛就淡了下来，徐望山神秘地取出一个方盒，打开盒子，里面是一个黑黑的茶杯。

“偶得一个建盏，十分稀少，特请夏县尊鉴赏一二。”徐望山将茶杯拿在手中，正好一缕阳光穿透窗棂落在茶杯之上，明光耀眼，“也不知茶杯之中为何烧出如此光晕。”

夏祥凑近一看，不由得瞪大了双眼。在阳光的照耀下，茶杯之中浮现大大小小的斑点，围绕着这些斑点还有红、绿、天蓝等彩色光晕，不同方位的光照下闪耀出不同的光泽，五彩缤纷，十分绚丽。

“曜变？”夏祥震惊之下，又无比惊喜，接过茶杯，仔细端详半天，“建盏的烧制，因火候的不同而会呈现不同的变化，以曜变、油滴、兔毫最为名贵，而曜变又居于诸名瓷之首。徐员外这件曜变建盏，是绝无仅有的孤品。”

“所以说，红粉赠佳人，宝剑送英雄，好东西要与识货之人共赏才有意思。”徐望山哈哈一笑，“还有半饼龙团胜雪，若无茶杯，岂不是愧对风月？这杯子，夏县尊也别嫌弃粗陋，还请一并收下。”

“既然徐员外和马员外盛情难却，本官就不客气了。”夏祥连推辞一下的意思都没有，直接就笑纳了。也是他心里清楚，徐望山和马清源如此直截了当地登门拜访，他再推托就是矫情了，何况徐望山和马清源有意在他面前流露出和他一见如故的热络，他岂能不投桃报李？

“哈哈，夏县尊的性子，甚合我意。”徐望山一拍大腿，手中扇子敲击桌子，“不瞒县尊，我和清源前来拜访，是有事相求。”

有事相求就对了，如果二人只是前来送茶送建盏，不说事情就走了，反倒会让夏祥心中放不下，更何况二人又是直爽的性子。

“何来相求一说？徐员外和马员外有事，尽管开口。”夏祥微微一笑，拿出了一县之尊的权威，“只要不违背天理人情礼法，本官自当鼎力相助。”

“怎会违背天理人情礼法？夏县尊，我和清源兄都是讲究人。”徐望山搓了搓肥肥的双手，朝马清源眨了眨眼睛，继续说道，“事情还是因新法而起……”

“新法？”夏祥微微一皱眉头，想起了滹沱河船家的遭遇，心中一沉，“说下去。”

“本来官家的新法是为了百姓着想，是好心，可惜到了下面，却成了好心办坏事。”徐望山还是习惯性称呼皇上为官家，既亲切又不失尊敬，“候相公想必也是为了朝廷税收，兼顾救济灾荒之年歉收的农户。可问题是，真定地处中原，西有太行山遮挡风沙，又有滹沱河贯穿而过，沃野千里，良田万顷，连年来风调雨顺，非但不会歉收，还多有增收。虽去年前年小有旱涝之灾，也只有十之一二的农户歉收，大多农户就算没有增收，也没有歉收，足够一年之用。”

马清源接过话头，叹息一声说道：“新法的本意是让歉收的农户向官府借贷青苗，待来年丰收后归还，但地方官府为了多收税收，往往不管三七二十一，不管增收歉收，不管是否需要借贷，一律强行按照人头分发下去，待来年再按照三成甚至四成的利息连本带息收回。歉收的农户还好说，官府的借贷有救急之用，来年多偿还一些也是应当。但没有歉收的农户，并不需要借贷，却被强行要求借贷，如此多支出了三四成收入，相当于减收了三四成。”

“是呀是呀，问题还在于，明明新法规定的是只收取二成的利息，但下面层层剥夺，又加了两成，农户如何承受得起？新法推行几年来，别的地方是怎样的情形，我未曾亲眼所见，但在真定一地，已有上千农户被新法所害，不得已卖掉了土地，流离失所，从此成了流民。”徐望山紧握拳头，痛心疾首地说道，“官家远在京城，深居皇宫之中，怎知民间百姓疾苦？多少农户因新法卖地卖房甚至卖儿卖女，对官家怨声载道，以为是官家害了他们……”

若不是夏祥之前在滹沱河上和船家有过一番对话，他直接到真定县衙走马上任，或许对方才徐望山和马清源的一番话还无法相信。好在他上任之前先暗中走访了一番，了解了真正的民间疾苦。

纸上得来终觉浅，绝知此事要躬行。夏祥始终认为，知行合一才是大道。

不过夏祥尚不清楚徐望山和马清源到底想要什么，新法主要是向农户借贷，并不涉及如徐望山和马清源一般的大户人家。大户人家都有余粮，即使歉收，也无须借贷便可度过荒年。官府也并不会强迫大户人家借贷，相反，官府还需要借助大户人家之力，提供新苗、种粮或是钱物。

若说徐望山和马清源是替百姓着想，夏祥倒也相信。当地世家，久居此地，世代为邻为亲，难免沾亲带故，无论亲情远近，都是乡里乡亲，自然而然会心生照拂之意。

夏祥沉吟片刻，拿起建盏端详几下，又轻轻放下，问道："徐员外、马员外，新法在推行之中，确实出现了一些纰漏，本官任上，会严查强行借贷之事。"

见夏祥说话滴水不漏，徐望山和马清源迅速交换了一下眼神，知道在夏祥面前不必藏着掖着，只管有一说一便是。

"夏县尊，我和清源是为民请命，为真定的乡亲父老，为官家名声，特请夏县尊在真定废除新法！"徐望山和马清源同时起身，郑重其事地朝夏祥深施一礼，"还望夏县尊怜悯真定十万黎民百姓，长此下去，真定每年都要有上千农户成为流民。流民无地可种，无家可归，早晚必成大患。"

夏祥起身，肃然正容："徐员外、马员外，你二人有如此天下为公的胸怀，本官敬佩。只不过废除新法一事，事关重大，非一朝一夕之功。"

夏祥心里清楚，新法刚刚推行之时，各地对新法的态度各不相同，有的地方官府大力推行，有的地方官府搁置不理。后来朝堂斗争尘埃落定，候平磐大获全胜，开始着手梳理地方官员。凡是大力推行的地方官员，考核优等，加官晋爵；凡是搁置新法的地方官员，要么罢官要么贬谪。时至今日，大夏各地方官员几乎无一人不卖力推行新法。是以徐望山和马清源上来就请求夏祥废除新法，是为夏祥出了一个天大的难题。

难题不怕，怕的就是二人将私心藏在为民请命的公心之下，让夏祥不知道他们的真实意图，最终被二人利用。

"夏县尊，我二人诚心诚意登门拜访，既是为民请命，也是有个人不得已的苦衷。"马清源知道再不说清他和徐望山的真实来意，会让夏祥怀疑他二人的诚心，就不再有所顾忌，说道，"官府为了存粮，由望山兄修建了粮仓，由我每年拿出数百石种粮存放在粮仓之中，以备不时之需。我二人为官府出力为百姓谋利，本是分内之事，并无怨言，只是修建粮仓和储存种粮，并不能起到救济百姓之用，却成了祸害百姓的根源。我和望山兄本意是爱护百姓，却因修建粮仓和提供种粮，而为千夫所指，成了官府欺凌百姓、掠夺百姓土地的帮凶，实在是百口莫辩。”

原来如此，夏祥心中明白了几分，二人爱惜名声，当初帮助官府修建粮仓提供种粮，本是好心，以为可以造福百姓，不想新法在推行之中出现了诸多问题，二人的好心之举被百姓误以为是帮官府搜刮民脂民膏。

“夏县尊，既然新法不得民心，又为害百姓，为何不废除以正天下？还望夏县尊为万民请命，向官家上书，让官家知道新法有损官家之名，中饱的却是地方官吏私囊。朝廷所增加的税收，并非新法之功，而是无数百姓卖地卖房卖儿卖女的血汗钱！”徐望山激动之下，双手用力，手中的折扇断为两截，“徐某愿以性命担保，所言句句属实，若有半句假话，天打雷劈。”

怪不得二人主动登门拜访，夏祥想通了个中原因，不由得暗暗苦笑，是因他在科举之时就敢冒天下之大不韪拉文昌举下马，又在得罪了三王爷之后还被外放到真定为官，任谁都会认为他既有胆识又在朝中有人。只是谁能想到，他还真是孤家寡人一个，朝中连一个为他说话的五品官员都没有。

至于他和庆王以及见王有过数次交往之事，不过是因科举之事，二位王爷需要他作为支点来冲击三王爷的势力，并非他和庆王、见王有什么交情。若是有人误以为他深得庆王和见王赏识的话，他也只能一笑置之。

不过，即便朝中无人，夏祥也有一颗为民请命之心。毕竟黎民疾苦是为官者心之所系，更何况他也确实认为新法大有问题，长此下去，非但不能富国强民，还会为害百姓，让更多无辜的家庭支离破碎。

“二位的来意，本官已然知晓。”夏祥平复了一下心情，请徐望山和马清源入座，“此事容本官查实后再做决断不迟。”

徐望山和马清源也清楚兹事体大，一着不慎，可能会让夏祥引祸上身，罢官或是被贬也只在旦夕间，是以也见好就收。二人既然表明了来意，也和夏祥一见如故，就不再久留，告辞而去。

送走二人，夏祥没有再提审付科和董断等人，而是叫上萧五，起身往得闲居而去。

许和光和杨江等夏祥走后，二人又关门商议了一番什么，随后也分别离去。县衙之中，知县和县丞不在，就显得空荡了许多。

丁可用本想先去龙王巷的小巷酒坊喝点小酒，然后回家，却被马展国叫住。马展国告诉丁可用，保护好董断，看管好付科，夏县尊必定心生欢喜。他认为夏县尊是一个好官，只要跟准了夏县尊，夏县尊就一定不会亏待他们。

丁可用向来听从马展国的吩咐，当即收回心思，叮嘱手下好生看管付科，并且亲自来到客栈，住在了董断、王先可旁边的房间。

马展国也不敢怠慢，特意安插了亲信紧盯付科，并且让亲信不可掉以轻心，没有他的命令，谁也不能探望付科。

对于马展国的安排，夏祥虽未亲眼所见，却也相信以马展国的聪明，不用他明说，也必定会严加看管付科等人。是以他优哉游哉，安步当车，和萧五一前一后，沿滹沱河畔步行，不多时就来到了得闲居。

此时天色黄昏，夕阳洒落一地的金黄，落满小巷的柳树之上。虽秋风萧索，叶落枯黄，静谧的小巷之中，却别有一番情调和风情。

夏祥负手走了几步，忽然愣住了——得闲居门口，有一女子倚门而望。她容颜如画，秀眉如黛，一身淡雅裙装，犹如玉人。

正是连若涵。

一瞬间，夏祥的心被柔情击中了，连若涵倚门而望的姿态像极了等候夫君回家的娘子。若是家中有如此贤妻守候，也是大丈夫平生所求。

/ 第十四章 /

何为大道

“连小娘子可是在等本官？”夏祥心中所想还没有来得及问出口，却见一匹高头大马疾驰而来，马如风，人如龙，马上一人，星目朗眉，五官白净，英俊无比，阔耳宽额，双目有神，一字眉横亘双眼之上，非但不显突兀，反倒增添几许光彩。

来人策马来到连若涵面前，将身一纵，一个潇洒的翻身下马姿势，稳稳落地后，身子不曾晃上一下。夏祥见过幔陀和萧五如此下马，也曾目睹高见元和燕豪上马下马时的矫健身姿，心中一惊，知此人是高手。

连若涵一见此人，便喜笑颜开迎上前去。

“先生，此人是谁？”不知何故，萧五第一眼见到此人就心生敌意，“难不成是连小娘子的官人？”

“莫要乱说。”夏祥哼了一声，不满地瞪了萧五一眼，“连小娘子尚未成亲，何来官人？多半是堂亲。”

“为何是堂亲而不是表亲？”萧五可不是故意有此一问，他哪里知道夏祥的小小心思，堂亲不可成亲，而表亲却可以。

夏祥虽不愿承认，却也不得不对自己说，来人无论相貌还是风采，都不在他之下。最主要的是，来人和连若涵的亲热让他心中微有不安和紧张。

原本以为连若涵倚门而望是在等他，却原来是在等另外一个男子，夏祥便有一种美人如花隔云端的遥远，心中蓦然激发了要赢得连若涵芳心的豪情。

若说夏祥对连若涵并无情愫，也是骗人，毕竟少年心性，正是年少慕艾的年纪，与其美如玉、其性如月的连若涵相处日久，难免生情。但若说夏祥对连若涵一往情深，也是夸大。他此时的心思在知县任事上，对儿女情长，并无太多分心。

只是突然之间连若涵有被人横刀夺爱的可能，他不免心生警惕并且大起争强好胜之心。不过夏祥冷静之后，细心一想才怦然心惊，原来不知不觉间，他已经对连若涵动了情思。

“是了，堂亲不可以成亲，表亲却是可以，先生……”萧五自己想通了其中环节，想要再问个清楚时，却被夏祥呵斥了一句。

“闭嘴！”夏祥双后背在身手，大步向前，“从此刻起，你不许再说一句话。”

“是，先生，萧五从此刻起就当自己是哑巴，不管先生怎么打怎么骂怎么嫌弃怎么……”话说一半，才意识到还是多嘴了，忙闭嘴不说了。

夏祥施施然来到连若涵面前，微施一礼，大方地说出了刚才的心中所想：“连小娘子和本官从京城一路同行来到真定，半月来朝夕相处，今日才分开半日，就又想念本官不成？非要在门口等候本官，也真是难为你了，本官心里过意不去……”

“夏县尊身为堂堂的一县之尊，小女子出门迎候本是礼数。”让夏祥意外的是，连若涵顺势接下了他的话头，嫣然一笑，“也是小女子正有事相求，所以才礼下于人。”

夏祥本想借机试探连若涵心意，也是想知道来人究竟是连若涵的什么人，不想连若涵接招之后，又反手还了一招，他不由得微一愕然，随即摇头笑了。连若涵是何等聪慧的女子，无论朝堂之上还是朝野之下，比他还要见多识广，且一人支撑偌大的好景常在，岂是常人？再者以她的才貌，仰慕者不知多少，相信她也婉拒过无数追求者。

“连小娘子有事，本官自当用心。请讲。”夏祥的话不是客套之言，是心里话，他对连若涵心存感激。说话时，他不经意看了来人一眼。

来人自从夏祥出现后，从未正眼看夏祥一眼，即便是连若涵喊出“夏县尊”时，他也只是眼皮轻轻翻了一翻，漫不经心的眼光从夏祥的身上自上而下一扫而过，随后又恢复了傲慢昂然的姿态。

连若涵悄然一笑，说道：“夏县尊如此厚爱，倒让小女子惶恐了。小女子所求之事，对夏县尊来说只是举手之劳。卢之月卢郎君是我一个故交，他想谋一个官职，听说真定县空缺了主簿？”

原来此人叫卢之月，夏祥心中一动，莫非是崔、李、卢、郑四家之中的卢姓世家子弟？不及多想，卢之月敷衍了事地冲夏祥叉手一礼，不冷不热地说道：“卢之月见过夏县尊。在下今年进京赶考，未考取进士，想在夏县尊手下谋个一官半职，还望夏县尊成全。”

夏祥险些没有失笑出声，先不说卢之月礼数不全，态度傲慢，还想求他成全，只说卢之月还是一介白衣之身，便想当上主簿，难如登天。

县主簿的出身有科举、门荫、流外入流等途径，若是科举还好说，有了出身就不再苛求年龄和资历。若不是进士，凭借门荫或流外入流晋身主簿，须从小吏做起，少说也要有七八年以上的资历才行。卢之月不过二十上下，不用想，肯定没有任何资历。

夏祥想要肃然回绝，回绝之话他已经想好：朝廷对于一县主簿的任命，慎之又慎，卢郎君怕是不合朝廷选官条件。本官虽有向吏部推荐主簿之权，却也不能推荐一个不合法度的人选。

不过话到嘴边却并未说出口，只因他察言观色间注意到连若涵眼中闪过的狡黠和得意，不由得心中大动。卢之月此人如此傲慢，肯定自命不凡。对于自命不凡之人，送一顶免费的高帽给他，他不但会欣然戴上，还会更加飘飘然。

夏祥改口说道："以卢郎君之才，担任一县主簿太过屈才了，不如再等三年之后再进京赶考，到时必定一鸣惊人，高中状元也不在话下。有了出身之后，担任一地知县，然后知府、尚书，最后入相，才是大道。"

卢之月虽刻意掩饰，却还是眉毛跳动，喜上眉梢，他呵呵一笑，冲夏祥微一抱拳："夏县尊过奖了，在下虽不才，却也有自知之明，若是考一个进士还好说，真要当上状元，呵呵，嘿嘿，怕是还要碰几分运气。不过在下却是赞同夏县尊之话，不必急于现在谋取一个主簿，应该再等上三年谋求一个出身。"

连若涵蓦然一愣，呆了片刻，说道："卢郎君怎能如此？明明答应了卢叔叔，却又在夏县尊面前反悔，你让我如何向卢叔叔交代？"

"也是，我原本已经答应了家父……"卢之月又有几分犹豫，朝夏祥微一拱手，"夏县尊，在主簿任上进京赶考，考中进士，也不失为一段佳话。还望夏县尊成全。"

"就是，还望夏县尊成全。"连若涵顺势而上，假装敛形正容向夏祥求助，眼神之中却有得意之色一闪而过。

夏祥自是清楚，以他和连若涵的交情，帮她推荐一名主簿人选，也不算什么，何况他也只是有推举之权，并无决定权。最终是否任命卢之月为真定县主簿，还要吏部一言而定。只不过他心里清楚，连若涵非要他推举卢之月为真定县主簿的背后，似乎隐藏着某种不可告人的目的。

以他推断，以连若涵的为人，对他多有照拂，绝不是为了一件推荐一名县主簿人选的小事，连若涵所在意的，也并非真定一县之地和一个小小的主簿之位。只是她今日力推此事，怕是大有玄机。

夏祥不弄清连若涵的真正目的，绝不会答应此事。倒不是说他担心被连若涵利用，而是他不想成为连若涵和卢之月二人背后的世家之交的支点。

好在夏祥已然察觉在谋取县主簿一事上，连若涵和卢之月二人并非一心，卢之月颇有被赶鸭子上架的不情愿，他主意既定，笑道：“卢郎君身为大丈夫，事关自身前途的大事，怎能让他人左右？父母之言则还罢了，即便是自家娘子之言，也要姑且听之，何况外人？”

连若涵鼻子一皱，眉毛一扬，嘴角一翘，就要据理力争一番，话到嘴边却又偷偷一笑，没有说出口，心中却是恨恨地想，好一个夏祥，居然看出了我的心思，非要和我作对，枉费本娘子帮你这么多，太无情无义了。

虽如此想，她却不得不佩服夏祥确实眼光超群，竟看出了她和卢之月之间的问题所在。

夏祥注意到了连若涵古怪的表情，只默然一笑，继续说道：“且卢郎君文武双全，更应该上马习武下马提笔，也许会考一个文武双状元，成为继郑冠之后的又一人。”

唐穆宗年间，郑冠高中文科状元，三年后，又中武举状元，是为第一位文武双状元。此后数百年间，直到大夏，再无一人高中文武双状元。

卢之月一听此话，顿时眉飞色舞，二话不说翻身上马，一提缰绳，白马前蹄人立，嘶鸣一声，随后转身飞奔而去。

连若涵愣在当场，怎么也没有想到夏祥一句话竟有如此威力，让卢之月不辞而别，她心中的惊愕之意无法形容。

书房中，夏祥端起柳儿刚泡好的茶水，心满意足地喝了一口，然后轻轻放下，斜着眼睛笑眯眯地看向了连若涵。

连若涵余怒未消，还在生气：“卢之月如此没有主见，以后怎么成就大事？真是气人，真后悔答应卢叔叔替他照应卢之月，竟成了甩不掉的包袱。”

“夏县尊，我不明白为何只是一封推举信的小事，却不肯帮忙？”

“夏县尊，卢之月虽然也会武功，但才刚刚入门，想要考中武状元，并无可能。若他真信了夏县尊的话，非要去考什么文武双状元，可就太惨了。”

夏祥听连若涵絮絮叨叨了半天后，才慢条斯理地说道：“连小娘子，可是说完了？”

连若涵没有说话，萧五却突然插嘴说道：“连小娘子，方才的卢之月可是你的官人？”

连若涵一愣，随即莞尔一笑：“我和卢郎君认识多年，他对我一往情深……”

“连小娘子千万不要答应他的提亲。”萧五急急地说道，仿佛晚一步就出了天大的问题一般。

连若涵清楚萧五和夏祥的关系不是简单的主仆关系，是以也并不恼怒他的大胆，笑问：“为何？”

萧五看了夏祥一眼，见夏祥并无反对之意，才又说道：“因为卢之月的才华不及先生的百分之一。”

连若涵笑道：“这是什么话？天下不如夏县尊才华者，比比皆是。比夏县尊更有才华者，也不乏其人。不能以才华论姻缘。”

“可是……”萧五还想再说什么，却被夏祥打断了。

夏祥威严地咳嗽一声：“萧五，不得无礼。”又微微一笑，“连小娘子，你对本官帮助不少，本官理应知恩图报，只是卢之月为人，本官一无所知，且主簿一职，十分重要，或许吏部已经有了人选也未可知。”

“吏部并无合适人选，只要夏县尊推举上去，我便保证吏部会核准下来。”连若涵的语气十分笃定，却又轻叹一声，“只不过夏县尊思虑过多，错失了一个可以助你一臂之力的将才。”

夏祥却说：“连小娘子和卢郎君是通家之好？”

连若涵既没承认也没有否认：“我是受卢郎君父亲之托，想为他谋个官职，也好让他历练一番，收收性子。”

夏祥见连若涵还是不肯说出真正原因，便直截了当地问道：“卢郎君可是出自崔、李、卢、郑四大世家之中的卢家？”

连若涵淡然一笑：“夏县尊不妨直接问我是不是也是出身于四大世家之一……相信不少人对我的身世来历大感兴趣，只是四姓之中并无连姓。但四姓互为支撑，婚姻联盟，我既然和卢郎君是青梅竹马，依夏县尊猜测，我必须也是四家其中之一了？”

夏祥正是此意，想问个明白，不想连若涵竟大方地说了出来，他呵呵一笑：“那么连小娘子是不是四家之一？”

连若涵以为夏祥会不好意思再问及此事，不想他竟然开门见山地问出了口，不由得一愣，随即笑道：“是和不是，又有何不同？夏县尊莫非是因为小女子的身份才和我一路同行？”

连若涵的“一路同行”一语双关，夏祥岂能听不明白，他也不再过于纠结此事，呵呵一笑就此按下不提：“并非本官不愿送连小娘子一个人情，只是本官不想强人所难。卢之月本人并不想当一个主簿，本官就不能顺从你的意思为他推举。”

“夏县尊高风亮节，行事方正，小女子着实佩服。”连若涵嘴上说是佩服，眼神之中的笑意却充满了狡黠，“怕的是夏县尊不想推举卢之月为真定县主簿，一是怕着了我的道儿，二是怕卢之月担任主簿之后，会成为我放在县尊身边的一根钉子……可有此意？”

见连若涵说得如此直白，夏祥倒也暗暗佩服连若涵的气度，也就实话实说：“呵呵，嘿嘿，本官初来真定，对真定的事情还不了解，也对连小娘子和卢之月的身世一无所知，怎会贸然推举卢之月为真定主簿？倒不是怕着了连小娘子的道儿，是怕跳进了连小娘子挖的坑。”

“扑哧……”连若涵掩嘴而笑，被夏祥堂堂一县之尊说出的戏谑之话逗乐了，“小女子哪里有为夏县尊挖坑的本事？夏县尊才高八斗，小女子万万不是夏县尊的对手。”

“咳咳……”夏祥咳嗽几声，见天色不早了，说道，“连小娘子，是否该开晚饭了，本官饿了。”

“还请夏县尊稍候片刻，晚饭已经准备妥当，只是还要等一个客人。”连若涵招手，“令儿，你去门口迎候一下李推官。”

令儿领命而去，连若涵又问：“幔陀娘子去了哪里？”

“在。”

连若涵话音刚落，幔陀人影一闪，迈步走进了房间。她依然是一身精干打扮，只不过手中没有提剑，脚步轻盈，脸上还挂着一丝淡淡的笑意。

“连小娘子唤我有事？”幔陀仰脸问道，她一身白衣，像是披了一层月光，双眼如星，在灯光的照耀下熠熠生辉，有惊心动魄之美。

“唤你一起吃饭。”连若涵被幔陀的无瑕之美击中，心中竟起波澜，世间还有如此清新不俗的女子，她日夜守在夏祥身边，倒是夏祥的良偶，这么一想，心中忽然有失落之意。

“不了，我还有事要忙。”幔陀冲连若涵微一点头，来到夏祥身边，俯身下去耳语几句。

夏祥微微点头，说道：“可以，马上去办。”

“是。”幔陀领命，转身就走，不再多看连若涵一眼。

/ 第十五章 /

厚礼

连若涵按捺不住好奇之心："夏县尊可是有事要托幔陀去办？幔陀在真定人生地不熟，有事尽管交与我来经手。"

夏祥托付幔陀为他寻找一个贴身丫鬟和随从小厮，幔陀已经帮他找到，人也带到了得闲居。至于董现一案，她也有了新的发现，今晚会继续顺藤摸瓜，查明真相。

"找一个贴身丫鬟和随从小厮的小事，就不麻烦连小娘子了。"夏祥并不想隐瞒此事，"柳儿虽不错，却不便带到县衙的内宅。"

连若涵点头说道："说得也是，柳儿留在得闲居就好了……不知夏县尊对好景常在制作药床药椅一事，还有什么要吩咐的地方？"

之前夏祥已经和连若涵达成了共识，由好景常在负责制作药床药椅，夏祥从设计到制作过程，有监督之责，至于分成，则由曹殊隽代收。

夏祥之意自然是要将治愈了曹用果并且让皇上病情好转的药床药椅普及苍生，至于从中赚钱一事，就由曹殊隽处理就好，他既没有时间也没兴趣介入。更深一层的用意是，通过药床药椅可以和好景常在的关系更近一层，也算是他回报连若涵对他的鼎力支持。

"用料要足，做工要好，艾草要好。药床药椅虽也要利润，但还是要把治病救人放在首位。"夏祥相信以连若涵的眼光和魄力，不会偷工减料，"至于其他，本官也不甚了解，就不多说什么了。"

"谨遵夏县尊教诲。"连若涵正色说道，"七天之内，第一批产品就会成型，到时还要请夏县尊指点。还有一事，今晚我邀请了一位友人来得闲居，介绍他和夏县尊认识，他对董现投河自尽一案一向留心，或许会对夏县尊破案有所帮助。"

"是谁？"夏祥不由得心喜，连若涵此举无疑雪中送炭。虽说董现一案他刚刚接手，并未到山穷水尽之时，但若有助力，自然欢迎，可以尽快结案。

“李推官到了。”令儿的声音在门外响起。

“夏县尊，真定府推官李恒已到，请与小女子一起前往迎接。”连若涵起身说道。

什么？真定府推官？夏祥为之一惊，真定府推官是为正七品，和他同级，却是他的上司，掌管真定府的刑名、推勾狱讼之事。怎么不早说，他应该到大门之外迎接才对。

连若涵却笑道：“李推官是私服来访，不必过于拘泥官场礼节。”

说话间，二人来到门外，门外台阶之下，已有一人站立。

来人年约三旬，一缕短须飘扬，一身便衣飘动，身材不胖不瘦，个子不高不矮，面色白净，双眼有神，当前一站，颇有仙风道骨、飘然出世之意。

好风采！夏祥暗叫一声好，若是曹殊隽见了此人，定会一见如故。

“李推官大驾光临，有失远迎，失礼，失礼。”夏祥下了台阶，朝李恒叉手一礼，“快快有请。”

李恒还了一礼，一挽夏祥的胳膊，笑道：“夏县尊不必多礼，本官冒昧前来，虽是受连娘子之邀，却未曾征得夏县尊同意，也算是不速之客，还望夏县尊不要介意。”

夏祥和李恒手挽手上了台阶：“既是连小娘子的友人，也就是本官的友人，李推官只要得闲，便可直接来得闲居找本官喝茶，何来冒昧一说？”

“你二人就不必客套了，赶紧吃饭要紧。”连若涵见夏祥和李恒一见如故，也是心中窃喜，“令儿，让人上菜。”

吃饭的地方安排在大堂之上，用屏风隔成了一个独立的空间，夏祥力推李恒坐了主座，他陪在了左首，连若涵坐了右首。萧五和令儿站立一旁。

几句寒暄过后，夏祥敬了李恒几杯酒。李恒来者不拒，都是一饮而尽，他的爽直让夏祥更觉亲切。

几杯酒下肚，感觉更近了几分，连若涵趁机说道：“我觉得李推官和夏县尊肯定意气相投，所以才引荐你二人认识。果然如此，可见我眼光还算不错。”

李恒对连若涵侧身一笑：“连娘子的眼光一向无可挑剔，有明察秋毫之明。”

夏祥看了出来，李恒对连若涵的态度三分拘谨七分恭敬，可见连若涵明显高他一等，他有意无意总是避开连若涵的眼神，不敢和连若涵对视。

连若涵笑了一笑，端起了酒杯：“来，小女子敬李推官和夏县尊一杯，还望二位在真定多多关照好景常在。好景常在初来真定，立足不稳，又有人意图对好景常在不轨，万一好景常在被坏人算计了，还请夏县尊和李推官为好景常在主持公道。”

夏祥只当连若涵随口一说，在他看来，好景常在在京城顺水顺风，势不可当，连开了数十家店面，难道在一个小小的真定，还会有人阻拦？谁会有这样的实力，谁会有如此的胆量？

李恒一口饮尽杯中酒，放下酒杯说道："连娘子但请放心，若真有事，本官一定尽心尽力，相信夏县尊也会鼎力相助。"

夏祥也喝干了杯中酒，夹了一粒花生米放到嘴里："连小娘子的好景常在，在真定应该没有可以与之匹敌的对手，谁会如此自不量力敢去算计好景常在？连小娘子莫要说笑了。"

"真定有两大富豪，城东徐望山、城南马清源，夏县尊可知为何只有城东城南有富豪，城西和城北却没有？"李恒也夹起一粒花生米，津津有味地吃了起来。

夏祥自然不知，洗耳恭听："愿闻其详。"

"并非城西和城北没有富豪，而是城东徐望山和城南马清源是名声在外的富豪，而城西柳长亭和城北谢华盖是不显山不露水的隐形巨富，再加上二人行事低调，所做的生意大多和普通百姓无关，是以二人在真定名声不大，在百姓眼中，就如同不存在一般。"李恒自斟了一杯，喝了半杯，微眯了眼睛，"但在真正的知情人眼中，徐望山和马清源二人的财富加在一起，也不如一个柳长亭！而徐望山和马清源再加上柳长亭，也不如一个谢华盖！"

夏祥大吃一惊。

徐望山和马清源之名，他来真定之前就已经有所耳闻。徐望山和马清源二人既是诗书世家，又有商行、船队、良田，虽远不如好景常在的生意遍布天下，但放眼真定一地，也是数一数二的巨富。毕竟真定一县之地，也容不下太多富商。

不想山山金相连的徐望山和一马平川千里良田的马清源，二人加在一起，竟是不如一个他连名字都没有听过的柳长亭！而三人一起，更不如一个谢华盖。

岂不是说，谢华盖富可敌国，可以和好景常在一较高下了？小小的真定之地，竟有如此人物，怪不得被人称为龙潭虎穴，果然卧虎藏龙。

"柳长亭和谢华盖从事什么生意？"夏祥边说边意味深长地看向了连若涵，一路上连若涵并未向他提及二人名字。

连若涵微微摇头，言下之意是她也并不知道二人，并非有意隐瞒。也确实是连若涵来到真定之后，才听到了二人的名字。

李恒神秘地一笑，右手中指弯曲，轻轻敲击桌子："想我来真定三年之后，才无意中听到柳长亭和谢华盖之名，又过了两年，才知道二人到底何许人也。而直到昨日，对二人到底从事什么生意，才一清二楚。夏县尊，今日贸然登门，空手而来，柳长亭和谢华盖，就当是我送与夏县尊的一份薄礼了。"

能在上任之初就知道潜藏在自己管辖范围的一龙一虎，可不是薄礼，而是一份沉甸甸的厚礼，要知道李恒花费了五六年之功才摸清柳长亭和谢华盖的真实身份，他今日可是得来全不费功夫。夏祥心中一喜，不由自主多看了连若涵一眼。

“李兄如此厚礼，倒让我受宠若惊了。”夏祥不再称呼李恒官名，也不再自称本官，他起身为李恒倒酒，先干了一杯，“先谢过李兄厚爱，我先干为敬。”

李恒也投桃报李，一饮而尽，拉着夏祥请他坐下：“夏兄不必如此客套，既然连娘子认可夏县尊的为人，我自然没有二话。来，坐下，且听我慢慢说来。”

窗外传来阵阵风声，吹动树叶哗哗作响，若是细听，还可以听到不远处滹沱河河水流淌的声音，在静谧的秋夜之下，在滹沱河畔，有一处闲静的居处，夏祥忽然有了沉醉的感觉和家的温暖。

有一个如花的女子，有一个真诚的友人，有一桌丰盛的饭菜，有几壶酒，让从小和母亲相依为命的夏祥心中花开满地。

夏祥不由得想起了不知身在何处的母亲，尽管后来幔陀告诉了他母亲的死讯，他却依然坚持认为母亲并未离去，她只是躲藏了起来，在等待一个合适的时机现身和他相见。同时，他也坚信夏来和夏去虽然和他天各一方，却都在望月相思，期待重逢的一天。

怪不得杜甫有诗说：“人生不相见，动如参与商。今夕复何夕，共此灯烛光。”

李恒倒也是好口才，声音抑扬顿挫不说，还低沉有力。

“说来能够知道柳长亭和谢华盖二人，还得感谢崔府尊。”李恒微有了几分醉意，“我虽身为真定府的推官，却和崔府尊并无私交。崔府尊为人严谨，从不和下属在公事之外来往，是以真定府人称崔府尊为‘铁面无私崔判官’。有一次崔府尊不知因为何事无比开心，大摆宴席宴请同人和真定府富商。徐望山和马清源到来时，崔府尊只是欠身点头，并未起身相迎。后下人通报柳长亭和谢华盖到来，崔府尊不仅立刻起身相迎，还迎出了门外，下了台阶……”

降阶相迎是迎接贵客的高规格礼仪，仅次于出门相迎。夏祥心中一惊，可以惊动一府之尊降阶相迎，怕是柳长亭和谢华盖并非只是简单的巨富那么简单。以崔府尊的身份，除非四品以上大员来临，他才会出门相迎。五品的同级官员，他也不会降阶相迎。

连若涵也是微露愕然之色，官场之上的规矩她自是懂得，大夏又是礼仪之邦，最是注重礼数，既不会逾越，又不会少了礼节。崔府尊对徐望山和马清源只是欠身点头之礼，符合常理，对柳长亭和谢华盖却是降阶相迎，可见柳、谢二人身份无比尊贵。

为何她也对柳、谢二人一无所知呢？连若涵自认论眼界和见识，夏祥远不能和她相比，毕竟她无论出身还是所能接触到的人的层次，非常人所能相比，即使如此，她对柳长亭、谢华盖依然一无所知，可见二人的身份来历是何等神秘。

李恒继续说道："当时在场的许多人都无比震惊。放眼真定府，值得崔府尊降阶相迎之人，应该没有。夏县尊肯定知道，真定府虽然归河北西路管辖，却是大夏北方仅次于开封府的重镇之一。河北西路虽有景王兼任宣抚使，景王一向不问政事，所以真定府的地位远超其他各府，隐隐有和东京比肩之意。通常若非京中高官莅临，崔府尊不会降阶相迎。我在真定三年，也是第一次见到崔府尊如此礼下于人。"

夏祥点头，崔象虽坚定地推行新法，是候平磐赏识之人，但崔象为人也算方正，薄有清名，他在京城之中也略有耳闻。

"等崔府尊介绍柳长亭和谢华盖之时，也只是简单一说，并未明说二人是何等身份。酒过三巡之后，有人趁着酒意向柳长亭和谢华盖敬酒，二人皆以不胜酒力为由推辞不喝。后有人不服，再次向二人举杯，不料崔府尊突然大怒，摔杯而去，当场震惊了所有人。"李恒摇头笑道，"总有人不知天高地厚，想要知道连崔府尊都降阶相迎之人到底是何方神圣，结果却惹怒了崔府尊，得不偿失。不过也正是因为几人的莽撞，才更让柳、谢二人的身份高深莫测。崔府尊走后，宴会并未散席，众人众说纷纭，都在猜测柳、谢二人究竟是谁。

"柳、谢二人任由众人猜测议论，始终一言不发，对于别人的问询，二人一概摆手不答或是摇头微笑。最后众人无奈，只好将徐望山和马清源围在中间，想从二人嘴中知道些什么。在众人看来，城东徐望山和城南马清源是真定两大巨富，二人肯定对柳长亭和谢华盖的来历知道一二。"

夏祥也正有此想，徐望山和马清源盘踞真定多年，不可能不知道卧榻之侧有两头巨虎酣睡。不料连若涵却盈盈一笑："我猜徐望山和马清源也并不知道柳、谢二人是何许人也。"

"连娘子猜对了，徐望山和马清源二人也和众人一样，别说知道柳长亭和谢华盖的来历了，连二人是谁都一无所知。众人几乎不敢相信，在真定呼风唤雨、财富如山和良田千顷的徐、马二人，竟不知道柳、谢二人是谁。正当所有人都认为在场中人无人知道柳、谢二人的来历时，却有一人站了起来，向柳、谢二人敬酒，二人不仅和他碰杯喝酒，还和他亲热地聊了几句……"

"是谁？"连若涵眉毛一扬，面露好奇之色。

"是谁？"夏祥也惊讶了。

"是谁也想不到的一人。此人，夏县尊也认识。对，连娘子也知道。"李恒自得地喝了一口酒，本想再自斟自饮一杯，却见夏祥和连若涵都是一脸迫切之意，就不好意思再卖关子，说道，“正是许和光。”

许和光？夏祥一愣，随即想明白了其中缘由，不由得笑道：“到底是一家人，崔府尊对许和光当真厚爱。”

“说得是，崔府尊为人清正，只有一点，惧内，哈哈。”李恒哈哈一笑，举杯示意，“再敬夏县尊和连娘子一杯。”

夏祥一饮而尽，连若涵却是举杯深思，不解地问道：“柳、谢二人并非四大世家之人，如此尊贵，莫非是三王爷之人？听说三王爷在大夏各地暗中布局了许多势力，除了地方官员之外，还有许多隐形的巨富。”

倒也有这种可能，夏祥点头说道：“以三王爷的雄心，以真定府的重要性，真定之地必定有三王爷明里暗里的各种势力。”

李恒嘿嘿一笑：“柳、谢二人是不是三王爷之人，还真不好说，不过却有一点，他二人经此一事，算是浮出了水面，不过在场的都是聪明人，没有人传扬此事，只是你知我知大家心知肚明罢了。是以此事过后，虽然柳、谢二人声名大振，却仅限于参加宴会的几人，并无人向外走漏半点风声，不是不想，而是不敢冒着得罪崔府尊和柳、谢二人背后势力的风险。”

/ 第十六章 /

太原王氏

“莫非是说，在见过柳、谢二人之后的很长一段时间，李兄只知道二人身份尊贵并且大有来历，却并不知道二人是真定最有财力的巨富？”夏祥想起方才李恒所说之话，初次见到柳、谢二人，李恒只是初闻二人之名，过了两年才知道柳、谢二人的巨富身份以及所从事的生意，不由得心中无比愕然，柳、谢二人若真是三王爷之人，隐藏得也太深了，竟能让真定府的推官也一无所知，当真了得。

“没错。”李恒连连点头，“宴会过后，柳、谢二人之名虽在真定权贵之中流传，却还是无人得知柳、谢二人到底何许人也，只是知道柳长亭住在滹沱河畔城西一座很不起眼的宅院之中，院子不大，也不奢华，就和寻常的民宅没有区别。谢华盖住在城北，也是一处普普通通的民宅。二人深居简出，即使出门，也是轻车简从。平常也极少和权贵交流，所以宴会过后很久，还是无人知道柳、谢二人为何得到崔府尊的降阶相迎。也有好事者去问许和光，也不知许和光是真不知还是假不知，口口声声说他也只是见过柳、谢二人几面，并不清楚柳、谢二人为何大受崔府尊推崇，他也不敢多问。

“两年后，有一次和许和光喝酒，许和光喝醉了，说了一堆胡话后，忽然说到了柳、谢二人。他故作神秘地说他也是刚知道柳、谢二人原来是商人，到底多有钱，他也说不清，反正是徐望山和马清源加在一起，也不如一个柳长亭。而徐望山、马清源和柳长亭三个人加在一起，也不如一个谢华盖。后来有人想追问个清楚，许和光却无论如何又不肯多说了，只说他也只知道这些。”

李恒意味深长地笑了笑：“我原本以为许和光是卖关子，直到昨日才知道，许和光原来是真不知道柳、谢二人究竟是什么来历身份。也是巧了，昨日我和新上任的通判郑好吃饭，无意中提到了柳、谢，郑好非但知道二人，还说出了二人的真实身份。”

“郑好？”夏祥一时惊喜，“新晋进士郑好？”

“就是此人，差点忘了他和夏兄是同科进士，莫非夏兄认识郑好？”李恒双眼有了几分迷离，显然是不胜酒力。

“有过一面之缘。”夏祥微微一笑，李恒此人热诚好客，且先不管他和连若涵是何等关系，只说他的为人倒是可交，但有一点，过于好酒且酒量不大，“我出京时，他曾来送行。我本想邀他一同前来真定，他有事要在京城再盘桓几日，不想已经来到了真定，倒是神速。”

其实夏祥也心里清楚，并非郑好神速，而是他和连若涵一路马车前行，走走停停，耽误了时间。

李恒点了点头，继续说道：“郑好说柳长亭本名王长亭，是太原王氏之人。改姓为柳，隐居在真定城，从事药材生意。”

柳长亭原来是王长亭，是太原王家之后。太原王家从魏晋到唐朝都非常显赫，与陇西李氏、赵郡李氏、清河崔氏、博陵崔氏、范阳卢氏、荥阳郑氏等七族并列为五姓七族高门。王姓源自爵位，意指“帝王之裔”或“王家之后”，十分尊贵。只不过王姓虽和其他四大世家并列为五姓七族高门，传承的时间却很短，只有三百余年便告覆灭。

夏祥心中一动：“改王为柳，柳、谢并列，让人不起疑心。若是王、谢并列，怕是会让人想起‘旧时王谢堂前燕，飞入寻常百姓家’的感慨。”

“夏兄一语中的。”李恒大笑，“李某不才，虽姓李，却只是陇西李家的旁支。柳长亭身为王家之人，却不以王姓为姓，肯定是不甘心王姓的没落了。在王姓和谢姓显赫之时，崔、卢、郑、李四大世家实力无与伦比。在王姓和谢姓没落之时，四大世家依然高高在上。大夏立国以来，太祖虽有意抑制四大世家的扩张，力推科举，让无数平民百姓走上朝堂成为权贵，四大世家虽受到了不小的冲击，但还是百足之虫死而不僵，依旧在各自的势力范围之内富甲一方。时至今日，和四大世家相比，王、谢两家几乎就销声匿迹了。”

“这么说，谢华盖就是谢家之后了？”夏祥赞成李恒的说法，王、谢两家，在魏晋之时曾和四大世家齐名，在唐初就迅速衰落，直到大夏立国之后，也未见有何等厉害人物出现，可以说，王、谢两家淹没在了历史长河之中。

“不错，谢华盖正是谢家之人。”李恒又自顾自喝了一杯，“和柳长亭做的药材生意相比，谢华盖所做的生意就吓人了。”

连若涵一直托腮沉思，忽然眼睛一亮，想到了什么，说道：“药材生意确实利润丰足，柳长亭在真定深居简出，很少出门远行，却能做成比徐望山和马清源加在一起还要大的生意，可见在外面有人替他奔走忙碌，也可见他的背后有人支撑，他只是一个傀儡。谢华盖的财力又是徐望山、马清源和柳长亭三人之和，徐望山金银如山，马清源良田千顷，柳长亭富可敌国，能比三人的生意加在一起还要赚钱的生意，除非……”

“除非什么？”夏祥并非商人，对于经商一事，一知半解，远不如连若涵精通。

“除非是为朝廷做事，而且还是大事，比如做皮货、马匹、铁矿、马车生意……”连若涵眼中闪过一丝凛然之色，“若真是如此的话，柳长亭和谢华盖二人，就大有来历了。”

夏祥也是吃惊不小：“皮货可以制造弓箭，铁矿可以打制兵器，马匹可以训练战马，马车可以改制成战车……谢华盖真的是做这些生意？”

李恒点头说道：“还真让连娘子说对了，谢华盖做的就是皮货、马匹和铁矿生意。是不是有马车生意，郑通判没说，我也没有再敢多问。”

夏祥若有所思地点了点头，对于郑好他所知不多，并不清楚郑好的为人和来历。不过郑好对李恒说出了柳长亭和谢华盖的真实身份，怕也是有意为之。又一想，心中怦然而惊，柳长亭做的是药材生意，药材可以治病救人，也可以害人，当然，还可以用在军中。再联想到谢华盖的生意，柳、谢二人的所作所为大有可疑，也大有文章。

李恒告辞而去，夏祥并无睡意，正好连若涵也有话要说，二人就来到书房，继续喝茶。

“连小娘子在真定既有名门望族的卢之月为友，又有真定府李推官为助力，本官小小的一县之尊，怕是帮不了连小娘子什么忙。”夏祥故意气气连若涵，想知道她到底在真定还有多少人脉。

连若涵却只是淡淡一笑：“夏县尊说笑了，小女子怎敢让夏县尊帮忙？只是真心仰慕夏县尊风采罢了。”

夏祥咳嗽一声，连若涵不上当，他只好继续敲打：“本官有一事不明，还望连小娘子明示。李恒自称不是四大世家之中的李家之人，卢之月显然是四大世家之中的卢家之人。真定一府之地，到目前为止，就聚集了四大世家之中的卢姓、李姓和郑姓，只差一个崔姓了。若是算上柳长亭和谢华盖，千百年流传的几大世家，眼见就要齐聚真定了。”

“听夏县尊的意思，郑好是荥阳郑氏之人？”连若涵依然不动声色。

“多半是。”夏祥其实并不知道郑好到底是不是荥阳郑氏之人，但听了李恒之言，他便可以断定郑好绝非出身普通人家，放眼整个真定，几乎无人知道柳、谢二人身份，郑好却一语道破，若说他是常人，谁会相信？要知道就连连若涵也不太清楚柳、谢二人的身份。

“怪不得三王爷让夏县尊前来真定上任，”连若涵笑意盈盈，“原来真定如此好玩。”

“好玩？”夏祥哑然失笑，真定比他想象中的龙潭虎穴还要凶险百倍，正要再说几句什么，忽然幔陀行色匆匆地闯了进来。

幔陀虽性子漠然，却也懂得礼节，这次却连通报都没有，直接进来，来到夏祥面前，脸色凝重，小声在夏祥耳边耳语几句。

“当真？”夏祥一惊之下，顿时站起。

幔陀点头。

“即刻前往县衙，连夜提审付科！”夏祥二话不说，转身便走，“连小娘子，本官有要事在身，失陪了。”

连若涵起身：“不知小女子可否旁听夏县尊审案？”

夏祥微微一想，摇头拒绝了连若涵：“此案是凶杀案，连小娘子旁听，多有不便……”

“娘子，夏县尊也太无情无义了，不过是旁听案子的一件小事，他也不许，哼，枉费娘子对他的一番用心。”望着夏祥和幔陀匆匆离去的背影，令儿气得胸脯起伏不定，双眼喷火，恨不得将夏祥和幔陀烧为灰烬，“不要让他住在得闲居了，反正他对娘子始终抱有提防之心。”

连若涵也是气愤难平，她原以为夏祥即便不让她旁听，至少也要委婉拒绝才是，不想竟是如此直接，让她心情十分不好：“好一个夏祥，从科场案时就开始暗中助你，到你来真定走马上任，处处帮你护你，你却好，竟然如此对我。日后等我得了机会，一定十倍百倍还你。一定让你在我面前俯首称臣，乖乖认输，对我鞍前马后，唯命是从。”

令儿开始听的时候，还挥动右手，一副同仇敌忾的样子，到了后面，觉得哪里不对，等连若涵说完，她的右手举在半空愣在当场，过了片刻，又“扑哧”笑了：“娘子方才的话，不像是对夏县尊生气，倒像是因为夏县尊不心仪娘子，不对娘子言听计从而心生不满。”

“胡说。”连若涵心虚地瞪了令儿一眼，“我哪里会对夏县尊不满？他是官，我是民。他是他，我是我。”

“娘子，别怪令儿多嘴，怕就怕你和夏县尊相处久了，对夏县尊动了情思，就麻烦大了。”令儿心思剔透，怎能看不出连若涵对夏祥固然气愤，却也有儿女情长的神态，不由得担忧，“娘子千金之躯，夏县尊高攀不上。”

“再胡说，小心罚你回郡望。”连若涵脸颊微微发烫，心如鹿撞，强作镇定，“以后不得再说什么千金之躯，只有公主才是千金之躯，小心被人听去，治你一个谋反之罪。”

“是，令儿不敢了。”令儿一脸惶恐地低头，眼中却闪过一丝狡黠而得意的笑。

“娘子为何想要旁听付科一案？”令儿知道连若涵心思沉静，并非凡事都好奇之人，为何非要旁听一桩和她无关的案子？

“夏县尊行事深谋远虑，付科、董现一案，看似和真定无关，但谁也不清楚背后到底发生了什么。他让幔陀和萧五暗中查访，必定是有所发现了。”连若涵忽然又笑了，“也罢，他不让我旁听，我便安心等待消息便是。”

“夏县尊为何不让连娘子旁听？”快到县衙时，一路上沉默不语的幔陀忽然问了一句，“连娘子对夏县尊是一片真心。”

“真心倒是真心，只是……”夏祥摇了摇头，想说什么却又叹息一声，“不提她也罢，先审理付科一案。”

县衙门口，灯笼高悬，两个衙役正在守夜。一个叫铁小七，一个叫万大八，见夏县尊突然现身，二人惊慌失措，忙向夏县尊见礼。夏县尊却脚步不停，急急进了大门。

二人纳罕，夏县尊深夜从县衙大门进入，难道没有住在县衙内宅？又一想，深夜还有什么紧急公务不成？

不多时，县尉马展国和捕头丁可用也飞马前来。二人刚帮马展国和丁可用拴好马，许和光的马车也到了。

真定作为大县，马匹并不少见，且都是高头大马。

出什么事情了，怎么惊动了所有人？二人想问却不敢问，只好打起精神，再也没有半分睡意。

又过了一会儿，几名捕快押着浑身锁链的付科出现了，二人才明白过来是怎么一回事，敢情是夏县尊要夜审付科。想到此节，二人忽然打了一个寒战，传说当年包青天白天审阳间，晚上审阴间，莫非夏县尊也有这么大的本事？

二人正疑惑惊异时，见萧五也匆匆赶到。萧五和幔陀皆是夏县尊的身前红人，铁小七和万大八心里清楚，二人交换了一个眼神，忙迎上前去。

铁小七笑得生动而亲切，上前替萧五拍打身上的尘土：“萧都头，这是出了什么大事，怎么夏县尊要连夜审人？”

萧五低头走得正快，冷不防被铁小七拍打尘土，吓了一跳，他停下脚步，警惕地打量了铁小七一眼，才说：“不要叫我都头，叫我萧五即可。是的，夏县尊要连夜提审犯人。”

万大八眼睛转了一转，问道：“夏县尊一路车马劳顿，怎么也不早早歇息，明日再审犯人也不耽误事情。”

“晚上审有晚上审的好处。”萧五环顾四周，除了县衙门口的灯笼之外，四下漆黑一片，黑暗深处，有树影晃动，平增几分阴森恐怖之感，他挠了挠头，

“晚上魑魅魍魉到处乱窜，判官和阎王爷要抓他们归案。夏县尊晚上审案，坏人心惊胆战。”

萧五随口一说，没想到铁小七和万大八真的记在了心上。二人依据包青天白天审人晚上审鬼的传说，又加了自己的判断，编了一句民谣：“日审阳夜审阴，夏县尊是神人。”

二人怎么也想不到的是，他们随口编出的一句民谣，日后会传遍真定的大街小巷，甚至还传到了京城。

此为后话，暂且不提。只说夏祥和幔陀来到大堂之上，刚刚坐定，马展国和丁可用便押着付科上堂了。

马展国虽心中不解，却也不敢多问。付科刚刚睡下，被惊醒之后带上堂来，心中有气，还想硬气地说上几句什么，却被丁可用一脚踢在腿弯上，哪里还站得稳，“扑通”一声跪倒在地。

丁可用经办案子无数，见夏县尊特意在大堂审案，心中就明白了几分，必是夏县尊查到了什么，大堂是审理刑案之地，可以判人生死。先前在二堂审案，现在却转到大堂之上，夏县尊必然是胸有成竹了。

付科不服，还想站起，忽然后背一阵剧痛传来，却是又挨了一记——正是马展国一刀拍在了他的后背之上。

此时许和光也匆匆赶到了。

许和光今日难得以夏县尊刚刚上任为由，假借留宿县衙之中，让娘子许王氏准许他不用回家，他便欣欣然来到外室施然然住处。

施然然是江南女子，有着北方女子所不具备的温柔，许和光很是迷恋此女。奈何家中河东狮不许纳妾，他只好曲径通幽，暗中将施然然收为外室，每月千方百计寻找机会和她幽会。

不想今日刚刚躺下，还不及温存片刻，就被叫起，说是县尊有要事要连夜审案。若不是马展国让他的贴身随从谷从众前来寻他，换了别人，还找不到他身在何处。

许和光一边暗中埋怨夏县尊多事，一边急匆匆赶到县衙。一路上他还想不明白，为何夏县尊突然要半夜审案，难不成有了什么线索？

/ 第十七章 /

夜审

近来事多，许和光一直没有用心去想夏祥为何要插手董现一案，只当夏祥是想狠狠敲董断一笔。从施然然家中出来，被夜风一吹，他蓦然惊醒，莫非夏县尊的剑光所指之处并非董断，而是付科？

赶到县衙，得知夏县尊在大堂审案，许和光心中更是惴惴不安，总觉得有什么不好的事情要发生。他整理了一下衣服，快步来到堂下，施礼说道："夏县尊，下官来迟……"

夏祥不等许和光说完，挥了挥手："无妨，不必多说，坐。"

大堂审案，只有县尊和县丞可以坐下，其余人等，只能站立。

萧五悄然从后面进来，站在了夏祥身后。幔陀身为女子，只能藏身屏风后。

又等了片刻，董断也被带了上来。

董断有几分惊慌，不知为何三更半夜被带到大堂，双腿打战。他一心只想为兄申冤，怎会想到事情落到这步田地？半夜审案，莫非夏县尊是要杀人了？

夏祥见众人到齐，轻轻咳嗽一声："来人，拿下付科枷锁。"

"是。"丁可用取下了付科枷锁，悄声对付科说道，"胆敢闹事，小心打断你的狗腿。"

付科鄙夷地斜了丁可用一眼，晃动几下手腕："夏县尊，这么晚了又请小民过堂，是要屈打成招，还是要栽赃陷害？"

"大胆刁民！"许和光怒了，"再敢蔑视公堂，先打你五十杀威棒。"

夏祥却不恼，示意许和光少安毋躁，他笑眯眯地起身来到付科面前，挽住了付科的胳膊，扶他起来："付科，家中除你之外，还有何人？"

付科一脸疑惑，答道："回县尊，除了小民之外，还有六十老母和一个年方二八的妹妹。"

"令堂身体可是安康？令妹可曾许人？"

"家母身体多病，小妹还没有许配人家。"付科更是疑惑不解了，夏县尊是在审案还是在话家常？

“令堂身患何病？本官粗通医术，可为令堂诊治。”夏祥吩咐丁可用，“来，让付科入座。”

丁可用虽不明就里，县尊之命不敢不从，只好依言行事。

董断站在一旁，心中无比悲凉，原以为夏县尊会是青天，不想比裴县尊还有所不如。裴县尊只是不接案子，夏县尊倒好，接了案子，却对付科温言软语，也不知夏县尊为何如此？不会夏县尊和付科是亲戚吧？又或者是夏县尊想结交付科？

付科坐下，心中更得意了几分，也不去多想夏祥为何对他的态度一变再变，他大大咧咧地一笑：“不劳夏县尊费心了，家母有大夫开了药方。”

“令堂的病，怕是一般大夫治不好。”夏祥坐在付科上首，漫不经心地说道，“付科，本官问你，大夫所开的药方中，可有附子和麻黄两味药材？”

夏县尊到底是在审案还是在和付科聊天？许和光完全摸不着头脑了，他顾不上许多，轻轻咳嗽一声，有意提醒夏祥：“夏县尊，大堂之上，尊卑有序，和犯人并坐聊天，不成体统。”

夏祥微一点头：“许县丞所言极是，本官知道了。”说是知道了，却还是端坐不动，直视付科双眼，“付科，本官问你话呢。”

付科脸色微变，支吾说道：“小民目不识丁，更不通医理，不知道大夫的药方中有什么药材。”

“来人，取附子和麻黄。”夏祥起身，坐到了文案之后。片刻，丁可用便取来了附子和麻黄。

“付科，你可识得这两味药材？”夏祥示意丁可用将两味药材递到付科面前。

付科看也未看，连连摇头：“小民不识，小民对药材一无所知。”

“当真不识？”夏祥微微一笑，“也好，本官也不瞒你，这两味药材并非附子和麻黄，而是黄芪和节节草。付科，你一路劳累，到了真定之后，又没有好好休息，来，服用了黄芪和节节草，补补身子。”

付科一听，大惊失色，连忙站了起来，急急摆手：“多谢夏县尊好意，小民身体强壮，不用进补，不用进补。”

“让你补就补，啰唆什么？”丁可用虽不是十分清楚夏县尊用意，此时却也明白过来夏县尊此举是请君入瓮，他自然大力配合，拿过附子和麻黄，大喝一声，“来人，架住付科胳膊。”

“夏县尊，公堂之上你强喂小民附子和麻黄，是不是想毒死小民？”付科脸色大变，慌乱之下，起身带倒了椅子，他连连后退，“要是小民有罪，小民甘愿认罚。可是要在公堂之上毒死小民，小民万死不从！”

“好一个付科，还说不认识附子和麻黄！”夏祥冷笑一声，一拍惊堂木，“付科，你是如何诱骗董现和马小三夫妇来到真定，又是如何哄骗三人服下附子和麻黄，让三人发狂奔走，失足落河，还不从实招来。”

许和光、马展国和丁可用闻言大惊，夏县尊才来真定一天，怎会如此之快就查到了真相？

许和光虽不懂医术，却也粗通医理，知道附子和麻黄虽是药材，但若是未经去除毒性的附子服用过量，会让人全身发麻而死。而麻黄服用过量，则会让人亢奋，严重者，要么狂奔而死，要么浑身燥热，皮裂而死。

付科面露惊恐之色，如同见鬼一般，一屁股坐在了地上：“不可能，这不可能，这件事情天衣无缝，你才来真定，怎会知道这些？”

此话一出，等于是默认了夏祥方才的指责，许和光和马展国对视一眼，二人都是一脸愕然，愕然之中，还有三分惊恐。

是的，就是惊恐，因为二人怎么也想不到夏县尊不仅断案如神，还精通医理，简直就是神人在世。

付科惊恐过后，又恢复了冷静，以为夏祥只是在诈他，就又从地上爬了起来，哈哈一笑：“哈哈，险些着了夏县尊的道儿，小民没有诱骗董现和马小三夫妇，更没有哄骗他们吃下附子和麻黄。反正三人已经死了，夏县尊非要栽赃说是小民所为，小民也无话可说，只好认了。”言外之意是死无对证，他就是死不认账。

夏祥早就料到了付科会有如此行径，冷哼一声：“付科，你可知为何本官连夜审案？”

“夏县尊喝茶喝多了，睡不着，心血来潮想要折腾我等小民，小民就只能奉陪了。”付科自认他的所作所为没有漏洞，胆子又大了起来。

许和光眼珠转来转去，总觉得哪里不对，夏县尊抓住董现一案不放，似乎并不是想敲董断的竹杠，而是要查明董现之死的真相，然后借机大做文章。只是……他想不明白，董现之死的背后，难道真有什么天大的隐情不成？

董现虽是市乐的富商，却也并非什么了不起的大人物，别说可以和柳长亭、谢华盖相提并论了，就连徐望山、马清源的名望都无法企及。是以裴硕章才在卸任之际不接董现命案，也是认准了董现之死不会引起太多波澜。

不想夏祥非要多管闲事，接手了董现一案。若非夏祥多此一举，董现一案或许就会被压下，最终还是以自尽而死结案。许和光越想越觉得其中大有猫儿腻，却怎么也想不通夏祥想要借董现一案达到什么目的。

马展国想得也很多，他能猜到夏县尊审理董现一案，并非只为博一个青天大老爷的清名，而是想为民请命为百姓谋福。相比许和光和马展国二人，丁可用想得就简单多了，夏县尊为民申冤，抓住真凶，不让董现和马小三夫妇冤枉而死，夏县尊就是清官好官。

“本官是喝了不少茶，不过却还真不是睡不着非要折腾你们，也是迫不得已才连夜审案。”夏祥忽然诡异地一笑，笑容阴柔而神秘，“阴间来人，说是董现在阴间喊冤，阎罗王查到董现确实冤死，就让他还魂。董现在本官床前显灵，让本官为他申冤。本官若是不连夜审案，他就会到阎罗王面前告本官一状……”

夏祥一本正经地说出一番怪力乱神之话，面不改色心不跳，他站在明镜高悬之下，脸色被灯光一打，竟有了几分森严之意。

儒家一向推崇“子不语怪力乱神”，许和光也是读书人，从小深受孔孟之道影响，对于鬼神之说一向敬而远之。在他看来，鬼神不过是百姓苦于求告无门而编造的谎话，只为图一个心理慰藉罢了。传说中的狄仁杰和包青天可以白天审人、晚上判鬼，不过是无稽之谈。

夏祥因受李鼎善影响，看了不少儒家正统学说之外的杂说，对于鬼神之说，既不全信，也不全盘否定。既然世间万事万物对应而生，有黑有白，有日有夜，有男有女，为何就有人无鬼？他又遍阅上古书籍，有许多关于鬼神的记载都被后来的儒生删除了。

读书人中不信鬼神者多，民间百姓中信鬼神者多。马展国和丁可用一听之下脸色为之一变，他们向来深信显灵一说，董现竟然在阴间喊冤，夏县尊竟然可通阴阳，二人对视一眼，既惊又喜又怕。

董断声音微微颤抖：“夏县尊，家兄显灵，可是说了什么？”

付科却是哈哈大笑：“夏县尊真会说笑，我付科生平有两不怕，一是不怕恶人，二是不怕鬼神。别说是董现显灵了，就是阎王老子来了，我也提拳便打……”

丁可用气不过，对付如付科一般的滚刀肉，他的手段向来是打上一顿再说，当即怒道：“夏县尊，先打他三十棍杀杀他的威风。”

夏祥摆手：“他不是威风，只是嘴硬罢了……”话说一半，忽然脸色一寒，“付科，你还想抵赖到什么时候？”

“冤枉呀夏县尊，冤枉。小民真的没有毒杀董现和马小三夫妇，小民和董现不熟，更不认识马小三夫妇……若有一句假话，天打五雷劈。”付科有意提高了声调，声音还阴阳怪气的，还故意朝丁可用挤眉弄眼，嘲笑丁可用奈何他不得。

丁可用气得右手紧握刀柄，恨不得抽刀在手，一刀结果了付科性命。他身为捕头多年，还是第一次见到付科这般嚣张的人犯，不由得愤愤地想，夏县尊也太书生意气了，既然现在身为官身，就该严厉一些，该打就打，该骂就骂，对于刁民来说，恐吓和打骂是平常事，和刁民讲不清道理。

夏祥冷冷一笑："既然你到现在还不知悔改，付科，本官再给你最后一次机会，如若自己交代，或许还可以从轻发落。如若不然，严惩不贷。"

"从轻发落？夏县尊的意思是可以免于一死？"付科再是清楚不过，说是死，不说也许还可以逃过一死，傻子才说，也是他认定夏祥只不过是在诈他，不可能知道事情真相，他仰天大笑，"只要夏县尊答应免我一死，我就一五一十全部说出来。"

"好，本官答应你。"夏祥一口应允了。

付科吃惊不小："夏县尊说话可是算话？"

"本官身为堂堂的朝廷七品命官，又是在公堂之上，岂有戏言？"夏祥料想付科认为他不敢承诺免他一死，故意说道，"付科，本官都免你一死了，你说还是不说？"

付科不停地眨动眼睛，心中盘算得失，想了半晌还是觉得不妥，就又翻了翻白眼："夏县尊莫要愚弄小民，小民清清白白，并未毒杀董现和马小三夫妇。"

"好，好，好！"夏祥并非有意和付科周旋，而是想借机试探付科为人，此时他已然明白付科如此有恃无恐，必是自认背后有人力保的原因，也就心中有数了，当即肃然正容，一拍惊堂木，"付科，你方才所说和董现不熟且并不认识马小三夫妇，也确实是真话。不过，毒杀董现和马小三夫妇三人，也是你一人所为！"

付科翻了翻白眼，不以为然地笑了笑："欲加之罪，何患无辞？"

夏祥也不生气，继续淡淡地说道："董现自泉州回到市乐，虽亲眼所见董李氏从严孙房中出来，却还是不肯相信董李氏和严孙有奸情。董断竭力劝说董现休掉董李氏，董现并不相信董李氏和严孙的私情，也不忍心休掉董李氏。董断却一再坚持，董现心烦意乱，就想出去走走。董断，可是实情？"

董断心中一惊，夏县尊从何处得知如此详细的实情，点头说道："确实如此。家兄其实也是对董李氏和严孙的奸情信了大半，只是碍于脸面，不愿意承认罢了。"

"董现出门散心，在外偶遇付科。说是偶遇，怕是付科有意等候在此。付科见到董现，就和董现攀谈起来。董现被付科蛊惑，以为真定有一笔现成的生意可做，当即动身前往真定。马小三夫妇感念董现的收留之恩，不放心董现一人前往，也是担心董现想不开，就陪同董现一起前往真定。"

付科依然是一副无所谓的样子，仿佛夏祥说的是别人一样，不过他眼神之中却是闪过了一丝愕然，虽强作镇定，右手却不由自主地抖动了几下。

夏祥不动声色地继续说道："董现一行三人，乘坐马车前往，付科骑马。马比马车要快上许多，付科比董现一行先到了三个时辰有余，等董现赶到真定时，付科在滹沱河畔的一个茶摊等候董现三人。付科请董现三人喝了茶，然后借口有事就告辞了。其实他并未走远，而是躲在暗处暗中观察董现三人。董现三人哪里知道茶中被下了附子和麻黄。不久，毒性发作，因董现喝茶较多，中毒较深，毒性最先发作，惊狂之下，跳进了滹沱河中，马小三夫妇随后也因毒性发作而跳河……"

付科脸上的肌肉抽动几下，他用力吸了吸鼻子，故作轻松地干笑一声："夏县尊文采出众，口才也过人，佩服。"

夏祥淡然一笑："三人跳河之后，你见事情已成，便悄然返回市乐。来时白天，去时夜晚，一来一回只有一天时间，且你在市乐和董现交谈之事，并无外人见到，董现当时心烦意乱，也没有和他人说起他去真定是为了何事。是以你自认事情做得天不知地不知，没有一人知道董现三人之死是因你而起。付科，你是不是很为自己的聪明沾沾自喜？"

"夏县尊太高看小民了，小民哪有这样的本事？"虽然依然嘴硬，但付科心中的震惊如惊涛骇浪，不敢相信刚才夏祥的话，似乎夏祥亲眼看见发生的一切，怎么会，怎么可能？难不成真的见鬼了？

"你一定惊讶为何本官知道得如此清楚？不瞒你说，是董现亲口告诉的本官。"夏祥猛然一拍惊堂木，"付科，你想不想听听董现说话？"

付科被突如其来的声音吓了一跳，险些没有跳起来，他本来就心里有鬼，强笑一声："董现都死了，死人能说话？夏县尊，小民可不信。"

"不由你不信。"夏祥吩咐一声，"熄灯。"

/ 第十八章 /

无心插柳

许和光也不信鬼神，却见夏祥煞有介事，莫名就心中紧张了几分，正好一阵秋风吹来，穿过大堂，吹动窗户吱吱作响，还吹灭了门口的一盏灯，就如黑暗中有人回应夏祥熄灯的话一样。

“哎呀！”许和光吓得打了个寒战，心里惊呼一声。若不是夏祥坐在堂上，他几乎要夺路而逃了。太吓人、太阴森、太恐怖了，他怎么也想不到新任县尊竟有通阴阳的本事，岂不是说，不管有多大的冤情，夏县尊都可以拘来冤魂，一问便知？

马展国和丁可用也是心里发毛，却又不敢怠慢，忙动手熄灭了堂上的油灯。灯一灭，大堂之上漆黑一片，就连端坐在台上的夏祥也隐没在了黑暗之中，看不清面容。

突然，一缕若有若无的灯光从屏风后面亮起，灯光中，隐隐约约有一个人影。人影飘忽不定，就如飘在空中一般。

“付科，你还我命来……”

正当众人看得目瞪口呆之时，屏风背后的人影忽然口出人言。

“亲娘呀。”付科吓得跳了起来，然后一屁股摔在地上。他一生作恶多端，从来天不怕地不怕，虽对鬼神之说半信半疑，却也并不真的认为会有鬼神索命，不想屏风背后竟然真是董现的声音，丝毫不差，他顿时吓得魂飞魄散。

董断也是吓得不轻，惊吓过后，壮着胆子问了一句：“大哥，真是你吗？”

“二郎，是我，我死得好惨呀。”屏风背后的人影肩膀抖动，很伤心的样子，“当我跳进了河水之中，遭受了没顶之灾，痛苦万分。死后到了阴曹地府，见到了阎王，说我死得冤枉。阎王也认为我确实冤枉，就放我还魂，容我报仇之后再投胎为人。”

“真是大哥，大哥！”董断泪如雨下，想要冲过去，却被马展国和丁可用拦下。

许和光几乎站立不住。真的有鬼？真的是董现的鬼魂？他悄悄移动脚步，离屏风远了几分，躲在了马展国和丁可用的身后，才稍微安心几分。

马展国和丁可用虽然也心里打鼓，却比许和光强了不少，二人还能保持镇定，不过也吓得不轻，对夏祥佩服得五体投地，一个可以审鬼的县尊，岂不是和狄仁杰一般高深莫测？

“董现，方才本官所言，可是属实？”夏祥脸色平静，对屏风背后的人影说道。

“夏县尊所言，句句属实。”人影的声音飘来飘去，忽东忽西，仿佛随时就要破屏风而出一般，“付科，我和你无冤无仇，你为何毒杀我？马小三夫妇为人善良，和你素不相识，也被你杀害，你就是一个畜生！”

付科瘫坐在地上，吓得浑身发抖：“我、我、我，董现，冤有头债有主，不是我要害你，是有人要害你，我也是被逼无奈。要是我不毒杀了你，我就会被别人杀死。你死总比我死好！”

此话一出，相当于付科亲口承认了他杀害董现和马小三夫妇之事。许和光、马展国和丁可用面面相觑，为夏县尊一出手就破了一桩大案而震惊。

董断更是激动不已，“扑通”一声跪倒在地：“多谢青天夏县尊为家兄申冤！”

原以为董现三人是被董李氏和严孙所害，不想竟是死于付科之手，董断虽感意外，却也不管许多，只要兄长沉冤得雪，他就感激夏祥。

“起来，先起来。”夏祥示意丁可用扶起董断，“付科是受人指使杀人，只有将幕后真凶绳之以法，才算真正为董现和马小三夫妇申冤。付科，幕后真凶到底是谁？”

付科本来一脸惊恐，面无人色，忽然又站了起来，挺直了腰板，狂笑说道：“就算有鬼又能怎样，有本事出来杀了我？杀了我，我大不了也变成鬼，还不是照样欺负你！想知道幕后真凶，夏县尊，我劝你一句，赶紧收手还来得及，当好你的真定知县，和市乐井水不犯河水，再向前一步，嘿嘿，小心连小命都保不住了。”

“大胆刁民，蔑视公堂，威胁县尊，掌嘴二十。”许和光从惊魂未定中恢复了几分，彻底被付科的话激怒，在真定县的公堂之上，一个小小的平民如此嚣张，他忍无可忍了。

丁可用见夏祥没有反对，上前脱下鞋子，亲自动手，左右开弓，硬生生打了付科二十个耳光。打得付科满脸是血，大牙掉了两颗。

付科面目狰狞，却还是不肯认输：“人是我杀的，夏县尊，你有本事也让董现的鬼魂说出幕后真凶是谁呀？是不是董现死了也不知道是谁？哈哈。”

“让他画押，带下去。”夏祥挥了挥手，他想要的答案已经得到，不必再和付科纠缠下去。

早有书办在一旁录下了付科的口供，经检查无误后，交由付科画押。付科只扫了几眼，就写上了自己的名字。

付科被带了下去，灯光也依次点亮，让众人惊奇的是，屏风背后已无人影。丁可用爹着胆子绕到屏风后面看了一眼，空空如也，什么都没有。

"县尊，方、方才屏风背后，真的是董现的鬼魂？"许和光也看到了屏风背后空无一人，再一次受到了惊吓。

夏祥哈哈一笑："不过是障眼法罢了，不可当真，不可当真。"

"可是……"许和光还想问个明白，"屏风后面的人影可以说是障眼法，可是声音却作不了假，方才明明是董现的声音。"

"确实是家兄的声音。"董断也十分肯定地说道。

"此事以后再说。"夏祥不想现在就揭开谜底，他还想再保持一段时间的神秘，说不定日后还有大用，"付科既然已经对毒杀董现、马小三夫妇三人一事供认不讳，论罪当斩，本官不日便上报真定府和刑部。许县丞，你意下如何？"

夏祥身为县尊，对于命案只有审理之权，并无定罪之权。死刑的决定权在真定府崔府尊之处，崔府尊定罪之后，才会上报刑部。只有刑部批复之后，再由皇上钦点，才会斩首。

"依下官之见，此事还要从长计议为好。"许和光将刚才鬼魂的玄妙放到一边，回到了眼前棘手的问题上，"毕竟付科只是被人利用，真凶另有其人，还是要继续追查下去，查到真凶才能告慰董现和马小三夫妇的在天之灵。"

"继续追查下去，许县丞，你就不怕幕后真凶是惹不起的高官权贵？"夏祥淡淡地看了许和光一眼。

许和光义正词严地说道："为民做主，为百姓申冤，怕什么高官权贵？朗朗乾坤，青天白日，不管是王爷还是宰相，只要犯法，都与庶民同罪。"

"好，说得好。"夏祥拍案叫好，"就依许县丞之言，此案继续追查下去，不管幕后真凶是什么大人物，一定一查到底。本官初来真定，诸事还要仰仗许县丞、马县尉和丁捕头。"

夏祥冲几人叉手一礼，几人惶恐，急忙还礼，连称不敢。

次日，有关夏县尊夜审的传言就开始在真定的大街小巷弥散，才短短一天时间，铁小七和万大八的民谣就传了开来——"日审阳夜审阴，夏县尊是神人。"

被百姓称为"神人"的夏祥丝毫没有神人的觉悟。日过正午，他正在县衙的内宅午睡，睡得正香时，有人禀报连若涵求见。

夏祥请连若涵到书房一见，他未穿官服，一身宽衣，举手投足，飘然出尘，手拿一把折扇，迈进书房大门，见连若涵正端坐在下首的椅子之上，托腮深思，不由得心中一动，此景可入画。

连若涵起身相迎，说道："夏县尊昨夜未回得闲居，今日小女子特来看望。"

夏祥微微一笑，自然知道连若涵是为昨夜审案之事前来，说道："多谢连小娘子挂念，昨晚审案晚了，就在县衙就寝了。"

连若涵也不绕弯，直接问道："听到传闻说夏县尊招来董现鬼魂，吓得付科招供了毒杀董现和马小三夫妇一事……小女子很是好奇，夏县尊真的可以日审阳夜审阴？"

"信则有，不信则无。"夏祥坦然地一笑，坐在首位，"其实不过是障眼法罢了。说来查到付科毒杀董现和马小三夫妇的真相，还得感谢连小娘子。"

连若涵一脸惊讶："与我何干？"

夏祥也不过多解释，朗声说道："幔陀娘子、萧五……"

二人应声从门外进来。幔陀依然是一身干练打扮，只是没有抱剑在胸，她脚步轻盈，脸色平静，冲连若涵微一点头，站在了夏祥身后。

萧五嘴里叼了一根草，头上也插了一根，样子十分滑稽。他先是冲连若涵微施一礼，待看到连若涵身后的令儿时，忽然神色慌乱了几分，忙不迭地摘下头上的草，藏在了身后，憨厚地一笑："令儿也来了。"

话一出口，嘴里的草就掉落下来。他身子一错，右手伸出两根手指将草轻轻捏住，一翻手也藏在了身后。

令儿本不想笑，却还是被萧五的滑稽逗乐了，笑了一下，又绷紧了脸，不再多看萧五一眼。萧五嘿嘿笑了笑，老实地站在了夏祥的身后。

"本来本官是让幔陀暗中查访董现一案，查来查去全无头绪。后来幔陀无意中查到董现、马小三夫妇跳河之前，曾在河边的一个茶摊喝茶。只是茶摊的主人是谁，怎么也查不到。幔陀再查下去才知道，原来茶摊是临时的，不是常摊，当时摆摊的人是一个中年汉子，都不认识。"夏祥知道连若涵前来是想知道真相，二话不说就将事情的前因后果说了出来，"只知道此人长得十分高大威猛，络腮胡子，其他就一概不知了……"

"然后呢？"连若涵对夏祥夜间审案之事无比好奇，令儿出门回来，将传闻告诉了她，她迫不及待就前来县衙，想要当面问个清楚。虽说她对夏祥很有信心，却还是不敢相信夏祥会有日审阳夜审阴的本事。

"然后就是萧五出场了。"萧五瓮声瓮气地接过话头，他先是嘿嘿笑了一气，"先生常说的一句话是踏破铁鞋无觅处，得来全不费功夫，说的就是我。我笨是笨了一点，但人好运气就好，唉，真没办法……"

"咳咳……"夏祥都看不下去萧五的自恋了，咳嗽几声提醒他一下。

萧五挠头笑了："先生让我帮他去找吕东栋，我好容易找到了他，和他聊得还不错，他也愿意来当先生的门子，还介绍了他的侄子吕不奇也来当先生的门子。门子要两个人才行，我就带他和吕不奇来见先生。先生对吕东栋和吕不奇很满意，就留下了他们。"

连若涵奇道："夏县尊为何想到用吕东栋当门子？"

夏祥笑道："上次听连小娘子说到吕东栋七次投河，本官就想，吕东栋此人虽好赌，却有改过之心，七次投河以死明志，是个可用之人。人非圣贤，孰能无过？有心改过，善莫大焉。用他当门子，必定可靠。所以说，此事还得感谢连小娘子。"

连若涵却不肯承情，摆手说道："当初吕东栋投河七次之后，已经不再是好景常在之人，和我也再无干系，此事不必谢我。"

"好，好，连小娘子不承情也没关系，本官却记得你的好。毕竟是因你才知道吕东栋此人。"夏祥笑道，"萧五，继续说下去。"

"是，先生。"萧五继续说道，"吕东栋和吕不奇见先生人好，就爹着胆子提出让他的小女儿吕环环跟在先生身边，当先生的贴身丫鬟，先生也答应了。"

连若涵终于忍不住笑了："想不到吕东栋一家人都入了夏县尊门下，也是他们的福气。吕环环心思乖巧，模样也不差，夏县尊不妨收为通房丫鬟，也好让吕东栋和吕不奇更死心塌地为夏县尊效忠。"

夏祥不接连若涵的题外话，漫不经心地回应了连若涵一个多嘴的眼神，示意萧五继续。

萧五说道："幔陀娘子并不放心吕家一家人，就说要送吕东栋回家，其实是想到吕家看看。我也跟了过去。到了吕家，见吕不奇为人老实，吕环环乖巧伶俐，幔陀娘子才放心了。幔陀娘子无意中和我说起茶摊之事，不料吕东栋听到了幔陀娘子的话，说他见过摊主，也知道摊主的名字叫卫中强。"

连若涵为之一惊，问道："吕东栋怎会认识摊主？"

萧五嘿嘿一笑："也是巧了，前几日吕东栋闲来无事在河边散步，正好遇到了卫中强支起茶摊卖茶，他见卫中强眼生，就随口聊了几句。卫中强并不理他，他大感无趣，就走开了。后来见到一个人在和卫中强小声说话，还叫出了卫中强的名字，还问卫中强有没有准备好附子和麻黄。当时他还纳闷，附子和麻黄是中药，茶摊要中药何用？不过也没多想，转身就走了。"

连若涵点了点头，吕东栋七次投河未死之后，她念他确实有痛改前非之心，之前的欠债一笔勾销，也没有让他的小女儿吕环环终身为奴。吕东栋心存感恩，无事时常在滹沱河边行走，若是遇到有人落水，就会挺身相救。

不想吕东栋竟是帮了夏祥大忙，世间之事，当真微妙，处处都有机缘巧合。

“吕东栋回去之后，左思右想总觉得哪里不对，真定虽外来者不少，但在滹沱河畔摆茶摊的外来者也太少见了，他就又返回了茶摊，远远看见茶摊上又多了一人，正是付科。吕东栋在市乐有亲戚，去过市乐几次，见过付科，所以一眼就认出了付科。”萧五虽看似笨拙憨厚，讲起故事来却口齿清楚，很有条理，“吕东栋人老成精，不敢靠近，就假装无意中路过，听到了付科和卫中强的小声交谈，他们再次提到了附子和麻黄，还提到了一个人名——吴老四。”

“吴老四是真定本源草药堂的伙计。吕东栋转身就去了本源草药堂，见吴老四还在，他越想越觉得蹊跷，本想问吴老四几句什么，一想又觉得不妥，就又回去了。”萧五又露出了憨厚的笑容，“事情虽然蹊跷，吕东栋也一直埋在心里，没和人说，但听幔陀和我一提此事，他马上说了出来。”

/ 第十九章 /

真定知府

“真是奇事怪事。”连若涵也是大感惊奇，“不想如此难题，竟被一个完全不相干的吕东栋道破天机。世间的事情，有时真是神奇莫测。”

“是呀，就如本官和连小娘子的相遇相识，也是神奇莫测。”夏祥开了一句玩笑，偷眼看向了连若涵，见连若涵神情自若，不由得一笑，“幔陀得知此事之后，当即赶到得闲居告诉了本官，本官决定立刻连夜提审付科。提审付科之前，先让人拿下了吴老四，从吴老四口中得知了付科伙同卫中强毒杀董现和马小三夫妇的事实。”

“那么董现鬼魂之事，也是装神弄鬼了？”连若涵明白了大半，对于夏祥可以审阴一事也想通了其中的奥妙，掩嘴一笑，“可是把小女子吓得不轻。若是夏县尊真有审阴的本事，以后不管什么天大的冤案，只管提来鬼魂一审便知。岂不是只要夏县尊审案，天下就没有被冤枉的好人了？”

“哈哈，连小娘子说笑了，就算本官真有审阴的本事，天下还是会有冤案。只凭本官一人之力，也只能保一方平安。”夏祥微微摇头，又说，“本官虽然知道了事情的始末，又拿下了吴老四，但吴老四只知道付科和卫中强的谋划，并未亲眼见到董现三人跳河。是以只好想了一个法子，让幔陀藏身在屏风背后，以口技之术学董现说话，骗过了所有人，让付科也误以为真是董现的鬼魂，惊吓之下，全部招供。只可惜，付科只供出了自己杀人夺命的事实，并未供出幕后真凶。”

“小女子有一句话，不知道该不该说。”连若涵嘴上说不知该不该说，却直接说了出来，显然她只是想逗一逗夏祥，“董现命案，就到付科为止。付科身后之人，就不要追究了。”

“为何？”夏祥一愣，没想到连若涵会劝他收手。

“夏县尊是聪明人，知其不可为而为之，不是明智之举。”连若涵叹息一声，“夏县尊初入朝堂，根基不稳，又有三王爷虎视眈眈，随时要将你拿下。再查出付科背后是什么了不得的大人物，岂非腹背受敌？”

“多谢连小娘子好意，本官心领了。”夏祥慨然说道，“读书志在圣贤，为官心存君国。若本官畏惧权贵，不为民请命，读圣贤书何用？当这个知县又有何用？在科举之时，本官不曾惧怕文昌举。三王爷一心要置本官于死地，本官何曾退缩半步？不管付科的背后是何方神圣，本官一定要一查到底，为死去的董现和马小三夫妇伸张正义！”

连若涵肃然起敬，被夏祥的慷慨激昂所折服，起身说道：“未出土时先有节，便凌云去也无心……小女子敬佩夏县尊的为国为民之心。”

夏祥哈哈一笑：“话虽如此，真要遇到权贵刁难之时，该迂回还要迂回，该周旋也要周旋，虽不能委曲求全，也不可宁折不弯，当知事缓则圆。”

“扑哧……”连若涵又被夏祥的调侃逗乐了，心中既好笑又无奈，好笑的是，夏祥并非迂腐的读书人，懂得变通和以退为进之道，无奈的是，他非要追查付科背后的真凶，实在是太过冒险了。

夏祥也笑了起来，气氛缓和轻松了几分：“连小娘子莫非知道付科背后的真凶是何许人也？”

“并不知道。”连若涵摇头，“不过从付科的所作所为不难看出，他虽贪图董家钱财，却和董现无冤无仇，为何非要费尽心机毒杀董现？再者以付科的为人，他要杀害董现，直接一刀就杀了，怎会骗董现前来真定再下毒让其投河，付科断断没有如此心机。付科身后之人，必是心思深沉之人。”

这话说得在理，夏祥点头：“那么依连小娘子之见，此人费尽心机毒杀董现，让董现从市乐到真定投河而死，是为了掩盖他的真正目的？”

连若涵说道：“此人用心太深，或许他真和董现有仇，或许董现只是他的一个棋子，不管怎样，夏县尊日后一定要小心行事。”

“多谢连小娘子提醒。”夏祥又想起了徐望山和马清源二人，问道，“徐望山和马清源想让本官废除新法，二人深受新法之害。”

连若涵不动声色地说道：“深受新法之害的何止徐望山和马清源，他二人只不过被新法连累了名声，那些流离失所的百姓，才是有苦难言。”

“连小娘子也赞成废除新法了？”夏祥试探一问。

“夏县尊有一腔为民之心，小女子十分敬佩。只是贸然废除新法，怕是官位不稳，性命不保，此事不宜操之过急，还是要稳妥为上。”连若涵一拢额前一缕青丝，“夏县尊也知道，付科杀人案的背后，不知是哪个高官权贵，追查下去，得罪的或许只是一个大人物。新法却是候相公及其党羽力推之法，若真定一地废除新法，会和候相公以及所有推行新法的高官为敌。现今满朝文武都在推崇新法，夏县尊莫非想要标新立异，成为众矢之的，又或者想振臂一呼，成为天下反对新法的旗杆？”

夏祥岂能听不明白连若涵的言外之意。追查董现一案，或许最终只是和一个高官权贵为敌。而废除新法，则是与候相公为敌。与候相公为敌，则是和天下为敌，他自认以自己现今的品级和力量，别说和候相公为敌了，就是隔河相望的崔府尊，也可以让他施展不开手脚。当然，他更没有振臂一呼和天下所有反对新法的官员结党营私之心。

夏祥呵呵一笑：“本官身为真定知县，只想为官一任造福一方。”

“这么说，夏县尊是要回绝徐望山和马清源了？”连若涵很是好奇夏祥接下来会怎么治理真定。

“徐望山和马清源在真定德高望重，本官还多有仰仗之处，怎会回绝他们？非但不会回绝，还会要他们扩建粮仓，多备种粮。”夏祥一脸认真，“原以为真定是祥和之地，不想才一上任，就有诸多事情接踵而至，忙得不可开交。今日正好有闲暇，该去拜访崔府尊了。”

连若涵虽还心有疑虑，却也不好多问，只好起身告辞。夏祥送到了书房之外。

门子吕东栋和吕不奇已经到位，各自安守在门房之内，恪尽职守，唯夏祥一人之命是从。尤其是吕东栋，对夏祥无比感激，他原以为就此无所事事混吃等死，不想还能被夏县尊相中，委以门子的重任，他就迸发了士为知己者死的情怀，并且告诫侄子吕不奇，以后若是敢背叛夏县尊，让他生不能进家门死不能入族谱。

吕不奇虽没有吕东栋一般对夏祥士为知己者死的报恩之心，却也无比感念夏祥对他的赏识。他原本有十亩薄田，却因新法而将田地卖掉还贷，成为无田游民。幸好叔父吕东栋收留了他，否则他就要沦为乞丐流落街头了。

尽管有叔父收留，却还是难免被人耻笑，毕竟身为男人，身强力壮，却寄人篱下，天天无事可做，也是难堪。正愁闷之时，不想竟被夏县尊收为门子，对于他来说，不啻喜从天降。因此，他对夏县尊的感激也是无以言表。

夏祥先是见了见吕东栋二人，见二人面相忠厚，神态恭敬之中又不失纯朴，就放下心来。正好幔陀又领了吕环环进来，他就又和吕环环说了几句话。

吕环环生得瘦弱，模样倒是不差，瓜子脸，大眼睛，说话轻声细语，走路轻盈如风，柔柔的样子很是惹人垂怜。夏祥也算满意，留她当了贴身丫鬟。

既然是拜访崔府尊，就要正式一些，夏祥带上萧五，又让许和光同行，三人乘坐两辆马车，前往河对岸的知府衙门。

真定府衙比真定县衙要气派很多，朱红的大门之上布满铜钉，庄严而不可侵犯，门口除了两名衙役之外，还有两名兵士把守。夏祥的马车停下之后，有衙役上前拦下，许和光忙递上名帖。

衙役认得许和光，看了一眼名帖，傲慢的脸色顿时为之一变，恭敬了许多，叉手一礼："原来是夏县尊，失敬，失敬。"

随后衙役入内通报，不多时，出来一人迎接夏祥。

"夏县尊怎么也不提前通报一声，郑某也好洒水相迎。"来人年刚弱冠，中等身材，浓眉大眼，颇有几分豪放之相，他快走几步，拱手施礼，"京城一别，今日在滹沱河边再次相见，他乡遇故知，当浮一大白。"

来人正是离京之时为夏祥送行的郑好。

郑好是滕正元结交的士子，夏祥并不熟识，不过郑好特意为他送行，也是情谊，他当即还了一礼："夏某一直感念郑兄的送行之谊，对郑兄念念不忘，来真定上任之后，早想登门拜访，奈何公务缠身，今日才有了一些空闲，就来叨扰了。"

"夏兄不必客套，郑某也听说了董现命案一事，夏兄一心为民，郑某深感敬佩。"郑好又朝许和光叉手一礼，"许县丞有礼了。"

许和光论品级不及郑好。郑好身为七品真定府通判，又是进士出身，远非许和光的八品县丞所能相比，许和光忙还了一礼，连连说道："不敢，不敢，下官见过郑通判。"心中却十分受用郑好对他的礼敬，对郑好的第一印象十分不错。

郑好来到真定已然数日，既未拜访好友，也没有走访乡绅富商，深居简出，许多人并不知道真定府新任通判已经走马上任。

夏祥却是猜到了郑好为何如此低调，通判一职，虽是知府副职，却权力极大，明面上可以制衡知府权力，知府公事行文，若无通判联署，便不能下发。暗中，通判又有监察知府之责，并可以直接上书皇上，相当于皇上监察知府的耳目。因此对于通判，知府向来有防范之心。

一行数人进了大门，知府衙门和县衙的格局大同小异，只是大了一些。夏祥跟在郑好身后，边走边说，没走几步，迎面走来一人，正是李恒。

李恒正低头走路，一抬头看到夏祥几人，顿时一愣，随后忙急步向前，先是和郑好点了点头，又朝夏祥叉手施礼："夏县尊有礼了。"

郑好脸色微微一变，心想夏祥是初次拜访崔象，首次登临真定府衙，怎会认识李恒？许和光也是吃了一惊，眼露疑惑不解之色，莫非夏县尊和李推官私下见过面了？

夏祥眼光一扫，就从郑好和许和光的眼神之中察觉到了异常，心想索性挑明他和李恒的关系也没什么，笑着还了一礼："上次和李兄喝酒没有尽兴，下次再来，一定不醉不归。"

“好，不醉不归。”李恒也意识到自己唐突了，夏祥初来真定，今日是第一次前来拜访府尊，他却和夏祥私下有过会面，传到府尊耳中，未必是好事。不过既然夏祥挑明了此事，他也就大方承认了。

他是推官，又不是通判，完全受制听命于府尊，反倒不必过于小心谨慎。

“夏县尊认识李推官？”许和光回身望了李恒的背影一眼，眼皮跳了几下，原以为夏祥在真定无依无靠，不想夏祥非但认识郑好，还和李恒交好，府尊身边的两个重要佐官都和夏祥交情莫逆，府尊的一举一动岂不是都要掌握在夏祥手中？

夏祥哪里知道许和光一时心思联翩会想得那么长远，随口答道：“算是认识。”

许和光没再说话，眼睛转动几下，低头走路。一抬头，就到了二堂门外。

崔府尊要在二堂和夏祥会面。府中衙役头前带路，掀开门帘，夏祥一步迈进了二堂之中。

府衙二堂和县衙二堂布局相似，除了墙上的图案不同之外，几乎一样，就连窗外的景色也相差无几。只是房间中十分昏暗，明明是上午，却给人一种日暮的感觉。夏祥进来的一瞬间，感觉眼前一黑，以为走错了地方。

再仔细一看，不由得恍然，原来每扇窗户之上都有窗帘。怪事，大白天拉着窗帘，房间中如此昏暗，崔府尊是有什么怪癖不成？

崔象端坐在桌子后面，正在批阅公文，夏祥几人走了进来，他没有察觉，还在提笔写个不停。郑好向前一步，轻声说道：“府尊，夏县尊到了。”

“夏县尊……”崔象抬起头来，目光寻找片刻，落在了夏祥身上，起身说道，“听说你是灵寿县人氏，真定和灵寿气候相同，你来真定，并无不适吧？”

“多谢崔府尊，下官一切安好。”夏祥暗中观察了一下崔象，年约四旬，瘦长脸，一缕长须，脸色暗黄，双眼无神，耳朵呈焦黑之色，虽相貌堂堂，正值壮年，整个人却如枯树一般，全无半点生机。

房中除了昏暗之外，还有一股浓浓的中药味道，夏祥心中明白了几分，崔府尊怕是有病在身，而且还是久病不愈。

崔象绕过书桌，来到夏祥面前，上下打量夏祥一眼，哈哈一笑：“果然是少年才俊，不错，不错，江山代有才人出，才是皇上之幸、大夏之福。夏县尊，来，坐，请坐。”

夏祥退后一步，恭敬地说道：“崔府尊过奖了，下官还要倚仗崔府尊多提点多赐教。”

“你我同地为官，也是有缘，都是为皇上分忧、为百姓造福，当恪尽职守，忠君报国。”崔象说了一番套话，漫不经心看了许和光一眼，忽然提高了声调，“来人，上茶。”

“崔府尊，夏县尊喝茶喜好清淡，还是下官亲自前去为好。”许和光也不等崔象点头，转身出去了，他轻车熟路的动作以及在崔象面前的随意，无一处不暗示他和崔象异乎寻常的私交。

夏祥看在眼里，不动声色。郑好却是微微一愣，随即摇头一笑，心中却想许和光如此迫切地表露出他和崔府尊的私交莫逆，无非是想让自己和夏县尊不要轻视他。

/ 第二十章 /

郑氏子弟

崔象倒也坦然，呵呵一笑："许县丞是本官妻弟，常来府衙，习惯了事事自己动手，夏县尊勿怪。"

"不会，不会。"夏祥微微张大嘴巴，故作惊讶之态，"原来许县丞是崔府尊妻弟，如此说来，下官和崔府尊也算是一家人了？"

"一家人，一家人。"崔象见夏祥并不见外，话又十分到位，心中不免欣喜，"和光在夏县尊手下为官，他有不足之处，夏县尊要多加鞭挞，多加指正。"

"许县丞办事大方得体，深得本官之心。"夏祥瞥了一眼坐在他对面的郑好，见郑好眼观鼻鼻观心，一副置身事外的漠然，不由得暗暗一笑，说道，"本官早该来府衙拜会崔府尊，只是一到真定就出了一桩命案，着实抽不开身，才拖到今日，还请崔府尊见谅。"

"说的哪里话，拜会本官，随时都可以，审理命案，越快越好。夏县尊一心为民，本官还要在皇上面前为你美言几句。"崔象一脸和蔼的笑容，如若不是他脸色蜡黄，神情萎靡，还真有慈眉善目的一面，只不过他脸色极差，还不时轻咳几声，"咳、咳，本官身体一向不好，本想告老还乡，皇上一直不准，只好拖着病体，肯将衰朽惜残年……"

郑好在一旁沉默不语，此时忽然插了一句："夏县尊所审的命案，可是董现投河自尽一案？"

"正是。"夏祥不知为何郑好突然有此一问，又一想，明白了什么，"此案，下官正要向崔府尊禀报一二。"

此时许和光拎着茶壶进来，以县丞之尊做下人之事，他面不改色，反倒神态自若。也是在座各位都比他位高权重，他亲自服侍众人也不算什么。

许和光依次为崔象、夏祥和郑好倒上茶水，说道："这是上好的临江玉津，虽不如夏县尊的龙团胜雪，也算是真定县内所能见到的一等一的好茶了。"

听到"龙团胜雪"，崔象和郑好都微有讶色地看了夏祥一眼，夏祥也不解释，抿了一口茶，连声赞道："好茶，水甜美润口，茶清香怡人，火候也掌握得恰到好处。许县丞，没想到你竟是泡茶高手，失敬，失敬。"

"不敢，不敢。"许和光忙客气几句。

"夏县尊，董现一案本官也略有耳闻，到底有何隐情？"崔象放下茶杯，只轻轻沾了一下嘴唇，并未入口。

夏祥心里清楚，崔象正在服药，茶水有解药之效，故不能喝茶。

夏祥将董现一案的始末原原本本地向崔象说了一遍，崔象自始至终神色不变，倒是一旁的郑好微有激愤之色。

"付科只是受人指使行凶杀人，幕后还有真凶尚未查明，下官正在全力追查，一定要将真凶绳之以法。"夏祥朝崔象和郑好拱手施礼。

郑好并不说话，微露思索之意。崔象捻须沉吟，忽然开口说道："既然董现、马小三夫妇三人是被付科毒杀而死，付科就是杀人凶手，判他斩监候结案即可。"

"下官也正有此意。"许和光一脸凝重地说道，"昨晚审案时，下官出于一时义愤，赞同夏县尊对幕后真凶追查到底的做法。后来仔细一想，才觉得此事大大不妥。"

夏祥的目光在许和光的脸上一扫而过，心想：许和光到底是听到崔象所说而见风使舵，还是在背后发现了什么而改变了主意？

"哪里不妥？"郑好替夏祥问出了疑问，"追查真凶乃是为官者分内之事，杀了付科，真凶还逍遥法外，岂不有违圣贤教诲，有负皇上之托？"

"话不能这么说，郑通判，付科杀人一案，过于复杂，万一涉及皇亲国戚，查了出来，不是有损天威？既然真凶落网了，哪里还有什么幕后真凶？"许和光自得地一笑，"杀了付科，替董现和马小三夫妇偿命，董断也算沉冤得雪，皆大欢喜，何苦再劳神费力查下去？"

夏祥没有说话，用征询的目光看向了崔象。

崔象沉默片刻，忽然猛烈地咳嗽几声，许和光忙上前为崔象捶背，崔象摆了摆手："无妨，无妨，老毛病了，好不了也死不了。夏县尊，依本官之见，付科一案就此结案，对大家都好。"

"下官并不赞同。"郑好站了起来，脸微微涨红，"既然夏县尊已经查到付科一案幕后另有真凶，为何压下此事？下官斗胆敢问崔府尊，可是知道付科的幕后真凶是谁？"

郑好如此年轻气盛，倒是出乎夏祥意外。按说身为通判，多是老成持重之人，毕竟通判一职是制衡和监察知府之用，通常会派为官多年的京官担任，郑好以新晋进士之身就任职通判，本来就大异常理，他又如此激愤，看来他上任真定府通判，是有人故意为之。

此话一出，许和光怫然变色，厉声说道："郑通判不要乱说。"

"不要紧，不要紧。"崔象非但不恼，反倒轻描淡写地摆了摆手，笑了，"郑通判正是血气方刚的年纪，一时激愤情有可原。本官并不知道付科案的幕后真凶是谁，也可以说，只要不追查下去，付科案就没有幕后真凶。本官问你，郑通判，付科是不是毒杀董现和马小三夫妇的凶手？"

"是。"郑好余怒未消。

"杀人偿命，杀了付科，是不是可以让死者安息，让生者安慰？"

"是。"郑好气势不减。

"若是付科的背后还有真凶，揪出真凶，将真凶也绳之以法，是不是还是一样让死者安息，让生者安慰？"崔象一副久经沧海老神在在的样子。

"是。"

"既然如此，何必非要揪出什么幕后真凶，既劳民伤财不说，还让生者承受更多的仇恨。找到了真凶，将真凶抓获还好。找不到真凶，如何向生者交代？再者万一找到了真凶，却又不能将真凶绳之以法，又如何让生者安心？"崔象端起茶杯，用茶盖轻轻拨动茶沫，笑了，"两害相权取其轻，两利相权取其重，与其多事，不如少事。"

夏祥无语，不得不佩服崔象方才的一番话，似是而非，虽无理，却偏偏让人感觉有可取之处。不愧为久经官场浮沉的老人，看透的不是世态炎凉，而是各种利害关系，步步趋利避害，不以公正论是非，只问利益算得失。

"好一个两害相权取其轻，两利相权取其重！"郑好忍不住冷笑，他的脸色因为气愤而涨得通红，"真凶逍遥法外，大夏律法何在？世间公义何在？人心向背何在？崔府尊，古人有'朝闻道，夕死可矣'的气概，也有'志士仁人，无求生以害仁，有杀身以成仁'的胸怀。我等既然为官，当上无愧天地和皇上，下不负苍生……"

"呵呵，呵呵……"崔象用一阵不以为然的笑声打断了郑好的慷慨陈词，他用手一指屏风之上的画说道，"郑通判可知此画是何人在何时所画？"

夏祥方才一进门就留意到了屏风之上的图画，当时还微微惊奇，竟是渊明归隐图，不过和曹家的渊明归隐图并非出自同一人之手。

郑好凝视渊明归隐图片刻，摇头说道："不知。"

"此画是三王爷在三年前所画。"崔象右手捻须，哂然一笑，"当时候相公正在力推新法，皇上春秋正盛，三王爷却画了一幅归隐图，送与本官的时候，他叹息说道，与其浑浑噩噩人在朝堂，不如明明白白归隐田园。以三王爷之尊，也有了归隐之心，可见朝堂险恶，世事艰难，只凭一腔书生意气，早晚会碰得头破血流。”

“那又怎样？”郑好依然不为所动，“下官身为真定府通判，不能容忍真定之内有如此冤案，本官定当竭尽全力查明幕后真凶。”

崔象干笑一声，并不接话，却转头问夏祥：“夏县尊也是要一查到底吗？”

郑好一双眼睛期盼而又满怀希望地看向了夏祥，夏祥沉吟片刻，摇头一笑：“此事本官说了不算，郑通判说了也不算……”

“谁说了算？”郑好按捺不住，马上问出了口。

“董断说了算。”夏祥轻巧地将皮球踢到了董断脚下，反正董断也不在场，“若是杀了付科，董断觉得大仇得报大冤得雪，本官也就不再追查下去。若是董断不依不饶，非要让幕后真凶也一并伏法，本官也不能不顾民情就此结案。”

崔象心中一跳，好一个夏祥，他自己本想追查下去，却拿董断说事，让人无话可说。此子虽然年轻，却深谙官场之道，且很善于以退为进，是一个难得的奇才。怪不得在科场之上，凭一介白衣之身就扳倒了文昌举，让三王爷折损了一员大将。

许和光心中着急，他今日一早得知了一些消息，知道付科一案不能再追查下去，才提前暗中告知崔象，让崔象压下夏祥想要继续追查下去的想法，不想意外遇到了支持继续追查的郑好。

真要查到了幕后真凶，夏祥是玩火自焚，也可能会因城门失火殃及池鱼，说不定还要连累崔象，如此严重的后果，他必须阻止夏祥不知天高地厚的所谓为民请命。

“夏县尊，此事万万不可意气用事……”许和光悄然朝崔象使了一个眼色，继续说道，“董断只是一介平民，他哪里知道事情的轻重深浅，朝廷命官办案，怎能听从于一个无知小民？”

崔象却并不理会许和光的眼神，慢条斯理地说道：“夏县尊，为官一任造福一方，一桩命案和治理一县相比，孰轻孰重，要分得清楚。”

“下官分得清楚。”夏祥恭敬地回应一句，见郑好还是一脸愤愤不平之色，忽然笑了，“郑通判不必过于气愤此事，付科只是随口一说他的幕后还另有他人指使，但是否真有其人，还不好说。”

郑好脸色一变：“夏县尊是想以此为借口敷衍过去，此事就不了了之了？”

夏祥心中暗叹一声：郑好怎么就这么计较表面上的一时得失？他又不好明说，正想着怎样回答时，忽然有人来报徐望山和马清源来访。

夏祥起身："崔府尊有客人前来，下官就此告辞。"

"夏县尊留下便是，中午在府中吃个便饭。"崔象朝管家微一点头，管家会意，转身出去迎接。

片刻之后，徐望山和马清源进来，二人见夏祥也在，先是一愣，随后相视一笑。分别见礼之后，二人坐在了下首。

"崔府尊、夏县尊，今日我二人前来拜访，是为了真定上千名商人和十余万百姓，恳请府县废除新法！"徐望山起身，深鞠一躬，言语恳切，眼中流露出无限期待之意。

马清源也起身施礼："恳请府县废除新法！"

崔象不动声色地笑了笑："你二人如此反对新法，无非是因为粮仓和种粮，不如这样，你二人的粮仓和种粮，本官让他人接手，如何？"

夏祥不由得暗笑，崔象果然是为官多年的老人，深知避重就轻之道，只轻轻一拨弄，就让徐马二人的着力点没有了。

"夏县尊……"徐望山眼巴巴地看着夏祥，想让夏祥当着崔象之面表态。

夏祥也不生气，他还真有话要说："废除新法一事，事关重大，不能儿戏。本官也赞同崔府尊所说，你二人的粮仓和种粮，让他人接手了便是。"

徐望山和马清源对视一眼，二人想笑却没有笑出来，过了少许，马清源上前半步说道："不只是粮仓和种粮的问题，实在是新法为害百姓，我二人不忍再看到百姓流离失所，所以才向崔府尊和夏县尊请求废除新法。长此下去，真定城外将会哀鸿遍野。"

"马员外危言耸听了。"崔象丝毫不为所动，轻描淡写地笑了笑，"本官前日出城游玩，城外景色优美，百姓安居乐业，哪里有百姓流离失所？哪里有哀鸿遍野？一片盛世景象，正是皇上的文治武功和候相公的新法，才有了如此太平气象。"

"崔府尊……"徐望山还想再说什么，夏祥却笑了一声，打断了徐望山的话。

"徐员外，既然崔府尊说了，你照办就是了。"夏祥朝徐望山投去了意味深长的一瞥，又冲崔象说道，"不知粮仓和种粮事宜交由何人接手？崔府尊可是已有了人选？"

粮仓和种粮事宜是真定县管辖范围之事，崔象才不会贸然插手，否则有越位之嫌，他摇头一笑："夏县尊莫要偷懒，你的分内之事，本官可不替你分担，呵呵。"却又口风一转，"本官只是觉得柳长亭和谢华盖还不错，为人可靠，又有为官府分忧之心……"

徐望山和马清源二人一听柳、谢的名字，脸色为之一变。郑好却是一脸茫然，不知崔象为何要将粮食和种粮生意转给二人。

果然是柳长亭和谢华盖，在崔象提出让别人接手徐望山和马清源的粮仓和种粮生意时，夏祥当即就想到了柳、谢二人。现在亲耳听到崔象提到二人，知道柳、谢二人在真定隐身多年的布局接近完成，现在要浮出水面了。

“许县丞，本官才到真定不久，还不知道柳长亭和谢华盖是什么人物，你觉得二人接手徐员外和马员外的粮仓、种粮生意，可是合适？”夏祥有意将难题抛给了许和光。

许和光当即说道：“再合适不过，柳长亭和谢华盖二人不管是财力还是为人，放眼真定县内，当属第一。不，就是整个真定府，也是无人可比。下官完全赞成崔府尊的提名。”

郑好虽不明白崔象和许和光一唱一和提名柳、谢二人的真正用意，却是看不惯二人对夏祥的前后夹击，当即冷笑一声：“上有府尊下有县丞，夏县尊夹在中间，当真为难得很，本官都忍不住替你捏一把汗了。”

此话嘲讽之意过于明显，崔象也忍不住咳嗽一声，脸色一寒：“郑通判说的是什么话？本官只是觉得夏县尊才来真定不久，人情世故还不太熟悉，才有意提一提柳长亭和谢华盖，只是想帮他一帮，扶他一程。怎么在你看来本官和许县丞的一片好心却成了挟持？”

郑好也是脸色一冷：“崔府尊，难道不是吗？”

“崔府尊、郑通判，息怒，息怒。”夏祥不得不出面打圆场了，“此等小事，不值得一争。只要徐员外和马员外愿意放手粮仓和种粮生意，只要柳长亭和谢华盖愿意为官府分忧，就由他二人接手，有何不可？”

“小民愿意！”

徐望山和马清源异口同声当即表态。

郑好实在无法忍受了，站了起来：“夏县尊，本官因滕正元滕兄和你相识，原以为你是一心为民的好官，不想竟是一个左右摇摆没有原则的昏官，本官就此和你割袍断义。”

话一说完，他冷哼一声，拂袖而去。

夏祥望着郑好的背影，哑然失笑：“未曾同席读书，何来割袍断义？郑通判真是好笑。”

/ 第二十一章 /

斗酒

“随他去吧。”崔象挥了挥手，似乎压根儿都没有因郑好的无礼而生气，“郑通判出身荥阳郑氏，是世家子弟，一向娇纵惯了，不知世事艰难，不知官场险恶，不要紧，经历过几件事情之后，他就会知道本官是为他好了。还是夏县尊深明大义，时候不早了，来，随本官一起共进午餐。”

午餐安排在了崔象的内宅，除了崔象、夏祥和许和光之外，负气离去的郑好也回来作陪，还有李恒也来了。

崔象自然是坐在了上首，夏祥陪在左首，郑好陪在右首，李恒坐在郑好右首，许和光坐在夏祥左首，徐望山和马清源坐在末座。

饭菜是北方常见菜系，丰盛且量大，有花炊鹌子、奶房签、三脆羹、荫芽肚胘、鹌子羹、肚胘脍、鸳鸯炸肚，等等，不但品种多，色彩也十分好看。酒有竹叶青和蒲桃酒。

夏祥喝了一点蒲桃酒，入口很甜，类似饮品。他见郑好还是一脸不快，心中不觉好笑，就向郑好敬酒。郑好虽不情愿，却又不好当面拒绝，只好敷衍了事地和夏祥轻轻一碰，随即一饮而尽，放下杯子，看也不看夏祥一眼。

怎会如此孩子心性？夏祥暗笑不止。以郑好如此性格，想和崔象共事，怕是很难。以崔象老道的手段，郑好绝非崔象的对手，早晚被崔象抓住把柄参上一本。

许和光方才和郑好有言语冲突，现在却如没事人一般，也向郑好敬酒。郑好依然板着一张冷脸，似乎都欠他钱一样，却来者不拒，谁敬酒都喝。他倒也是好酒量，接连喝了四五杯，面不改色。

“夏县尊……”崔象放下筷子，温吞吞地看了夏祥一眼，“若是你愿意，本官就让柳长亭、谢华盖不日前去县衙拜访。”

“下官领命。”夏祥毕恭毕敬。

“本官只是提一提，并非非要让柳长亭和谢华盖接手，若你有更好的人选，可以不用他们二人，只要对新法的推行有力，本官自当鼎力相助。”崔象举起酒杯，“本官敬各位一杯。”

众人举杯，各一饮而尽。

郑好放下酒杯，拿起筷子，筷子举在半空又停了下来：“若是下官有合适人选接手粮仓和种粮生意，崔府尊又怎么说？”

许和光的筷子举到一半，一听此话也停住了，他大为不悦地说道：“郑通判非要处处和崔府尊作对不成？”

郑好一听此话顿时恼了，“呼”地站了起来：“本官身为真定府通判，有监察知府之职，崔府尊所做一切事宜，若无本官联署，便不能行文。”

李恒低头吃菜，一副置身事外的漠然。徐望山和马清源也是低头不语，神仙打架，凡人若是凑上前去，必定遭殃，所以事不关己最好。夏祥却是无奈一笑，郑好如此当众说出他有监察崔象的职权，是丝毫不留情面的做法。

崔象身子微微一顿，眼中怒火一闪而过，随即又变得平和了下来，他举起筷子夹了一块红烧肉放到了嘴里，咀嚼几下，赞叹说道：“香而不腻，肥而不油，定是用半大的乳猪烧制而成。郑通判，若是本官爱吃红烧肉，吩咐厨房去做，是不是也要你联署才行？”

郑好被噎了一下：“这是私事，私事下官不会过问。”

“知道公私分明就好。”崔象笑眯眯地看向了夏祥，“本官向夏县尊推举柳长亭和谢华盖，也是私事。本官和柳长亭、谢华盖私交甚好，以个人身份向夏县尊引荐，郑通判，你也要阻拦不成？”

“下官……不敢。”郑好被呛得无话可说，情急之下，只好又将难题抛给了夏祥，“下官也是以个人身份向夏县尊推举接手粮仓和种粮生意的合适人选，崔府尊不会介意吧？”

李恒的头低得更低了，赶紧夹了几筷子菜塞满了嘴巴。徐望山和马清源现在有点后悔留下吃饭了，早先告辞多好，现在场面如此尴尬，万一崔府尊迁怒于他们，他们可就太无辜了。

“本官怎会介意？哈哈，郑通判你太会说笑了。”崔象饶有兴趣地看了郑好一眼，仿佛在打量一个喜欢无理取闹的小孩，“本来此事就是真定县分内之事，真定府只是协助，并无决定之权。”言外之意就是郑好也别以通判身份向夏祥推举人选。

郑好举起酒杯：“夏县尊，你我本是同年进士，又因滕兄相识，现今又在真定同地为官，也是有缘，来，本官敬你一杯。”

夏祥却并不举杯，端坐不动，笑道：“方才郑通判和本官已经割袍断义了，怎么现在又有缘了？”

许和光“扑哧”一声喷出一口茶水，忙不迭以失礼为由道歉。崔象却是忍住笑，摆了一副隔岸观火的姿态。以郑好的脾气，任谁都无法忍受，也就是他还能忍耐三分。

郑好的酒杯举在半空，脸上忽青忽白，一咬牙，一口喝干杯中酒：“本官先干为敬。”

夏祥也慢条斯理地端起酒杯：“既然郑通判如此有诚意，本官也只能奉陪了。”说完，也喝干杯中酒，然后微微一笑，“郑通判可是有合适人选推举？”

郑好见夏祥给了他一个台阶，也就就势下来：“正是，此人夏县尊也认识，是连若涵连小娘子。”

“连若涵？”崔象手中的筷子失手落下，叮咚一响，他脸色大变，“郑通判也认识连小娘子？”

“有过数面之缘。”郑好一脸得意之色，“崔府尊，以连小娘子的实力，是否足以胜任接手粮仓和种粮生意？”

崔象并不接郑好的话，而是扭头问夏祥：“夏县尊意下如何？”

夏祥现在成了崔象和郑好较量的支点，多少有点无辜和受伤，李恒虽然假装埋头吃饭，心里却在替夏祥担心。不管如何回答，不管偏向哪一方，夏县尊总要得罪一方。没想到新上任的郑通判竟是一个如此书生意气的世家子弟，为何非要当面逼迫夏县尊做出决定？

正好崔府尊也有意试探夏祥，郑好如此做法，让崔府尊借机出手为夏县尊制造难题，看夏县尊如何应对。可怜的郑好，自以为自己聪明且咄咄逼人，却没有意识到自己成了崔象向夏祥投石问路的棋子。

李恒偷眼去看夏祥，见夏祥却镇定自若，毫不紧张，更没有一丝慌乱之意，心中暗暗佩服，夏祥和郑好年纪相仿，却比郑好沉稳了许多，怪不得连娘子对夏祥十分看重，夏县尊果然有异于常人之处。

许和光也是不动声色地暗中打量夏祥，想知道夏祥会如何回应。柳长亭和谢华盖虽富可敌国，但和连若涵相比，还是相差不少。不过对于夏祥和连若涵也认识一事，他心中也是微有几分意外。虽有意外，仔细一想，却也在情理之中。

夏祥察言观色，知道在座的各位心思各异。郑好想逼他表态，好借他之口和崔象一较高下。许和光想看他是倾向崔府尊还是倾向郑好，李恒是替他担心，而徐望山、马清源二人则完全是一副唯恐惹祸上身的隔岸观火的姿态。

夏祥呵呵一笑：“连小娘子本官见过，也打过交道，虽是女流之辈，却颇有眼光和魄力。柳长亭和谢华盖本官第一次听说，也未曾谋面……所以此事不急于一时。连小娘子虽有实力，却未必有心于粮仓和种粮生意。柳长亭和谢华盖虽有心，却也不一定就是最合适人选，总得本官见过之后再说。来，喝酒，喝酒。”

滴水不漏，厉害，崔象暗中佩服夏祥的智慧，如此年轻就有这般老辣的手腕，怪不得三王爷非要将夏祥派来真定，果然不是好相与的角色。

不过……夏祥再是少年老成，毕竟亲身经历的风浪太少，小聪明可以应一时之急，真到了大风大浪之时，他还是难以应付。

想到此处，崔象也见好就收，夏祥刚来真定，也不必逼他过急，就举起了酒杯：“今日宴会，不谈公事，不谈公事，来，喝酒，喝酒。”

“喝酒也没有问题，方才本官一时激愤，说出了和夏县尊割袍断义的话，本官向夏县尊赔个不是，罚酒三杯。”郑好却还是不肯放过夏祥，夏祥避实就虚的回答让他很不满意，他一连喝干了三杯酒，“夏县尊，可是满意？”

夏祥也不明白为何郑好今日非要对他穷追猛打，他并不喜欢惹事，却也并不怕事，就把心一横，也倒满了三杯酒：“好，既然郑通判连饮三杯，本官也陪上三杯以示敬意。”

“夏县尊，小民替上一杯如何？”徐望山看不过去郑好对夏祥的步步紧逼，埋头半天的他，终于找到了用武之地。

“不行。”郑好摆手说道，“夏县尊陪本官三杯，是夏县尊和本官喝酒，与你何干？”

徐望山被呛得翻了翻白眼，他好歹在真定多年，也算是一方富贾，就连崔象对他也要礼遇几分，郑好却对他如此不恭，着实让他难以接受。

但难以接受也没有办法，郑好是官，他是民，民不与官斗，他只好忍气吞声，朝夏祥使了一个抱歉的眼神。

夏祥回应了他一个心领的笑容，二话不说将三杯酒依次喝干，一抹嘴巴，大喊一声：“崔府尊，下官就斗胆了——拿酒来。”

崔象哈哈一笑：“好说，好说，来人，拿酒。”

郑好也是不甘示弱：“来人，换大碗。”

片刻之后，几坛酒和几个碗拿了上来。郑好拍开一坛酒，一口气倒了三大碗，挑衅地看向了夏祥：“夏县尊，今日你我不醉不休，如何？”

“好，不胜人生一场醉，只是今日是在崔府尊宅中，不是喝醉之地。”夏祥要先征求崔象这个主人的意见，虽然他也能猜到崔象巴不得他和郑好力拼而醉。

“此处不是喝醉之地，来，随本官来。”崔象神秘地一笑，提起衣襟转身就走，几人跟在身后，穿门户过走廊，来到了后院。

后院之中，是一处有假山有池塘有景致有花木的园子，园子正中，是一处亭子，亭子之中，已经摆好了酒菜。崔象用手一指亭子，哈哈一笑："此处景致最好，又是秋高气爽之时，对景当歌，对花当酒，也是人生一大幸事。"

几人来到亭中，分别落座。果然是一处好所在，放眼望去，池塘之中，芦苇遍地，风过影动，沙沙作响。远处假山高低错落，又有树影映照，着实是绝美之景。

秋风吹来，遍体生爽，十分舒适，崔象却微露畏冷之色。许和光见状，忙让人取了披风披上。

"崔府尊贵体欠安？"夏祥见崔象脸色蜡黄之中，脸颊却又有红晕之色，不由得微微担心，"此处风大，斗酒之事不如就此作罢。"

"不碍事。"崔象摆了摆手，"难得本官今日高兴，来，本官也陪你二人喝上一碗。"

"崔府尊……"许和光关切地提醒道，"身体重要，酒不可多饮。"

"一碗，就一碗。"崔象哈哈一笑，举起一碗酒，"来，共干此杯。"

众人举杯，一饮而尽。

"别人斗茶，你我斗酒，夏县尊，怎么个斗法，你来划个门道。"郑好不忘和夏祥比酒之事，"是文斗还是武斗？"

大夏斗茶之风盛行，斗酒不多，倒不是大夏人不好酒，而是大夏对酒管理甚是严格。大夏允许酿酒的酒楼一共一百余家，称为"正店"，其余酒楼如需卖酒，必须从允许酿酒的正店中购买。再者酒贵，普通百姓消费不起。还有一点，大夏以文治国，重文轻武，斗茶是文雅之事，斗酒则容易喝醉，引发事端，所以斗酒之事极其少见。

没有公开斗酒，私下拼酒也不算什么，但对徐望山和马清源来说，二人虽见多识广，却也还是头一次见到县尊和通判斗酒，顿时睁大了眼睛。

"文斗怎样？武斗又怎样？"夏祥深知郑好来自荥阳，真定南去千余里，无论风土人情还是习俗，都与真定大有不同。

"文斗就是你一碗我一碗，慢饮慢斗。"郑好自信地笑了笑，"武斗嘛……自然就是你一坛我一坛地快饮快斗了。"

"不如文武斗，如何？"夏祥哈哈一笑，豪气陡生，一掌拍开坛子密封的纸，又倒了一碗蒲桃酒，连酒带碗扔到了酒坛之中，"文武双全，取两全其美之意。"

许和光倒吸一口凉气，蒲桃酒虽是葡萄和糖酿造，不放酒曲，酿的是原汁葡萄酒，甜度很高，度数很低，但也是酒。坛中之酒是用大米酿造，颜色发白，酿成后用炭火烧烤，烧出浓浓的煳香味，可以长久保存，所以又叫作"烧酒"。

蒲桃酒色泽发红，和发白烧酒混杂在一起，成了红白酒，从未有人如此将两种酒混在一起喝下。

夏祥当仁不让，将酒混在一起之后，拿起酒坛，一仰脖子，咕咚咕咚一口气喝了个精光，然后将坛子重重一放，哈哈大笑："痛快！"

"夏、夏县尊，什么味道？"徐望山看得眼睛都直了，结结巴巴地问道，"好、好喝不？"

"你自己来尝。"夏祥又如法炮制了一坛红白酒，递给徐望山，"风味奇特，妙不可言。"

徐望山不敢一喝一坛，倒出两碗，他和马清源一人一碗。尝过之后，连连叫好："果然不错，夏县尊今日之事，当为后人铭记。"

徐望山猜对了，若干年后，有人著有《红白酒》一书："酒有和劲，知县夏祥以白酒之和者、红酒之劲者，手自剂量，合二为一，杀以白灰，风味颇奇。"从此夏祥所创的红白酒流传于世。

"郑通判，不敢喝了吗？"马清源眼巴巴地看着郑好，见郑好呆愣当场，不由得打趣说道，"若是不敢，小民可代之。"

"谁说本官不敢？"郑好一把拉过一坛酒，拍开封纸，有样学样地将一碗蒲桃酒倒进了酒坛之中，摇动几下，然后举起一坛酒，仰起脖子，咕咚喝了起来。

夏祥喝酒的时候，虽是高举坛子，却还算文雅，酒没有流到外面。郑好就不同了，流得脖子和身上到处都是，一坛酒喝完，洒在外面的少说也有半坛之多。

"怎样？"郑好喝完，将坛子重重一放，一脸豪气，"本官难道还怕你不成？"

"不行，不行！"许和光才不会轻易放过郑好，起身上前拿出毛巾在郑好身上擦拭了几下，然后用力一拧毛巾，酒就从中流了出来，"郑通判，喝酒要喝到肚子里才算数，喝在身上可不行。夏县尊身上可是滴酒未沾。"

"许县丞想要怎样？"郑好对许和光没有好脸色，怒目而视。

/ 第二十二章 /

酒令

“不是下官想要怎样，是既然斗酒，就要斗一个公正公平，况且郑通判又不是要赖之人。”许和光故意激将郑好，“当然了，若是郑通判不胜酒力，下官代劳也没有问题。来呀，上酒。”

“本官和夏县尊斗酒，关你何事？”郑好有了几分醉意，用力一推许和光，大喝一声，“酒来！不就是洒了半坛酒吗？本官再补一坛，看谁还敢说本官要赖。”

夏祥有心劝郑好不要意气用事，却见崔象一脸作壁上观的笑意，李恒事不关己地埋头喝茶，徐望山和马清源却是巴不得郑好出丑的样子，他暗叹一声，郑好也太年轻气盛了，竟然成为众矢之的了。

“本官陪郑通判一坛。”夏祥知道今天想要从容收场怕是很难，索性奉陪到底，今日之事，也让他看清了一些什么。

“小民也斗胆陪夏县尊一坛。”徐望山打定了主意，要跟夏祥走近，他是看出来了，夏祥处事圆润，在崔象面前滴水不漏，面对郑好的咄咄逼人也能从容应对，是个八面玲珑却又识大体懂进退的好官，比起上任知县郝海记强了不知多少，值得信赖也值得追随。

“是本官和夏县尊斗酒，你何必多事？”郑好冷眼斜视徐望山，“要作陪也成，本官和夏县尊一坛，你两坛。”

崔象也有几分生气了，郑好如此不通人性，如此任性，以后如何共事？今日之事，他非参郑好一本不可，就以郑好酗酒惹事、戏弄朝廷命官为由，弹劾他一个无礼无仪之罪。身为朝廷命官，行为不端，放浪形骸，上不尊知府下不敬知县，不配为一府通判。

若能一本上奏让郑好罢官或者是调离真定，就再好不过了，想通此节，崔象暗中朝许和光使了个眼色。

许和光和崔象心意相通，立刻明白了崔象是何想法，当即笑道：“郑通判这就不对了，你一坛徐员外两坛，这分明是欺负徐员外。徐员外在真定也是德高望重的富贾，就连崔府尊对他也是敬重三分……”

夏祥微一皱眉，许和光的话明显有煽风点火之嫌，是在为郑好挖坑，用心险恶，郑好千万不要跳进去才好。

让夏祥失望的是，郑好一听之下顿时冷笑了：“本官并没有欺负徐员外，是徐员外自己非要加入本官和夏县尊的斗酒，是他自找的。”

“好，好，是小民自找的，小民认罚。”徐望山一脸笑嘻嘻的样子，看不出来是被许和光激起了怒火还是根本就不在意，他朝崔象一拱手，“崔府尊，小民可否借府上几坛好酒一用？他日定当十倍奉还。”

“几坛酒而已，拿去便好。”崔象大度地摆了摆手，哈哈一笑，“斗酒只是图个乐子，不可当真，更不可喝得烂醉。来人，取十坛长春法酒！”

“可是用三十多味名贵中药，采用冷浸法配制而成的长春法酒？”马清源惊呼一声，目露惊讶羡慕之色，“此酒可是贡酒，乃是得道高人贾秋壑所创，进献皇上之后，皇上十分喜爱，亲笔题为‘长春法酒’。听说此酒具有‘除湿实脾，行滞气，滋血脉，壮筋骨，宽中快膈，进饮食’之功效。”

“正是此酒。”崔象捻须而笑，一脸自得，“本官有幸和叶真人相识，叶真人将药方相赠，本官令人酿造了十几坛，正好还剩余十坛，难得今日高兴，好酒就要与诸位共享。”

“这样啊……”马清源嘿嘿一笑，嘴巴动了动，“承蒙崔府尊厚爱，如此大方要与我等分享好酒，小民也斗胆加入斗酒，不知郑通判意下如何？”

“本官只管和夏县尊斗酒，你等愿意作陪是你等的事情，和本官无关。”郑好眼中闪过一丝鄙夷之色，对几人未曾喝过长春法酒很是轻视，此时正好长春法酒上来，他拍开封纸，抱起坛子，一口气又喝了一坛。

大夏时，酒的度数很低，“山路近行犹百里，酒杯举一必三升”，能喝三升酒的人，就是海量了。一坛酒看似不少，其实也就一升左右。

“长春法酒有药效，崔府尊不妨小饮几杯，对身体大有好处。”夏祥反客为主，吩咐旁边的管家，“来，拿温碗注子。崔府尊身体欠安，不宜喝冷酒。”

管家应声而去，片刻之后取来一个产自景德镇湖田窑的青白釉带温碗注子。中间为注子，也就是酒壶。注子外面是一个温碗，碗中放满热水，可以温热注子中的酒。

许和光眼光闪动，心中猜疑：夏祥怎会知崔府尊身体欠安，莫非他懂医术？

崔府尊点头一笑：“夏县尊有心了……”又微一沉吟，“斗酒如果没有酒令，岂不无趣？郑通判，本官提议一边行酒令一边斗酒，如何？”

“下官没问题。”郑好有了三分醉意，挑衅的目光看向了夏祥，“不知夏县尊敢不敢和本官比试一番？”

“方才本官所提的文武斗酒可不是只说红酒和白酒的搭配，还包括行酒令。”夏祥喜笑颜开，鼓掌说道，“若有艺伎助兴，岂不更好？”

崔象吩咐管家：“唤来艺伎。”

不多时，数名艺伎粉墨登场，姹紫嫣红，各有特色。几人中有人击鼓，有人传花，有人唱歌。

传花者手拿鲜花在几人背后转动。

“我有一枝花，斟上些儿酒。唯有花心似我心，几岁长相守。满满泛金杯，重把花来嗅。不愿花枝在我旁，付予他人手。”

鼓声一停，传花艺伎就将手中鲜花交到身前之人手中，此人就得喝酒。几番下来，多由马清源喝酒。马清源来者不拒，一连喝了几大碗。

艺伎传花只是助兴，几次之后，就退到一旁，只管击鼓唱歌，不再传花。郑好早就按捺不住，再加上有些酒劲，挽起了袖子，一拍桌子说道：“夏县尊，说好是你我二人斗酒，怎的都加入了进来？”

“好，现在起，只我二人斗酒。”夏祥眼珠一转，计上心头，“本官出一个酒令，每人作诗两句，且每句诗都要触及大夏律法，并且罪在徒刑之上。”

此话一出，满座皆惊。众人见多了各种酒令，以罪入令还是第一次听闻。郑好一愣，随即莫名兴奋地大笑：“妙，大妙。夏县尊果然非同寻常，本官先来，听好了——持刀哄寡妇，下海劫人船。”

崔象微微一笑，以罪入令他也是初次见闻，不由得大感好奇。

夏祥想了一想：“月黑杀人夜，风高放火天。”

“好。”徐望山和马清源二人同时鼓掌叫好。二人再不懂大夏律法，也知道杀人放火必定是大罪。

郑好微一思索，说道：“茶中下附子，酒里投麻黄。”

崔象和许和光脸色微微一变，郑好话里有话，暗指付科杀人一案。

夏祥却似乎有了几分醉意，没有听出郑好的言外之意，他歪头一想：“当街杀命官，背后害百姓。”

郑好举起一坛酒：“你我二人不分上下，共饮一坛如何？”

“好。”夏祥也举起一坛酒，二人碰了一下，同时抱起坛子一饮而尽。

这坛酒一下肚，郑好酒意上涌，有些支撑不住了，他起身离座，摇晃着来到一名艺伎面前，伸手一摸艺伎的下巴：“花下问艺伎，夜深下瑶池。”

“哈哈，这两句诗没有触犯律法，当罚，当罚。”许和光好不容易抓住了机会，见郑好有了六七分醉意，忙不迭起身拿过一坛酒递了过去，“郑通判，可不许赖账不喝。”

“本官从不会耍赖。”郑好接过坛子，正要仰头喝个精光时，夏祥起身抢过坛子。

“本官分上一半。”夏祥不由分说地就将坛中酒倒出一半到另外的坛子里，然后和郑好碰了碰坛子，不等郑好说话，一口喝干，“哈哈，痛快，尽兴。”

郑好虽微有不满，却也无法，只好将剩下的一半酒也喝光，大笑说道：“花下问艺伎，夜深下瑶池，夏县尊，这两句诗有没有触犯律法？”

夏祥不假思索地说道：“花下问艺伎，自是不触犯律法，但要看向艺伎所问的是何事。”

郑好笑道：“本官想以三千贯钱为报酬，请艺伎和一个人日夜缠绵，让他床头金尽，无颜回家，最终悔恨自杀……算不算触犯律法？”

夏祥想了一想：“不算。”

郑好又笑：“夜深下瑶池，下的是李商隐的瑶池，算不算触犯律法？”

崔象脸色一变，立时咳嗽一声：“郑通判，不得胡闹。”

李恒也听出了端倪，也是脸色大变，一脸惊愕。

许和光、徐望山和马清源面面相觑，三人不知郑好所说的李商隐的瑶池到底是何意。

夏祥心中一跳，郑好此话莫非是暗示他对皇上的病情知道一些什么？李商隐有一首诗名叫“瑶池”：“瑶池阿母绮窗开，黄竹歌声动地哀。八骏日行三万里，穆王何事不重来？”

诗借周穆王西游遇仙人西王母的神话，讥刺皇帝求仙和妄想长生不死的虚妄。晚唐时，好几个皇帝迷信神仙之道，服食丹药，妄求长生，以至于服金丹中毒而死。当今皇上也是推崇神仙之术，最是信任道士叶木平，待之以国师之礼。

叶木平不但会炼制金丹，还会炮制药酒，精通岐黄之术。不过皇上对他最大的崇信是炼制金丹，岐黄之术还是信赖金甲多一些。

传闻皇上身体一向康健，自从服用了叶木平的金丹之后，身体大不如从前。病倒之后，多有御医恳请皇上亲贤臣远小人，显然是要皇上疏远叶木平。叶木平却数次上书为自己辩解，还开出了为皇上治病的药方。偏偏金甲为人最是真诚，见叶木平的药方正合皇上之病，就又在皇上面前为叶木平美言。叶木平因此留了下来。

其实夏祥也清楚得很，金甲看似行事简单，随心所欲，其实也很有眼力。金甲看了出来皇上并无驱逐叶木平之意，就顺势为叶木平美言，也好让皇上有台阶可下。

郑好此诗显然是借古讽今，暗指当今皇上和当年的周穆王一样，想长生不老，最终只能是痴心妄想。

虽说大夏风气清明，皇上对民间议论皇家之声向来包容，甚至有秀才题反诗也被皇上一笑置之，但郑好却是朝廷命官，借诗暗讽皇上的求仙长生，就不是为人臣子的本分了。况且郑好还有另一重身份——郑氏子弟。

夏祥虽不清楚当今皇上对四大世家的态度，但猜也能猜到，不管是谁当皇上都不希望治下有可以和朝廷抗衡的世家存在。现今四大世家已经远不如唐朝之时辉煌，但余威还在。也和四大世家有意低调行事有关，现今明显有四大世家想要重新抬头之势，不说身份不明但多半是来自四大世家之一的连若涵在商业上的逐步布局，再有郑氏子弟郑好考中进士在真定为官之举，若是再算上李恒是李氏旁支之人的身份，以及卢之月现身真定想要谋个一官半职的举动，再加上崔府尊是清河崔氏之人，小小的真定之地，已然聚齐了崔、卢、李、郑四大世家。

若是让皇上误会郑好是以郑氏子弟的身份代表郑家对他的所作所为嘲讽的话，事情就微妙了。好在世家子弟在外，若非一家之主，个人的言论和家族无关。

夏祥心思电闪，瞬间将事情的里里外外想了一遍，笑道："李商隐是唐朝人，就算下瑶池触犯律法，也是唐朝的律法，与大夏何干？郑通判，你还是输了，喝酒，喝酒。"

崔象听出了夏祥为郑好开脱之意，本想就此事抓住不放，又一想，崔家和郑家虽关系一般，却也是世交，不便撕破脸面，况且崔家和卢家一向互相联姻，而近来卢家有和郑家走近之势，不如暂时放下，等以后再寻找机会不迟，就咳嗽一声，站了起来："难得今日如此尽兴，来，各位同举杯中酒，他日再以酒会友。"

众人纷纷起身，干了杯中酒。此时十余坛长春法酒已所剩无几，除了崔象之外，都有了六七分醉意，郑好已有八九分醉意，连路都走不稳了。徐望山和马清源想去扶他，却被他推开。

他折了一根树枝，拿在右手，左手一提衣摆，右手一扬树枝，嘴中发出一声马的嘶鸣，哈哈一笑："昔日龌龊不足夸，今朝放荡思无涯。春风得意马蹄疾，一日看尽长安花。"

唐朝孟郊的《登科后》一诗夏祥自然知道，此时由醉酒后的郑好吟出，倒是别有一番风味。他向前一步，见郑好脚步踉跄险些摔倒，忙扶住郑好说道："郑通判，小心脚下。"

"不要你管，本官没事。"郑好一把推开夏祥，大步穿过拱门，扬长而去，转眼间不见了背影，大笑声中，传来他抑扬顿挫的吟诗声，"仰天大笑出门去，我辈岂是蓬蒿人。"

“崔府尊请留步。”夏祥站在二堂的宅门，不肯再让崔象多送一步，他拱手说道，“府尊多保重身体，下官研制了一款药椅，可以缓解病痛，他日送府尊一副。”

“那本官就笑纳了。”崔象也不推辞，拱手一笑。

出了真定府，眼前便是奔流不息的滹沱河水。许和光留在了府衙之内，李恒送到了门外，夏祥挥手告别李恒，就和萧五、徐望山、马清源一起沿着河边散步。

“夏县尊，柳长亭和谢华盖来历不明，若用他们为官府做事，怕是会有问题。”徐望山借着酒意，大胆说出了心中想法，“若是以小民之见，小民更愿连若涵连小娘子接手粮仓和种粮生意。”

“这么说，你二人真的就此放手粮食和种粮生意了？”夏祥饶有兴趣地盯着徐望山和马清源几眼，他对二人颇有好感，二人直爽之中有着北方和中原相交地带百姓特有的淳朴和豪放，很好打交道。

“实在是出力不讨好，不赚钱倒没什么，被乡亲指着脊梁骂就不好了。我和望山都是土生土长的真定人，人要脸树要皮，不能再这么下去了。”马清源经今日喝酒一事，对夏祥更是认可，觉得新任知县夏县尊虽年纪不大，为人却是持重，且行事极有分寸，他就看到了希望，“夏县尊，我就不明白了，明明不是好事，为什么新法就不能废除？”

/ 第二十三章 /

心与江山不老

是呀，明明是为害百姓之事，却偏偏被说成富民强国之法，皇上人在皇宫之中，怎能亲眼见到民间疾苦？夏祥虽清楚其中的问题所在，却不能明说，只好呵呵一笑：“马员外，你二人让出粮食和种粮生意，也就行了，不必再操心过多。”

“夏县尊……”马清源借着酒劲还想再多说几句，却被徐望山拉住。徐望山酒量好上许多，还保持了相当的清醒。

“马员外喝醉了，夏县尊请勿见怪。”徐望山清楚一点，他和夏祥的关系再是密切，也是民和官的关系，民不与官斗，官是天，民是地，他懂得见好就收的道理，“若是定下何人接手粮食和种粮生意，我和马员外把手中的粮仓和种粮估一个价格，直接转手就行，也省得再另行搭建了。”

“不可，本官的意思是，你二人的粮仓和种粮生意要继续做下去……”夏祥站定，负手而立，凝视脚下滚滚向前的滹沱河水。

“夏县尊的话，小民听不明白……”徐望山愣住了，不想夏祥竟是另有谋算。

“之前你二人的粮仓和种粮生意，是为官府放贷，是替官府做事，听命于官府。”夏祥回身微微一笑，“现今不再替官府做事，可以自己做主，岂不是更好？若是真为百姓着想，自有迂回之法。”

“小民、小民还是没听明白……”徐望山一时大脑一片空白，没有跟上夏祥的思路。

“哈哈，小民明白了，小民明白了。”马清源朝夏祥深鞠一躬，“小民代真定的上千名商人和十余万百姓，谢过夏县尊。”

“谢夏县尊什么？”徐望山还是没想明白。

夏祥也不多说，哈哈一笑，挥了挥手，和萧五转身离去，只留给徐望山和马清源一个意味深长的背影。

“马员外，你和夏县尊到底在打什么哑谜？”徐望山心里发痒，拉住马清源的胳膊，“快说个明白，要不我推你下河。”

二人从小一起长大，小时候就经常玩推人下河的游戏。

马清源哈哈一笑：“徐员外你怎么是榆木脑袋？夏县尊见我二人愿意为百姓做事，关心百姓疾苦，特意为我二人指了一条明路，你怎么还问个没完？有些话，夏县尊不方便说出口。”

“什么话不方便说出口？他是堂堂的一县之尊，在真定县，还有他不敢做主的事情？”徐望山话说一半，忽然想起了什么，猛然一拍脑袋，“哎呀，瞧我这个笨瓜脑袋，夏县尊的意思是让我二人以私人身份经营粮仓和种粮，待来年百姓被迫借贷时，我二人的粮仓和种粮平价借贷，就可以抑制官府指定借贷点的高价了。妙，夏县尊这是要变相废除新法，真定终于要见到青天了。”

“嘘，小声点。”马清源一拉徐望山，“此事若是传扬出去，必定会对夏县尊不利。所以你我二人要记住一点，夏县尊什么都没说，是你我二人自作主张做出的事情。”

“好，好，能为父老乡亲做事，我徐某义不容辞。”徐望山喜不自禁，“只要不连累夏县尊，我怕什么？大不了赔上一些钱，能让百姓吃饱饭穿暖衣，也算是我二人不忘百姓的哺育之恩。我二人的钱财，十辈子也花不完，留着何用？取之于百姓，用之于百姓，才是经商之道。”

若是夏祥听到徐望山的一番话，肯定会感慨万千，一个商人有如此见解，也算是难得了。

夏祥酒量还算不错，不过今日喝得急了一些，秋风一吹，有些上头，本想回县衙休息，路过得闲居时，酒意上涌，他便敲开了得闲居大门，回到自己房间，倒头便睡。

连若涵还是第一次见到夏祥微醉的样子，她让柳儿和萧五服侍夏祥睡下，又让柳儿熬了醒酒二陈汤，喂夏祥喝下，方才放心。

又少不得责怪萧五几句，不该让夏祥喝这么多酒，萧五挠头认错，其实错不在他，夏祥喝酒时，他并不在场，即使在场，也劝不了夏祥。

等柳儿和萧五都走后，连若涵一人又在夏祥房间中停留了片刻，才掩门而出。夏祥醉后的样子憨态可掬，时而说几句醉话，时而翻身念一句诗，让连若涵又好气又好笑。

回到自己房间，刚刚坐定，令儿进来，说是京城来信，卢之月来访。

连若涵先是打开来信，信是肖葭所写。信中肖葭将漆行的情况简略一说，又说她有意扩大经营范围，好景常在现今有车行、船队、客栈、酒楼和茶肆，有些行业还没有涉及，比如药材和皮革，以及矿产。京城西部就有矿山，京城西北一到草原，就可以和草原牧民做皮革生意。京城东北的白山黑水之地，盛产各种名贵药材，人参、防风、五味子以及海金沙、北龙胆草，等等。如若好景常在再涉足以上生意，必定会更上一层楼。

连若涵心中暗暗佩服肖葭的长远眼光，在她身边的人之中，还没有一人有如此远见。能得肖葭之助，也是她之大幸。

只是现在时机未到，肖葭所提的药材和皮革以及矿产生意，她不是没有想过，只是此时若是贸然进入，必然会引起三王爷的警觉，所以还是暂时不进入为好。

连若涵打开信纸，回信给肖葭，简单一说，让肖葭先安心做好手中的生意，等时机成熟时，以上生意好景常在也会介入。信刚写好，卢之月就进来了。

“连娘子，我想来想去，觉得去考文武双状元着实希望渺茫了一些，若是在真定谋求一个主簿，又太委屈了，不如跟随你鞍前马后，学做生意，三年之后再进京赶考，也算两不耽误，不知你意下如何？”卢之月一进门就说个不停，自顾自地坐下，抓起一杯茶就喝，“如此一来，想必你我两家也不会再有人胡乱说些什么。”

“随他们说些什么，我并不在意。”连若涵淡淡一笑，将信交与令儿，令儿转身出去发信。

“话虽如此，多少还是要顾及长辈们的想法。”卢之月拿起桌上的茶筒打量几眼，不由得奇道，“什么时候换了茶筒，如此精美？是谁设计的？”

连若涵却不接卢之月的话，而是拿出一块美玉，笑盈盈地问道：“此玉如何？”

卢之月接玉在手，只看了一眼就屏住了呼吸，睁大双眼：“此、此玉何名？”

“若尔。”连若涵莞尔一笑，对卢之月的惊讶十分满意，卢之月是玩玉高手，见多识广，能让卢之月也为之赞叹的美玉，必是无价之宝。

“若尔？好玉，好名字。”卢之月把玩几下，又仔细打量若尔巧夺天工的做工以及雕工，赞不绝口，“玉质自不用说，近乎完美无瑕，不过话又说回来，真正的无瑕之玉也不一定就是最好的，所谓花未全开月未圆，有遗憾之美才是大美。大成若缺，其用不弊。大盈若冲，其用不穷。雕工更是上乘，我识玉无数，还从未见过如此大巧若拙的雕工。”

连若涵微有不快，从卢之月手中抢过若尔：“除了玉质和雕工之外，你眼中就没有其他了？”

“其他？其他什么？我还没有看够，再让我看看。”卢之月被连若涵突如其来的不快弄迷糊了，想要再观赏一番，“很久没有见到值得我一再欣赏的美玉了，若涵妹妹，求你了。”

“谁是你妹妹？少来。”连若涵收起若尔，不肯再让卢之月多看一眼，“怪不得你一直停留在赏玉的境界没有进步，原来还是目光短浅。”

“我……”卢之月一脸莫名其妙，“我哪里目光短浅了？若涵妹妹，你可否说个清楚？”

连若涵哼了一声：“不说。”

卢之月一脸愕然的表情呆愣当场，过了片刻，脸上的惊愕慢慢散开，变成了意味深长的笑容：“此玉一定是哪个郎君送你的定情信物，是也不是？上面虽有好景常在的标识，不过构思精巧，环环相扣，可见此人必是心思灵巧之人。若涵妹妹，莫非此玉是由一人设计，另一人雕刻而成？”

连若涵微露欣然之意，点了点头。

卢之月一脸恍然大悟状：“怪不得我大夸玉质和雕工，你心中不悦，原来是想让我盛赞设计者的巧妙心思？那么此玉名叫若尔，是不是也是设计之人所取的名字？”

连若涵心中忽然泛起一阵异样的感觉，意识到她对夏祥倾注了过多的心思，不由得心中一紧，忙敛形正容，一本正经地说道：“卢郎君真是要和我做生意不成？”

卢之月一下被连若涵跳跃的思路甩开了，愣一愣才跟上，不由得哑然失笑：“怪不得都说女人心海底针，还真是如此，幸好我没能入得了若涵妹妹之眼，否则娶了若涵妹妹，也是苦差事。”

“你说什么？”连若涵怒了，“娶我是你的福气，你敢说娶我是苦差事，不想活了是吧？”

若是让夏祥见到连若涵如此强势的一面，他定会张大嘴巴，目瞪口呆。

卢之月吓得不轻，举双手求饶：“若涵妹妹饶命，小的再也不敢了。我已经多次禀告父母，取消你我的婚约，父母怕影响两家的通家之好，一直不肯，我也没有办法。”

连若涵微一咬牙：“哼，不管父母如何不同意，我决不会嫁你为妻。当年只不过是指腹为婚的一句戏言，他们的戏言为何要让我用一生的幸福兑现？为了抗婚，我连姓氏都改了，他们还要我怎样？”

“若涵妹妹莫要生气，我不也是没有逼你和我成婚？我的意中人应该是……”卢之月摇头晃脑地吟诗，“有女同车，颜如舜华。将翱将翔，佩玉琼琚。彼美孟姜，洵美且都。有女同行，颜如舜英。将翱将翔，佩玉将将。彼美孟姜，德音不忘。”

“你的意思是，本娘子不如你的意中人了？”连若涵粉面带霜，却又展颜一笑，“我的意中人应该是——瞻彼淇奥，绿竹猗猗。有匪君子，如切如磋，如琢如磨。瑟兮僩兮，赫兮咺兮。有匪君子，终不可谖兮。”

“好，好，我想要的是秀外慧中的女子，你想要的是有文采而又温润如玉的男子，正好你我二人互不喜欢，也是天大的好事。”卢之月嘻嘻一笑，“既如此，若涵妹妹，你可是答应我留在你身边为你鞍前马后效劳？过上一年半载，我二人便可告诉各自父母，互相看不上对方，越看越是仇视，他们也就不再逼我们成亲了。”

若是别的理由，或许连若涵还不会答应，可以解除婚约的理由让她无法拒绝，她只想了一想就同意了：“可以，不过我要和你约法三章，如能遵守，就留下。不能，请自便。”

“想我卢之月无所不能，区区的约法三章岂能难住我？讲。”卢之月手中扇子摇晃几下，颇有得意之色。

“其一，你跟在我的身边，只是我的合作者之一，并没有特殊之处，更不能向外人透露我们之间有过婚约。”

“我们之间有过婚约？别开玩笑了，不过是令尊和家父在一次酒后随口一提的指腹为婚罢了。同时生男当兄弟，同时生女为姐妹，一男一女为夫妻，在我看来，就当是两家同时生了两个男子。”卢之月斜着眼睛打量了连若涵一眼，在他眼中，连若涵美则美矣，却过于强势，事事由她，若是娶了她，必定生不如死。

想到娶了连若涵之后天天被欺负得痛不欲生的生活，卢之月忍不住打了一个寒战，忙摇了摇头，驱散脑中胡思乱想的念头。

连若涵“扑哧”一笑：“瞎说什么？怎么会是两家同时生了两个男子？分明是同时生了两个女子。”她不顾卢之月抗议的白眼，继续笑道，“其二，既然是跟在我的身边，就要事事听从我的吩咐，我说向东，你绝不能向西向南向北。我想和谁结盟，你也不能站在卢家的立场上反对，而是要和我的立场完全一致。”

“这个嘛……”卢之月有点头大，若是真如连若涵所说，他会被父母骂得狗血喷头，甚至有可能为家族所不容，所以就一时犹豫，“我虽是卢家人，在外的一言一行，却只是自己的所作所为，和家族无关。若涵妹妹，你是想和夏县尊结盟吧？”

连若涵点了点头，大方地承认：“我就是欣赏夏县尊的足智多谋，并且相信他可以成就大事。”

卢之月打了个哈哈，从鼻孔中轻哼一声，一脸调笑：“怕是若涵妹妹不仅仅是想和夏县尊结盟，还想和夏县尊成亲，是不是？”

连若涵脸一红，一缕娇羞之色弥漫如花容颜，片刻之后，她又恢复了一脸坦然：“是又怎样？窈窕淑女，君子好逑。翩翩君子，就不能淑女求之了？”

“能，怎么会不能？”卢之月一副如释重负的样子，连若涵有了心上人自是再好不过了，只要她不喜欢自己，管她喜欢何人，“君子世无双，陌上人如玉。不能同世生，但求同归土……”

“其三，若是我能说服夏县尊上报吏部，推举你为真定县主簿人选，你还是要去上任。”连若涵笑盈盈地说完了约法三章，“若是答应以上三点，你便留下。若不答应，你请自便。”

“我……为何又要让我去担任主簿？”卢之月气得原地打转，“若涵妹妹，你也知道我并不喜欢迎来送往的官场礼节，一向懒散惯了，若不是家父逼我赶考，我连功名都不放在心上。”

“卢郎君，你可知道令尊和我为何非要推举你为真定主簿？”连若涵收起笑容，神色有几分凝重。

“无非是为了让我听话，让我活成你们想要的样子。”卢之月一脸无奈，做痛心疾首状，叹息一声，“可是又能怎样？我的人可以活成你们想要的样子，我的心却可以随意所往，正所谓——思量世事，几千般翻覆，是非多少。随分随缘天地里，心与江山不老。道在天先，神游物外，自有长生宝……”

连若涵摇了摇头，卢之月好美玉，喜求仙问道，和曹殊隽颇有几分相似之处。不过和曹殊隽醉心于手艺，精通于雕刻不同的是，卢之月谈玄说妙之余，一无是处，书没读好，手艺不会，空有一副皮囊。

“卢郎君，也难为你浑浑噩噩活了这么大，非但没有一丝安邦济世之心，连重振卢家家业之心也没有，真是枉为人子。”连若涵敲打卢之月向来不留情面，“没有安邦济世之心，是为不忠。不为重振卢家家业出力，是为不孝……”

“受教了，受教了，若涵妹妹骂我是不忠不孝之人，我也认了。”卢之月从小到大听惯了连若涵的教训，立马换了一副严肃的面孔，朝连若涵长揖一礼，“卢之月承受连娘子教诲，自当‘物格而后知至，知至而后意诚，意诚而后心正，心正而后身修，身修而后家齐，家齐而后国治，国治而后天下平……’”

/ 第二十四章 /

义不容辞

连若涵才不听卢之月背诵《大学》，说道：“并非令尊和我逼你如何，我们两家一向是通家之好，理应互相扶助。现今四大世家纷纷借势而起，想要重振世家之风，崔家自不用说，真定府有崔象，朝中枢密院有崔希。郑家朝中有郑昊林，真定府有郑好。李家，朝中有李付先，真定府有旁支李恒。卢家呢？朝中只有一个卢天洋，地方上还有谁？再无一人。”

卢之月也收起了嬉笑的表情，认真想了一想：“为何四大世家都来真定为官？真定有什么稀奇之处不成？”

“真定之地，北距上京六百余里，下离临安一千余里，进可北下，退可南下，又是清河崔家、荥阳郑家、范阳卢家和太原李家四家的交会之地，东去崔家、南下郑家、北上卢家和西往李家，路程几乎相同，是无比重要的中心之地，再者又是太宗的龙兴之地，四家之中，谁能坐拥真定，谁就会占据最有利的地点。况且真定既然是龙兴之地，必是风水宝地。”

连若涵深吸了一口气，继续说道：“卢家在四家之中，本来就实力最弱，落后其他三家许多，令尊和我想推举你为真定主簿，既是为了抢占先机，也是为了不让李家和郑家再下一城——李持和郑华睿也有意谋求真定县主簿一职。”

“李持和郑华睿一个远在太原，一个远在荥阳，为何不去上京或是临安，非要来真定谋求一个小小的主簿之职，怪事，咄咄怪事。”卢之月微一思忖便明白了几分什么，“如此说来，郑好前来真定府担任通判，也是有意为之？崔家除了崔象一人之外，为何不在真定再安插人手？”

“崔象是真定知府，真定府一地，他一言九鼎。若是再在真定县安插人手，岂非太过明显了？”连若涵见卢之月上路了，心中稍定，“何况真定县丞许和光是他的妻弟。”

“也是，崔家在真定还是抢先了一步，也难怪，真定离清河崔家最近。”卢之月背着手在房间中来回走了几步，忽然想通了什么，一掌拍在桌子上，“只要若涵妹妹说服了夏县尊推举我担任主簿，我自当义不容辞。”

“说服本官容易，吏部审核却难。”卢之月话刚说完，门外夏祥的声音忽然响起，随后门一响，夏祥施施然出现在了二人面前。

醉后初醒的夏祥还微有几分酒意，脚步虽稳，眼神却还有三分迷离，他径直坐下，见有一杯茶水未动，正口渴的他顾不上许多，端起茶水一饮而尽，然后心满意足地笑道：“相见争如不见，多情何似无情。笙歌散后酒初醒，深院月斜人静……咦，天黑了。”

此时正是黄昏，院外月斜人静，秋风声声。

“你……”连若涵粉面突飞红云，“夏县尊！”

“本官怎么了？”夏祥以为自己衣衫不整，起身整理几下衣服，又自得地笑了，“本官一切安好，只不过刚才无意中听到了若涵妹妹和卢郎君的对话，并非有意为之，见谅，见谅。”

“无妨，无妨。”卢之月忍住笑，眉眼之中跳跃戏谑之意，“夏县尊方才所喝之茶，可是别有味道？”

“只有茶的味道……不对，好像还有红花、干益母草、白芍、熟地黄，原来是药茶。”夏祥从小也常喝药茶，药食同源，向来药茶不分家，“方才几味药，以滋阴养血、补肾活血为主，若涵妹妹，你是身体哪里不适？”

“就是，就是，若涵妹妹哪里不适了？让夏县尊把把脉。”卢之月唯恐天下不乱，挤眉弄眼地笑个不停。

“本官还真的粗懂把脉之术，来，若涵妹妹，本官为你把脉诊治，如何？”夏祥伸出右手两根手指，就朝连若涵的纤纤玉腕落去。

连若涵惊吓之下，后退一步，冷脸说道：“夏县尊请自重！”她哪里是什么身体不适，不过是月事之中想要进补一二罢了，被夏祥道破，不由得微愠。

夏祥哈哈一笑，收起放荡之形：“若涵妹妹平常可以多坐药椅，艾草的阳气可补气。气足了，血也就足了。气血一足，则不必再喝滋阴养血的药茶。对了，药椅药床的进度如何？若有药椅的成品，可以先送崔府尊一台，他阳气不足，气血两亏。”

“不日即可见到成品。小女子记下了，第一台成品便会让人送到崔府尊府上。”连若涵稍微平息了几分心情，想起刚才她和卢之月的对话多有忌讳之语，放心不下，“柳儿呢？夏县尊醒来怎么也不送上茶水？”

夏祥自是知道连若涵担心之事，笑道：“柳儿想必是累了，俯在桌子上睡着了，本官没有叫醒她，就让她多睡一会儿也好。本官方才进门，其实咳嗽了一声，二位没有听到，是被卢郎君拍桌子的声音遮盖了。”

夏祥之话，等于是含蓄地告诉连若涵，他只听到了卢之月最后一句话，连若涵心中大定，不由得喜上眉梢："夏县尊真的愿意推举卢之月为真定县主簿？"

"若涵妹妹如此推崇卢郎君，卢郎君又是少年才俊，万一他日真中了文武双状元，让外人知道是出于真定县，本官也面上有光。"夏祥目光坚定，语气坚决，"明日本官就上书吏部推举卢之月为真定县主簿！"

"多谢夏县尊。"连若涵喜出望外，福了一礼。卢之月也连忙施礼，脸色喜忧参半。喜的是，总算可以给家族一个交代了；忧的是，说不定一着不慎，从此就会深陷真定龙潭虎穴之地的旋涡，再难逍遥自在神游物外了。

"时候不早了，夏县尊何时用晚饭？"连若涵见夏祥酒醒了大半，却依然还有醉意，就对令儿说道："令儿，吩咐厨房熬些米粥，再备一些饭菜……"

"不必了，本官与万民同乐，不吃晚饭了。"夏祥想到民间百姓一日只吃两餐，他今日所喝的长春法酒，一坛可抵百姓一户人家一年的收成，不由得心有愧意。

"既如此，今晚月色大好，天气也不冷，就请夏县尊亭中赏月喝茶，可好？"连若涵还有事情要和夏祥商议。

"也好。"夏祥回身看了一眼站在门口的萧五，吩咐一声，"萧五，去请幔陀娘子一起赏月。"

得闲居虽不是很大，格局上却甚是巧妙，三步一景五步一亭，且根据四时不同种植了不同的花草树木，在北方之地可以做到四季常绿，着实不易。

秋风有了几许凉意，银杏叶片片飘落，撒满一地的金黄。假山上的爬山虎由绿转红，格外鲜艳。

小径之上，五步一灯，又有令儿、柳儿一前一后打着灯笼，照得四下一片明亮。周围无比寂静，秋虫叫个不停，间或传来远处河水哗哗的声音，在中部平原的小城，让夏祥忽然有了一种久违的温暖。

亭子建在湖水正中，穿桥而上，四面水波不兴，更显静谧和幽远。一轮明月高挂在空中，皎洁如霜，有一种夜色凉如水的苍凉。

夏祥坐定，不由得思念起了家乡，想起了不知身在何处的母亲和夏来、夏去，但不管他们身在何处，此时却共有一轮明月。

夏祥举杯向月："江畔何人初见月，江月何年初照人？人生代代无穷已，江月年年只相似。第一杯茶，敬天涯共此时的明月！"

众人同时举杯望月。

夏祥的身世连若涵一清二楚，在从京城来真定的路上，他给她说了许多。和夏祥相比，她虽然从小父母双全，并且集万千宠爱于一身，却也有诸多不得已的苦恼。此时此刻，她发现夏祥眼中有晶莹的东西闪动，知道他在怀念母亲和不知流落到何方的夏来、夏去。

幔陀和萧五来了。

萧五站立一边，幔陀挽起衣袖，为众人泡茶。她目光沉静，脸色淡然，在月光之下，犹如玉人，让初次见到她绝美容颜的卢之月看呆了。

"若涵妹妹是否还有话要说？"夏祥开始称连若涵为妹妹时觉得好笑，不想说顺嘴了，反倒改不过来了。

连若涵对此并不以为意，她轻抬右臂，将烧开的水壶提起，将滚开的热水注入到了幔陀身前的茶壶中，微微一笑："要说的话还有很多，夏县尊请先喝茶。"

水一入壶，幔陀就盖上壶盖，手腕翻转间，水壶在她手中就如活了一般，上下左右翻来覆去，让人担心要么水壶飞出要么热水洒出。

随着幔陀的手法加快，让人眼花缭乱之间，疑似水壶已经脱水而出，吓得卢之月惊呼一声，以为水壶朝他飞来，他慌张站起，带翻了椅子。

不料定睛一看，水壶就如生根一般牢牢地留在幔陀手心之中，他长出一口气，笑道："好厉害的手法，幔陀娘子若有闲暇，可否教在下泡茶之法？"

"没有时间。"幔陀冷冷地回应卢之月一句话，看也不看他一眼，将泡好的第一杯茶端给夏祥，"夏县尊，请用龙团胜雪。"

"龙团胜雪？"卢之月惊呼一声，顾不上被幔陀冷面回应的尴尬，忙抢过一杯茶，闻了一闻，无比沉醉地说道，"果不其然，还真是龙团胜雪，幔陀娘子好生厉害，居然有龙团胜雪。"

"不是我的，是夏县尊的茶。"幔陀又将一杯茶送到连若涵面前，"若涵妹妹，你的茶。"

连若涵一愣："幔陀娘子叫我妹妹？好，以后我们就以姐妹相称。"

"你还是叫我幔陀娘子为好，我叫你若涵妹妹，是为了和夏县尊一致。"幔陀也不领连若涵的情，依然冷若冰霜。

连若涵不以为意，淡然一笑："夏县尊好福气，有幔陀娘子追随，可保高枕无忧。"

夏祥却是不笑，喝了一口茶，放下茶杯："若涵妹妹还有什么事情，不妨直说。"

连若涵还有不少事情要和夏祥商议，也抿了一口茶，缓缓地说道："小女子想请问夏县尊，付科一案，是否还要追查下去？"

"崔府尊、许县丞都劝本官此案到付科为止，郑通判却是竭力想让本官一查到底。李推官一副置身事外的态度，并不表态。"夏祥也猜到了连若涵必定会关心付科一案，笑问，“若涵妹妹又有何高见？”

“我可没有什么高见，只有浅见。”连若涵为夏祥续茶，盈盈一笑，“别人怎么说是别人的事情，夏县尊怎么想，才是最主要的。小女子认为，夏县尊肯定会继续追查下去。”

“哦，为什么？”夏祥一脸好奇。

“京城科场之上，夏县尊以一张黑榜揭开了大夏有史以来最为严重的科场舞弊案，并在殿试之上，再次向皇上奏明此事，可见夏县尊行事，迎难而上，不会半途而废。”连若涵一拢头发，露出了衣袖之中的一截手臂，其白胜雪，其润如玉，“如今功名在身，大权在握，正是报国为民之时，付科一案，又是一个无比重要的契机，夏县尊一心为民请命，必定会牵出幕后真凶，还真定一片朗朗乾坤。”

对连若涵的恭维，夏祥假装没有听到，微微一笑：“付科一案，不过是一桩杀人案，怎么又和真定的朗朗乾坤有关了？真定政通人和，风清气正，百姓安居乐业，本来就是朗朗乾坤。”

连若涵默然一笑，夹起炭火，又重新烧水：“真定城外有数千名百姓流离失所，无家可归，夏县尊莫非没有看到？夏县尊可知这些原本安居乐业的百姓，因何成为无业游民？”

个中原因，夏祥自然清楚，他点头说道：“他们和付科一案，又有何相干？”

“小女子也不太清楚，也许查下去就会知道了。”连若涵不是有意卖关子，而是她确实不知，不过她总是觉得付科一案并非一桩简单的杀人案，背后似乎隐藏着太多不为人知的秘密，“不管是为民请命，伸张正义，还是为了查清幕后真凶的真实目的，付科一案，都值得一查到底。”

“还有其他事情吗？”夏祥并不正面回应连若涵。

连若涵似乎早就料到夏祥不会直接回答，也不生气，淡然一笑：“有，小女子听说徐望山和马清源有意退出粮仓和种粮生意，不知夏县尊可有接手人选？”

“有了，柳长亭和谢华盖。崔府尊推举的人选，本官也觉得可行。”夏祥猜到了连若涵必定有此一问，笑道，“怎么，若涵妹妹也想接手？”

“既然夏县尊已经有了人选，我就不参与此事了。不过……”连若涵想起了什么，“徐望山和马清源是将粮仓和种粮直接转手给柳长亭和谢华盖，还是柳、谢二人另起炉灶？”

幔陀默然不语，只管泡茶。卢之月老老实实地坐在一边，欣赏幔陀翻飞的手势和曼妙的身姿。亭中数人，只有夏祥和连若涵你来我往，在言语中交锋。

若是以卢之月的性子，会三句话之内问个明白，不会一来一去明里暗里地过招。卢之月也了解连若涵的性格，连若涵机智多变，若是遇到强势之人，她也会以强势应对。若是遇到足智多谋之人，她便变成了见招拆招、明争暗斗的女诸葛。

只不过她和夏祥的较量，总有一种故意为之的感觉，仿佛是有意和夏祥你来我往，要的就是让夏祥对她高看一眼，对她多一些在意。卢之月之前对夏祥很是无礼，现在忽然觉得夏祥简直就是天大的好人，因为夏祥成功地吸引了连若涵的目光，他就可以不必遭受连若涵的虐待了。

“本来徐望山和马清源想直接转手给柳长亭和谢华盖，本官提议他们留下粮仓和种粮生意，让柳、谢二人另起炉灶为好。”夏祥想起了在府衙的一幕，笑了，“郑通判还向本官推举你来接手粮仓和种粮生意，倒是有意思得很。”

“郑通判……和我也认识，承蒙他看得起。也正好我有意接手粮仓和种粮生意，夏县尊意下如何？”

“不妥。”夏祥直接摇头拒绝了连若涵的想法，微微一笑，“若涵妹妹何必非要接手粮仓和种粮生意，接手的粮仓和种粮生意是要和官府合作的，不如你和徐望山、马清源合作，这样一来，你和徐、马二人的粮仓和种粮生意是商户行为，柳、谢二人的粮仓和种粮生意是官府行为，私是私，公是公，泾渭分明。”

连若涵没能跟上夏祥的想法，愣了片刻，想了一想，明白了什么，展颜一笑：“夏县尊是有意要废除新法？”

“新法是朝廷之法，本官区区一个七品知县，怎敢废除？若涵妹妹万万不可乱说。”夏祥一脸紧张，恭敬地朝京城方向拱了拱手，“本官身为朝廷命官，朝廷法度自当遵守。”

连若涵被夏祥一本正经的模样逗乐了，心想别看他平常足智多谋，有时也狡黠多变，还会装腔作势，不由得掩嘴一笑：“小女子一时说错了话，还望夏县尊见谅。小女子也是有口无心，并非妄言新法。”

“算了，本官不怪罪你就是了。”见连若涵装得挺像，夏祥也就做做样子配合一下，“如此就说定了，若涵妹妹和徐望山、马清源合营粮仓和种粮生意，是商户行为，和官府无关。”

/ 第二十五章 /

问鼎人臣

连若涵很是清楚夏祥特意强调和官府无关的深意，点头说道：“小女子还要拜托夏县尊从中牵线，和徐员外、马员外说上一声。”

“这个自不用说。”夏祥笑着点了点头，感慨万千地说道，“想不到本官初来真定，就诸事缠身，付科一案先不用说，徐望山和马清源第一次来拜会本官就提出让本官废除新法。本官初次到崔府尊府上拜会知府，崔府尊就向本官推举柳长亭和谢华盖接手粮仓和种粮生意，还暗示本官不要再深入追究付科一案。到今日，又有卢郎君想要担任真定县主簿，小小的真定县，当真是龙潭虎穴之地，眼见就要风起云涌了。”

之前夏祥听庆王和连若涵说到真定是龙潭虎穴之地，还不大相信，如今却是深信不疑。四大世家无一遗漏，全部会聚于此，真定的四大富商也心思各异，各有打算。他一个小小的平民知县，上在朝中无人，中没有知府撑腰，下没有根基，怎样才能在即将风起云涌的真定立足，还真是一个天大的难题。

连若涵却淡然一笑，不慌不忙地说道：“风起云涌卷旌旗，正是男儿立志时。大夏承平百年，四海无战事，天下太平，是好事也是坏事。夏县尊生逢盛世，正是建功立业、驰骋天下的大好时机，一个小小的真定，几个不大的难题，只是夏县尊问鼎人臣之路的插曲而已，不足挂齿。”

不想连若涵一介女子，竟有如此豪情，夏祥哈哈一笑：“问鼎人臣就是宰相了。哈哈，若涵妹妹当真以为本官可以当上宰相？还真是高看本官了。”

“夏县尊本来就是宰相之相。”连若涵仰望夜空，右手一指北方天空，说道，“近日紫微星忽明忽暗，主皇上病情时好时坏。紫微遇破军辰戌丑未四墓宫，为臣不忠，为子不孝，可见皇上有被人逼宫之忧。皇上若想病体痊愈、皇权稳固，需要有忠臣良将辅佐。”

“皇上吉人天相，春秋正盛，必能遇难成祥。”夏祥可不敢托大，自认自己可以成为皇上的忠臣良将。

连若涵嫣然一笑："皇上此时正有一难，想要遇难成祥，需得忠臣良将夏祥。"

夏祥心中一跳，连若涵虽是戏言，却也是难得的巧合，既然连若涵能够想到此节，朝中肯定还有别人也能想到。若是有人真拿他的名字大做文章，说是皇上得他可以遇难成祥，怕是会引来一些人的忌惮，甚至也会引发皇上的不安。

连若涵见夏祥的脸色微有不安，心里清楚夏祥所想，敛形正容说道："刚才的话，只是我的一句戏言，各位不要当真，更不要到处乱传。"

"不会，肯定不会，若涵妹妹敬请放心，卢某不是多嘴闲话之人。"卢之月看向了幔陀，温柔地笑道，"相信幔陀娘子也不是。"

幔陀漫不经心地看了卢之月一眼，漠然说道："幔陀只会做事，不会说话。"

卢之月讨了个没趣，讪讪一笑："幔陀娘子是夏县尊的妹妹还是？"

幔陀一愣，她还真没有认真想过她和夏祥的关系，说是夏祥的奴婢，并不是，说是夏祥的随从，也不算。她和夏祥非主非仆、非亲非友，除了有一个共同的对手三王爷之外，似乎并没有太多的关联了。

幔陀不知道该怎么回答卢之月，心中有一丝失落和不安。失落的是，自己身世如浮萍一般，无依无靠。不安的是，也不知道在夏县尊的心目中，自己到底是一个什么位置。

"幔陀娘子是本官的亲人。"夏祥认真而诚恳地说道，"她和萧五一样，都是本官最为信任的至亲。"

此话一出，幔陀神情一顿，眼中蓦然闪过柔情和感动。她一人孤苦伶仃，漂泊不定，举目无亲，就如一叶孤舟游荡在世间的大海之上，偶遇了夏祥，跟随在他身边，不过是看重他敢于反抗三王爷的勇气和智谋，希望可以助他一臂之力，借他之手得报杀父之仇。从未想过夏祥会当她是亲人，还是至亲的亲人。

心中的冰山顿时融化了一角，幔陀低下头，不让人看到她眼中的柔情。

连若涵也是心中一暖，夏祥待人至诚至情，是个有情有义的男子，若再是一个有济世胸怀、有担当、敢作敢为的好官，他真的有望成为大夏的栋梁。

萧五却想得最少，心思最是简单，嘿嘿一笑："先生当萧五是至亲的亲人，萧五也当先生是至亲的亲人，至死不渝。"

"哈哈，好一个至死不渝。"夏祥戏谑的眼神看向幔陀，"幔陀娘子是否也对本官至死不渝？"

不知何故，连若涵忽然心中一紧，莫名地紧张了几分，眼睛一眨不眨地盯着幔陀，心里在想，若是夏祥真有意幔陀，幔陀以身相许不过是顺理成章的事情。

幔陀抬头，眼神淡淡，神情平静如水："幔陀今日在此立誓，今生今世若有违背夏县尊之事，死无葬身之地。”

如此誓言，是以身相许还是生死相依？连若涵忽然无比羡慕幔陀，虽孤苦一人，却是自由之身，想怎样便怎样，想跟随自己喜欢的人，就一路跟随，无人反对也无人指手画脚，更不用顾及世俗的眼光和家族的利益，若她有幔陀的洒脱该多好。

不过话又说回来，她虽出身豪门世家，却生性叛逆，不但改了姓氏，还不听从父母之名家族之言，脱离了家族掌控自立门户，并且创建了庞大的好景常在，在四大世家子弟之中，也算是出类拔萃的异类了。

夏祥见气氛有几分凝重，不由得笑道：“好，既然幔陀娘子生死相许，本官必不离不弃。”

“天长地久有时尽，此恨绵绵无绝期……”卢之月被感动了，一抹眼睛，“此处当有琴声和美酒。”

“天色不早了，琴声和美酒虽好，美梦也不可辜负。”夏祥起身，将杯中茶一饮而尽，“今朝有茶今朝饮，明日无茶明日忧。各位，晚安。”

回到房中，夏祥又和幔陀、萧五说了一会儿话，得知搜寻董现尸体一事还是没有什么进展，想想此事可能并非幔陀所长，心中就又有了主意。

次日一早，夏祥早早到了县衙。并没有需要升堂的大事，就在二堂和许和光、马展国、丁可用处理了一些公事，批阅了一些公文之后，夏祥写亲笔书信一封，推举卢之月为真定县主簿，将信交由驿站，发往京城吏部。

午时，夏祥在县衙设宴，宴请许和光、马展国和丁可用几人，作为县衙最为主要的几名佐官，夏祥想在真定有所作为，还必须依仗几人。

门子吕东栋和吕不奇已经就位，开始履行职责，二人对夏祥忠心耿耿。吕环环身为夏祥的贴身丫鬟，除了照顾夏祥的日常起居之外，还负责夏祥内宅的一应事宜，相当于内宅管家的角色。吕家一家人对夏祥感激涕零，更对夏祥的信任无比感恩，吕东栋甚至暗示女儿，若是夏祥要收她为侧室，她一定要用心服侍。

吕环环含羞答应。只是她也明白，怕是夏县尊对她并无男女之意，也看不上她。

夏祥的宴请设在内宅，一是方便，二是有让几人感到亲近之意。内宅非亲近之人不得进入，夏祥此举，也是想让几人放下戒心，放开心思，和他畅谈一番。

尽管夏祥也知道，许和光绝对不会和他一心，但许和光身为县丞，是一县仅次于知县的佐官。唐时县丞地位低下，有职无权，形同虚设，还要受到吏胥的欺凌，只能低声下气。大夏立国之后，县丞职权远超前朝，非但掌控一县的文书、仓库，还兼代主簿职权，是以部分小县并不设主簿一职，由县丞代之。

真定是大县，主簿一职空缺了许久，尚未派人上任，并非吏部疏忽，而是真定县若无知县上报吏部，吏部便会以为真定县官员各尽其责，不必再多派人前来。夏祥也清楚，许和光并不想让吏部多派一名主簿下来，主簿空缺，主簿职权之内的事宜，一应由他代管，他便更加位高权重。

今日宴会，夏祥只让人备了少许黄酒，没有上白酒和红酒。夏祥坐在主位，举杯向几人敬酒："本官初来真定，若有不明之处、不便之时，还请各位同僚帮衬。请！"

几人忙谦虚客套几句，都一饮而尽。

夏祥放下酒杯，微微一笑："今日坐在一起，吃个便饭，既是本官的一番心意，也是想和各位商议几件事情。其一，真定县主簿一职空缺了许久，本官已经向吏部上书，推举范阳士子卢之月担任真定主簿一职。"

许和光眼皮猛然跳动几下，上午在二堂之上，他见夏祥亲笔修书一封，交由驿站发往京城，还以为是别的事情，不想竟是为了主簿人选，他心中微有愠怒："夏县尊，主簿人选是大事，应该与下官商议之后再上报吏部为妥。下官在真定多年，或许会有更合适的人选。"

马展国和丁可用对视一眼，二人不约而同地心想，夏县尊此举相当于要削许县丞之权了。知县身为一县之尊，推举主簿人选，和县丞商议，是对县丞的礼遇。不和县丞商议，也是官场规矩，并无不对。商议或不商议，只在情理之间，不在法度之内。

夏祥脸色不变，淡淡一笑："事急从权，本官推举的人选，也是经过了一番对比和挑选。也是接下来真定会有诸多大事要办，主簿不到，人手不够，怕耽误事情。不过若是许县丞还有更合适的人选，也可以报来，本官再推举便是。"

马展国若无其事地放下筷子，手放在酒杯之上，轻轻转动，心中在想，夏县尊看似没有主见，其实绵里藏针，事事都有章法，绝不会受到他人影响，正合儒家的和而不同之道。刚才许和光之话，其实已有了以下犯上之意，夏县尊却依然不动声色，着实虚怀若谷，以他的年纪能有这份心性，当真了得。

马展国以为许和光只是说说而已，既然夏县尊已经推举了人选，他再是不满也只能认了，毕竟夏县尊才是一县之尊，不料许和光竟是哂然一笑："下官推举李持为真定县主簿。"

太原李家的李持？夏祥想起连若涵也提过太原李氏的李持和荥阳郑氏的郑华睿也有意谋求真定县主簿一职，许和光竟是推举李持，莫非他和李氏有什么来往不成？

夏祥点了点头，不置可否，问马展国道："马县尉可有人选推举？"

马展国微一沉吟，本来他并不想介入此事，但夏县尊让他提名，他何不送一个顺水人情，就说："下官推举郑华睿。"

许和光意味深长地看了马展国一眼，干笑一声："马县尉似乎并不认识郑华睿，为何还要推荐此人？且郑华睿远在荥阳。对了，莫非是因为郑华睿是郑通判同族？"言外之意自然是嘲讽马展国攀附郑家和郑好。

马展国要的就是送一个顺水人情，他对许和光的嘲讽不以为然，笑道："郑华睿薄有文名，下官略有耳闻。郑家虽远在荥阳，郑华睿却是人在真定。什么？郑华睿和郑通判是同族？下官还真不知道此事。若是早知道郑华睿和郑通判的关系，下官怕是早早就向夏县尊推举郑华睿了。"

"哼，郑华睿薄有文名？以前不曾听说马县尉也喜欢读书，郑华睿连举人都未曾考中，哪里会有文名？"许和光很是不满马展国有意和他作对，之前主簿一职空缺，固然有他故意拖延不想有人分权之故，也是因卢、李、郑三家都想谋求真定主簿一职，如此炙手可热的位置，岂能由外人得手？他想运作一番再向崔象禀报，不想竟被夏祥打了一个措手不及。

他和李持一向交好，若不是近来忙于夏祥上任一事，他早已向吏部推举李持为真定县主簿了。虽说他人微言轻，推举人选未必有用，却可以请动崔象联署。有崔府尊的署名，吏部自会高看一眼。

却怎么也没有想到，夏祥悄无声息地向吏部推举了卢之月，夏县尊什么时候和卢家交好了？许和光咽不下心中恶气，将酒杯重重一放："几日前崔府尊还和下官提到县主簿一事，府尊也是比较倾向李持。"

马展国平常读书是不多，他是县尉，执掌治安和捕盗之事，却也是秀才出身，虽未考中过举人，也并非目不识丁。他嘿嘿一笑："下官平常多在家中读书，许县丞日理万机，不曾去过下官家中，不知下官读书多少，也是正常。郑华睿虽连举人也不是，却不是没有考中，而是没有去考。以下官对他的了解，凭他的才华，举人不过是囊中之物，进士也不在话下。"

"若是马县尉担任主考官，郑华睿肯定高中进士，哈哈。"许和光哈哈大笑，笑了几声，又冲夏祥说道，"夏县尊，若是下官推举李持，可否请夏县尊联署？"

马展国抬了抬眼皮，压下心头怒火，许和光欺人太甚，只是官大一级压死人，他又不好再还回去，只好看看夏县尊如何回应。

夏祥不慌不忙地端起酒杯，和几人碰杯："本官并不认识李持，不过既然是许县丞推举之人，想必人品和才学都是上乘……"

许和光暗露得意之色，如果夏祥和他联署推举李持，非但他在李持面前会面上有光，也会让马展国和丁可用收敛几分，知道他有左右夏县尊的能力。

“本官和许县丞联署推举李持，也并无不可……”

许和光几乎要喜形于色了，马展国和丁可用却是无比气馁，几乎要绝望了。

夏祥忽然话锋一转：“只是既然崔府尊倾向李持，本官就不好再掠人之美，人情还是让崔府尊落了更好。许县丞，不如请崔府尊和你联署推举李持。”

“也……好！”许和光脸上的笑容迅速凝固，如有一口菜卡在喉咙之中咽不下去，噎得难受，夏祥的理由充分而又无可辩驳，让他无话可说，他只好点了点头，“既如此，下官就请崔府尊和下官联署推举李持为县主簿了。”

马展国和丁可用相视一笑，二人碰杯，一饮而尽。

“主簿一事先放到一边。其二，粮仓和种粮生意由柳长亭和谢华盖接手一事，既然崔府尊推举了柳、谢二人，本官也没有异议，你等若没有其他人选，此事就此定下了。”夏祥环视三人，许和光脸色不善，却还是努力保持了正常，马展国和丁可用喜形于色，只差一点就击掌相庆了。

和许和光相比，马展国和丁可用还是差了几分城府，夏祥暗暗点头，不过也好，二人心直口快，好打交道，是可用之人。

许和光对此事自然没有反对意见，马展国和丁可用也赞成。

/ 第二十六章 /

处心积虑

夏祥继续说道："徐员外和马员外虽转手了粮仓和种粮生意，他们自建的粮仓和现有的种粮却不愿转让。许县丞，你来协助柳、谢二人新建粮仓新收种粮。"

许和光颇感意外："徐员外和马员外既然不再做粮仓和种粮生意，为何不把粮仓和种粮一并转让出去？留在手中何用？"

"本官也没多问，或许二人另有他用。"夏祥并未过多解释，继续他今天要和几人讲明的事情，"其三，付科一案已经查明，不日即可结案，你等对此案还有什么看法？"

许和光说道："付科就是毒杀董现和马小三夫妇的真凶，待上报府衙、刑部之后，判一个秋后问斩。下官以为，此案就此结案就行。"

马展国一脸气愤之色："付科虽然亲口承认他是杀人凶手，但杀人动机不明，案情还有诸多不甚明了之处。下官以为，此案还可以再追查下去。"

"属下也以为若就此结案，怕是董断不服，百姓不安，还会让真凶逍遥法外。"丁可用也立刻说出了心中所想。

"哪里有什么真凶？马县尉、丁捕头，你二人不要想当然地就下一个判断，付科已经认罪了，难不成再屈打成招，让付科再胡乱指认一人是真凶，如此就显得你二人英明神武了？"三件事情，第一件推举主簿人选的事情让许和光无比郁闷；第二件粮仓和种粮生意的事情还算符合预期，基本上他满意；第三件付科一案的事情，他一定要达到完全满意才行，所以马展国和丁可用一出声反对，他就怒不可遏了。

马展国皮笑肉不笑地干笑一声："许县丞这话也是想当然了，下官和丁捕头办案多年，什么样的人犯没有见过？杀人放火、劫财害命、打家劫舍、见色起意、蓄谋杀人、失手杀人，等等，凡是人命官司，都有一个说得清讲得明的前因后果。付科毒杀董现和马小三夫妇，只有后果没有前因，在道理上讲不通，在事理上理不明，必定是一个案中案。”

丁可用身为捕头，是吏不是官，在几人面前，一直不敢大声说话，许和光的冷嘲热讽让他也激起了火气，就顾不上那么多了：“许县丞，别的属下不懂，办案查案，属下还算是有些斤两。莫说真定县内，就是市乐、灵寿两地，属下破案也小有名气。属下以性命担保，付科杀人案，必定另有隐情！”

二人的话虽还算客气，客气之中，却有不容置疑的坚决，一定要继续追查下去。许和光气得不行，一拍桌子吼道：“如今县里诸多事务，付科又是市乐人氏，此案就此结案，转交市乐县处置即可，为何你二人不通人情不知法理，非要为夏县尊揽事上身？”

“付科是市乐人氏不假，命案却是发生在真定县内，且毒药也是真定本源草药堂的伙计吴老四提供，吴老四是真定人氏。”马展国不甘示弱，火气上升，“许县丞几次三番要求就此结案，莫非是想包庇何人？”

许和光勃然大怒，拍案而起：“马县尉，若再敢诽谤本官，本官到崔府尊面前告你一个诋毁朝廷命官之罪。”

“啪”的一声，夏祥起身摔了酒杯，脸色铁青：“朝廷命官，吵来吵去，不成体统！丁捕头，既然你以性命担保付科杀人案另有隐情，本官给你七天时间，务必查清案件的来龙去脉。马县尉，既然你也认定付科一案是案中案，本官命你和丁捕头查明此案。七天之后，若是还没有查明真相，罚俸半年。”

“遵命！”马展国和丁可用虽被夏祥责骂，却是心中大喜，二人齐齐向夏祥施礼领命。

“下官呢？”许和光愣在当场，心中对夏祥借势而为的手段咬牙切齿，却也无可奈何，见夏祥转身就走，他才慌了，也意识到刚才过激了，不该总是抬出崔府尊来压夏祥一头。

夏祥头也不回，冷哼一声：“你到崔府尊之处告状去吧。”

许和光无比尴尬，却又不好发作，只好强压怒气。马展国和丁可用忍住笑，二人最是乐见许和光吃瘪的样子，更何况夏县尊让许和光吃的又是他二人不想咽又不得不咽下的瘪。

下午，许和光真去了府衙，不管他是告状还是通风报信，夏祥也懒得管，县衙和府衙只有一河之隔，走过去也就是一炷香的时间，他还能管住一个县丞不去府衙？况且许和光又是崔府尊的妻弟。

许和光不在县衙，夏祥和马展国、丁可用一起，提审了吴老四。

吴老四年约五旬，下颌一缕山羊胡，干瘦如松树，肤色黝黑，双手干裂。他站在堂下，手足无措，浑身发抖。

“吴老四，本官问你，你是何时认识了付科？”夏祥既没有敲惊堂木，又没有声色俱厉，而是和颜悦色地问道。

吴老四之前已经详细交代了他为付科提供附子和麻黄的经过，也说明了他是见财起心，付科以十两银子的十倍价格换取了他一两附子和二两麻黄。原以为县尊会再问一遍，不料夏县尊问到的却是似乎和案件并不相关的事情，他心情稍微缓和了几分，颤抖地答道：“回县尊，小人是去年秋天认识的付科。”

“去年秋天？一年有余了。”夏祥微一思索，又问，“你和付科是如何认识的，详细说来。”

马展国和丁可用十分不解，夏县尊是不是不会审案，怎么问起了不相干的问题？很明显吴老四就是一个被付科十两银子利用的傻子，压根儿什么都不知道，更不是付科一案的幕后真凶，和他聊起与付科认识的过程，纯属耽误时间。

只是二人虽心有不满，却又不好表露出来，只好耐心听下去。

“是。”吴老四挪了挪脚步，双脚站得麻了，他胆怯地看了夏祥一眼，见夏祥一脸平静，才又放心地说道，“小人去年秋天去祁州买药，路经市乐，正好天色晚了，就在市乐住了一宿，住在了全有客栈。”

夏祥一愣，全有客栈？他进京赶考时入住的就是全有客栈，不想市乐也有一个全有客栈，不出意外的话，应该是连锁经营。

“祁州是北方最有名的药都，盛产三百多种中药，其中以菊花、山药、紫菀、沙参、薏米、芥穗、白芷、花粉等八大品种最为出名。”马展国插嘴解释了一番，他怕夏县尊不知道祁州的出产。

夏祥点头说道：“本官虽未去过祁州，却是知道祁州的药都之名。祁州古称安国，秦末楚汉战争开始后，王陵率军归顺刘邦，在灭楚建汉中屡立战功。为表彰王陵的功绩，汉高祖取‘安国宁帮’之意，封他为‘安国武侯’，其封地即为今祁州一带。汉武帝取其封号，置安国县。唐时改名为度节县，大夏又改名为祁州。有诗说——草到安国方成药，药经祁州始生香。”

夏祥不是有意卖弄学问，而是想缓和气氛，果然，听了他一番咬文嚼字后，吴老四的神色又缓和了几分，身子也不抖了。

“夏县尊真是上知天文下知地理，说得一点也没错。”吴老四擦了一把额头上的汗，继续说，“晚上没什么事情，小人想听个小曲，就出了客栈，走不多远，就到了一处瓦舍勾栏。不是很大，也能容下数百人。”

上京的瓦舍勾栏有四五十处，每一处可以容纳数千人，市乐一县之地的瓦舍勾栏可容数百人，也是不小了。

“小人寻了一个人不多的地方坐下，花了二十文要了茶水点心，等说书先生一上台，小人就傻眼了……”吴老四的神情活泛了几分，眼睛也亮了起来，“小人听书的次数也不算少了，见过的说书先生没有一千也有八百，还是头一次见到女说书先生。”

夏祥也是第一次听说女说书先生，不由得心中惊奇，他也去过瓦舍勾栏，知道女子多半从事艺伎、唱曲、陪酒之事，说书者几乎没有。

“这女说书先生名叫一丈白朱一姐，长得那叫一个白，又白又嫩，腰细腿长，眼儿媚，嘴儿翘，就连耳朵也是水灵灵的叫人喜欢……”

“咳咳，说正事，说正事。”马展国见吴老四越说越离题千里，忙提醒他不要在夏县尊面前乱说。

吴老四打了一个激灵，才知道自己得意忘形了，忙换回战战兢兢的样子：“是，是，小人错了。朱一姐一上台就赢得了满堂喝彩，小人虽是第一次来，也被朱一姐的风采征服了，起劲叫好，拍得手掌都红了。旁边一人问我，你是外地人吧？我愣了，真定和市乐也就是五六十里的路程，口音和长相没什么区别，他怎么一眼就认出我是外地人了？

“这人年约三旬，长得满脸横肉，又干又瘦，脸上还有一道刀疤，样子很是凶恶。小人虽然胆怯，却还是壮着胆子说是当地人。对方轻蔑地笑了，问小人可知台上的朱一姐是谁的女人，问小人认不认识他是谁。小人初来市乐，以前买药都是药堂的王那厮经手，小人怎会知道朱一姐是谁的女人、眼前的干瘦精壮汉子是谁，只好说自己是外地人。干瘦汉子笑了，又和小人聊了半天，小人才知道朱一姐是他的女人，而他叫付科。”

夏祥微微点头，付科和吴老四相识，也算是机缘巧合。

“小人本以为付科面容凶恶，会是一个坏人，不想他倒很是健谈，和小人聊得颇为投机。说到朱一姐，他便眉飞色舞，说朱一姐身段如何苗条，口才好，腰功更是了得。听说小人要去祁州买药，付科说他也正要去祁州一趟，可以和我同行。市乐到祁州有一百余里路程，有官道也有山路，山路偏僻且难行，听说还有土匪出没，有付科同行，小人自然乐意，可保平安。”

夏祥没有说话，静静地听吴老四说下去。吴老四虽是药堂伙计，又其貌不扬，讲故事的水平却不一般，颇有说书先生的潜质，怪不得他到了市乐不去风月场所却去听书。

“小人和付科约好第二天一早赶路，付科还算守时，早早就来到了全有客栈。小人以为他是一人，不料他却是来了三个人，除了朱一姐之外，还有一个男子。男子说他叫严孙，是董现的账房先生。小人虽不认识董现，却知道董现是市乐有名的富商。只是未曾听说董现也做药材生意，严孙说，董现的生意多在泉州一带。若是将北方的药材送到南方，也可大赚一笔，董现就派他前去祁州了解一下药材行情，想顺道做一些药材生意。”

马展国心中一惊，原来吴老四为付科提供附子和麻黄的背后，还有这么多事情，开始时以为董现一案还真是严孙和董李氏奸情败露而杀人，后来付科承认杀人后，似乎严孙和案件已经无关了，不想严孙居然和吴老四也认识，更是和付科熟悉，如此说来，严孙在董现一案中，说不定还是有摆脱不了的干系。

丁可用也是心中惊愕不已，才又暗中佩服夏县尊看似不如他和马展国会查案审案，其实夏县尊比他和马展国更聪明、更懂人情世故。

“小人只是真定本源草药堂的伙计，哪里去管董现董员外是不是做药材生意，有人同行自是好事，当下也不多想，就和付科几人一起上路了。”吴老四说到此处，脸上的神情有几分古怪，“付科说过，朱一姐是他的女人。小人却发现，一路上朱一姐很少同付科说话，也不理小人，只和严孙有说有笑。严孙也毫不顾忌付科，和朱一姐打情骂俏，有时说的一些肉麻话，连小人听了都觉得脸红。付科却浑然没听见一样，毫不在意严孙和朱一姐的打闹取笑。”

夏祥心思微动，严孙和朱一姐、付科三人之间，关系颇为复杂，怕是朱一姐也是大有来历之人。

“路经吴家那的时候，天色晚了，付科想继续赶路，严孙却想留宿一夜。朱一姐以身子不适为由，也想留宿，最后只好由了他们。半夜里，付科忽然叫醒了小人，说是严孙和朱一姐在隔壁苟合，要小人和他一起去捉奸。小人是去祁州买药，原本并不认识严孙和朱一姐，他二人苟合也好私奔也罢，关小人屁事？小人要继续睡觉，付科却非要拉上小人一起去，声称如果小人不去，就让小人有来无回。小人怕了，只好和他一起去捉奸。

“小人生平第一次捉奸，还以为会有多香艳多刺激的场面，不想太让人失望了。付科踢开房门，只见严孙和朱一姐躺在床上睡得正香。被我们惊醒之后，二人起来，竟是穿了小衣睡觉，什么都没有看到。小人大感无趣，付科却如同吃了药一样兴奋，上前揪住严孙就是一顿暴打，打得严孙跪地求饶。”

“朱一姐呢？”马展国敏锐地想到一个细节，问了出来，“她当时在做什么？”

“什么都没做呀，她能做什么？”吴老四还纳闷马展国为何有此一问，“她一个妇道人家，除了躲到一边，还能怎样？”

马展国想骂吴老四真是笨得可以，话到嘴边又咽了回去，吴老四如果不是够傻，会被付科玩得团团转？他就不再多说什么：“说下去。”

“对了，马县尉一说，小人倒想起来了，朱一姐好像一点也不慌乱的样子，就坐在床上冷冷地看着严孙被打得遍地打滚，嘴角还有一丝冷笑，就如严孙完全是一个不相干的人一样。”吴老四十分不解，搓了搓手，“小人没有和人有过奸情，但也能想到肯和自己有奸情的女人，多半也是有情意在内，也会心疼。朱一姐的眼神冷得吓人，就像不认识严孙一样。是不是女人在奸情暴露时，都是这么无情？”

“别扯远了！”马展国冷哼一声，吴老四这么一说，他更坚定了自己的判断，朱一姐和付科是在设计严孙。

“是，是，小人知错了。”吴老四吓得一弯腰，忙又说道，“严孙受不过，求饶了半天，当着付科的面写下了一份保证书。保证书是什么内容，小人没看到，不过后来一路上听严孙自言自语说个不停，也大概知道了一些什么。”

“是什么？”丁可用现在也听明白了几分，付科看似霸道，却也是大有心计之人，或者是他背后有高人指点。

/ 第二十七章 /

迷雾重重

“也是怪了，小人一路上也不敢多问，严孙怎么说小人就怎么听。付科既不让严孙赔钱，也不让严孙保证以后不再和朱一姐来往，而是让严孙以后勾搭董现的娘子董李氏。付科还保证提供一切便利，意思是要钱给钱、要人出人、要力有力。小人当时就差点惊掉了大牙，世间还有这等好事？睡了别人的女人，别人不但不怪罪，还为你出主意让你再去睡另外的女人，简直就是天大的好人。”吴老四几乎要喜形于色了，一副跃跃欲试的表情，“后来一路上相安无事，白天一起赶路，晚上各自睡觉，严孙也老实了许多，也不偷偷摸摸去朱一姐的房间了。付科还问小人，想不想睡朱一姐，小人哪里敢有这个念头，头摇得跟拨浪鼓一样。”

朱一姐是说书先生，应该是卖艺不卖身的艺伎，之所以委身于严孙，只怕也是受付科逼迫。夏祥隐隐有一种感觉，在吴老四的叙述中，正一步步接近事情背后的隐情！毫无疑问，付科在算计严孙。

“到了祁州，小人买药材，付科和朱一姐闲逛，严孙倒是很仔细地问东问西，了解行情。严孙对药材不是很懂，却很懂怎么经营。他算了一笔账，从祁州进一批菊花、山药和沙参，运到泉州的话，获利可达三五倍之多。若是再远渡南洋到南海诸国，获利更是高达十数倍。严孙算账的时候，神采飞扬，一看就是精明的生意人。小人就想不明白了，如此精明的一个人，怎会被付科坑了？怪不得古人都说红颜祸水，有多少英雄豪杰一世英名，最终毁在了女人身上。”

吴老四感慨几句，偷眼去看夏祥几人，见几人并无不悦之色，才暗中舒了一口气：“去的时候，我们一行四人雇的是一辆驴车。回来的时候，严孙特意雇了两辆马车，车费、住店费用、饭费，等等，一应费用，全由严孙支付。严孙出手大方，又喜好排场，一路上安排得服服帖帖，舒坦得很，让小人都不想回真定了。到了市乐，付科又特意留小人多住了一天，吃喝玩乐，转遍了市乐的每一处好地方，简直就跟神仙一样。”

马展国终于被吴老四逗乐了，笑道：“吴老四，你也不想想付科和你素昧平生，陪你去了一趟祁州，除了捉奸严孙之外，并无正事，他为何要好吃好喝招待你？”

“马县尉到底是比小人聪明多了，小人当时哪里会想这么多？还以为小人真有人格魅力，或是小人长得还真有几分英武之气……”

丁可用忍住笑，踢了吴老四一脚：“就你还长得英武？不过也别说，还真像一只鹦鹉。”

“丁捕头说是鹦鹉就是鹦鹉。”吴老四抓耳挠腮地嘿嘿一笑，“第二天一早，小人要回真定，谁想付科一早过来，说要和我一路同行，他也要去真定办事，而且他还不是一个人，还有两人随行，其中一人是严孙，另一个竟是市乐无人不知的富商董现董员外。”

吴老四微有几分激动：“小人原以为董员外身为富甲一方的巨商，必定盛气凌人，不想他非但十分年轻，还为人谦和，说话轻声细语，还一再让小人称呼他为董大，千万不要称他为董员外，倒让小人受宠若惊。不过想起付科让严孙去勾引董李氏，小人就觉得对不住董现，有心向董现透露一二，却总是被付科阴沉的目光和严孙暗示的目光吓得不敢多说一句话。”

“董现为何要来真定？”原来背后还有这么多事情，如果不是夏县尊今天再次提审吴老四，说不定这些事情就被掩盖了，马展国现在愈发肯定付科的背后必定有人指使，以付科的为人，想要谋害董现，绝不会如此煞费苦心。

“想必是付科让严孙鼓动董现，说是真定有生意可做。”丁可用大概明白了付科的手法，“拿下了严孙，就等于拿下了董现。严孙是董现最信任的人，严孙说什么，董现必然不会怀疑有假。”

“马县尉和丁捕头所言极是，付科假装是和小人有生意要做，董员外就是听信了严孙之话，要来真定实地查看。从市乐采购药材，南下泉州的话，若走旱路，时间太长不说，成本还高。要是到真定从滹沱河转京杭运河走水路的话，会好上许多。一路上董员外向小人打听药材生意的利润和滹沱河的通船情况，小人知无不言言无不尽。看得出来，董员外对药材生意兴趣很大，还说他决定不再做粮仓和种粮生意，要转手出去，交由别人接手，以后可以用大部分精力来做大药材生意……”

说者无意，听者有心，马展国和丁可用并没有多想，夏祥听到此处却是心中猛然一跳。又是粮仓和种粮生意，又是想转手出去，新法还真是不得民心，就连各地巨商都纷纷不想再和官府合作。只是董现想转手粮仓和种粮生意，市乐之大，必定也会有人乐意接手，难不成还有人因此害他？

多半不会，其中应该还有更深的隐情。

吴老四说了半天，有些口渴，盯着丁可用手边的茶杯不放。丁可用笑骂一声：“还得侍候你，得，本捕头请你一杯茶水。”

“谢捕头，谢捕头。”吴老四接过茶水，咕咚咕咚喝个精光，一抹嘴巴说道，“严孙在真定待了一天就回去了，付科和董员外又待了三天。付科和董员外离开真定的时候，小人去送行。董员外半开玩笑半认真地和小人说，如果哪一天小人想为他做事，他一定给小人每月十贯钱的工钱。小人现在的工钱每月才三贯。小人很感激董员外对小人的赏识，谁知道这一别，就是永别。小人对不起他，小人开始并不知道付科要附子和麻黄是为了毒害董员外，后来才知道董员外淹死在了滹沱河里。可怜的董员外，药材生意还没有做成一单，就惨遭灭顶之灾。付科和董员外到底有什么冤什么仇？小人从未听他说过和董员外有什么过节，为什么非要处心积虑地害死董现？”

夏祥差不多厘清了思路，付科在一年前就开始从严孙入手，接近了董现。以朱一姐要挟严孙勾引董李氏——怪不得董断口口声声说是董李氏和严孙有私情，怕是严孙和董李氏还真有私情。想必付科一心想让严孙勾引董李氏，是为了事发之后好祸水东引，嫁祸到严孙身上。

当真是一出精心设计、深谋远虑的棋局。可惜了董现，家财万贯，虽与人为善，却被人精心算计，最终落了一个活不见人死不见尸的悲惨下场。夏祥心中愤懑无比，如此好人却被坏人处心积虑所害，他若是不为董现申冤，就枉读圣贤书，枉为父母官！

夏祥挥了挥手：“带吴老四下去。带董断。”

丁可用领命而去，不多时，董断上堂。

“董断，你是什么时候察觉严孙和董李氏有了私情？”夏祥不等董断见礼，上来就问。

“大约是去年冬天。”董断先是一愣，想了一想，十分肯定地说道，“没错，就是去年冬天。去年冬天家兄南下泉州，小民在家中读书。严孙声称要去真定办事，小民信以为真。次日一早，小民早早醒来，推门的时候却发现严孙蹑手蹑脚从后院出来，后院是家兄和董李氏的住处，是内宅，就连小民为了避嫌，也不常去，严孙一大早从后院出来，若说他不是和董李氏有奸情，谁会相信？”

“为何当时不叫住严孙问个清楚？”夏祥又问了一句。

“唉，也是小民一时糊涂，终归家丑不可外扬，只好假装没有看见。等家兄回来后，小民数次暗示家兄辞退严孙，家兄却是不肯。”董断眼泪滚落，“都怪小民顾及颜面，要是当初识破严孙，把事情闹大了，也许家兄就不会惨遭横祸。”

夏祥安慰董断：“你也不必过于自责了，董现之死，最主要的原因并不在于严孙和董李氏的私情。董断，董现和官府合作的粮仓和种粮生意，要转手给何人？”

董断擦了一把眼泪，想了一想：“惭愧，小民平素只管读书，并不过问家兄生意之事，隐约听家兄说过不想再和官府合作，想转手粮仓和种粮生意，县尉田庆牵线，推举了庄员外接手。只是一来二去似乎在价钱上没有谈妥，直到家兄惨死之时还没有敲定。”

“也就是说，现今粮仓和种粮生意，还在董氏商行？”夏祥眼前一亮，心中顿时闪过一个强烈的念头。

“正是。”董断点头，不解夏县尊为何不继续追查付科背后的真凶，却关心董氏商行的生意，莫非真像有人所说的一样，夏县尊是想从中敲上一笔？

“庄员外是谁？”夏祥又问。

“庄非凡庄员外是市乐县仅次于家兄的富商，良田万顷，财富如山，妻妾成群。”董断看向了马展国，“马县尉应该知道庄员外。”

马展国点头：“夏县尊，下官确实对庄员外略有耳闻。此人本不是市乐人氏，听说是来自塞外，在京城待过一段时间，后来南下到了市乐，在市乐落地生根。开始时主要做皮革、马匹和铁器生意，后来在市乐置办了大量田地，转做布匹、木材和粮食生意，现在听说是市乐最大的地主。若论财力，明面上可能不及董现。但以前庄员外做皮革、马匹和铁器生意时，从塞外运来皮革和马匹，到内地卖，获利数十倍。从内地贩卖铁器到塞外，获利也是以数十倍计。所以到底庄员外有多少钱，谁也说不清。若单论田地，市乐无人可及。”

“和本县的柳长亭、谢华盖相似？”丁可用问道。

“并不一样。庄员外虽来历不明，但做的是什么生意，都在明面上。柳、谢二人，非但来历不明，身份未知，就连他们做的是什么生意，也是讳莫如深。”马展国大概明白了夏祥的想法，“夏县尊，是否需要下官即刻启程前往市乐？”

夏祥点头，对马展国的领悟能力表示赞许：“马县尉，你带人和董断即刻回市乐，切记，保护董断安全。董断，你回市乐后，立刻接手董氏商行的生意，务必掌控大局，不可让董氏商行落入他人之手！”

“可是，夏县尊，小民只会读书，并不会经商。”董断一脸焦虑之色。

“本官派人和你同去市乐，帮你接手董氏商行。”夏祥主意既定，吩咐下去，“马县尉，你派人护送董断和王先可夫妇回市乐，幔陀娘子会和你们同去。董断和王先可夫妇安全到达市乐后，你可先行返回真定，幔陀娘子会留下帮助董断善后。”

“是。”马展国非常开心地领命，此去市乐，等于是就此揭开追查幕后真凶的第一步，也不知许县丞知道了夏县尊明面上是让他自行调查，实际上却是大力推动此事会有何感想？

“董断，你不必担心，董现尸体，本官一定会让人找到。现今想要查到幕后真凶，接手董氏商行是关键中的关键。记住，不管何人想要插手董氏商行的生意，都暂时不要答应。还有，凡事多听幔陀娘子的意见，她会尽心帮你。”夏祥又叮嘱几句。

“小民记下了。”董断无比感激夏祥为他所做的一切，夏祥一心为公，并无私心，他心里过意不去，暗示说道，“请夏县尊放心，等小民接手了董氏商行生意之后，定当厚报。”

“你当本官帮你是为了钱财？”夏祥哈哈一笑，“你的厚报暂且记下，到时救济无家可归、无地可种的百姓，本官就欣慰了。”

“夏县尊，那属下呢？”丁可用见夏县尊没有给自己安排差事，不由得急了，“属下也要尽心出力。”

“有你出力的地方。”夏祥拿起一根令签，“丁捕头听令，本官命你调用民船五十艘，船夫一百人，从董现落水之处，向上游撒网式打捞，三天之内，务必找到董现尸体。”

“是！”丁可用满心欢喜，领命而去。

随后，夏祥退堂，回到内宅，叫来幔陀，叮嘱一番。幔陀听说让她帮董断接手董氏商行，连说不行，她不懂经营。夏祥却笑了，让她少安毋躁。

不多时，连若涵被萧五请到了。除她之外，令儿和柳儿也一同前来。令儿是贴身丫鬟，跟在身后倒没什么，柳儿却是夏祥在得闲居的丫鬟，不知为何也现身县衙。

连若涵盈盈一笑：“柳儿非要过来见见环环，说是要告诉她一些照顾夏县尊应当注意的地方。我念她一片好心，就领她来了。”

夏祥点头一笑：“柳儿倒是有心了。正好环环也在，你二人好好亲近亲近。”

吕环环应了一声，拉过柳儿的手，二人有说有笑地去了后院。

“不知夏县尊唤我前来，有什么吩咐？”连若涵知道夏祥让萧五急急请她来县衙一叙，必有要事相商。

“有一件事情，要请若涵妹妹帮忙。”夏祥将幔陀和马展国护送董断回市乐一事一说，“幔陀此去市乐，主要是保护董断周全，同时还有暗中调查一些事情。董断一介书生，不懂经营之道，请若涵妹妹派人陪同前去，帮董断厘清账目。”

连若涵想了一想：“本来我有一个妹妹精通经营之道，只是她在京城帮我照应生意，脱不得身。若她在，陪同幔陀娘子前去市乐再好不过。”

夏祥不知道连若涵所提的妹妹正是他苦苦寻找的肖葭，他摇头说道：“远水不解近渴，真定可有合适之人？”

“倒有一个。”连若涵眼前一亮，想起了一人，“他叫连城，是我在真定的管家……就让他随幔陀娘子一同前去市乐。令儿，你陪萧五去得闲居叫来连城。”

令儿应了一声，转身出去，走到外面，对身后亦步亦趋的萧五冷脸说道：“不要跟我这么近，又跟不丢。”

萧五嘿嘿一笑：“还是离近一些好，我才来真定，不识路，要是迷路了怎么办？”

“你鼻子那么灵，可以闻着味道回家。”

“我又不是狗。”

“哧，你就是一条走到哪里跟到哪里的狗。”

“好吧，我是狗，狗最喜欢跟在狗的后面。”

“你！”

萧五和令儿的斗嘴，夏祥和连若涵自然听不到，就算听到，二人也不过是一笑置之，二人还有事情要商议。

“既然见到了夏县尊，今日正好当面辞行。”连若涵淡然一笑，“我明日一早进京。”

“哦？”夏祥微微一惊，没想到连若涵才来真定数日就又返京，“这么急着回京，可是有什么急事？”

“一是为了卢之月卢郎君担任主簿一事，二是为了……照应一下生意。”连若涵迟疑片刻，还是没有说出实情。到吏部为卢之月的事情通融一下，是其一，其二是父亲在京办事，要她进京一见。她自是清楚，父亲是想逼她和卢之月成亲。

/ 第二十八章 /

指点迷津

夏祥心中微有几分失落，虽说和连若涵结识以来，对他帮助不少，也经常和他斗智斗勇，他却很是享受和她互相试探的过招。还以为她会在真定盘桓一些时日，不想明日就走，竟有了几分不舍之意。

“如此就祝若涵妹妹诸事顺利。”夏祥本想多问几句什么，忽然又觉得无从问起。

“多谢夏县尊。”连若涵见夏祥神色漠然，并无不舍之意，也没有关切之情，不由得心中大感失落。莫非她在他的心中全无分量，她北上京城，少则半月，多则数月，他竟是问也不问归期，真是一个无情无义的郎君！

“咳咳……”夏祥假装咳嗽几声，努力掩饰自己心中的不舍之意，让声音听上去平静而没有起伏，“不知若涵妹妹何时再回真定？”

连若涵心中蓦然一喜：他还是在意我的，在问我归期。她脸上顿时云开雾散，急忙答道：“若是顺利，半月即回。若是有事耽误，也长不过一月。”

又一想，不能喜怒太形于色了，忙又敛形正容，轻声说道：“若是真定县有事，夏县尊只管吩咐卢郎君，他会留在真定。”

“本官知道了。”夏祥淡淡地回了一句，脸色不起波澜，心中却是暗喜，连若涵再是世家子弟，再是大家闺秀，毕竟也是女子，方才的惊喜暴露了她内心的期待。

平心而论，夏祥还真不想连若涵此时离去，却又不好当面表露出来。

吕东栋在门外禀报：“夏县尊，徐望山徐员外和马清源马员外来访。”

“让他们进来。”夏祥心中一喜，正好连若涵在此，粮仓和种粮一事，可以敲定了。

连若涵微有几分气愤，本想一走了之，又一想，不行，不能让夏祥太得意了。她还没有喜欢上他，只当他是可以帮她和家族开拓疆土的合作者之一，何必计较他对自己是否有情有义？谁先认真谁就是输家。

想通这些，连若涵又平复了心情，好整以暇地坐稳，等徐望山和马清源迈步进来，她才缓缓起身相迎。

夏祥依次为几人介绍了对方，环环和柳儿争相为客人上茶，让徐望山和马清源看得眼睛都直了。

徐望山哈哈一笑："我本来还想为夏县尊找一个得体的丫鬟，看来不用了，夏县尊身边已经有人了。夏县尊的眼光比我可是好太多了。"

夏祥岂能听不出徐望山话中的调侃之意，也是哈哈一笑："柳儿是若涵妹妹送与本官的丫鬟……"

徐望山偷看了连若涵一眼，大笑："夏县尊和连娘子郎才女貌，是天生一对地造一双。夏县尊尚未娶亲，连娘子也还没有婚配吧？"

连若涵落落大方地一笑："我还没有婚配，不过，已经有了意中人，就不劳徐员外操心了。"

徐望山一拍脑袋："好，这就好办了。我还担心连娘子喜欢夏县尊，原来不是，我想为夏县尊做媒就有了机会。夏县尊，我有一个妹妹还待字闺中，她通情达理，琴棋书画样样精通，长得也算端庄……"

"是徐员外的亲妹妹？"连若涵掩嘴一笑，问道。

"那是自然，若非我的亲妹妹，我怎么好意思向夏县尊介绍？"徐望山一脸惊讶，似乎不明白连若涵为何会有此一问。

连若涵"咯咯"一笑："既然是一母同胞，想必令妹长得和你有几分相像了。以徐员外的相貌，相信令妹的长相无论如何也说不上端庄……"

"你……"徐望山被气笑了，想反驳几句，眼睛一转又明白了什么，嘿嘿一笑，"连娘子若是喜欢夏县尊就明说，我不会掠人之美。"

"好了好了，言归正传。"马清源忙出面打了圆场，"夏县尊，今日我和徐员外前来，是想就粮仓和种粮生意的事情，和官府有一个交割。"

夏祥忍住不笑，徐望山性情直爽，想到什么就说什么，看似粗心，其实也是粗中有细。连若涵和徐望山初次见面就暗中过招一次，想想连若涵还真是一个事事不肯示弱的女子。

徐望山和马清源的粮仓和种粮生意，是由他二人出面代官府经营，既然要转手出去，中间还有许多账目需要厘清。夏祥点头说道："正好若涵妹妹也在，她想和你们一起经营粮仓和种粮生意，本官也同意了，就由她来代表本官和你们交割。"

"若是别人，我还得斟酌斟酌。但连娘子……我和马员外求之不得。"徐望山拱了拱手，"烦请夏县尊腾出一个房间给我们用，两个时辰就可以交割完毕。"

"来人，请许县丞。"夏祥吩咐下去，许和光身为县丞，掌管一县的文书和仓库，此事理应由他出面。

不多时，许和光来到，得知要办的事情后，带人到二堂的县丞房去交割账目。

几人刚走，萧五和令儿领着连城回来了。

连城四十多岁，面相忠厚，低眉顺眼，一举一动都带着小心。夏祥觉得并无不可，就让他和幔陀一起陪同马展国、董断即刻启程前往市乐。

夏祥还修书一封，让马展国带给裴硕章。真定县尉到市乐县办案，知会市乐知县一声，是应有的规矩。信中，夏祥很是客气地恭维了裴硕章几句，并说董现命案已经明确由真定县审理，不会再转交市乐县，只希望市乐县可以提供相关的协助。言语虽恳切，却也暗中告知裴硕章，若他既不想审理此案，又不愿意提供力所能及的协助，那么夏祥也有办法让此案牵连到市乐县，到时裴硕章想不出面都不行。如此一来，事情最终是否会影响到裴硕章的前途，就不好说了。

是以夏祥相信以裴硕章的聪明可以清楚地认识到孰轻孰重，在协助董断接手董氏商行的事情上，不会为难董断，同时，在马展国抓捕严孙和董李氏回真定一事上，不会横加阻拦。

是的，夏祥暗中吩咐马展国，在护送董断回去之后，在董断接手董氏商行之时，将严孙和董李氏押回真定受审。幔陀随行前往，一是为了保护董断，二是暗中调查庄非凡，三是保护严孙和董李氏安全地被押回真定。

当然，裴硕章不横加阻拦的前提是没有更严重的事态影响到他的前途。如若有，事情的发展就不可控了。夏祥也没想那么多，毕竟付科的背后到底会涉及谁，他还是没有头绪。

马展国、幔陀和连城、董断领命而去。

几人刚走，又有人来报，柳长亭和谢华盖来访。

事情都赶到一起了。夏祥打起精神，快刀斩乱麻，尽快厘清真定诸多杂事，迅速步入正轨，也是好事。

夏祥并未出门相迎，等柳、谢二人进门，他才起身以示欢迎。

柳长亭人如其名，身长如柳，飘逸如亭，书生打扮，头戴方巾，三旬开外，瘦眉细眼，高颧骨，深眼帘，乍一看如同胡人。他手中持有一扇，扇骨白如玉，有一玉坠，其红如血。

谢华盖倒是十分富态，身宽体胖不说，还红光满面，年约四旬的他，肥头大耳，脸如满月。颌下长须飘飘，身上绫罗绸缎，走路时长袖飘摇，犹如一阵旋风。他腰间配玉，手腕上缠了一串黄杨木佛珠。

黄杨木虽非特别名贵的木材，却在大夏深受许多名人的喜爱。连车对黄杨木十分推崇，曾说“黄杨一岁长一寸，遇闰退三寸”，故有“千年矮”之称。

柳、谢二人向前，朝夏祥叉手一礼："柳某、谢某见过夏县尊。"

夏祥回了一礼，呵呵一笑："柳员外和谢员外不必多礼，请坐。"

二人入座，柳长亭暗中打量夏祥几眼，眼神中的轻蔑之意越来越浓。谢华盖还好，虽有不屑的神情，却并不明显。

夏祥将二人的一举一动尽收眼底，不动声色地问道："二位可是有事要找本官？"

柳长亭右手持扇，轻轻敲击左手手心，斜着眼睛看向夏祥："夏县尊上任真定知县，是柳某的父母官，柳某和谢员外前来拜会夏县尊，是分内之事。"语气中流露出三分不屑七分调侃。

夏祥不动声色地笑了笑："柳员外客气了。本官主政真定，治下十余万百姓，若是都以本分为由前来拜会本官，本官就不用治理真定了，天天开门迎客都忙不过来。"

谢华盖眼中光芒一闪，夏祥绵里藏针，不软不硬地还了回来，人是年轻，处事竟是如此老到，他呵呵一笑："夏县尊所言极是，是谢某和柳员外冒昧了。不过谢某和柳员外确实是一片真心，还为夏县尊带来了心意。来呀，呈上来。"

两个小厮抬了两个坛子进来，两个坛子约半人高，上面的封印已经泛黄，可以看出年深日久了。

"这是东京丰乐楼自产的眉寿酒，酿造之后，从未打开过坛子，迄今已有十年了。可是正宗的无灰酒。"谢华盖起身，绕坛子转了一圈，"不知方才谢某说的话，夏县尊是否明白？"

原来是想考他一考，如若他答不上来，怕是要被谢华盖嘲笑无知了，夏祥淡然笑道："把米饭蒸熟，放凉，拌上酒曲，任由它发酵。发酵到一定程度，米饭都变成了酒糟，用酒筛过滤掉，放进坛子里密封起来，少则三个月，多则十年，开封之后，就是成品酒了。若加石灰，可以防止成酒过酸。但石灰容易生痰，所以若想药用，还必须是无灰酒。"

谢华盖今日借送酒之举，想让夏祥出丑。他以为夏祥身为读书人，诸子百家无所不知，但对于酿酒等不入流的贱业之事，肯定一无所知，是以他想以酒为题，让夏祥哑口无言，从而在气势上压夏祥一头，好造成先入为主的强势。

不承想夏祥信手拈来，竟是行家，倒让谢华盖一时愕然。

"起诵眉寿篇，酌君介千秋。煌煌丞相丞，少也宜袭侯。黑头去云远，白发来何稠。君言权位盛，孰若志意修……"夏祥吟诵了一首刘克庄的诗作，笑道，"眉寿虽好，毕竟是酒。酒可怡情，也可伤身。适可而止，才是饮酒之道。谢员外的一番好意，本官收下了。"

谢华盖哂然一笑，拱手说道："夏县尊好学问，谢某佩服。不过谢某还有一事不明，不知夏县尊可否指教一二？"

好嘛，谢华盖还没完没了了！夏祥也不恼，淡淡一笑："指教谈不上。"

谢华盖轻轻咳嗽一声，清了清嗓子才说："不知夏县尊可曾去过大佛寺？"

"尚未去过。"

"那么夏县尊可是读过佛经？"谢华盖有意无意抖动手腕上的黄杨木佛珠。

"并不多，只读过寥寥几本。"夏祥有问有答，不徐不疾。

柳长亭在一旁察言观色，心中暗想，夏祥虽年轻，却很有城府，被谢华盖步步紧逼，却丝毫没有流露出不耐之色，看来并不如许和光所说的那样可以轻易拿下，必须小心应对才行。

不过他相信，以他和谢华盖的手段，必定会让夏祥折服。今日初见的一战，许胜不许败。

谢华盖呵呵一笑："谢某不才，读过许多佛经，拜大佛者善来大师门下，追随善来大师学习佛法。谢某才疏学浅，自知愚笨，有些佛法道理怎么也想不通，不知夏县尊可愿意指点迷津？"

夏祥半开玩笑半是认真地说道："你非子路，本官也不是长沮或桀溺，怎么指点迷津？"

"……"谢华盖蓦然愣住，没明白夏祥所指的是什么，睁大眼睛，张大嘴巴，"子路是孔子的弟子子路吗？长沮和桀溺又是谁？"

柳长亭脸微微一红，他二人还想考住夏祥，不想夏祥引用了一个并不生僻的典故就让谢华盖暴露了读书不多的浅薄。他忙上前一步，为谢华盖解围："谢员外怎么忘了子路问津的典故？上次和崔府尊吃饭时，崔府尊还向我们说过这个典故。"

谢华盖怔了一怔，想起来了，一拍脑袋哈哈一笑："谢某愧对崔府尊教诲，竟然忘了子路问津的典故，夏县尊，子路问津的故事说的是……"

夏祥笑而不语，对二人有意抬出崔府尊压他的话，也是假装没有听到，只管面带微笑，耐心十足地听谢华盖说下去。

……孔子一行在赴楚国负函途中，眼看目的地就要到了，前面有一条河流挡住了去路。河不是很宽，远望河道蜿蜒曲折，近看河水清澈见底，与另一条河流在此汇合。孔子师徒找不到渡口，没有渡口就无法过河。

不远处田野里有两位老人正在低头锄地，这两位老人正是当时隐居在这里的高士长沮和桀溺。于是，孔子派大弟子子路前去向两位隐士请教渡口的位置。

还没等子路说明来意，长沮手指远处孔子的车辆问子路："坐在车上的人是谁？”

子路答道：“他是我的老师孔丘。”

长沮用嘲笑的口吻问道：“是鲁国的孔丘吗？”

“正是。老师让我来请问渡口的位置。”

“他不是生而知之吗？那么不用问他就应该知道渡口在哪里，还来问我们这些种地的人干吗？”

子路讨个没趣，又转身去问另一位隐士桀溺。桀溺停下锄头，问道：“你又是谁？”

“我是仲由。”

“你是鲁国孔丘的弟子吧？”

“是的。”

“告诉你，当今天下大乱，犹如滔滔洪水，谁能改变这样的世道呢？你与其跟着那个总是躲避坏人的人到处游历，还不如跟着我们这些避开乱世的人，做个隐士，多好。至少隐士还可以举世皆浊我独清。”桀溺说完话，又忙着锄地，再也不理会子路了。

子路没有打听到渡口，只好把长沮和桀溺两位隐士的话转述给孔子。

孔子听后，心里相当难受、酸楚和悲凉，还夹杂着一股落寞。过了半晌，孔子才若有所思地告诉他的弟子：“人是不能同飞鸟走兽为伍的。鸟是飞的，在天空中可以自由飞翔；兽是山林中的，可以无忧无虑地行走。人各有志，只有各走各的路好了。可是，我们不同世上的人打交道，还同谁打交道呢？如果天下太平，符合正道，我也没有必要这么辛苦地周游列国力图改变这个乱世了！”

后来，在一位农夫的指点下，孔子和他的弟子在太阳快要落山的时候终于找到了渡口，过了河，并顺利到达负函。为了纪念孔子及其弟子路过这里，便把子路“问津”的河流叫子路河，“问津”处所在的乡镇叫子路镇，还有一个村子命名为子路村，一条街道命名为子路街。子路镇、子路村、子路街、子路河都是因“子路问津”这个典故而得名。

而孔子向子路所说的一番话，便引申为“指点迷津”。

“夏县尊，不知谢某所说的子路问津的典故，有没有差错？”谢华盖得柳长亭提醒，才想起典故的事，忙说了出来，“接下来谢某就要请夏县尊指点迷津了，还望夏县尊不吝赐教。”

/ 第二十九章 /

坐地起价，落地还钱

“夏县尊怕是都等不及要赐教了，谢员外，你就不要绕来绕去了。”柳长亭朝谢华盖使了一个眼色，示意谢华盖赶紧出手。他相信以夏祥的阅历和涉猎，断然不会懂得多少佛经知识，远不如一心信佛的谢华盖。

谢华盖拱手一笑：“如此，谢某就献丑了。夏县尊，谢某一向认为，儒家入世，道家出世，佛家也是出世，同样是出世，佛家和道家又有何不同？”

夏祥为之一愣，谢华盖所问的问题，千百年来一直争论不休，从来没有一个让所有人都信服的结论出来。向来儒家推崇积极入世的为国为民之道，反对道家的谈玄说妙和佛家的出家为僧、不事生产。只是道家追求的是出世，是长生不老，是羽化登仙，才不屑于和儒家书生争论为国为民之道。而佛家更是与世无争，以不争为胜，也不与儒家辩论。

不过谢华盖问的是道家和佛家出世的不同，夏祥自幼便受佛经熏陶，因母亲信佛，后李鼎善又带了许多道家书籍，再者认识曹殊隽后，又听他讲了不少道家之理，这个问题还真难不倒他：“儒家求君子，道家求逍遥，佛家求自在。儒家弃小人，道家弃造作，佛家弃烦恼。儒家讲入世，道家讲出世，佛家也讲出世，但佛家的出世和道家的出世大不相同。道家出世是求个人洒脱，佛家出世是以出世之心行入世之事，是救世。”

谢华盖脸色一变，夏祥寥寥数语便将儒家、道家和佛家的精髓讲得一清二楚，枉他读了十多年佛经，也没有如此深刻的领悟。

柳长亭也是为之一惊，没想到夏祥如此年轻却有如此认知，当真让人震惊不已。

谢华盖不肯就此认输，又问：“那么谢某再请问夏县尊，夏县尊更推崇哪一家？”

夏祥才不会上当，儒、道、佛三家，三足鼎立，缺一不可，过于推崇哪一家，都会失去应有的平衡，且从大唐到大夏，风气一样的是，文人都有一个佛家或是道家友人，若是没有，便是学问不够。

唐时，出家是一件极其严格并且要经过重重考核的难事，许多人想要出家，却往往考核不过关。当时出家考试比进士考试还要难上几分，所以当时的出家人都堪称大师，光是凭学问就足以傲视世人。

大夏虽不如唐时对出家僧人的考核如此之难，却也有一套相当考究的考试程序，不亚于科举考试。

夏祥端坐在主位之上，淡淡地说道："儒家表现于礼，道家表现于真，佛家表现于戒，在家则注重礼节，在外则讲究真诚，为官当心怀戒律。在本官看来，儒为表，道为骨，佛为心，缺一不可，就和人的精气神一样，精虚不能化气，气虚不能化神，三者相辅相成，不分高下。"

夏祥的回答滴水不漏，谢华盖暗暗佩服，点头说道："受教了，夏县尊所讲的道理，让谢某受益匪浅。谢某还有最后一个问题。夏县尊，佛家讲公门之中好修行，是什么道理？"

"为官之人，代天子牧民，一道政令可以让万民温饱，也可以让万民涂炭，只在发心之间。若是真心为百姓着想，政令所到之处，万民欢愉。若是为了一己之私，想借机中饱私囊，不顾万民生死，就是天大的过错了。"

谢华盖脸上带笑，言语却是夹枪带棒："那么谢某敢问夏县尊，新法所到之处，是万民欢愉还是民不聊生？"

又落到了新法之上。夏祥心想，柳、谢二人果然来者不善，二人自恃有崔府尊撑腰，接手了粮仓和种粮生意，所想的不是替官府分忧，替百姓解愁，恐怕是想怎样大赚一笔。他脸色微冷，漠然说道："新法的本意自然是为万民着想，只是各地官府执行之时，多有猫儿腻，有不良商人想从中获取巨利，也有一些官吏借机盘剥百姓，中饱私囊。层层剥削之后，原本是造福于百姓的新法却成为祸害百姓的恶法，是新法之过还是谁之错？"

谢华盖脸色大变，听出了夏祥话里话外的敲打之意，想说什么，柳长亭悄然一拉他的衣袖，将他拉到一边。柳长亭向前一步说道："夏县尊，柳某和谢员外今日除了拜会夏县尊之外，还有一件要事要办……"

"接手徐员外和马员外粮仓和种粮生意之事？"夏祥恢复了淡然的神色，微微一笑，"本官已经派人经手交割了。不过徐员外和马员外并不愿意交出现有的粮仓和种粮，还得请你二位另起炉灶。"

"为何如此？"柳长亭原本以为夏祥既然亲口答应了崔府尊，事情就很好办了，他和谢华盖过来，一为试探夏祥的底细，二为直接接手粮仓和种粮生意，不想试探底细不成，反被夏祥反手一击，险些招架不住，不由得心中恼怒。

更让柳长亭没有想到的是，原本以为可以轻松到手的粮仓和种粮生意，却又节外生枝，徐望山和马清源竟然保留了原有的粮仓和种粮，并不直接转手，岂不是说，他要重建粮仓，重新买进种粮，要再投入一大笔钱才行？他原本还想借崔府尊之名，再加上他和谢华盖咄咄逼人的气势，让夏祥畏惧他二人的威势，好让夏祥向徐望山和马清源施压，让徐望山和马清源退让，以极低的价格将粮仓和剩余的种粮转让给他和谢华盖。

谢华盖也急了："夏县尊不能出尔反尔？明明已经答应了崔府尊，怎么又后悔了？"

"本官哪里反悔了？"夏祥一拂衣袖，一脸不悦，"本官答应崔府尊由你二人接手粮仓和种粮生意，却并没有替徐望山和马清源答应让他们转让手中的粮仓和种粮，何况本官也无权命令他们。"

"夏县尊，可否请来徐员外和马员外？柳某想和他二人当面说个清楚。"柳长亭不死心，他认为如果徐望山和马清源在此，他有把握说服二人。

"柳员外就这么想见徐某？"柳长亭话音刚落，门外一个浑厚的声音响起，随后又传来一阵爽朗的笑声，"想见徐某容易得很，哪里还用劳驾夏县尊来请，你回头看看……"

柳长亭和谢华盖同时回头——门外一行数人，当前一人，明眸皓齿，顾盼生辉，是一个绝色小娘子。后面二人，一个人高马大，身强体壮，一个瘦弱黝黑，中等身材。

正是连若涵、徐望山和马清源三人。许和光却不在其中，他在办理完交割手续之后，又直接去了府衙。县衙许多人都说，许和光明是真定县的县丞，实际上却是真定府的推官。

"阁下就是徐员外？"谢华盖上下打量徐望山几眼，目光从连若涵身上一扫而过，虽惊艳于连若涵的美貌，却并不认识她是何许人，心思就放在了徐望山身上，"在下谢华盖……"

徐望山哈哈一笑，大手一挥："谢员外就不要假装不认识徐某了，在崔府尊的宴会上，你我有过一面之缘。"

说实话，谢华盖上次和徐望山有过一面之缘，也记住了徐望山的长相，毕竟徐望山是真定数一数二的富商，只是他故作不认识徐望山，是有意高人一等。

"是吗？当时人多眼杂，恕谢某眼拙，再有记性不好，记不得了。"谢华盖冲徐望山叉手一礼，"谢华盖见过徐员外。"

随后，他又和马清源见礼。马清源并不多说什么，只是一双眼睛在他和柳长亭身上多停留了片刻，意味深长地笑了笑。

柳长亭随后和徐望山、马清源见礼，最后才和连若涵见礼。

“这位是？”柳长亭朝连若涵随意一礼，“莫不是夏县尊的家眷吧？”

夏祥呵呵一笑：“这位是连小娘子，若说是本官的家眷，也并无不可，本官待她如妹妹。”

此话大有深意，柳长亭不由得眼皮跳动几下，心思大动，就算是夏祥的亲妹妹又能如何？他柳长亭看上的女子，哪一个最后不是乖乖就范？

柳长亭第一眼见到连若涵时，就眼前大亮，被连若涵绝美的风姿以及漠然的神情所折服。虽说他家中妻妾成群，但和连若涵一比，家里的莺莺燕燕都不过是路边花草，远不如连若涵高贵如明月、清澈如山泉。

若能和如此女子相拥而眠，才算没有白活，柳长亭心痒难止，若不是夏祥在场，他说不定早上前向连若涵调笑一番了。

不过……小不忍而乱大谋，既然夏祥称连若涵为妹妹，还是小心行事为好，眼下粮仓和种粮生意为大，谈妥此事之后，再寻机拿下连若涵也不晚。柳长亭虽是知道好景常在，也能猜到好景常在背后必有背景，但他一来富可敌国，二来身后也有靠山，区区一个女子，不管是用钱还是用强，到手之后，谁还能拿他怎样？

连若涵是何许人也，早就注意到了柳长亭色眯眯的眼神，她见多了形形色色对她心怀不轨的高官权贵，柳长亭是其中身份最低下最卑微的一个，是以她全然没有将他放在心上。

几人落座，夏祥直接点题：“既然柳员外、谢员外、徐员外和马员外都在，粮仓和种粮的事情，就当面说个清楚为好。”

谢华盖按捺不住心中的不解和不满：“徐员外，你和马员外的粮仓和种粮生意折价转让给谢某和柳员外，你可得一笔银子，谢某也不用再费心费力建造粮仓买进种粮，两全其美的事情，何乐而不为？”

徐望山打了个哈哈，不知道从哪里拿出了一对文玩核桃，在手中转来转去，目光却落到了谢华盖的佛珠上：“谢员外信佛？”

谢华盖扬了扬手中的佛珠：“闲来无事，念念佛吃吃素，可得心安。徐员外的核桃也不错，平常也爱玩文玩？”

“徐某是大老粗，不过是附庸风雅罢了，哈哈。”徐望山话一说完，猛然将手中核桃用力一握，“咔嚓”一声，核桃应声裂开，他拿起核桃仁扔到了嘴里，边吃边说，“徐某虽然没读过什么书，也不懂太多大道理，却认死理，自己的东西，好也罢，坏也罢，总要留在自己手里才甘心。核桃是，粮仓和种粮也是。”

谢华盖险些没被徐望山的举动气笑，简直是暴殄天物，徐望山手中的核桃虽不是什么珍品，却也价值不菲，竟被他吃掉了，真是粗俗。关键是文玩核桃并不好吃！

柳长亭收回在连若涵身上打转的目光，冷笑一声：“徐员外想开价多少，可以明说，不用绕来绕去。”

“就是，就是，马某早先就劝徐员外，差不多就行了。谢员外和柳员外也不是外人，诚心接手粮仓和种粮生意，也是为夏县尊分忧。你的三处粮仓和我的全部种粮，折价五十万贯卖与谢员外和柳员外，我二人省心，他二人省事，夏县尊高兴，皆大欢喜。”马清源接过话头，他和柳长亭胖瘦相仿，却比柳长亭稍矮了几分，多了几分憨厚之气，少了几分飘逸之意，却更显淳朴，只不过他说话的腔调和坐姿，分明又有几分朴实的狡黠，“徐员外非想自己留下，说留下粮仓和种粮，以备饥荒年之用，哪怕是只留一个念想也行，反正他也不缺钱花，还说如果谢员外和柳员外真是一片诚心，就是四十万贯转让出去，他也愿意成人之美。”

柳长亭肺都要被气炸了，马清源的话听上去很厚道，似乎还在为他们着想，其实是狮子大张口，以他和谢华盖合算，粮仓加上里面的种粮，顶多十万贯，马清源敢要五十万，徐望山似乎还很大方，便宜十万，四十万卖给他们。

这不是卖，这是比明抢还恶劣的暗抢和诈骗！

柳长亭还没说话，谢华盖禁不住发出了一连串的冷笑。

“五万贯的粮仓和种粮，马员外和徐员外敢要价五十万贯，真以为谢某和柳员外是没有见过世面的土包子？五十万贯！夏县尊评评理，马员外和徐员外的粮仓、种粮是不是真值五十万？”谢华盖要拉夏祥下水，他猜测马清源和徐望山漫天要价的背后，是受到了夏祥的蛊惑。

夏祥不动声色地喝了一口茶，淡淡一笑：“本官不懂经营，也未曾去过粮仓，未曾见过种粮，不过本官懂得一个道理……”

夏祥故意停顿不说，连若涵闻弦歌而知雅意，接话问道：“什么道理？”

“很简单的道理……”夏祥冲连若涵微微一笑，又问柳长亭，“柳员外，你手中的扇子价值多少？”

柳长亭手中的扇子是他托人定制而成，暹罗国的象牙为骨，苏州的苏锦为面，蒲甘的白玉为坠，定州的缂丝为绳，若是只按材质计算，少说也得一百贯。只是各种材质凑齐非常不易，又是他亲手编织而成，再加上扇面上的题字是他最喜欢的名家题写的最喜欢的一首诗，价值就更无法衡量了。

连若涵心思一动，立刻猜到了夏祥心中所想，随口说道：“一百贯以上，两百贯以下。象牙扇骨虽然不错，是上品却不是绝无仅有的孤品，所以价值有限。”

柳长亭顿时涨红了脸，象牙扇是他最为心爱之物，爱不释手，形影不离，莫说两百贯了，就是两千贯两万贯，他也不会卖，何况他又不缺钱。

“若是有人肯出二十万贯，或许柳某会小小地考虑一下，哈哈。”柳长亭晃动几下扇子，得意之形溢于言表，“此乃柳某心爱之物，怎会转让？在柳某的心中，这把扇子是无价之宝。”

到了此刻马清源若还不明白夏祥和连若涵的铺垫是何意，他就太笨了，他当即哈哈一笑：“粮仓和种粮也是马某和徐员外的心爱之物……”

柳长亭被夏祥绕了一个弯，此时才明白过来夏祥是在帮马清源和徐望山圆场，不由得心中动怒，一个小小的七品知县，竟敢戏弄他，真当他是没有来历没有背景的普通商人？他冷哼一声：“柳某只不过是为马员外和徐员外着想，想是二位留着粮仓和种粮也是浪费，柳某和谢员外买来，可以为夏县尊分忧，为百姓谋福。既然马员外和徐员外坐地起价，柳某不要也罢。”

“柳员外不要意气用事，买卖本就是坐地起价、落地还钱的生意，既是生意，就要允许马员外和徐员外有想要大赚一笔的心思。”谢华盖嘿嘿一笑，捻动手中的佛珠，慢条斯理地说道，“马员外要价五十万贯，也是有意考考我们的眼力，我们应该感谢马员外对我们提高眼力的帮助。这样，马员外，一口价，五万贯！你要是点头的话，我们就银货两讫。”

徐望山咧开大嘴笑了：“谢员外真会说笑，马员外要价是五十万，徐某要价是四十万。既然谢员外开口还价了，徐某不能不给面子，三十万贯，一口价！”

柳长亭忍无可忍了，手中扇子一敲桌子：“夏县尊可是亲口答应了崔府尊由柳某和谢员外二人接手粮仓和种粮生意。”

/ 第三十章 /

煽风点火

又抬出崔府尊压他，真当他事事唯崔象之命是从？夏祥心中有气，有必要敲打柳、谢二人一下，就冷冷说道：“本官是亲口答应崔府尊将粮仓和种粮生意由你二人接手不假，但没有答应崔府尊说服马员外和徐员外，让他二人将现有的粮仓和种粮转让给你们。柳员外、谢员外，你二人若是无力承担粮仓和种粮生意，也不必勉强。真定之大，有财力接手者，多的是。”

二人被直接打脸，大感面上无光。自从有了他二人比马清源、徐望山财富多无数倍的传言之后，二人虽不对外宣扬，心中也是沾沾自喜，不想竟被夏县尊说成财力不足，谢华盖当时就忍不住了：“夏县尊的言外之意是谢某和柳员外没钱了？哈哈，笑话，谢某和柳员外会没钱？若是我二人没钱，天下就没有有钱人了。”

“呵呵……”连若涵笑了，“谢员外豪气冲天，以天下最有钱之人自居，小女子好生佩服。”

柳长亭虽也知道好景常在是遍布天下的商行商号，却自认好景常在所做的生意都是可以摆到明面之上利润有限的生意，远不如他和谢华盖经营的获利数十倍甚至上百倍的独家生意，是以自认就算整个好景常在也不如他和谢华盖财力雄厚。

“你二人是否有钱，和马某无关。”马清源朝夏祥叉手一礼，“夏县尊，多有叨扰，马某和徐员外这就告辞了。粮仓和种粮生意的手续，已经交割完毕。”

夏祥知道马清源不愿意再和柳长亭多说什么，也不挽留。连若涵也起身告辞，说道：“夏县尊，小女子和马员外、徐员外会携手共进，为官府分忧，为百姓谋福。”

几人一走，柳长亭和谢华盖也明白事已至此，多说无益，只好拿了交割手续悻悻地告辞而去。

送走了众人，夏祥独自安坐房中，享受难得的清静。连若涵明日一早启程前往京城，此刻应该回得闲居收拾行囊了。幔陀、马展国、董断等人已经动身前往市乐。丁可用正在组织船队，准备打捞董现尸体。徐望山和马清源开始筹备不再和官府合作的私人粮仓和种粮生意，柳长亭和谢华盖虽然极度不满，却还是接手了粮仓和种粮生意，但要另起炉灶。

安排好了诸多事宜，夏祥反倒无事可做了，此时已近黄昏，他在书房之中练习了一会儿书法，又看了一会儿书，眼见天色就黑了下来。吕环环过来掌灯，柳儿前来送茶。

吕环环和柳儿年纪相差无几，身高也差不多，不过柳儿稍微丰腴几分，细腰宽臀，走路的时候腰肢扭动，如风摆杨柳。她面色白里透红，饱满的身体散发出二八女子成熟的气息，长腿如柳，秀发如柳，脖颈如柳，名叫柳儿，名副其实。

相比之下，吕环环就瘦弱了几分，脸色微有蜡黄，身体犹如含苞待放的花蕾，还没有展现勃勃生机。但她五官端正，眉眼如画，一旦长开，必定会如迎风怒放的鲜花，万紫千红。

吕环环穿了一身淡黄长裙，和柳儿的浅绿长裙相映成趣，二人如两只穿梭的蝴蝶，在夏祥身边，一个轻罗小扇，驱赶蚊虫，一个红袖添香，暗香浮动。

“柳儿，你怎么没回得闲居？”此时已是深秋，没有了蚊虫，柳儿挥动小扇，只是惯常的动作，夏祥感受到了柳儿有意无意的靠近，不由得暗暗一笑，“县衙之中有环儿就好，你不必也留在县衙。”

“夏县尊是要赶柳儿走吗？”柳儿眼圈一红，委屈之色跃然脸上，“连娘子让柳儿服侍夏县尊，夏县尊到哪里，柳儿就跟到哪里，是本分。若是夏县尊让柳儿回得闲居，肯定是柳儿哪里做得不好，让夏县尊嫌弃柳儿了。”

柳儿说着说着，眼泪掉了下来，她朝夏祥福了一礼：“要是夏县尊真是嫌弃柳儿，柳儿回得闲居便是了。反正柳儿已是夏县尊的人，听任夏县尊发落。”

夏祥愕然一愣，连若涵将柳儿借与他当贴身丫鬟，并未说将柳儿送与他。借与送是完全不同的待遇，有借便有还，有送则无还。

“柳儿起来，你家娘子是如何和你说的？”夏祥扶起柳儿，丫鬟虽是下人，若签的不是死契，也可以解除契约，恢复自由身，不过若是死契，就是终身为奴了。吕家一家人和他签的便是活契，若有不满，可以随时解约离开。

吕环环掩嘴一笑，轻哼一声：“柳儿姐姐不用担心夏县尊，不是还有我呢？我可是夏县尊在县衙名正言顺的丫鬟，还签了契约的。”

言语之中，对柳儿微有不满之意。

柳儿止住了眼泪，斜了吕环环一眼，从身上拿出一纸契约：“我也和连娘子签了契约，连娘子又将我送与了夏县尊，有字为凭。”

夏祥接过一看，不由得苦笑，柳儿与连若涵所签的契约竟是死契，连若涵未经他的允许，便直接将柳儿连同死契一并转送于他，也就是说，柳儿是他的终身奴婢。

又一想，连若涵明知柳儿明艳多姿，还非要送他为贴身丫鬟，莫非连若涵真有意让他收了柳儿为通房丫鬟？也不知她让柳儿留在他的身边，是想留意他的一举一动，还是想借柳儿之眼，看清他的为人。

“连娘子把你送给夏县尊，是连娘子的事情，夏县尊要不要你，得由夏县尊决定。”吕环环本能地不喜欢柳儿，柳儿太妩媚太大胆，又总是抢她应做的活计，时刻想和她争宠，让她很是不满，“夏县尊有事情尽管吩咐环儿，环儿从小什么活计都做过，能吃苦，有眼色，不娇气，不多事……”

“环儿的意思是，柳儿不能吃苦，没有眼色，既娇气又多事了？”柳儿知道吕环环对她不满，处处挤对她，终于忍不住了，反唇相讥，“柳儿认识夏县尊比你早，连娘子将柳儿送与夏县尊时，你还没有来县衙。要说先来后到，你才是后来的那一个。哼，凭什么柳儿来县衙，你就事事看柳儿不顺眼？早晚有一天，连娘子嫁与夏县尊，柳儿就是陪嫁丫鬟。”

“陪嫁丫鬟有什么了不起，环儿以后要当通房丫鬟。”吕环环仰起小脸，一脸扬扬得意。

“通房丫鬟怎么了？柳儿要当妾，就是比你地位高。”柳儿也当仁不让，针锋相对，“连娘子嫁与夏县尊，是要当正妻的，柳儿是连娘子的丫鬟，连娘子定是愿意抬柳儿当妾。”

夏祥吓了一跳，他一个堂堂的县尊，被两个丫鬟争来争去，没有发言权也没有选择权，成何体统？当即威严地咳嗽一声：“柳儿、环儿，你二人不要吵了，本官暂时没有娶妻之想，也没有纳妾的打算，你二人还是早些休息去吧。”

“不急，柳儿会一直等下去，相信夏县尊总有一天会有纳妾的打算。”柳儿认定了夏祥是她一生幸福的依靠。

“环儿更不急，环儿一家都是夏县尊的人，相信夏县尊不会亏待环儿。”吕环环更是一副有恃无恐的样子，反倒替柳儿担忧，“柳儿，你有没有想过一件事情，万一连娘子想嫁夏县尊，夏县尊不娶，你该怎么办？再万一连娘子非要嫁夏县尊，夏县尊无奈之下勉强娶了她，她却是偏房，你又该怎么办？还有还有，最好的结果是连娘子嫁了夏县尊，又是正妻又受宠，但连娘子不想让你上位，不让你当通房丫头，你又该怎么办？”

吕环环一连串的假设让柳儿瞪大了眼睛，几乎喘不过气来，更不用说反驳了，她呆立当场，愣了半天，忽然眼泪又掉了下来：“夏县尊，你要为柳儿做主，环儿她欺负柳儿……”

夏祥头都大了，在人前威风八面的他，偏偏在两个丫鬟面前，既不能威严又不好凶恶，只能尴尬地笑了笑："好了，好了，不要闹了，还没影儿的事情也拿来说上半天，还要生气，岂不是自寻烦恼？"

还好，许和光的及时出现为夏祥解围了。

吕东栋在门外禀报："夏县尊，许县丞求见。"

夏祥摆了摆手，对柳儿和环儿说道："你二人先下去。"然后才对外面的吕东栋说道，"让他进来。"

片刻之后，许和光急急进来，他一头大汗满脸焦急，急切地问道："夏县尊，柳员外和谢员外到崔府尊面前告状去了，说夏县尊伙同徐望山、马清源借粮仓、种粮生意的转让讹诈他们，崔府尊十分不悦。"

崔府尊十分不悦？他还十分不快呢！夏祥也没什么好气，脸色一沉："本官以为柳长亭和谢华盖是识大体之人，不想不仅斤斤计较，还如此不明事理，粮仓和种粮生意交由二人接手，怕不是长久之计。"

许和光在得知徐望山和马清源并不转让现有的粮仓和种粮时，就心中不满，后来他在帮连若涵、徐望山、马清源几人交割完毕手续之后，就急急去了府衙，向崔象密报连若涵加入了徐望山和马清源的粮仓和种粮生意。

崔象听了却是淡淡一笑，并不认为连若涵的加入可以改变什么。崔象还告诉许和光，和连若涵的好景常在的较量只可在幕后，不可放到明面上，且连若涵并非他的对手，相反，还颇有些渊源。许和光不解，想问个清楚，崔象却不再多说，只说让他照办就是了。

许和光又向崔象说起他的广进商行接连被好景常在的几家客栈分流了不少客源之事，若是再不阻止好景常在的扩张之势，广进商行就有被好景常在打垮的危险。崔象却依然不以为然地笑笑，让许和光不必骇人听闻，好景常在虽在真定开了几家客栈、酒楼和茶肆，但志不在真定一地，所以不必事事非要和好景常在一较高下，完全没有必要。

许和光想不明白为什么崔府尊对夏祥之事十分留心，处处放在心上，却对好景常在有意避之，难道崔府尊和好景常在有什么关系不成？又或者是崔府尊相中了连若涵，有意高抬贵手以示好？若真是如此的话，他定要让许七姐好好收拾收拾崔府尊。

崔府尊是有名的惧内，平生有三怕：一怕罢官，二怕免官，三怕许七姐。许七姐是许和光的姐姐，排行第七，人称七姐，性子泼辣，嫁与崔府尊时，崔府尊刚丧妻不久。许七姐的开朗大方慰藉了崔府尊受伤的心灵，让崔府尊对她产生了深深的依赖。许七姐也事事想得细心周到，将崔府尊照顾得十分服帖。

其后不久，许七姐露出了凶悍的一面，将崔府尊照顾得服帖之外，又将他管得更加服帖。崔府尊一开始还反抗几次，奈何始终难逃许七姐魔掌，最终只好认命，自嘲为“崔季常”。

大夏黄州有一游侠名叫陈季常，年少时嗜酒好剑，挥金如土，不好读书，所以没有考取功名。因家底丰厚，他在龙丘住的地方叫濯锦池，宽敞华丽。而他本人又十分好客，喜欢“蓄纳声妓”，每有客人来了，就以歌舞宴客。

不过，他的妻子柳氏非常凶悍且善妒，每当陈季常宴客并以歌女陪酒时，柳氏就醋意大发，用木棍敲打墙壁，客人尴尬不已，只好散去。因平时陈季常喜欢谈论佛事，自号龙丘居士，后来连车就借用狮吼戏喻其悍妻的怒骂声，作了一首题为“寄吴德仁兼简陈季常”的长诗，其中有这么几句：“龙丘居士亦可怜，谈空说有夜不眠。忽闻河东狮子吼，拄杖落手心茫然。”

崔府尊自比“崔季常”，显然是无奈地接受了悍妻的事实，再无反抗之心。

许和光虽这么一想，却也知道崔府尊身为朝廷五品命官，再升一步就迈入了大员的行列，姐姐嫁他为妻，也算是高攀了。何况崔府尊是清河崔氏之人，是高门望族，若真的惹恼了他，他一怒之下非要休妻，也是麻烦。

但崔府尊不许他和好景常在在明处较量，他不以为然，连若涵再厉害，还能在真定为所欲为不成？真定是崔府尊的真定，不是连若涵的真定，也不是夏祥的真定。

当然，许和光也明白一点：严格来说，真定也不是崔府尊的真定，而是三王爷的真定！

眼下四大世家纷纷前来真定，还不是看中了真定进可北上京城，退可南下东京、泉州的中心地理位置？三王爷在真定布局，更是所图深远。许和光却不敢妄自猜测三王爷想在真定下一盘什么棋，但有一点他敢肯定：三王爷对真定是势在必得！

柳长亭和谢华盖从县衙出来之后，直接就到了府衙，见到崔象，好一顿诉苦，口口声声说夏祥和徐望山、马清源串通一气，想要从中大捞一笔。才五万贯的粮仓和种粮，敢开口要价五十万贯，夏祥肯定要从五十万贯中拿走二十万贯。

崔象却始终一脸平静，等柳长亭和谢华盖说完，他才不慌不忙地说出了他的看法。夏祥是不是想从中牟取私利暂时不管，若是有真凭实据，他会参夏祥一本，保管让夏祥丢官，坐牢杀头也不是没有可能。只说粮仓和种粮，徐望山、马清源要价过高，可以不接手他们的粮仓和种粮，新建就是了，也不是什么了不起的大事。

许和光却愤愤不平，说是夏祥完全没有将崔府尊放在眼里，三件事情，董现命案、粮仓和种粮生意以及主簿人选，他除了在粮仓和种粮生意上虚与委蛇之外，董现命案和主簿人选，完全自作主张，丝毫没有在意崔府尊的想法。

崔象本来故作大度，不想和夏祥过多计较，毕竟他是一府之尊，治下四县，夏祥只是其中一县的知县。他身为知府，虽是夏祥的直接上司，却也不便事事插手真定县的政事。但在柳长亭和谢华盖以及许和光再三议论夏祥的不是后，他心中也难免气愤。尽管他也知道夏祥的所作所为是分内事，是一名知县的职权所在，但许和光一再强调夏祥的做法是有意和他作对，他不免就多了猜疑。

正在此时，京城来信。

崔象一看来信大吃一惊，信上的笔迹他再是熟悉不过，正是当朝宰相候平磐亲笔!

崔象也不避讳几人在场，当即打开书信，只看了几眼，就顿时站起，脸色惊喜交加。

/ 第三十一章 /

下网

许和光忙问出了什么事情，崔象收起书信，拿出火绒将书信点燃，等全部化为烟灰之后，他才神秘地一笑，说是候相公来信，让他务必将夏祥的仕途扼杀在真定，不能让夏祥在真定有任何作为，也不能让夏祥带着政绩离开真定。

许和光大喜，夏祥在京城得罪了三王爷，来到真定之后，他就纳闷为何京城没有来信让崔府尊如何对应夏祥，现在终于等来了候相公的亲笔书信，他以后就可以放心大胆地用尽一切办法对付夏祥了。夏祥才来没几天，所作所为就让他大感厌烦和不满。和上任郝海记完全不同的是，夏祥是一个凡事都有主见，从来不会受他人影响的县尊，想要左右夏祥，让夏祥为他所用，几乎没有可能。

还好，幸好，真好，有了候相公的亲笔信，夏祥以后休想再在真定为所欲为了！

又一想，许和光不由得暗笑候相公太操之过急了，夏祥来真定上任还没有几天，京城就来信告知。

柳长亭和谢华盖也是喜出望外，二人非但看不起夏祥的做派，也对夏祥在京城大闹科场扳倒文昌举并且得罪三王爷之事耿耿于怀，更对夏祥伙同徐望山、马清源敲诈他二人恨之入骨。现今有了候相公的亲笔书信，夏祥在真定必定一败涂地。

几人又商议一番，一致认为徐望山和马清源想要保留粮仓和种粮，就是为了漫天要价。如今要价不成，看他二人如何收场。崔象虽也赞同柳、谢二人的说法，却还是心怀疑虑，总觉得夏祥此举大有深意。

柳、谢二人却说，不管夏祥有什么深意，有了候相公的书信，崔府尊只管放手去压制夏祥，夏祥再是神通广大，在真定府的治下，他也无能为力。

崔象一想也是，也就不再多说什么，只是叮嘱几人小心行事，不要让夏祥抓住了把柄。

随后柳、谢二人告辞，许和光就和崔象说起了董现命案。崔象也并不十分清楚董现命案的背后到底会牵连到谁，只是在官场沉浮多年的他本能地认为董现命案就应该到此为止，不宜再追查下去。候相公的来信中，也没有提及此案，可见此案并未传到京城。他也相信此案最多牵涉到市乐县丞或是知县，并不是什么天大的事情。但市乐县也归真定府管辖，真要因董现一案落马一个县丞或是一个知县，他身为知府也是面上无光。

最主要的是，市乐知县裴硕章是候相公的得意门生，候相公有意提拔裴硕章为吏部侍郎。因此，市乐知县一任的政绩考核至关重要。

崔象本来要留几人吃饭，柳、谢二人还有事要办，告辞而去，许和光也无心逗留，急急返回县衙。他心中气愤难平，想明里暗里敲打夏祥一番。候相公的亲笔书信等同于尚方宝剑，如果夏祥知难而退还好，如若不然，就只能明枪暗箭刀兵相见了。

不想夏祥非但没有丝毫退让之意，还说柳长亭和谢华盖接手粮仓和种粮生意不是长久之计，许和光心中的怒火就再也压抑不住，熊熊燃烧了。

许和光道："夏县尊的意思是不让柳员外和谢员外接手粮仓和种粮生意了？现在秋种已过，马上入冬，正是修建粮仓和储备种粮的大好时机，若是错过了时候，到了天寒地冻的日子，想修建粮仓也建不起来了，只能等来年春天化冻之后再建。说不定再出现什么差池，到了夏收秋种的时候还没有建好，百姓无处可以借贷种粮，事情就棘手了。夏县尊博览群书，书中自有黄金屋，书中自有颜如玉，书中却没有教人怎样务农。"

夏祥岂能听不出来许和光的言外之意是嘲讽他不懂务农之道，他负手说道："许县丞的话大有道理，只是柳长亭和谢华盖对本官不敬不说，还污蔑本官和徐望山、马清源串通一气讹诈他们钱财，如此品行不端之人，如何让本官认定他们可以一心为百姓着想？本官会主动向崔府尊请罪，再寻他人接手粮仓和种粮生意，一应后果，都由本官一人承担。"

许和光顿时愣在当场，他气势汹汹前来兴师问罪，本以为抬出了崔府尊再加上候相公的亲笔信撑腰，足以一见面就让夏祥偃旗息鼓，不想夏祥非但没有退让之意，反倒得寸进尺。他震惊之余，心中怒火更盛："夏县尊，粮仓和种粮一事非同小可，事关新法，不可儿戏！万一出现什么差错，到时候相公追究下来，不只是夏县尊一人，真定县上下都难辞其咎。下官恳请夏县尊三思。"

夏祥见许和光声色俱厉，反倒呵呵一笑："方才本官说了，一应后果都由本官一人承担，许县丞不必多虑。且本官已经找好人选，不会耽误事情。"

许和光几乎不敢相信自己的耳朵，怎么一转眼的工夫夏祥又找到别人接手粮仓和种粮生意了，这唱的是哪一出？他准备充足的一番说辞被夏祥突如其来的一刀打乱了思路，不由得慌张起来，夏祥若真是横下心来不让柳长亭和谢华盖接手，崔府尊也是无计可施。就算崔府尊参夏祥一本，前后也要一个月的时间才能被候相公批阅，到时事情已经落定，无可挽回了。

情急之下，许和光急急说道：“夏县尊怎能这样？柳员外和谢员外已经开始着手准备修建粮仓和储备种粮了，要是再不让他们接手，传了出去，会让百姓笑话县衙朝令夕改，会有损夏县尊威名。”

夏祥见前戏唱足，也就稍微收了一收：“说得也是，不过本官很难相信柳员外和谢员外会一心为百姓着想，若是他二人立一份军令状，本官就勉为其难地不收回成命了。”

许和光咬牙想了一想，夏祥真要收回成命，谁也阻止不了他，现今之计不如先退让一步，让夏祥先得意几天，等柳长亭和谢华盖完全接手了粮仓和种粮生意后，明年借贷之时，事事就由不得夏祥了。

许和光把心一横：“下官替柳员外和谢员外担保如何？”

就等许和光这一句话，夏祥有意迟疑了一会儿，才说：“难得许县丞有心，真定县十余万百姓定当铭记许县丞恩惠。”

许和光心想：别动不动就拿真定县十余万百姓说事，真定县不是你夏祥的真定县，你也不是真为了真定县百姓着想，你是为了自己的官声和政绩。

夏祥的书房中笔墨都有，许和光唰唰几笔写了一份保证书，题写名字之后，又郑重其事地按下了手印。夏祥在一旁冷眼旁观，果然不出所料，为了柳长亭和谢华盖，许和光不惜自己赤膊上阵担保，可见许和光和柳长亭、谢华盖之间的关系无比密切。再有崔府尊也一再为柳、谢二人出头，那么可以推测的是，柳、谢二人的身后，必定有一座让崔象和许和光都仰望的巍峨高山。

虽不敢贸然猜测柳、谢二人背后的高山是三王爷还是候相公，但夏祥心中清楚，三王爷让他来真定县担任知县，肯定是想让他在真定一败涂地。眼下放眼真定府和真定县，他身边可用之人还真不多。知府崔象自不用说，既是清河崔氏之人，是世家子弟，在朝中也必有靠山，是候相公还是三王爷，并无不同。现今朝中完全就是候相公和三王爷的天下。

通判郑好是荥阳郑氏之人，据连若涵所说，崔氏和卢氏一向交好，和郑氏、李氏关系一般，而郑氏和李氏多有通婚，关系密切。不过四家之中，你中有我我中有你，并不能简单地用关系好坏来划分。大体上来说，崔卢两家往往政见相同，郑李两家大多时候互相扶助。

现今崔、卢、郑、李四大世家纷纷前来真定，可见真定是一处宝地。各方争夺官职和商业，他作为真定知县，必然会被卷入其中。可惜的是，他身单力薄，朝中既无靠山，和四大世家又无交情，更是高攀不起四大王爷，何况还得罪了三王爷。

等于说，夏祥如今深陷真定的龙潭虎穴之中，不管偏向哪一方，必然得罪另一方。无论得罪哪一方，都是他承受不起的严重后果。

许和光走后许久，夏祥一人呆坐在书房，沉思半天。事情虽然想得明白，却还是没有找到解决之道。幸好他身边有萧五，有幔陀，还有连若涵，京城之中，有金甲，有曹用果，也不算孤家寡人。

翌日一早，夏祥前去为连若涵送行。连若涵只让夏祥送到滹沱河桥南，不让他过桥到桥北。夏祥也没勉强，和连若涵拱手而别。

夏祥没有直接回县衙，而是在丁可用的陪同下，亲眼观看百船齐发打捞尸体的盛况。

夏祥原本以为丁可用征用数十条民船就不错了，不想丁可用身为捕头，和众多船公船夫交情不错，一声招呼，竟征来百余条民船。大小不一，一字排开在滹沱河上，生生将并不算窄的滹沱河排得满满当当。

为首的船夫名叫吕东梁，是吕东栋的堂弟。他听说是夏县尊要用船，当即不遗余力地招呼所有关系不错的船公，只凭他一人之力就找来了近二十条船。

夏祥点头赞道："丁捕头此事办得相当不错，当记大功一件。"

丁可用喜出望外，拱手说道："承蒙夏县尊夸奖，本是属下分内之事，不值一提。"

夏祥点头："可以开始了。"

丁可用接过旁边衙役手中的旗帜，高高举起，左右摇动几下，大喝一声："下网！"

随着丁可用一声令下，百船齐发，连夜赶制的三张大网，在百余名船公的拉扯下，完全将滹沱河河面覆盖。三张大网同时入水，溅起了无数水花。

正是秋日晴好的天气，阳光普照，两岸站满了围观的百姓。从来没有见过如此宏大场面的百姓顿时发出了惊天般的叫好声，轰天巨响，直冲云霄。

许和光并未站在夏祥身边，而是躲在人群之中。他的身前是柳长亭和谢华盖。

柳长亭手中扇子一指河对岸的府衙："想必崔府尊也在府衙之中观看这一场惊天动地的闹剧。夏县尊真是了得，才上任几天，就折腾这么大的一出，捞到了董现的尸体还好，捞不到的话，劳民伤财不说，还成了笑话。"

谢华盖哈哈一笑："夏县尊新晋进士就担任了真定知县，本身就是一个笑话。他没有自知之明也就罢了，还想在真定县有所作为，想和我等作对，当真是自不量力！"

许和光呵呵一笑："夏县尊年轻气盛，想有所作为，也是人之常情，我等身为长辈，当对他多些担待。不过如此好大喜功，就不是为官之道了。崔府尊也说了，若能打捞出董现尸体，也就罢了。如若不能，崔府尊会上书皇上，参夏县尊一个好大喜功、耗费民力之罪，到时夏县尊就会长一些记性、多几分谨慎了。"

许和光的话听上去比柳、谢二人的话委婉，其实嘲讽之意更浓，他以长辈自居，是对夏祥的大不敬。

许和光笑完之后，又想起了什么，问道："柳员外、谢员外，本官已经替二位担保了粮仓和种粮生意，二位可不要让本官失望，也不要落了夏县尊口实。"

柳长亭和谢华盖对视一笑，谢华盖晃动手中佛珠，笑道："许县丞不必担心，你我本是一家，自当一心。粮仓和种粮生意，既是为崔府尊分忧，又是为了推广新法，好让反对新法的官员无话可说。再者，谢某和柳员外在真定，肩负重任，可不是只为了真定一地的得失。夏祥小小的真定知县，目光只在真定县一地，和我等怎能相比？"

许和光连连点头："谢员外和柳员外，是为三王爷效力还是为候相公做事？"

柳长亭手中折扇"哗"的一声打开，现今天气凉风习习，他却依然习惯性扇了几下："许县丞不必问得太多，你只管知道我二人手眼通天就行了。你也不想想，是为三王爷效力还是为候相公做事，又有何区别？"

许和光心领神会地一笑："本官过虑了，过虑了，哈哈。本官必定会一心协助柳员外和谢员外在真定的大事，还请二位在三王爷和候相公面前，多为在下美言几句。"

"好说，好说。"谢华盖双手背在身后，踮起脚尖远望河中情形，"许县丞，夏县尊才来真定县上任没有几天，别急，一切都刚刚开始。不管怎样，粮仓和种粮生意到了谢某和柳员外手中，明年放贷的时候，夏县尊就知道厉害了。"

柳长亭比谢华盖和许和光稍高一些，却也看不清河中情形，人太多了。他回身一看，身后一个男子踩在一个凳子之上正看得津津有味，他悄然来到此人身后，拿出一个铜钱，一扬手扔在了男子的后脑之上。

男子吃疼，手捂脑袋，回头骂道："谁不长眼睛扔我……"眼光落到了地上的铜钱之上，顿时一亮，跳下凳子去抢铜钱，不料晚了一步，身后一个老头抢先抢走了铜钱。

"还我，我的铜钱。"男子不干了，上前揪住了老头的衣领，"敢抢我的钱，不想活了是吧？"

老头不甘示弱："你的钱怎会砸在你的后脑勺上？分明是别人的钱。"

"我的钱怎么就不能砸在我的后脑勺上了？你还不还？不还吃我一拳。"

“不还，不是你的钱凭什么还你？”

“不管是不是我的钱，砸疼我了，就得归我。”

“天下没有这样的道理。”

“我说有就有……”

两个越吵越凶，然后揪打在了一起。柳长亭摇头一笑，贪心害死人，古来如此，他乘人不备将凳子顺手拿走，回到许和光和谢华盖身边，冲二人得意地一笑，踩在了凳子上。

许和光和谢华盖一脸诧异，听到身后的吵闹，回头一看，已经打成一团了。

此时湖中百船拉动三张大网，逆流而上，伴随着船公此起彼伏的叫声，已经上行了十余丈，却一无所获。为首的船公吕东梁心中微有焦虑，丁可用找到他时，说让他叫人逆流而上打捞尸体，他就说尸体只会被冲到下游，怎会在上游？丁可用却说是夏县尊的命令，必须一路向上，向上游打捞。他只好从命，心中却是担忧，夏县尊毕竟年轻，又不懂水流，折腾一番打捞不到尸体，岂不丢人？

丁可用也是同样的想法，之前也向夏祥提过，夏祥却坚持要向上游打捞，他也不好再多说什么。

围观的百姓开始议论纷纷。

“一百多条船，大张旗鼓是在干什么？”

“听说是打捞尸体，就是前一段时间的命案。”

“命案不是发生在下游？怎么向上游打捞？这不是南辕北辙了吗？”

“谁说不是呢？听说是夏县尊非要让人朝上游打捞，县尊的话不能不听。”

/ 第三十二章 /

好戏在后头

“夏县尊才多大年纪？不懂行船不懂水流，朝上游打捞，再是兴师动众也会是竹篮打水一场空，可惜了，夏县尊太刚愎自用，要是老夫认识他，一定会骂他黄口小儿，无知自大。”一个须发皆白的老翁一脸愤愤不平之色，他头戴斗笠，脚穿渔靴，一副渔人打扮。

旁边一个肥胖的妇人问道：“张公怎的今天没有打鱼？”

“金二娘，我的船被丁捕头征用了，怎么去打鱼？”张学华今年五十八岁，世代以打鱼为生，是真定县有名的打鱼能手，据说从不空网，每撒一网必有大鱼小鱼数十条落网。几十年来，经他之手从滹沱河中打上来的鱼，少说也得有十万条。

金二娘又问：“船被征用了，你人为什么没去拉网？”

“老夫才没闲工夫陪夏县尊瞎折腾，不信你看，打捞半天，别说尸体了，连鱼都不会有一条。这么大张旗鼓地闹腾，鱼都吓跑了。”张学华哈哈一笑，自得地一捻长须，“可惜老夫无缘见到夏县尊，若能见到他，一定要向他当面请教，为什么会认为董现的尸体在上游。”

“张公，你又为何认定董现的尸体会在下游？”张学华话音刚落，旁边有一个眉清目秀的郎君向他施礼说道，“以你多年的打鱼经验，董现的尸体只能冲到下游？”

“那是自然，尸体是死人，只能随波逐流，难道还能和活鱼一样逆流而上？”张学华打量身边的郎君几眼，见郎君唇红齿白，十分俊美不说，还面相喜人，不由得笑道，“不信你扔一块猪肉到河里，看看猪肉是被冲到下游还是会长腿跑到上游？”

年轻郎君摇头说道：“猪肉是猪肉，尸体是尸体。若是普通人的尸体，必定会被水流冲到下游，但董现的尸体就不同了，董现可是市乐县的富商，腰缠万贯。”

“哈哈哈哈……”张学华再也忍不住放声大笑，“富商和穷人死了又有什么不同？难道生前有钱，死后还可以买通河神，让河神把他的尸体送到上游？”

金二娘张开大嘴，哈哈大笑：“张公，我认识你大半辈子了，还不知道你这么会说玩笑话？哈哈哈哈，笑死老娘了。”

周围人群一起哄笑。

年轻郎君也不恼，伸手一请：“请张公随我到河边。”

“去就去。”张学华才不管年轻郎君想做什么，反正他打了一辈子鱼，什么奇事怪事没有见过，早就司空见惯世间事，“走，金二娘也一起瞧瞧去，看看小郎君怎么让死人游到上游。”

众人一听顿时来了兴趣，你推我我拉你，跟在几人身后，来到了河边。

年轻郎君在河边蹲下，拿出一块长条形的石头，放到了河里。在水流的冲击下，石头摇晃几下，朝下游翻了一个滚。

张学华咧嘴笑了：“小郎君，就连石头也是要朝下游而去，何况是人了。”

众人又一起大笑。

年轻郎君气定神闲，微微一笑：“莫急，莫急，好戏还在后面。”他用手拨动河水，河水不停地冲击石头，石头再次晃动，又朝下游翻滚了一下。

“我说小郎君你别闹了，省省力气吧，你家小娘子还等你早点回家呢。”金二娘一拍年轻郎君的肩膀，笑得一身肥肉乱颤，“你有这工夫这心思折腾石头干啥，回家折腾你家娘子说不定还能折腾出花样。”

人群爆发出一阵会心的笑声。

年轻郎君还是一脸浅笑，用手一指水中石头：“各位，不要眨眼，请看……”

只见石头翻滚之后慢慢地陷入了河底松软的沙子之中，只有半截露在外面，河水不停地冲击石头，很快就在石头和沙子接触的地方冲刷出了一个小坑。众人惊奇地睁大了眼睛，眼见小坑越来越大，石头晃动几下，栽倒在了沙坑之中。

“啊！”人群传出了一阵惊呼。

“咦！”张学华惊讶不已，石头真的朝上游上了一步，他不由得张大了嘴巴，“我在滹沱河上行船一辈子，还是第一次见到这样的怪事，小郎君，这是什么古怪？”

“这不是古怪，是正常之事。”年轻郎君起身负手而立，“张公在滹沱河行船多年，可知滹沱河河底多有淤泥？”

“这个我是知道的，滹沱河在灵寿和滏阳河相交，滏阳河水多有泥沙。流经真定时，滹沱河河道变宽，水流变慢，泥沙就沉积在了河底。时间一久，就成了淤泥。”张学华不解年轻郎君为何有此一问，一脸疑惑，“河底有淤泥又如何？

人淹死之后，尸体会浮在水中，不会如石头一样沉在河底。”

“还是张公经验丰富，如此简单的问题，我想了几天才想明白，若是早些遇到张公，董现的尸体或许早就打捞上来了。”年轻郎君微微摇头叹息一声，“我也是想不明白，为何马小三夫妇的尸体在下游被找到，而董现的尸体沿河而下数十里都不见？如果不是深陷淤泥之中，早就应该浮上水面了。”

“对呀，我在滹沱河行船多年，见多了尸体，也捞过一些，人死之后通常三日到七日必浮出水面。”张学华见石头又朝上游倒了一次，猛然一拍大腿，“我明白了，董现的尸体必定是陷在了淤泥之中，又被河水冲击，就如石头一样，慢慢地逆流而上，到了上游……”

“找到了，找到了！”

张学华话刚说完，河中传来了一阵惊天动地的欢呼，只见十几名船夫拉开一张大网，用力将网提出水面。网的正中，赫然有一具尸体！

“真在上游！”

“天哪，太神奇了，怎么死了之后又跑上游了，难道遇鬼了？”

“瞎说什么大实话，河里淹死过那么多人，肯定有不少水鬼。”

“行了，你们别瞎猜了，不是水鬼，是河神。”

“还真找到了。”张学华一跺脚，朝年轻郎君作揖说道，“小郎君，方才老夫多有冒犯，请不要见怪。只是老夫还有一事不明，还请指正。就算董现的尸体陷在了淤泥之中，被冲开淤泥之后，他也会浮出水面。人不是石头，石头可以沉在水底，人不能。”

“张公不必多礼，无妨。”年轻郎君摆了摆手，远望河中打捞上来的尸体，喜形于色，“以前我也没有想通这个道理，才一直不敢肯定董现的尸体会在上游。后来想到了一件事情，才想通了其中的道理。”

“什么事情？”张学华的好奇心被提了起来，迫切地想知道真相。

“张公跟我来。”年轻郎君转身就走，张学华紧跟其后，不管年轻郎君去哪里，他都要跟上去看个明白，否则好奇心会让他连觉都睡不着。

金二娘也满腹疑惑，悄悄跟在了后面。

年轻郎君分开人群，一直走到船边，二话不说上了船。一百余只船横在一起，形成了一座浮桥。年轻郎君上船之后，穿过一只又一只船，来到了中间最大的船上。

张学华和金二娘跟在身后，也没多想，只当年轻郎君是河工或是船公。

尸体已经打捞上来，放在了船上。由于浸泡时间过长，已经严重变形，奇臭无比。船公纷纷皱眉掩鼻，年轻郎君却不管不顾，来到尸体面前，俯身看了几眼，回身对张学华说道：“张公可曾听说一个石狮子的传说……”

众船公也不知年轻郎君是何许人也，也当他是船公或是河工，众人都围着尸体议论不停，没有在意年轻郎君和张学华、金二娘的到来。

张学华不知年轻郎君为何有此一问，摇头说道：“没有听说过。”

年轻郎君先是围着尸体转了一圈，才又说道：“沧州城南有一座靠近河岸的寺庙，有一年运河发大水，寺庙门口的一对石头雕刻的大狮子被冲进了河里。十几年后，寺庙的僧人想重修山门，找人想把那一对石狮子打捞上来。可是，河水湍急，奔流不息，隔了这么长时间，到哪里去找呢？”

“人们一开始先在山门附近的河水里打捞，一无所获。大家又推测，准是让河水冲到下游去了。就又出动了几只小船，拖着铁耙，像篦头发似的，从上到下，从左到右，一口气找了十几里远，还是没找到。”

“石狮子应该是沉到水底了，越沉越深。”张学华根据他的经验，得出了结论。

年轻郎君一笑，继续说道：“一位教书老先生听说了，对打捞的人说：你们真乃不明事理！石狮子非木头所刻，怎能被冲之下游？石狮坚固而沉重，河沙疏松而轻浮，石狮湮于泥沙之中，只会越沉越深，你们反而到下游去找，岂不枉费了功夫！石狮子就在河底的淤泥之中！大家听了老先生的话，觉得十分在理，就准备动手在山门倒塌的地方挖掘。正在这时，一位看河守堤的老河工走过来，笑着说：在原地方是挖不到的，应该往上游去找。

“老先生一听，连连摇头，十分气愤地说道：荒唐，实在荒唐，老夫学识渊博，教书多年，难道还不如你一个河工？石狮子怎么可能在上游？一派胡言！大家都赞同老先生之话，对老河工的说法都觉得好笑，没有一个人理睬他。老河工觉得受到了很大的屈辱，他只身一人，撑船下河，沿河而上，只用了一顿饭的工夫，就在石狮沉没的上游方向找到了石狮子！”

周围的船公纷纷围了过来，虽然打捞上来了一具尸体，还不敢肯定是不是董现尸体，但都好奇为什么会在上游打捞出来，都争论不休不知道原因时，有人讲到了石狮子的故事，就都来了兴趣，聚精会神地听了起来。

年轻郎君继续说道：“这可大大出乎大家的意料，水往下流，一个石狮有几千斤重，又没长腿，怎么会跑到上游去呢？大家纷纷围住老河工，要他讲讲，为什么石狮子会往上跑呢。老河工哈哈一笑，自得地说道：我跟河水泥沙打了几十年交道，还能摸不清它的脾气？石狮子是翻跟头翻上去的。有句俗话说，凡河中失石，必求之于上游。石狮子结实沉重，河沙松散轻浮。从上游下来的水冲不动石狮，叫石狮子一挡，又窝回头，向两边冲去。这样一来，石狮子下面的沙子就不断被卷走一些，慢慢地在石狮子下面冲出一个坑，越冲越大，石狮子失去了平衡，在原地方待不住了，就倒转在坑里，流水又冲石狮子下面的沙子，到时候石狮子在原地方又待不住了，就再倒转一次。就这样，不断地翻跟头，天长日久，石狮子就一个又一个跟头翻到上游去了。”

年轻郎君讲完，张学华傻了一样愣在当场，猛然一拍大腿：“小郎君，老夫服了你了！可是老夫还是不明白，为什么董现的尸体会翻到上游？董现是人，可不是石狮子！”

“说得也是，董现是人，不是石狮子。”年轻郎君来到董现尸体面前，用手按了按董现膨胀的尸体，众船公躲到一边，唯恐被尸臭熏到、被尸水溅到，“张公，来，你按按，看看董现的尸体有什么古怪之处。”

张学华上前，小心翼翼地将手按在了董现的尸体上，手刚落下，就“咦”了一声：“奇怪，这是什么东西？”又想起了什么，问道，“小郎君可是见过董现？怎么知道这就是董现的尸体？”

“我并未见过董现，也不敢肯定这就是董现的尸体。不过……”年轻郎君一指尸体耳朵上的一个黑痣，以及右手上短了一截的无名指，“董现的弟弟董断说，董现小时候右手无名指被刀斩下一截，右耳的正面有一颗明显的黑痣，两个特征完全相同，此人必是董现无疑。董现的身上是什么东西，一看便知。”

董现落水时间也不算很长，身上衣服还没有开始腐烂，年轻郎君伸手一拉董现的衣服，没有拉开。此时一名衙役从后面冲了过来，一推年轻郎君的肩膀：“你是何人，怎么乱动？小心夏县尊治你的罪打你的板子。”

张学华此时也清醒过来，他怎么稀里糊涂就跟着小郎君上了船，万一官府追究下来，打一顿板子是跑不了了，他一时后怕，冲年轻郎君说道：“小郎君，我们还是赶紧下船为好，不要耽误夏县尊查案。”

年轻郎君冲衙役微微一笑：“你叫什么名字？”

衙役二十多岁，刚当差不久，脸上稚气未脱，还没有世故之气，他仰起脸，气势非凡地说道：“本差姓齐名合，排行老大，人称齐大。你是什么人？赶紧下船，小心让丁捕头看到了，打你板子。”

“你当差多久了？”年轻郎君见齐合身上的捕快服崭新无比，腰间的佩刀也是新刀，猜到齐合应是县衙的新人。

“今天是第七天。怎么，你是不是觉得我是新人好欺负？告诉你，本差是新当差没错，可是本差以前可是远近闻名的快刀手，你去打听打听，从真定到市乐再到灵寿，谁不知齐快刀的大名？”齐合越说越激昂，忽然意识到了什么，不对，他是来赶人下船的，不是介绍自己，忙故作威风地咳嗽一声，右手按在刀柄之下，“你要是再不下船，别怪本差不客气了。”

“夏县尊，夏县尊！”丁可用和萧五快步如飞沿着浮桥跑了过来，见夏祥安然无恙地站在船中，一颗心才落了下来。

他和萧五本来在夏祥左右护卫夏祥，一转眼却发现夏祥不见了，这一惊可是非同小可，围观百姓众多，谁知道里面有没有居心叵测的坏人，万一夏县尊出了什么意外，他想都不敢想会有什么样的后果。

萧五却一点也不着急，他对夏祥有一种盲目的信任，认为夏祥绝对不会有事，他津津有味地在人群中转来转去，听众人议论，观察每一个人的一举一动，像极了对什么都好奇的孩童。

丁可用转了半天，还是没有发现夏县尊的行踪，急得直跳脚，他见萧五不仅不急，还不知道从哪里弄了一串糖葫芦吃得津津有味，不由得气笑了：“萧哥，你还有心思吃糖葫芦，夏县尊不见了，快和我一起找。”

萧五一口咬掉一个山楂，嘻嘻一笑：“丁捕头，先生丢不了，他比谁都厉害，你不用慌张。你要是能猜到我的糖葫芦是从哪里来的，我就告诉你先生在哪里。”

/ 第三十三章 /

起网

丁可用拿萧五没办法，只好猜道："买来的？偷来的？抢来的？"

"都不是。"萧五连连摇头，回身一指不远处树上的一个七八岁的孩童，哈哈一笑，"他让我帮他上树，我要他手中的糖葫芦。上树后，他又害怕，想下来，他只有一个糖葫芦，我才不管他下来的事情。"

丁可用哭笑不得，树上的孩童正咧嘴大哭，他让身边的捕快去帮忙放下孩童，拉住萧五的衣袖："萧哥，夏县尊到底在哪里？"

"在船上。"萧五用手一指河中的船只。

丁可用不敢怠慢，急匆匆跑到了船上，正好遇到新来的捕快齐合为难夏县尊，方才的所有担心和害怕全部化成了一腔怒火，二话不说一脚踢在齐合的腿上，骂道："瞎了你的狗眼，知不知道你面前的人是谁？是夏县尊！"

真定县衙衙役连同捕快一共百余人，其中没有见过夏祥者不在少数，齐合正是其中之一。他被丁可用一脚踢在腿上，本来还想硬撑着站稳，一听眼前之人竟然是夏县尊，顿时惊吓之下，双腿一软，"扑通"一声跪倒在地。

"夏县尊，小的有眼无珠，冒犯了夏县尊，请夏县尊治罪！"齐合对夏县尊之名如雷贯耳，只是近来他经常跑外，无缘得见夏祥一面，不想竟是人在对面不相识，他心中无比自责，又十分害怕。

"治罪？治什么罪？"夏祥呵呵一笑，扶起齐合，"起来，齐合，你恪尽职守，忠于职责，应当奖励才对。丁捕头，齐合赏钱一贯。"

齐合还没有当差之前，总是听人讲起县尊是一县之尊，是天大的官儿，是真定县说一不二的天，让谁生谁就生，让谁死谁就死，不能冒犯。当差之后，他也经常听人说起上任知县郝海记被知府崔象和县丞许和光夹在中间受夹板气，经常会向衙役、捕快发火，动不动就打人板子扣人薪俸，以至于还赶走了几个他看不顺眼的衙役。

衙役本来就是吏，用谁不用谁，县尊可以一言而定。通常衙役为了维护县尊的威风，为了方便办案，对百姓会呼来喝去，作威作福。“一入公门深似海”，是说人在公门之中，会和百姓成为陌路人，更会凌驾于百姓之上。所以一旦进入公门，再要出来，就很难再在百姓中立足了。

尤其是衙役和捕快。被郝海记驱逐出公门的几个衙役和捕快，脱了官服之后，没有了公门的身份，却又因为当差时欺压百姓，被百姓所不容。最终在真定无处容身，连生计都无法解决，最后只能远走他乡。听说几人之中，没有一人善终，有的病死在了他乡，有的在途中饿死，有的因抢人钱财被抓入狱。

齐合得知自己冒犯了夏县尊之后的第一个念头就是完了，他肯定会被夏县尊赶出公门了。一想到自己即将面临的悲惨遭遇，他确实吓得不轻。不料夏县尊竟然亲自扶他起来，还说要赏他--贯钱，他以为他听错了，目瞪口呆愣在当场。

不只齐合愣在当场，张学华和金二娘也是惊讶得不知所以。

什么，小郎君竟然是堂堂的夏县尊？想起刚才他出言不逊，骂夏县尊是黄口小儿，张学华心中无比惊恐，朝夏祥叉手一礼一揖到底：“夏县尊，方才小老儿多有得罪，请夏县尊治罪。”

“夏、夏、夏县尊，我、我、我刚才没说你什么坏话，就是笑的声音响了一点，你、你、你不会也要治我的罪吧？”金二娘吓得连话都说不利索了，双腿打战，只差一点就坐地上了。

“你们不必慌张，也不用害怕，本官不会治你们的罪。”夏祥吩咐丁可用：“丁捕头，破开董现的衣服。”

“是。”丁可用一颗心也是提到了嗓子眼里，见夏县尊如此宽宏大量，心里才平静了几分，对夏县尊又多了几分敬意。他抽出腰刀，在董现的身上一划，感觉刀身似乎划在了铁板之上，不由得“咦”了一声：“怪事，董现穿的是什么衣服，怎么像是铠甲？”

丁可用从划破之处用力一拉，衣服顿时拉开，露出了里面形如网状的铠甲！

“果然是铠甲！”丁可用惊呼一声，“董现竟然身穿铠甲，怪不得遇水下沉，尸体没有浮出水面。”

铠甲最早是由皮革所制，从战国时开始有铁制铠甲。汉代称铁甲为玄甲，以别于金甲、铜甲。宋代镜甲有钢铁锁子甲、黑漆濒水山泉甲、明光细网甲、明举甲、步人甲等数种。董现身上所穿的铠甲是细网甲，由铁丝所制，重达三十斤以上。

夏祥点了点头，心想果然不出他所料，董现尸体不浮，是身负重物之故。但究竟董现身负何种重物，他也不得而知，只是凭借猜测。

“好像还有东西。”齐合眼尖，发现董现的腰间鼓鼓囊囊，夏县尊平易近人不说，还十分友善，他就胆子大了起来，伸手将衣服再用力一拉。

“哗啦”一声，衣服破裂，从董现的腰间撒落了一堆东西，明晃晃直耀人眼。众人吃了一惊，纷纷让开，定睛一看，原来是银锭和铜钱。

腰缠十万贯，骑鹤下扬州，是前人所追求的终极梦想。腰缠万贯也确实是非常富有之人了，从唐时开始到大夏，富人也确实喜欢在腰间缠钱。不过一贯钱很重，腰间能缠上几十贯钱就了不起了，再多就连路也走不动了。

张学华睁大了眼睛，啧啧连声：“董现穿了铠甲，是防匪徒盗贼。又随身带了这么多钱财，不是又招惹盗贼？真是让人想不明白。”

夏祥却可以想得明白，董现的生意北到漠北，南到泉州，甚至南海诸国，钱引虽轻便，却不是硬通货，很多地方不认也不收，还是铜钱和银子好用。他随身携带银钱，也是想着有用钱之处可以逢山开道遇水搭桥。

相信董现怎么也想不到，身上的铠甲和腰间的银钱，竟成了让他沉尸河底的罪魁祸首。

现在一切都真相大白了，夏祥长出了一口气，若是没有打捞上来董现尸体，今日还真无法向百姓和船公交代，他朝周围船公叉手一礼：“本官谢过各位船公！董现在天有灵，也会感谢诸位让他的尸身重见天日。”

众人惶恐，忙纷纷还礼。船公中不少人见过上任知县郝海记，对知县的观感只停留在威风威严和不可侵犯之上，还是第一次见到如夏祥一般和颜悦色并且没有高高在上做派的知县。

夏祥来到船边，朝河中望了望，问道：“河水有多深？”

“三丈以上。”船公吕东梁恭恭敬敬地答道，“下面还有一丈有余的淤泥。”

“若是让人清理淤泥，需要多少人手？又要花费多长时间？”夏祥让丁可用组织百只船队，声势浩大地打捞董现尸体，并不仅仅是为了打捞尸体一件事情，他所图深远，有更长远的打算。

吕东梁被问住了，半晌才尴尬地答道：“回夏县尊，小人是船公不是河工，不会计算。”

“不怪你，是本官没有说清。本官是想问你，一百多只船如果运送淤泥，一次可以运送多少？”夏祥自小生长在被滹沱河环绕的山村，虽也经常下河游泳，却不会行船打鱼，也不懂河工。

“小人的渔船一次可拉三百余斤鱼，在一百多只船中，不算大也不算小。就按每船可拉三百斤算，一百多只，是三万多斤。”吕东梁打鱼卖鱼，算账很是拿手。

“夏县尊，小人的父亲是河工，对滹沱河了如指掌，有什么吩咐，将他唤来便是。”齐合上前一步，献宝一样地说道。

“好，很好。”夏祥喜出望外，吩咐下去，“丁捕头，派人带董现的尸体回县衙，让仵作验尸。吕东梁、张学华，你二人找几名水性好的船公，下到河底量量淤泥深浅。”

“是。”丁可用领命而去。

张学华喜出望外，夏县尊不但没有治他的罪，还有重用他之意，他当即请命：“夏县尊，小老儿虽一把年纪了，但若说水性，一般人还真比不了。小老儿愿下水。”

“夏县尊，小人从小就在水里长大，外号‘浪里黑条’。小人愿意下水。”齐合自告奋勇，不知何故，夏祥身上有一种让他愿意为之赴汤蹈火的气魄。

“不是叫浪里白条吗？怎么会叫浪里黑条？”萧五手中的糖葫芦还没有吃完，他歪着头，一脸的不明白。

齐合不好意思地笑了：“小人身上肤色较黑，下水之后，就如一条泥鳅，所以叫浪里黑条。”

“小人以前的外号叫‘浪里白条’。”吕东梁唯恐落于人后，忙说，“小人在滹沱河上打鱼几十年，没有人比小人再熟悉滹沱河，小人也要下水。”

“哈哈。”夏祥也开心地笑了，“好，吕东梁、张学华、齐合，你三人下水。切记，不可逞强，不可大意。”

“遵命！”

几人随即脱下衣服，只穿短衣，虽是深秋季节，常年在河上行走的船公却并不怕冷。萧五紧盯着齐合，等齐合露出后背和一双又黑又壮的腿后，他终于吃完了最后一个糖葫芦，然后点了点头，非常认真地说道：“是真黑，不是假黑。”

几人腰间系上绳子，每个人的绳子都由三个人抓住，以免脱手。三人活动几下筋骨，张学华踢了踢腿：“等小老儿喊一二三，大家一起跳下去，来，一！”

话一出口，张学华就纵身一跃跳进了河中，吕东梁气得大骂：“你个老不正经的家伙，又骗人。二！”

他喊完之后，趁齐合愣神的工夫也一个猛子扎了进去。齐合一脸委屈：“怎么能这样？加在一起一百多岁的人，骗起人来眼睛都不眨。算了，三！”

夏祥被几人的滑稽逗乐了，百姓最是善良知足，又最是温良纯朴。为官之人，只要真的一心为百姓着想，百姓会一心一意拥护，决不会退缩和敷衍。

三人入水之后，转眼不见了身影。河水浑浊，只见绳子不断地没入水中，一个呼吸的工夫，已经入水一丈有余了。

萧五跃跃欲试：“先生，我也想下水玩。”

夏祥瞪了萧五一眼：“不许胡闹，你负责保护三人周全，谁出了意外，你就救谁上来。”

“是。”萧五很不情愿地揉了揉肚子，“吃多了糖葫芦，下水正好消食。不让下就算了，等下我爬树。”

夏祥无奈一笑，他真拿萧五没办法。

“三丈了！”一个满脸络腮胡子的船公喊了一声，“吕七公的绳子到头了。”

吕东梁排行第七，年轻时被称为吕七郎，年纪大了就成吕七公了。

“哎呀。”络腮胡子惊呼一声，手中的绳子禁不住大力，脱手了，他大惊失色，“不好，要出事。”

“不要怕，有我在！”萧五正愁没有施展之地，马上就要脱衣服下水，却被夏祥制止了。

“先不要急，吕七公水性过人，多半是他有意挣脱绳子，想要和张学华、齐合比试一下。”夏祥气定神闲，一点也不慌乱。

“夏县尊，滹沱河水流湍急，水底常有漩涡，一旦卷入其中，很难出来。”络腮胡子急了，想要下水救人，“不行，小人得下水。”

“等等。”夏祥摆手说道，他不能让络腮胡子贸然下水，多一人下去就多一分危险，再者他也有意让萧五一试身手，“等张学华和齐合上来再说。萧五，抓住绳子，不许下水。”

“不下水怎么抓住绳子？”萧五挠头，似乎被难住了，此时绳子在河水中漂游不定，眼见就要沉下去了，他灵机一动，计上心来，将手中糖葫芦的竹签系在一根绳子之上，一扬手，竹签激飞而出，准确地击中了即将沉没的绳子。

萧五手腕一翻一抖，将幔陀近来教他的手法娴熟运用，落水的绳子就如离弦之箭，从河中飞起，回到了船上。

“好！”船公和衙役齐声叫好，都被萧五神乎其神的绝技惊呆了。

众人叫好声还在，河中水花一闪，一个人影从水中露出头来，他一抹脸上的河水，哈哈一笑：“夏县尊，小人已经探明了河底淤泥。”

正是吕东梁。

络腮胡子无比佩服地看了夏祥一眼，夏县尊简直太神了，他怎会知道吕东梁无事？

“上来说话，快上来。”河水冰凉，夏祥见吕东梁嘴唇发紫，忙招呼他上船，“萧五帮忙。”

“等着。”萧五头一仰，一脸得意，他抓住绳子，用力一拉，大喊一声，“鲤鱼跃龙门了。”

吕东梁感觉腰间一紧，一股大力传来，他凭空飞起，一跃就跳到了船上。站稳之后，心中还惊讶不已，萧五看上去瘦弱，不想竟有这么大力气，夏县尊身边高人无数，全是精兵强将。

众船公之前还对萧五不以为意，只当他是夏县尊的亲戚，是以才一副没大没小的样子。年纪也不算小了，还跟孩童一样吃糖葫芦，不是傻子就是缺心眼。不想萧五如此身手不凡，众人不约而同地心想，幸亏方才没有逗他，万一惹恼了他，还不得被他像扔麻袋一样扔到河里？

“张学华和齐合怎样？”夏祥拿过吕东梁的衣服，要为他披上，“他们怎么还没有出来？”

吕东梁见夏祥亲自为他披衣，心中感动，他只是一个船公，从事的是贱业，平常衙役都可以对他呼来喝去拳打脚踢，别说县尊了，就连县尉和他说上一句话，他就觉得面上有光，现今堂堂县尊竟对他如此礼遇，他蓦然有一种士为知己者死的豪情。

而且夏县尊先问张学华和齐合，而不是问河底情况，更让吕东梁认定夏县尊是一个真正的好官。

吕东梁可不敢让县尊为他披衣，忙接过衣服，自己披上，退到一边，恭敬地说道：“小人不敢劳夏县尊披衣。”

不等吕东梁答话，水声一响，齐合和张学华同时浮出水面，二人上船，披上衣服，夏祥并不急于问河底情况，而是让人准备了热汤，先让几人喝下暖暖身子。

片刻之后，几人都恢复了精力，争先恐后向夏祥说起河底情形。

“夏县尊，河底最深处约三丈，最浅处两丈有余。河底浑浊，看不到两尺开外。”吕东梁第一个说道，“淤泥堆积已一丈有余，照此推算下去，每年大概堆积一尺多。”

夏祥点头，问道：“这么说来，滹沱河有十余年没有清理河底淤泥了？”

/ 第三十四章 /

各有算盘

“何止十年，十五年有余了。”张学华和吕东梁一样，以滹沱河为生，对滹沱河了如指掌，“近十年来旱多涝少，滹沱河河水不多，所以多年没有清理淤泥，也不觉得河水上涨。实际上，河水没有减少的原因是河底的淤泥越来越厚了。若是不加以清理，一旦洪水来临，不堪设想。”

张学华感慨地说道：“小老儿以前也曾向郝县尊提出过此事，郝县尊并未理睬。”

夏祥心中有了计较，治理滹沱河之事，他在未来真定上任之前，就已经有了打算。真定多年来风调雨顺，一片祥和，但他读史多年，很是清楚久旱必涝久涝必旱的道理，就和天下大势，分久必合，合久必分一样，世间万事万物，自有规律。

所以古人才说，生于忧患，死于安乐。若是在安乐之时没有忧患意识，忧患来临之时，必无反抗之力，必死无疑。

郝海记没有治理滹沱河也在情理之中，先不说郝海记在任期间被崔府尊和许县丞牵制，事事不能做主，只说治理滹沱河之难，也会让大多数知县望而却步。若是成了，自是大功一件。若是败了，更是大过一件。

和治河相比，还是推行新法更能入候相公之眼，也没有风险。权衡之下，郝海记选择新法而不去治理滹沱河，也是不求无功，但求无过的为官之道。

“齐合，依你之见，滹沱河应不应该治理？”夏祥见齐合低头不语，就有意考一考他。

齐合抬头，眼中满是期待：“夏县尊，小人不敢乱说。”

“但说无妨。”夏祥目光中充满了鼓励，“言者无罪。”

齐合才又鼓起了勇气：“滹沱河十五年没有治理，不完全是历任县尊不想治理，而是沿岸的百姓和富商不想治理。”

“此话怎讲？”夏祥知道想要治理滹沱河，必然会面临诸多阻力，比如来自崔府尊的反对，来自许县丞的压力，来自百姓的不理解和对他劳民伤财的质疑，如是等，齐合的说法，让他意识到他还有没有想到的问题。

“沿岸的百姓大多靠行船打鱼为生，治理滹沱河，必然会影响到他们的生计。沿岸的富商，也是靠河吃饭，河里的花船，河边的青楼、茶肆和酒楼，封河之后，也会没有了客人。”齐合从小混迹在沿河两岸，无论是普通百姓人家还是瓦舍勾栏、茶肆、酒楼甚至青楼，他都无比熟悉。

夏祥一想也是，倒是疏忽了这一点，不由得赞道：“齐合的话让本官茅塞顿开。齐合，跟本官回县衙，本官还有话要问你。张学华、吕七公，你二人也一同去县衙。”

“是。”三人无比欣喜，夏县尊让他们前去县衙，是对他们的认可和重视，方才在水中所受的阴冷和凶险，全都值了。

随后，由吕东梁和张学华负责疏散了船公和船只，滹沱河又恢复了往昔的平静。

只是在平静之中，夏县尊百船捞尸的事迹却流传了下来。最初的传说还符合真相，说是有三人跳河自杀，只找到两个人的尸体，有一人的尸体怎么也找不到，夏县尊上知天文下知地理，神机妙算，算出尸体被水冲到了上游，征用了一百余只船只，逆流而上，捞到了尸体。

后来就越传越离奇，到最后竟然变成了董现的尸体因为身上绑满了财宝，被河神扣下。夏县尊让河神交出尸体，河神不肯。可以日审阳夜审阴的夏县尊大怒，出动一百余船只惊河，勒令河神如果不交出董现尸体，不仅要将滹沱河的财宝打捞一空，还天天让船公惊河，让河神不得安宁。最后河神无奈，怕了夏县尊，只好交出了董现的尸体。

有人听了传说后不服，夏县尊只是凡人，怎么敢和河神作对？不怕河神一怒之下大发洪水，为害真定百姓吗？不怕河神兴风作浪，取了夏县尊的小命？

有人反驳说，夏县尊是天上的文曲星下凡，是神仙，小小河神在神仙面前，哪里有兴风作浪的本事？

总之到了最后，越传越是神话了夏祥。就连夏祥听到传说之后，愣了半天才明白过来传说中的主角竟然是他。

此为后话，先说夏祥一行前往县衙而去，许和光和柳长亭、谢华盖过了子龙大桥，去了府衙。三人一路沉默不语，都被打捞上来的董现尸体震惊了。

原本抱着看笑话的心思，认定夏祥如此兴师动众，最后肯定会落一个贻笑大方的结局，怎么也没有想到，真在上游找到了董现尸体。几人百思不得其解。怎会如此？怎能如此？

本来打捞出来尸体一事虽然令人震惊，但还不足以让几人急急赶往府衙面见崔象，而是许和光见到了张学华、吕东梁和齐合三人下河，听说了夏祥有意治理滹沱河，这一惊可是非同小可，当下顾不上回县衙候命，也不管夏祥是不是有事吩咐，赶紧到府衙向崔象说个清楚。

崔象方才站在府衙最高的登桂楼上，将河里的情形看得一清二楚。董现尸体被打捞上来之时，万民欢呼声中，他一脸铁青下了楼，心中十分郁闷。夏祥才来真定县几天，就威风八面，被百姓奉为神明和好官，他颜面何在，威风何存？

这个夏祥太不像话太不懂事，给他留了几分情面，他还真以为府尊是摆设？崔象盛怒之下，不由得咳嗽加剧，忙让人煎了药服下，才平复了几分。

听说许和光和柳长亭、谢华盖来访，崔象本来已经躺下，想要休息片刻，又起身迎客。

不等坐稳，许和光就迫不及待地告夏祥的状。

“崔府尊，夏县尊大张旗鼓地打捞了董现的尸体不说，还想兴师动众治理滹沱河，他也不想想，治理滹沱河，清理淤泥，疏通河道，要动用多少人力物力，又要关停河岸多少商家，害多少人无事可做。疏通河道向来是危险工程，不知又要害多少人家破人亡，不得安定。”许和光一副痛心疾首的样子，手捂胸口，“只下官一人在河岸就有茶肆、酒楼和青楼各一家，柳员外和谢员外也有数家，广进商行在河岸的数家商铺，也是日进斗金……”

“不要说了！”崔象猛然一拍桌子，怒不可遏，“本官决不允许夏祥在真定为所欲为。本官即刻修书一封，送往京城，将真定之事告知候相公。”

许和光暗喜，嘴上说道：“崔府尊深明大义，是朝廷之幸、百姓之福。”

柳长亭目光中闪过一丝阴冷：“其实放手让夏祥治理滹沱河也未尝不可……”

“此话怎讲？”谢华盖眼中闪过浓浓的疑问，略微一想又明白了几分，“倒也是，一旦出了事情，崔府尊再力挽狂澜，反倒更显崔府尊的决断和魄力。只是有一点，我们坐视不理，万一夏祥成功了，岂不是让他得了天大的便宜？”

“哈哈哈哈，天大的便宜怎会落到夏祥的头上？他算什么东西？”柳长亭冷冷一笑，目光中的阴冷变成了决绝，“万一夏祥成功了，天大的便宜也会落到崔府尊和我们的头上，滹沱河波涛汹涌，哪一年不淹死几个人？以前淹死的都是平民百姓，说不定今年淹死的是一个县尊……”

许和光倒吸一口凉气，他顶多是想架空夏祥，让夏祥为他所用，再不济就是让夏祥被崔象死死压制，动弹不得，却从未想过要夏祥的命。柳长亭到底是京城来的人，心狠手辣，动不动就要取人性命，而且还是堂堂的朝廷命官的性命。

“柳员外，先不要急于如此，夏县尊虽然可恨，却还是有可取之处，且给他一次机会再说。”谢华盖呵呵一笑，手中佛珠抖动数下，“候相公将许多反对新法的大员逐出京城，罢官或是贬谪，也并没有取他们性命。有容乃大，宰相肚里能撑船，就连三王爷也说了，让夏祥来真定担任知县，也是给他一次认清好人坏人、看清孰是孰非的机会。三王爷惜才呀，从长远计，他日后若是登上大宝，也要忠臣良将辅佐才能成就不世之功。”

“不可乱说。”崔象威严地说道，“如今皇上春秋正盛，以后怎样，不能妄言。身为臣子，当谨记臣子本分，不要妄议皇上和诸位王爷。”

柳长亭暗骂一句老狐狸，心说：都是在为三王爷办事，一条船上的人，还装什么装？现今谁不是在赌皇上归天之后三王爷继位，若三王爷在几位王爷之中实力最弱，继位的可能性最小，你崔象会对三王爷唯命是从？不要以为你身为清河崔氏之人，就可以在三王爷和其他王爷之间左右逢源。要是立场不坚定，哼哼，区区一个五品知府，三王爷说不要就随时可以不要。

谢华盖轻描淡写地一笑：“崔府尊言重了，谢某和柳员外并非朝廷命官，私下说说朝廷之事，不过是街谈巷议，当不得真。”

“谢员外不必说得这么客气，崔府尊若是一心追随三王爷也就算了，若是暗中还和景王、四王爷或是五王爷有什么来往甚至是交情，不小心被我兄弟二人知道了，那就对不住了，我兄弟二人一定会向三王爷说个清楚。”柳长亭的话就远没有谢华盖的话委婉和客气了，三分警告之中有七分威胁之意。

许和光脸色为之一变，当即想要发作，却被崔象的眼神制止，崔象呵呵一笑，笑容淡然而从容：“柳员外的话就太见外了，本官虽出身清河崔氏，却一向以平民自居，从不认为本官是什么世家子弟。本官入仕以来，每次升迁都是承蒙三王爷厚爱，三王爷对本官的厚爱，本官铭感五内，片刻不敢忘怀。”

柳长亭对崔象的一番表态还算满意，微微一笑：“柳某的眼中只有三王爷一人，说话若有得罪之处，还请崔府尊海涵。”

崔象摆手一笑：“一家人不说两家话……不过话又说回来，本官年老多病，早有了告老还乡之心，真定知府任满，本官就向皇上辞官，回清河当一个诸事不用操心的富家翁，也是很好。皇上厚待百官，薪俸甚厚，本官当官并不是为钱，所得薪俸分文不取，全部捐赠太平惠民局，以作为救助百姓之用。”

柳长亭和谢华盖对视一眼，二人微露愕然之色。崔象的话夹枪带棒，不轻不重地还了一击。言外之意就是，若是三王爷不用他，他也无所谓，崔氏家产丰厚，他衣食无忧，致仕回家，也是丰衣足食的员外。况且他现在确实体弱多病，对于仕途，也没有太多留恋。

太平惠民局是大夏官办药局，配有专门的大夫为贫穷的百姓治病抓药，分文不取。所有费用皆由官府承担，崔象身为知府，本俸、职钱加上“公使钱”（特别办公费）、职田租金及各种补贴，少说也有五百贯上下。五百贯，相当于一户普通人家一年收入的近两百倍。

“山民为生最易足，一身生计资山木。负薪入市得百钱，归守妻儿蒸斗粟”，可见山民卖柴每日可得一百文；而佣工则是“力能以所工，日致百钱，以给炊烹”，也是日收入百文左右；渔民“卖鱼日不满百钱，妻儿三口穷相煎。朝飧已了夕不饱，空手归去芦湾眠”，日入百文；妇人“为乡邻纺缉、澣濯、缝补、炊爨、扫除之役，日获数十百钱，悉以付姑”，也是百文上下。

日入百文，月入三千文，也就是三贯，可供一家四五人生活之用。知府月入五百贯，年薪俸六千贯，养活府里上下百余人绰绰有余。

许和光虽是崔象的妻弟，在感情上和崔象更近，但他既非出身世家，又不是五品大员，还一心想当上知县、知府，一路高升，也听出了崔象之话有几分赌气成分，却也有心灰意冷之意，不由得急了：“柳员外、谢员外，崔府尊只是一时情绪低落，并非真的不想为朝廷效力。对吏部侍郎一职，崔府尊期待已久。”

崔象意味深长地看了许和光一眼，想说什么，又摇了摇头，许和光表现得太过急切和明显了，失之于沉稳，就少了和三王爷讨价还价的筹码。

“崔府尊不过是偶感小恙，不日就会痊愈，朝廷和三王爷，还多有需要崔府尊之处。”谢华盖不想让气氛闹得太僵，忙出面打圆场，许和光还好，可以任由他们摆布，崔象毕竟系出名门，就算世家已经没落，没有傲骨也还有傲气。

一边说，谢华盖一边朝柳长亭使了一个眼色，在夏祥没有被他们左右之前，崔府尊是压制夏祥的最有效力量。

柳长亭想起三王爷对他的叮嘱，也就见好就收：“崔府尊薪俸全部资助太平惠民局，当真是大善人。柳某佩服，以后当向崔府尊学习。”

崔象谦虚地摆了摆手，想缓和一下气氛，忽然来人禀报，连若涵派人送来了一把椅子。

“椅子，什么椅子？”崔象十分惊讶，愣神片刻又想起了什么，又说，“带进来。”

柳长亭和谢华盖也十分奇怪连若涵为什么会送椅子给崔象，椅子抬了进来，和平常的椅子样式并不同，却是一把竹椅。椅子下面本该镂空之处，却多了两层抽屉。

送椅子之人是连若涵的小厮，小厮年刚弱冠，一身道衣，向崔象介绍了椅子用法之后，飘然而去。

“原来是灸椅。”柳长亭闻到椅子下面飘散出来浓浓的艾草香气，想起了在京城所见之椅，不由得奇道，“早先在金甲先生之处见过此椅，人坐在上面，下面点燃艾绒，用艾草之阳气润体，可以固本培元。皇上病情得以好转，全因金甲先生的灸椅灸床之功。怪事，连若涵怎会制作灸椅？此椅功效卓著，崔府尊得了此椅，病情大好，指日可待。”

谢华盖当时也曾亲眼见到灸椅，只不过是匆匆一观，未曾细看，现在摆在眼前，按捺不住好奇之心，围着灸椅转了数圈，打开了抽屉研究片刻，不解地问道：“不过是在椅子之上多了一些透气孔，下面两层抽屉，一层放置艾绒，一层放置炭火，并不难，为何非要让连若涵制作，谢某也能在三天之内制作一把。”

崔象一脸欣喜，坐在灸椅上试坐，十分满意，手搭在扶手上，感觉有异，低头一看，扶手上有字，是“好景常在”四字和好景常在的标识，不由得一笑：“连小娘子对于宣传好景常在不遗余力，倒还真是一个聪明的女子。谢员外，这你就不懂了，灸椅看似简单，透气孔的大小和排列，两层抽屉的间距，艾绒的用量和火候，还有椅子的材质和形状，等等，里面有许多学问，并不简单。”

柳长亭点头赞同崔象的说法：“谢员外，隔行如隔山，医道之上的事情，我们不懂，就不必非要插上一手了。柳某有一事不明，崔府尊和连若涵是什么关系，连若涵到底是什么来历？”

崔象抚须不语，斟酌半晌才说：“也罢，倒也不怕你们知道，连若涵和本官系出同门！”

/ 第三十五章 /

清河崔氏

夏祥到了县衙，不见许和光，一问才知许县丞又去府衙了，不由得无奈一笑，许县丞到底是真定县的县丞还是真定府的县丞？

随他去好了，夏祥懒得多想许和光去府衙是又去打什么小报告还是商议什么事情，他和吕东梁、张学华、齐合几人商议一番，心中对于治理滹沱河一事便有了计较，也知道治理一事需要从长计议，并非一朝一夕之功，要等一个天时地利人和的时机。

丁可用将董现尸体安置妥当，仵作验尸，确定董现是溺水而死，生前有轻微中毒迹象。由此验证付科所说之话属实，董现确系服用了附子和麻黄之后，惊狂之下落水而死。

既然董现的尸体不能再提供更多的线索，付科背后的真凶到底是谁，还需要幔陀从市乐回来才能有新的进展，夏祥让丁可用派人护送董现的尸体回市乐，尽快入土为安。他也拿出了十贯钱，让人厚葬马小三夫妇。

一切安排妥当，夏祥反倒清闲了下来，约上卢之月，叫上萧五，在丁可用的陪同下，他每天都骑马奔走在真定县城和城外，亲眼看见了城里百姓生活的不易和城外百姓生存的艰辛。

同时夏祥还走访了许多因为新法而流离失所，只能栖身城外的百姓，得知大多百姓因新法而变得一贫如洗，心情无比沉重。再看到城外一片片贫瘠的土地和低矮的茅屋，想起当年母亲和自己为了吃一口饭而奔波忙碌的日子，他对百姓的疾苦感同身受。

几日来朝夕相处，夏祥和卢之月聊得越来越投机。卢之月身上虽有世家子弟常见的傲慢和眼高过顶，但也有真性情的一面，很喜欢交友，崇尚自然，推崇道家，和曹殊隽有几分相似。

想到曹殊隽，不免又想到了曹姝璃。不知何故，夏祥一想到曹姝璃，就又想到了连若涵，一转眼连若涵离开真定已经将近十日了，也不知她在京城的事情进展得是否顺利。

连若涵从真定北上京城，快马加鞭，第十日就到了京城。进京之后，稍事休息了一日，她便去了景王府，和父亲相见。

京城一如以前繁华，站在人流之中，连若涵忽然有一种怅然若失之感。她经常各地奔走，又少小离家，和父母不和，总有不知何处是家乡之感。对于京城，她更多的是敬畏和向往，并没有归宿感。现在再来京城，不知为何，忽然有了一种安定河上使人愁的萧索之意。

是秋深的缘故还是另有原因？连若涵不得而知，她站在河畔，仰望景王府巍峨的大门，一时竟迈不开脚步向前。

“娘子，为什么不走了？”令儿跟随连若涵多年，最是了解连若涵，自家娘子生性坚强，凡事喜欢自作决断，今天怎么一副柔肠百结的样子，她忽然想起了一事，“娘子是不是想起了和夏县尊在京城的初次相遇？”

何止是初次相遇，还有在观心阁的日子，以及从京城南下到真定共乘一车的种种，在脑中挥之不去，盘旋不停，连若涵忽然莫名心烦起来：该死的夏祥，为何远在真定还要烦我？

愣神片刻，她平复了心情，嫣然一笑：“谁会想他？我只是在想如何说服爹爹不再逼婚。”

令儿掩嘴一笑：“娘子，令儿有一个办法，怕说了出来娘子会打我，所以不敢说。”

连若涵怎会不知令儿鬼主意多，只是此时死马当活马医也好，她虽叛逆，却也要有一个好的借口回绝父亲，就说：“说吧，我不会打你，顶多骂你几句罢了。”

“那令儿就说了……”令儿眨眨眼睛，又吐了吐舌头，嘻嘻一笑，“娘子可以对家主说，你已经和夏县尊私订终身，还有了肌肤之亲，家主听了，必然不再逼你和卢郎君成亲。”

“你！”连若涵粉脸通红，又羞又气又急，“令儿，你怎能想出这样自辱名声的法子，你气死我了。我、我以后再和你算账，记你十顿打！”

“娘子！”令儿一脸委屈，眼圈一红，“令儿也是为娘子着想，虽说夏县尊出身一般，小小的七品知县配不上娘子，但至少娘子和他在一起开心快乐。身为女子，要么嫁喜欢自己的，要么嫁自己喜欢的。娘子和卢郎君，互不喜欢，非要嫁他，就太委屈娘子了。与其如此，还不如嫁与夏县尊。”

连若涵心中一暖，知道令儿确实一心为她着想，见令儿着急的样子，又笑了：“说得轻巧，你家娘子想嫁，得人家夏县尊想娶才行。”

“哼，娘子要是愿意下嫁于他，他高兴还来不及。向来高门嫁女低门娶妇，他才是高攀了娘子。”令儿对夏祥颇有微词，“更何况他还带了一个傻瓜拖油瓶。”

“什么傻瓜拖油瓶？”

“萧五。”

连若涵又笑了：“不许这么说萧五，萧五是个好孩子，就是脑子有时不太灵光，人却是不坏。”

“连娘子！”冷不防一个声音响起，一人从王府大门出来，快步如飞下了台阶，喜笑颜开，“连娘子呀连娘子，上次本王对你一见钟情，你却说和夏祥私订终身，让本王好生伤心。方才本王和令尊说起你和夏祥私订终身之事，令尊说并无此事，哈哈，你骗本王骗得好苦。”

连若涵一抬头，面前站了一位风度翩翩的小王爷，面如玉，人如龙，正是见王夏存先。

连若涵本不想自毁名声，非说和夏祥私订终身，不想见王又横插一手，心想罢了罢了，索性将错就错下去，也好让见王死心。

见王亲自出来迎接，连若涵自然不能少了礼数，忙向见王行礼。见王大手一挥说不必多礼，当前带路，进了王府。绕过假山池塘，穿过拱门，来到了内宅。

远远听到书房之中传来景王爽朗的笑声，笑声中，还有一两个陌生的声音，却独独没有爹爹的声息，连若涵心想，爹爹本是喜欢说笑之人，如今悄无声息，怕是在生自己的气。哼，生气就生气吧，反正她从小就没让父母省心。

提着裙裾上了台阶，连若涵停下脚步，等见王前去禀报。见王却摇头说道：“直接随本王进去就行，不必见外，说不定很快就是一家人了，哈哈。”

“谁要和你成为一家人！”如果说令儿对夏祥是颇有微词，那么对见王就是十分不满了，也不知为什么，她就是不喜欢见王盛气凌人的做派，虽然说起来放眼整个大夏，见王绝对是最有资格盛气凌人的极少数人之一。

“连娘子要和本王成为一家人。对了，还有你。”见王嘻嘻一笑，毫无王爷的威严和风范，伸手去摸令儿的下巴，“本王娶了连娘子，你也要陪嫁过来，本王也收了你，让你当本王的侍妾。”

令儿微微一笑，脸色一寒：“多谢见王殿下，令儿福薄，受不起见王殿下的抬爱。”

“受不起受得起，由不得你，本王说了才算，哈哈。”见王才不管令儿是客套还是真不想，他哈哈一笑，推门进去，“父王，儿臣接到了连娘子。”

书房中有五人，正中一人，富态安详，正是景王。下首一人，面如冠玉，颌下长须，长眉细目，悬鼻阔门，一袭长衫，飘逸有出尘之意。左侧一人，面相随和，神情淡然，双眼炯炯有神，布衣长衫。右侧一人，方脸挺鼻，浓眉，双目微眯，一副看透世事的坦然。

若说景王是富贵逼人的姿态，那么下首之人则是气定神闲的从容不迫。左侧之人含而不露，虽身穿布衣，却难掩一身正气和雄心。右侧之人，有曾经沧海难为水的平和，比起下首之人刻意为之的出尘之意、出世之心，他的气定神闲更随意更自然。

还有一人站在一边，背手而立，正在欣赏屏风上的画，是无名氏的万里江山一点红。江山如画，青翠万里，在大片的留白之处，只有右上角有一点红色，似梅非梅，意境深远。

下首之人连若涵自是认得，正是父亲崔何。左侧之人虽未曾谋面，一身布衣打扮，却可以看出是朝中官员，即使不是大员，日后也必定大有作为。右侧之人，应是游走在朝堂和民间的能人异士。至于背对她之人，她也认得，正是先前的鸿胪寺少卿现任的礼部侍郎曹用果。

景王见连若涵进来，微一点头："涵儿来了。一路上辛苦了，来，坐。"亲切慈祥犹如长辈，全无王爷高高在上的姿态。

"小女子见过王爷。"连若涵向景王福了一礼，又朝父亲崔何躬身施礼，"女儿见过爹爹。"

崔何点头一笑："女儿一路辛苦了。"

景王呵呵一笑："涵儿不必多礼，起来，快起来。来，本王引见一下，这位是工部侍郎宋超度。"

左侧之人起身和连若涵见一礼："早就听闻连娘子大名，今日一见，果然名不虚传。"

原来他就是屡次被候相公压制，数次传闻被贬出京城，甚至一度传出要被杀头，却次次安然脱身的宋超度。连若涵对京城其他大员的名字虽也知道不少，却并无兴趣，独独对宋超度不但好奇，而且十分敬佩。宋超度的厉害之处在于，他虽然在被三王爷和候相公联手把持的朝政之下，束缚了手脚，却始终没有被完全打败，不像别的官员，要么被罢官回家，要么被贬谪出京，远去岭南或是海南。

宋超度几乎是朝中仅存的反对新法之人，虽然从吏部侍郎改任工部侍郎，平调暗降，却依然在京为官，并未被贬谪出京。不管是在朝堂之上，还是在其他场合，宋超度都明确无误地反对新法，声称新法祸国殃民。如此一个处处和新法作对之人，竟能在三王爷和候相公的眼皮底下屹立不倒，也算是难得的奇迹了。

连若涵盈盈一笑，恳切地说道："原来是大名鼎鼎的宋侍郎，小女子闻名已久，今日得见宋侍郎风采，三生有幸。"

“哈哈，老夫哪里有什么大名，不过是砸不烂煮不熟的铜豌豆罢了。”宋超度摆手笑笑，“书生报国，无非气节和忠君报国心。商人报国，可为百姓建房，可为百姓施药，可为百姓制衣，比起书生，商人可以作为的事情要多多了。”

“这位是本王的西席李鼎善先生。”景王又为连若涵介绍右侧之人，“先生才学过人，学识非凡，一生桃李满天下。”

连若涵福了一礼：“小女子见过李先生。”

“老夫一生是教人无数，也识人无数，平生最大憾事是教会了许多人读书明理，却没有教会他们做人做官。”李鼎善朝连若涵叉手一礼，“唯有一人，是老夫平生最引以为傲的成就，虽说他现在才是区区一名知县，相信假以时日，必定会一飞冲天。此人……连娘子也认识。”

“谁？”连若涵虽和李鼎善是初次谋面，却对李鼎善印象极好，并非因为景王尊李鼎善为西席先生，而是李鼎善比父亲还要淡定从容的气度让她折服，一听李鼎善的学生她也认识，顿时大感好奇。

李鼎善微微一笑：“他姓夏单名一个祥字，现任真定县知县……”

“啊！”连若涵震惊之下后退一步，敛形正容，向李鼎善再次福了一礼，“失敬，失敬，原来先生竟是夏县尊的授业恩师。小女子仰慕夏县尊才华，和夏县尊一见如故。先生既是夏县尊恩师，也就是小女子的先生。”

连若涵郑重其事地一礼，执的是弟子礼。

令儿站在一旁，心中窃笑，娘子当真是冰雪聪明，向李鼎善执弟子礼，等于是宣告她和夏祥的关系非同寻常，也好为等下再被家主逼婚时埋下伏笔。

见王一愣，想明白了什么，不干了：“不对，不对，连娘子怎么能和夏祥一起向李先生执弟子礼？你应该和本王一起尊先生为讲师。”

西席先生虽也是老师，但对大户人家来说，尊敬之中还有尊卑之序。见王尊称李鼎善为讲师和夏祥尊称为先生，还是有着本质上的不同。

李鼎善还了一礼：“不敢，不敢当。”

“先儿，不许胡闹。”景王呵斥一声，又冲连若涵说道：“这位是礼部侍郎曹用果。”

“见过曹侍郎。”连若涵因和曹姝璃相识之故，见到曹用果也格外亲切，“曹小娘子近来可好？有些日子没见了，很是想念她。”

“小女一切安好，有劳连娘子挂念。”曹用果至此才知道连若涵是何许人，竟是清河崔氏的家主崔何之女，他震惊之余不由得暗暗佩服连若涵的离经叛道，一个女子，非但改了姓氏，不依靠家族荫护，自立门户，还创下如此庞大的产业，实在是了得。想到女儿曹姝璃，虽也有叛逆之处，比之连若涵，却是相差甚远。

众人依次见毕，连若涵坐在了末座。见王想和连若涵坐在一起，却被景王制止，只好乖乖地坐在了景王的下首。

“今日会聚一堂，本王是有事要和诸位商议。”景王环视众人，目光炯炯，先前的慈眉善目全然不见，取而代之的是一副肃然之意，并有一丝君临天下的王者风范，“现今新法推行三年多来，越来越不得民心。据本王了解，河北西路、河北东路，百姓因新法而家破人亡者，十有一二。因新法而流离失所者，十有三四。因新法而生活困顿负债累累者，十有六七。江南西路，因新法而失去土地，或经商或卖身者，十有三四。福建路，因新法弃农下海为渔夫者，十有八九。”

宋超度叹息一声，摇头说道：“听说福建路一带，土地大多荒芜，无人再种。福建路本来山多地少，土地又贫瘠，百姓多以打鱼打柴经商为生。大夏建国以来，历经三十余年开垦荒地，并减轻赋税，才开始有百姓愿意种地。又过了五十余年，福建路的粮食已经足够福建路百姓之用，不必再从别处调粮。结果新法三年，百姓纷纷弃地不种，百年之功，毁于一旦。”

“新法之祸，祸及大夏百年基业。新法不除，大夏江山不稳。”景王拍案而起，浑身迸发无边气势，“本王本想只当一个闲散王爷，逍遥自在，不问世事。不想奸臣当道小人掌权，蒙蔽皇上，闭塞圣听，以推行新法为名，行党同伐异之实，企图一手遮天，把持朝纲。”

连若涵心中猛然一跳，谁都知道景王是几位王爷中最为和善的一位，从来不争求什么，向来洁身自好，最是淳厚仁慈，很少插手朝政，现今如此怒发冲冠，可见是事态严重到了让景王不能再置身事外的程度了。

连若涵虽不是官场中人，对朝堂之事却一向在意，毕竟事关大局，况且父亲崔何有意在朝中培植势力，好让崔家重回当年的辉煌显赫。她和夏祥离开京城之时，京城之中虽有夏祥借科举之事扳倒文昌举并且搅动了京城风云的变动，但很快就因夏祥前往真定上任而风平浪静。眼下究竟又出了什么事情让景王如此气愤？

景王掌管兵部，兼河北、河东路宣抚使，权力仅次于三王爷。

/ 第三十六章 /

议事

“本王若再不挺身而出，只管自己自在不管百姓死活，百年之后，无颜再见太祖皇帝！”景王又缓缓坐下，脸色瞬间变换，恢复了云淡风轻的从容，“是以本王请诸位前来，是想和诸位商议一番，要如何才能阻止奸臣继续闭塞圣听，让皇上可以亲眼得见民间疾苦，知道新法之祸，祸及江山。”

连若涵原本以为今日父亲会当面逼婚，不想竟是商议朝政大事，她心中大定的同时，又微有担忧，父亲虽是清河崔氏家主，却是布衣之身，既无功名也无官职，此时贸然介入朝堂纷争，且站在景王一方，万一景王失利，清河崔氏将会遭受灭顶之灾。

不过又一想，大王爷景王、三王爷星王和四王爷庆王、五王爷云王，四位王爷之中，三王爷和云王关系莫逆，庆王独来独往，景王也是独善其身，如今四位王爷争权，总要依附一人才行。景王虽年纪稍大，却有见王相助，是最有实力和三王爷、云王抗衡之人。

宋超度缓缓点头，起身说道：“听金甲先生说，皇上病情因得了药椅药床之助，大有好转。本来金甲先生想让皇上继续使用药椅药床，以巩固疗效。不想皇上听信了候平磐的谗言，认为药椅药床并无典籍记载，是江湖郎中的把戏，恐怕会有后患，就弃之不用了，又开始服用叶木平的金丹。才不用几日，就病情复发，现在又卧床不起了。”

原来皇上再次病情加重了，连若涵心情莫名沉重。虽说她从未见过皇上，却对当今皇上的雄才大略十分赞赏，认为皇上是可比秦皇汉武的一代明君。尽管皇上重用候平磐推行新法，导致民不聊生，却也并非完全是他的过错。新法本身也是为了富民强国，只可惜被候平磐当成了排除异己的工具，被地方官吏当成了强取豪夺的借口。

平心而论，连若涵希望皇上病情好转，重振朝纲。在她看来，景王年纪过大，难以接任皇位。庆王闲散惯了，未必是帝王之材。云王过于年轻，在朝中全无根基。见王更不用说，轻浮、浮夸，既无王爷之尊，更无帝王之威。

只有三王爷最为适合继承大宝，只是三王爷心机过深，又和候平磐沆瀣一气，他若是当上皇上，绝非大夏之幸、百姓之福。

“皇上太信任候平磐这个奸臣了，事事听从他的提议，候平磐不除，大夏不兴。”李鼎善重重地一拍桌子，愤愤不平地说道，“如今皇上身边全是候平磐和三王爷的亲信。朝中大臣自不用说，几乎全部唯候平磐马首是瞻，就是内宫之中的内侍，也全是三王爷的人。”

“还有二人除外……”连若涵忽然想起了二人，插话道，“一个是金甲先生，另一个是——叶木平！”

“金甲先生和叶木平是皇上最信任的二人，一人为皇上调养身体，寻医问药；一人为皇上谈玄说妙，炼制金丹。”景王微有疑惑之意，“金甲先生与人交往，率性而为，既不过近也不过远，他和星王确实没有太多往来，却也不被星王猜疑。叶木平独来独往，以方外之人自居，也和星王并无交情。只是……诸位谁和金甲先生熟识？叶木平就更不用说了，据本王所知，在座诸位和叶木平都无交情，非但没有交情，恐怕都对叶木平有不满。”

宋超度点头不语，李鼎善淡淡一笑，曹用果默然不语，崔何也是一脸漠然。

连若涵自是知道在座几人都是深受儒家思想影响，对于黄老之说、神仙之道向来嗤之以鼻，不屑与之交往，于是浅浅一笑：“夏县尊和金甲先生交情莫逆，是忘年交。小女子有一友人，名叫卢之月，和叶木平有交往。他二人出面，可以和金甲先生、叶木平成为至交也并非没有可能。”

“卢之月？”崔何自从连若涵进来之后，始终一言不发，听连若涵说到卢之月，才微微皱眉，“之月越来越不像话了，不好好读书考试，非要和什么方外之人交友，莫非他也想问道寻仙？哼，不学无术，朽木不可雕也！”

“话也不能这么说，崔公，人各有志，不可强求。考取功名，入仕为官，若是一身正气还好，可为国为民。若是只为升官发财，不顾原则立场，还会祸国殃民。”景王以前也是无比推崇万般皆下品，唯有读书高，但眼下许多进士出身的官员，为了升迁不惜依附候平磐，早将气节抛到了脑后。反倒是金甲和叶木平，并非读书人出身，从事的也是被士子看不起的贱业，却能在非此即彼的站队中，保持独立的人格和独来独往的节操，着实难能可贵。

“连娘子，你可有把握让夏祥和卢之月为本王所用？”景王现今顾不上许多了，事情紧急，只好死马当活马医，哪怕再是迂回曲折，也只能如此了，“本王只求皇上龙体康复，再有让皇上知道新法在地方上如同瘟疫一般为害百姓，长此下去，百姓民不聊生，大夏江山不保。”

李鼎善表面上不动声色，心中却是大为欣慰。夏祥没有辜负他数年的教诲，初入仕途，便打下了良好的根基，不说夏祥和张厚、沈包结下的同窗同年之谊，也不说夏祥和曹姝璃、曹殊隽、连若涵的情义，只说夏祥和金甲的忘年交，就足以让他对夏祥的为人处世充满了信心。

夏祥深得他的处世精髓，君子和而不同。夏祥虽然读的是圣贤书，学的是道德文章，却并不轻视他人，士农工商在他眼中一视同仁，只要都有一颗为国为民之心，不管出身怎样，不管职业高低，他都可以引为至交好友。而哪怕一人再是身居高位，呼风唤雨，只要全是为了一己之私，没有大义，没有大局，他也不会和其同流合污。

李鼎善忽然生发了无边感慨，他早年过于书生意气，后来又过于激愤，直到经历了诸多事情之后，体会到了世态炎凉、人情冷暖，再险些被三王爷诛杀，才收敛了激昂之心，多了沉稳和低调。

他是经历了诸多磨难之后才有了现在的气度，夏祥如此年轻就有如此胸襟，前景必定不可限量。尽管夏祥在真定，上有三王爷、候平磐在朝中把持朝政，一手遮天，中有崔象以及四大世家在真定布局，下有许和光、柳长亭、谢华盖等人处处牵制，但李鼎善还是坚信，夏祥在真定最终会脱困而出，直飞云霄。

“对于卢之月，小女子有十足把握，对于夏祥夏县尊，只有六成。”连若涵将目光投向了李鼎善，“由李先生出面，夏县尊必定满口答应。”

“由本王出面，夏祥也会一口应下，本王和他……嘿嘿，也算有几分交情。”见王冷不防嘿嘿一笑，插话说道，“父王，儿臣就说连娘子非同寻常，会为我们带来惊喜，还真是如此。崔公，本王尚未娶亲，连娘子尚未嫁人，不如我们两家结为秦晋之好，如何？”

李鼎善顿时愕然，从上次见王和夏祥当街冲突之事他就知道见王为人轻浮，遇事喜好率性而为，却没想到居然当面向崔何提亲，也太不合礼数了，更不用说见王以王爷之尊亲自提亲有失身份和王家威严了。

崔何平静地看了景王一眼，见景王无动于衷，他呵呵一笑：“承蒙见王殿下抬爱，看得起小女，只是小女已经许配人家了。”

“不算，不算数的。”见王连连摆手，轻笑几声，“连娘子和夏祥私订终身，既无媒妁之言又无父母之命，怎么能当真？”

“自然不能当真。”崔何摇头说道，“见王殿下，小女是和范阳卢氏卢之月指腹为婚，何曾和夏祥私订终身？方才崔某也说过此事，事关小女名誉，万万不可乱说。”

“连娘子，你和夏祥私订终身到底是真是假？”见王也糊涂了，他背着双手来到连若涵面前，笑得既开心又幸灾乐祸，“多半是为了骗过本王才随口一说的假话，是吧？不管你是和夏祥私订终身，还是和卢之月指腹为婚，本王就一句话，都和他们一刀两断，只有本王才是你的最佳良配。”

景王一脸笑眯眯的神情，并不开口阻止见王。他倒想看看，崔何是什么想法，连若涵又该如何应对。

宋超度意味深长地看向了李鼎善，李鼎善知道宋超度是什么想法，微微一笑，摇头说道：“夏祥的婚姻大事，由他自己做主，我也不便过问太多。”

宋超度哈哈一笑：“一家有女百家求，李兄身为夏祥授业恩师，师徒情深，我相信你还是愿意夏祥和连娘子喜结连理的。”

李鼎善却看向了曹用果，朝曹用果点头一笑：“曹侍郎也是曹家有女初长成，听说夏祥和令郎令爱关系也是非同一般？”

曹用果淡然一笑，不慌不忙地说道：“夏祥初来京城，第一天就认识了犬子和小女。想起夏祥第一次到曹府，还和我有过一次争论，呵呵，有趣，有趣得很。夏祥和犬子一见如故，成为至交好友。和小女，也算是颇为投机。”

“这不就得了，就这么定了，本王娶连娘子为妻，夏祥娶曹姝璃为妻，皆大欢喜。”见王也还记得曹姝璃温婉如琉璃的美貌，不过相比之下，他还是更喜欢落落大方并且端庄得体的连若涵，也是他性子之中多有叛逆精神，不喜欢曹姝璃的贤淑，反倒是连若涵的敢作敢为、敢爱敢恨，是他见过的众多女子中，最让人眼前一亮的。

“咳咳，先儿，你只管自己的婚姻便好，夏祥的婚姻，自有他自己做主。哎呀，本王倒是忘了一件事情，蒙古国一心想和大夏和亲，愿将公主嫁与大夏，皇上膝下无子，曾说过要将蒙古国的公主许你为妻。”景王轻咳几声，微有几分尴尬，他这个世子，有时性情直爽让人喜欢，有时又过于自我让人反感，不过也好，倒是少招惹了很多麻烦，不管是和星王、庆王还是云王，关系都不错，也是这些王爷都对他没有提防之故。

“儿臣当时就回绝了皇上，皇上也没再逼儿臣非娶蒙古国公主不可。”见王一脸不满，讥笑一声，“谁要娶蒙古国的公主，长得又丑，又没教养，还不懂礼节，且不识字，拿来当一个丫鬟都嫌笨手笨脚，还当儿臣之妻？父王，儿臣担心娶了之后，生出一群傻瓜孩子，可就麻烦大了。想要退回蒙古，也晚了。”

“哈哈……”

众人大笑，都被见王什么都敢说的性格逗笑了。

“先儿，莫要胡说，皇上后来是没有再逼你娶蒙古公主，却还是答应了蒙古国和亲的要求，又封你为见王，你以为皇上为何封你为见王？”景王比见王夏存先看事情透彻多了，他淡淡地说道，“皇上封你为一字王，是无上的荣耀，也是皇上深谋远虑的伏笔。你是同辈中唯一的一字亲王，其他人都是两字郡王，甚至还不曾封王，你可知道原因？”

见王原地转了一圈，歪头想了一想：“估计是因为儿臣比起同辈都要英俊潇洒几分。”

“哧……”连若涵忍俊不禁，笑出声来，见王身为王爷，大夏仅有的五位一字王之一，却如此没有王爷风范，反倒如说书艺人一般滑稽，真是让人无语。

景王老脸一红，也是大感脸上无光，哼了一声：“不许胡闹。皇上此举，用意有二，大夏除了本王、星王、庆王和云王之外，再没有一字亲王。皇上却格外开恩，特封你为一字亲王，一是皇上生病之后，不想几位王爷因继承皇位之事你争我抢而兄弟不和，就封你为一字亲王，让星王、庆王、云王猜不透皇上到底想传位给哪位王爷，转移他们的视线，不至于兄弟相残……二是你以亲王之尊迎娶蒙古国的公主，也算是和蒙古国公主门当户对了。”

“什么，皇上还是想让儿臣娶蒙古公主？不娶，打死也不娶。连娘子，若是皇上传位于本王，本王当了皇上，你就是皇后了。”见王得意地哈哈一笑，“你嫁的可是储君。”

李鼎善忍住笑，不想让景王太过难堪。他和景王是莫逆关系，景王对他也有知遇之恩，且景王为人淳厚宽容，是个值得追随的王爷。只不过见王夏存先太浅薄，太不可造就，别说皇上不会选中见王，退一万步讲，万一皇上真的要传位于见王，以见王胡闹的性格，上台不久，定会有王爷起兵造反。伦常乖舛，立见消亡；德不配位，必有灾殃。

宋超度置若罔闻，轻轻摇了摇头。崔何却是不动声色，就如什么都没有听见一般。曹用果无奈一笑。

景王摇头苦笑，本想提点一下世子，不想他毫无头脑，不由得暗想皇上的一番苦心怕是要白费了。别说多疑多虑的星王了，就连庆王和云王也不会认为皇上真要传位给见王。

“皇上怎会传位给你？先儿，你不要痴心妄想了。皇上英明超绝，神目如电，谁是大材谁是无用之材，心知肚明。父王也知道，你不是帝王之材。”景王并非有意贬低自己的儿子，而是对夏存先的性情再是清楚不过。皇上宝座虽人人向往，但若是无能无德之人得之，非但不会成就不世伟业，反倒会引来灭顶之灾。

见王丝毫没有因父王说他不是帝王之材而伤心难过，相反，却摆了摆手，无所谓地说道：“儿臣对于是不是当皇上并无兴致，若是只有当皇上才能娶了连娘子，就去当了也无妨。若是不当皇上也能娶了连娘子，就不去当了，当皇上也是苦恼得很。不当皇上，本王也是一字王，不用操心谁对本王不忠，不用担心谁对本王不利，每天嬉笑怒骂，游山玩水，一样可保连娘子一辈子的荣华富贵。”

连若涵心中莫名一动，不得不说，见王的一番话是她迄今为止听到的最动听的情话，也是最大胆、最大逆不道的表白。但不知何故，她眼前总是浮现出夏祥七分淡然三分邪性的笑容，仿佛夏祥就站在她的面前对她阴阳怪气地说道：“遇到这样肯为你敢把皇上拉下马的郎君，还不赶紧嫁了？”

“闭嘴。”见王越说越不像话，不爱江山爱美人的话都说了出来，传了出去，皇上就算真有意把皇位传给见王，也不会再传。景王心中恼火，好在在座诸位都是可靠之人，无人传话。不过即使如此，夏存先的话也是大逆不道之言。他冷哼一声：“连娘子已经许配人家，你就不要多想了。等皇上圣旨一下，你安心地迎娶公主就是了。”

“皇上若是非要让儿臣迎娶公主，儿臣宁愿不要这个一字王，也要逃婚。”见王神色傲然，神情坚决，“到时还请父王成全孩儿，让孩儿远走高飞。”

/ 第三十七章 /

背水一战

"好了好了，不要说了，此事以后再议。"景王摆了摆手，不想在还没有发生的事情上纠缠，便回到了正事之上。"既然夏祥和卢之月二人与金甲、叶木平交好，就烦劳连娘子、李先生促成此事。另外，本王有意请李先生再次入仕，准备向皇上上书，推举李先生为御史，李先生已然答应，不知各位还有什么想法？"

曹用果站了起来："曹某多谢景王殿下的提拔之恩，让曹某从鸿胪寺少卿上任礼部侍郎。曹某和宋侍郎同为侍郎，在朝中势单力薄，每次上朝谈到新法，都是一片赞扬之声。曹某和宋侍郎位卑言轻，就算反对也无人理会。若是李先生可以担任御史，和我二人互为呼应，也好多一些声势。"

宋超度也起身说道："宋某也赞同景王殿下提议，李先生若为御史，会助长我方气势。前些时日三王爷想要除掉李先生，现在局势和当初大不相同，李先生走到台前，站在三王爷的眼皮底下，三王爷反倒不好向他暗下杀手。"

"崔某并无异议。"崔何谨慎而克制地点头说道，"景王殿下深谋远虑，我等自当大力配合就是。"

"既如此，本王的奏折就递上去了。"景王点了点头，看向了李鼎善，"除了让先生走到台上担任御史之外，如何在朝堂之上和星王、候平磐周旋，先生还有何高见？"

李鼎善起身，负手而立，深思片刻："景王殿下，我听说朝中有一名新任御史名叫滕正元，为人刚正不阿，敢于抨击任何不公之事，立场公正，不依附任何人。对于新法，他虽还没有明确反对，相信他也是没有亲眼所见之故。滕正元和夏祥是同年进士，二人也有交情，或许可以为我所用。另外还有沈包、张厚、吴永旺三人也和夏祥是同年进士，也和夏祥有过交往。沈包和吴永旺现为翰林院编修，二人一个状元一个榜眼，前程不可限量。张厚现为热河知县，此人虽有才华，却颇为自负，他曾和夏祥、沈包一起入住全有客栈，不过在夏祥落榜之事上，沈包鼎力相助，张厚却无动于衷。”

“如此说来，滕正元、沈包和吴永旺是可用之人，张厚就暂且不管了。”景王点头，很是赞赏李鼎善清晰的思路。几人之中，曹用果老成持重有余，进取不足；宋超度运筹帷幄有余，进退有度，却咄咄逼人之势不足；至于崔何，过于谨慎，只可守城不可进攻；只有李鼎善，进可攻退可守，又有综观全盘之才，可堪大用。

“倒也未必，张厚此人虽颇为自负，却也不是趋炎附势之人，若是时机合适，或许也会加入我方阵营。”李鼎善微一思忖，心中有了主意，“以上几人，都和夏祥多少有些交情，此事还要落在夏祥身上才行。”

“啊，还要夏县尊出面？他已经够忙够累了，刚到真定就遇到了一桩大案，真定又有崔象、许和光互为犄角夹击他，他能够自保就不错了。”连若涵一听又要让夏祥承担此事，忙为夏祥叫苦，“夏县尊一人的精力毕竟有限，李先生应当爱惜他，不要让他过于操劳了。”

曹用果眼神微微一动，心中微有触动。女儿倾情于夏祥，他心里清楚，若不是夏祥得罪了三王爷，他也想榜下捉婿将夏祥抢来与女儿成亲。夏祥不管是才学还是相貌，自是一等一的人才。只是和三王爷有了过节，又被三王爷有意发落到真定，显然三王爷是想让夏祥困死在真定。

夏祥上任之后，女儿和儿子都想前去真定探望，被他制止了。女儿和儿子因此都大为不满，他也是颇为无奈。并非他不想女儿和儿子再与夏祥来往，而是在眼下的非常时期，还是和夏祥保持距离为好，一来明哲保身，二来也不为夏祥添乱。

现在看到连若涵如此维护夏祥，他心中五味杂陈。连若涵对夏祥的心意或许没有女儿强烈，但她对夏祥的好却是十分直接，若是夏祥在女儿和连若涵之间选择其一的话，必定是连若涵。

“哈哈，多谢连娘子对夏祥的关心爱护。李某是夏祥的先生，对夏祥再是熟悉不过，此事对他来说不是劳累，反倒是可以成就大事的助力。”李鼎善开怀大笑，和曹姝璃相比，他更喜欢连若涵的率真性情和敢爱敢恨，“若让夏祥知道连娘子对他如此关爱有加，他定当铭记在心，感念连娘子的情意。”

崔何听出了不对，脸色一变：“涵儿，你和夏县尊到底有没有私订终身？”

“崔公，连娘子和夏祥有过私订终身，不过不算数。”见王忙上前一步，想要说个清楚，“上次本王在全有客栈和连娘子见面，她自称和夏祥私订终身。之前本王也曾问到曹娘子，曹娘子也说和夏祥私订终身。可见夏祥行为不端，处处留情，经常调戏女子……”

本是他调戏曹姝璃和连若涵，却说成夏祥调戏，见王颠倒黑白的水平也非同一般。

曹用果心中喟叹一声，想说什么却又觉得无话可说，就假装没有听见，闭目养神。

连若涵见见王步步紧逼，又说夏祥调戏女子，心中恼怒，索性将心一横：“爹爹，女儿是说过和夏县尊私订终身的话。见王殿下，夏县尊并未调戏过小女子，是小女子对夏县尊一见钟情。”

话一出口，连若涵自己也大感意外，她怎会如此胆大？虽然她也知道方才之话多半有赌气成分，却也说得坦荡自然，难不成她在内心深处对夏祥的情意真到了非他不嫁的地步？

虽说大夏风气开明，但女子主动说出和男子私订终身，也是了不得的大事，就如当年卓文君跟司马相如私奔一样，是为家门之辱。崔何气得脸色铁青：“你、你身为女子，怎么如此不知礼仪，你让崔氏门风何在？你让为父颜面无存！”

连若涵反倒镇定了下来，一拢秀发，神情淡定从容，多年来积攒在心中的不满和委屈此刻全部爆发出来：“爹爹，自从女儿改为连姓后，就不以清河崔氏自居了。女儿创立的好景常在，也没有借助崔氏之力。女儿现今早已自立门户，不管是与夏祥私订终身，还是嫁与夏祥为妻，都是女儿自己的事情。”

说着，连若涵拿出一封书信，递到崔何手中：“爹爹，女儿已经和卢之月解除了婚约，从此以后，女儿和卢之月再无干系。”

崔何气得说不出话来，却还是颤抖着打开了书信。虽说女儿从小叛逆，从不听话，向来和他对着干，今日却是当着景王、见王和众人之面与他撇清关系，让他无比难堪、无地自容，不由得恼羞成怒。

更让他怒不可遏的是，连若涵转交的是卢之月的亲笔信。卢之月在信上说，连若涵并不喜欢自己，喜欢的是别人，他也另外有了意中人，所以他和连若涵商议之后一致同意解除婚约，从此连若涵和他互不相干，各自自由。

“反了，简直是反了天了。”崔何将信重重地拍在桌子上，冲连若涵怒道，“此事我决不同意。”

“爹爹是否同意，女儿并不在意，只要女儿和卢之月同意，我和他的婚约就不复存在了。”连若涵态度虽然恭敬，恭敬中却有一丝不会退让的坚定，“女儿从小离家，一个人生活惯了，凡事也习惯了自己做主，爹爹就当没有生过我这个女儿好了。”

“儿大不由人，崔公不必生气，连娘子自强独立，倒也是好事。”李鼎善见状，忙出面圆场。他差不多认定了连若涵和夏祥私订终身的关系，再看连若涵时，目光中就多了慈爱，“夏祥虽出身平民，却有功名在身，如今年纪轻轻就是一县之尊，日后也会前程似锦，连娘子嫁与夏祥，也是郎才女貌，天作之合。”

“不行！”崔何拍案而起，“崔氏之女不嫁平民之后。”

又意识到了是在景王府中，忙施礼说道：“景王殿下见谅，我一时气愤，失礼之处，请多多包涵。”

景王也没想到会上演一出父女相争的大戏，毕竟是崔何的家务事，他就算身为王爷也不好介入，只好呵呵一笑：“无妨，无妨。一家人有事要好好商量，不要吵架，更不要伤了和气。”

“父王，父王……”见王上前一拉景王的衣袖，眼神在连若涵身上打转，急得不行，“机不可失，失不再来，快向崔公提亲，保准一提就成。”

“要以大局为重，你只能娶蒙古国公主为妻。就算连娘子肯嫁你，也只能是侧妃。”景王一直十分宠爱见王，换了别的儿子，他早就不耐烦了，一拍见王的肩膀，“何况连娘子已经有了意中人，你就不要再胡思乱想了。”

“就算私订终身了也不怕，只要还没有成亲，连娘子就可以再嫁别人。”见王是铁了心要娶连若涵，他是真心喜欢连若涵，也是争强好胜之心作祟，非要抢了原本属于夏祥的娘子才有成就感。

按说他一堂堂的王爷，身份尊贵，夏祥远无法和他相比，他却非当夏祥是对手，实是有自贬身份之嫌。不过见王并非心思细腻之人，他才不会多想他和夏祥争夺连若涵，其实是高抬了夏祥，他只想抱得美人归。

崔何是一个凡事都恪守原则之人，既然连若涵和卢之月指腹为婚，即使卢之月长得歪瓜裂枣，他也不会反悔。一言九鼎才是君子之道，只是万万没想到，女儿如此叛逆，竟当众悔婚，且还有卢之月的亲笔书信为凭，他怒火攻心，一时按捺不住，反正女儿嫁与见王总比嫁什么夏祥强了何止百倍，当即说道：“景王殿下，承蒙见王殿下厚爱，想娶小女为妃，崔某……同意！”

一语既出，四座皆惊。

李鼎善眼神跳动，和宋超度对视一眼，二人眼中都闪过无奈和苦笑之意。如此父女，也真是罕见，只是苦了连若涵。二人都很清楚，连若涵和见王并非一路人，二人结为夫妻，不是良缘。

李鼎善想得更多一些。在他看来，夏祥和连若涵更般配，二人结合，相得益彰。虽说曹姝璃温婉贤淑，但夏祥在官场之上势单力薄，急需助力和智囊，连若涵的好景常在有庞大的财力自不用说，她的聪慧和智谋也可以助夏祥在仕途之上更得心应手。

只是连若涵的婚姻大事是家事，他是外人，不便多说什么，只好干坐一旁，焦急地静观事态发展。

曹用果不动声色，心中却是暗暗一喜。连若涵嫁与见王为妃，女儿就少了一个最强有力的竞争对手，相信没有了选择的夏祥会不再犹豫地娶女儿为妻。果真如此的话，他是否也能不再顾虑三王爷的权势而让女儿嫁与夏祥？

谁能想到，连若涵的婚姻之事竟然搅动各人心思，在座各位心思各异，各有打算。也难怪众人如此，历来联姻是一件大事，各大世家以及高官权贵，都十分重视姻亲。就连国与国之间，有时也以和亲维护和平。若是连若涵是一般女子也就算了，不提她富可敌国的财富，就是她显赫的身世以及远超常人的聪慧，就会让无数人趋之若鹜，更不用说她惊人的美貌了。

崔何话一出口，景王默然不语，见王喜出望外，鼓掌叫好："好，太好了，本王见过岳父。"

说话间，见王就要朝崔何施礼。

"见王殿下不要着急，我不同意。"连若涵脸色淡然，反倒微微一笑，她努力掩饰内心的激动和不安，一咬牙，心一横，既然父亲步步紧逼，既然见王非要以势压人，她只有最后一搏了，"爹爹，女儿已经不再是崔氏之人，爹爹的话，女儿不必服从。再者，女儿和夏县尊不但私订终身，还已经有了肌肤之亲，女儿非他不嫁。小女子感谢见王殿下错爱，只可惜你我今生无缘。"

连若涵心中喟叹一声，形势所迫，她将一生的幸福寄托在夏祥身上，夏祥若是不肯娶她，她算是所托非人，怕是要孤独终老了。

崔何脸色大变。

"什么什么？"见王勃然大怒，"夏祥如此无耻，本王要向皇上上书，弹劾他一个淫乱之罪！气死本王了，本王要杀了他。"

见王从旁边的案儿上抽出一把宝剑，就要夺门而出。

"站住！"景王是何许人也，他早就看出了连若涵还是处子之身，又冰清玉洁，必是洁身自好之人，怎会和夏祥没有成亲就肌肤相亲？如此奇女子，敢当众自辱，可见其性格是何等倔强和不屈，也是说明连若涵宁死不嫁见王。

既如此，何必强人所难？况且他和崔何还有更大的事情要谋划，岂能因为儿女婚姻之事而因小失大？先儿已经被皇上内定为和亲的不二人选，他非要娶了连若涵，也会惹得皇上大为不喜。既然两边不落好，何必非要为之？他挥了挥手，以不容置疑的口气说道："先儿，连娘子和夏祥情投意合，你就不要再掠人之美了。退下！"

"父王！"见王不肯就此认输，"儿臣是堂堂的一字王……"

"够了，退下！"景王不耐烦地挥了挥手，"再敢多嘴，罚你禁足一个月。"

"是。"见王虽是一字王，却还是对父王言听计从，只得恨恨地瞪了连若涵一眼，转身走了。

“今日之事，让诸位见笑了。”崔何从未在人前受过如此奇耻大辱，脸色铁青，几乎难以自抑，他朝几人叉手施礼，“崔某从此和连若涵一刀两断，既不再有父女之情，也不再有家族之义，请诸位见证。景王殿下，崔某就此告辞。”

崔何无颜再待下去，告辞而去。

/ 第三十八章 /

女子无才便是德

气氛不免有几分尴尬和沉闷。

宋超度暗暗吃惊，大夏女子比起前朝确实开放许多，但如连若涵一般敢爱敢恨者，十分少见。他除了暗自赞叹连若涵的大胆热烈之外，不由得又替夏祥担心，夏祥何其无辜，平白又多了崔何一个劲敌以及见王殿下一个情敌。

倒是李鼎善乐见此事，很为夏祥感到高兴。他也是十分了解夏祥的为人，成亲之前，断然不会和连若涵有什么出格之举。且他也看了出来连若涵还是处子之身，正是因此，他才更敬佩连若涵的格局和魄力。不管是曹姝璃还是肖葭，或许二人的温婉、坚强都可以和连若涵有一比，但若论到叛逆精神和大无畏的气概，二人就都差了不少。

曹用果心中泛起一阵苦涩，女儿和夏祥的婚姻基本无望了，连若涵如此激进，如此大无畏，不但大大出乎他的意外，也让他更加佩服。夏祥得连若涵为妻，当真是三生有幸。

"待连娘子和夏祥成亲之时，本王定当送上一份薄礼。"景王还有求于连若涵，他很清楚，若是三王爷继承了皇位，不但他的景王之位难保，就连见王也会被贬为平民，"金甲和叶木平之事，就拜托连娘子了。"

"景王殿下不必客气，此事也是小女子的分内之事。"连若涵朝景王福了一礼，也告辞而去。

李鼎善送出了门外，他是有话要和连若涵说。

站在景王府门口，李鼎善远望河边的一棵高大的银杏树。银杏树的叶子已经金黄，有几片叶子飘落在安定河上，漂浮在水面之上，随波逐流，不知将会漂向何方。

人生在世，大多时候和水面的落叶并无两样，谁也不知道下一步会漂到什么地方。李鼎善心中微有几分感慨，也有不少欣慰。他知道，到了和连若涵说明真相的时候了。连若涵再坚强，也是女子，需要友情和亲情。

“连娘子，从今以后，你我便是一家人了。”李鼎善负手而立，淡然一笑，“老夫平生最得意的两个学生，一个从政，是和你有终身之约的夏祥；另一个经商，是帮你打理生意的……肖葭。”

连若涵当众顶撞父亲，出了一口恶气，心中还是微有几分失落，李鼎善和父亲差不多年纪，却比父亲和善慈祥多了，他身上的淡然之气和从容气度，以及他身为夏祥授业恩师的身份，让她大感亲切。再听到他居然还是肖葭的先生，更是在吃惊之余，忽然有了一种亲人般的温情。

连若涵敛容正形，郑重其事地朝李鼎善福了一礼：“小女子从此以后也是先生的学生。”

果然是一个聪明绝顶的女子，李鼎善哈哈一笑，双手虚扶：“连娘子不必多礼，老夫在有生之年，能看到你和夏祥相亲相爱，成就一番大事，生几个孩子，看到你和葭儿相扶相助，打下一片江山，让好景常在遍布大夏和南海诸国，也就死而无憾了。”

连若涵脸一红，用低低的声音说道：“不瞒先生，涵儿和夏县尊并未……”

“老夫心里有数，知道你的苦衷。”李鼎善不等连若涵说完，笑道，“既然你以后也是老夫的学生，老夫就先做主，替夏祥应了这门亲事。他若是不同意，老夫不会饶过他。”

“不要，我不想他迫不得已或是因为愧疚而和我成亲。”连若涵心高气傲，身边追求者无数，才不会让夏祥以为自己非他不嫁，也不想他为任何不得已的原因而娶她，“此事还请先生代为保密，我想继续和夏县尊像以前一样相处。”

李鼎善岂能不知连若涵心中所想，如此高高在上的女子，必然不想让夏祥认为她一心非要嫁他为妻，她有她的自尊和高傲。

“好，老夫一定保密。”李鼎善神秘一笑，“葭儿在你身边之事，寻个机会告诉夏祥也无妨。还有老夫在景王府中行走，他也该知道了。”

“知道了。”连若涵并不多问李鼎善为何要瞒着夏祥，她也能猜出李鼎善之前隐身是为夏祥着想。她告别李鼎善，和令儿回到了观心阁。

一路上令儿闷闷不乐，到了观心阁，为连若涵上了茶，才将憋了一路的话一股脑儿说了出来：“娘子，不能就这么便宜了夏祥，他不费吹灰之力就想娶了娘子，门儿都没有！”

“令儿，我累了，先休息一下再说。”连若涵不想再提及此事。

“是，娘子。”令儿跟随连若涵多年，知道她的脾气，当下也不再多说，转身出去了。

次日醒来，连若涵依然心绪难平，吃过早饭，回到书房，研墨铺纸，微一沉思，写了一首诗：“借问吹箫向紫烟，曾经学舞度芳年。得成比目何辞死，愿作鸳鸯不羡仙。比目鸳鸯真可羡，双去双来君不见？生憎帐额绣孤鸾，好取门帘帖双燕……”

是初唐诗人卢照邻的《长安古意》。

左右看了几眼，放下笔。连若涵推开窗户，窗外秋意正浓，如一幅泼墨的山水画，远山近水，就连西部的太行山也依稀可见。正是上京最美的季节，若是前往西山，不管是燕山还是西山，此时应该是秋叶正红之时。红叶漫山遍野，无比灿烂。

记得去年此时，她和令儿以及几名友人一起登山望远，心情就如蓝天一样洁净湛蓝。而此时此刻，她心中却是莫名地不安和烦躁。不安是因为和父亲以及家族的决裂，烦躁则是因为夏祥。

相信夏祥远在真定也会大呼冤枉。

连若涵从小到大，向来喜欢特立独行，个性虽要强，却并不自私，也不会因为一己之私而让别人事事迁就于她。她只是努力做好自己，事事力求完美。虽苦些累些难些，却也乐在其中。

只有婚姻一事，让她一直纠结。婚姻一事，是她一怒之下改姓的主要原因。父亲与母亲就是指腹为婚，二人长大之后，遵循长辈之命成亲。成亲之后，形同陌路，有时一月都不会见上一面、说上一句话。

父亲纳妾之后，更是对母亲无比冷淡，时常半年也不见母亲一面。母亲一人住在一个小院之中，郁郁寡欢，甚至在母亲得了重病之后，父亲也不看望一次。直到母亲病逝，父亲才露了一面。在她幼年的记忆中，父亲对母亲的冷酷，比起对一个陌生人还要无情。

母亲死时，连若涵才十岁，弟弟连若缺也才五岁。父亲对她和弟弟倒是喜爱有加，只是她无论如何也接受不了父亲的关爱，一见到父亲就想起了母亲孤苦伶仃的一生。虽然她对父亲无比冷漠，父亲却还是耐心地关心她、爱护她，希望她可以听话，可以按照他的意愿嫁与卢之月。

她以为父亲对她的关爱是出于愧疚，不想父亲还是当她是联姻工具。母亲作为联姻工具，一生悲惨，毫无幸福可言，对自己的命运没有任何的自主性，完全被别人摆布。她不要再和母亲一样成为命运的棋子，也不会嫁一个像父亲一样的男子，一生孤苦无依。

她要坚强，要自立，要不依附男子！

但女子不能参加科举，无法通过考取功名改变自身，也不能为官，那么只有一条路可走——经商。连若涵用三年时间谋划，再用两年时间厘清了崔氏的人脉，在十五岁时留下一封书信给父亲，然后不辞而别，用三年时间创立了好景常在庞大的基业。

三年来，她和父亲虽时有联系，却不多，见面更少。有限的几次见面，父亲不是催婚就是让她回家，并不关心她所做的事情，即使知道她创立的好景常在有望成为大夏第一商行之后，依然是淡淡的表情，因为在他看来，女子无才便是德，基业再大，也不如嫁一个好人家。

连若涵就和父亲渐行渐远。

不过她也不是为了和父亲赌气而不愿意嫁与卢之月，也是她确实对卢之月无爱。卢之月性格软弱，喜欢求仙问道，不想功名，不求为官，只求自己逍遥自在，和曹殊隽十分相似。不同的是，曹殊隽幸运地遇到了夏祥，且还有一技之长。卢之月就不同了，沾染了世家子弟所有的毛病，更让她受不了的是，卢之月胸无大志。

今日当众向父亲拿出卢之月解除婚约的书信，连若涵也是早有准备，要的就是没有回旋的余地。却没想到，父亲为了颜面竟退而求其次，将她许配给见王，情急之下，她拿夏祥当了挡箭牌，也是万不得已的一步死棋。

宁肯死在夏祥的棋局里，也不能死在见王和卢之月的棋局里。连若涵恨恨地想：夏祥你不要得意，本娘子并不是非你不嫁，而是相比之下，你多少还比卢之月有志向，比见王英俊三分罢了。

不过相信夏祥会一脸苦笑地回应：拜托，本官招谁惹谁了，被你当了挡箭牌不说，还要被你拿来踩上几脚，本官才是最冤枉的一个。

连若涵一时想得入神了，不停地在想若是夏祥真知道了此事会是嘲笑她调戏她还是无动于衷，不拿她当一回事儿。正想得纠结难安时，忽然令儿推门进来了。

“娘子，曹娘子和曹郎君来访。”

曹姝璃和曹殊隽来了？好快。连若涵起身，迎到了门外。

门外的滴水檐下，站着曹姝璃和曹殊隽二人。曹姝璃瘦了少许，清瘦的脸颊上多了思念，少了天真烂漫。曹殊隽倒还是老样子，眉飞色舞，仿佛是得了糖果的孩子。

见过礼后，连若涵领二人进屋。曹殊隽犹如到了自家一般，大大咧咧地坐在了椅子上，喝了一口茶说道：“连娘子，自从你和夏郎君走后，我就搬出了观心阁。一个人住着太空旷太空虚寂寞冷了，不如自家热闹有人气。主要是观心阁没了你和夏郎君，还怎么观心？”

和曹殊隽的神采飞扬相比，曹姝璃端坐椅子之上，秀眉不展，微有忧色，一言不发。

曹殊隽却并不在意曹姝璃的落寞，继续滔滔不绝地说道：“连娘子你有所不知，自从你和夏郎君走后，我夜以继日一刻不停，雕出了十几枚玉连环，今日来得匆忙，忘了带在身上，等明日取来，请你验货。对了，忘了问，夏郎君是否一切安好？其实也不是忘了问，是想留给姐姐来问。可是姐姐忧思满怀，想问也不愿问了。”

连若涵猜到定是曹用果回家之后，将景王府发生的事情告诉了曹姝璃，是以曹姝璃才愁眉不展。她轻声问道：“曹娘子，可是挂念夏县尊？”

“夏……县尊？”曹姝璃如梦方醒，愣了一愣，才自嘲一笑，“是了，他现在是一县之尊了，比起以前不可同日而语。他……还好吗？”

“好，事事安好。”连若涵才不会告诉她夏祥在真定危机重重，除了让她担惊受怕之外，并无益处，不如不说，“夏县尊刚到真定，就打开了局面，现在将真定县治理得井井有条，人称‘夏青天’。”

“他的才识不管到了哪里，都会事事顺利。”曹姝璃点了点头，神情间的忧色稍缓了几分，“夏县尊初到真定，又是初次担任知县，诸多地方要倚仗连娘子，还请连娘子多多帮助。”

话一说完，才知失言，忙又歉然一笑：“连娘子和夏县尊本是一家人，互帮互助本是分内之事，要我这个外人多嘴，失礼，失礼。”

“姐姐，你也不必这样。夏郎君和连娘子喜结连理是好事，你看我以前也是心仪连娘子，不也坦然接受了一切？”曹殊隽并非不再喜欢连若涵，而是知道事已至此，多想无益，还会徒增烦恼，不如放下，他将手中扇子一放，“退一步讲，夏郎君可是一肩挑两门，他可以娶两房娘子。”

一句话惊醒梦中人，曹姝璃瞬间眼前一亮，她和夏祥之间并非缘分已尽，顿时心头的阴云一飘而散，展颜一笑：“让连娘子见笑了，我也是关心则乱。近来无事，绣了一个香囊，小小心意，不成敬意。”

连若涵接过曹姝璃的香囊，香囊精美无比，一针一线都细致入微，笑道：“多谢曹娘子，我记得夏县尊已有一个香囊，是你相赠的吧？”

“是的，香囊上还绣了一首诗。”曹姝璃的脸上微有一丝娇羞，“是一首《越人歌》。”

“山有木兮木有枝，心悦君兮君不知……你的一番心意夏县尊怎会不知？他去了真定之后，对你念念不忘。”连若涵此话就说得违心了，夏祥是否对曹姝璃念念不忘她才不知道，也从未听夏祥提起过曹姝璃。当然，她和夏祥相处的时间也不多，所谈大多是正事，不过她愿意相信夏祥对曹姝璃挂念在心，只不过不想当着她的面说出来而已。

“真的？”曹姝璃一脸惊喜，微微低头，“连娘子又在骗我，他当了知县，事务繁忙，哪里会有时间记得我？又有连娘子在他身边，京城的事情，他估计都忘了。”

“夏郎君忘了谁也不会忘了我，忘不了我，就肯定忘不了你。姐姐，你就不必胡乱猜测了，真要想知道夏郎君的心意，到真定县向他当面问个清楚岂不简单？”曹殊隽又上下打量了连若涵一眼，“连娘子，有一件事情我想不明白，为什么你不选见王，不选卢之月，不选我，非要选夏郎君，他比我们好在哪里？”

连若涵本来心情不太舒畅，曹殊隽的话就如一股清风，瞬间让她心中云开雾散，她扑哧一笑：“见王是堂堂的王爷，小女子高攀不起；卢之月和曹郎君一样，生性好玩，求仙问道，胸无大志；只有夏县尊一心为国为民，有大丈夫气概，不选他选谁？不过我也只是选他，并非一定嫁他。”

曹殊隽翻了翻白眼，很是不满地说道：“我哪里胸无大志了？卢之月怎能和我相提并论？我是京城第一英俊少年郎。哼，连娘子你太小瞧人了，夏郎君不过是动动口，剩下的事情都是由我动手操作，若没有我的雕刻大师的手艺，哪里有玉连环和若尔？卢之月会制扇吗？会雕玉吗？除了眼高手低之外，他有何才能？”

连若涵笑得更开心了：“卢郎君若是听了你这番话，非要和你拼命不可。卢郎君虽不会制扇，不会雕玉，现在却有了志向，有心于仕途。夏县尊已经推举他为真定县主簿了，而且他还和叶木平交情莫逆。”

/ 第三十九章 /

莫逆之交

“什么，卢之月当真定县主簿？”曹殊隽虽然从未见过卢之月，却因卢之月和连若涵有过指腹为婚的婚约而对卢之月全无好感，他瞪大了眼睛，“若论读书，他怕是连我都不如，还想当真定县主簿？夏郎君有他这样的一个主簿，也是不幸。不对，连娘子说什么？卢之月和叶木平交情莫逆？哈哈哈哈……”

连若涵被曹殊隽突然爆发的大笑惊呆了，愣了一愣才问：“笑什么？”

“我和叶木平才是交情莫逆，他和叶木平只能说是认识，认识和交情是两回事儿好不好？”曹殊隽嘴角一斜，不以为然地笑了，“连娘子为何提到叶木平？”

连若涵惊喜交加：“曹郎君怎会和叶木平交情莫逆？”

“这话说的，我就不能和叶木平坐而论道，谈玄说妙了？当年我痴迷道学时，几乎天天和叶木平在一起。你有所不知，我之所以一心学道，全因叶木平。”曹殊隽越说越是兴奋，几乎要手舞足蹈了，“此事说来话长，当年我也是被叶木平的道术折服，才随他学道。”

“这么说，他是你的师父了？”连若涵满心欢喜，原以为结交叶木平之事需要卢之月出面，不想曹殊隽竟也认识叶木平不说，还比卢之月交情更深，当真是意外之喜。

“也不算是师父……”曹殊隽微有扭捏之态，嘿嘿一笑，“亦师亦友。”

“就不要自吹自擂了，你当年一见叶木平就惊为天人，当即拜师，谁知叶木平并不收你为徒。”曹姝璃掩嘴而笑，笑容之中有三分戏谑，七分好玩，“你就死皮赖脸地跟在叶木平身后，一口一个师父叫得欢，后来叶道长实在怕了你了，才勉强同意收下你。但一不传授你道术，二不收你为徒弟，只和你谈玄说妙。”

“一派胡言，我是何许人也，会求人收我为徒？开什么神仙玩笑？叶道长不是不肯收我为徒，是他觉得我资质太好，悟性太高，不敢收我为徒，怕我有朝一日羽化而去，位列仙班，到时他还留在世间，就尴尬了，哈哈。”曹殊隽眨了眨眼睛，跳了一跳，“不少道长说我身有仙骨，若是修道，必成上仙。”

“好了好了，不要再吹嘘自己了，快说说你和叶道长认识之后的事情，好让连娘子判断一下叶道长是否有助于她的大事。”曹姝璃冰雪聪明，知道连若涵问到叶木平，必然是有大事要落到叶木平的身上。

“我和叶道长认识之后，确实是跟他学了许多道家学问，也练习了内丹筑基，你们肯定要问了，什么是内丹筑基？好，既然你们不懂，我就告诉你们，就是炼精化气、炼气化神、炼神还虚、炼虚合道。当然了，要想筑基，必须先打通任督二脉。任督二脉在哪里你们应该知道吧？这也不知道，服了你们了，好，我就勉为其难地再教教你们，道家讲任督二脉，中医也讲……”

连若涵点头，道家养生术有许多说法和中医相通，她也粗略看过一些相关的书籍。

见连若涵和曹姝璃那前所未闻的表情，曹殊隽更是得意了，更兴奋地说道：“任脉在前胸，能总任一身之阴经，故称阴脉之海。督脉在后背，能总督一身之阳经，故称为阳脉之海。任督二脉打通之后，将先天之精与后天之精结合凝练成气，而称为药，此即练精化，又为初关。然后再进入大周天练气化神阶段，谓之中关。最后再进入大定阶段，达上关之练神还虚，而入道体。

“《太平经》认为，人的寿命极限为上寿一百二十岁，若不内丹筑基，就不能长生不老。而凝练精、气、神，道体一成，便可与天地同寿，与日月同辉。”曹殊隽还想再继续讲下去，见曹姝璃面露不耐之色，而连若涵似笑非笑的神情更让他心里没底，他忙及时收住，“好，好，不说了，说了你们也不懂，只说叶道长。叶道长刚来京城时，还没有名声，混迹在市井街坊之中、瓦舍勾栏之内，后来欠了客栈的房费被打了出来，还是我帮他付清了欠款，才避免他被客栈老板打断手脚。”

对于叶木平的生平，连若涵也略有耳闻，但所知不多，只知道他早年出家为沙弥，因偷喝酒犯了酒戒，被逐出寺院，后来流落街头，遇到一名道士，道士问他的志向，他说封侯拜相，道士说：“生封侯，死立庙，未为贵也。封侯虚名，庙食不离下鬼。愿做神仙，天地任逍遥也。”他便拜道士为师入了道门。不过当了道士之后的事情，连若涵就不得而知了。

“一开始我也只当叶道长是落魄道士，骗吃骗喝的江湖混混，不料他竟是一个身怀绝技的高人。”曹殊隽想起了当初和叶木平初识时的情形，神情之中不免多了几分回味。他眯着眼睛，呵呵一笑，“记得有一天叶道长让我陪他去西山，说要教我法术，我左右无事，就抱着姑且听之的想法去散散心也好。谁知到了西山一处人迹罕至之处，忽然电闪雷鸣，天降陨石，然后倾盆大雨从天而降。我惊慌之下匆忙朝山间的亭子跑去，唯恐淋一个落汤鸡。到了亭子回头一看，叶道长还慢悠悠地走在雨中，丝毫没有加快步伐。我忙招呼他赶紧到亭子里避雨，他却说，道体不沾水，我没有听明白是什么意思，等他好不容易走到了亭子，我顿时惊呆了，叶道长浑身上下滴雨未沾！”

“哦？真的如此神奇？你确定没有看错？”连若涵吃了一惊，漫步雨中不湿衣，可见叶木平是有真道行。

“我亲眼所见，还能有假？”曹殊隽翻了翻白眼，“难道在连娘子眼中，我是傻子不成？哼。”

连若涵笑了：“曹郎君机智聪明，怎会是傻子？只不过有时过于聪明的人，往往会聪明反被聪明误。”

“不会，不会，我看得清清楚楚，叶道长浑身上下丝毫未湿。别急，更神奇的事情还在后面。”曹殊隽嘻嘻一笑，继续说道，“坐下之后，见四周暴雨如注，天昏地暗，我就说也不知这雨几时会停，要是下上一天一夜，岂不是要在山中过夜了？叶道长抬头望了望天，淡定地一笑，想要雨停也简单，只要和正在行云布雨的龙王说上一声，龙王就会停雨。

“我一听自然不信，虽然他方才在雨中浑身上下没有湿上半分，我也认为他是信口开河，就激将他说，如果他让雨即刻停下，我就拜他为师。他哈哈一笑，这有何难，说完就一手指天，口中念念有词，片刻之后大喝一声：‘行雨龙王，上仙在此，敕令尔即刻停雨，不得有误。’”曹殊隽想起当时情形，依然神往不已，一脸羡慕之色，“等了片刻，雨别说停了，丝毫不见减弱。我就笑了，道长神通广大，呼风唤雨、点石成金、缩地成寸，法术高强……”

曹姝璃从未听过曹殊隽还有这样一番经历，听得入神了，但也听出了曹殊隽话里的嘲讽之意，笑了：“你要是改了阴阳怪气的毛病，就能赶上夏郎君一半了。”

曹殊隽直接回应了曹姝璃一个鄙夷的眼神：“不想我话说一半，猛然一道刺眼的闪光就如同在眼前闪亮，随后一个惊雷在耳边炸响，紧接着大雨说停就停，没有丝毫含糊。更奇怪的是，雨停之后，乌云还在头顶盘旋不去，似乎在等叶道长的命令。我惊呆当场，半晌才说：‘道长，雨是停了，我们是下山还是？’”

连若涵若有所思地说道：“叶道长真有呼风唤雨的本事？倒是奇了，有关他的传闻，真真假假，有诸多前后矛盾之处。不过你既然亲眼所见，叶道长应该确有神通。”

“不是应该，是千真万确。”曹殊隽说得口渴了，喝了一口茶水，一抹嘴巴又说，“叶道长哈哈一笑：‘龙王行雨，下几寸下几时，都由天帝而定。要是龙王办事不力，也会被天帝惩罚，轻则鞭挞，重则上斩龙台。当年魏徵斩龙，就是因为龙王多下了几寸雨。我虽是上仙，位列仙班，也要听命于天帝，今日之雨，还得再下上半个时辰。’他手再指天，大声说道：‘行雨龙王，可继续行雨。’话一说完，大雨再次倾盆而下，足足下了半个时辰才雨过天晴。”

“然后你就拜叶道长为师了？”连若涵虽然惊诧于叶木平神乎其神的法术，却并没有太多好奇，也是她自小听多了能人异士的传说，就连她出生之时也是风雨如晦，鸡鸣不已，有一名游方道士正好路过，只看了她一眼就断定她今生时运不济，命运多舛，注定孤苦一生。十岁时，又有一个僧人路过，断言她一生必有奇遇，然后得遇贵人，才能遇难成祥。

“见到如此神仙人物再不拜师，岂非傻瓜？”曹殊隽此时不再矜持，大方地承认了当时对叶木平的崇拜，“我再三请求叶道长收我为徒，叶道长却一再拒绝。后来被我追得急了，才勉强同意让我跟在他的身边，但不是师徒，也不传授我道术，只和我谈玄说妙。我也是想着以后关系熟到一定程度时，他肯定会教我道术，要有耐心才能徐徐图之，就应下了。我怎么也没想到，此后很长一段时间，叶道长再也没有显露过神通，但是京城之中，出现了许多怪事……”

京城怪事四起，是在皇上生病之前，连若涵当时虽然未在京城，但对京城一系列的怪事也是略有耳闻，她点头说道：“京城诸多怪事，先从陨星开始。”

“是的，元宣三年，天降陨星，声若雷震，一连响了三天三夜没有停息。又有黑气在宫中作怪，有时幻化成人形，有时又像驴，有时又如龟，笼罩在一层黑气之中，兵刃所不能伤。走到哪里，哪里就黑气弥漫，腥气扑鼻。后来又出入民间百姓家中，掠食百姓子女，闹腾了两年才消失不见。又有城东酒保朱氏女儿忽然长了六七寸长的胡子，飘然疏秀如同男人。又有城外一个卖菜的农夫，一日到了宣德门下，忽然放下担子，如同中了邪一样，痴迷半天，伸出食指和中指指人说道：‘太祖皇帝、太宗皇帝让我传言，速速改元变法要紧。’

“巡捕拿他下了上京狱，醒来后，完全不知道之前的事情，大呼冤枉。上京府的狱吏不管他这些，暗中将他处死了事。随后，京师、河东、陕西、兰州等地，相继地动山摇，粮仓要么被震坏，要么陷没地下，一时之间，种种天灾人祸，此起彼伏。”曹殊隽摇头叹息，一脸悲痛，“说来也怪，明明大好年景，怎么突然之间就处处异变了？皇上命人祷告上天，并无效果。叶道长私下对我说，种种征兆是上天预警，若是皇上顺天应命，大夏自然国泰民安，风调雨顺，若再不知变通，非但皇上会有重病，大夏也将有亡国之忧。”

“叶道长既然是神仙中人，他的话想必也是金玉良言。”曹姝璃向来相信天人感应，天有异变，必有民怨。

连若涵却是只信了一二，轻轻一笑：“妖言惑众者，往往会以天降灾祸来危言耸听。”

“连娘子莫非不信叶道长是神仙中人？”曹殊隽虽对连若涵仰慕，却对叶木平更加崇拜，语气中就带了几分气愤之意。

连若涵淡然一笑，挥手说道：“神仙不是应该在天上安享天福，为何来到人间享用人间的荣华富贵？叶道长是不是神仙中人，我不敢妄自猜测，只是不明白难道天福还不如人间的荣华富贵？就如一个人考取了功名当上了大官之后，为何弃官不做非要回家种田？”

曹殊隽一时哑然，想了一想又笑了：“既然是神仙，必定大异常人。神仙做事，我等凡人也猜测不出其中深意。”

“然后呢？”连若涵并不是想和曹殊隽争论什么，问道，“不知叶道长是如何从一个市井神仙摇身一变成了御用神仙？”

“此事说来话长，但真要说起来，也是简单。叶道长在上京结识了道长赵常之，二人一见如故，相见恨晚。赵常之既是道士，又是皇上最为亲近的画家，常为皇上画道家经典的神仙故事，深得皇上喜爱。一日赵常之又向皇上进献一画，画中一人，飘然若仙，站立在山顶一棵松树之上，衣衫飘飘，直欲乘风而去。此人面相谦和，有出尘之意，皇上一见之下大为折服，问画中神仙是何人。赵常之答是他在京城结识的道长叶木平。皇上大喜，急召叶木平晋见。

“叶道长第一次面圣，皇上问，有何道术？叶道长答，臣上知天宫，中识人间，下知地府。皇上又问，天上是何情形，答道，天上有九霄宫，而神霄宫为最高。神霄宫玉清王者，天帝之长子，主宰南方，号长生大帝君，正是皇上。皇上既然下生人间，其弟一同下凡，号晨星帝君，主东方，星王是也。”曹殊隽说到此处，忽然想起了什么，微露疑惑之色，“咦，怪事，为什么叶道长只说星王是神仙下凡，不说其他几位王爷，难道他和星王暗中有什么联系不成？不过没有听说他和星王爷关系不错，后来虽受宠于皇上，也是只一心为了皇上着想，再也没有为星王说过好话。”

“只一句星王是晨星帝君下凡就足够了。”连若涵并不知道叶木平还为星王说过如此美言，轻哼一声，“哼，叶道长果然好眼光，好仙术，竟能早早看出星王可掌大权。”

当时星王虽然已经掌管了吏部，但还没有和候平磐联手把持朝政，当然，也是皇上并未得病不再亲理朝政之故。

“连娘子对叶道长颇有成见，莫非和叶道长有什么嫌隙不成？”曹殊隽诧异连若涵为何对叶木平如此不满，他哪里知道连若涵小时被一名道士说成时运不济、命运多舛，注定孤苦一生，而现今她非但名下有庞大的好景常在，而且身边的追求者无数，可见道长所言完全是一派胡言。若是连若涵信了道士之话，自暴自弃，或许现在还真是时运不济、命运多舛。

“我并不认识叶道长，更和叶道长没有嫌隙，只是不喜欢一些道士的装神弄鬼罢了。”连若涵不想多说什么，摆了摆手，“你继续说下去，我不打断你就是了。”

“好，好，我接着说。”曹殊隽笑了笑，并未多想，也没有注意到曹姝璃微微蹙眉的表情，继续说道，“皇上一听之下登时大喜，将叶木平留在了宫内，赐号通灵达真先生，赐名叶真人，并且授他可以随时出入皇宫的金牌，并为他建造了一座通真宫居住。从此，叶真人飞黄腾达，成为皇上的御用神仙，和金甲先生一起成为皇上的左右护法。”

/ 第四十章 /

大奸似忠，大忠似奸

“不久，皇上病倒。叶真人为皇上向上天祈福，告诉皇上，皇上之病是代万民受过，大夏种种异变，各地灾祸，都是上天的惩罚。皇上一病，异变和灾难都会消除。皇上是真正的万民之君，是天帝之子，所以百姓之难要由皇上一人承担。皇上听后，顿时安心养病，并以天子爱民理应替万民受难为由拒绝吃药。也是怪了，皇上病后，各地天灾人祸依次消停。”

连若涵本不想再多说什么，听到此处，实在又忍不住插了一句：“天灾人祸频繁发生已有两年，两年时间，就算不管不问，也差不多该消停了。这并非皇上代万民受难之功，而是时机到了。”

“连娘子不要打断我好不好？拜托了。”曹殊隽十分不满地斜了斜眼睛，笑道，“我只是陈述事实，并没有加入本人观点，你也不必冲我发火。”

“连娘子对道家怕是有些误解，她也不是冲你发火，而是和我一样，对道家神乎其神之事并不相信。三郎你不必多想，快快讲来。”曹姝璃只知道曹殊隽和叶木平关系不错，至于曹殊隽和叶木平认识的背后以及叶木平本人的一些事迹，她所知不多。也是她受曹用果影响，对道家和道士并无太多好感，所以漠不关心之故。现在听来，才知道有这么多有趣的故事，不由得听得入神了。

连若涵也笑了：“曹娘子说得对，你快说就是了。”

“金甲先生听说皇上不再吃药，当即找到叶真人，和叶真人大吵了一架。叶真人只是听金甲先生说个不停，并不和他争辩。等他说完了，叶真人才不慌不忙地告诉他，先不要着急，皇上之病是由心火过旺、焦虑过重引发的，让皇上以为自己代万民受过可以消除灾祸，皇上便可安心，心一安，病情自然就会好转。等时机成熟之后，再劝皇上服药，以强身健体才能等下一次灾难来临之时再为万民受难为由，皇上自然乐意服药。

“金甲先生一听，大为折服。所谓下医医病，中医医人，上医医国；下士养身，中士养气，上士养心……叶真人之法已经到了上士养心的境界。叶真人连称不敢，他还有许多地方要向金甲先生学习。二人越谈越是投机，竟成为至交。”曹殊隽由衷地佩服叶木平，“说来你们也许不信，虽说我认识金甲先生在先叶真人在后，但在叶真人认识了金甲先生之后，我和金甲先生的关系才又密切了许多。可以说，若是没有叶真人，我和金甲先生也不会有如今的忘年交情。”

“后来呢？”连若涵意犹未尽地问道，听来曹殊隽和叶木平的关系非同一般，或许不用卢之月出面就可以让叶木平为景王所用了。

“后来叶真人虽身份尊贵，已然成为国师，却和我依然以道友相称，和以前一样，并没有富贵则忘。我也和叶真人谈论道学，只不过多次问他神仙之术，他要么不答，要么说我尘缘未了，不能修仙，总是搪塞过去。反正我和他认识以来直到今天，他没有传授我半点道术，只教了我粗浅的筑基之法。筑基之法，但凡是道家典籍都有记载，哪里还用神仙来教？”曹殊隽大摇其头，一脸惋惜，“我想我并不是尘缘未了，而是福分不够，所以叶真人才不会传法给我。记得有典籍上说过，遇到该传之人不传，是绝天道；遇到不该传之人而传，是毁天道。可见我并不是该传之人，唉……”

连若涵心中微微一动，叶木平得势之后还如往常一般待人，此人倒也有些胸襟和气度，她再次问道：“听说叶真人还为皇上炼制了金丹？”

“是的，除了金丹之外，还有药酒，就是著名的长春法酒。除此之外，叶真人也会一些医术，虽不如金甲先生精通，有时也可以让金甲先生认同。”曹殊隽想起了什么，从衣袖中翻出一个精致无比的葫芦，葫芦不大，只有数寸大小，是由一整块白玉雕刻而成，打开之后，从中倒出一粒金灿灿、明晃晃的药丸，“叶真人曾送我金丹一颗，我没敢服用，一直带在身上，想着万一有朝一日跌下悬崖或是身受重伤，服下金丹可以保命。”

“呸，不许胡说晦气的话。”曹姝璃嗔怪一声，从曹殊隽手中拿过金丹，闻了闻，异香扑鼻，又将金丹递与连若涵，“香气浓郁，沉甸甸如同石块，除此之外，也看不出有什么稀奇之处，真是可以延年益寿、长生不老的金丹？”

“延年益寿？长生不老？”连若涵嫣然一笑，笑容中有说不出来的嘲讽，“秦始皇、唐太宗都曾服用金丹，谁得长生了？金丹得长生，从古至今，从来都是一个笑话。”

“离府龙飞，坎宫虎跃。金木混融，水火击搏。刑德主宾，浮沉清浊。一百日胎，二八两药。白雪虚无，黄芽圆觉。乌兔夫妻，龟蛇根萼。朱砂不动，水银无著。铅鼎纯乾，紫霄云约。”曹殊隽摇头晃脑地念了一遍《金丹大药诀》，笑道，“话也不能这么说，连娘子，或许当年为秦始皇和唐太宗炼制的道士并不是得道高人，远不如叶真人是真正的神仙在世，所以他们炼制的金丹才没有药力。”

"若是吃金丹就可以长生不老，叶真人炼制几壶金丹拿来卖钱，一夜之间便富可敌国。"连若涵虽不信佛道，却也知道外力不可借的道理，"凡人不管是想要修仙还是成佛，功夫都在自己，所谓师父领进门，修行在个人，都是筑基大成之后，破了初关中关大关，练成了道体，才能羽化登仙。哪里有不向内修炼只凭吃药就能成仙的好事？不过是偷懒之人一厢情愿的美好幻想罢了。"

连若涵的话不无道理，曹殊隽点了点头，表示认可，将金丹放进了随身玉葫芦："所以我才不吃金丹成仙，我要自己修炼成仙。行了，关于叶真人的事情说完了，连娘子，还有什么事情需要在下效劳？"

"我有一事相求……"连若涵顿了一顿，粲然说道，"并非我一人相求，还有夏县尊，不知曹郎君是不是愿意帮我和夏县尊一个忙？"

"不用提夏县尊，我不看他的面子，有连娘子开口就足够了，我一定尽力而为。"曹殊隽出卖夏祥是毫不犹豫，也丝毫没有愧疚之心。

曹姝璃无奈地摇了摇头："夏郎君听了你这话，该有多伤心。"

曹殊隽振振有词地说道："他和连娘子私订终身也没有征求我的意见，他知道我有多伤心吗？"

连若涵"扑哧"一乐："不知曹郎君能否请金甲先生和叶道长今晚到观心阁一聚？"

"这个嘛……"曹殊隽一下愣住，意识到刚才的海口夸得过大了，忙挠头说道，"金甲先生行踪不定，不好找到他。叶真人住在皇宫之中，除非他出宫，否则我也进不去皇宫寻他……"

"这么说，是请不到二位高人了？"连若涵一脸失望之色，摇头叹息一声，"只怪我机缘不够，福薄，无缘得见金甲先生和叶真人。"

曹殊隽瞬间迸发了豪情，一拍桌子站了起来："不试上一试怎么知道能否请到？连娘子稍候片刻，我去去就来。"说完一拱手，转身出了房间，大步流星而去，转眼就不见了身影。

"连娘子好手段。我让他做些什么他向来不听，却对你言听计从，我都不知道该说些什么了。"曹姝璃眼波流转，悄然一笑，"不过也好，他总要有些事情去做才不会胡思乱想。现今他不再天天想去求仙问道，比以前安分了许多。"

连若涵点了点头："男儿生在世间，当为国为民效力，而不是只为自己安稳。就如夏县尊，一到真定任上，就全心全意为百姓着想，接连着手了几件大事。曹郎君若是有人引导，也可以做出一番了不起的事情。"

"夏郎君他当上县尊之后，是不是变了不少？"曹姝璃还没有见过夏祥身穿官服升堂的样子，想起他一本正经的审案情形，想到第一次见他浑身湿透的样子，就忍不住想要发笑，“我第一次见他时，他还是一名考子，刚从河里救三郎上岸，浑身湿透，虽有几分狼狈，周身上下却充满了活力，笑起来的模样，有三分坏、七分洒脱。”

连若涵才知道曹姝璃和夏祥的初见是如此有趣，比起她和夏祥的第一次相见有意思多了，说道：“夏县尊还是之前的夏郎君，坦荡、从容，忧国忧民，先天下之忧而忧。只不过他在没变之外，似乎也有了一丝说不清道不明的变化，就好像……好像一个只会读书的书生摇身一变成了一名心系百姓冷暖的真定知县。”

“连娘子，你和夏郎君第一次见面，对他是什么印象？”曹殊隽不在，曹姝璃就想和连若涵聊一些女子之间的话题，“我第一次见他，心猛然就跳得很快，也不知道是什么原因，反正就是觉得他健康、阳光、温暖、可信，一点也不让人觉得厌烦，更没有一些世家子弟王孙贵族的油头粉面。”

连若涵可以明显地感受到曹姝璃话语之中对夏祥浓浓的思念之情，以及一颗玲珑剔透的少女心。她微微一笑，想起了和夏祥的第一次相见：“我第一次见到夏县尊就觉得这个人如此年轻却又如此沉稳，举止谈吐，进退有度。我就想，他到底是大奸似忠还是大忠似奸？一个人若是过于完美，要么是圣人，要么是大奸之人。”

“啊？你怎么会这么想夏郎君？”曹姝璃惊讶之余瞪大了眼睛，“他看上去丝毫没有奸诈之相。”

连若涵莞尔一笑：“姝璃妹妹，真正的大奸大恶之人，向来是以和善的面目示人。就如候相公，当初数次辞官不做，赢得了名声。后来才知道，他是以退为进，也是嫌当初所授官职品秩和权力太小。后来大权在握之后，大肆排除异己，露出了狰狞的面目，可惜为时已晚。多少当初被他的虚伪蒙蔽之人都后悔向皇上推举他，但后悔已然无用。直到现在，他还深得皇上信任，皇上还没有识破他的真面目。”

“这倒也是，可是……夏郎君才不是候平磐，他是好人，也会是一个好官。”曹姝璃不高兴连若涵将夏祥和候平磐相提并论。

连若涵看了出来，不由得暗暗一笑，说道：“姝璃妹妹不必不高兴，夏县尊即使明面奸诈，暗中为国为民，委曲求全，最终将候平磐扳倒，也是大功一件。候平磐是大奸假忠，夏县尊不妨大忠似奸，只要能还大夏一片清明，受些委屈不被世人理解又有何妨？”

曹姝璃理解不了连若涵的想法，想反驳几句，却又觉得口舌之争并无意义，淡然一笑：“我相信夏郎君不是那样的人。”

“也不一定。”连若涵却是相信自己对夏祥的判断，“时势造英雄，识时务者为俊杰，夏县尊是英雄，更是俊杰。”

曹姝璃也不知道从哪里冒出来的勇气，忽然说道：“连姐姐，你什么时候回真定？我想和你一起去。”

连若涵的目光在曹姝璃艳若朝霞的脸上停留片刻，含蓄地笑了：“京城事情办完，就回去。多则半月，少则七天。”

“好，到时记得叫上我，我要去真定看望夏郎君。”曹姝璃的脸上洋溢出前所未有的神采，神采之中，又有一丝让人心动的坚定。

“好，一定。”连若涵心中一动，她虽身为女子，却也喜欢曹姝璃的绝美风姿，又想到了曹殊隽，不由得微微担心，“也不知曹郎君能不能请到金甲先生和叶道长。”

曹殊隽出了观心阁，直朝皇宫而去。不多时路过一座府邸，门前拴了几匹高头大马，停了几辆装饰了金、银、铁鋄金银、铜、锡、料珠等奢华饰物的马车。他勒住马缰，定睛一看，府邸之上题写三个大字：星王府。

怪不得如此显赫声势，原来是三王爷府，曹殊隽愣神片刻，轻描淡写地一笑，策马就要离开，忽听背后有人冷喝一声：“什么人在星王府门口鬼鬼祟祟、东张西望？还不赶紧下马，接受盘查！”

曹殊隽一听就来气了，他只不过是路过星王府，停了片刻看了一眼，怎么就鬼鬼祟祟、东张西望了？别说王府了，就是皇宫门口也没有这么多规矩。他回身一看，身后来了二人，一胖一瘦，正是高见元和燕豪。

今日三王爷招待贵客，高见元和燕豪不敢怠慢，亲自在王府门口巡查，转了一圈一切妥当，正要回府时，不想意外遇到了曹殊隽。高见元知道曹殊隽和夏祥关系交好，当即叫住曹殊隽。

曹殊隽也不下马，冲高见元和燕豪冷冷一笑：“刚才的声音吓了我一跳，尖细、阴冷，我还以为是大夏十大高手里面排名第六的追魂音方十娘，原来是高太尉。什么时候高太尉也练了一身追魂索魄的功夫，着实让人佩服。”

大夏十大高手也不知是哪个好事者所列的榜单，非要以十为数，想必也是为了好听，实际上所谓大夏十大高手，真正有名有姓的只有燕豪、方十娘和风如晦，其余七人姓名语焉不详。三人之中，更是只有燕豪一人为世人所知，方十娘和风如晦二人，从未听说有人见过真人。

高见元哈哈一笑，笑到一半，笑声戛然而止，脸色一寒：“曹殊隽，别以为你是一个小小的侍郎之子就真当自己是衙内了，信不信我可以以意图对星王图谋不轨之罪抓你进上京府大狱，让你吃上几个月牢饭。”

燕豪嘴角闪过一丝轻蔑的笑容，冷冷地紧盯曹殊隽，摆出一副曹殊隽稍有动静他就会出手将他拿下的姿态。只不过连他自己也没有察觉的是，虽他左手握刀鞘右手准备拔刀的姿势依然矫健，只是左肩比起以前稍微低了半分——半分的差距在寻常人眼中不算什么，但在高手眼中就是差之毫厘，失之千里的失误，可以准确地判断出他的左肩曾经受过伤。

没错，昔日偷袭夏祥之时，在夏祥房间之中激战，在萧五的攻击下，燕豪一着不慎，左肩中了幔陀一支飞刀。后来燕豪不惜重金买来最好的疗伤药治疗，又费了好些时日，总算康复如初，但每到阴天下雨或是将要变天之时，伤口之处还隐隐作痛。

曹殊隽呵呵一笑，不以为然地咧了咧嘴："高太尉，我不是权豪势要之家，也不是累代簪缨之子，更没有充任衙内都指挥使，算不上衙内。倒是小小的侍郎一说，传了出来，怕是六部十几个侍郎都要找高太尉讨个说法，哈哈。"

/ 第四十一章 /

大打出手

大夏时，高官子弟多充任衙内都指挥使、衙内都虞侯等亲卫官。出于习惯，便将官宦子弟唤作“衙内”，但由于科举的推行，取士不问世家，进士出身者中大多是平民百姓，衙内也不再是什么光彩的称呼，相反，多有轻蔑嘲讽之意。

高见元明明想说的是曹殊隽不过是一个小小的侍郎之子，本意并不是想说小小侍郎，侍郎是五品大员，在京官之中虽不是显赫之位，却也大权在握，在各自的职权范围之内，拥有至关重要的承上启下的作用。不想竟被曹殊隽曲解为他看不起六部十几个侍郎，如此罪名，他也担当不起，忙摆手说道：“我哪里说小小的侍郎了？我是说你是小小的侍郎之子。”

若论胡搅蛮缠，曹殊隽自称第二，没人敢称第一。他讥笑一声，轻蔑的目光如同看一条已经上钩的鱼：“高太尉，小小的侍郎之子和小小的侍郎，又有什么区别？你明明就是看不起吏部侍郎熊始望、兵部侍郎于晏、户部侍郎郑远东，回头我可要好好和熊侍郎、于侍郎和郑侍郎说道说道，让他们知道在高太尉的眼中，他们只能当上了尚书才有资格和高太尉平起平坐。不对，应该是让满朝的文官都知道高太尉眼光高人一等，侍郎和五品以下的文官，都是不值一提的小官。”

“你！你胡说八道，你血口喷人！”高见元气得暴跳如雷，虽说几位侍郎对他有了误解和成见，未必会影响到他的前程，但毕竟名声不好，再者他身为武官，本来就比文官低了一等，要真如曹殊隽所说，他的话引起了文官的公愤，他可就跳进黄河也洗不清了。

大夏重文轻武，武官对文官多有抱怨，文官对武官多有轻视，人所共知。他再是自恃有三王爷撑腰，也不敢当挑战满朝文官权威的出头鸟。

“高太尉，不用和他废话，直接拿下便是。”燕豪见高见元气得脸红脖子粗，却又说不出一个所以然来，知道再和曹殊隽争辩下去只能更加出丑，能动手的时候绝不动口是他的做法，他右手一动，拔出了柳叶刀，双腿一夹马腹，近身上前，就要拿下曹殊隽。

曹殊隽自知打不过燕豪，自然不会束手就擒，一提缰绳，策马就跑。燕豪冷哼一声："想跑？就凭你还想从我手下逃走？痴心妄想！"

燕豪双腿猛夹马腹，右手柳叶刀脱手飞出，打了一个旋，发出"咻咻"的如毒蛇吐信的声音，在曹殊隽的面前画了一个圆又回到了他的手中。

曹殊隽身下的红马受惊，人立而起，一声嘶鸣，再也不敢迈步向前。曹殊隽也险些从马上摔落，双手抱紧马脖子，惊慌失措的样子要多狼狈就有多狼狈。方才柳叶刀从他眼前两尺开外闪过，寒光森森，追魂索命之声让他感觉彻骨寒冷，着实吓得不轻。

"哈哈，怎么不得意了？"高见元哈哈一笑，朝燕豪赞许地点了点头，"小小的侍郎之子，敬酒不吃吃罚酒，先拿下再说。关他几天，让他尝尝牢饭的滋味再放出来，也好让他长长记性，以后不要再惊扰星王的寿诞。"

原来今日是三王爷的生辰，曹殊隽突发奇想，金甲先生和叶真人必定会前来为三王爷祝寿，在星王府门口守候，必能等到二人，这么一想，他反倒不急着走了，翻身下马。

不想才一下马，燕豪就近身上前，手腕一翻，将他的右臂反到身后。曹殊隽只觉一阵剧痛传来，眼前一黑，险些晕倒在地："哎呀，哎哟，放手，燕豪你赶紧放手，再不放手，我对你不客气了。"

燕豪怎会怕曹殊隽的威胁，曹殊隽在他手下就如同一只小鸡一般，丝毫没有反抗之力，他手下用力，冷笑一声："还要对我不客气？有本事尽管使出来，没本事就不要像狗一样乱叫！"

曹殊隽虽努力挣扎，却难以撼动燕豪如铁铸一般的胳膊，他疼得满头大汗，却依然努力想要挺直身子，不想在燕豪面前弯腰。燕豪也觉察到了曹殊隽的想法，愈加用力，压得曹殊隽的身子像虾一样弯曲，眼见头越来越低，只差一点点就碰到地面了。

"燕豪，住手！"

伴随着一声娇斥，随即一阵破空之声响起，燕豪只觉一股寒意从背后倏忽而至，他不敢怠慢，知道有人偷袭，他若不放开曹殊隽躲一边，必定受伤。不过他可不想轻易饶过曹殊隽，躲开之际，用力一推曹殊隽。

燕豪毕竟是成名已久的高手，躲开之时，支耳一听，捕捉到了身后偷袭之物的方位，回手一刀，想要将偷袭之物斩落刀下。

回身的刹那，燕豪眼睛的余光看清了偷袭之物竟是一条长鞭，他心中微微一惊，再朝远处望去，果不其然，长鞭一端的主人正是董七娘。再定睛一看，董七娘的右侧还有一人，手持长刀长身而立，不是董四又能是谁。

董七娘的左侧也有一人，此人大脸大眼，络腮胡子，体格魁梧，当前一站，如同一座黑塔。燕豪心思一动，此人好生面熟，却又偏偏想不起他是何许人也。

就这么一失神，燕豪手中之刀准头一偏，没有砍到鞭尖之上。想再反手一刀时，为时已晚，董七娘手腕一抖，长鞭收了回去。

曹殊隽被燕豪用力一推，哪里还站得稳，向前一扑，“扑通”一声摔了一个五体投地。这一下摔得不轻，他翻身爬起，不仅鼻青脸肿，还鼻血横流。不过他倒是很会自嘲，拍打几下身上的土，一抹鼻子上的血，冲董七娘摆了摆手：“多谢七娘相救，我没事，不疼，不疼，也没有摔破英俊潇洒的脸蛋，不要紧，不用担心我，你们继续。”

燕豪险些没有被曹殊隽逗笑，不过想起刚才险之又险才躲开董七娘的长鞭，顿时恼羞成怒：“董七娘，你胆敢偷袭我？有本事和我决一死战！”

决一死战就是按照江湖规矩决斗，生死不论，各凭本事。

董七娘拢了拢头发，嫣然一笑：“燕豪，若说到偷袭，你才是前辈高手，才是行家。决一死战？对不起，我对和你决斗没有兴趣，只要能取你性命，不管是偷袭、下毒还是暗算，我都愿意一试。”

上次在真定之事，董七娘一直耿耿于怀，只是回京之后别说有机会讨回来了，连见都没有再见到燕豪一面。今日好不容易得以一见，正是仇人相见分外眼红，她恨不得现在就冲过去将燕豪杀死。不过她还是保持了足够的克制和清醒，在星王府门口杀人，绝对是轰动京城的大事，她不但难逃一死，就连景王也会被拖累。当然，更主要的是，她就是和董四联手，也没有把握能杀死燕豪。

燕豪武功太高强了，放眼京城可以和他一较高下者，寥寥无几。

“想要取我性命，可以，尽管放马过来。”燕豪自然知道董七娘是因为上次在真定之事对他怀恨在心，他才不怕，他不但武功高出董七娘许多，就连靠山也比董七娘强大。真定之事后，回到京城，他还以为景王会寻个机会找他麻烦，不料景王却当作什么事情都没有发生一样，就让他更加明白了一件事情，和三王爷相比，景王已经廉颇老矣，不敢再主动挑起事端了。

没有景王撑腰的董七娘和董四在他眼中就是两条无主野狗，他想杀便杀，想剐便剐，谁又能拿他怎样？不想董七娘不识好歹，居然主动向他挑衅，而且还是在星王府门口，他眼中杀机陡现。如果借此机会除掉董七娘和董四，胡乱扣他们一个罪名，想必景王也无话可说。

曹殊隽趁双方剑拔弩张之际，悄悄挪动脚步，想要来到董七娘一方，毕竟和燕豪站在一起还是太危险了。不料才一动步，燕豪就有所察觉，回身冲他冷冷一笑："再敢走上一步，信不信要你断手断脚！"

燕豪以为他一恐吓，曹殊隽会吓得当场站住，毕竟刚才他让曹殊隽吃亏不小，曹殊隽不心惊胆战才怪。不想他话一出口，蹑手蹑脚的曹殊隽却突然飞奔而去，如兔子一样一眨眼就跑到了董七娘和董四的身后，还冲他大做鬼脸，嬉皮笑脸地说道："我走了十几步了，也没有断手断脚，你有本事过来断我一根汗毛试试？"

燕豪气得七窍生烟，朝高见元使了一个眼色。高见元知道燕豪想借机除掉董七娘和董四，只是今日是三王爷生辰，又在星王府门口，杀人是为不祥，不过能杀杀董七娘和董四的威风，借机敲打敲打景王的气势，三王爷肯定高兴。

景王昨日在家中秘密会客一事，没能瞒过三王爷的耳目。虽说无从得知景王在密谋什么，但毫无疑问密谋之事必是剑指三王爷的大计。三王爷虽未明显表露出气愤和不满，却不以为意地笑了笑，说了一句"尚能饭否"。

整个京城谁不知道三王爷今日要举办生辰宴会并且大宴宾朋，昨日庆王、云王都派人前来祝贺，并约定今日一定亲自前来参加宴会，只有景王既没有派人前来，又没有说清今日是否前来赴会，还暗中结党营私，意图对三王爷不利。是可忍孰不可忍，身为三王爷最为得力的手下，高见元和燕豪有必要打击一下景王倚老卖老的嚣张气焰，以免庆王效仿。

昨日到景王府密谋之人中，确定有曹用果。高见元正嘲笑曹用果还想依附景王，却不知景王已经老眼昏花，时日不多了，不想曹殊隽和景王的手下竟相送上门来，不好好收拾他们一番，岂非错过如此大好时机？他当即朝燕豪点了点头，又悄然使了一个眼色，让燕豪分清轻重，不要出了人命就好。

燕豪会意，随即错步向前，柳叶刀手起刀落，朝董七娘身后的曹殊隽一刀斩来。刀锋寒光闪闪，直取曹殊隽的左臂。若是一刀砍中，以燕豪的武功和刀锋的锋利，曹殊隽必断一臂。

董七娘对燕豪本就仇深似海，燕豪当她不存在一样，举刀来犯曹殊隽，她勃然大怒，手中鞭子一举，挡住了燕豪的一刀，左手回身一推，将曹殊隽推到了一边。

"想动曹郎君，先杀了我再说。"董七娘手中鞭子一抖，直取燕豪面门，新仇旧恨一起涌向心头，她出手就是狠招。

燕豪才不会将董七娘放在眼里，他轻蔑地一笑，只一闪身就躲过了董七娘的杀招，欺身近前，刀尖斜斜向上，朝曹殊隽的右腿挑去。

不向董七娘直接出招，而是刺向曹殊隽，燕豪明显是非但不将董七娘放在眼里，就连董七娘身边的董四在他眼中也如同不存在一般。意思很明显，就是让董七娘和董四眼睁睁看着他怎样收拾了曹殊隽。

董四出手了。

董四本来还想责怪董七娘太冲动、太意气用事，此时此刻他也被燕豪的咄咄逼人激起了满腔怒火，当下也管不了许多了，身子一错，手中宝剑一挺，朝燕豪腿上刺去。

曹殊隽吓得不轻，哇哇乱叫，抱头就跑。他毕竟不会武功，燕豪刀刀直下狠手，他才知道秀才遇到兵有理讲不清的危害有多大，或许一不小心真会付出缺胳膊少腿的代价。好汉不吃眼前亏，能跑多远跑多远。他先是躲到了董七娘的身后，一见势头不对，又躲到了董四的身后。

等董四一动手，曹殊隽又机智地躲到了大脸大眼、络腮胡子、像一座黑塔的人的身后。此人人高马大，至少在观感上就让人觉得安全。

董四和董七娘联手，二人一剑一鞭对燕豪一刀，一个近攻一个远攻，配合得天衣无缝，却偏偏攻不破燕豪的防线，非但没能让燕豪退让半步，反倒让燕豪步步紧逼，二人渐渐不支，步步后退。

“你别傻愣着呀，快上呀，等燕豪打败了董七娘和董四，你再上就晚了。”曹殊隽躲在黑塔身后，见黑塔没有要上去的意思，用力一推黑塔，“我不会武功都看出了现在正是时机，你武功肯定高强，怎么还袖手旁观？”

黑塔回身望了曹殊隽一眼，眼神朝高见元的方向扫了一扫，小声说道：“嘘，不要声张，高见元在旁边虎视眈眈，我要出手，他就会趁机砍掉你的胳膊。”

曹殊隽吓得一缩脖子：“大夏朗朗乾坤，青天白日，怎么就敢当街行凶杀人，还有没有王法了？”

“王法王法，帝王之法，燕豪和高见元可是三王爷的人，就算他们杀了董七娘和董四，也会说是董七娘和董四图谋不轨才被他们当街斩杀。”黑塔摇头说道，“曹郎君，要不是你惹是生非，怎会现在骑虎难下？”

“我……”曹殊隽自然不服，挺直了腰板，昂起了头，“我哪里惹是生非了？分明是燕豪故意找碴儿，非要置我于死地。哼，等有朝一日我得了势，一定要让燕豪、高见元俯首称臣。”

说话间，董七娘和董四已经支撑不住，刀光一闪，董七娘堪堪躲过，一缕秀发被柳叶刀斩落，当真是险之又险。董七娘惊魂未定，还不及还手，耳边就传来董四的一声惊呼！

“啊！”

董四右臂中了燕豪一刀，刀尖入肉寸许，鲜血泉涌。燕豪冷笑一声，手上用力，刀尖一转，董四惨叫一声，倒在地上。

右臂之上生生被燕豪的刀尖挑下三寸多长的一块肉皮，若不是董四及时后退一步，估计整个右臂当场就废掉了。

燕豪却不依不饶，见没有挑断董四的右臂，当即向前一步，化刺为砍，柳叶刀闪过森森寒光直朝董四的右臂斩下。这一刀若是斩中，董四的右臂会被生生斩掉。曹殊隽惊吓得张大了嘴巴，却连一丝声音都发不出，他第一次见到如此凶狠的打斗场面，才知道朝堂斗争背后的凶险真可以随时要人性命。

黑塔清楚再不出手怕是来不及了，也不管身后是否还有高见元伺机出手，当即右手一抬，一枚弩箭脱手飞出，直朝燕豪的胸口射去。燕豪若是不闪身躲开继续一刀砍下，固然可以砍断董四的右臂，却也会胸口中箭，血溅当场。

黑塔一出手，燕豪脑中灵光一闪，立刻认出了黑塔正是上次在真定突然杀出的蒙面人，不由得心中为之一惊。蒙面人武功比起董七娘和董四高出不少，当然，就算三人联手也未必是他的对手，只是他心中总是觉得哪里不对，眼前的黑塔没有蒙面，面孔依然陌生得很，但不知何故，他总觉得在哪里见过。

/ 第四十二章 /

叶真人

微一失神，弩箭已然逼到了身前。保命要紧，燕豪收刀一挡，将弩箭挡到一边。纯铁打造的弩箭“铮”的一声钉入青砖之中，入砖足有寸余。

弩箭长约半尺，小巧而精致，箭尾有铜羽，铜羽的造型奇特而别致，他一眼认出了正是三王爷府中所养死士之中名叫谢必安之人的专用弩箭。三王爷府中不但有可以冲锋陷阵的玄甲营，还有一批负责刺杀、执行特殊任务的死士。

玄甲营的将士都有名册，并且随时候命。死士则不同，死士都是由江湖人士招募而来，各有所长，也性格各异。有人为钱卖命，有人为追随三王爷而誓死效忠，不管是哪一种，都有一个共同点，死士既没有名册又居无定所，且不用随时候命，只有三王爷一人知道所有死士的名字，见过所有死士，其余人等，都不清楚三王爷身边到底有多少死士，都是什么样的奇人异士。

燕豪之所以知道谢必安，是有一次意外听到三王爷说起派了一名死士一路跟随一名被贬出京的文官前去海南，寻机将其杀死。当时燕豪不解，说是为何不让他前去一刀结果了对方性命，岂不省事，何必还要一路追随到海南。三王爷说，杀死一个人容易，不着痕迹地杀死一个人，还让外人以为是病死，就很难了。派出的死士名叫谢必安，是一名用箭用毒高手。

三王爷还特意拿出一枚弩箭让他看了看，他对各类兵器很有兴致，一见之下就铭记在心。今日再次得见，立刻想明白了什么——谢必安明是三王爷的死士，其实是景王的手下。

燕豪心中既惊又怕，若是景王的触角真的伸到了三王爷的死士之中，万一景王起了什么不好的心思，三王爷不知不觉中毒而死，死士害死自己，岂不成了天大的笑话？岂不是前功尽弃？

如此一想，燕豪刀尖遥指黑塔：“阁下可是谢必安？”

谢间化迟迟没有出手，一是顾及身侧的高见元，二是不想被燕豪发现身份。不过形势所迫，也只能出手了。好在他现在已经脱离了三王爷死士的行列，当初为三王爷效劳也是受李鼎善所托，并非真心实意。既然被燕豪认出了身份，索性大方承认就是了："谢必安已死，在下谢间化。"

谢间化一出声，燕豪更加肯定他就是上次在真定救下董七娘和董四的蒙面人，想起当初小小地吃了谢间化的亏，新仇旧恨一起浮现，他哈哈大笑一声："好，好，你们三个今天又凑齐了，就让我们把上次的账今日一起算清！"

燕豪刀尖一挑，钉在地上的弩箭被他挑起，在空中打了一个旋转，原路飞回，直奔谢间化的面门而去。谢间化不敢大意，错身闪开，抬起右手正要再射出一箭时，忽然身后风声呼啸而至。

"小心，高太尉偷袭。"曹殊隽眼睁睁看着高见元突然出手，朝谢间化的后背一刀砍去，除了大喊一声提醒谢间化之外，他什么事情都做不了。

谢间化前有弩箭后有偷袭，躲过了弩箭，来不及再反击燕豪，抽出宝剑，一剑挥出，挡开高见元的大刀，随后将身一纵，人在半空之中，扬手又射出一箭，箭声呼啸，飞向高见元的胸口。

高见元武功虽不如燕豪高强，却也不是好相与之辈，不慌不忙地回刀一挡，弩箭射在了刀身之上，反弹开来，在空中打了一个旋，扑通一声落入了安定河中。

高见元哈哈一笑："雕虫小技，还想伤我？谢间化，吃我一刀。"话一说完，他纵身下马，刀走偏锋，朝谢间化拦腰砍去。

谢间化挺身上前，和高见元战在一起。燕豪腾出手来，眼光一斜，飞起一脚，踢倒正在愣神的董四，手中柳叶刀一挺，朝董七娘当脸刺来。董七娘不敢硬接，后退一步，不想燕豪此招是虚招，紧接着收刀回身，左手化掌为拳，一拳挥出，正中董七娘肩膀。

董七娘只觉一股大力袭来，再也站立不稳，后退数步，坐在了地上，正好倒在董四的身边。燕豪一击得手，再次迈步向前，手中柳叶刀自上而下一刀朝曹殊隽劈下，哈哈一笑："曹殊隽，我说要你胳膊就一定会砍掉你一条胳膊！"

曹殊隽惊慌失措，想要再跑已经来不及了，他张大嘴巴愣在当场，眼中流露出惊恐和绝望，脑中瞬间闪过无数个念头，其中最清晰的一个居然是如果夏郎君在此，他会用怎样的伶牙俐齿让燕豪住手？

曹殊隽甚至还在想，董七娘和董四被打倒了，可是为什么谢间化不来出手相救？他眼睛的余光一扫，赫然发现谢间化此时已经被高见元逼到了河边，再退一步就是水深数丈的安定河了。而高见元手中的大刀舞得密不透风，谢间化已然不支，即将落败。

要是夏郎君在此就好了，至少有幔陀娘子和萧五出手，自己一方也不至于败得如此狼狈，曹殊隽喟叹一声，也罢，真要断了胳膊，索性真出家当了道士，从此逍遥寻仙去，不做尘俗世中人。

谁也想不到在生死关头，曹殊隽一瞬间会想那么多那么长远，眼见燕豪的柳叶刀距离他的肩膀只有一尺之遥时，另一边，高见元也高高举起大刀，砍向谢间化的左腿，谢间化本来可以躲开，不想脚下踩到了一块松动的青砖，身子一晃，失去了平衡，显然是躲不过去了。

董七娘和董四摔倒在地上，连起来的力气都没有，更别说出手救人了，二人只能无力地看着曹殊隽和谢间化即将血溅当场！

其实谢间化的武功比他二人高了不少，只不过上次受伤之后，迄今还没有痊愈，再者方才又是意外失手，只是不管怎样，今日算是栽了一个天大的跟头！董七娘悲愤莫名，紧咬银牙，恨不得化身飞鸟救下曹殊隽和谢间化二人。

“咻……”

“无量天尊！”

一声利箭破空的声音和一声道号几乎同时响起，随即传来“叮当”两声轻响，燕豪只觉手一紧一松，柳叶刀脱手飞出，在空中打了几个转，一头栽进了安定河中。

这一惊可是非同小可，燕豪武功之高，生平罕遇对手，即使是和幔陀交手，也不能将他手中柳叶刀一举击飞。何人有如此功力，莫非又来了十大高手其一？他当下也顾不上心疼十分喜爱的柳叶刀被击落河中，飞身后退数步。

比起燕豪手中的柳叶刀被击飞，高见元就惨了不少。利箭破空之声响起，他虽有警觉却并未多想，一是在星王府门口，他相信不会有人如此放肆，敢在三王爷府前行凶；二是他手上力道用尽，想要收势也来不及了。

高见元索性不去理会发生了什么事情，只想一刀将谢间化拦腰砍为两截，以泄心头之恨。不料利箭破空之声呼啸而至，竟是朝他射来，等他发现箭影之时想要躲开为时已晚，只觉右臂一麻，一枚镂金错银的利箭穿透了右臂，力道不减，他手中大刀再也握持不住，扔到了地上，人也收势不住，身子一歪，竟被利箭强大的余力带倒。

“噌”的一声，利箭洞穿了高见元的右臂，又将高见元钉在了地上。高见元歪倒在地，右脸着地，半个身子弯曲，脸色煞白，血流不止。

“啊啊啊……什么人敢射我，来人，快杀了他，杀他全家！”高见元何曾受过如此重伤，只是受伤还则罢了，竟是在星王府门口，又是如此屈辱的姿势，简直就是奇耻大辱。他疼痛难忍，偏偏又拔不出箭，半边脸在地上，又看不清是谁射来一箭，气急败坏，“燕豪，快来人救我。快去杀了他！”

另一边，燕豪定睛一看，才看清刚才击飞他柳叶刀的东西是一个拂尘，他不及多想，跳了起来，听声辨位，朝身后走来的一人飞起一脚。

这一脚燕豪使出了全力，他想报刚才击飞他柳叶刀之仇。燕豪运腿如飞，全力踢出，可以踢断一棵胳膊粗细的小树。身后之人却不躲不闪，双手举起，竟是硬接了燕豪的一腿。

燕豪心中暗喜，只凭双手接他一腿，双手不断即残。不料让他惊讶的是，踢中对方的双手之后，如入棉絮，不，比棉絮还要轻柔还要不可捉摸，如入无物。不过他随后的感受是，如入无物反倒好了，因为踢出的力道如果没有受力之处，顶多是收势不住，但他却感觉一股绵绵不绝的力道从对方的双手之上传来，不但将他踢出的力道延续，还大力向后拉伸。

就好像燕豪一脚踢在了悬崖之下，他感觉全身的力道瞬间消失，不但失去了支撑也失去了平衡，就如坠落向了无底的深渊，他再也无法镇定，大喊一声，身子飞出三丈多远，“扑通”一声摔倒在地，摔得浑身骨头都散了架一般疼痛。

以燕豪的武功，就算一脚踢空，也可以及时收势，就算人在半空之中突然失去力道，也不至于摔得如此狼狈。今日之事，固然有燕豪大意之故，也是对方的手段太过惊人太过高明。

转眼间高见元和燕豪，一个被钉在地上，一个摔在地上，二人败得如此之惨如此狼狈，让所有人都瞠目结舌，不敢相信眼前发生的一切。

高见元和燕豪二人巡查，自然会有王府亲兵随行。亲兵一见二人被打得如此惨败，顿时手中长枪一横，将射中高见元和击败燕豪的二人团团围住。

二人，一人骑在高头大马之上，一人步行。骑在高头大马之上之人，锦衣玉带，年约三旬，头戴王冠，面如冠玉。而步行之人，一身道士打扮，淡然而立，脸庞清瘦，细眉长眼。二人被亲兵团团包围，非但没有丝毫慌乱之色，反倒相视一眼，轻描淡写地笑了。

在亲兵的帮助下，高见元好不容易才从地上拨出利箭，来不及多看利箭一眼，就在亲兵的搀扶下分开人群，来到了二人面前，左手从亲兵手中夺过一把长枪，挺枪便刺：“敢射本太尉，也不睁大你的狗眼看看本太尉是谁……”

话说一半，他才看清马上之人是谁，顿时心惊肉跳，手一松，手中的长枪落地：“庆、庆王殿下。”

马上之人正是四王爷庆王。

庆王淡淡一笑：“本王救人心切，失去了准头，没想到误伤了高太尉，高太尉还本王一枪，也在情理之中。来，尽管刺来，本王既不还手，也不会怪罪你。”

庆王翻身下马，来到高见元身前：“高太尉，请了。”

高见元是三王爷的得力手下不假，他也敢冲曹殊隽发狠对谢间化痛下杀手，却不敢碰庆王一根汗毛。庆王不比景王和云王，在几位王爷之中，庆王最为和善又最是与世无争，且崇信道教，但外人却都清楚，庆王最擅长周旋在几位王爷之间，最是精明能干。

高见元强忍胳膊疼痛，朝庆王弯腰鞠躬："庆王殿下，小人不敢。"

燕豪此时也分开人群，来到了二人面前，见是庆王，也是心中一惊，忙弯腰施礼。再看庆王身边的道士，正是方才飞出拂尘将他柳叶刀击飞落水之人。他并未见过道士，也不知道道士是谁，痛惜心爱的柳叶刀，又不甘方才摔了一跤，冷冷问道："阁下何人，为何多管闲事？"

"天下人管天下事，何况刚才的事情，也不算是闲事，是贫道的分内之事。"道士稽首说道，"曹三郎是贫道友人，他被人欺负，贫道若是袖手旁观，是为不义；阁下行凶伤人，贫道若不制止，是为不仁。不仁不义之事，怎会是闲事？何况贫道是出家人，又有替天行道的职责所在。"

"你到底是谁？"燕豪不敢惹庆王，就将一腔怒火全部发泄到道士身上，"快快报上名来，好让我记住阁下今日之恩。"

"好说好说，区区小事，不足挂齿。有恩当记，有仇当忘，才是为人之道。"道士恬淡自如地一笑，"贫道叶木平。"

"叶木平？哪个叶木平？"燕豪并非不知道叶木平叶真人的大名，只是听来听去传到耳中的都是叶真人三字，猛然一听叶木平，反倒想不起来了。

"真是笨蛋，连叶木平叶真人都不知道，你可是知道老夫？"一个苍老的声音从人群外面响起，随后人群一闪，一个老者走了进来，他双手背后，大步来到燕豪面前，"左金右木，就是说的老夫和叶真人。"

来人燕豪自是认识，正是金甲。

皇上身边左有金甲右有叶木平，人称左金右木，京城高官权贵之中，几乎无人不知。

什么，此人竟是皇上最为崇信的真人叶木平？传说中的神仙人物？燕豪险些没有惊掉下巴。叶真人名气之大，整个京城几乎无人不知。并非完全因为他是皇上最为崇信之人，还因为传说中他有呼风唤雨的本事，是神仙中人。

无论是高官权贵，还是平民百姓，比起敬畏皇权更敬畏的是神权，是神仙。燕豪以前一向自诩武功高强，从来不信什么神仙之说，只当叶木平是欺世盗名的江湖骗子。虽对叶木平呼风唤雨的本事只信三分，却对叶木平并没有太多的敬畏之意。

今日只交手一招，他忽然信了叶木平是神仙中人的传说。回想起方才过招之时叶木平化有形为无形的手法，莫非就是比起武术更高明许多的道术?

“原来是叶真人，失敬，失敬。”输给了神仙，燕豪心理平衡了许多，不过又想到叶真人竟是曹殊隽的友人，心中又莫名大有不安和不快。

“失敬不敢当，贫道又和你素不相识，不必如此虚礼。”叶木平伸手招呼曹殊隽，“三郎过来。燕太尉，贫道不知道你和三郎有什么过节，想要取三郎的性命。三郎是贫道的道友，你若伤他，便是伤了天道，伤了贫道。贫道一向维护天道，有时也替天行道，日后若是再让贫道看到你想对三郎不利，无量天尊，贫道会让上天削夺你的福禄会让地府减少你的阳寿。”

“什么，燕豪，你吃错药了还是吃了狗屎马粪了?想杀曹三郎，你是不是觉得有星王撑腰，谁都敢杀?你不妨连老夫也杀了。”金甲来得晚，没有看到燕豪砍杀曹殊隽的一幕，若是他亲眼见到，更会气得七窍生烟，即使如此，也是怒不可遏。

/ 第四十三章 /

云王殿下

燕豪敬畏叶木平，不仅仅是因为叶木平深得皇上宠信，更因为叶木平的身上有太多神秘色彩，对金甲则不同了。金甲虽也是皇上最为宠信的人之一，左金右木，和叶木平齐名，但现今皇上病重，无心朝政，金甲还有何依仗？再万一皇上病重不治，又有谁当金甲是个人物？若是朝廷命官，燕豪自然不敢怎样，但金甲只不过是一名太医，也敢冲撞他？高见元被射了一箭的屈辱以及他摔了一跤的耻辱一起涌上心头，再也按捺不住，向前一步："金老汉，不要以为我不敢杀你。只是今日是星王大寿，杀人不吉。待来日再取你性命！"

"何必等到来日，择日不如撞日，来取老夫性命便是。"金甲扬手打了燕豪一个耳光，"老夫引颈待死，就是想让天下人睁大眼睛看看，三王爷府上一个小小的下人，不但敢杀侍郎之子，连老夫这个为皇上诊治的太医也要一刀杀了。老夫倒想问问燕太尉，杀了老夫，谁为皇上诊治熬药？杀了老夫，等于是不想让皇上早日康复。老夫还想问问三王爷，到底是燕太尉自己居心不良还是三王爷纵容属下？"

以燕豪的身手，断断不会被金甲打中耳光，只是他万万没有想到金甲会突然出手，顿时半片脸都肿了起来。他忍无可忍，抽出身边一名亲兵的腰刀就要朝金甲出手。

庆王悄然一笑，朝四周看了一眼，见众亲兵还手持长枪将他几人围在中间，眼中闪过一丝杀意，随后又恢复平静，悄悄一拍马身，和他早就配合默契的白马猛然飞起后蹄，将身后的一名亲兵一脚踢飞。

若是仅仅踢飞一名亲兵，事情也太小了，庆王借机身子一晃，假装受惊，朝右边错开了一步，一步之遥就是小事到大事的距离——无巧不巧，他的右臂碰到了一名名叫杜茂的亲兵所持的长枪之上。

枪尖锋利无比，轻轻一触，庆王的衣服破了不说，还渗出了一丝鲜血。

周围亲兵此时已然知道眼前之人是庆王殿下，庆王殿下是何等尊贵的身份，竟然被刺破了胳膊，倒霉的亲兵杜茂当即扔掉了手中长枪，跪倒在地，面如土色："庆王殿下、庆王殿下，小人该死，小人罪该万死！"

庆王冷冷地睥睨了杜茂一眼，轻轻地弹了弹衣服的破口之处，叹息一声："三哥越来越不像话了，纵容手下当街行凶不说，还想杀死为皇上治病的太医，就连本王也被星王府的亲兵所伤。皇上是病了，但皇上还是皇上，本王还是大夏的庆王！"

众亲兵"哗啦"一声全部扔下长枪，轰然跪倒在地！

只有燕豪和高见元还傲然挺立，没有跪下。燕豪手中的腰刀此刻也不敢再有所异动，庆王之话，句句诛心，直接扣了一顶意图谋反的帽子下来。若不是他心里清楚皇上的病情已经无药可救，驾崩只是时间问题，而三王爷继承皇位，也八九不离十，他还真被庆王的一句话吓得跪倒在地，连称不敢了。

"四哥说的是哪里话，三哥哪里不像话了？手下是手下，三哥是三哥，他事情那么多，怎么能管得了那么多不听话不成器的手下？"

伴随着一阵辇舆装饰的叮咚声，一个轻柔的男子声音响起，一辆奢华、镶金错银，就连幔帘也是由珍珠串成的华贵马车缓缓驶来，车一停下，就有一人从车上一跃而下。他头戴束发金冠，身披白色披风，唇红齿白，狭长的眼眸如一泓秋水，鼻若悬胆，如远山挺直，只是嘴唇虽红却既薄又唇线分明，而微微勾起的嘴角闪出一抹玩味的笑容。

一见来人，燕豪和高见元顿时面露喜色，二人正被庆王的威势压得无力反抗又无计可施，云王来得正是时候。

"云王殿下！"燕豪和高见元一齐向云王见礼。

"五弟……"庆王淡淡地看了一眼云王，目光越过云王的肩膀，落在了他身后的马车上，"五弟的马车是越来越奢华了。大夏男儿，一向以骑马为荣，就连文官，也很少乘车或是坐轿。本王倒是很欣赏五弟的特立独行。"

"本王出行，怎么舒服怎么来，管别人怎么想？"云王眼睛一扫周围，愕然一笑，"怎么摆出这么大的阵势，这是要打仗还是要出兵？"

"回云王殿下，今日星王殿下寿宴，小人巡查四周，无意中撞见曹殊隽鬼鬼祟祟，怀疑他图谋不轨，便将他拿下。不想曹殊隽还有三个帮手，都是武功高强的一等一的好手，董七娘、董四和谢间化。小人唯恐几人惊吓了几位王爷，想将几人赶走，不料几人手持兵器就和小人打在了一起……然后，庆王殿下和金甲先生、叶真人就到了。"燕豪将事件简略一说，自然是怎么对自己有利怎么来。

董七娘气得要冲上前去和燕豪说个清楚，却被董四拉住。董四却是清楚，此时不是逞口舌之利的时候，他和董七娘该退到一边了，既然庆王殿下出面了，事情就上升到了几位王爷之间的较量。

“鬼鬼祟祟？你说谁鬼鬼祟祟？你哪只眼睛看到我鬼鬼祟祟？我受人之托前去请金甲先生和叶真人，大大方方地从星王府门口路过，怎么就鬼鬼祟祟了？”曹殊隽今天吃了平生最大的一次亏，肯咽下这口恶气才怪，当即上前一步，站在燕豪身前一尺远之处，挺直了腰板，“燕豪，你让各位评评理，我们站在一起，谁才是鬼鬼祟祟的哪一个？”

曹殊隽虽然受了伤，但论长相和气度，比燕豪着实强了不少，顿时将燕豪比了下来。金甲“哧”地一笑：“心里鬼鬼祟祟的人，才会觉得别人鬼鬼祟祟。”

“话又说回来，我好歹也是侍郎之子，你算什么东西？不过是一个下人罢了。我若是鬼鬼祟祟，岂不是说所有的侍郎之子都鬼鬼祟祟了？我又是金甲先生和叶真人的至交好友，所谓物以类聚人以群分，岂不是说金甲先生和叶真人也鬼鬼祟祟了？燕豪，在你眼里，是不是除了你之外，天下人都鬼鬼祟祟？”曹殊隽现在有人撑腰了，不狠狠地还回去就不是曹殊隽了。

燕豪习惯了手上功夫见高低，若论斗嘴，他万万不是曹殊隽的对手，被曹殊隽一番夹枪带棍的话噎得面红耳赤：“我、我、我哪里说所有的侍郎之子都鬼鬼祟祟了？更没有说金甲先生和叶真人鬼鬼祟祟，曹殊隽你不要颠倒黑白血口喷人。”

“老夫也听到你说老夫鬼鬼祟祟了！”金甲趁火打劫，狠狠地来了一手落井下石，“叶真人，燕豪方才也说你鬼鬼祟祟了，你是否听到？”

叶木平清风明月般一笑：“无量天尊，出家人不打诳语，贫道并没有听到燕豪说贫道鬼鬼祟祟……”

燕豪长舒了一口气，还好叶真人没有和金甲先生一样睁着眼睛说瞎话，他不由得对叶木平投出了感激的一瞥。

不料叶木平说话却是大喘气，停顿了片刻，又说：“贫道没有听到你说贫道鬼鬼祟祟，未必就是你没有说，或许心中在说也未可知。不过说与不说并不要紧，要紧的是，你做的事情却是鬼鬼祟祟，难登大雅之堂。今日本是星王寿宴，星王虚怀若谷，心系天下，胸怀坦荡，所谓仁者无敌，以星王之仁，天下有谁会对他图谋不轨？你和高太尉四下巡查做做样子也就算了，非要大张旗鼓，还对侍郎之子大打出手，传了出去，岂不是令天下官员心寒，认为星王没有容人之量，就连侍郎之子从星王府门前经过，也被认为有不轨之举，那么天下百姓就更要绕星王府而行了。天下的有识之士有才之人，更会弃星王而去！”

本来云王微眯了双眼，并不正眼瞧上叶木平一眼。他对叶木平一向看不上眼，觉得叶木平连弄臣都不如，不过是凭借装神弄鬼谈玄说妙媚上欺下，弄臣只是博皇上一笑，而叶木平之流却可以误国。不料听了叶木平一番话，他蓦然睁开双眼，惊讶之色一闪而过。

云王没有想到叶木平竟有这般口才，一番话明是为星王着想，实则在指责星王做贼心虚，杯弓蛇影，且话里话外滴水不漏，水平之高，不在诸多二品大员之下。

燕豪满脸通红，支支吾吾说不出话来。高见元左手抱着右臂，鲜血直流，却不敢让人包扎，只好强忍疼痛，也是说不出话来。

“动不动就大张旗鼓、胡作非为的混账东西，还不赶紧退下！”

蓦然星王的声音响起，燕豪和高见元如遇大赦，一听之下忙退后数步，然后转身跑了。

星王大步流星迈出王府，来到众人面前，他对燕豪和高见元呵斥时声色俱厉，转过头来，脸色一变，洋溢着春风般的笑容：“四弟、五弟来了，也不通报一声，三哥迎接来迟，让二位弟弟久等了。”

“三哥客气了。”庆王淡淡地回了一礼，“小弟不敢劳驾三哥亲自迎接。”

“三哥最近吃了什么灵丹妙药，气色更好了，身体也更强壮了，看上去比小弟还要年轻不少。”云王上前一步，亲热地挽住了星王的胳膊，“快写方子给小弟，小弟也要吃药。”

“胡闹，药怎么能随便吃？”星王笑骂一句，一拍云王的肩膀，“不错，又壮实了不少。快快长大，好为皇上分忧。”

“三哥，小弟已经长大了，不再是小孩子了。”云王嘻嘻一笑，神态之中还有几分扭捏和羞涩，“对了，方才闹了一些不愉快，幸亏三哥出来得及时，要不事情闹大了，影响不好。兄弟阋于墙，外御其侮，不能让外人看我们兄弟之间的笑话。”

“五弟年纪虽小，却最懂事。”星王的目光落在了庆王染血的胳膊上，“四弟受伤了？要不要紧？赶紧到府上，三哥让太医为你处置一二。金甲先生……哎呀，原来金甲先生在此，就由金甲先生帮四弟处置岂不更好？叶真人也来了？迎接来迟，失礼，失礼。”

星王和众人一一见礼，对庆王受伤之事，一提而过，转眼就抛到了脑后。庆王也不以为意，在金甲的帮助下，简单包扎了一下。

星王的目光又落到了曹殊隽身上，似乎才发现曹殊隽在此一样，微微一愣，上前一步，亲自为曹殊隽拍打衣服上的尘土：“曹郎君怎么如此狼狈？是摔了一跤还是怎么了？”

曹殊隽何曾享受过王爷亲自拍打尘土的荣耀，好在他还是清醒地认识到了星王只是在装模作样而已，忙退后一步，弯腰施礼：“不敢劳烦星王殿下，方才小人无意中踩到了狗屎，不小心摔了一跤。”

庆王强忍笑意，不由得多看了曹殊隽一眼，心想此子倒是有趣得很，是个可用之人。

星王脸色不变，依然如春风般和煦，一一和在场几人见礼，对刚才之事只字不提，邀请几人进府。才一迈步，就听到一阵爽朗的笑声响起。

“哈哈哈哈，三弟生辰大宴，你们来得倒是积极，本王身为大哥，来迟了一步，想必三弟也不会怪罪。”

声音洪亮，中气十足，远远传来，依然是嗡嗡作响。

正是景王。

景王一行四人，他身后一人，二十年纪，比云王还要年轻几岁，坐在马上，摇来晃去，全无王者风范，正是大夏最年轻的一字王见王。

见王身后二人，一人李鼎善，一人宋超度。

星王趋步向前，笑意吟吟地朝景王和见王施礼，景王和见王也不敢托大，下马还礼。等星王见到李鼎善和宋超度时，脸色陡然为之一变！

“三弟，未与你商议，大哥多带了两名客人。你也认识，李鼎善李先生和宋超度宋侍郎……三弟不会怪罪大哥多事吧？”景王的目光在星王脸上打了几眼，见星王脸色虽强作平静，脸颊上的肌肉却微微跳动，显然心中愤怒不已，他心中大快。

星王胸膛起伏几下，片刻之间心情平复如初，脸上居然还露出了欣喜的神色：“小弟欢迎还来不及呢，李先生是当朝泰斗，学究天人，小弟仰慕日久，多次想见先生一面而不得。今日大哥为小弟介绍先生认识，又正值小弟生辰，当真是双喜临门！

“宋侍郎是朝中栋梁，耿直敢言，小弟也一向敬佩。李先生和宋侍郎前来赴宴，也是小弟之福。小弟在此谢过大哥，如此厚礼，小弟当铭记在心。”星王心中愤愤不平，他和李鼎善之间的仇怨无人不知，和宋超度不和也是无人不晓，景王却在他生辰宴会之际自作主张带来了二人，不是成心恶心他又是什么？他恨得牙根儿直痒，却又不好当众发作，只好暗中发狠，此事以后一定加倍奉还。

“本来呢，大哥还有一份厚礼要送与三弟。”景王的目光迅速扫过董七娘和董四，又在曹殊隽的脸上停留片刻，意味深长地笑了笑，“大哥先派董七娘和董四置办一份厚礼，不想二人却被三弟的手下当成了图谋不轨之人打了一顿，结果耽误了置办厚礼的大事。此事也不怪三弟，更不怪燕豪、高见元他们，是董七娘和董四办事不力，才引起了误会。在此，大哥向三弟赔不是了。”

董七娘和董四被打之事，早有人提前向景王禀报，景王心里已有计较。见王听了，顿时怒不可遏，想要冲过来和星王理论一番，还想拿下燕豪、高见元以报一箭之仇，却被景王拦下。

“大哥言重了，此事也怪小弟过于紧张了。不过此事事出有因，原本小弟王府中有一名亲兵名叫谢必安的，不知何故突然不辞而别。此人本是江湖人士，小弟担心他会在生辰宴会上趁机作乱，才让燕豪和高见元严加防范。但燕豪和高见元并未见过谢必安本人，一时失察，将董四错当成了谢必安，才引发了误会。”星王明敲暗打，是想告诉景王，许多事情他心知肚明，只是还没有撕破脸面而已。他早就注意到了藏身人群之中的谢必安，心中对景王的恨意和防范之心是前所未有地强烈。

出乎星王意料的是，景王直言不讳地说道：“三弟，在大哥面前就不必如此了，什么亲兵，不就是死士嘛？正好四弟、五弟都在，我们兄弟几人难得全部聚在一起，就开诚布公地说说，谁府上没有几个死士？就连候平磐府上也有死士，我等身为一字亲王，府上有几个死士能算得了什么大事？就是皇上知道了，也不过是一笑了之。”

庆王笑而不语，星王微露尴尬之色，却也不好接话。

“死士，什么是死士？”只有云王睁大一双无辜的眼睛，一脸无知的表情，“死士是不是就是死人的意思？府上为什么会有死人？”

/ 第四十四章 /

一皇四王

景王并不理会云王的表演，微微一笑，负手望天。见王哈哈一笑，一拍云王的肩膀："王叔比小侄还大上几岁，怎么心智却好像小了七八岁？算了，小侄告诉你什么是死士。这么说吧，蒋七郎是亲兵，沈八郎就是死士。"

云王脸色变化几下，由青变白，又由白变青，强作镇定地一笑："王叔听不明白王侄在说什么。"

见王见云王还在假装，就想说个清楚，蒋七郎是云王府上的亲兵之一，沈八郎则是云王招募的江湖能人异士之一，是死士。云王没想到他府上的亲兵和死士的名字见王可以随口说出，可见府上有见王的眼线，心中又惊恐又愤怒。

景王咳嗽一声，不让见王再说下去，点到为止即可，兄弟之间多少还是要留几分情面。

"皇上驾到！"

正当众人场面尴尬，兄弟之间心思各异时，常关熟悉的通报声忽然响起，让众人不约而同地打了一个冷战！

皇上来了？怎么可能？皇上不是重病在身卧床不起，怎会亲临星王生辰宴会？退一万步讲，皇上就算身体安康，轻易也不会亲临王爷或是大臣家中，通常只有在王爷或是大臣重病之时前来看望，参加王爷或是大臣的生辰宴会，更是罕见！今日却破例前来星王生辰宴会，又是抱病之体，皇上是对星王无比器重，还是别有用意？

就连星王也惊呆当场，一时大脑一片空白，愣了半天，竟是忘了接驾！

星王并非因为皇上亲临他的生辰宴会而震惊，而是他怎么也没有想到，皇上的病情怎么就突然好转了？前天他还亲到宫中探望皇上，皇上病情垂危，几乎口不能言，太医之中，除了金甲认为皇上还有好转的可能之外，其余人等，都暗中告诉他皇上大限已到，怕是只有数日光景了。

正是因此，他才心情大好，借生辰之际，大宴宾朋。一是借机观察一下朝中百官谁会前来向他祝寿，前来之人，都是可用之人。不来之人，当列入黑名单。二是为他接任皇位大造声势。皇上驾崩，若是没有指定由谁接任大宝，那么谁的呼声最高，谁在朝中一呼百应，谁就会顺理成章登上皇位。

可是……明明皇上已经病入膏肓，而且还是他亲眼所见，下不了床走不了路，怎么就亲临他的生辰宴会了？星王一瞬间脑中闪过了无数种可能，目光下意识地看向了金甲。

金甲正好朝他看来，四目相对，金甲忽然眨了眨眼睛，眼中流露出戏谑之意。星王忽然一个念头涌现，莫非他被骗了？皇上病情早已大好，只是秘而不宣，要的就是让他造成误判，从而做出不可挽回的错事，好让皇上有机会将他的势力连根拔起、彻底铲除？

景王、庆王、云王和见王也都是一脸惊讶，朝后面望去。一辆大辇缓缓而至，金银装饰之外，还有七宝琉璃点缀其上，庄严无比。四马六十四的仪仗，正是皇家威仪。

内侍常关骑一匹高头大马，来到近前，翻身下马，唱了一个喏："诸位王爷，小人有公事在身，不便行礼，诸位王爷勿怪。官家到了，快快迎驾要紧。"

"二哥不是有恙在身？三弟的生辰怎敢惊动二哥？"星王回神过来，一脸诚惶诚恐，忙又招呼各人，"大哥、四弟、五弟、王侄，快随本王迎驾。"

内侍通常喜欢称呼皇上为官家，民间也多有此称，不过皇亲国戚之间，还是以排行的兄弟相称。

几人整理衣服，依次向前迎驾。曹殊隽见状，悄然将金甲和叶木平拉到一边，和二人耳语几句，二人又小声说了几句什么，三人随即离开人群，走了。

人群一片混乱，没人注意到曹殊隽、金甲和叶木平三人的离开，只有宋超度察觉到了什么，回头看时，三人已经走远。他微微一笑，赶紧跪倒在地，跟着人群山呼万岁了。

曹殊隽走得早了一些，若是让他看到后面的情形，他肯定会多留下一会儿。只不过他一心想着将金甲和叶木平带回观心阁和连若涵会面，对于接下来的事情，漠不关心。

不过就算他留下来，怕是也从中看不出什么门道，毕竟他不是夏祥。若是夏祥在此亲眼所见发生的一切，会对自己以后该怎样为国为民有一个更清晰的认知。

可惜的是，夏祥并不在。

夏祥不在，李鼎善却在。李鼎善跟在人群后面，行了跪拜之礼，抬头看时，皇上正从大辇之上下来。虽离得远，却依然看得清楚，四旬出头的皇上容颜憔悴而苍老，和三王爷有三分相似的脸型瘦削且眼窝深陷，一副大病初愈的样子。

李鼎善一阵心酸加心疼，想当年他陪伴皇上左右时，皇上意气风发，是何等英俊洒脱的少年。而如今，本来也正值壮年励精图治的他，却落得这般模样。到底是因宠信候平磐一心向道之故，还是被人陷害身中奇毒之故？

不管是何种原因，李鼎善都明白一点，现今不管是他还是景王，都无法接近皇上，向皇上说明新法在民间为害百姓的真相，也无法在皇上身边安插自己人，保护皇上不受到坏人的蒙蔽和恶人的谋害。想到此处，他忽然想到竭力维护曹殊隽的金甲和叶木平，目光偷偷一扫，三人已经不见了。

但愿曹殊隽可以从金甲和叶木平身上打开突破口。

皇上所乘的辇车称为大辇，是说皇上的辇车比起诸王的辇车都要大上一些，但辇车再大也只是辇车，离地不过三尺有余。三尺有余的高度，若是以前，皇上可以一跃而下。但如今皇上却在内侍的搀扶下，每走一步就如耗尽了全身的力气一般。七级台阶的车踏，足足走了一炷香的工夫。

众人鸦雀无声，谁也不敢发出声响，更无人催促。皇上倒也颇有耐心，等脚落实地的一刻才缓缓开口说道：“都免礼平身。大哥、三弟、四弟、五弟，快快起来。”

李鼎善心中蓦然一惊，他粗通医术，夏祥的医术都是来自他的传授。皇上虽气色极差，身体看似极度虚弱，说话时的中气倒是充足，可见皇上并非气虚。人只有精足、气充、神旺，身体才能健康。所以讲修身养性之道，就离不开精、气、神之修养，精虚不能化气，气虚不能化神，人就会萎靡不振，百病丛生。

皇上既然中气充足，可见也并不精虚，精气皆足，只是神不旺，可以断定皇上病情已经大为好转。若是精气皆虚，才是大凶之兆。也就是说，此时的皇上距身体康复只有一步之遥。

不对，若是皇上精气充足，为何下车要耗时如此之久？李鼎善脑中瞬间闪过无数念头，莫非皇上有意为之，要的就是让外人认为他还是重病在身？否则皇上若是真的病重不起，哪里还有心思前来为星王贺寿？

一念及此，李鼎善眼睛蓦然一亮，再看皇上时的眼神忽然热烈了许多。应该是了，皇上文治武功，自即位以来，大夏国力蒸蒸日上，境内百姓安居乐业，周边敌国莫不臣服，无人敢犯边境。如此英明的圣主，怎会突然转了性子，变得昏庸无道了？想必背后必有不为人所知的内情！

“三弟，今日是你的大寿，二哥特来为你祝贺。二哥身体不适，并未准备丰厚的礼物，只为你写了一副对子，来……”皇上冲常关微一点头。

常关会意，双手捧着一幅黄绢上前。星王受宠若惊地接过，又要叩头谢恩，却被皇上制止。皇上轻声说道：“不必多礼，来，打开看看。”

常关及时递上手绢，皇上轻轻擦拭额头上的汗珠。

星王不敢怠慢，打开黄绢。上联：亭有盘龙何不在天飞霹电；下联：岳常集凤都来此地听箫韶。

笔力苍劲，力透纸背，隐隐有金戈铁马之意的笔锋正是出自皇上之手。

星王心中大喜，皇上的对联寓意深远，似有托付江山之意。他强压欢喜，再次谢恩："臣叩谢皇上恩典。"

皇上的目光在星王脸上停留片刻，眼中瞬间闪过一丝愠怒之色，随即恢复平静。他来到景王面前，挽住了景王之手，感慨说道："大哥精神尚在，二弟却未老先衰了……"

景王也是一时感慨："皇上春秋正盛，微有小恙也不算什么。臣前些日子也病了几天，这不病好之后，一样生龙活虎？以臣之见，皇上病情已经大好，不日便会痊愈。"

皇上微微点头，又来到庆王面前："四弟倒是愈发矫健了。几位兄弟之中，四弟文武双全，当是第一人。"

"皇上过奖，臣愧不敢当。"庆王微微鞠躬，他有着和景王同样的疑惑，皇上虽一副病恹恹的样子，却中气充足，眼神明亮，并非大病不治之象，难不成皇上在装病？

皇上亲热地一挽云王的胳膊："五弟越来越卓尔不凡了，假以时日，必成大器。"

"二哥的病可是好了？五弟每每想起二哥之病，夜不能寐，食不甘味。"云王摇动皇上的胳膊，"二哥快快好起来，五弟很想和二哥一起去西山打猎去西山登高。"

"好，好，朕也想早些好起来，也想陪你们一起出去游玩。"皇上脸上露出了一丝难得的笑容，他又来到见王面前，上下打量见王几眼，"先儿又长高了，只是身体还不够壮实，要多练习骑马射箭，多读书，文成武就，以后才能成为国之栋梁，才能托付大事。近来读书没有？"

见王微露羞愧之色："回皇上，臣近来杂事多了一些，骑马射箭倒是没有放下，读书是耽误了不少。"

"不读书不成器。"皇上脸色凝重，"先帝的《劝学诗》要记挂在心，文能提笔安天下，武能上马定乾坤，携经天纬地之才，赋震古烁今之气，才是帝王之道。"

此话一出，一众皆惊！

星王手持黄绢，本来一脸喜色，听闻此话，忽然脸色一变，手一抖，黄绢险些失手落地。皇上此话是什么意思？怎么听上去像是皇上要将帝位传与见王？

景王和庆王、云王也是相顾愕然。皇上之话，确实意味深长，不由得人不浮想联翩。只是再想到皇上赠予星王的对联，隐隐也有将江山托付星王之意。帝王心术，虽是兄弟，也是让人猜测不透。

皇上又咳嗽几声，常关及时上前扶住皇上，小声说道："官家，该回去了。外面风大，小心着凉。"

"回去，这就回去。"皇上在常关的搀扶下，上了辇车。他站在辇车之上，目光望向景王等人身后，忽然目光一顿，在李鼎善脸上停留少许，嘴角流露出一丝若有若无的笑意，"朕今日见到诸位兄弟和各位大臣，十分欣慰。待朕身体大好之时，当励精图治，继承太祖太宗不世伟业，安定民心，开拓疆土。"

"起驾回宫。"常关亮开嗓子喊了一声，大辇缓缓启动。

"恭送皇上！"众人一起山呼。

一直等皇上的大辇消失在街道的尽头，众人才收起恭敬之态。见王东张西望一番，拉住了星王的胳膊："王叔，怎么不见候相公？"

此话一出，众人都是一脸疑问之意，是呀，如此盛事，四位王爷齐聚一堂，又有皇上亲临，竟不见候平磐候相公在此，莫非出了什么差错不成？

星王一拍额头，恍然说道："王侄倒是提醒了本王，候相公在府中帮忙招呼客人，本王出来得匆忙，忘了叫他。皇上也来得意外，竟是疏忽了此事。"

"无妨，反正候相公也是天天见到皇上，少见一次也并不碍事。"见王不以为然地笑了笑，跑到一边和庆王说话去了。

众人一起随星王进入王府之中。

云王来到星王身边，见左右无人，小声说道："曹殊隽和金甲、叶木平不见了。"

星王微一点头："方才本王看到了他们离开。不要紧，一个是小小的侍郎之子，一个是太医，一个是装神弄鬼的道士，不足成事。"

一行人浩浩荡荡来到王府的会客厅，足以容纳数百人的会客厅此时坐了不下百十人，皆是当朝的五品以上大员。有一人坐在上首，春风满面，正反客为主热情洋溢地招待各位客人。

正是当朝一品大员、一人之下万人之上的宰相候平磐！

候平磐俨然以主人自居，来者不拒，只要有人敬酒，都一饮而尽，极尽豪爽之态。放眼望去，在座的各人以文官为主，六部尚书除了新任的礼部尚书高亥之外，全部到齐，无一缺席。

高亥其实并非不想前来，而是他在文昌举科举舞弊一案中，对文昌举落井下石，让星王对他极度不满。后来他虽然如愿当上了礼部尚书，却处处被星王和候平磐打压，在朝中孤掌难鸣。不过高亥并不甘心就此被孤立下去，曾托吏部尚书柴石页向星王带话，表示了投诚之意，却没有得到星王的回复。

倒不是星王并不想收纳高亥，而是星王留了一个心眼，总觉得高亥被任命为礼部尚书的背后，是皇上有意为之的试探之举。高亥在朝中向来是墙头草，从来没有明确归属哪一方。后来在新法推行之时，他既不反对也不支持，一切唯皇上眼色行事。

文昌举科举舞弊案事发之后，星王原以为皇上将文昌举拿下之后，会任命他推举的吏部侍郎熊始望担任礼部尚书，不想皇上力排众议，三次驳回了候平磐的推举，强行任命了高亥。如此，高亥身上就明显有了皇上的烙印，星王和候平磐已经将朝中文官几乎全部笼络在自己旗下，多一个高亥不多，少一个不少。与其冒着被皇上猜疑的风险，还不如将高亥拒之门外。

反正高亥也是墙头草式的人物，即使不接纳他，他也是势单力薄，想在朝堂之上反对新法，也无人附和。

本来今日生辰宴会，还有不少武官想要参加，却被星王婉拒了。虽然星王想要接任皇位之事已经是司马昭之心路人皆知，但毕竟皇上还在，且皇上也没有明确指定由谁继承皇位。满朝文官来了七八成已经相当于星王府是一个小朝廷了，再来一些武官，振臂一呼就可以直接起兵谋反了。

星王不想落人口实，他相信以他的实力和在朝中的威望，皇上若是不让他接任皇位，就是皇上私心太重，不为大夏的江山社稷着想。

今日皇上突然亲临，更让星王坚定了他的猜测，皇上对他防范之心颇重，也多有试探敲打之意，他就提醒自己要更加小心行事，在确认皇位落在自己头上之前，万万不可轻举妄动，以免功败垂成。

/ 第四十五章 /

众生相

星王以及景王、庆王、云王和见王一出现，众人都纷纷起身相迎。候平磐微微一愣，待和星王交换了眼神之后，迅速镇定下来，过来和景王、庆王、云王、见王一一见礼。

“候相公，别来无恙？”李鼎善不等候平磐发现他，主动从后面来到前面，朝候平磐叉手一礼，“草民李鼎善见过候相公。”

候平磐怎么也没想到李鼎善居然敢来参加星王生辰宴会，愣了片刻，才哂然一笑：“我当是谁，原来是李先生。先生一别数年，不知在哪里悠闲度日？回到京城想必也有些日子了，为何今日才与故人相见？”

李鼎善暗中打量候平磐几眼，令天下人侧目而视的当朝第一权相候相公，正是春风得意之时，他气色盎然，虽清瘦，却不失威严之仪，威严之中，三分傲然七分从容。虽然他对候平磐极度不屑，但也不得不承认候平磐久居相位，还真有一种睥睨天下的气势。

“李某来京城确实有些日子，本想登门拜访候相公，只是李某现在一介平民，怎敢登相公府邸？宰相门前七品官，李某又没钱贿赂门子，所以就不自取其辱了。”

“哈哈，李先生说这话，是说本相纵容下人胡乱收钱刁难访客了？”候平磐大笑，笑声中有说不出来的得意和不屑，“本相治下严谨，严令下人不得刁难任何一人，李先生何必信口雌黄，污蔑本相的门子呢？”

李鼎善冷冷一笑：“李某不过是开个玩笑，候相公不必如此紧张。李某自是不怕门子刁难，门子刁难毕竟还是在大庭广众之下，是明枪，明枪易躲。李某怕的是不知道什么时候身后会有人射来一箭，暗箭难防。门子顶多是真小人，怕的是口口声声为国为民却只是为了一己之私的伪君子。”

候平磐朝皇宫方向双手抱拳，慨然说道：“本相自从接任相位之后，殚精竭虑，不敢有丝毫懈怠。新法推广以后，本相唯恐地方官吏借机伤民，数次前往京城周边微服私访，见到百姓安居乐业，对皇上颁布新法感恩戴德，本稍感心安。本相所作所为，上无愧皇上，中无愧百官，下不负百姓。此心，对天可表。”

“候相公之心，确实对天可表，宋某也是佩服得紧。”宋超度来到候平磐面前，举杯说道，“宋某敬候相公一杯，候相公国之栋梁，大夏之基石，祝愿候相公长命百岁，祝大夏国泰民安。”

候平磐和宋超度碰杯，一饮而尽，一脸谦逊：“本相微末之功，实在不值一提，都是圣上英明百官勤勉，本相只不过是顺天时应民心罢了。宋侍郎、李先生才识过人，是不世之才，若是不入朝为官，是大夏不幸。你可推举李先生为……”

候平磐想了一想，面露喜色：“正好鸿胪寺少卿空缺，可由李先生担任。”

鸿胪寺少卿是闲职，正是曹用果上任之职，人称睡卿，候平磐表面上是为李鼎善着想，其实是想让李鼎善从幕后走上台前，以一个闲职将李鼎善束缚在朝堂之上，好让他时刻看得清楚，以防李鼎善背后下手。

宋超度自然明白候平磐之意，笑道：“多谢候相公好意，宋某刚刚上书一封，推举李鼎善为御史中丞。以李先生之才，鸿胪寺少卿非他所愿。”

御史中丞是从六品，职责是纠察官邪，肃正纲纪。大事则廷辩，小事则奏弹，虽无实权，却是可以直接弹劾任何一人的言官，在朝中的地位相当超然。

以李鼎善的资历，从六品的品秩没有问题，问题在于，候平磐断然不会将御史中丞如此举足轻重的位置让李鼎善掌管。大夏的御史台共有御史大夫一人，御史中丞三到五人，监察御史和殿中侍御史各五六人，用于监察朝中和地方百官的言行，可以直接上书皇上而不经过门下省，也就是说，不必经候平磐之手。

候平磐微一沉吟，心知宋超度推举李鼎善的用意在于执掌言论，现任御史大夫徐得全虽说对他言听计从，但两名御史中丞卢元远和钱璟淞，都颇有傲骨，并不依附于他和星王，有时还会指责皇上的不是。若是再加上一名更不听话的李鼎善担任御史中丞，怕是整个御史台都要沦陷了。

更何况御史台今年又新来了一名殿中侍御史名叫滕正元，此人更是事事吹毛求疵，殿中侍御史掌纠弹百官朝会失仪事，上朝时，但凡有谁稍有失礼或是衣冠不整，他必不放过。甚至是哪个官员在下朝之时说了不该说的话，他也会上书弹劾，弄得百官不胜其烦，将滕正元视为异类。

大夏官员上朝之时的朝服，是由太祖亲自设计，就连官帽，也是太祖所制。大夏初建之时，追随太祖打下江山的文武官员，多是平民出身，读书不多，不识礼仪，上朝之时，要么交头接耳，要么脱鞋抠脚。太祖不悦，打江山和坐江山岂能一概而论？后来太祖下令文武百官上朝之时不许就座。

百官站立上朝，不再脱鞋抠脚了，却要么交头接耳议论纷纷，要么站得东倒西歪，不成体统。太祖心生一计，设计了朝服和官帽。朝服必须昂首阔步才能撑起，而官帽两侧有帽翅，长而窄，不但上朝的时候不能交头接耳，且走路的时候也必须小心翼翼四平八稳，否则帽翅不但会上下晃动，还有可能晃掉帽子，就有失体统了。

兵部侍郎于晏本是行伍出身，戎马生涯养成了行事风风火火、做事大大咧咧的习惯。有一次上朝，行完跪拜之礼后，于晏起身过快，不小心碰到了帽翅，将官帽碰掉，滚落在了地上，正好滚到了滕正元脚下。

滕正元捡起之后，当即向皇上参了一本，弹劾于晏朝堂失仪，要求皇上罚于晏三个月的薪俸。皇上本来身体不适，勉强上朝，才不想在如此小事上纠缠不休，却又不好驳回滕正元，只好口头答应。

于晏却不干了，说他的官帽掉在地上，并非他的过错，而是旁边的户部侍郎郑远东之过。郑远东承认是他的官帽碰了于晏的官帽，但他的官帽未掉而于晏的官帽落地，所以是于晏没有戴正官帽。于晏不但没有戴正官帽，连官衣也没有穿戴整齐。

于晏解释说起得晚了一些，匆忙之下，来不及整理衣服就上朝了。

皇上想要息事宁人，说罚于晏半年的薪俸。滕正元却说不行，于晏衣冠不整上朝，是对皇上不敬；官帽没有戴正，是对太祖不恭；朝堂之上和郑远东争吵，又是一错。错上加错，应当罢官。郑远东碰到于晏官帽也是有错，却推卸责任，也应当受罚。

满朝文武都惊呆了，滕正元怎么疯狗乱咬人？郑远东又没有招他惹他，他怎么连郑远东也不放过？

皇上被滕正元吵得烦了，一怒之下，罚于晏半年薪俸，罚郑远东三个月薪俸，罚滕正元一个月薪俸。

退朝后，滕正元被于晏和郑远东拦住，二人要和滕正元理论一番。结果滕正元引经据典，说得郑远东无言以对，羞愧而逃。于晏就远不如郑远东文明了，恼羞成怒之余，一拳打出，将滕正元打成了乌眼青。

都以为滕正元会为此事再向皇上上书，不料事后滕正元却当什么也没有发生一样，继续指责别人的过失。此事传诵一时，满朝文武对滕正元既怕又敬。怕的是一不小心被他指摘了过错，非得被他说得百口莫辩不行；敬的是，他对事不对人，事情过后，转眼即忘。后来有一次于晏被人弹劾，滕正元上书为于晏辩解，还了于晏清白。于晏深为感谢，不好意思地向滕正元当面表示感谢，并说上次打了滕正元一拳之事怪他。

滕正元却不领情，转身便走，说他并不是在帮于晏，而是帮真相和公正。

滕正元虽如同刺头，却是朝堂之上不可或缺的御史，因为滕正元并不偏向任何一方，他只坚持公正和道义的立场，就连皇上有了过失他也是直言不讳，是以候平磐和星王虽不喜滕正元，却也轻易不敢拿下他。谁拿下滕正元，谁就失去了道义的制高点，谁就成了做贼心虚的代名词。

不过谁都知道滕正元虽有铮铮铁骨，却没有官场智慧，不足以在朝堂立足，也不会成为朝堂争斗的支点，只是刺头却不会成为心腹大患。

但李鼎善不同，李鼎善除了敢言直言之外，他还有无与伦比的官场智慧以及丰富的朝堂斗争经验，更主要的是，他是景王之人。有些事情在滕正元眼中只是一件孤立的事情，比如于晏摔落官帽之事，但在李鼎善眼中，或许就会上升为于晏和郑远东之间的一次间接较量，从而离间于晏和郑远东的关系。

候平磐沉思良久，才缓缓说道："本相以为，李先生并不能胜任御史中丞一职，还是鸿胪寺少卿更适合他。本相会向柴尚书推举李先生担任鸿胪寺少卿，皇上想必也会认同。"

这么说，候平磐的言外之意是要行使相权，强行阻止李鼎善担任御史中丞了？宋超度微微一笑："既如此，就由皇上圣意裁决好了。"

候平磐禁不住冷笑出声："皇上近来身体不适，四品以下官员任命，皇上并不过问，都由本相一言而定。"

候平磐如此嚣张，李鼎善不免心中喟叹，在权力面前，可以保持初心和公正的人实在是太少了。想当年候平磐还没有为相之时，谦和低调，事事随和，如今相权在握，又有星王撑腰，皇权不振相权大兴，这么说除了总揽朝政之外，候相公是想连吏部职权也一并拿到手中了？

朝政大权独揽，再掌管了人事大权，候平磐可就真的要一手遮天了。幸好他没有掌握兵权，否则他登高一呼，天下由夏姓候，也并非不可能。

幸好，大夏还有景王、庆王，还有夏祥、滕正元，还有态度不明却各怀心思闻风而动的四大世家，候平磐就算掌管了兵权，想要一手遮天，也要顾及景王、庆王以及四大世家的势力。

当然，李鼎善也清楚，候平磐只不过是星王的傀儡。候平磐抛头露面，发号施令，背后拿主意的人却是星王。大事若成，候平磐自然可记一大功，最后封王封侯也不成问题。大事若败，候平磐必是替罪羊。

"这么说来，李先生能否当上御史中丞，全在候相公一句话了？"宋超度胸有成竹地笑了，"怕是要让候相公失望了，宋某的上书，此时怕是已经呈到皇上的龙案之上了。"

“怎么会？”候平磐大惊，回身看到吏部尚书柴石页，招手说道，“柴尚书，请过来一下，本相有话要问你。”

柴石页年约五旬，中等身材，体形瘦弱，脸型瘦小，乍一看，如同田间老农，虽其貌不扬，不过双眼之中时有精光闪动，流露出七分精明三分糊涂的意味。

他颌下三缕长须，走动的时候，微微颤动，仿佛七老八十一样，风一吹似乎就能把他吹到天上去。不过明眼人都可以看出来，柴石页的胡子微微颤动，每一步落地都十分踏实，下脚极稳。

听到候相公召唤，柴石页冲同桌之人拱了拱手，左手抚胡子右手端酒杯，来到了候平磐面前，他将酒杯一举：“候相公唤我何事？莫非要再共饮三十杯？”

“柴尚书不要再喝了，你酒量一般，再喝就要醉了。”候平磐哭笑不得，从柴石页手中抢过酒杯，放到一边，“宋侍郎推举李鼎善为御史中丞，你可知道此事？”

“知道？不知道！知不道！”柴石页明显有了六分酒意，话都说不清楚了，他眼神迷离，右手伸出一根手指冲天上指来指去，“咦，怪事，咄咄怪事，大白天怎么出来星星了？一颗，两颗，三颗，哎呀，数不清了，太多了。”

说话间，脚下一个踉跄，险些摔倒，李鼎善伸手扶住柴石页，笑道：“柴尚书小心脚下。”

“柴尚书？谁是柴尚书？”柴石页愣住了，打量李鼎善半天，“你是李鼎善李先生？啊，你怎么还活着？你不是已经死了吗？”

“柴尚书从何得知李某死了？”李鼎善问道。

“上次、上次，忘了是什么时候，有一次和一个人喝酒，他喝多了，酒后吐真言，说三日之后就会传来李鼎善的死讯。”柴石页原地转了一个圈，堂堂的吏部尚书醉酒之后居然憨态可掬，他揉了揉头，忽然做恍然大悟状，“想起来了，想起来了，他是谁……”

众人都侧耳倾听柴石页口中的他到底是谁，此事大有隐情，顿时勾起了在座众人的好奇心。

不料等了半天，柴石页却又没有了下文，他身子一歪，就势坐在了旁边的椅子上，竟是睡着了。

候平磐脸色铁青，上前一拍柴石页的肩膀：“柴尚书，人贵有自知之明，酒量不行，就不要喝那么多酒，醉酒误事。”

不料才拍一下，柴石页猛然惊醒，一下站了起来，手指候平磐：“呵，哈哈，原来是你，原来他是你，原来你是他。”

“你胡说什么？”候平磐脸色顿时大变，“不成体统，不成体统，来人，送柴尚书回府！”

随即有人前来，扶起柴石页就走。柴石页揉了揉眼睛，左右看看扶他的两个人，扭头大声说道：“候相公，我酒量不行，酒品还行，来，再干一杯。李先生，你没死就好，大难不死，必有后福，回头再和我下棋，我棋品比酒品还好。哈哈……”

笑到最后，笑声由欢快变成了悲壮，柴石页干瘦的身躯竟是发出了无比浑厚的声音，他放声高歌起来：“对酒当歌，人生几何！譬如朝露，去日苦多。慨当以慷，忧思难忘。何以解忧？唯有杜康。青青子衿，悠悠我心。但为君故，沉吟至今……知我者谓我心忧，不知我者谓我何求！”

以汉乐府的曲调唱出了曹操的《短歌行》，别有一番味道，尤其是最后一句陡然一转，以《诗经》中的一句诗结尾，在场众人都听得痴了，一时木然而立，不知今日何日。

虽说柴石页方才说话说一半，又有醉话之嫌，但还是在众人心中留下了阴影和疑惑。候平磐和李鼎善以往的过节，几乎无人不知。政见不和，知见不同，是常事，即使将对手打败打倒，罢官或是贬谪，也是各凭本事，但若是背后雇凶杀人，想置对手于死地，就太过分了。

不少人的目光都投向了候平磐。

/ 第四十六章 /

紧锣密鼓

候平磐心中来气，本是大好的一出生辰宴会，先是被景王、庆王、见王等人搅了兴致，又因皇上的意外亲临而多了几分变故。更让他不解的是，皇上亲临星王生辰宴会，既没有进府，又没有让已经到来的官员出来迎驾，皇上此举大有深意，仿佛是在警醒百官，皇上不进府不让百官迎驾，是为百官留了情面，好让百官心里有数，清楚谁才是当今大夏的皇上，谁才是至高无上的权威。

更让候平磐气愤的是，柴老儿酒后撒疯，无意中透露了他和星王想要除掉李鼎善的秘密，虽说柴老儿含糊其辞，并未明说，可以当他酒后胡言乱语，但毕竟影响不好。又一想，不对，莫非柴老儿有意装疯卖傻？他分明是有意借醉酒闹事，避重就轻，不想回应他问到的推举李鼎善为御史中丞的问题。

候平磐正要深思此事时，星王来到他的身边，小声说道："柴老儿酒后发疯，不必理会。照应好景王、庆王和见王，以免他们借机拉拢百官。"

对，此事才是要事，候平磐瞬间清醒，忙回身一看，见景王、庆王和见王坐在工部尚书张一农、兵部尚书付现风、刑部尚书沈夫名和户部尚书李施得之间，几人推杯换盏，正谈笑风生。他才意识到险些误了大事，忙朝星王点了点头，错身朝景王的桌子走去。

星王的目光望向柴石页消失的方向，朝人群之中的燕豪使了一个眼色，燕豪会意，悄然离去。

出了门，燕豪上了一辆马车，跟在骑在马上摇摇晃晃的柴石页身后。柴石页只带了两三个随从，人在马上，随着马身晃动之余，不再慷慨悲歌，却在大声吟诗："十八年来阅宦途，此心久似水中凫。如何才踏春明路，又看仙人对弈图。局中局外两沉吟，犹是人间胜负心。那似顽仙痴不省，春风蝴蝶睡乡深。烟缕蒙蒙蘸水青，纤腰相对斗娉婷。樽前试问西山老，柳宿新添第几星？"

燕豪虽读书不多，却也听了出来柴石页诗中有归隐之意，不由得冷冷一笑，暗道此时想要全身而退，哪有这么容易！今日之事，景王和庆王、见王，三王俨然已经结成同盟，星王有候平磐和云王之助，还需要各部尚书的力挺才行。柴老儿休想现在置身事外，事情已经到了即将亮剑之时，没有人可以独善其身。

又跟了一段，见柴石页并无异常，确实是朝柴府而去，燕豪也就放心下来，转身回去复命。

“走了？”在马上摇来晃去的柴石页等燕豪一走，立刻恢复了清醒，悄悄回头一看，偷偷一笑，“老夫装醉的本事越来越高明了，不但骗过了候平磐，也骗过了星王和燕豪。盛杰，你速去皇宫，递上本官推举李鼎善为御史中丞的奏折。切记，务必亲手交到常关手中，不可交给别人。”

“是。”名叫盛杰的后生是柴石页最信任的手下，有一身武功，尤其轻功超人一等，他领命而去，转眼间就消失在了烟波迷蒙的安定河桥上。

盛杰走后，柴石页信马由缰走了一段路，忽然下起了小雨。北方的秋季雨水不多，却是一场秋雨一场寒。路人纷纷躲雨，柴石页却既不躲雨也不快马加鞭，反倒又吟起了诗：“岁久人无千日好，春深花有几时红。是非入耳君须忍，半作痴呆半作聋。”

雨中除了柴石页和一马之外，还有两名随从，除此之外，行人都躲到了屋檐下避雨。嗒嗒的马蹄声在青石路面上如敲响岁月的钟声，在马蹄声中，柴石页的吟诗声渐渐小了下去，连同他的背影一起，逐渐模糊在了上京城烟雨的街道之中。

燕豪回到星王府后，向星王汇报了柴石页的行踪，星王点了点头，又和众人喝了几杯酒，方才起身回到书房。

云王和候平磐随后而至。

星王推开窗户，外面的雨如丝如缕，虽不像江南的斜风细雨，也算是北方难得的丝雨。雨丝打在他的脸上，微凉，带来一丝冬天的气息。

“天凉了，再过月余就入冬了。”星王回身看了云王和候平磐一眼，“皇上的病情时好时坏，让人放心不下。也不知道皇上能不能挨过这个冬天，现在百官都快失去耐心了，总要有一个结局出来才好。”

云王此时不再和之前一般天真无邪，他微微皱眉，面有忧色：“三哥，大哥和四哥联手了，还要将李鼎善推到台前，分明是要亮刀亮剑了。”

“早就亮出刀剑了，哈哈。”星王笑了，顺手拿起书架上一把短剑，拔剑在手，“我也是没有想到，大哥心机如此之深，早早安插了人手在我的身边。我信任有加的死士谢必安，就是谢间化，竟然是大哥的死士，想想都有些后怕，万一谢间化对我不轨，我怕是已经身首异处了。”

候平磐面有怒容：“今日之事，不但有景王、庆王联手之忧，还有皇上突然亲临，帝心深如海，皇上此举，大有深意，皇上的病，怕是也另有隐情。”

"皇上身边，不全都是我们的人吗？"云王想了想，背起双手，"除了金甲和叶木平之外，对，还有一个常关，太医朱柏水、候贵妃以及诸多内侍，不都是听命于三哥和候相公？"

"朱太医再三肯定皇上的病确实是不治之症，而且他还说服了皇上不再服用金甲所开的药，并且停用了药床药椅——说到药床药椅，夏祥真是该杀，非要多事——还劝皇上多服叶木平的金丹，皇上一一照办，为何今日皇上看上去精神倒还不错？"星王沉吟半晌，忽然一剑斩在桌角之上，铁梨木的桌角竟然被他手中短剑硬生生砍下，"可见皇上的病情确实大有隐情，怕是朱太医和候贵妃都被皇上蒙蔽了，皇上联合金甲、叶木平演了一出好戏给我们看。"

"三哥的意思是……"云王做了一个手起刀落的手势，"快刀斩乱麻，不能再拖下去了。可是皇上身边除了常关、金甲和叶木平之外，还有殿前都指挥使叶时胜对皇上忠心耿耿。叶时胜不归顺，大事难成。"

"叶时胜不是听命于星王殿下吗？"候平磐想起了上次贡院之事。

星王摇了摇头，露出了一丝苦笑："数年前我帮了叶时胜一个忙，他记在心里，上次贡院之事，他还了人情。叶时胜只忠心于皇上一人，想要拉他过来，没有可能。"

"殿前都点检崔常在向来和三哥来往过密，他若是配合的话，大事可成。"云王一副若有所思的神情，有着和他年龄不相称的多思，"小弟虽兼了枢密副使，却和知院郑传夫不和。郑传夫自恃身为荥阳郑氏之人，眼高过顶，连小弟这个五王爷都不放在眼里。"

候平磐点头说道："殿前都点检总领京城二十万禁军，崔常在一人身系天下安危。只是崔常在虽和星王殿下交好，他的两个手下殿前都指挥使叶时胜和殿前马步军都指挥使明王奇都是忠心于皇上之人，崔常在一人也难以牵制二人。叶时胜总领禁军骑兵，明王奇总领禁军马步兵，若是二人之中有一人听命于崔常在，就要好上许多。"

"不要忘了，大哥还掌管了兵部。兵部有用兵权，却无调兵权。枢密院有调兵权，却无用兵权。崔常在总领二十万禁军，却还是要被叶时胜和明王奇制衡。"星王长叹一声，摇了摇头，"皇上心深如海，看似重病在床，实则处处设防，人人互为牵制，想要成事，难如登天。"

几人谈论的都是谋反的大事，却如谈论寻常事情一般。

"星王殿下，依我之见，有三个办法可行。"候平磐胸有成竹地一笑，"第一个办法自然是让皇上顺应天道，安心归天。皇上既然是天帝之子下凡，回归天庭，也是天命所归。至于如何让皇上归天，若是朱太医可以得手还好，若是朱太医不堪大用，就得用第二个法子了——让燕豪出马！大夏立国以来，太祖和太宗都先后泰山封禅，皇上即位以来，还没有去过泰山。封禅之路遥远且崎岖，路上有个什么闪失，也在情理之中。”

不等候平磐说完，星王连连摆手说道：“皇上左有金甲右有叶木平，朱太医怕是难以下手。至于封禅一事，也不可行，皇上自认比不了太祖太宗的文治武功，不敢和太祖太宗比肩前去封禅。”

“不封禅也可以，上书让皇上前去真定大佛寺拜佛。”候平磐一计不成，又生一计，“真定是龙兴之地，有太宗皇帝御封的大佛寺。虽皇上崇信道教，却也不排斥佛教，况且眼见今冬腊月是太宗皇帝诞辰一百五十周年，前往太宗亲笔题写寺名的大佛寺为太宗还愿为万民祈福，皇上必会欣然前往。到时皇上在滹沱河落水，或是受了风寒，或是受了惊吓，或是遇刺，种种变故，都不可预测。到时再将过错推到真定知县夏祥身上，一举两得，岂不大妙？”

“夏祥……”星王一听到夏祥的名字脑中就浮现出夏祥嘴角微斜眼睛微眯的笑容，他不由得冷哼一声，“倒是一个好办法，只是这般让夏祥落马，岂不是太便宜了他？真定还有许多大坑等着他跳。”

“先不管夏祥，夏祥区区一个七品知县，无关大局，连棋子都算不上……快说第三个法子。”云王迫切地想知道候平磐还有什么妙计。

“第一个法子是随风潜入夜，润物细无声，是上策；第二个法子是平地起惊雷，是中策……”候平磐脸色凝重，手捻胡须，“第三个法子就是天崩地裂，是下策。”

星王猜到了候平磐的想法：“起兵？”

“殿下英明。”候平磐微一点头，继续说道，“京城二十万禁军对皇上忠心，殿下不要忘了，大夏还有地方禁军六十万，分布在真定府、热河县和太原府三地。况且京城的二十万禁军，一半在京城之中，另一半却在京城之外戍边。”

“对呀，候相公一语惊醒梦中人。”云王拍手叫好，“若能调动真定和热河两地的禁军各二十万，总计四十万禁军，将上京城团团围住，便可以将京城的二十万禁军一分为二，首尾不能相顾，任叶时胜和明王奇有通天本事，也回天无力。”

“叶时胜驻守京城，明王奇驻守城外，遥相呼应又遥相节制，若果真如候相公所言，从地方上抽调四十万禁军进京，二十万牵制明王奇，二十万围城，确实可以一战定乾坤。”星王一手托腮，目光望向了窗外，“真定府还好说，真定府的驻地禁军由崔象管辖，真定府禁军的都指挥使吴义东也唯崔象之命是从。只是热河县的驻地禁军都指挥使李正宇很是忠心，是叶时胜一手提拔的手下。热河县的知县是？”

“张厚，和夏祥同年进士。”候平磐自得地一笑，“殿下不必多虑，当初任命张厚为热河知县，就是为今日的大事埋了一枚棋子。热河县位处要塞之地，虽是小县，驻地禁军却和真定府、太原府建制相同，是为防范北方之用。小县可堪大用，当时不少人不解为何我要派张厚前去热河担任知县，一则热河县虽小虽穷，却是军事上的大县，二则也是因张厚和夏祥不和。”

“张厚可以为本王所用？”星王最佩服候平磐的就是他知人善任的识人之明和用心长远的高明，今年的进士之中，他只注意到了夏祥、沈包和滕正元几人，对张厚并未过多关注。不想候平磐居然提前谋划，安插张厚到热河县上任是为了热河县的驻地禁军。

“张厚在科举之时，曾到庆王府上输诚，却被庆王拒绝。张厚自命不凡，又争强好胜，对夏祥进士名次在他之上颇有怨言。夏祥任真定知县，他更是十分不满，认为他理应在夏祥之上。”候平磐人在官场多年，见多了各种热衷于名利的官场中人，“当时张厚曾想登门拜访，却被殿下拒之门外。所以只要殿下对张厚稍加恩宠，张厚必将感激涕零，誓死追随。”

“张厚对热河县驻地禁军有管辖之权，若是他追随本王，确实是一大助力。”星王微一沉吟，微露喜色，“好，张厚一事就交由候相公一手处置了。”

“殿下，我有意派吏部侍郎熊始望去热河县走一趟，以巡视的名义，由他对张厚耳提面命。”候平磐早已有了主意，“我会亲自修书一封，由熊始望转交张厚。”

“如此甚好。”星王心情大好，在房间中来回走了几步，“五弟，照你的意思，上中下三条计策，选哪一个？”

“最后一条过于凶险，可以先按下不提。”云王年纪虽小，却也不是天真孩童，知道谋反之罪非同小可，只能胜不能败，无路可退，“起兵谋反是下策，不到万不得已不可为之，但也不可掉以轻心，该做的事情还是要做到前面，万一上策和中策败露，该起兵的时候，也得起兵。依小弟之见，先上策，不行再中策，最后再下策。毕竟就算现在起兵，也是时机不对，且准备不够充分。”

星王点头：“此合我意。燕豪……”

“在。”燕豪守在门外，应声而至，“殿下！”

“你去将这个玉瓶交与朱太医，给他三日时间。”星王拿出一个拇指大小的玉瓶，玉瓶晶莹剔透，质地一流，精美无比，“三日之内，若是还没有皇上归天的消息，让他自行了断就是了。”

“是。”燕豪拿过玉瓶，转身就走，走到门口忽又站住，“殿下，依小人之见，不管朱太医是否办成此事，最好都一刀下去……”

燕豪右手化掌为刀，在空中虚斩一下。

星王点了点头，朱太医知道太多事情，还是死人最安全，又想起了什么，说道："董七娘和董四不足为虑，你不必非要招惹他们，谢间化……"

"小人明白。"燕豪瞥见了星王眼中一闪而过的杀机，他清楚星王最恨叛变之人，谢间化不除，星王难解心头之恨。

"谢间化也不足为虑，殿下不必为如此小事操心过多，倒是夏祥，才值得殿下多留意几分。"候平磐拿出一封书信，"谢华盖来信，夏祥到真定县任上之后，动作不断，还多有惊人之举，很不安生。"

星王并不接候平磐手中之信，微微皱眉："不过是一个小小的七品知县，能折腾出多大水花？崔象身为真定知府，还压制不了一个知县？"

/ 第四十七章 /

龙困浅滩

候平磐微微一怔，收回书信："倒不是崔象压制不了夏祥，而是夏祥行事圆滑，说话又滴水不漏，刚上任不久，就得到了县尉和捕头的追随，他又以市乐县董现命案为由，将市乐县有名的地痞无赖付科带到了真定县受审，而且还和真定县的富商马清源、徐望山沆瀣一气，有意借粮仓、种粮生意转交之际，狠狠地宰上谢华盖和柳长亭一刀……"

"不过是芝麻绿豆的小事，候相公也事事过心，岂不是太劳神费心了？"星王不以为然地摆了摆手，"柳、谢二人若是连这点小事都处理不了，他们就没有必要负责真定一地的商业了。"

"殿下请听我把话说完……"候平磐会意地一笑，"只凭夏祥一人，自然无法和崔象以及柳、谢二人抗衡，但他身边现在有不少助力，除了真定县尉、捕头和马清源、徐望山之外，还有连若涵和卢之月。"

"连若涵？好景常在？一介女子，又是商人，还是清河崔氏叛逃之女，何惧之有？卢之月又能怎样？范阳卢氏已然式微，连崔氏、郑氏和李氏都有所不如，更何况现今四大世家都沉沦已久。"星王对门阀世家并无好感，历来皇权都不喜欢门阀世家，因为门阀世家一向都是皇权的最大威胁。

"若是以前皇上春秋正盛之时，皇权威势，四海臣服，四大世家不值一提，但眼下形势大不相同，皇权不振。四大世家虽然已经式微，但依然是不能忽视的地方势力，既有财力，又有兵力，也各自有人在朝中为官。殿下若是不借助四大世家之势，必然会被景王和庆王所用……"候平磐耐心地想要说服星王，"殿下想要取得天下，既要得文官之助，又要有武官追随，还要借四大世家的财力拿来一用，万一起兵，四大世家的立场就极为关键了。"

星王沉吟片刻，点了点头："候相公所言大有道理，本王受教了。四大世家之中，如今崔氏和景王交好，李氏、郑氏和卢氏，态度不明，候相公可有计策？"

"无论是皇上安然归天，还是在真定遭遇不测，又或者是起兵逼宫，四大世家都不会袖手旁观，对他们来说，改朝换代是再次崛起的最好机遇。”候平磐对四大世家的了解比任何人都要透彻，因他出身平民之家，对于世家向来仰望，对世家感到神秘之中，有敬畏也有不屑，“因此不管是打天下还是坐天下，若是借助了四大世家之力，如虎添翼。若是被四大世家所阻，事倍功半。”

“三哥，小弟和太原李氏关系还算不错，候相公和郑氏、卢氏多有来往，只有崔氏……”云王若有所思地说道，“和大哥交好的崔氏是清河崔氏，还有博陵崔氏可以为我所用。”

“云王殿下英明。”候平磐不失时机地送上了一记马屁，“博陵崔氏和清河崔氏虽是同门，却是两支，清河崔氏家主崔何和博陵崔氏家主崔毕都有重振崔氏的雄心。既然崔何倒向了景王，崔毕就只能选择星王殿下了。此事不劳殿下费心，我已经派人送信到博陵，邀崔毕来京城一见。”

“如此……甚好。”星王大喜，“太原李氏、范阳卢氏和荥阳郑氏，候相公和五弟也要多走动走动才好。四大世家，也未必就是上下一心。”

“遵命。”候平磐叉手一礼，态度恭谨，他又微微笑道，“四大世家的事情，由我和云王出面，应该不成问题。倒是董现命案的事情，还要劳烦星王殿下多花费一些心思。”

星王微一皱眉：“怎么又回到夏祥身上了？难不成小小的夏祥比四大世家还要麻烦？”

“恐怕还真是如此。”候平磐的神色凝重了许多，“殿下有所不知，夏祥所审理的董现命案凶手是付科……”

“董现是谁？付科又是谁？”星王想了一想，想不起来付科是何许人也，他高高在上的王爷之尊，自然不会知道一个远在京城之外六百余里的小县城的地痞无赖。

“董现是市乐县的一名富商，经手市乐县的粮仓和种粮生意，和市乐县丞田庆交情莫逆。付科是市乐县无业游民，平常游手好闲，横行乡里，欺男霸女，是个大大的无赖。”

星王打了一个大大的哈欠，没兴趣再听下去：“如此鸡毛蒜皮的小事，夏祥审理便审理了，又有何麻烦？”

候平磐耐心地说道：“董现命案是一个案中案，也是裴硕章无能，不愿意接手此案，让路经市乐县去真定上任的夏祥捡了一个天大的便宜。裴硕章真是庸才，居然为了应付吏部的考核而不接董现命案，错失了大好良机。董现之死，不但事关殿下在真定府的布局，还事关崔象的前途，关系到真定府驻地禁军吴义东，甚至还有可能牵涉到博陵崔氏……”

“……”饶是星王经历过无数大风大浪，也不禁倒吸了一口凉气，大吃一惊，“董现和付科不过是无名小辈，怎么会牵连到如此多的人物，到底是怎么一回事儿？”

候平磐长叹一声：“殿下，此事说来话长，容我慢慢说来……”

雨，越下越大了，外面会客厅的宾客，陆续走了不少，景王、庆王和见王还在，二人不但罕见地同时现身一处，更罕见的是，二人主动和每一个与会客人喝酒。景王和庆王都是海量，二人足足喝了数升酒也不见有丝毫醉意，倒是见王摇摇晃晃，明显不支了。

开始时众人还以和景王、庆王喝酒为荣，慢慢地都回过味儿了，怎么想怎么觉得不对，再回想起吏部尚书柴石页早早借醉离开，才醒悟过来，景王和庆王并非真想和每个人喝酒，而是想借机记住每一个人，看看都有谁参加了星王的生辰宴会。

后来更有眼尖者如工部尚书张一农发现了景王和庆王敬酒时，见王在一旁暗中用笔在记些什么，他惊出一身冷汗，不得了，了不得，见王必定是在一一记下每个与会之人的名字。好嘛，上了景王、庆王的黑名册，怕是要没好日子过了。

这么一想，张一农第二个借口家中有事，溜之大吉了。

如张一农一般有眼力的人也有不少，比如兵部尚书付现风和刑部尚书沈夫名以及户部尚书李施得，不过三人并未离去，反倒稳坐钓鱼台，一副你奈我何的淡定。三人私下说，既然决定投靠了星王，就不怕景王和庆王穿小鞋，以现在的势头来看，星王接任皇位的可能性要远大于景王和庆王，所以……怕什么。不能像柴石页一样胆小如鼠，也不能和张一农一样想左右逢源。

六部九卿的正职和副职，后来又陆续走了一些，有的是因为发现了不对，不想留下成为出头鸟，有的因为雨越来越大，不管谁走，景王和庆王都起身相送，俨然如同星王府的主人一般。等雨丝渐密时，忽然一声惊雷在天空炸响，震得四下晃动几下，房柱咯吱了几声。

司天监卫羌正和见王碰杯，惊雷一响，他手一抖，酒杯失手落地，摔得粉碎。他惊然变色，扔下见王不管，狂奔出去，站在滴水檐下抬头望天，片刻之后，声音微微颤抖地说道：“雷电为阳，五行金当令，雷属东方木。秋天万物肃杀，阳气收而阴气升，打雷则是阳气上扬之故。秋天阳气不收，冬天万物不藏。秋雷是金木交战，明年怕是要歉收了。”

“只是歉收吗？”景王不知何时来到了卫羌身边，手抚胡须，仰观天象，“卫天监，你看黑云压城城欲摧，那一片乌云正在皇宫上方，将皇宫笼罩在内，是龙困浅滩之象。”

卫羌脸色一变："下官不知殿下此话何意。"

"有朝一日龙得水，翻江倒海水倒流……卫天监，民间有谣，秋天打雷，遍地是贼。"景王哈哈一笑，转身走了，"切莫被贼得了便宜，偷走了东西，哈哈。"

众人见雨越下越大，因出行前大多没有带伞，纷纷让下人回去取伞，一时下人和随从们跑来跑去，乱成一团。

反正天色尚早，有人撤了酒席，上了茶水，众人又围坐在一起喝茶聊天，吟诗赏雨，倒也不失雅兴。

就有人提议借景作诗，众人纷纷叫好。兵部尚书付现风第一个作诗两句："时雨点红树千树，秋风吹黄柳万枝。"

"不妥不妥，此诗用来形容春雨还好，有喜悦之意，秋风秋雨愁煞人，多些悲凉味道才应景。"刑部尚书沈夫名摇头晃脑地也作诗一道，"亭闲有竹秋常在，山静无人水自流……"

"也是不妥。"户部尚书李施得连连摇头，"虽有秋意却无秋悲，并且过于闲淡了一些。有了——无意北风花已谢，有闲秋色燕南飞。"

"好。"众人鼓掌叫好。

就连景王、庆王也是连连点头，对李施得诗中的秋意浓烈很是赞叹。

"秋雨无辜被入诗，百姓有幸不得闲。无迹方知流光逝，有梦不觉人生寒。"众人叫好声未落，忽然一人的声音从角落里传来，声音慷慨悲壮，正合此时悲秋悲雨的情景。

众人听了，顿时脸色一变，诗是好诗，只不过诗中的冷嘲热讽之意让每个人都如同脸上被打了一个耳光。此人之诗，显然是讽刺在座众人无所事事，不管百姓疾苦，只知风花雪月吟诗作对。

什么人如此胆大包天，一棍子打死在座十几名当朝的二三品大员！如此不知天高地厚，如此嚣张狂妄！

除了几大尚书之外，九卿之中还有五人在此，差不多百官之中最有权势的一帮人都在此中，更不用说还有景王、庆王和见王。

众人循声望去，吟诗之人倒也敢作敢当，从角落里站了出来，来到了中间，作了一个罗圈揖，冷冷一笑："诸位尚书公卿，下官殿中侍御史滕正元。"

其实不用滕正元自我介绍，在座不少人已经认出了他就是著名的"刺猬御史"滕正元。付现风打了个哈哈，抬眼望天："原来是滕刺猬，怎的，今日又想扎谁？"

众人哄笑。

滕正元却脸色不变，朝付现风施了一礼："多谢付尚书赐名，下官从此以后便以刺猬为名，也以刺猬为荣。"

众人又笑。

付现风一愣，随即哈哈一笑："这么说，今日你想扎本官了？来，本官皮糙肉厚，不怕你这个刺猬，尽管放马过来。"

"下官并非针对付尚书。"滕正元丝毫没有胆怯之意，反倒昂首挺胸，目光炯炯从每个人的身上扫过，朗声说道，"如今皇上病重，新法在各地害得百姓流离失所，每年都有十余万户百姓沦为无地流民，各位食君之禄却不为君分忧，会聚一堂，吟诗作对，感春伤秋，歌舞升平，愧为人臣愧为人子，愧对皇上愧对百姓！"

滕正元之话，铮铮犹如铁器之声，声声敲击在众人耳中，虽刺耳，却句句属实，在座众人之中，有人羞愧低头，有人冷笑，有人轻蔑，也有人不以为然。

"啪、啪、啪！"

付现风拍了三下掌，轻笑一声："好一番激昂的言论。滕御史，你的言下之意，除你之外，满朝文武百官都是无所事事的酒囊饭袋了？都是尸位素餐，在其位不谋其政了？你怎么知道我等在此吟诗作对，没有忧国忧民之心？你又怎么知道国家危难之时，我等不会挺身而出，为国捐躯？"

滕正元虽才七品御史，和二品尚书相差巨大，他却毫不畏惧地迎上了付现风的目光，慨然说道："国家危难之时，诸位尚书公卿如何报国？是上阵杀敌，还是以笔为刀，讨伐敌人？无事袖手谈心性，临危一死报君王不足取也，与其临危一死，不如实干兴国。"

滕正元话一说完，朝众人拱手一礼："下官就此告辞。诸位尚书公卿，今日之事，下官定当上书皇上，弹劾诸位渎职之责。"

不等众人有所反应，滕正元一甩衣袖，大步迈入雨中。雨大如注，他既无随从，也不打伞，身上片刻便被淋得湿透，却依然不快不慢地扬长而去。不多时，背影消失在了茫茫大雨之中，孤独而倔强。

"滕刺猬，好一个刺猬。"景王点头一笑，侧身问庆王，"四弟，他和夏祥是同年进士，听说和夏祥也有交情？"

庆王点头说道："滕刺猬虽有傲骨傲气，不过却刚强易折。口如铁，其膝、其胆、其骨皆如铁也，还真是一个名副其实的四铁御史。"

"四铁御史？好，本王就送他一幅四铁御史的字，但愿他以后一直一身铁骨。"景王很是欣赏滕正元的脾气，不过也知道滕正元过于刚正，怕是要经历一些磨难。

又想起了什么，景王问道：“曹殊隽和金甲、叶木平去了哪里？”

“多半是去了观心阁……连若涵的府邸。”庆王微微一笑，“连娘子倒是一个刚烈的女子，和先儿确实般配。”

“此事不提也罢。”景王摆了摆手，“本王倒是更希望先儿可以迎娶蒙古国公主。”

雨渐渐停了，众人纷纷告辞而去，站在星王府门口，和星王一起送走众人，景王、庆王和见王也告辞离去。

雨后的京城，清新之中又透露出一丝丝寒气。人少地广的观心阁更是如此，会客厅里，多了几架屏风，用来遮挡颇有凉意的秋风。好在观心阁虽然地广，布局却是精巧，会客厅并不过大，倒也不显得空旷，更不觉得秋风恼人。

会客厅里，连若涵正在轻挽素手，为几人泡茶。曹姝璃则在一旁轻摇小扇，鼓动炉火。

茶是上好的龙团胜雪，茶壶也是上好的银壶，茶杯则是大夏人最为喜爱的建盏。只有叶木平面前摆的是德化白瓷逍遥杯。

秋雨过后，天空一碧如洗，令人心旷神怡。空气也清新无比，屏风前面的案几之上，有一个莲花香炉正有檀香袅袅不绝。

“背阴山是纯阴无阳之地，所以山不生草，峰不插天，岭不行客，洞不纳云，涧不流水。”叶木平的声音舒缓如流水，“天有九重天，地有九重地，《太玄》上说，九天，一为中天，二为羡天，三为从天，四为更天，五为睟天，六为廓天，七为咸天，八为沈天，九为成天。地有九重，又称九幽。九重即重九之意，所以阴山背后有二九一十八座地狱。”

“《列子·汤问》中说，渤海之东不知几亿万里，有大壑焉，实惟无底之谷，其下无底，名曰归墟。”叶木平品了一口茶，淡淡一笑，“归墟传说为海中无底之谷，是众水汇聚之处。世界上包括宇宙间各条河流，就连天上银河中的水，最后都汇集到这个原始而神秘的无底之洞里。但归墟里的神奇之水，并不因此而有一丝一毫的增减。”

/ 第四十八章 /

神仙下凡

连若涵、曹姝璃和金甲都在静静聆听，并不说话，曹殊隽几次欲言又止，此时终于忍不住问道："叶真人，沧海桑田可是真有此事？"

"我下凡之前，在天宫和寿仙娘娘还说了一会儿话。对了，寿仙娘娘就是凡间常说的麻姑。她曾修道于牟州东南姑馀山，后羽化登仙，名列仙班。东汉时，应仙人王方平之召降于蔡经家，下凡时，她头戴远游冠，身着朱衣，佩戴五彩的绅带，背上挂着宝剑，乘坐在五彩飞龙拖拉的羽车上。麻姑对王方平说，自从上次和你见面以后，我亲眼见到东海三次变为桑田。不久前，我又去了一趟蓬莱，这地方的水，比昔日召开群仙大会时少了一半，或许不用多久，蓬莱也会变成陆地。王方平笑着说，仙人都在说，不久之后在海中走路又要扬起灰尘了。"

连若涵之前也听说过沧海桑田的典故，不过和叶木平所讲的有些出入，听到此处，她开口问道："叶真人，关于麻姑的传说，葛洪的《神仙传》有记载，沧海桑田和东海扬尘的典故，到底是不是真的？"

曹姝璃之前听曹殊隽常说起《神仙传》等书，家中也有一些，她闲来无事翻过几次，也算是有所了解。

"是真，也是假，神仙遗留在凡间的传说，多被世人穿凿附会添枝加叶。对神仙来说，无所谓真假，只要世人信之且弃恶扬善就好。"叶木平淡然一笑，拿起拂尘摇动几下，"茶凉了，再热些才好。"

说来也怪，放在桌子上的茶壶里面忽然传来了沸水的声音，连若涵掩嘴而惊，讶然说道："叶真人好法力。"

"哈哈，比起移山倒海、点石成金、缩地成寸，沸水之术，不过是雕虫小技，一笑而过。"叶木平将茶杯拿在手中，也不见他怎么动作，更没有念念有词，忽然茶杯中的茶水沸腾开来，眨眼间，茶水化成一团云雾冉冉升起，一直升到半空之中，凝而不散。

连若涵本不信神仙之说，亲眼见到如此神奇之事，也不由得惊呆了。金甲也是瞪大了眼睛，他和叶木平认识很久了，但还是第一次见到叶木平神乎其神的仙术。

叶木平放回茶杯，云雾还飘浮在空中，他右手食指一伸，在空中轻轻一点，云雾蓦然聚散数次，呼吸之间，变幻数次沧海和桑田。

“虚无一气成仙方，空觉色身觅性王。功满三千丹诏下，超凡成圣步仙乡。”叶木平吟诗一首，右手平伸成掌，随后握掌，掌握之间，云雾又升到高处的房梁之上，突然，云雾之中金光万道，隐隐有一座巍峨的宫殿出现，越来越近，渐渐清晰。

“凌霄宝殿！”曹殊隽看清了宫殿上面的小字，惊呼一声，“天宫？”

叶木平含笑点头，左手伸出，虚空一点，恍惚间，从凌霄宝殿中有曼妙的乐曲传出，乐曲叮咚流畅，果然是天籁之声，此曲只应天上有。

乐曲声中，有数名仙女从宫殿中鱼贯而出，有人手持琵琶，有人手舞彩练，有人飞空而舞。

连若涵和金甲都看得痴了。

叶木平左手一收，右手一伸，凌霄宝殿倏忽远去，云雾缥缈间，有一座庄严高大的大门浮现在虚空之中，蓝色的琉璃瓦映照得四下湛蓝一片。大门上有字：南天门。

“南天门位于北斗七星的方位，因南天门全部用湛蓝琉璃瓦所建，下照人间，所见之处，就是蓝天。”叶木平双手在空中一合一分，云雾和南天门全部消失不见，天乐也戛然而止，他右手拿起茶杯，当空一接，只听“哗啦”一下，云雾化成茶水，注满了茶杯。

几人看得如痴如醉，仿佛经历了一场梦境，却又偏偏是真实发生，连若涵心中震惊之余，又不免多了不解和疑惑，不由得问道：“叶真人，既然已经成仙，为何还要下凡来到人间？和天上相比，人间哪里好？就和一个平民从乡下来到京城，必定不愿意再回乡下了。”

“也并非如此。仙人下凡，必有因缘，或是传道于人，或是助帝王成就大业，总是有使命在身。古往今来，但凡功勋卓著的帝王将相，身边都有神仙相助。到了仙人境界，并非只知享受天福不管人间疾苦，就如世间有许多为国为民的官员一样，心系天下苍生。”叶木平站了起来，负手来到窗前，推开窗户，抬头望天，雨过天晴，明净的天空中飘过一朵朵白云，洁净如白瓷，“朝游北海暮苍梧，袖里青蛇胆气粗。三入岳阳人不识，朗吟飞过洞庭湖。独自行时独自坐，无限世人不识我。唯有城南老树精，分明知道神仙过。”

“叶真人下凡的使命是助皇上成就什么大业？”曹殊隽虽向往神仙岁月，但毕竟还在人间，眼前的事情最为重要，他心中还有一个大大的疑惑，“皇上久病不愈，以叶真人的仙术，一粒金丹就可让皇上白日飞升成仙，为什么还治不好皇上的病？”

“哈哈……”叶木平笑了，回身一指曹殊隽，“曹郎君呀曹郎君，你的问题已经问到了天机，天机不可泄露。”

“方才叶真人化水为云，化云为凌霄宝殿，不是已经泄露了天机？”曹殊隽耍赖，“泄露一点儿是泄露，泄露多一点儿也是泄露，在座的又没有外人，为什么不多泄露一些？”

一边说一边朝连若涵眨了眨眼睛。

曹姝璃知道曹殊隽是在替连若涵问皇上的病情，心中却闪过一个念头，三郎年纪也不小了，也该寻一个娘子娶回家中，好让他安心，别再总想着连若涵了。连娘子虽好，却并非三郎的佳配。

“方才只是幻术，幻术者，幻化之术，不是仙术，所以当不得真。”叶木平得意地一笑，转身冲金甲说道，“皇上病情，金甲先生最清楚不过了。”

金甲半天没有说话，一开口就是惊人之语：“看了半天原来是戏法，叶真人，你是消遣老夫不成？老夫认识你的时间也不短了，你要么装神弄鬼，要么玄之又玄，总是不肯露上一手，直到今天才让老夫开了开眼。老夫还真以为是无上仙术，正想好好佩服你一番，你却说是戏法，你想气死老夫吗？”

叶木平却不管金甲的埋怨，说道：“自汉代以来，成仙者只有四十五人，阴长生是第四十六人，贫道是第五十人。为何世间芸芸众生，成仙者如此之少？只因世人追求世间的所谓荣华富贵，放不下想不开，被世间之事束缚住了，就如同身在牢笼之中，无法脱笼而出。人在牢笼之中，就会郁积生气，百病由气生。”

曹殊隽知道叶木平要说到重点了，忙支起耳朵细听。

“世间之人，大部分人被功名利禄、荣华富贵所牵绊，无法成仙。还有一部分人看破红尘，想要求道问仙，为什么也无法成仙？因为没有仙骨道体。自是君身有仙骨，世人哪得知其故？成仙之人，不但要有仙缘还要有仙骨才行，缺一不可。”叶木平右手一指曹殊隽，“就如曹三郎你，有仙缘却没有仙骨，所以成仙无望。”

曹殊隽顿时哭丧了脸：“叶真人，我想成仙，快乐齐天……”

“不要捣乱，听叶真人说下去。”曹姝璃手中扇子拍在曹殊隽身上，“你成不了仙，也可以成精。”

连若涵忍住笑。

“所以世人成不了仙，天天在世间的牢笼之中，郁积生气，处心积虑，就会百病丛生。病由气生，气由心起，所以治病要先治心。”叶木平将难题抛给了金甲，“金甲先生，同样一服药，为什么有人吃了药到病除，有人吃了却会迟迟不好？”

连若涵心中一动，叶木平似乎是在暗示皇上病情久久不愈是心病之故。她对医术所知不多，却也知道身病好医心病难除的道理，她也清楚皇上的心病到底因为什么。

“叶真人，你就不要绕圈圈了好不好？老夫都要快被你绕得找不到东西南北了。”金甲气呼呼地站了起来，背着手在房间中来回走了几步，眉头紧皱，一脸焦虑，过了半晌才仿佛下定了多大的决心，“今天真不该跟你过来，以后万一老夫有什么三长两短，都是被你害的，你可记住了。好吧，该说的不该说的，老夫今天都告诉你们，反正事情到现在的节骨眼上，也压不住了。”

连若涵认识金甲也有数年了，虽交往不是很多，却也明白一点，金甲看似大大咧咧胸无城府，其实他也是一个极有分寸之人，否则也不会在皇上身边多年，深得皇上信任而不失宠，且又不被几位王爷所嫉恨。皇上身边的太医陆续被皇上和三王爷换了不少，金甲是唯一一个始终伴随皇上左右，既被皇上认可又不被三王爷嫌弃的太医，可见他除了医术高明之外，还很有朝堂智慧。

“皇上之病，得了药床药椅之后，已经大好了。皇上也是满心欢喜，还要再继续以药床药椅疗养，却被候平磐以药床药椅是江湖郎中的把戏，无凭无据为由劝说皇上不要继续使用，朱太医也附和候平磐的说法。本来皇上并不信二人所说，不料叶真人也赞成二人所说，皇上就相信了，停用了药床药椅。”金甲看向了叶木平，哼了一声，“当时老夫并不知道叶真人的良苦用心，以为他和候平磐、朱太医沆瀣一气，便和他吵了一架。”

叶木平笑而不语。

“后来才知道叶真人是顺水推舟，只因他看了出来，皇上病情已然大好，药床药椅再用下来功效已然不大，停用也无妨。但若是皇上不停用药床药椅，候平磐和朱太医就有可能直接加害皇上，与其如此，还不如让皇上虚与委蛇，先假装应下，以争取时间。”金甲摇头叹息一声，“皇上现在危在旦夕，和候平磐见面，每次都要在靴子之中藏一把匕首，防止候平磐突然发难！”

“啊！”曹殊隽大惊失色，候平磐把持朝政之事路人皆知，却怎么也没有想到候平磐如此胆大妄为，想造反不成？皇上身为九五之尊，还不能罢了候平磐的官？

“尾大不掉……满朝文武不是候平磐的人就是三王爷的人，就连御史台也唯候平磐之命是从。皇上生病以来，大权旁落，候平磐以新法为由，党同伐异，把反对新法的大臣一个不留全部罢官贬谪，大夏只有一半姓夏了，还是三王爷的夏，另一半姓候。这还不算，皇上身边从内侍到后宫，都有三王爷和候平磐的人，而皇上曾经最宠爱的候贵妃，更是候平磐之女。”金甲深知他在皇上身侧，更要谨言慎行，稍有不慎就会惹来杀身之祸，是以他以大大咧咧来遮挡自己，让外人误以为他胸无城府，只是现在形势已然大变，再不说出真相，说不定就没有机会了，今天在星王府门前的一幕让他清醒地认识到一点，景王、庆王和见王与星王、云王和候平磐之间的矛盾，公开化了。

与此同时，皇上的处境也越来越危险了，是时候引进外援了，否则只凭他和叶木平、常关在皇上身边周旋，怕支撑不了多久。

连若涵也是无比震惊，她原以为皇上是被候平磐蒙蔽才推行新法，现在看来，是被候平磐架在了火上烤而无力反抗，堂堂的皇上竟落得如此田地，候平磐果然是祸国殃民的大奸臣。

“皇上今日亲临三王爷生辰宴会，是敲山震虎还是另有用意？”连若涵虽未亲眼见到皇上亲临星王府的场景，却也能从中猜到一些什么，尤其是在听了金甲先生所说的真相之后。

“皇上一是想敲山震虎，让三王爷和候平磐不要太过放肆了；二是想告诫赴会的文武官员，皇上还高坐皇位之上，天下还是皇上的天下。”金甲突然一拍桌子，想通了什么，“不好，怕是皇上此举会引来三王爷和候平磐更强烈的反弹，说不定他们会对皇上下狠手。叶真人，你的金丹真能解百毒？”

“解毒？难道皇上中毒了？”曹姝璃惊呼一声，她本来不懂朝堂之事，没想到朝堂之上如此凶险，就连皇上也朝不保夕，太惊人了。

叶木平依旧笑而不语，金甲瞪了他一眼，不满地说道：“叶真人神仙中人，不过问世事，不泄露天机，该说的不该说的，都由老夫来说好了。皇上之病，来得很突然，本来皇上身体一向不错，突然就病了。病倒之后，查不出病因，只是畏寒怕冷，老夫就为皇上开了一些药调理。慢慢就好了一些，只是没过多久，病情会再次加重。如此反复多次，让人大伤脑筋。后来还是叶真人提醒了老夫，说是皇上的病情反复得有点奇怪，怕是吃了什么不该吃的东西。老夫一查之下发现果然大有问题，有人偷偷在皇上的药里加慢性毒药，还好老夫发现得及时，暗中拿掉了毒药。”

“还有这等事情？什么人如此胆大妄为，不怕满门抄斩吗？”曹殊隽又惊又怒。

“三王爷和候平磐的所作所为，十恶不赦，早已足够满门抄斩了。”金甲冷笑一声，“是候贵妃联手朱太医朱柏水的所为。皇上得知之后，大怒，想要将二人拿下问罪，常关却劝皇上先不要声张，继续假装中毒，否则三王爷和候平磐必定还有后手，会更加对皇上不利。叶真人也假意让皇上暂时隐忍，并送来了让三王爷误以为有毒其实是可以解毒的金丹，用以化解皇上体内积攒的毒性。”

叶木平微一点头：“贫道金丹虽可解百毒，却无法化解心病。皇上体内毒性虽然减轻，但心病却是一时难以根除，怕是要等一些时日才行。皇上此时不宜和三王爷、候平磐正面交锋，一则时机不够成熟，二则力量还不充足。”

连若涵默然不语，原本让曹殊隽去请金甲和叶木平，是想让二人为景王所用，现在看来，二人在皇上身边，早就一心维护皇上安危，倒是省了不少口舌。不过又一想，她还是不免微有担忧：“小女子有一个不情之请，不知金甲先生和叶真人可否在宫中作为景王殿下的策应，除了保护皇上周全之外，再和景王里应外合，伺机将候平磐等乱党一网打尽？”

连若涵还是略过了星王不提，毕竟星王是皇亲，不能和乱党一概而论。再者皇上也确实膝下无子，皇位还是要传到几位王爷身上。

叶木平呵呵一笑：“贫道只在意皇上安危，其余人等，非贫道分内之事，也和贫道无缘。星王也好，景王也罢，或者是庆王、见王，贫道一视同仁。贫道只认皇上是皇上，不会助任何一人篡夺皇位。”

曹殊隽听出了端倪，忙问：“叶真人的意思是说皇上福泽深厚，自有天助，还会高坐皇位，外人谁也当不了皇上？”

叶木平漫不经心地看了曹殊隽一眼，抬眼望向了窗外：“世人生病，都是心病。心结不去，大病不除。皇上的病在心，所以怕是一时半会儿也好不了。好不了，却也不会加重，龙困浅滩，只等发水时。”

“水在哪里？”曹殊隽好奇地问道。

/ 第四十九章 /

明争

叶木平一如既往地并不正面回答曹殊隽，而是转身冲金甲说道："金甲先生，该回去了，皇上此时也回宫了。"

"对，赶紧回去，保护皇上要紧。"金甲起身便走，走到门口又站住，回身，"连娘子，请转告景王，老夫和叶真人会尽力保护皇上周全。景王若有需要之处，老夫自当鼎力相助，鞠躬尽瘁，死而后已。"

金甲只说了他会在宫中策应景王，没说叶木平，也是他自知不能代表叶木平。

金甲和叶木平走后，几人静坐不语，也不知过了多久，连若涵忽然说道："从上京南下，最近的一条河就是滹沱河了，莫非发水之事，应在了夏县尊身上？"

"连娘子何时回真定？"曹姝璃从未如现在一样迫切地想要前往真定见到夏祥。

连若涵思忖片刻："不出意外，三日后启程。"

"说好了，我也去。"曹殊隽高举右手，唯恐落人一步，"我要去真定看看滹沱河，万一发水之事真的应在了夏郎君身上，我得提前做好谋算，助他翻江倒海。"

"你……去了只会添乱。"曹姝璃看了曹殊隽一眼，"还助夏郎君翻江倒海，怕是到时你掉进滹沱河，连自保的能力都没有。"

"我怎么就会添乱了？姐姐，不要把你要做的事情强加到我的身上，我去真定真的可以帮到夏郎君，你去了才是成心添乱。"曹殊隽愤愤不平。

"我……哪里成心添乱了？"曹姝璃脸色微微一哂，想要鼓起气势，却想起了什么，声音迅速低了下去。

曹殊隽本来想调笑姐姐几句，见姐姐自己倒先害羞了，也不好再说她什么了，打了个哈哈："科举考试，要努力才能考上。官位也是，要争取才能当上。好郎君也一样，稀缺，不主动不大胆的话，司马相如就和别人私奔了。"

"乱说。"曹姝璃白了曹殊隽一眼，心中一阵慌乱，愈发想要前去真定了。

又闲说了几句，随后她和曹殊隽一起告辞离开。

天，渐渐黑了下来，观心阁亮起了灯。连若涵在令儿的陪同下，在院中赏了一会儿月色，回到房间时，崔何来了。

令儿唯恐家主再和娘子争吵，特意叫了几个丫鬟守在门口，一旦听到里面的声音不对，就以有事为由叫娘子出来。不料几人等了半天，里面并没有吵架的声音，半个时辰后，崔何出来，脸色平静地走了。

令儿也不敢问连若涵，服侍连若涵睡下，帮她盖了被子，踌躇半天不肯离去。连若涵“扑哧”乐了，说道：“好了，不用担心了，爹爹没提婚姻的事情，只提了提卢之月担任真定主簿一事。”

令儿才稍稍安心：“家主没提崔氏万一押错了宝，最后星王当上了皇上，崔氏岂不是会遭受灭顶之灾？”

连若涵淡淡地说道：“爹爹想提，我不想听，崔氏和我并无关系，我姓连。”

令儿摇了摇头，无奈地走了。

是夜，观心阁静谧祥和，秋虫声声，凉风阵阵，一夜无梦。

是夜，星王府灯光通明，人来人往。三更时分，候平磐和云王才从星王府出来。四更时分，高见元不顾重伤在身，带领两名随从，趁着夜色出城，快马加鞭，南下而去。

是夜，景王府也是灯火通明。三更时分，庆王和宋超度出了景王府。

是夜，皇上回宫之后，朱太医送上药，皇上喝了一口忽然咳嗽大起，将药碰洒在地。朱太医十分懊恼，重新熬药时，金甲和叶木平回来了。叶木平关心地问了几句皇上的病情，随后谈论起了神仙之事，候贵妃一听之下便入迷了，顾不上再理会朱太医，目不转睛地听叶真人说起天上方一日世间已百年的妙处。

金甲全程参与熬药，没有了候贵妃的策应，朱太医几次摸到袖中的玉瓶，却被金甲意味深长的目光盯得发毛，始终没敢拿出来。

皇上服药睡下之后，常关悄悄出了房间，来到了金甲的住处。金甲经皇上特许，住在养心殿旁边的阁楼里。阁楼原本是太祖朝时一名被冷落的妃子所住之处，后一直弃之不用，皇上病重后，金甲日夜守护，以便随叫随到，为方便起见，皇上让人腾出了阁楼让金甲入住，并赐名为金光阁。

金甲和常关促膝谈了一个时辰有余，直到天光放亮，常关才悄然离开。

一早，文武百官前来上朝，听到的却是皇上病情加重不上早朝的消息。

三日后，皇上上朝，神色恹恹，听大臣上书的时候，几乎睡着。

先是滕正元上书弹劾一众大臣聚众饮酒，有人酒后失德，有人酒后失礼，不成体统，有失为官者礼仪，有失为人臣子者风范，应当斥责。

一众大臣听了，有人不以为然，有人咬牙切齿，有人漠然视之，有人暗暗偷笑，皇上听完滕正元慷慨陈词的一番高论之后，只是淡淡地回答了一句："知道了。"便没有了下文。

顿时大殿上传来了一阵耻笑声，都在嘲笑滕正元自取其辱。

滕正元却不依不饶，又上书弹劾星王，指责星王不管百姓疾苦，大摆宴席，铺张浪费，有失皇亲威仪。皇上回应依然是三个字："知道了。"

滕正元非要让皇上给个说法，吏部尚书柴石页看不下去了，一拉滕正元的袖子："滕御史，皇上身体不适，你就少说几句。皇上，臣有本启奏。"

滕正元还想再说什么，却被付现风一把拉了下去。

"真定县主簿一职空缺已久，新任知县夏祥上任以后，励精图治，真定县日新月异，气象万千。为真定县长远计，夏祥推举范阳士子卢之月为真定县主簿。经吏部考核，卢之月可任真定县主簿。另，工部侍郎宋超度、礼部侍郎曹用果联名推举李鼎善为御史台御史中丞，吏部考核，李鼎善可任御史台御史中丞。"

听到柴石页的奏本，候平磐心中一跳，知道真正的较量来了，当即出列："皇上，真定知府崔象并真定县县丞许和光联名推举太原士子李持为真定县主簿。臣以为，李持无论才学还是人品，都足以胜任真定县主簿，更是远在卢之月之上。李鼎善为人桀骜不驯，刚愎自用，又心胸狭窄，公报私仇，臣以为，他不能胜任御史中丞之职。"

"臣反对李鼎善任御史中丞。"刑部尚书沈夫名出列。

"臣反对李鼎善任御史中丞。"户部尚书李施得出列。

"臣反对李鼎善任御史中丞。"兵部尚书付现风出列。

"臣等也反对李鼎善任御史中丞。"九卿全部出列，异口同声。

如此声势，确实惊人，有想替李鼎善说话者，顿时吓得一缩脖子，再也不敢出头了。

柴石页似乎早就料到会有如此场面，不慌不忙地暗笑几下，转身问工部尚书张一农："张尚书，你是反对还是赞成？"

张一农本来站在宋超度身前，反对的声音一起，他立刻躲到了宋超度身后。被柴石页点名，他极不情愿地从宋超度身后露头一下，又迅速缩了回去，小声说道："选拔和任命官员是吏部的事情，关工部和本官何事？又不是选择疏通河道修建工事的官员。真定县一个小小的主簿，也拿到朝会上让皇上定夺，身为臣子如此不懂事，不知爱惜皇上身体！还有，推举李鼎善为御史台御史中丞，御史大夫徐得全和御史中丞卢元远、钱璟淞怎么不出来说话？"

张一农一番话，看似和稀泥，其实暗中夹枪带棍，讽刺众人胡乱发言，本不是分内之事，非要多嘴，就有僭越之嫌了。

徐得全不是不想出列，而是方才出列的人太多了，他没来得及，现在被张一农点名，他顺势出列："启奏皇上，臣以为李鼎善为人刻薄，生性狡诈，寡恩薄义，不宜担任御史中丞……"

"臣联署推举李鼎善为御史中丞。"滕正元挣脱了付现风的手，再次出列，他并不认识李鼎善，却心里清楚，有如此多的人反对李鼎善担任御史中丞，恰恰说明李鼎善不畏权势，直言敢言。担当和铁骨正是一个御史应有的气度。

"臣联署推举李鼎善为御史中丞。"

御史中丞卢元远和钱璟淞同时出列，二人异口同声。

"咳咳……"柴石页咳嗽几声，一脸尴尬，讪讪一笑，"各位，诸位，本官今日推举一名真定县主簿，一名御史中丞，你等异口同声反对，并且都对卢之月和李鼎善为人和才学了如指掌，让本官无地自容。本官在吏部多年，经年累月查阅各地官员履历，多方面了解每个可用之人的性情和品行，不想如此兢兢业业还是没有尽职，想必是本官老眼昏花，识人不明，不分好坏，不如辞官回家。皇上，臣不能胜任吏部尚书一职，还望皇上准许老臣告老还乡。吏部尚书一职，就另请高明上任。"

不是吧？不过是正常的朝堂争论，柴石页怎么要撂挑子告老还乡了？这简直就是耍无赖，以退为进，逼皇上就范。

候平磐恨不得上去踢柴石页一脚，柴石页今年五十六岁，比他还小上一岁，却自称老眼昏花，莫不是在嘲讽他？这个老奸巨猾的东西，向来滑不唧溜，让人抓不住任何把柄，许多事情，他总是要留一手，办五成，掩三成，留二成。让人拿下他不是，不拿下也不是。

今天正是机会，不如乘机拿下他，候平磐当即说道："皇上，柴尚书既然有告老还乡之心，不如就准许他回家养老，也好让他颐养天年。"

"柴尚书致仕，谁接任吏部尚书？"皇上的声音十分平静。

皇上一开口就让一众大臣大吃一惊，怎么皇上真有心让柴石页辞官？满朝文武谁人不知哪个不晓，柴石页看似滑头，其实对皇上十分忠心，处处维护皇上权威。

候平磐心中一喜，不及多想，答道："真定知府崔象、大理寺卿刘陌了、工部尚书张一农。"

"三人之中，只有张尚书足以胜任吏部尚书一职，崔象和刘陌了……呵呵。"兵部侍郎于晏出列，意味深长地看了候平磐一眼，"崔象虽和候相公交好，却还不如市乐知县裴硕章，裴硕章毕竟是在候相公的门生。大理寺刘卿是审案能手，去吏部反倒屈才了。皇上，臣以为，工部尚书张一农最为合适。"

候平磐十分恼火："于侍郎何出此言？本相举贤不避亲，崔象虽是本相门生，才能过人，品行过人，足以胜任吏部尚书。不像某些人，只推举自己信任之人或是相熟之人。"

"候相公说的可是本官？"柴石页气呼呼地说道，"皇上，臣宁肯不要这个吏部尚书，也要为自己讨一个清白。臣既不认识卢之月，也和李鼎善不熟，任吏部尚书以来，任人唯贤任人唯才，不敢稍有怠慢，唯恐有负皇恩。臣再请辞吏部尚书！推举李鼎善接任吏部尚书！"

候平磐一惊，李鼎善任职御史台就已经是莫大的威胁了，若是当了吏部尚书，掌管大夏官帽，那还了得，忙向前一步，正要开口时，张一农出列了。

"皇上，臣以为，柴尚书是国之栋梁，吏部尚书非他不可。"张一农目不斜视，既不看候平磐，也不看柴石页，而是双目平视，"既然柴尚书执掌吏部，推举官员是他的分内之事，也是职责所在。不过诸位大臣各抒已见，也是为皇上着想为朝廷分忧。是以臣提议，柴尚书若是敢担保他推举之人的品行和才学，不妨就让卢之月任真定县主簿、李鼎善任御史台御史中丞。日后二人若有过失，柴尚书愿担其责，不知柴尚书是否愿意？若是二人没有过失，反对者也各连贬三级，不知各位是否愿意？"

柴石页当即说道："皇上，臣愿担保。"

张一农的提议一出口，方才反对李鼎善提名者面面相觑，都不敢接话了。如此连坐之法，还真是前所未闻。

付现风冷笑一声："这么说，张尚书也愿意共担其责了？"

张一农双手一摊，一脸轻松笑意："付尚书你的记性好差，方才本官既没赞成也没反对，李鼎善和卢之月是好是坏关本官何事？又非本官职责所在，本官才不多管闲事。付尚书愿意多管闲事，精力充沛，就要为自己所说的话负责。是以老子说，知者不言，言者不知，塞其兑，闭其门，挫其锐，解其纷，和其光，同其尘，是谓玄同。故不可得而亲，不可得而疏，不可得而利，不可得而害，不可得而贵，不可得而贱。故为天下贵。"

付现风脸色铁青，知者不言，言者不知，是说明智的人不随便说话，随便说话的人没有真知灼见，他岂能听不出张一农是在讽刺他？他怒不可遏地说道："张尚书的意思是要堵住悠悠之口？"

张一农漫不经心地看了付现风一眼，朗声说道："圣人务静之，贤人务正之，愚人不能正，故与人争。上劳则刑繁，刑繁则民忧，民忧则流亡。上下不安其生，累世不休，命之曰大失。天下之人如流水，障之则止。启之则行，静之则清。呜呼！神哉！圣人见其所始，则知其所终……"

付现风更是火冒三丈：“张尚书是讽刺本官与你争论是愚人不成？”

张一农依然不理会付现风的冲天怒火，摇头晃脑地继续说道：“天有常形，民有常生，与天下共其生而天静矣。太上因之，其次化之。夫民化而从政，是以天无为而成事，民无与而自富，此圣人之德也。”

若是有人正面和付现风你一言我一语地辩论，付现风唇枪舌剑，一口气说上半天也不会理屈词穷，张一农聪明就聪明在不和付现风正面交手，而是采取了迂回之策，引经据典，以古人的言论来攻击付现风，不着痕迹又让付现风无从反驳。因为张一农很清楚，付现风是六部尚书之中，唯一一个读书不多之人。

大夏重文轻武，六部尚书之中，无一武官。付现风虽是兵部尚书，却从未有过带兵打仗的经历。他虽会几下拳脚功夫，怕是连一个亲兵也打不过。付现风也是六部尚书之中唯一一个庇荫为官者，不过他虽不是进士出身，也曾考中过举人，只是屡试不第后，皇上开恩，先是在户部担任了主事，后转任工部侍郎，累次升迁后，当上了兵部尚书。

“皇上，皇上……”付现风说不过张一农，情急之下，求助于皇上，“张尚书有失风范，对臣冷嘲热讽，欺负臣读书少，不会引经据典。”

“哈哈，读书少就活该被人欺负。”滕正元放声大笑，戏谑的眼神看向了付现风，“付尚书还能听懂张尚书引经据典是在嘲讽你，也自当欣慰了。”

付现风脸色由青变红又由红变青，盛怒之下，一挽袖子提拳就要去打滕正元。侯平磐实在看不下去了，咳嗽一声，冷声说道：“朝堂之上，不得放肆！”

付现风悻悻地收手，狠狠地瞪了滕正元一眼，小声说道：“等下别走，滕刺猬。”

滕正元一拱手：“奉陪到底。”

/ 第五十章 /

暗斗

“大盖天下，然后能容天下；信盖天下，然后能约天下；仁盖天下，然后能怀天下；恩盖天下，然后能保天下；权盖天下，然后能不失天下；事而不疑，则天运不能移，时变不能迁。此六者备，然后可以为天下政。故利天下者，天下启之；害天下者，天下闭之；生天下者，天下德之；杀天下者，天下贼之；彻天下者，天下通之；穷天下者，天下仇之；安天下者，天下恃之；危天下者，天下灾之。天下者，非一人之天下，唯有道者处之。”张一农一口气又念了长长的一段，然后双手一摊，一脸无奈，“付尚书，本官念几句《六韬·武韬》，又怎么是对你冷嘲热讽了？本官送你一句话，切记，切记。”

“什么话？”付现风不甘心地问道，又一想，把头扭到一边，哼了一声，“本官不想听。”

“夫天地不自明，故能长生；圣人不自明，故能明彰。”张一农自得地一笑，“本官说完了，听不听随你。”

皇上高坐在龙椅之上，任凭下面吵成一团，只顾闭目养神，此刻忽然睁开双眼：“故利天下者，天下启之；害天下者，天下闭之；生天下者，天下德之；杀天下者，天下贼之；彻天下者，天下通之；穷天下者，天下仇之；安天下者，天下恃之；危天下者，天下灾之。天下者，非一人之天下，唯有道者处之……好一个天下者，非一人之天下，唯有道者处之。”

“候相公，卢之月任真定县主簿一事，不必再议，由吏部决断即可。”皇上的声音虽不高，却依然是一言九鼎，“至于李鼎善任御史中丞……景王和庆王联名推举，又有柴尚书愿共担其责，朕也只能准了。”

候平磐怎么也没有想到张一农会来一出共担其责的加码，柴石页又满口答应，且又有景王和庆王联名推举，他若再反对，除非搬出星王和云王联名反对，才和景王、庆王的联名推举对应，但除了星王和云王的联名反对之外，还要有一名尚书愿意共担其责，这般一想，他回身看向了付现风、沈夫名和李施得。

刚刚口口声声反对李鼎善的付现风、沈夫名和李施得，此时却都哑口无言了，不敢接候平磐的目光。反对别人容易，要是反对也要承担连带责任，大多数人都会闭嘴了。哪怕再有强硬的后台撑腰，谁也不愿意将自身利益绑定在一件并没有直接收益的事情上面。

红口白牙地反对李鼎善，谁都敢，毕竟反对不需要付出任何代价。但若是反对一个人和自身的前途利益息息相关，那么发出反对的声音时，就会权衡利弊得失了。

一群废物！候平磐心中暗骂一声，却又不好强迫哪位尚书将自身的前途和李鼎善的命运挂钩，更不可能现在就请星王和云王联名反对李鼎善。四位王爷并不是每次朝会都会上朝，除非有了不得的大事发生，四位王爷虽然各有职责，却为了避免有专权之嫌，轻易不上朝议政。

是该让星王殿下上朝议政了，候平磐心中主意既定，卢之月和李鼎善之事，暂且先退让一步，也不好太驳了皇上和景王、庆王的面子，反正卢之月和李鼎善上来之后，寻一个机会再将二人贬谪罢官也不过是举手之劳。

眼下还有一件大事更为重要，候平磐悄然朝御史大夫徐得全使了一个眼色。徐得全会意，再次出列："皇上，今天下大定，四海臣服，九州皆安，然皇上虽春秋正盛，太子之位虚悬，伏望皇上遴选亲生中有贤德者，立为储君，使牧九州，以保大夏千秋万代。待皇子出生之后，立为太子，储君再让位，还归亲生。如此上可慰太祖太宗在天之灵，下可让百官和百姓心安。"

柴石页意味深长地看了徐得全一眼，眼神跳动数下，随即又看向了高亥。

礼部尚书高亥在方才的混战之中，始终没有出头，他站在曹用果身前，一副置身事外的漠然，眯着眼睛，如同睡着一般。听到御史大夫徐得全的话，忽然睁开双眼，回应了柴石页一个心领神会的眼神。

宋超度心中一跳，该来的还是来了，候平磐是要联合群臣逼迫皇上立储了。不用想，候平磐必然会推举星王为储君。以候平磐一呼百应的气势，今日之关，皇上怕是不好过去了。虽说在卢之月和李鼎善的任命之上，皇上先小胜一局，但若是真的立了星王为储君，皇上怕是就真的危在旦夕了。

刚刚因为卢之月和李鼎善的任命得以顺利通过的喜悦瞬间消失殆尽，宋超度很为皇上担心，皇上万一一时动怒，本来身体就不是很好，怒火攻心，病情加重就麻烦了。如此一想，他朝不远处的曹用果使了个眼色。

曹用果微一点头。

"朕早有立储之意，徐大夫所提之事，正合朕心。诸位大臣，太祖舍其子而立弟，兄终弟及，此天下之大公。朕膝下无子，且近来多病，怕是不久于人世了，早日立储，也好保祖宗基业千秋万代。”让群臣没有想到的是，皇上非但没有丝毫懊恼，反倒十分赞成立储，且提到了兄终弟及，不由得群臣不立时想到了星王、庆王、云王，直接就将景王排除在外。

群臣顿时一片称颂之声，皇上之病，不日便好。陛下洪福齐天，必能遇难成祥……如是等等，好话说完之后，付现风便再次迫不及待地跳了出来：“皇上，臣以为，效仿太祖兄终弟及，应传位于星王殿下。星王殿下仁慈淳厚，爱民如子，且正值盛年，又有文韬武略，正是皇上之幸万民之福。”

“候相公有何想法？”皇上并不接付现风之话，也不让众人再纷纷进言，而是直接问到了候平磐。

候平磐比付现风委婉多了：“皇上，四位王爷之中，景王殿下年事已高，且是长兄，依照祖宗之法，并没有弟终兄及的道理。星王、庆王和云王三位殿下，云王年轻好动，且崇尚道学，一心求仙，并无治世之心。庆王虽年纪正值当年，却喜打猎好骑射，读书不多。大夏以文治国，不尚武力。星王春秋正盛，文采斐然，又善用人懂兵法，可为储君。”

候平磐之话，虽委婉却又极具说服力，将四位王爷对比一番，好让群臣心中有数，方便权衡，可以争取中间摇摆之人的立场向星王倾斜。

“臣附议！”

“臣等附议！”

群臣纷纷出列，附和候平磐，一时之间，朝堂之上满是奉承之声，有人盛赞候相公，有人奉承星王，皇上高坐龙椅之上，此时在群臣眼中，几乎如同傀儡，或已然是高挂墙上只供人瞻仰的太上皇了。

宋超度心中郁积，有一种说不出来的愤懑和不甘。想当年，皇上文治武功，是何等的雄姿，何等的威势，群臣无不臣服，以至于许多人不敢仰视皇上。而如今，皇上不过四旬出头，只因重病缠身，又被星王和候平磐独揽朝纲，却落了一个孤家寡人的地步。是因星王和候平磐过于狡诈，还是该责怪群臣趋炎附势，又或是皇上自作自受错用候平磐错推新法，才落得如此田地？

不管是哪一种原因，宋超度都无比担心皇上。任何时代相权的强势都是对皇权的强有力挑战，何况候平磐相权的背后，还有一个执掌上京府并掌管吏部的星王。好在吏部尚书柴石页对皇上还算忠心，虽在新法推广之中，多次配合候平磐打压反对新法之人，但当时也是皇上默许。现今皇上被星王和候平磐逼得几乎无路可退，他力挺卢之月和李鼎善，多半也是得了皇上授意。

又想到了上京府少尹付擢也与星王不和，事事秉公处理，并不是完全听从身为上京府尹的星王之命，宋超度更是明白一点，皇上当初虽对星王和候平磐无比信任，但毕竟身为帝王，必有制衡之道，倒也安插了不少可以牵制星王和候平磐的可信之人。

只是现在看来，皇上当初的布局，还是弱了一些。

“皇上，太祖兄终弟及，传位于太宗，是天下之大公，是为千古美谈。星王、庆王和云王三位殿下，只有星王和皇上是太宗一支，庆王和云王是太祖一支。皇上效仿太祖兄终弟及，也应该还位于太祖一支。”一直没有发话的高亥突然出列，抛出了一记杀招，“臣以为，庆王殿下文武双全，年纪正是当年，最是适合立为储君。皇上还位于太祖一支，太祖太宗以及列祖列宗泉下有知，也会欣慰。大夏千秋万代的后世子孙，都会感恩皇上是一代圣明。”

高亥此话一出，顿时让群臣无比震惊。不得不说，高亥不说则已，开口便一鸣惊人！只因高亥之话十分有理，让人几乎无从反驳。

候平磐回身看了高亥一眼，眼中满是愠怒，高亥此时节外生枝，且理由充足，让他准备再发动新一轮冲锋的气势为之一泄。

高亥并不回应候平磐的怒视，假装没有看见，说完之后，退回队列之中。

曹用果见候平磐有意反驳高亥，不等他开口，当即向前一步，抢先说道：“皇上，臣以为，兄终弟及不可取！”

候平磐刚刚想好的措辞，被曹用果一句话又生生压了回去，他支起耳朵，想要听听曹用果又有何高见。兄终弟及不可取，皇上又没有子嗣，难道皇位要传于他人？曹用果敢胡言乱语，弹劾他一个搅乱朝纲之罪，让他削职为民，永不录用。

“景王殿下也是太祖一支，虽景王殿下年事已高，但世子见王年刚弱冠，可过继为皇子，立为东宫。日夜和皇上相近，可由皇上亲自教导，以后继位，也和皇上一脉相承。如此，见王虽是太祖一支，也是皇上之后，本是同脉，何分彼此？”曹用果话不多，却句句在理，言外之意就是皇上可以将见王收为继子立为太子，再由皇上教诲，日后继位，也好和皇上的治国之策一脉相承。

候平磐心中又是一惊，原本以为在四位王爷之中挑选，星王文治武功，都是上乘，再加上星王势大，群臣臣服，他人必是无话可说，皇上也是无可选择。不想高亥节外生枝之后，又有曹用果横插一脚，且二人的说辞都有理有据，很有蛊惑之意，他不由得又恼又怒，当即上前一步，开口说道：“皇上，高尚书和曹侍郎之言，皆无道理，不可取不足信……”

皇上不等候平磐说完，直接打断了他的话：“太祖以圣武定天下，而子孙不得享之，遭时多艰，朕心中大为不安。朕若不效法太祖，为天下计，还帝位于太祖一支，何以慰在天之灵？昨夜太宗托梦于朕，斥责朕对太祖后人照顾不周，朕悲痛之下，痛哭而醒……咳咳。”

常关见状，及时进言：“官家龙体欠安，各位大臣就不要再逼官家了。今日不行就先散了。”

“立储之事是大事，容朕再好好思量几日。”皇上再次咳嗽几声，不等候平磐再说什么，起身站了起来，“退朝。”

“退朝……”常关当即拉长了声调。

退朝后，群臣议论纷纷走出朝堂，到了朝堂之外，三五成群，还在说个不停。付现风和候平磐小声说了几句什么，大袖一摆，迈步下了台阶，才走几步，忽听身后有人喊他：“付尚书留步。”

付现风回头一看，顿时笑了：“滕御史滕刺猬，唤本官何事？”

滕正元向前一步来到付现风面前，先是揖一礼，随后忽然暴起，一拳打在付现风的眼上：“既然被付尚书称为刺猬，就要有刺猬的风度，吃我一拳！”

付现风猝不及防当即被打成了乌眼青，顿时气得暴跳如雷：“滕刺猬，本官和你没完。要官要杀了你，要取你狗命！”

“哈哈，打你一拳，付尚书，你大可以还我一脚，只过嘴瘾打打嘴炮，又有何用？真是窝囊。”话一说完，滕正元仰天大笑，扬长而去，“少时陈力希公侯，许国不复为身谋。风波一跌逝万里，壮心瓦解空缧囚。缧囚终老无余事，愿卜湘西冉溪地。却学寿张樊敬侯，种漆南园待成器。”

人走远了，声音还在空旷的宫殿之中回荡，仿佛在嘲笑付现风的狼狈，同时也是借柳宗元的诗言志——他从小发愤图强希望建功立业，以身许国从未想过谋取个人之福……就算罢官回家，也可以在南园种上漆树待它成材后制作漆器去卖，也足以养家糊口。

众人都目瞪口呆，没想到滕正元这个口、膝、胆和骨如铁的四铁御史还拳头如铁。

付现风虽气得暴跳如雷，却最终只是远远望着滕正元扬长而去的背影，没有追上去。

不出两日，朝堂之中立储之争就传遍了上京城的每一个角落。民间也是众说纷纭，大多数百姓都支持星王当储君，都说星王仁慈爱民，日夜为国操劳，可担大任。其余几位王爷，都只顾自己享福，不管百姓疾苦。

三日后，圣旨下，擢升李鼎善为御史台御史中丞，从五品。加封上京府少尹付擢为参政知事，即为副相，正二品。

卢之月为真定县主簿已由吏部行文，发往真定县。至此，又一波朝堂之争尘埃落定。人人都在猜测为何除了李鼎善任职了御史中丞之外，又突然额外加封了付擢。有人却看出了其中端倪，付擢一向刚正，从不附和星王和候平磐，上京府又是京畿重地，身为少尹，虽受制于星王，但星王向来不过问政事，相当于他一人掌管了上京府。

但毕竟星王兼任了上京府尹，若是星王想要插手上京府之事，且近来星王对上京府政事，时常过问，付擢人微言轻，怕是无力反抗。现今加封了付擢为副相，一举跃升为正二品大员，位高权重，即便星王施压，也足以有了抗衡的实力。

满朝文武心里清楚，皇上开始着手限制星王的权力了，接下来，皇上会不会开始剪除星王的羽翼呢？

果不其然，又一天后，宫中传来消息，太医朱柏水突发疾病，暴毙！消息传出，虽并未引起太多波澜，毕竟大多文武百官并不在意一名太医的生死，却依然有聪明者推测背后必有蹊跷。朱太医和金甲先生是皇上最为信任的两名太医，朱太医年方四旬，身体一向不错，怎会突然暴病而亡？

/ 第五十一章 /

元宣朝报

更有知道内幕者透露，朱太医试图毒死皇上，幸被金甲先生发现。皇上格外开恩，没有株连七族，只赐死了朱太医一人。也有人说，朱太医是事败之后，不愿受酷刑折磨，自己服毒而死。不管是哪一种原因，反正朱太医企图毒死皇上之事，是板上钉钉的事实。

因朱太医之事，太常寺和太医署上下人人自危。随后太常寺卿关书被削职为民，永不录用，升太常寺少卿刘孝为太常寺卿。金甲为太常寺少卿兼太医署令，统管太医署上下三百余名太医及学徒。

随后，司天监卫羌上奏，今年为太宗诞生一百五十周年，冬十月望日，岁在西南方，遇水大吉，皇上当前往祈福，可保风调雨顺，国泰民安。皇上准奏，下诏冬十月十五，南下真定县，前往大佛寺为百姓祈福。

此时离冬十月还有一个半月，皇上出行，非同小可，礼部、吏部和工部立时忙碌起来，从皇上出行路线、随行人员、仪仗队到护卫队再到沿途官员的迎来送往，都要一一考虑在内。

皇上南下大佛寺的事情传来之后，京城之中顿时再起传言。有人说皇上在立储问题上犹豫不定，要去当年太宗的龙兴之地求佛指点。有人说皇上前去真定，明是为了百姓祈福，其实还是为了自己病情前去问药高僧大德。还有人猜测，皇上向来崇信道教，却要去大佛寺拜佛，莫非是皇上不再崇信道教，要信佛教了？怕是叶木平要失宠了。

种种说法，各种猜疑，甚嚣尘上，就连皇上是要匆忙逃离京城的围困，南下真定是为了避难的说法都有。

真正知道内情之人，都不置一词。

李鼎善上任御史台御史中丞，从幕后走到台前。虽然他只是一名小小的御史中丞，却因名声在外，每次上朝，都站在徐得全身后，让徐得全感受到了莫大的压力。而付现风上次被滕正元打了一拳之后，几次想找滕正元的麻烦，滕正元却丝毫不怕，强势回应付现风，不管是文比还是武斗，哪怕是生死相斗，他都奉陪到底。滕正元还当着十几名文武大臣对付现风说，他以后就处处指摘付现风的过失，哪怕是丁点过错，也会揪住不放。

付现风虽然生性粗犷，天不怕地不怕，却还是怕了滕正元。也是因为滕正元油盐不进，行得正站得直，没有让人可以挑剔之处。且他即使说人过失，也是引经据典，说得头头是道，令人无从反驳。

自此，滕正元声名大振，四铁御史之名，响彻朝堂内外。

一日下朝之后，候平磐径直去了星王府，正好云王也在，几人密谋一番，说到了皇上南巡之事。

之前高见元奉命前往市乐和真定府，暗中密会裴硕章和崔象，让二人务必想方设法阻止董现命案继续深挖。裴硕章当时惊出一身冷汗，当即连声应下。崔象也是吃了一惊，他虽然也一再阻挠夏祥继续追查，却没想到董现命案竟能惊动星王殿下，连忙一口应下。

虽说离皇上南巡只有一个多月，为防节外生枝，星王再次派出高见元和燕豪二人前往沿途州府各县，暗中布下眼线。之后，让二人留在真定策应，直到皇上南巡之前不得离开，确保皇上南巡到了真定之后，一切按照原计划进行。

高见元虽伤势尚未全好，却也知道事关紧急，当下也不多说什么，咬牙坚持。

一切安排妥当，星王又交代候平磐一番，务必斩草除根，不能让朱太医的家人透露半点风声。候平磐会意，说已经安排人南下泉州，妥善安置朱太医家人。

与此同时，景王府中，景王、庆王和见王等人坐在一起，说到了皇上南巡之事。宋超度认为卫羌提议皇上南巡必有蹊跷，皇上应下，也是迫不得已。曹用果却以为皇上南巡未必是坏事，若是皇上不再崇信道教，求佛保佑之后，身体大好，也是社稷之福百姓之幸。

李鼎善却说皇上南巡真定，对夏祥而言是难得的机遇，他要派肖葭前去真定协助夏祥。同时他还提议景王多和叶时胜走动，万一出现不可预料的事变，叶时胜对皇上忠心耿耿，他或许可以起到关键作用。

随后，景王又依次为众人安排了任务。

是夜，上京城虽已到深秋，依然灯火通明，夜市和往常一样，人来人往，无比热闹。上京虽然地处北方，却一年四季夜市不休。

夜色中，一辆马车悄然从北门进入京城。马车通过守城卫兵的检查之后，直奔星王府而去。到了星王府，车上下来二人，一男一女。二人在管家的引领下，来到了星王的书房之中。

等不多时，星王现身。男子忙向星王施礼，星王上前扶起，热情而不失亲切地和来人寒暄几句。之后，目光就落在了同行的女子身上。

“星王殿下，这是下官舍妹张时儿。”男子察言观色，注意到了星王眼中闪过的异样惊喜，忙说，“小妹尚未婚配。”

男子正是和夏祥有同屋之谊的同年进士、现任热河知县张厚。

星王会心一笑。

交谈一番后，张厚又向星王推举了同年进士李子文。李子文名列三甲第八名，现为兵部主事。星王十分高兴，随后又为张厚引见了候平磐。

出了星王府，张厚志满意得，忽然觉得天地无限宽广。时儿却有些闷闷不乐，埋怨张厚不该安排她的婚姻大事，她宁愿嫁与沈包也不想嫁与星王。

张厚勃然大怒，呵斥时儿若不听话，就让她回家。嫁与星王为侧妃，也比嫁与沈包为正室强上百倍。二人沿安定河畔边走边说，从安平桥一转，不经意路过一间不起眼的临街二层小楼。小楼虽是临街，却并非商铺，紧闭大门，只有丝丝灯光从里面透了出来，伴随着哗哗的声响，并隐隐有墨香阵阵。

张厚和时儿并未留意，二人站在小楼下面，又互不相让地争吵了几句。时儿一时气愤，责骂张厚卖妹求荣，不知廉耻，没有气节，投靠三王爷以求荣华富贵，三王爷想要继承皇位已经是司马昭之心路人皆知，不会有什么好下场。

张厚气极，打了时儿一个耳光，却没留意小楼二楼的窗户之前，有一个人影站立良久，在侧耳倾听他和时儿的对话。

等张厚和时儿走了之后，二楼的窗户推开，一个俏丽的人影临窗而立，目送张厚和时儿的背影消失在茫茫夜色之中，嘴角露出了一丝含蓄而开心的笑容。

赫然是肖葭。

“肖娘子，明日的《元宣朝报》的样报出来，请过目。”一名女子娉娉婷婷地出现在肖葭面前，她手持一张墨香四溢的小报，递到肖葭手中。

肖葭接报在手，细心看了一遍，拿起毛笔将其中的一篇文章划去，说道：“撤下这篇，换一篇更能引起百姓议论的文章。”

女子正是肖葭初来京城之时结识的安自如。

安自如一拢额头秀发：“现在撤换，哪里还来得及写？”

“有沈荣昌沈郎君在，不过是半个时辰的事情。”肖葭嫣然一笑，朝楼下喊道，“沈郎君！”

“来了，来了，肖娘子。”回应肖葭的是一个憨厚的声音，伴随着楼梯“咯吱”的响声，一个黑黑瘦瘦的男子上了楼，他的长衫上沾满了黑墨，皱巴巴的不成样子，头发也是如杂草一般，乍一看，就如城墙根逃难的灾民。

不过又黑又瘦的沈荣昌却长了一双炯炯有神的大眼睛，眉目倒也清秀，只是既黑且脏，显得很是落魄。说落魄也是真落魄，他原来是广南东路人氏，进京赶考不中，盘缠用尽，无法回去，只好流落京城街头，靠替人写信为生。后来经常听百姓私下议论朝政和百官家事丑事，就突发奇想，何不办一份假托是朝廷所办的民间小报，专门刊登朝廷的时政消息，以满足百姓的猎奇好奇之心。

沈荣昌想到做到，联合了几名和他一样流落京城的落第考子，几人凑了一笔钱，又借了一些，租下了一处隐蔽的地方，搜集了大量逸闻、传说和各类道听途说的传闻，会集成文，以活字印刷术印制成报，报名《元宣朝报》，每份十文钱，通过菜农、早点摊贩和各类商贩代卖。

原本只是抱着试一试的心态，不料《元宣朝报》一经问世，就大受欢迎，日销量从开始的数百份到上千份，险些造成洛阳纸贵的哄抢局面。沈荣昌大喜过望，更是发动百姓智慧，高价收购内幕消息，很快就从各大尚书、侍郎府中小厮、随从甚至管家口中，得知了更多内情。由此，《元宣朝报》的销量很快突破了上万份。

《元宣朝报》的火爆，让更多的人意识到了小报的威力和效益，后来陆续有人创办《元宣日报》《元宣逸闻》《元宣朝闻》等诸多小报，终于引发了上京府的震怒。上京府张榜告示，民间小报不得以元宣年号为名，不得刊登朝堂之事，不得刊登台谏百官之章奏，不得刊登朝报未报之事——此时朝报是指经门下省正式行文之后发布的邸报——不得随意捏造事实假传消息。

只不过上京府的告示并未起到作用，民间对小报的需求之大，远超官府想象。甚至上京府的告示还被几家小报全文刊登之后又大大嘲讽了一番。后来还是候平磐在朝会之上力排众议，说是让百姓有一个可以谈论的小报，无伤大雅，也不会动摇大夏根基。大夏历代皇上，都有容人之量，就连写造反诗的秀才都可以赏一个官儿去做，为何还容不下民间的几份小报？

此后，官府对民间小报睁一只眼闭一只眼，假装看不见。

经过一段时间后，陆续有不少民间小报因内容不够吸引百姓而被市场淘汰，最后只幸存了《元宣朝报》和《元宣朝闻》。两份小报各有特色，《元宣朝报》以新奇的内容为主，《元宣朝闻》以调侃的内容为主。不管是新奇还是调侃，两份小报在报道相关的朝廷逸事或是传闻时，都各有明显的立场。

《元宣朝报》倾向于反对新法，《元宣朝闻》支持新法。不过既然是民间小报，又以逸事传闻为主，朝廷大员对小报的立场并不在意。当然，让候平磐十分满意的是，支持新法的《元宣朝闻》后来居上，影响力逐渐超过了《元宣朝报》，并且一步步挤占了不少《元宣朝报》的市场，让《元宣朝报》的销量从最辉煌时的数万份下降到现在的数千份，举步维艰。

开始创办《元宣朝报》时，沈荣昌只有三个人，他和向成、成大器三个落第考子。后来发展壮大之后，租了一栋二层小楼，雇用了十几人，再有外面四处搜集情报和打探消息的编外人员，也是一大笔开支，销量下降到数千份后，快要支撑不下去了。

《元宣朝闻》的创办人节茂良及时出现，找到沈荣昌提出以一千贯收购《元宣朝报》。沈荣昌险些没有气昏过去，《元宣朝报》再不济，价值也在一万贯以上，区区一千贯就想买下《元宣朝报》，节茂良摆明了就是趁火打劫，是在羞辱他！

沈荣昌断然拒绝节茂良的收购要求，哪怕节茂良提价到了三千贯。节茂良恼羞成怒，临走之时声称不出三个月，他要让《元宣朝报》一败涂地，到时沈荣昌会跪着求他来收购。

此后，《元宣朝闻》除了刊登朝廷轶闻之外，还不遗余力地诋毁《元宣朝报》，并且暗中不惜代价抢走了《元宣朝报》十几个线人。失去了独家消息的《元宣朝报》销量一跌再跌，跌到了千份以内，只过了两个月就坚持不下去了。

眼见三个月的期限将到，沈荣昌忧心忡忡，脸不洗衣服不换，状若乞丐，一大早出门，还摔了一跤，险些跌到安定河中。等他爬起来时，眼前多了一个明媚多姿、艳如朝霞的女子，女子自称肖葭。

肖葭暗中查访和了解沈荣昌及《元宣朝报》已经很长时间了，她原本是为好景常在打算，小报虽获利不多，却可以宣传好景常在，扩大影响力。不料越是了解《元宣朝报》越是洞察到，除了其中的商机之外，还有更多可以利用的价值——可以放大甚至可以用来影响……局势！

肖葭极有耐心，一直等沈荣昌山穷水尽之时再现身，她开出的价格并不高，但却给沈荣昌保留了股份和主笔权，她只负责经营和把握方向。沈荣昌自然求之不得，当即应允。除了肖葭的条件足够优厚之外，肖葭的美貌也是让沈荣昌怦然心动的原因所在。在他走投无路之时，犹如从天而降的肖葭就如下凡的仙子，不但为他带来了柳暗花明的生机，也让他眼前一亮，感受到了新生的喜悦和阳光。

从此，肖葭在沈荣昌的心目中就成了神仙一般的存在。

肖葭接手《元宣朝报》后，先是拿出财力招募了一些专业搜集消息的线人，又请人每日混迹在读报的百姓中间，和百姓喝茶聊天，了解百姓最爱看哪方面的逸闻，最想知道谁的八卦，等等，然后整理成篇，交与沈荣昌，让沈荣昌交代线人主要打听哪些方面的消息以及谁的传闻，有的放矢，把握方向，果然收到了奇效。

随后，肖葭又将线人分成内探、省探、衙探，分别负责打探皇宫大内、门下省和上京府的消息，不管是撰造之命令、妄传之事端、朝廷之差除、台谏百官之章奏，还是朝报未报之事、官员陈乞未曾施行之事，只要有一丝消息传出，就立刻付诸报端。

很快，《元宣朝报》的消息因角度独特，迅速赢回了不少拥趸，销量逐步回升，飞速上升到了万份以上。而让《元宣朝报》再次崛起，声势直逼《元宣朝闻》，其中让节茂良大感威胁并且头大的是《元宣朝报》对夏祥的独家连续报道。

夏祥以一介平民之身，白衣动公卿不说，还敢于以一名小小的考子身份，力抗当朝二品大员礼部尚书文昌举之事，京城中人多有耳闻，却大多数人只知其一不知其二。肖葭自然比外人知道的内情更多，她口述，沈荣昌执笔，一小部分真实，大部分添油加醋，以传奇的小说笔法写出，每期只写数百字，就如说书先生说书一般，断文断在要紧之处，下期再续。

夏祥的传奇故事成就了《元宣朝报》，《元宣朝报》也让夏祥扬名京城！如今上京城中，几乎无人不知夏祥的大名，对于夏祥的事迹以及传奇经历，许多人也是耳熟能详。尽管说来，他们所知道的关于夏祥的传说中，有一半真实就不错了。

/ 第五十二章 /

传奇故事

在关于夏祥的诸多传奇中，夏祥高中进士二甲以及身为真定知县的身份，都不是最让人津津乐道之处，毕竟百姓除了对官员的升迁和逸事大感兴趣之外，还对青年才俊的婚姻更加好奇。夏祥进士出身，又是知县，传说中长得俊美丰朗，却还没有娶妻，于是上京城中不少大户人家心思大动，琢磨着自家女儿好歹也是大家闺秀，知书达理，端庄贤淑，也算是和夏祥门当户对了。

更有人无比懊恼，当初放榜之时，为何不早早过去守候，好榜下捉婿，将夏祥绑回家中，连夜成亲，生米做成熟饭，让他后悔也来不及。

夏祥的热度，因《元宣朝报》的连载而持续了足足半月，直到现在才稍稍平息了几分。夏祥人在真定，自然不知道京城之中，有人在拿他大做文章。而其时连若涵也在真定，对《元宣朝报》的事情也是一无所知。不过就算她人在京城，也不会知道此事，因为她从来不看街头小报。在她眼中，小报就是小报，低俗、猎奇，且多有香艳之事，不堪入目。

今日是返回真定之日，京城诸事已了，连若涵一早起来，收拾停当之后，才听到外面的街道中传来清脆的铁板声响，是僧人报晓的声音。在僧人的报晓声中，远处寺院的晨钟也已经敲响，远远传来，悠远而轻灵。

又有僧人的声音传来：“今日天色晴好，诸事可安。”

每日四更天一过，就有僧人敲击铁板或是木鱼报晓，上京百姓便在报晓声中起床。僧人还要再报天气早报，告知百姓今日天气状况，以便百姓根据天气不同安排出行。不管是风霜雨雪，报晓从不或缺。

报晓声一过，整个上京城便迅速苏醒了。诸门桥市井已开，生肉作坊已宰杀好猪羊，每人担猪羊及车子上市，也有数百只之多。而入城卖麦面的农民，用太平车或驴马驮之，从城外守门入城。各家饭店除了卖二十文的灯烛之外，还有粥饭点心。也提供洗面水和煎点汤茶药。

卖早市点心的店铺也依次开张，如煎白肠、羊鹅什件、糕、粥、血脏羹、羊血、粉羹之类。还有卖烧饼、蒸饼、糍糕、雪糕等点心者。

连若涵洗漱完毕，见刷牙布稍有陈旧，便让令儿将刷牙布换下。又让令儿到外面买些早点，令儿应了一声，转身出去。

外面的早市，人来人往，早已热闹非凡。各种早点摊摆满了道路两侧，馄饨、油条、豆花、烧饼、蒸饼、米粥，等等，应有尽有。

有不少客人坐在茶楼喝茶或是在酒楼、路边摊点吃早点，不过不管是在哪里喝茶吃早点，早起的百姓几乎人手一份小报，边吃边看，或是发出会心的笑声，或是指点小报上的消息，议论纷纷。

令儿并没有去最近的月满楼买早点，月满楼虽是上京城还算有名的酒楼，早点却是做得一般，她最是知道娘子的喜爱——最爱吃路边的炒饼。

令儿穿过马路，来到路对面的摊点，在一个担子上写着“武大郎炊饼”的摊点前停下，笑道：“武大郎，要五张炊饼。”

武大郎长得人高马大，俊郎丰逸，虽只是卖炊饼的小贩，却也神采奕奕，他一笑就露出了一口洁白的牙齿：“令儿来了？近来都在京城？”

令儿笑道：“今日便要离开了。大郎你的炊饼生意如何？”

“还好，还好，不过卖炊饼终究不是长久之计，我三年后一定要考中进士，才有颜面回清河。”武大郎拿出五个炊饼，用油纸包好递给令儿，“今年落榜，盘缠用光，回家又不免被羞辱一番，好在我还有一手炊饼手艺可以谋生。现在每天赚上二百文，除了生计之外，还够住宿之用。”

武大郎是落榜士子的身份，令儿也是知道，却不知道他是清河人，岂不是和娘子同乡？她又拿出了五十文：“再多来几个炊饼。大郎，等你高中之后，是不是要回清河为官？”

“说不准。”武大郎憨厚地笑了笑，“不管去哪里为官，我都要娶一名清河女子为妻。”

令儿笑问：“为何？为何非要娶清河女子？”

“清河女子贤惠端庄，守妇道会持家。”武大郎嘿嘿一笑，“就如令儿一般，温柔贤淑。”

“乱说。”令儿脸一红，接过炊饼，转身就走，“清河的好女子多的是，我有一个从小一起长大的姐妹叫潘锦怜，家在黄金庄，美丽大方，贤惠得体，你若回去，可以娶她为妻。”

“潘锦怜？记下了。”武大郎哈哈一笑，“有令儿一半好，我就知足了。令儿等等，送一份《元宣朝报》给你，上面有和我同年进士夏祥的逸闻，很有意思。”

武大郎追出几步，将小报送到令儿手中，叉手一礼：“他年若是高中进士，再若是得了贤妻，武某定当重谢令儿。”

令儿本不想要小报，因为娘子不喜民间小报，却又不好当着武大郎之面扔掉，只好接过，只看了一眼，顿时就被吸引了，大大的标题竟是“真定知县夏祥的传奇故事之八”。

夏祥的传奇故事想必娘子也会好奇，令儿快步如飞，也顾不上身后的武大郎痴痴地望着她的背影出神。当然令儿更不知道的是，三年后武大郎高中进士，到清河的邻县为官。他特意去了黄金庄探访，偶遇了潘锦怜，二人一见钟情，后喜结良缘。其后夫唱妇随，成就了一段佳话。武大郎后来官至知府，颇有清明官声。潘锦怜贤惠持家，生有二男一女，夫妻恩爱和睦，一生相依。

因感念令儿之恩，武大郎将自己女儿取名为令儿。

令儿刚刚来到观心阁门口，忽然一阵马儿的嘶鸣传来，一辆马车驶来，停在了身前。人影一闪，曹殊隽从马车上跳了下来，嘻嘻一笑：“令儿知道我要来，特意为我买了早点，真是好妹妹。”

“别想得美了，要是夏郎君或许还行，你就算了吧。”令儿冲曹殊隽噘了噘嘴，见曹姝璃提着裙裾正在作儿的搀扶下下车，她忙上前一步，“曹娘子慢点儿，不急，连娘子还没有用早饭。”

曹姝璃和曹殊隽今日要一起前往真定，二人一早便出了曹府，急急赶到观心阁和连若涵会合。

曹姝璃显然精心打扮了一番，一身浅蓝长裙，头戴金钗玉饰，环佩叮当，犹如仙子下凡。

二人下车之后，正要随令儿入门，又见一辆马车驶来。车一停稳，便见肖葭从车上下来。一身浅绿长裙的肖葭，虽不如曹姝璃温婉，却更有干练之气和飒爽英姿。

“肖娘子，”令儿不知肖葭为何前来，迎上前去，“你来得刚好，再晚一步，娘子就要出门了。”

肖葭淡然一笑，回身给了车夫一百文钱，说道：“多谢。”又对令儿说道：“我就是要随连娘子一起前往真定。”

车夫扬了扬手中的鞭子：“各位娘子是要出远门？安来车行有城内租车，还有远程租车。城内租车百文起，远程租车视路程远近，从一贯到千贯不等。”

倒是一个会做生意的人，令儿看了车夫一眼，淡淡地说道：“不劳大驾了，我们是要出远门，不过我们不需要租车，我们好景常在有车行。”

“好景常在？”车夫瞪大了眼睛，显然是吓了一大跳，“不早说，害我白白浪费口舌。”

话一说完，转身驾车而走，跑得飞快。

曹殊隽大笑：“好景常在名气太大，连车夫都受到了惊吓，估计车夫在想，既是好景常在之人，为何还要租安来车行的车？莫非是想捉弄他不成？肖娘子，别来无恙？”

肖葭和几人分别见礼，笑道：“曹三郎又添了几分风采，估计是好事将近了。”

曹殊隽和肖葭只见过一两次，并不熟悉，不过因连若涵，二人还算投机。

几人一起进了观心阁，不多时来到了连若涵房中。曹殊隽、曹姝璃和肖葭都已吃过早饭，连若涵和令儿简单吃了几口，下人早就准备妥当，就启程上路了。

一辆宽敞的五人大车，连若涵、曹姝璃、曹殊隽和肖葭、令儿，正好坐满。三女坐在一侧，曹殊隽和和令儿坐在另一侧。

马车中间有一个火炉，眼下已是深秋，车内已经颇是清冷，令儿负责在车上生火并且煮茶。

得知肖葭也要同行前往真定，连若涵并未多问。车出了南城门，曹殊隽才想起什么，掀开车帘望向外面，感慨道：“想当初，我在城外的十里亭中焚香抚琴为夏郎君送行，不想这才过了多久，就要前去真定看望他。想想昨日，恍然如梦。对了，肖娘子，我和连娘子、姐姐前去真定是为了和夏郎君相见，你去真定又是为了何事？”

“也是为了夏郎君。”肖葭嫣然一笑，悄然看了连若涵一眼，见连若涵笑而不语，心中就更加明白她和夏祥、李鼎善的关系，连若涵从未对他人说起，“曹三郎并不知道，我和夏郎君在中山村朝夕相处三年，不是亲人胜似亲人。”

“啊，肖娘子原来是李先生的义女！”曹姝璃这才知道肖葭身份，顿时一惊一喜，惊的是肖葭竟是李鼎善最为器重的肖才女——曹用果曾和她说过李鼎善在中山村时，身边一男一女，男子夏祥，女子姓名未知，却是很有才学的经商奇才，喜的是肖葭和夏祥朝夕相处三年，必定知道不少夏祥的事情，“失敬，失敬，听爹爹说起过肖娘子是不世的经商奇才。”

“在连娘子面前，我怎敢说是经商奇才？不过是喜欢剑走偏锋罢了。”肖葭淡然一笑，谦逊而随和，“若是真的说到经商大道，还是连娘子最为上乘。”

“肖娘子和夏郎君相处三年，夏郎君在山村之时，是否顽劣好动？又有什么喜好？”曹姝璃最是关心夏祥的成长之路，在她心中对夏祥了解得越多，感觉上和夏祥越近。

“他……”肖葭眯起眼睛，回想起了往事，会心地一笑，“其实和普通人并无不同，也不是过分顽劣，说到喜好，倒是有一些，比如喜欢上树摸鸟、下河游泳、山中打猎，等等。”

“咦，为何是下河游泳而不是下河摸鱼？”曹殊隽奇道，“夏郎君小时候有没有什么神乎其神的传说？”

“夏郎君从不自己抓鱼来吃。神乎其神的传说？好像没有。”肖葭眼尖，早就看到了令儿手中小报，只是并未点破而已，她歪头想了一想，“只记得村中人说，有一年夏郎君在河里游泳，忽然一条大鱼跃出水面，和夏郎君在水里比赛。一人一鱼逆流而上，一连游了半个时辰，最后大鱼奋力一跃，飞到空中，化成了一道彩虹消失在天上。夏郎君也跳出水面三尺多高，有人说夏郎君当时脚踩彩虹，腾云驾雾，就如一条神龙……”

“神龙？了不得，神龙可是天子的象征。”曹殊隽兴奋之下，脱口而出，又意识到了自己失言，忙捂住了嘴巴，“滹沱河本来就是龙兴之河，现出神龙之象也不算稀奇，说不定虹化而去的大鱼就是神龙。关于滹沱河，可是有不少传说……寒风卷叶渡滹沱，飞雪覆地悲峨峨。夏郎君自小在滹沱河边长大，真是好福气。肖娘子，滹沱河和安定河相比，如何？”

曹殊隽长这么大第一次出远门，也从未见过安定河之外的河流，自然无比期待和兴奋。

“不能相提并论。安定河顾名思义，水流平缓、河面不宽；滹沱河河面宽广，水流湍急，弯急滩浅。”肖葭拿出一本薄薄的册子递给曹殊隽，“凡大河、漳水、滹沱……悉是浊流。书中记载得很是详细，自己去看。”

曹姝璃没打听出来关于夏祥更多的故事，也有几分意兴阑珊，再有马车摇晃而单调的声响，不由得倦了，斜靠在车窗上，正要小憩片刻，然后听到令儿“扑哧”一乐：“真有意思，夏郎君还有这么有趣的时候……”

连若涵也是昏昏欲睡，令儿的一笑，让全车人都为之一惊。

“笑什么？”连若涵才注意到令儿手中拿了一份小报，正看得入神，她不由得微有愠怒，“令儿，不是早就说过不让你看这些民间小报，多有不实消息和捏造之事，混淆视听……”

“可是娘子，这报上所写的关于夏郎君的传奇故事，确实很有意思，像真的一样。对了，也有刚才肖娘子讲的传奇事迹。上面还说，夏郎君上山打猎时，遇到一头白虎，和他同行的夏来、夏去吓得狼狈而逃，夏郎君没逃，反倒坐下和白虎说话。白虎似乎也能听懂人言，说到最后，竟是连连点头，转身走了。等夏来、夏去回来后，问夏郎君和白虎说了什么。夏郎君说，白虎不会吃他，因为他是文曲星下凡，以后要考取功名。世间有功名之人，都有天神护佑，世间虎狼不能伤之。白虎本来想吃夏来、夏去，还说它要吃跑得最快的那一个，跑得快证明身体好，肉质鲜嫩……笑死我了。夏郎君说夏来、夏去你也不能吃，白虎说为什么不能吃，夏来、夏去只是寻常人罢了，他们怎么就吃不得了？”

几人都被吊起了胃口，直直地看向了令儿，令儿刚一停顿，曹殊隽最是急不可耐，问道：“后来怎么了？好令儿，快讲下去。”

令儿嘻嘻一笑，将手中小报塞到曹殊隽手中：“上面写得清清楚楚，自己看。”

语气和肖葭一模一样，众人哄笑。

曹殊隽接过小报，忙不迭看了几眼，哈哈一笑：“夏郎君回答得真是妙极。”

“夏郎君怎么说？”连若涵和曹姝璃异口同声地问了出来。

曹殊隽又将小报递与连若涵：“上面写得清清楚楚，自己看！”

连若涵无奈一笑，接过小报看了起来，曹姝璃和她并排坐在一起，也探头去看。

“夏郎君说，夏来、夏去从前面看是寻常人，但是二人从背后看，则是大将之相。”肖葭未看小报，却准确地说出了小报之上关于夏祥的故事内容。

连若涵和曹姝璃都一脸惊异地看向了肖葭，肖葭哂然一笑：“连娘子、曹娘子，我便是《元宣朝报》的东家。夏郎君的传奇故事，是由我口述、沈荣昌执笔写成。”

连若涵和曹姝璃一脸讶然，不敢相信肖葭所说之话。肖葭心知在连若涵和曹姝璃眼中，民间小报难登大雅之堂，只配下里巴人阅读……

/ 第五十三章 /

夜长梦多

“二位娘子，且莫小看民间小报，在百姓的心目中，民间小报就是一个风向标，大夏的立国之本、官员的风流韵事、朝廷未报之事，都可以通过小报传达到百姓耳中。百姓喜新而好奇，凡事皆以小报为参考，而以朝报为补充。”肖葭见时机到了，就耐心地向连若涵和曹姝璃解释她为何要收下《元宣朝报》，“所以，小报在唯利是图者手中，便是用来捕风捉影、唯恐天下不乱的赚钱工具；在支持新法者手中，就是用来推广新法、捏造事实、引导风向、误导百姓的朝堂工具。现在上京城中，《元宣朝闻》为民间第一小报，在立场上支持新法，多为星王、候平磐歌功颂德。《元宣朝报》为民间第二小报，以逸闻、传奇故事取胜。我收下之后，等于是手中多了一件武器……”

连若涵和曹姝璃是何等聪明的女子，若是以前，二人或许还理解不了肖葭所说，而在现在的形势之下，京城之中，草木皆兵，非但景王、庆王和云王、见王都被卷入其中，就连曹家也不能幸免，必须站队，二人立时明白了肖葭的深思熟虑。

连若涵微一思忖，想到了更长远的谋划：“除了让《元宣朝报》在风向上为我所用之外，还可以让小报多为好景常在宣传。”

“我也正有此意。”肖葭说出了心中所想，“以后好景常在便是《元宣朝报》的东家了。”

肖葭一人不论财力还是实力，比起好景常在相去甚远，若好景常在接手了《元宣朝报》，京城之中谁想找《元宣朝报》的麻烦，都会望而却步。

连若涵怎能不明白肖葭的用心，坦然接受了肖葭的提议：“你我本是一家，自不用说。以后《元宣朝报》的一应开支皆计入好景常在之中。”

肖葭点头说道：“是，谨遵连娘子之命。”

“少来。”连若涵浅浅一笑，“你我姐妹之间，不必说这些见外的话。肖娘子，到了真定，我有一事相求……”

肖葭不及多想，随口说道：“力所能及，必定尽全力。”

“其实对你来说，只是一件小事，对我来说，就……”连若涵再是违背父亲叛逆家族，毕竟也是女子，谈及婚姻大事，还是羞于启齿，不由得脸一红，“只是……不知该怎么说起。”

令儿猜到了自家娘子的心思，虽不赞成娘子嫁与夏祥，却还是不得不为娘子解围：“我家娘子本是清河崔氏之女，因与父亲决裂，改姓母姓连姓。家主逼婚娘子，非要娘子嫁与卢之月不可，娘子虽不是十分情愿嫁与夏郎君，却也没有选择，当着景王和家主之面，说已经和夏郎君私订了终身。虽委曲求全，也胜过卢之月许多。只是娘子身为女子，怎好向夏郎君主动开口？肖娘子既是夏郎君故人，又和我家娘子交好，正好可做媒人。”

肖葭没想到连若涵是想让她做媒，惊讶之余，心中闪过一丝深深的失落。不过随即恢复了平静，既然先生说了她和夏祥并无可能在一起，不如成全夏祥和连娘子，也算是美事一件。

曹姝璃深深地低下头去，手中的手绢绕来绕去，也不知想到了什么，忽然又抬起头来，眼睛中闪动晶莹的亮光：“连娘子，我和肖娘子一起为你做媒，可好？”

连若涵一愣，没想到曹姝璃如此坦然如此大方，她心中大受感动，握住了曹姝璃之手：“多谢姝璃妹妹。你我可为娥皇、女英之情。”

曹姝璃自然知道娥皇、女英是尧之二女，后来都嫁与了舜，她粉面一红：“哼，就看他是不是有这份福气了。”

曹殊隽幽幽地长叹一声：“要是我一肩挑两门，可以同时娶了肖娘子和令儿为妻，也是得成比目何辞死，愿作鸳鸯不羡仙了。”

“呸，谁要嫁你！”令儿嗔怪一声，脸蓦然红了。

肖葭却神情淡然而落寞，落寞之中，又有一丝难言的欣喜：“夏郎君能得连娘子和曹娘子两位如花似玉的娘子，当真是他几辈子修来的福气。索性好人做到底，我一并替你二人做媒就是了。”

说话间，肖葭又拿出一份便笺，递与连若涵：“连娘子，昨夜我无意中听到张厚和时儿的对话，让沈荣昌写了下来，本想刊登在今日的《元宣朝报》上，后来又觉得不妥，临时撤了下来。你看看，何时刊登为好？”

连若涵接过一看，神色顿时凝重了几分，说道：“此事还是由夏县尊定夺比较好，朝堂之上的事情，让他多费心。再者，他也比我们更有远见。如此麻烦的事情，还是让他处理好了。”

夏祥此时若是知道有数名女子正乘车赶来真定找他，他的心情恐怕就没有那么愉悦了。站在滹沱河畔，看滚滚河水向东而去，夏祥不免大起感慨："子在川上曰：逝者如斯夫，不舍昼夜。本官在河边说，滹沱河道不清淤，一遇暴雨必成灾。"

"并不押韵，也不成诗，差评。"幔陀虽未笑出声来，眼中却是充满笑意，她双手抱剑站立夏祥右侧，神色淡淡，"董现之死，果然牵涉到了许多人，除了市乐县丞田庆之外，还有市乐驻地禁军副都指挥使尉迟直！"

一阵冷风吹来，夏祥打了几个喷嚏，幔陀忙关心地说道："夏县尊还是回县衙吧，不要着凉了。"

"怕是谁想念先生了。"萧五嘻嘻一笑，"一想二骂三念叨，一个喷嚏是有人想，两个喷嚏是有人骂，三个喷嚏是有人念叨。"

话刚说完，夏祥又打了一个喷嚏，笑道："打了五六个喷嚏了，又怎么说？"

萧五挠头一笑："那就是好几个娘子在一起念叨先生。哎呀，肯定是连娘子快要回来了。"

幔陀神思悠悠地说道："终风且曀，不日有曀，寤言不寐，愿言则嚏。曀曀其阴，虺虺其雷，寤言不寐，愿言则怀……打喷嚏有人想的说法，源自《诗经》。就连著名的豪放词人辛弃疾也写过打喷嚏的诗——山共水。美满一千余里。不避晓行并早起。此情都为你。不怕与人尤殢。只怕被人调戏。因甚无个阿鹊地。没工夫说里。"

"幔陀娘子能文能武，比萧五强多了，萧五以后要好好向师娘学习。"萧五挥舞拳头，仿佛下定了多大的决心。

幔陀没理会萧五，只顾沉浸在自己的情绪之中，目光淡淡地望向了远处。

"走，边走边说。"夏祥并没有回县衙，而是和幔陀、萧五一起沿河畔散步，身后跟着县尉马展国和捕头丁可用。

幔陀小心地为夏祥披上披风。

秋色已深，河畔的柳树杨树叶子差不多已经落尽，偶尔有几棵银杏，撒满一地金黄。夏祥缓步而行，心中却将所有事情都理了一遍。

幔陀、马展国、连城一行，护送董断几人前往市乐县，开始时一切还算顺利。到了市乐县后，在董断接管董氏商行的生意时，果然不出夏祥所料，节外生枝，庄非凡拿着一纸欠条找到董断，要求董断兄债弟偿，偿还董现欠他的三十万贯。

董断一介书生，哪里懂得生意和经营，见是董现的字迹，就信以为真，想要还钱，却被幔陀制止了。幔陀猜测此事有诈，灵机一动，将欠条交与严孙，让严孙查实欠条的真假。严孙声称欠条是真的，董现打欠条时，他就在一旁。

幔陀再问董李氏，董李氏也说欠条是真的，还说她曾听董现说起过欠庄非凡一笔巨款。

虽说董现是市乐县首富，但三十万也是一笔不小的数目。因董现之死陷入停顿的董氏商行，现在账面之上只有十余万贯，若要还清庄非凡的欠账，除非用不动产抵押。

庄非凡不要董氏商行最能赚钱的车队、钱庄，也不要变现最容易的布店，指定要董氏商行的粮仓和种粮，并说粮仓和种粮只能折价十万贯，但他和董现认识多年，看在多年交情之上，又可怜董断不懂经营，所以愿意用粮仓和种粮来抵销三十万的欠债。表面的冠冕堂皇掩盖不了隐藏背后的贪心，庄非凡吃相太难看了，若是多少留点情面，不至于让幔陀盛怒之下险些一剑杀了庄非凡。

还好，幔陀忍住了，因为她也清楚，夏祥派她前来是保护董断周全，不是和人动手。和官府打交道有马展国，查账对账有连城。

马展国和连城不出半天就查出了欠条是伪造的。马展国阅人无数，办案多年，一眼就看出了严孙大有问题。他让董断叫来在账房跟随严孙的学徒，他负责威逼利诱，连城负责从身为账房先生若是监守自盗会有多大罪责来诱导，学徒只一个回合就在二人的连番审问下，招供出了全部事实——欠条是由严孙模仿董现的笔迹和签名，配合庄非凡伪造而成。

账房先生伙同外人坑骗东家钱财的事情，马展国也见过不少，但如严孙一般无耻到没有原则和底线者，还是第一次见到，不由得大为恼火。俗话说拿人钱财与人消灾，食君之禄，忠君之事，忠诚和忠心是为人的根本。更让马展国怒不可遏的是，他从严孙和董李氏不经意间流露出来的动作和表情，以及二人之间不动声色的默契就足以断定二人必有奸情。

如此吃里爬外的恶人，淫人妻骗人财，不杀不足以平民愤，若不是身为真定县尉，马展国早就对严孙大打出手好好解气一番了，他生平最恨吃里爬外、坑蒙拐骗之人。

连城只用了三天时间就将账目理得清清楚楚，交与幔陀和马展国过目。幔陀和马展国二人将欠条是由严孙伙同庄非凡伪造的真相告诉了董断，董断无比气愤，要即刻将严孙扭去报官，却被马展国制止了。马展国自是清楚夏县尊让他前来，不是让他将严孙等人送到市乐县衙，而是押回真定。

马展国一行几人来到市乐县后，并没有去市乐县衙，虽然他有真定县文书和夏祥亲笔信，不过他却多留了一个心眼，先办理董断接管董氏商行的私事，再和市乐县县尉樊力对接。

现在证据确凿，可以缉拿严孙归案了，马展国才来到了市乐县衙，递交了官文和夏祥的书信。见到樊力后，说明了来意，并提出要将严孙和庄非凡一同押回真定受审。樊力并无异议，他和马展国也是旧识，数年前到真定办案，也得到过马展国的协助，是以当即办理了批文。

马展国本想再多留几天，争取多搜集一些证据，连城却说，尽快带领严孙和庄非凡离开才是上策，毕竟市乐不是夏县尊管辖之地，夜长梦多，万一出现了什么差池就不好了。

董断不以为然，虽说他平常不过问生意，但现在接手董氏商行，大小也是市乐一方人物，就连裴县尊也会让他三分，况且马展国又是堂堂的真定县尉，于公于私，都不会出现什么意外。幔陀却觉得连城之话大有道理，别看连城沉默寡言，却很有主意，见多识广，说话办事滴水不漏。主要也是幔陀来到市乐之后，能明显感觉有一股诡异的氛围弥漫，先不说市乐县衙早就知道他们一行来到了市乐，并且在协助董断接管董氏商行之上也无人主动出面招待。

董氏商行身为市乐第一商行，交接也是大事，县衙不管不问大不寻常。且市乐上下的富商除了庄非凡前来讨债之外，竟无一人前来祝贺董断成为董氏商行的掌柜，似乎是市乐上下得了什么命令，都不许和董氏商行有任何接触。

幔陀就意识到哪里出了问题。虽说马展国和樊力的接触还算顺利，也拿到了批文，她却总感觉不太安心。

幔陀当即决定，即刻启程。马展国不太情愿，他还想再查出庄非凡的幕后主使是谁。不过却又不好反驳幔陀，虽然夏县尊并未明确让他听从幔陀的安排，但他也知道幔陀是夏县尊最信任的人，无奈之下只好押上严孙、董李氏和庄非凡，连夜动身。

连城继续留在市乐，帮董断理顺账目，等他完全接管了董氏商行再走。

一行几人走了半夜，又困又乏，走到离市乐和真定交界还有十余里的长乐镇时，马展国提出明日一早上路，数个时辰就到了真定境内，不会有什么事情发生。幔陀本想连夜进入真定境内，见人困马乏，实在是走不动了，也没再勉强。

幔陀不知道的是，就在他们在长乐镇休息的时候，丁可用派去护送董现尸体的人，已经抵达了市乐。同时，高见元也从京城赶到了市乐，并且见到了裴硕章。

是夜，裴硕章汗流浃背，战栗不止，忙让人找来田庆和樊力，嘱托一番，二人分别下去。

许多市乐县城百姓直到多年以后依然记得当时的情形——田庆气势汹汹地举着火把打着灯笼带人闯进了董府，不顾董断的反对，将刚刚送到的董现尸体抢走，连夜埋在了城西的坟岗。

樊力一行十几人骑马飞奔出城，南下而去，匆忙之中，踢翻了路边不少夜市的摊子，引发百姓一阵阵惊呼。有人猜测，是不是发生了什么了不起的大事，樊县尉才如此兴师动众，难道是要抓什么山匪？可是市乐的望乡山已经十几年没有山匪了。

凌晨时分，樊力一行快马加鞭，终于在离真定县界只有一里之遥的三戒村将马展国一行拦下。樊力先是向马展国展示了裴硕章的手谕，以庄非凡、严孙和董李氏是市乐人氏为由，要将三人留在市乐受审。

马展国后悔莫及，悔不该不听从幔陀的建议，若是现在到了真定境内，樊力即使追上他们也无计可施了。现在是在市乐境内，樊力又带了十几人，打不得跑不掉，他只能和樊力据理力争，试图说服樊力。

樊力自然不肯放马展国一马，裴硕章下了死命令，若是带不回庄非凡等人，拿他是问。一番理论之后，他见马展国不肯让步，只好一咬牙就要动手。得罪了马展国总比惹裴硕章大发雷霆要好，裴硕章是他的顶头上司，可以决定他的前程。

幔陀在一旁忍了半天，早就忍无可忍了，见樊力还想主动动手，将身一纵，出手如电，几个闪身之间，就将樊力一行打得落花流水。

/ 第五十四章 /

柳暗花明

樊力大惊失色，没想到幔陀一个娇滴滴的小娘子竟有如此武功。打不过怎么办？难道还要报官抓人？他们就是官，马展国也是官。万般无奈之下，他当机立断，“扑通”一声跪倒在马展国面前，声泪俱下，希望马展国看在相识一场的分儿上帮他一个忙，若是他无功而返，裴县尊会重重责罚他，恳求马展国留下一人，他也好回去交差。

马展国身在公门之中，知道当差的不易，再者此时毕竟是在市乐境内，真要闹大了，裴硕章参夏县尊一本，也是麻烦。微一思忖，他留下了庄非凡。比起严孙和董李氏，庄非凡虽也是关键人物，却还不是最重要的人证。

樊力带走了庄非凡，急忙往回赶路。才走不远，竟遇到了驻地禁军的副指挥使尉迟直。尉迟直带领百余名全副武装的禁军骑兵，和樊力一行迎头相遇。

真定府驻地禁军共计二十万兵马，十万驻扎在真定县，十万驻扎在市乐县。因市乐县是产粮大县，禁军逐粮而居，故又称为就粮禁军。真定府禁军的都指挥使吴义东直接受崔象管辖，市乐县禁军的副指挥使尉迟直既受吴义东管辖，又受裴硕章节制，还得服从崔象的命令。

当然，他的直接上司是吴义东，崔象的命令要听，吴义东的命令要听，裴硕章的命令，也要听，所以尉迟直是一个处处受制，谁都可以对他指手画脚的受气包。

接到裴硕章出兵的命令后，他原本想请示吴义东之后再调兵遣将，传令之人却亮出了腰牌，当即吓得他出了一身冷汗，竟是星王府的金牌。

没错，传令之人正是高见元。

高见元在裴硕章派出樊力去拦截马展国等人之后，得知几人之中还有一个娇美的娘子随行，当即想起了幔陀。幔陀武功高强，几名衙役怎会是她的对手？想通此节，他当即让裴硕章手书一封，带信骑马飞奔前往市乐县东部的望乡山禁军驻地。

只有出动禁军才能拦下幔陀！

高见元到了禁军驻地传达了命令之后，当即返回了县衙。他是星王府的亲兵，身份特殊，不宜露面。

既有裴硕章的手谕，又有星王的金牌，尉迟直虽不是十分情愿出兵，也不得不打起精神点了一百人，策马前来接应樊力。樊力见禁军出动了大队人马，当即精神大振，急忙让尉迟直再去追赶马展国等人，务必将严孙和董李氏押回市乐县。

尉迟直领兵直追，半个时辰后，在真定县内追上了马展国一行。尉迟直横刀立马，要马展国留下严孙和董李氏，否则刀枪相见。马展国自是不肯，现今已在真定境内，尉迟直虽是真定府驻地禁军，却又是市乐县就粮禁军，管辖不到真定境内之事，他正因庄非凡被抢走之事生了一肚子气，又被尉迟直逼迫，当即就发作了，一挥手中腰刀，大喝一声“给我上”，一帮捕快就将尉迟直围在了中间。

尉迟直哈哈大笑，捕快和衙役平常吓唬百姓还行，在禁军面前就是乌合之众，和禁军交手简直就是以卵击石，马展国之举正中他的下怀。他是禁军首领，却无权干涉地方之事，何况又是在真定境内，马展国对他视而不见，只管向前走的话，他还真不敢动手拿下严孙和董李氏。哪怕有星王的金牌也是不行，他是聪明人，万一事情闹大了，星王断然不会承认有金牌之事，他只能忍气吞声背了黑锅。

马展国先动手就好说多了，他可以以袭击禁军为由，将人押送回去，尉迟直当即大喝一声，就要动手时，忽然人影一闪，一个曼妙多姿的娘子挡在了马展国面前。

正是幔陀。

幔陀虽是江湖儿女，自小却在官宦之家长大，见多了官场上的倾轧和算计，很清楚以眼下的形势推断，一旦动手绝对讨不了好。她拦下马展国，小声告诉他，尉迟直是驻地禁军，无权干涉地方事务，若是他强行动手，是严重的越权行为，轻则丢官，重则问斩。

马展国一时激愤之下，就想动手，经幔陀点醒，才恍然大悟，赶紧收起兵器，带领队伍转身便走。

尉迟直手下的禁军面面相觑，等尉迟直发号施令好动手，不料等了半天，也不见尉迟直说话，回头一看，只见尉迟直望着幔陀的背影正大流口水。

尉迟直本想等马展国等人走得远了，再转身回去交差，就以没有追上为由搪塞过关，他才不想将事情闹大。不想幔陀惊鸿一瞥的芳华让他垂涎三尺，他还从未见过如此美丽、如此英姿飒爽的娘子，一时鬼迷心窍，竟不由自主驱马前行，跟随在幔陀身后。

禁军们不明就里，也跟随在尉迟直身后。大概走了半里，走到一处树林。忽然从林中飞出几只惊鸟，幔陀站住，来到禁军中间，借了弓箭手一张弓，拈弓搭箭，一箭射出，空中飞鸟一声悲鸣，直坠而下。

正当众人震惊幔陀的神技时，飞鸟落地，众人才发现竟是两只飞鸟被一支箭射中，一箭双雕，传说中的神箭手也不过如此，禁军先是一愣，随即爆发出惊天动地的叫好声。

幔陀将弓还给弓箭手，抽出宝剑，剑尖挑起双鸟，递到尉迟直眼前，说道："指挥使辛苦了，送上鸟儿一双，不成敬意。"

尉迟直才知道眼前貌美如花的小娘子不但箭法神乎其神，剑术也十分高明，是一个罕见的高手，当即收起轻薄之心，接过鸟儿，朝幔陀一拱手："多谢娘子。"

随即回身一挥手，大喝一声："回营！"

禁军们齐声回应，百余人的骑兵，回身疾驰而去，激荡起无边的尘土。

幔陀一行险之又险地刚刚返回真定县衙，夏祥就被崔象传到真定府衙。崔象先是语重心长地说起他以前初入官场之时的热血和激情，后来经历事情多了才知道，有时候退让并不是无能懦弱，也不是不为民做主，而是为了顾全大局，为了中正平和的君子之道。

随后崔象直截了当地要求夏祥中止董现一案的审理，直接判处付科斩立决，报经府衙，府衙会上报大理寺和刑部核准，一旦批文下达，即刻行刑。

夏祥清楚崔象急于要处死付科，必是受到了背后的压力。按说崔象身为知府，虽是他的顶头上司，对真定县之内有过问之职责，但并无决定之权限。他并没有一口回绝崔象，而是以大张声势在滹沱河中打捞了董现尸体为由，声称董现一案已经深入民心，若是草率结案，怕是会引发百姓不满。向来民心似秤、民意如镜，崔府尊在真定为官以来，颇多清名和官声，断不可因为董现一案而毁于一旦。

夏祥先是送了一记高帽让崔象戴上，然后口风一转，说他已经查到了确切证据证明董现一案的幕后真凶，并没有牵涉到达官贵人，只是生意上的纠纷所致。不出七日，他必能查明一切真相，顺利结案，然后将案情呈报给崔府尊。

崔象还想再说什么，夏祥以还有事为由，匆匆告辞离去，不再给崔象说下去的机会。尽管夏祥也知道，崔象真要强行向他施压，他也会十分为难。眼下最要紧之事，就是尽快查出真凶，让真相大白于天下，就算幕后的黑手势力再是强大，也堵不住天下悠悠之口。

此时崔象还没有收到京城来信，让他全力制止夏祥审案。

得知了幔陀一行在市乐的遭遇之后，夏祥更加断定董现之死的背后，必定大有隐情，居然连禁军都出动了，可见裴硕章是得到了指示之后才明白过来，要不惜一切代价留下严孙和董李氏，好在幔陀和马展国机智应变，总算带回了严孙和董李氏，虽庄非凡未能押回真定是为遗憾，却也算是有所收获了。

夏祥心思浮沉不定，想了一遍所有事情之后，他又和萧五、幔陀和马展国、丁可用几人沿河走了半天。

已是深秋，秋风瑟瑟，有了深深的凉意。夏祥一行几人来到一处饼店，饼店名杨麻子大饼，门面不大，是一栋两层小楼。门前有一株高大的白杨树，此时树叶落尽，只留下光秃秃的树枝。

楼宇风格颇有唐韵余风，门口还有一副对联，也是颇有味道。

上联：炮制虽繁必不敢省人工；下联：品味虽贵必不敢减物力。对联虽不工整，却也合经营之道。几人进门之后，堂柱之上，又有一副对联。上联：修合无人见；下联：存心有天知。夏祥暗暗点头，此家生意如此兴隆，并非偶然，店家必有过人之处。

到了楼上，选了一处好位置坐下，却不见小二过来招呼，萧五正要喊人时，却见店家急急上来，走到夏祥面前，一揖到底，诚惶诚恐地说道："小人田不满见过县尊。"

夏祥一愣，低头一看，没错呀，他着青衣戴小帽，是书生模样，不由得奇道："店家，在下乃是一介书生，不是县尊。"

田不满咧嘴一笑："县尊乃是朝廷命官，小人不会看错。"

"你莫非见过我？"夏祥想起当时打捞董现尸体之时，他曾在河中船上露面。不过离岸边也远，知道他是何许人的人也并不太多。

"小人并未见过县尊。"田不满神态恭敬之中，又有一丝得意之色，"方才县尊上楼时，在楼道的狭窄之处，左顾右盼，生怕碰到乌纱帽的长翅。若不是常戴长翅官帽，怎会如此？真定县衙之中，戴长翅官帽的人只有县尊和县丞。许县丞小人认识，那么阁下除了夏县尊之外就不会是他人了。"

夏祥乐了，说来他戴长翅官帽的时候并不太多，却不承想已然养成了左右避之的习惯，不由得哈哈一笑，人都有许多习惯成自然的行为，只不过自己习以为常不觉得什么，在有心人眼中，却成了显著的特征。

田不满年过五旬，干瘦的脸上有一双大得惊人的眼睛，眼睛精光闪动，眼球转动之间，颇是机灵。一双大大的招风耳和稀落的眉毛、稀薄的嘴唇，从长相上可以判断他是一个精明、机智并且善于察言观色之人。

夏祥心思一动，笑问："田不满，你的名字倒是颇有意思，是取'永不自满'时时告诫自己吗？"

田不满方才在楼下的柜台里面算账，不经意一瞥，见到夏祥一行上楼，原本没太在意，忽然想到了什么，忙放下手中毛笔，来到楼梯处目不转睛地盯着夏祥的背影，等看到夏祥在楼道处左顾右盼的动作，顿时眼前一亮，断定此人正是新上任的夏县尊。

爹着胆子鼓起勇气亲自上来侍候夏县尊，是想留一个好印象，好让夏县尊记住他，不想一见之下，夏县尊不但平易近人，且没有官腔和架子，他的胆子就更大了几分："回夏县尊，小人小时候家里穷，总是吃不饱饭，再加上小人饭量大得惊人，小人父母嫌弃小人吃得太多，就为小人起名不满，意思是怎么也填不满……"

"哈哈，好一个田不满。"夏祥放声大笑，又想起了店名，继续问道，"你姓田，店名为何叫杨麻子饼店？你脸上也没有麻子。"

田不满能和县尊说话，已是三生有幸，不想县尊对他还大感兴趣，不由得更加开心了，忙献宝似的说道："夏县尊有所不知，小人以前本是做粮食生意，后来赔光了，就转行开了饼店。原来的饭店主人叫杨麻子，本是泉州人，因家中有事，盘了店面回泉州去了。因杨麻子大饼名气响亮，在真定县也算是一个不大不小的招牌，小人接手之后，也就没有改名换姓……"

"店家，有什么招牌菜，尽管上来。"幔陀并不喜欢田不满过于卑躬屈膝的做派，不想他再啰唆下去耽误夏祥的正事，就想打发了他。

"是，是。"田不满偷看了幔陀一眼，却被幔陀冰冷的眼神吓得一缩脖子，忙下去张罗东西了。

不多时，田不满又上来了，手里托着托盘，有各种小吃、点心、瓜果，还有招牌豆腐和大饼。

放下之后，田不满还不想走，站在一旁："夏县尊，有事情尽管吩咐小人，小人就在一旁候着。"

"你下去吧。"幔陀挥了挥手。

田不满一脸失望之色，应了一声，不情愿地下楼。才下了几个台阶，却听到夏祥的声音传来："店家留步。"

田不满如奉圣旨，忙不迭返回："夏县尊有何吩咐？"

幔陀不解地看了夏祥一眼，夏祥却是淡然一笑，不慌不忙地夹起一粒花生米放在嘴里，慢慢咀嚼："店家以前做的是什么粮食生意？"

"小人，小人……"田不满欲言又止，目光闪烁不定，"小人只是小打小闹，居中撮合，并不是什么大商人，比不了徐望山徐员外和马清源马员外。"

"你是牙人？"夏祥并非闲来无事，非要和一个店家聊上几句以显示他身为县尊的平易近人，而是他察觉到了田不满的过人之处或许会有用处，可以从他左顾右盼就得知他是县尊身份之人，又长年累月混迹在市井之间，田不满所知道的事情，怕是比马展国和丁可用还要多。

“正是，小人之前一直是牙人。虽不如安禄山一样会六国的番语，却也能说会道，会七八个地方的方言，而且童叟无欺，公平交易，所以小人当牙人时，也算是小有名气。”田不满对以前当牙人的经历颇为自得，动不动就搬出安禄山曾为牙人的经历为自己增光，“虽说牙人多被人误解，称之为牙侩，有侵渔百姓、欺行霸市、欺诈哄骗、钻营渔利、收取高额佣金、损害交易双方利益之举，不过小人向来恪守操守，从不从中渔利，只收取应得的报酬。”

夏祥才懒得理会百姓对牙人的评价，牙人居于买卖人双方之间，从中撮合以获取佣金，在官府也登记在册，发放牌照，是经过许可的正当职业，他只关心田不满所做的粮食生意是撮合谁家：“田不满，本官问你，你既是牙人，和谁家做粮食生意？莫不是徐望山和马清源？”

“不是，不是。”田不满连连摆手，“小人倒是想和徐员外、马员外做生意，可惜徐员外和马员外瞧不上小人。真定县的粮食生意，全部被徐员外和马员外一手掌控，小人后来迫于生计，只好为市乐县的董员外跑前跑后，赚一点儿辛苦钱。”

本来马展国和丁可用十分不解夏县尊为何要和田不满说个没完，眼下最要紧的事情应该是尽快提审严孙和董李氏。市乐县只抢回了庄非凡，崔府尊又向夏县尊施压，说不定不用多久连严孙和董李氏都会被强行押回市乐。现今第一要事是从严孙和董李氏嘴里审出至关重要的口供，好让崔府尊和裴硕章无话可说。

/ 第五十五章 /

恩威并施

可是夏县尊却并不着急提审严孙和董李氏二人，来河边散步不说，还有闲情逸致和田不满聊天，让马展国和丁可用心急如焚，暗中替夏县尊捏了一把汗。万一事情处理不当，崔府尊和裴硕章联名参夏县尊一本的话，夏县尊说不定官帽不保!

正当二人实在忍不住想要提醒夏祥一句时，田不满嘴中冒出来的市乐县的董员外一番话，顿时让二人瞪大了眼睛支起了耳朵，莫非会有什么转机不成?

接下来田不满的一句话，更让二人对夏祥佩服得五体投地——夏县尊真神人也，他怎么就知道田不满会是一个关键的人证呢?

夏祥哪里知道田不满会是一个关键的人证，当然也不能说他是瞎打误撞，而是他非常善于从细节之中发现背后隐藏的问题。不过平心而论，夏祥对田不满大感兴趣，也是田不满的机智精明让他眼前一亮的缘故。

夏祥心中一跳，却依然不动声色地问道："市乐县的董员外?可是董现?"

"正是，正是。"田不满左右看了几眼，此时还不到用餐之时，二楼只有夏祥一桌人，不怕被人听去，才奓着胆子说道，"夏县尊，小人多嘴说一句，董员外是个好人，和他做生意，从来不会拖欠佣金。可惜总是好人不长命，祸害遗千年。董员外一死，小人的粮食生意就做不下去了，只好改行。"

夏祥看出了田不满欲言又止的神情是有所顾忌，他肯定知道一些什么，就威严地咳嗽一声："知情不报，也是隐匿之罪。知情上报，本官自会重重有赏。"

恩威并施历来是为官之道，夏祥又微微一笑："田不满，你且放心，本官不会亏待你，也不会有人知道是你向本官透露的消息。"

田不满压低了声音："夏县尊，董员外本是和官府做粮食生意，并不需要小人作为牙人居中撮合。但和官府做生意无利可图。后来董员外听从了严孙的建议，由小人从中牵线，和吴义东做起了粮食生意……"

"吴义东?"夏祥心中一凛，从尉迟直带领禁军追击马展国等人，他就知道此事市乐县的就粮禁军也牵涉在内，不想真定府的驻地禁军也涉及其中，事情是越来越大了，“真定府驻地禁军都指挥使吴义东？”

“正是吴指挥使。”田不满咽了一口口水，脸色变化几下，仿佛下定了决心，“小人之前做牙人时，曾和吴指挥使打过交道，替他买过几个丫鬟，所以吴指挥使对小人还算信任。严孙也是听说小人和吴指挥使有交情，才找到小人。小人安排了一次吴指挥使和董员外见面，二人一见如故，谈得十分投机，当即拍板，由董员外每年供应吴指挥使十万石粮食。”

夏祥沉吟不语，市乐县虽是产粮大县，一年多出十万石粮食也不是小数目，何况董现还为市乐县衙推行新法负责种粮、粮仓生意。又一想，种粮生意每年都会有大量节余，如果运作得当，转移到吴义东手中，也不是难事。

如果单纯从董现和吴义东做粮食生意来说，并无多大问题。虽说吴义东身为驻地禁军都指挥使，不应和商人直接交易粮食，而是由真定府负责调配粮食作为军粮分发。而作为就粮禁军的市乐驻地禁军，也是应由市乐县直接解决军粮供应问题。

那么吴义东为何要私下和董现交易粮食？多出的十万石粮食又有何用？是被吴义东转手卖出以中饱私囊，还是另有他用？夏祥越想越是心惊，没想到董现之死的背后，竟是牵涉到如此多人。而裴硕章当时不肯接手董现命案，非要以自杀案结案，一是怕影响吏部考核，二是他多半对董现之死有可能牵涉到诸多重要人物有所耳闻，是以才想大事化小小事化了。

“十万石粮食不是小数目，董员外从市乐县一县之地，怕是收不够这么多。”夏祥越发觉得田不满知道的内情比他想象中还多，今天无意中的收获，有助于下一步对严孙和董李氏的审讯。

“夏县尊所言极是，市乐县一县，能解决五万石就不错了，还是年景好的时候。真定县虽比市乐县大，但产粮并不比市乐县多多少，小人只好不辞辛苦，从周边各县为董员外搜罗粮食，总算凑够了十万石。不料交付了粮食之后，吴指挥使以各种借口拖欠货款，只付了五成定金，后面的货款一文未付。董员外委托小人几次催交，吴指挥使开始还说军费未到，稍后还清。后来索性就不见小人了，小人还有一大笔佣金要等吴指挥使付清款项之后才能到手，后来被逼急了，想起了和吴指挥使的交易凭证，不想还没等小人拿出来，董员外就出事了。小人怕了，再也不敢去找吴指挥使，就摇身一变当上了杨麻子饼店的店家……”

夏祥大概知道了事情的来龙去脉，问道：“为何在本官审讯董现命案时，你不前去县衙做证？”

田不满一脸苦相：“小人哪里敢去？董员外是跳河自尽，一开始小人也信了，后来夏县尊上任之后，开始审理，才知道是被付科所害。再后来听到了夏县尊白天审阳晚上审阴的传闻，小人知道了夏县尊是神人再世，才寻思是不是向夏县尊说说董员外和吴指挥使交易的事情。再后来发现，还是小心为上，谁知道到最后案子会不会草草结案？要不是今天偶遇夏县尊，小人就准备把这事儿烂在肚子里。”

夏祥理解田不满胆小怕事的想法，事关禁军，明眼人都可以看出此事非同小可，一着不慎，就有可能是万劫不复的深渊。

“若是需要你出面做证，你可愿意？”夏祥心中微有兴奋，也微有不安，事情比他想象的还要麻烦，还要棘手，涉及真定府禁军的都指挥使吴义东，事关重大，他必须小心从事。

“小人、小人……”田不满只是生性健谈，又想结交夏祥，并非出于义愤或是想要查明真相，一想到出面做证的严重后果，他就退却了，“夏县尊，小人不敢。”

“有何不敢？有夏县尊护你，真定境内，谁还拿你怎样？真是窝囊！”马展国眼见事情有了重大转机，正高兴之时，却见田不满退缩不前，顿时恼了。

夏祥摆了摆手：“罢了，罢了，田不满方才的一番话，对董现一案大有帮助，不必再强求他上堂做证了。”

“多谢夏县尊，夏县尊是神人再世，是青天大老爷。”田不满连连作揖。

夏祥摆手让他下去，和几人用餐之后，回到了县衙。

顾不上休息，夏祥又和幔陀、马展国和丁可用几人商议一番，决定下午就提审严孙和董李氏，事不宜迟，何况现在已经掌握了更多真相。

许和光也不知道去了哪里。他不在也好，省得他及时向崔象传递信息。

审讯在二堂进行，严孙和董李氏目光畏缩，战战兢兢地上了堂，二话不说，“扑通”一声跪倒在地。

“青天大老爷，小人知罪，小人知罪了。”

夏祥和马展国对视一眼，眼中闪过一丝讶然，二人上来就认罪，倒是出乎他的意料。

“你有何罪？”夏祥示意丁可用扶起二人，“起来说话，在本官面前不必下跪。”

二人不想起来，丁可用二话不说拉起了二人。

严孙从市乐到真定，一路上坐马车前来，也没人打他骂他，没吃什么苦头，所以精神状态还算不错，不过他目光躲闪，弯着腰，不敢正眼瞧人的猥琐样子，着实和他落榜举人的身份不相符。

“小人和董李氏有了奸情，是为失德。又和庄非凡里应外合，巧取东家财产，是为失节。东家死后，不为东家申冤，反而却只顾中饱私囊，忘了东家的知遇之恩，是为失义。”严孙痛哭流涕，手捶胸膛，痛不欲生地扑倒在地，“小人如此无德无义，愧对圣贤，愧对列祖列宗，愿以死明志。”

马展国和丁可用张大了嘴巴，不敢相信严孙竟还有如此觉悟，莫非他真的是幡然醒悟知道错了？

夏祥却是冷冷地看着严孙，若是严孙早有以死明志之心，早先干什么去了？现在才声泪俱下地假装要痛改前非，不过是避重就轻的拙劣表演罢了。

董李氏只是呆呆在站立一边，如一具行尸走肉，木然无语。

“严孙，你若是现在死了，倒还真是解脱了。”夏祥漠然说道，“你好歹也是读书人，怎会做出如此寡廉鲜耻之事？难道没有学过三纲五常？”

严孙一头大汗，面有愧色：“三纲即君臣义、父子亲、夫妇顺，五常指仁、义、礼、智、信……”

“圣人说，要学以致用，不是让你死读书读死书。”夏祥从内心深处厌恶严孙的为人，儒家思想中最为推崇忠心，严孙淫乱董李氏、勾结庄非凡，他是导致董现被人迫害致死的罪魁祸首，若不是他，董现也不至于落得如此下场，“君臣之间有礼义之道，故应忠；父子之间有尊卑之序，故应孝；兄弟手足之间乃骨肉至亲，故应悌；夫妻之间挚爱而又内外有别，故应忍；朋友之间有诚信之德，故应善……

“董现对你如此信任，让你掌管偌大的董氏商行的账目，你却心如蛇蝎，处处算计，你愧对读书人三个字。”夏祥一时激愤，盛怒之下，猛然一拍惊堂木，“换了是本官，早就无颜活在人世了，你居然能苟活到现在，还有脸站在本官面前说起三纲五常，本官从未见过你这般无耻之人。严孙，你还是一头碰死算了。碰死之后，本官也好在结案时为你下一句‘知耻近乎勇’的评语。”

啊？严孙张大了嘴巴，以为他听错了，夏县尊真的让他去死，怎么会？怎么可能？可是高高在上的夏县尊确实用手一指一人合抱的堂木，分明是让他一头碰死在堂木之上。

严孙心中无比后悔，说好的夏县尊爱民如子呢？说好的夏县尊怜惜百姓呢？说好的夏县尊少不经事、为人心软呢？怎么就让他当场一头撞死，如此狠毒、如此不留情面？

只是现在他骑虎难下，说出去的话泼出去的水，他迟疑一下，抬头望去，回应他的是夏县尊不容置疑的目光。再向马展国和丁可用看去，二人左顾右盼，连他的目光都懒得回应。怎么办？严孙一咬牙，拼了，他就不信夏县尊会眼睁睁看着他碰死在堂上。

念头通达之下，严孙一提衣角，大喊一声：“严某愿以死明志！”说话间，低头朝柱子一头撞去。

董李氏如梦方醒一般惊呼一声：“不要！四郎，不要死，田县丞说了保你我不死！”

董李氏话音刚落，严孙身子一斜，头和柱子擦身而过，别说碰得头破血流了，连衣服都没有碰到。不得不说，严孙虚晃一枪的本事，当真一流。

“巧巧，你怎么能乱说？”严孙转过身子，头发散乱，神情慌乱，目光哀怨，刚才的一撞，他抱定了如果没人拉他他就撞偏的决心，不想不但没人拉他，连夏县尊也没有制止，他的心顿时凉透了。他可不想死，因为有人答应他，他顶多在真定县走一遭，就会安然无恙地回到市乐。回市乐后，他不但可以继承董氏商行一半以上的家产，还可以和董李氏从此长相厮守。

夏祥眯着眼睛，会心一笑，严孙连董李氏的闺名都叫了出来，是真紧张了。

“田县丞是市乐县丞，不是真定县丞。”马展国哈哈一笑，既为夏县尊的高明叫好，又为严孙和董李氏被人当了棋子还天真地以为可以脱身而感到悲哀，“莫说田庆了，就是裴硕章开口，也不管用，夏县尊审案，无人可以干涉。你们只有老老实实地交代了真相，才有可能有一条生路。”

严孙才知道只一个回合就中了夏祥的招，早先听说夏祥为人诡计多端，他还不信，以夏祥的年轻，再诡计多端能有多少计谋，毕竟年纪和阅历都有限。不料一个大意，还是被夏祥摆了一道，心中无比懊恼。

既然事已到此，严孙也就不再装可怜，挺了挺腰板，咳嗽一声：“夏县尊，小人除了私通董李氏和庄非凡之外，再无违法之举，还望夏县尊明察。”

夏祥微微一笑，起身来到严孙身前，上下打量严孙几眼：“不错，方才一撞，丝毫未伤，你如此爱惜自己性命，为何为了一己之私，要害死那么多人？严孙，你可知道你犯下的是滔天之罪，最终会株连几十上百人之多？”

“小人不知道夏县尊说的是什么。”严孙换了一副死猪不怕开水烫的面孔，昂然而立，目不斜视，“小人该认的罪不会赖账，不该认的罪，也不会让人污蔑。”

夏祥也不恼，伸手一请：“坐，坐下说话。”

严孙一脸狐疑，不知夏祥前倨后恭是什么意思，迟疑一下，还是坦然地坐了下来。夏祥回身吩咐丁可用：“上茶。”

丁可用应了一声，片刻之后上了一壶茶，夏祥亲自为严孙倒上，一脸微笑：“喝茶。”

严孙当仁不让地接过茶杯，一口喝干：“多谢夏县尊。”

“不谢，不谢。”夏祥一脸笑眯眯人畜无害的样子，他摆了摆手，“你们几个都坐下，让董李氏也坐下，都不要站着了，本官今天难得有兴致，要讲一个故事给你们听。马县尉，只有茶水没有瓜子可不行。”

马展国乐了：“马上就有。”

/ 第五十六章 /

收网

不多时马展国捧了一包瓜子进来，夏祥早已让人将桌子重新摆放，就在大堂的中间，摆起了龙门阵。夏祥坐在中间，左手茶壶右手折扇，他轻轻敲击桌子，语气平缓地说道："话说有一名书生和一名名叫巧巧的娘子从小青梅竹马，两小无猜。后来书生进京赶考，不料却名落孙山。书生无颜回家，落魄之中，就在保州落地生根，娶了当地乡绅女儿为妻。时间一长，他不免想家，就带着妻女回家探亲，就不可避免地又和巧巧重逢了。不过巧巧也嫁了董现为妻，二人都感慨命运无常，有缘无分……"

严孙面不改色，拿起瓜子嗑了起来。董李氏却是不敢放肆，侧着身子坐在一边，低头不语。

夏祥继续说道："董现轻信巧巧之言，也是仰慕书生的才华，让书生当上了账房先生。董现常年在外奔波经营，巧巧在家里本来安守妇道，书生也对巧巧发乎情止乎礼。却不承想，书生有一次随付科前去祁州收购药材，一时色迷心窍，着了付科的道儿，上了朱一姐的床，从此以后，他就被付科抓住了把柄。在付科的逼迫下，他只好去挑逗勾引已为人妻的巧巧。尽管心中还有道德约束，还有读书人应当恪守的操守，却在被逼无奈之下，还是和巧巧有了私情。巧巧一开始也有几分顾及董现的情面，但好女架不住缠郎，最终还是没能守住妇道。"

董李氏的头更低了，依然一言不发。

严孙更是一脸淡定，仿佛说的是别人的事情一般，他慢条斯理地喝了一口茶，淡淡一笑："夏县尊好口才。"

马展国恨不得一脚将严孙踢倒在地，好在他还是忍住了。若不是他之前见过了夏县尊非同寻常的审讯手段，又会腹诽夏县尊不会审案了。

"男女之事，有了第一次必有第二次，何况书生和巧巧本是青梅竹马。二人旧情复燃之后，将一切都抛到了脑后，只想天长地久。却不知道，董断察觉到了二人的私情，将二人的事情告诉了董现。可惜的是，董现并不相信董断所说，一心认定巧巧并没有背叛他而书生依然忠心于他。他以为自己善良天下就全是善良之人，却不知道，他的善良永远也喂不饱贪得无厌、不知感恩的无耻小人！”

严孙的脸微微红了一下，瞬间恢复了正常，淡然自若地一笑，气定神闲地嗑起了瓜子。丁可用站在严孙的身后，牙咬得咯吱直响，世上还真有如此厚颜无耻之人，背信弃义、恩将仇报、吃里爬外、监守自盗，还一脸的道貌岸然，其实一肚子男盗女娼。他恨不得一刀结果了严孙这个混账王八蛋的性命！

“人的欲望是无穷的，纣王之祸，起于象筷。对于书生来说，以前所学的道德文章只因一次错上了朱一姐之床，便被全部抛到了脑后。待他和巧巧私通之后，就更变本加厉，想要的东西越来越多。就和纣王一样，先有了一双象牙筷子，然后就想用金杯玉碗来配象牙筷子。金杯玉碗要用山珍海味来配，山珍海味要在琼台楼阁之中享受。琼台楼阁之中，要有宫女乐曲。宫女乐曲，要锦衣玉食。如此下去，帝王只知享受，必定搜刮百姓。”夏祥也是不动声色地继续说道，“书生虽不是纣王，却也和纣王一样，一步步深陷其中，无法自拔。

“书生的野心越来越大，不过他还表现得和以前一样，对董现毕恭毕敬，言听计从，董现也被书生的伪装所迷惑，当然了，其中也少不了巧巧在董现面前不断为书生美言的功劳。书生开始转移董现的家产，先是从账面上做一些小小的手脚，中饱私囊，然后胆子越来越大，就想将董现的一部分财产转移到自己名下。书生却不知道，他的所作所为，被一人看得清清楚楚！”夏祥之前在河边散步，就是将整个事情的来龙去脉理顺，此时当众说出，如行云流水，“此人，正是付科！”

严孙的眼皮跳了一跳，随即又微眯起眼睛，努力掩饰内心的慌乱。

“书生此时还不知道，付科先前拉他下水，是放长线钓大鱼。现在书生已经变成了一条上钩的大鱼，付科就再次出现在书生面前，告诉书生，他有一个更好的可以侵吞董现财产的办法，需要书生里应外合，事成之后，书生不但可以得到巧巧，还可以拿走董现一半的财产。若是以前，书生不会同意。现在书生巴不得有人和他一起谋求董现财产。在他看来，董现既无才学，又懦弱心软，不配拥有如此庞大的财产。书生和付科一拍即合，二人约定，付科为董现引荐和禁军做粮食生意，书生只需说服董现同意并且为董现推荐一名牙人从中撮合即可。”

严孙的脸色越来越难看了，不再如以前一般坦然而坐，而是不停地挪动屁股，如坐针毡。董李氏更是不曾抬头一下，肩膀不停地颤抖。

夏祥淡淡一笑：“书生特意来真定找到了一个牙人，他是担心在市乐寻找牙人，事情会败露。田不满是真定远近闻名的牙人，书生对他很是满意。二人商定之后，书生将田不满推荐给了董现。随后，在付科的推动下，在书生的安排下，田不满居中撮合，最终促成了董现向真定府驻地禁军都指挥使吴义东供应十万石粮食的大生意！”

严孙脸上的肌肉抽搐几下，一颗豆大的汗珠从额头上滚落，他不敢相信自己的耳朵，怎么夏县尊知道了如此机密的事情？岂不是说，整个事件的来龙去脉和真相，夏县尊都一手掌握了？

又一想，既然夏县尊知道了董现之死的背后牵涉到了多少人和多少势力，他难道还敢再查下去不成？他不怕有人一怒之下，要了他的性命？想到此处，严孙的底气又足了几分，擦了擦额头上的汗，又坐直了几分。

“十万石粮食可不是小数目，董现虽是市乐第一富商，但想要完成十万石粮食的生意，也不是一件易事。董现四处奔波，四处收购，总算如期将粮食交与了吴义东。不料吴义东却只付了一半定金，余款迟迟不结。董现为收购十万石粮食，不但调用了大量金钱，还动用了许多人情，他数次催债未果，心中恼怒不安，便让书生前去催债。书生又让牙人田不满前去，田不满为了拿到全部佣金，也数次前去要债。数次之后，田不满直接被吴义东拒之门外，就知道债要不回来了，索性剩下的一半佣金也不要了。田不满可以不要佣金，书生可以不要奖赏，但董现必须要回欠款，否则他的生意就难以为继了……”

夏祥停顿片刻，喝了一口水，见严孙脸色惨白，却还强作镇定，董李氏浑身颤抖，大汗淋漓，他心中并没有揭露二人阴谋罪恶的快感，反倒有一丝可怜，世人总是有侥幸心理，总是天真地以为好事会降临到自己头上，而坏事总会发生在别人身上，却不知道，好事坏事全在一念之间。天网恢恢，疏而不漏，投机取巧、精明算计，可以一时，却不能一世，所有巧取豪夺的好处，总有一天会变成百倍千倍的坏处，丝毫不爽地还回来。

人有千算，天只有一算。

“对于付科和付科幕后的人物来说，此时已经布局完毕，可以收网了。于是在付科的提议下，董现急于寻找新的生意，并不知道自己陷入困境是因付科设计之故的他，踏上了南下真定的死亡之路。而董现去泉州时收留的马小三夫妇，不放心董现，非要追随他前来。可怜的二老，儿子下落不明，幸得董现收留，不想竟也丧命滹沱河中！”夏祥缓缓起身，来到公案之后，语气低沉而缓慢，“董现命案，从付科接近书生时开始布局，到董现为吴义东供应十万石粮食为高潮，再到付科设计让董现投河为收网，案件涉及市乐县丞田庆、市乐县富商庄非凡、真定府驻地禁军都指挥使吴义东、市乐县驻地禁军副指挥使尉迟直、市乐县市井无赖付科、董现妻子李巧巧等人，有文官有武官，有平民有商人，而董现之所以被人算计，至死都不知道是怎么一回事儿，万千罪责全部由一人而起，就是你……”

“啪”的一声，夏祥一拍惊堂木：“不知廉耻、忘恩负义、有违圣人教诲的书生严孙！相鼠有皮，人而无仪。人而无仪，不死何为！”

严孙哪里还坐得住？不只是夏祥的话将事情的经过讲得无比详细，犹如亲身经历一般，而且夏祥的责骂如封喉之剑、诛心之箭，让他的内心接近崩溃，他身子一歪，“扑通”一声跪倒在地，汗如雨下：“夏县尊，小人知罪，小人罪该万死！”

夏祥胸中如同一团火在熊熊燃烧，董现虽是商人，却为人和善，对人真诚，却不想身边之人要么不守妇道，要么狼子野心，人善人欺天不欺，人恶人怕天不怕，他就是要为董现讨回公道，将坏人恶人绳之以法：“还有你，董李氏，身为女子不守妇道已是不忠，还伙同严孙谋财害命，谋杀亲夫。你和严孙，本是依靠董现得以生活，却非但不知恩图报，还恩将仇报。如你这般淫乱之人，有何脸面面对父母兄弟？有何脸面抚养董现后人？若是本官将你从真定县到市乐县一路游行示众，你还有何颜面苟活于世？”

董李氏想到被万众唾弃的场面，想到父母因她而颜面无存，孩子对她恨之入骨，不认她为娘亲，她再也支撑不住，颓然倒在地上，泣不成声：“夏县尊，民妇知错了。民妇愧对列祖列宗，愧对家门，愧对董家，民妇罪该万死！”

“田县丞说了可保你和严孙不死？”夏祥见时机成熟，及时问到了问题的关键所在。

“是，田县丞亲口向民妇和四郎许诺，只要我二人不说出真相，只承认有奸情，其他事情一概不说，便可保我二人平安无事。”董李氏连连磕头，“夏县尊，民妇自知有罪，还请夏县尊看在民妇坦白的分儿上，不要让民妇的孩子知道他们的娘亲是一个无耻的淫乱女人。”

夏祥叹息一声，董李氏良知未泯，可惜终究未能逃过严孙的魔爪，大错已经铸成，想要挽回已经没有可能。他点了点头：“本官答应你。不过严孙，你若是再不主动交代真相，本官可是保不了你了。你是聪明人，也不好好想想，若是放你出去，你还能活着回到市乐吗？你知道了太多秘密，而死人才能真正地保守秘密。”

严孙伏在地上，半天不动，忽然浑身一震，跪爬向前：“夏县尊，小人愿说，小人愿说。”

“好，如实讲来。”夏祥此时才真正气定神闲地舒了一口气，坐直了身子。

“其实小人从一开始就知道付科是在算计小人，小人假装不知，也是想借机成就一番事业。付科是想利用小人，小人何尝不是在利用付科？”严孙稍微跪直了一些，“小人科举落榜之后，自知考中进士无望，便想经商。在保州成家之后，做过一次生意，失败了。后来小人想到了嫁与富商董现为妻的巧巧，便拖家带口来到了市乐，经巧巧推举，当上了董现的账房先生。小人虽未考中进士，却也是举人出身，自认比连秀才都不是的董现强上许多，委身于董氏商行，并非只为了混口饭吃，小人还有更远大的志向。”

夏祥微微点头，严孙此人，心比天高，怎会甘心久居人下？

“董现无德无能，却能坐拥亿万家产，天道不公！”严孙面露愤愤不平之色，“想我严孙，十年寒窗，读尽圣贤书学遍道德文章，虽未考中进士，也是满腹经纶，董现文不成武不就，不过就是靠一点小聪明却可以拥有良田美妾，读书又有何用？先帝说，书中自有黄金屋，书中自有颜如玉……”

夏祥本想听严孙说完，却实在忍无可忍：“严孙，你可知对一个人来说最重要的品行是什么吗？不是读书多少，不是官位高低，而是人品，是君子之道，是善良是纯真。所谓君子爱财，取之有道。你是比董现读书多有才华，可是你却远没有董现受人尊敬和爱戴，知道为什么吗？君子有成人之美，君子不夺人所爱。你连最基本的人理都丧失殆尽，不知天不知地不知人情礼义，还有何德何能坐拥财富地位？我辈读书人，当遵守内心的君子之道和仰望头顶的星空，当学佛以明因果学道以敬畏天地，怎能只为了贪财而忘义？”

马展国和丁可用对夏祥肃然起敬！

虽说之前二人也对夏县尊敬重有加，不过多是敬重夏县尊的权威而不是道德文章，方才一番话铿锵有力掷地有声，让二人震惊之余，又向夏祥投去了仰望的目光。

文人重道德武人讲气节，文官不贪财武官不畏死，朝廷之幸，万民之福！

严孙张了张嘴，想反驳几句，话到嘴边又咽了回去，不是他畏惧夏祥身为县尊的威势而不敢开口，而是夏祥之话正合儒家之道，他毕竟读书多年，深受圣贤的道德文章影响，心中尚有敬畏之心和道德准则，也深知自己的所作所为确实有失为人之道，更是离君子之道相去甚远。

严孙的喉咙动了几下，又说：“夏县尊教诲得是，小人以前自视过高，所以才有不平之心，终于酿成了今日之祸。若是能遵循‘于己能中正平和，于人可兼济天下’之心，或许现在也能有一番作为了。唉，悔不该当初鬼迷心窍。”

“赶紧说正题，别扯远了。”马展国没有耐心了，冷声喝道，“快说你如何利用了付科。”

“其实从付科接近小人时起，小人就知道他对小人另有所图，是想利用小人。”严孙下意识看了董李氏一眼，欲言又止。

/ 第五十七章 /

寒冬将至

“都什么时候了，还吞吞吐吐的？你无非是担心说出你也利用了董李氏的事实，让董李氏对你伤心失望！你也不想想，你现在都自身难保了，还顾得上董李氏吗？”马展国继续攻克严孙的心理防线。

董李氏猛然抬头，目光炯炯直视严孙：“四郎，我也知道你有利用我之意，不过，我不后悔和你相爱一场。”

严孙点了点头：“巧巧，我对你也有真情。”又转身对夏祥说道：“夏县尊，付科想侵吞董现家产之心，小人一开始就有所察觉，小人本来就有吞并董现家产之心，付科主动送上门来，不利用他岂不错失良机？只是小人万万没有想到，付科的身后，不但有县丞田庆，还有真定府驻地禁军都指挥使吴义东。等小人知道付科是为何人驱使时，想要抽身为时已晚。”

“就凭你一个微不足道的无名小辈，还想火中取栗？可笑之极。”丁可用也禁不住冷笑了，“小聪明小算计终究难成大事，在权势面前，严孙，你不过是被人任意摆布的一枚小小的棋子，想扔掉就可以随时扔掉。你可知道，付科的背后除了田庆和吴义东之外，有没有裴硕章和崔……崔府尊？”

犹豫一下，丁可用还是说出了崔象。

夏祥假装没有听见。

“崔府尊是否参与其中，小人不得而知，不过裴县尊应该是不知道此事，或是知道但没有参与其中。”严孙认真地想了一想，“小人接触到的人只有田庆和吴义东，其他人，没有接触就不敢乱说。付科应该比小人接触的大人物更多，也知道更多内情。”

等严孙和董李氏在口供上画押之后，丁可用让人将他们押送下去。随后，夏祥回到了书房，和马展国、丁可用商议事情。

“夏县尊，事情远比之前预料的严重，牵涉到了田庆倒没什么，涉及驻地禁军，就麻烦了。”马展国心生退意，他一个小小的县尉，哪里敢冒险置身其中？

稍有不慎，就会粉身碎骨，“依下官之见，不如将事情全部推到付科和严孙等人身上，付科斩立决，严孙流放，如此皆大欢喜……”

“幕后真凶尚未落网，怎能如此草草结案？”丁可用却不同意，“夏县尊，属下认为，案件至此，已然事实清楚，分明是吴义东为了昧下十万石粮食的一半货款，而田庆田县丞想要侵吞董现家产，二人联手指使付科伙同严孙里应外合，害死了董现，应当据实向府衙、刑部禀报，请皇上圣决。”

“丁捕头，不可意气用事。”马展国悄然朝丁可用使了一个眼色，示意丁可用不要只凭一腔激愤行事，“夏县尊初入官场，立足未稳，此案又涉及地方官吏和禁军，若真的追究下来，怕是连崔府尊和裴县尊也难辞其咎。夏县尊犯不着为了一件小小的人命官司，引发一场牵连众多文武大员的官场地震。一着不慎，夏县尊会被对方联手拿下，甚至会被对方置于死地。”

“马县尉，身为朝廷命官，当忠君为民，岂可因事关权贵而畏缩不前？”丁可用气愤难平，“属下虽位卑言轻，哪怕拼了粉身碎骨，也要将他们全部缉拿归案。所谓法不阿贵，绳不挠曲。法之所加，智者弗能辞，勇者弗敢争。刑过不避大臣，赏善不遗匹夫。”

马展国呵呵一笑：“虽说有法不阿贵绳不挠曲，却也有‘礼不下庶人，刑不上大夫。刑人不在君侧’之说。”

夏祥沉吟片刻，对马丁二人的争执不置可否，问道：“你二人可曾想过，吴义东为何要收购十万石粮食？若只是为了吞并董现的财产，办法多的是，不必非要以收购粮食为由。”

“或许是因为董现为市乐县衙经营种粮和粮仓生意，有调粮运粮的经验。”马展国仔细一想，又觉得哪里不妥，“也不全是，吴义东想要侵吞董现家产，确实不必如此大张旗鼓以收购十万石粮食为由和董现做生意，况且在董现跳河之后，出面想要侵吞董氏商行的人是庄非凡。莫非庄非凡是吴义东的人？”

丁可用一跺脚：“可惜没能将庄非凡带回真定受审。”

“不是还有付科？”马展国嘿嘿一笑，“夏县尊，有了田不满的口供，再加上严孙和董李氏为人证，付科再不开口，就由不得他了。下官和丁捕头说不定得要好好请付科尝尝我二人的手段，省得他以为真定县审案都这么和风细雨。”

“马县尉方才不是还说不再审下去了？”丁可用及时将了马展国一军。

马展国也不恼怒，哈哈一笑：“本官现在好奇心上来了，非要弄清吴义东为何要收购十万石粮食。审案和结案是两回事儿，又不是说审出来的供词就是上报的供词。丁捕头，你也是官场老人了，怎么连其中的门道都不懂了？”

丁可用还想再说什么，夏祥摆了摆手，不让二人再斗嘴下去，而是说道：

“十万石粮食，可以多养上万兵马，万一吴义东有不臣之心，真定离京城不过十余日的路程……”

此话一出，马展国和丁可用都倒吸一口凉气，二人面面相觑，震惊得说不出话来。

忽有人来报，许县丞来了。

许和光急匆匆地从府衙回到县衙，得知夏县尊已经审理严孙和董李氏完毕，不由大为懊恼。崔象刚刚接到密报，星王的得力手下高见元和燕豪已经启程前来真定，不日即到。皇上定于今冬巡视真定府，前期要做好迎接圣驾的安排，等等，诸多事情接踵而至，让崔象疲于应付。

况且崔象还有一个并不和他合拍的通判郑好制衡，更觉烦躁。虽如此，但得到三王爷授意要将董现命案大事化小小事化了的他，丝毫不敢怠慢，叮嘱了许和光一番，让许和光先居中牵制夏祥。

皇上巡视真定，是千载难逢的机遇，许和光虽不敢胡乱猜想皇上为何前来真定，却也心里明白必有大事发生，当即匆匆回到县衙，一见到夏祥就先说明了此事。

“皇上要来真定？”夏祥一脸震惊，微一思忖说道，“此事等本官见过了崔府尊之后再行定夺。”

“皇上圣驾出动，非同小可，夏县尊，董现命案不过是微末小事，切不可因小失大，惊扰了圣驾，就是大罪了。”许和光顺水推舟，“况且崔府尊的意思也是此案不宜再久拖不决，尽快结案为好。”

“本官已经和崔府尊立下了七日之限，七日之内，必会结案。”夏祥脸色一沉。

“可是夏县尊……”许和光心知夏祥是想拖延几日，心中隐隐有不安之意，莫非夏县尊又有什么突破不成？虽说他并不十分清楚案件的背后会牵涉到多大的大人物，但市乐知县裴硕章派出县尉樊力拦截马展国一行，抢回了庄非凡还不算，又让尉迟直率禁军出面，非要再抢回严孙和董李氏，可见事态有多严重。

只可惜，尉迟直竟然功亏一篑，若是直接抢走了严孙和董李氏该有多好，夏祥不想收手也得收手了。许和光心中无比懊恼，暗骂尉迟直无用。

“此事不必再议，本官已经决定了。”夏祥直接顶回了许和光的话，不满地说道，“本官审案，是职责所在。上有崔府尊指点，下有许县丞指正，本官怎么当这个县尊，是不是还要人来教？”

“夏县尊，下官……下官不是这个意思。”许和光被呛得脸一红，无比尴尬地说道，“下官是为夏县尊着想，真定县事情繁多，要分出一个轻重缓急才好。”

"本官自有分寸。"夏祥脸一板，不再理会许和光，崔象和许和光联手，步步紧逼，如果他再退让的话，二人必定得寸进尺，是时候让二人知道他的决心了，就算得罪了崔象也没有办法，以眼下的形势来看，他就算退让，背后之人也未必会放过他。

更不用说三王爷星王殿下了。

许和光心中痛恨夏祥对他不留情面，想当初郝海记担任知县时，对他言听计从，别说对他声色俱厉了，连大声说话都不敢，不承想夏祥一个后生晚辈，竟敢摆出官架拿出官威压他一头。只不过官大一级压死人，他再是心生恨意，再是愤怒，也不敢当面表露出来。

吕东栋进来禀报，有吏部公文送到，另有真定府通判郑好和卢之月来访。

郑好来访，夏祥不敢托大，忙出面迎接。

郑好和卢之月联袂来访，倒也有几分出乎夏祥的意外，更让许和光多了几分猜疑。莫非夏祥和郑氏、卢氏也有了交情？真是如此的话，就更要提防夏祥并且处处压制他，以免他更加有恃无恐。

不过许和光又一想，郑氏、卢氏和崔氏相比，还是有所不如，崔府尊是清河崔氏，又有李氏和崔氏交好，就算夏祥攀上了郑氏和卢氏的高枝，也改变不了夏祥最终被崔府尊和他踩在脚下的事实，更改变不了夏祥将会被三王爷想方设法打得一败涂地的命运。

吏部公文通过驿站的驿卒送到，夏祥接过之后，没来得及打开，就接到了郑好和卢之月二人。卢之月近来常和夏祥走动，关系熟了。郑好自从上次在崔府尊府上一别之后，夏祥没有和他谋面，今日再见，郑好气色不错，眉飞色舞的样子，像是有什么喜事。

果然，一见到他，郑好就哈哈大笑："夏县尊，恭喜了，恭喜。"

夏祥不由得愕然："郑通判何出此言？何喜之有？"

"京城中都传遍了，你和连若涵连娘子喜事将近，本官特意上门讨一杯喜酒喝。"郑好上前挽住夏祥的胳膊，之前和夏祥闹过的不愉快全部不见，他回头招呼卢之月，"卢郎君听说此事，也来祝贺夏县尊，同时也庆祝他脱离了连娘子的魔掌。"

夏祥哭笑不得，好嘛，卢之月就如此嫌弃连若涵？连若涵美丽端庄不说，还精明能干，既可在外执掌好景常在，又可居内持家，如此里外一把能手的娘子，配卢之月绰绰有余。

卢之月连连摆手："郑通判言重了，言重了！卢某自知配不上连娘子，只不过有幸自小和连娘子相识罢了。卢某很是清楚连娘子也看不上我，不如有自知之明，主动提出解除婚约，也好给自己留几分薄面，哈哈。”

随后郑好、卢之月又分别与许和光、马展国、丁可用等人见礼。

几人进了房间，许和光等人见状，起身就要告辞，郑好摆手说道：“本官是和夏县尊叙旧，又不是要谈什么要事，你等留下无妨。”

许和光正有意留下，当即也不推辞，顺势坐回了座位。

夏祥此时才有空打开吏部公文，只看了一眼，就笑了：“还真是巧了，卢郎君，不，现在应该叫卢主簿了，吏部任命已下，即日起，你便是真定县主簿了。”

许和光险些疑心自己听错了，心中微有震惊，虽说真定县主簿一职无足轻重，无关大局，但吏部批文如此之快，十分罕见。吏部办事向来拖沓，往常没有一两个月，批不下来一个公文。那么不用想，卢之月的主簿任命应该是特事特办了。

崔府尊和他各推举了真定主簿人选，吏部却还是如此之快核准了卢之月的任命，个中意味耐人寻味，不由得许和光不心思浮沉，到底夏祥的背后是谁出面保下了卢之月？还是京城之中又有什么变动？真定一个小小的主簿任命虽是小事，却可以管中窥豹，洞见京城之中的风吹草动和各方势力的此消彼长。

卢之月起身朝夏祥一揖到底：“卢某多谢夏县尊提携之恩。”

郑好笑道：“再自称卢某就不对了……”

卢之月立即改口：“下官多谢夏县尊提携之恩。”

夏祥将任命书交与卢之月，淡然一笑：“卢主簿不必客气，从此以后，你我便是同事了。正好本官有一事要落在你的身上……”

“下官但凭夏县尊吩咐！”卢之月脸色平静，对他而言，真定县主簿一职是家族安排，并非他的本意，至于是谁在背后推动和运作吏部，他既不关心也懒得去问。

但既然当上了真定县主簿，在其位就要谋其政。

/ 第五十八章 /

风起

“付科一案的案宗，即日起就交由你来保管。”夏祥是想让卢之月更多地肩负起文书之职，削减许和光之权。付科一案，即将进入最要紧阶段，若是许和光暗中使坏，毁去关键证据，必将前功尽弃。

卢之月当即明白了夏祥的言外之意，点头说道：“下官遵命！”

许和光眼光闪动，心中愤愤在想，若是卢之月以后也唯夏祥之命是从，他在真定县衙之内就更加势单力薄了，不行，务必要让杨江做出一些手脚来，好让夏祥知道他的厉害。

“今日是叙旧，不谈公事，不谈公事！”郑好起身一笑，一把拉过夏祥的胳膊，“夏县尊，本官听说真定县衙后院有一大片池塘，景色优美如画，来来来，带本官游览一番。”

夏祥无奈，只好带郑好前往。好在他尚未成亲，后院并无家眷，边走边说：“眼见入冬了，现在万物凋零，哪里还有什么美景？”

马展国和丁可用无心欣赏景色，急于想去再次审问付科，便借故离开。许和光左右为难，踌躇半晌，还是想听听郑好要和夏祥说些什么，就留了下来。

说来夏祥到真定也有一段日子了，在后院来来往往无数次，却一直没有细心留意过后院的风景。今日被郑好强行拉来，仔细一看，才暗道一声惭愧，如此景致竟是被他视而不见。身边无风景，是古往今来不管帝王将相还是平民百姓都容易犯下的错误。

虽是深秋，后院入目之处，却依然不乏绿意。错落有致的乔木和灌木，远山近水的别致和匠心，以及东南角落里的空地和西北角落里的花圃，都各有生机各有情趣。

郑好童心大发，无比欢喜地登上了后院正中的一座土山。山不大，山上有一座亭子，名叫流觞亭，取曲水流觞之意。将盛了酒的觞放在溪中，由上游浮水徐徐而下，经过弯弯曲曲的溪流，觞在谁的面前打转或停下，谁就得即兴赋诗并饮酒，是为流觞。

夏祥其实早就看了出来，郑好看似一心赏景，兴趣颇高，其实还是有话要和他说。他也不挑明点破，继续陪郑好登高望远，赏秋。

郑好负手而立，任凭秋风吹动衣衫，临高怀古："东晋永和九年三月初三的上巳节，会稽内史王羲之偕亲朋谢安、孙绰等四十二人，相聚会稽山阴的兰亭，修禊祭祀仪式后，举行流觞曲水的游戏，四十二人人饮酒咏诗，所作诗句结成了《兰亭集》，王羲之为该集作《兰亭集序》。从此流觞曲水，咏诗论文，饮酒赏景，历经千年而盛传不衰……"

《兰亭集》的典故，无人不知，郑好也并非有意卖弄学问，而是要引出下文，他回身一笑："夏县尊，待到明年三月三时，我等也举行一次流觞曲水的游戏，可好？"

"好。"夏祥点头应下，"再有五个月就是三月三了，不足半年，今日我等就定一个半年之约。"

"但愿半年之后，我等还可以在此相聚。"郑好忽生感慨，一脸落寞，"寒冬将至，今年的冬天，将会漫长而寒冷，也不知道我等之中，谁会被冻死，等不到明年的春暖花开了。"

许和光听出了郑好话里有话，忍不住问了一句："郑通判何出此言？大夏立国以来，承平多年，即便最贫穷最偏远的地方，也少有冻死人之事，何况富裕的中原大县真定，更何况我等除正俸外，还有服装、禄粟、茶酒厨料、薪炭、盐、随从衣粮、马匹刍粟、添支、职钱、公使钱及恩赏等，光是薪炭就足够烤火之用了。"

郑好是话里有话，许和光是装傻。郑好不以为然地笑了笑："本官所说的冻死，不是天气寒冷，是人心寒冷。"

许和光眨眨眼睛，嘿嘿一笑："自己冻死自己，就没有办法了，谁也救不了一个想死之人，对吧？"

郑好一脸厌恶地扭过头去，不再理会许和光："夏县尊，董现命案审理得如何了？可有为难之处？如有为难之处尽管对本官说，本官自会鼎力相助。不说真定府凡是公文须有本官签署才可行文，就连河北西路的提刑官郑善，本官也可以说上话。"

许和光心里不大舒服，阴阳怪气地说道："郑通判确实了得，崔府尊不管做什么事情，还得郑通判点头才行。"

"崔府尊吃饭穿衣以及如厕，本官是管不到的。"郑好哈哈一笑，"对了，崔府尊娶妻纳妾，也无须本官联署同意。"

"你……"许和光气得险些失控，好在冷风一吹，他又清醒了几分，论官职和身世，他都比不了郑好，口舌之争就算赢了又有何用？他嘿嘿一笑，"郑通判年轻有为，又是进士出身，若是能再娶四姓女和编撰国史，四大荣耀之事集于一身，就是人中翘楚了。”

郑好哼了一声：“本官除了编撰国史并无可能之外，其他三事，都易如反掌。倒是许县丞，怕是一件荣耀之事也捞不到了。哈哈，等下辈子投生个好人家，再聪明一些，或许还可以年纪轻轻就考中进士。”

许和光气得脸色铁青，不是进士出身是他最大的痛处，被郑好当众揭短，心中怒火猛然点燃：“郑通判，你不要欺人太甚！”

夏祥才不会让二人在他的后院吵架，忙出面哈哈一笑：“玩笑，只是玩笑，不可当真。董现命案，审理得还算顺利，目前还没有难处，若有，自会向崔府尊、郑通判禀告。”

见夏祥还是将崔府尊抬出来并且放到了前面，许和光的心情稍微舒缓了几分，却还是暗中瞪了郑好一眼，愤愤不平地想，不要太嚣张了，不要以为抬出了提刑官郑善就可以压崔府尊一头。董现命案，夏县尊只有审理之权，并无判决之权。

杖责之刑，夏县尊可以一言而定。死刑必须经知府批准，然后上报提刑司核准。提刑司核准后，还要上报大理寺复审，大理寺复审没有问题，才会最终到刑部。刑部再核准之后，才会执行死刑。

相比之下，提刑司的权力比大理寺还要大上一些。一般而言，提刑司核准的案件，多半没有翻案的可能。

郑好眼中闪过一丝淡淡的失望之色，不顾许和光在旁，还是说了出来：“夏县尊不必事事在意崔府尊的想法，只管尽忠职守就是了。到有难处之时，有本官在，保你无事。再不济，还有郑提刑不是？本官听说了市乐县的事情，庄非凡可是关键的人证？”

郑好是非要插手董现命案了，夏祥心中微有犹豫，郑好身为通判，有制衡和监察知府之权，但郑好为人过于激愤，行事多偏激，说不定有时过于急于求成反倒坏事。

不过郑好也是一番好意，郑善身为河北西路提刑官，除了提点河北西路所有刑案之外，还有监察真定府驻地禁军之职，不能拒人于千里之外，夏祥点头一笑：“如有难处，自当向郑通判禀告。郑提刑大名，本官也有所耳闻，对郑提刑断案如神也一向敬仰得很，如有缘得见，定当向郑提刑请教一番。庄非凡是人证之一，是不是关键，要看对付科的审问进展……”

“付科如此有恃无恐，许多事情拒不交代，怕是身后有人为他撑腰……”郑好边说边看了许和光一眼，“就算付科是不怕死的无赖，也总有其他短处，只要找到了他的短处，不怕他不开口。”

许和光将头扭到一边，不理会郑好的明敲暗打，左耳进右耳出，他官不如郑好大，气势不如郑好强，与其正面交锋，不如避其锋芒，以待日后。

县衙后院的土山，许和光来过多次，土山虽不高，站在土山之上，却可以俯视整个真定城。不但府衙尽收眼底，就连滹沱河两岸以及子龙大桥，也是一览无余。之前他多次登临土山，有几次半开玩笑半认真地对郝海记说，此山高过了府衙，应当推平。郝海记却说，官不修衙，他才不会大兴土木修缮县衙。

许和光的目光随意在滹沱河两岸扫来扫去，并不是刻意去看什么，只是不想听郑好说话、不愿和郑好对视罢了。目光越过滹沱河，又落在了对面的府衙上，忽然又觉得府衙之中最高的登桂楼其实比县衙的土山还要高上一些，又是在北面，历来北面是权势方位，隐隐对县衙形成威严之势。

夏祥就算费尽心机审清了付科一案又能如何？还不是要上呈到真定府最终审理？许和光的心理又平衡了几分，认为夏祥和郑好不过是白费力气，夏祥的职权不过是将所有的人证、物证和口供呈交给崔府尊，崔府尊到时直接以疑罪从无驳回，就让夏祥前功尽弃了。

夏祥是真不知道崔府尊可以让他之前的努力全部付之东流，还是心存侥幸，以为他一个小小的知县真的可以为所欲为？许和光越想越觉得夏祥可怜，斜了夏祥一眼，尽露鄙夷之色。

忽然，他眼睛的余光似乎发现了什么，回身一看，子龙大桥上，不知何时多了数人，其中二人骑在马上，左顾右盼，威风凛凛，一身精练打扮，虽不是官服，举手之间却颇有气度。

许和光不认识二人，虽离得远，看不清长相，却还是可以猜度二人绝非常人，莫非是京城来人？

许和光没有注意到的是，在他身边的萧五也注意到了马上二人，本来懒懒散散的他如同发现了猎物的豹子，浑身紧绷，死死地盯向桥上二人。

夏祥也注意到了萧五的异常，顺着萧五的目光朝桥上望去，只看了一眼，顿时愣住了，怎么是他们？郑好和卢之月也按捺不住好奇之心，同时朝桥上一望……

郑好脸色微微一变："三王爷的人来了！"

卢之月的目光直接越过马上二人，停留在二人身后不远处的一辆马车之上，微露惊喜之色："什么三王爷的人，分明是连娘子回来了。"

夏祥一愣，目光从威风八面的高见元和燕豪身上闪过，朝后面张望，果然有一辆华丽的马车缓缓驶来。他心中既惊又喜，惊的是，高见元和燕豪此来，怕是肩负重大使命。喜的是，连若涵早不来晚不来，怎么就和高见元、燕豪一起回来了？

又一想，夏祥心中又是一凛，如此多重要人物齐聚真定，真定怕是真要风起云涌了！